BASTEI
LÜBBE

Von Michael Marrak ist bei BASTEI LÜBBE TASCHENBÜCHER erschienen:

24 301 Lord Gamma
24 325 Imagon

Über den Autor:

Michael Marrak, geboren 1965 in Weikersheim, studierte Grafik-Design in Stuttgart und arbeitete zunächst als Grafiker und Illustrator. Anfang der neunziger Jahre trat er als Autor, Herausgeber und Anthologist in Erscheinung. Für sein Werk erhielt er zahlreiche Auszeichnungen, u. a. den Deutschen Science-Fiction-Preis. Sein Roman IMAGON wurde als bester deutschsprachiger SF-Roman des Jahres 2002 mit dem Kurd-Laßwitz-Preis ausgezeichnet, LORD GAMMA erhielt sowohl den Kurd-Laßwitz-Preis als auch den Deutschen Phantastik-Award für den besten deutschsprachigen SF-Roman des Jahres 2000. Michael Marrak lebt und arbeitet als freier Schriftsteller und Grafiker in Hildesheim. Mehr über den Autor erfahren Sie unter der Adresse www.michaelmarrak.de

MICHAEL MARRAK

MORPHOGENESIS

BASTEI LÜBBE TASCHENBUCH
Band 24 339

1. Auflage: Juli 2005

Vollständige Taschenbuchausgabe

Bastei Lübbe Taschenbücher in
der Verlagsgruppe Lübbe

Originalausgabe

Dieses Werk wurde vermittelt durch die
Literarische Agentur Thomas Schlück GmbH, 30827 Garbsen
Lektorat: Malte Schulz-Sembten/Stefan Bauer
Titelillustration: Michael Whelan/Agentur Schlück
Umschlaggestaltung: Gisela Kullowatz
Satz: SatzKonzept, Düsseldorf
Druck und Verarbeitung: Maury Imprimeur, Frankreich
Printed in France
ISBN 3-404-24339-0

Der Preis dieses Bandes versteht sich einschließlich
der gesetzlichen Mehrwertsteuer.

Die Liebe zwischen einem Mann und
einer Frau gebar eine Schlange.

Altägyptisches Sprichwort

»She spreads herself wide open to let the insects in.
She has the blood of reptile just underneath her skin.
Devils speak of the ways in which she'll manifest.
I now know the depths I reach are limitless.«

Trent Reznor

Inhalt

TEIL VIER · LEGION

TEIL FÜNF · LOTOS

TEIL SECHS · LIMBUS

Prolog

Dicke graue Wolken hingen über der Stadt wie Nebel über erstarrter Lava. Die Gebäude bedeckten den Planeten von Horizont zu Horizont, eine Weltenbrand-Flechte aus schwelenden Häusergerippen, in denen sich die Toten eingenistet hatten.

Ich saß auf den Zinnen des Turms und ließ meinen Blick über Häuserruinen und verfallene Straßenschluchten schweifen. Von hier oben wirkten die umherirrenden Bewohner der Stadt bedeutungslos winzig. Sie versteckten sich im Schatten der Mauern, verzerrte Karikaturen menschlichen Lebens, und starrten aus der Dunkelheit zu mir empor. Hunderte glühender Augen klebten an mir, und ich wünschte, ein Mammutbein heben und die ameisengroßen Geschöpfe unter meiner Fußsohle zermalmen zu können. Der Wind trug ihre Gesänge zu mir herauf, ein tausendstimmiges Lied in einer uralten Sprache:

Siehe, es lebt Kematef, der Fürst!
Der vom Himmel stürzte und seine Zeit vollendet hat.
Mit der Krone aus Stein auf seinem Haupt
und dem Zepter aus Staub in seiner Hand …

Ich schmeckte das Aroma der Tiefe, ihren Gestank aus siedendem Schweiß und verbrannter Haut, aus Talg und Napalm, Salz und Schwefel. Als ich die Stimmen der Bewohner nicht mehr ertrug, breitete ich meine Schwingen aus und stürzte auf sie herab. Dicht über ihren Köpfen ging ich in einen Gleitflug über, raste durch die Häuserschluchten, glitt tiefer und tiefer über den Boden dahin, dem immer greller werdenden Licht entgegen. Dann erscholl das Quietschen über den Asphalt radierender Reifen, das laute Bersten von Blech. Das Kreischen der Bremsen schnitt ebenso schmerzhaft in mein Bewusstsein wie der unbarmherzige Schlag, der meinen Körper erschütterte und durch die glutwarme Luft schleuderte …

Mit einem stummen Schrei auf den Lippen schreckte ich auf. Das Echo des Aufpralls hallte in mir nach. Ich schlug meinen Kopf gegen die Wand, fester und fester, bis ich das Gefühl hatte, den Traum aus meinem Unterbewusstsein geschmettert zu haben. Nur widerwillig verging der Schmerz, verkroch sich hinter der Realität und wich düsterem Zwielicht. Am Ende kauerte ich mich in einer Ecke des Zimmers zusammen und lauerte auf Schritte und Stimmen.

Lange war außer dem immerwährenden Heulen des Windes nichts zu hören, dann drangen dumpfe Schläge an meine Ohren. Ich packte die rostige Eisenstange, die ich griffbereit neben mich gelegt hatte, und starrte auf den mit dicken Brettern verrammelten Eingang. Jenseits der Barrikade erklang ein Schleifen, als gleite etwas langsam an ihr herab. Ein Schnauben war zu vernehmen, laut und stockend, gefolgt von Geräuschen, die sich anhörten, als kratze jemand mit Metallklingen über das Holz.

Meine Hand krampfte sich um die provisorische Waffe. Ich wusste nicht, was sich dort draußen an der Barriere zu schaffen machte, doch es war keinesfalls menschlich.

Dicht über dem Boden ertönte nun ein Hecheln und Knurren, fast so, als hätte die Kreatur meine Witterung aufgenommen, gefolgt von einem Scharren, das klang, als wolle sie sich durch das Gestein graben. Erneut zitterte die Barrikade unter einem donnernden Schlag, dann vernahm ich sich rasch entfernende Schritte wie von einem riesigen Insekt. Ich entspannte mich ein wenig und wartete, bis ich sicher war, dass das Wesen nicht mehr zurückkehren würde. Dann schlich ich bis auf Armlänge an den Eingang heran. Auf dem Korridor war nichts zu hören.

Vorsichtig setzte ich die Eisenstange an, hebelte einen der massiven Balken aus der Barriere und sah durch die neu entstandene Öffnung. Der Flur wirkte verlassen. Behutsam vergrößerte ich das Loch in der Tür und kroch nach draußen. Dort verharrte ich und lauschte. Durch den Turm heulte der Wind, sonst herrschte Stille. Der rußbedeckte Korridor verlor sich in einer weiten Biegung. Ich orientierte mich und schlug die Richtung ein, in der das Treppenhaus liegen musste. Alle fünfzehn Schritte klafften Türöffnungen in den Wänden. An jeder hielt ich inne, doch die dahinter liegenden Räume waren leer.

Bizarre Insekten bevölkerten in dieser Höhe des Turms Böden, Decken und Wände, krochen, glitten, hüpften oder flogen davon, wenn ich in die Eingänge trat. Unablässig waren sie damit beschäftigt, sich zu vermehren und gegenseitig aufzufressen, sich immer weiter zu vermehren und zu fressen und zu fressen, nur um ihrerseits von den allgegenwärtigen Schwämmen gefressen zu werden, hüfthohen, unförmigen Klumpen, die wie Industriestaubsauger durch die Flure des Turmes krochen und alles absorbierten, was unter ihre aufgedunsenen Leiber geriet. Die Insekten reproduzierten sich jedoch ebenso schnell, wie sie dezimiert wurden. Alles war erfüllt vom Knistern und Schwirren ihrer Myriaden von Beinen und Flügeln.

Meine Schritte waren nahezu unhörbar; der weiche, feuchte Schimmelteppich auf dem Boden des Korridors schluckte jeglichen Laut. Ein verstohlenes Geräusch, das wenige Meter weiter hinter einer scharfen Biegung erklang, ließ mich innehalten. Nach einigen Sekunden glaubte ich bereits, mich getäuscht zu haben, und ließ den angehaltenen Atem lautlos aus den Lungen strömen. Im gleichen Moment ertönte das

Geräusch erneut – ein träges, gleichförmiges Scharren, bald begleitet von einem Keuchen und Knurren, das an die Laute erinnerte, die das Wesen vor der Barriere ausgestoßen hatte. Meine Handknöchel traten weiß hervor, als ich die Eisenstange fester umklammerte. Das Metall in meiner Faust fühlte sich heiß an. Ich holte tief Luft und näherte mich langsam der Korridorbiegung. Allerdings achtete ich dabei nicht auf den Boden – und auf das handgroße Insekt, das dort kauerte. Knirschend zerplatzte die Kreatur unter meiner Fußsohle.

Augenblicklich erstarb das Knurren hinter der Kurve. Ich schrie auf, holte mit der Stange aus und schlug sie hart gegen die Mauer, dreimal, viermal, bis sie mir durch die Wucht der Aufschläge schier aus den Händen gerissen wurde. Ihr metallisches Dröhnen schallte verräterisch laut durch die Flure. Ehe der letzte Ton verklungen war, hob ich die Waffe mit beiden Händen weit über den Kopf und stürzte nach vorn, bereit, alles zu zerschmettern, was sich mir entgegenstellte.

Der Gang hinter der Biegung führte zur Galerie. Schwere Bronzelüster hingen wie erstarrte Klauen von der Decke herab, an den Wänden vergammelten die Überreste von Gemälden und Gobelins. Von den Insekten und Schwämmen blank genagt, lagen Fragmente menschlicher Skelette auf dem Boden verstreut; Handknochen, Rippenkäfige, Becken, Wirbelsäulen, Schädel ...

Flüchtig erkannte ich ein unförmiges, dunkles Etwas, das auf einer Vielzahl von Armen und Beinen davonrannte; ein Gebilde aus Käfer- und Spinnenbeinen, das einen sackartigen, pelzbedeckten Körper hinter sich herschleifte. Ein widerlicher Gestank wehte durchs Treppenhaus, abgesondert aus zahllosen Drüsen seines schwarzen, unförmigen Leibes. Heulend hetzte das Wesen abwärts und erzeugte einen Lärm, als poltere eine schwere Kiste die Treppe hinab. Es sah sich nur einmal um, warf mir einen unergründlichen Blick zu und war einen Lidschlag später verschwunden. Als sich das letzte Echo seiner Flucht in der Tiefe verloren hatte, senkte ich meine Waffe und lehnte mich mit hämmerndem Herzen gegen die Wand. Etwas nässte meinen Rücken, warm und klebrig, und zwang mich, mich umzudrehen.

Von der Mauer troff breiiges, dunkelrotes Blut, formte ein vertrautes Symbol, bei dessen Anblick sich ein stechender Schmerz in meiner Brust ausbreitete. Etwas, das niemals fähig sein würde, zu leben, fing an, sich wieder in mir zu regen, begann umherzukriechen, in dem sinnlosen Versuch, an die Oberfläche zu gelangen. Sein blutiges Stigma rief mir in Erinnerung, wie alles begonnen hatte. Es verhöhnte die Schlange, die geglaubt hatte, sie sei stärker als der Drache ...

[illegible] in der Tiefe [illegible] merkte ich meine Wut und [illegible] gegen die Wände, [illegible] war, [illegible] [illegible].

[illegible] blieb [illegible] bei [illegible] Schmerz [illegible] [illegible] Oberfläche [illegible] Sie [illegible] alles [illegible] an der Wand.

TEIL EINS

LiBYA

Der Tag, der geht, ist besser als der Tag, der kommt.

Altägyptisches Sprichwort

Mekropalladadium 1

Ich bäumte mich auf und rang nach Luft. Quälend langsam ließ der stechende Schmerz in meiner Brust wieder nach. Eine Weile blieb ich reglos liegen, lauschte dem Gesang der Arbeiter und dem vertrauten Geräusch der Schaufeln und Spitzhacken, dann öffnete ich die Augen. Ein orangerotes Glühen fraß sich durch meine Sehnerven und explodierte in meinem Hinterkopf. Stöhnend fuhr ich mir mit der Hand über das Gesicht und massierte die geschlossenen Lider. Als ich die Augen vorsichtig ein zweites Mal öffnete, war das Licht nicht mehr ganz so grell und ließ einzelne Formen und Umrisse erkennen.

Es war hell draußen. Ich lag in einem geräumigen Zelt, das von der Wüstensonne in einen Backofen verwandelt wurde, und wünschte mir nichts sehnlicher als einen Schluck Eiswasser. Alles an mir klebte vor Schweiß. Blinzelnd sah ich mich um und erkannte drei weitere Personen, die mich wachsam beobachteten.

»Was ist los?«, krächzte ich. »Was schaut ihr mich so an?« Meine Stimme klang, als hätte ich einen Werkzeugkasten verschluckt. Ich schaute schläfrig in die Runde. Károly, mein rumänischer Kollege, und Rahmed, der Beauftragte des ägyptischen Nationalmuseums, saßen auf Klapphockern neben meinem Bett, während Mohad, Rahmeds Bruder, mit seiner Leibesfülle den Arbeitstisch im Hintergrund des Zeltes belastete. Er warf unablässig einen kleinen, hellen Gegenstand in die Höhe und fing ihn blind wieder auf, wobei er mich aufmerksam musterte. Als mein Blickfeld sich endlich klärte, erkannte ich in dem Ding, das von Mohad auf seine Flugtauglichkeit geprüft wurde, einen faustgroßen Uräuskopf, der mindestens das Dreifache seines Alters in Pfund kosten musste. Britische Pfund wohlgemerkt, nicht ägyptische.

Die Schwäche in meinen Gliedern blieb, doch die Müdigkeit war schlagartig verflogen. »Um Himmels willen, leg das sofort wieder hin!«, rief ich (eine schamlose Übertreibung angesichts der Misstöne, die meine Stimmbänder erzeugten) und streckte die Hand aus, als könnte ich von meiner Liegestätte aus den drohenden Fall des Artefakts verhindern.

»Ruhig Blut, Hype.« Károly reichte mir eine Flasche mit Wasser. »Dieser alte Plunder ist nichts im Vergleich zu dem, was wir gefunden haben.«

Mein ausgestreckter Zeigefinger wanderte von Mohad auf meinen Kollegen. »Nenn mich nicht Hype!«, hustete ich. »Das hab ich dir schon tausendmal gesagt!«

»Ist wieder ganz der Alte«, kommentierte Rahmed in seiner typischen gleichgültigen Art. »Kaum von den Toten auferstanden, und schon auf Hundertachtzig.«

Ich nahm einen tiefen Schluck aus der Feldflasche und sank erschöpft auf die Matratze zurück. ›Hype‹ war Károlys albernes Kürzel für Hippolyt. Er hatte es bereits im Lager eingeführt, als er mich am zweiten Tag der Grabungen von einer nahen Anhöhe herab aus meinem Zelt gerufen hatte – über das ganze Camp hinweg und für alle hörbar. Ein Teil der Einheimischen, die unsere Zeltstadt bevölkerten, war der englischen Sprache mächtig, und so war ›Hype‹ mit unverhohlener Heiterkeit in den allgemeinen Wortschatz aufgenommen worden. Ihm hatte ich es zudem zu verdanken, dass ich seit über sechs Wochen in keinem vernünftigen Bett mehr geschlafen hatte.

Als Károly mich vor sieben Monaten mit gestochen scharfen Luftaufnahmen aufsuchte, um mir weiszumachen, bei dem darauf zu erkennenden Objekt handele es sich um eine Pyramide, war ich geneigt, seine Zurechnungsfähigkeit in Frage zu stellen. Es war, als käme dieser schnauzbärtige Wicht fünfhundert Jahre nach Kopernikus mit einer Satellitenaufnahme in mein Haus, um zu behaupten, die Erde sei doch eine Scheibe. Obwohl die Aufnahmen, die er vor mir ausbreitete, viel Spielraum für Spekulationen boten (was jedoch mehr an den Nachwehen einer durchzechten Nacht lag), verspürte ich große Lust, ihn vor lauter Empörung über diese Kopfgeburt aus der Wohnung zu werfen. Nur die Tatsache, dass Károly extra aus Rumänien angereist war, um mir das Bildmaterial zu präsentieren, ließ mich zumindest vor körperlicher Gewalt zurückschrecken. Hinzu kam, dass ich mich am Abend zuvor dermaßen zugesoffen hatte, dass jedes zu laute Wort wie Hörnerschall in meinem Schädel dröhnte. Kurz gesagt: Károly hatte sich für seinen Besuch und seine Pyramiden-Spinnereien den völlig falschen Tag ausgesucht. Also reservierte ich ihm ein Hotelzimmer in der Stadt, empfahl ihm eine Bootsfahrt auf dem River Clyde und verabredete mich für den Nachmittag des nächsten Tages mit ihm.

Károly fiel in den folgenden vierundzwanzig Stunden weder dem schottischen Essen zum Opfer noch wurde er wegen Unzurechnungsfähigkeit verhaftet. Zur verabredeten Stunde stand er vor meiner Haustür, und die Luftaufnahmen hatte er ebenfalls wieder dabei. Kein Zweifel, er meinte es ernst!

Sichtlich nüchterner als am Vortag, erklärte ich mich bereit, das Bildmaterial noch einmal zu studieren und mit Károly über eine von ihm angestrebte Ausgrabung zu diskutieren. Ich gab dem Fotografen eine Chance, mich zu überzeugen.

Auf den zweiten Blick ließen die Aufnahmen tatsächlich kühne Vermutungen zu, doch diese waren angesichts einer so enigmatischen Kultur wie der altägyptischen derart absonderlich, dass ich mich erst nach tagelangem Abwägen überreden ließ, die Mittel für eine mehrwöchige Ausgrabung zur Verfügung zu stellen, um dem Phänomen auf den Grund zu gehen. Károly war damit einverstanden, dass ich als Finanzier das Projekt und er die Grabungen leitete.

Es folgten vier Monate der Vorbereitung und Hunderte von Telefonaten, die allein schon den Kosten eines mehrwöchigen Karibikurlaubs entsprachen. Die verdächtige Felsformation befand sich am Rande des Djebel Uweinat, einem Doppelbergmassiv im äußersten Südwesten Ägyptens. Sie erhob sich drei Kilometer von seiner Ostflanke entfernt beinahe achtzig Meter hoch über die *Reg*, eine brettebene, endlos erscheinende Geröllwüste, die im Norden vom großen Sandsee begrenzt wurde. Unsere Zeltstadt, die wir wegen der mörderischen Tageshitze über Nacht errichteten, lag unmittelbar an den Grenzen zu Libyen und dem Sudan und wurde während der ersten Grabungswoche fast täglich von Militärmaschinen überflogen oder misstrauischen Patrouillen der beiden Anrainerstaaten besucht. Beide Länder verschoben in diesen Regionen ihre Grenzen gerne einmal um ein paar Kilometer nach Norden oder Osten. Zu unserer Sicherheit bewachten zwei Dutzend bewaffnete Posten das Lager rund um die Uhr. Die Libyer bezogen auf einem Höhenzug, der ein paar Kilometer weiter westlich lag, ebenfalls Stellung und beobachteten von dort aus unser Treiben.

Nach tagelangen Berechnungen und Messungen, ob wir nicht doch von einer Laune der Natur, womöglich einer von Wind und Sand verformten Bergkuppe, zum Narren gehalten worden waren, bestand kein Zweifel mehr: Unter der meterhohen Erosionsschicht befanden sich tatsächlich die Reste eine Pyramide – doch sie besaß nicht vier Seiten, sondern sechs!

Dass das im Lauf der Jahrtausende stark verwitterte Bauwerk erst jetzt entdeckt wurde, war kaum verwunderlich, denn es erhob sich nicht – wie die Pyramiden von Meroe, Nuri, Giseh oder jene am Djebel Barkal – im Osten des Landes, sondern inmitten der Libyschen Wüste, über sechshundert Kilometer vom lebenspendenden Nil und den alten Kulturzentren entfernt. Diese Tatsache war so abnorm, dass ich sie erst akzeptierte, als die Beweise dafür unumstößlich auf meinem Arbeitstisch lagen – als Seitenansicht, Draufsicht und zusätzliche spekulative Risszeichnung.

In gewissem Sinne ähnelte das, was von der Konstruktion übrig war, den Resten der Teti- oder der Hauwara-Pyramide: Ein großer runder Schutthügel, den ein Laie nicht einmal dann als Stufenbau identifizieren könnte, wenn Osiris ihn persönlich darauf aufmerksam machen würde. Dass Károly ihn als solchen entlarvt hatte, verdankten wir den NASA-Messdaten der *Shuttle Radar Topography Mission.*

Eine Pyramide, die mit der Spitze nach unten im Boden steckt, hätte ich eher anerkannt als ein Bauwerk wie dieses. Seit undenklichen Zeiten hatten die alten Ägypter ein Quadrat oder Rechteck zur Basis genommen, doch niemals ein Hexagon. Selbst das Weltbild dieses Volkes war das eines flachen Rechtecks, welches vom Nil durchflossen wurde, und an dessen vier Kanten sich massive Pfeiler befanden, die die (natürlich rechteckige) Himmelsdecke trugen.

Zuerst vermuteten wir, dass das Fundament der Pyramide ursprünglich zwanzig, wenn nicht sogar dreißig Meter tiefer lag und im Laufe der Jahrtausende vom Wüstensand verschluckt wurde wie einst der Sphinx von Giseh. Die Georadar-Messungen ergaben jedoch, dass ihre Struktur kaum mehr als acht Meter tief in den Untergrund reichte. Die herrschende Trockenheit und das fast zweitausend Meter hohe Bergmassiv des Djebel Uweinat, dessen Flanken die starken Westwinde abhielten, hatten das Bauwerk weitgehend davor bewahrt, unter Flug- und Schwemmsand begraben zu werden.

Am Fuß der nach Osten ausgerichteten Pyramidenseite hatten die Messgeräte zudem einen spaltartigen Einschnitt unter dem Erdreich ausgemacht, der in einem Meter Tiefe begann und sich bis zum Baugrund auf fast anderthalb Meter Breite weitete. Flankiert wurde er von zwei schmalen, senkrechten Vorbauten, die wir für die Säulen eines Pylonen hielten.

Elf Tage dauerte es, bis wir den Eingangsbereich freigelegt hatten. Wir hatten gehofft, dass die Pilaster mit Inschriften versehen wären, die uns helfen könnten, einen Teil der Geheimnisse um die Erbauer der Pyramide zu lüften, doch wir wurden enttäuscht. Falls sich einst Schriftzeichen oder Gravuren auf den übermannshohen Scheinsäulen befunden hatten, waren sie von Wind und Sand abgeschliffen oder von Menschenhand absichtlich entfernt worden – lange, bevor die Wüste den Eingangsbereich verschluckt hatte.

Die Entdeckung, dass beide Pilaster hohl waren, sorgte für die nächste große Aufregung im Lager, doch als was sie sich letztlich entpuppten, verschlug uns allen die Sprache. Die Vorbauten, die wir für Pylonsäulen gehalten hatten, waren primitive, aufrecht stehende Steinsarkophage! Jeder von ihnen beherbergte einen mumifizierten Wächter – aufrecht stehend bestattet, mit einer bronzenen Lanze in den zusammengeschnürten Händen. Die Pyloren waren weder bandagiert noch mit wertvollen Accessoires geschmückt, sondern nur einbalsamiert und in einer schlichten, leidlich gut erhaltenen Uniform beigesetzt worden, die aussah, als sei sie aus Krokodilsleder gefertigt. Die skelettierten Schädel der Torwächter waren nach hinten gefallen, ihre Unterkiefer wie zu einem letzten Schrei herabgesunken – und in der Kieferhöhle jedes Toten ruhte ein steinerner Uräuskopf.

Die ägyptische Antikenverwaltung ordnete an, die Mumien zur Untersuchung und Altersbestimmung umgehend nach Assuan zu überführen. Zudem stellte man uns – anscheinend hellhörig geworden – Rahmed Hanzah zur Seite. Er sollte von nun an die Grabungen mit beaufsichtigen und dem Kultusministerium über alle neuen archäologischen Erkenntnisse Bericht erstatten. Zum Glück kannte ich Rahmed und seinen Bruder bereits seit Jahren und wusste, dass er die ihm von der

Antikenverwaltung in die Hand gegebenen Zügel nicht zu straff anziehen würde.

Als wir bereits glaubten, gegen weitere Sensationen gefeit zu sein, erhielten wir das Ergebnis der Radiokarbon-Analyse. Laut C14-Untersuchung betrug das Alter der bestatteten Wächter mehr als zehntausend Jahre! Radiometrische Messungen bestätigten eine Datierung ihrer Beisetzung um das Jahr 8200 vor Christus. Die Pyramide war somit über fünftausend Jahre älter als der Stufenbau von Sakkara – wobei nicht auszuschließen war, dass ihr Bau noch früher stattgefunden hatte.

Károly platzte schier vor Berufsstolz. Seinem Instinkt war es zu verdanken gewesen, dass wir das bislang älteste Steinbauwerk der Menschheit entdeckt hatten. Während er mit Rahmed und den Arbeitern abends eine kleine, improvisierte Feier veranstaltete, hockte ich ein paar hundert Meter vom Lager entfernt mit einer Flasche Whisky auf einer Anhöhe und zählte weiße Mäuse. Seit die Ausgrabungen begonnen hatten, zerrte dieses steinerne Unding dort draußen an meinen Nerven, und die Anspannung verlangte immer öfter danach, sich Luft zu machen. Das war der Grund, weshalb ich so gereizt war und die Arbeiter den Namen ›Hype‹ ausgesprochen passend fanden.

Die nächste Überraschung erwartete uns im Inneren der Pyramide: Nachdem wir den Eingangsschacht von Sand und Geröll befreit hatten, stießen wir in einer Tiefe von sechs Metern auf einen horizontalen, mit Schutt und Kies gefüllten Gang, der ins Innere des Bauwerks führte. Seltsamerweise schien er nicht auf natürliche Weise von Flugsand, angeschwemmtem Geröll und herabgestürzten Felsen verschüttet worden zu sein. Die Decke war weitgehend intakt und der Stollen zu lang, um es dem Wind zu ermöglichen, Sand bis in die hintersten Winkel zu treiben. Aus einem noch unerfindlichen Grund schien der Gang vor Jahrtausenden absichtlich aufgefüllt worden zu sein.

Gesteinsproben aus dem Inneren machten deutlich, dass das Bauwerk in Wirklichkeit nur eine ›halbe‹ Pyramide war. Während die Steinquader der äußeren Hülle aus nubischem Sandstein gehauen waren, bestand ihr Kern aus massivem, wasserundurchlässigem Vulkangestein. Den Gang, der ins Innere führte, hatte man bereits nach wenigen, noch von Sandsteinmauern gesäumten Metern ins massive Felsgestein getrieben. Es wirkte fast, als hätten die Erbauer sich die Mühe ersparen wollen, eine komplette Pyramide vom Fundament bis zur Spitze zu errichten und stattdessen ›nur‹ einen kleinen, erloschenen Vulkankegel verkleidet. Sollte diese Hypothese zutreffen, konnte sie zumindest die für ein solches Unterfangen geeignetere Sechseck-Form des Bauwerks erklären.

Ein Vulkan in dieser Gegend war keinesfalls etwas Besonderes. Der gesamte Djebel Uweinat war das Resultat vulkanischer Aktivität, wie auch der ursprüngliche Name des Bergmassivs verdeutlicht: Djebel Nari – Feuerberg. Südöstlich des Gilf Kebir erheben sich die *Eight Bells* und die Clayton-Krater. Eine Fülle von Felsgravuren in den Höhlen des Wadi Surah und des Wadi Talh beweisen, dass die Region schon zur Zeit der Erbauung der Pyramide fruchtbar und von Menschen bevölkert war. Vor sechs- bis zwölftausend Jahren gab es in den Tälern am Fuße des Gilf Kebir große Seen, und viele Felszeichnungen zeigen Tiere und jagende, tanzende und schwimmende Gestalten. Im Inneren der Clayton-Krater fanden sich zudem zahlreiche Steinkreise, die von der Wissenschaft bisher noch nicht zeitlich eingeordnet werden konnten. Womöglich stammten sie von demselben rätselhaften Volk, das einst die Pyramide über dem erloschenen Vulkankegel errichtet hatte.

Während Károly, Rahmed und ich bemüht waren, irgendwo im Inneren des Bauwerks eine Antwort auf unsere Fragen zu finden, ging es mit meiner Gesundheit plötzlich rapide bergab. Es begann mit fürchterlichen Nacken- und Kopfschmerzen, dann folgte das Fieber. Das Letzte, an das ich mich erinnerte, waren Satzfetzen einer Unterhaltung zwischen Károly und Rahmed, wie man am geschicktesten einen Deckenversturz abtragen konnte, der dreißig Meter hinter dem Eingang den Stollen blockierte.

»Wie fühlst du dich?«, fragte Mohad, nachdem ich die Augen wieder aufgeschlagen und ausgiebig gehustet hatte.

»Gut.«

»Gut? Bis heute Morgen glaubten wir, du würdest jeden Moment das Zeitliche segnen.«

»Es geht mir gut«, log ich. »Ehrlich.« In Wirklichkeit fühlte ich mich, als hätte man mich einhundert Kilometer durch die Wüste geritten. »Wie lange war ich weg?«

Károly zögerte, dann sagte er: »Vier Tage.«

»Vier Tage ...?« Ich sah alle der Reihe nach an.

»Und Nächte«, ergänzte Mohad.

»Dein Fieber war so hoch, dass wir dir nachts unseren Kaffee auf den Bauch gestellt haben, damit er nicht kalt wird«, grinste Károly. »Du hättest mal sehen sollen, wie du geleuchtet hast, wenn man dich durch die Infrarotkamera betrachtete. Ich sag dir, das war extraterrestrisch!«

»Sehr witzig.« Ich setzte mich erneut auf, ohne dass mich jemand daran hinderte. »Mann, hab ich vielleicht einen Scheiß geträumt ... Was ist überhaupt passiert?«

»Du bist unten im Stollen auf einmal umgekippt«, erklärte Rahmed.

Sein Bruder legte den Uräuskopf beiseite, rutschte vom erleichtert ächzenden Tisch und kam herüber. »Zuerst glaubten wir, es läge am Stickstoff, und du bräuchtest nur etwas frische Luft. Später, als das Fieber kam, dachten wir, du hättest vielleicht etwas von den giftigen Pilzen abgekriegt, die die Stollenwände bedecken. Dann operierte unser gelobter Feldarzt das hier aus deinem Nacken.« Er griff neben sich in ein Sideboard und holte einen verschlossenen Glasbehälter heraus, den er mir vors Gesicht hielt. Er war zu drei Vierteln mit einer gelblichen Flüssigkeit gefüllt. In ihr schwamm ein dünner, fingerlanger Wurm.

Falls ich nicht bereits bleich war, dann wurde ich es jetzt. »Das ... das ist nicht euer Ernst ...« Ich schluckte. »Ihr wollt mich auf den Arm nehmen, oder?«

»Tut mir Leid, Hype, aber dieser niedliche Kerl hatte sich in deinem Fleisch einquartiert. Es war kein Wespenstich, wie du dachtest, sondern ein Parasit.« Károlys Gesicht war ernst, nicht die geringste Spur von Humor lag in seinen Augen.

»Du kannst *Re* danken, dass du noch am Leben bist«, übernahm Rahmed das Wort. »Viele Archäologen und Grabräuber sind nicht mehr aufgewacht. Sehr viele ...«

Ich starrte den toten Wurm an und strich über die noch immer schmerzende Schwellung an meinem Genick, von der ich angenommen hatte, sie rühre vom Stich einer Sandwespe her. »Was ist das?«

»*Dracuncul peroria*«, erklärte Mohad. Er stellte das Gefäß ins Sideboard zurück. »Seine Drüsen sind giftig. Wahrscheinlich hast du mit dem Kopf die Stollendecke berührt und ihn einfach mitgerissen. Oder er hat dich aus ein paar Metern Entfernung angesprungen. Wer weiß, wozu diese Viecher fähig sind ...«

»Natürlich.« Ich versuchte, auf die Beine zu kommen. Károly stützte mich und bedachte mich mit einem tadelnden Blick. Ich ignorierte ihn. Vier Tage in der Horizontalen waren wirklich ausreichend. Ein Schwindelanfall, der mich in die Knie sacken ließ, legte sich nach wenigen Sekunden. Dann stand ich; unsicher zwar, aber ich stand. Unter aufmerksamen Blicken schlurfte ich zum Arbeitstisch, begutachtete den Uräuskopf, der das steinerne Haupt einer Kobra darstellte, und legte ihn schließlich in eine mit Tuch gepolsterte Box, wo er wahrscheinlich hingehörte. Schließlich streckte ich mich ausgiebig und drehte mich um. »Was, sagtet ihr, habt ihr gefunden?«

Mohad warf einen bedeutungsvollen Blick zu Károly und sagte: »Die Grabkammer – oder was auch immer …«

All ihr Protestieren nützte nichts. Nachdem ich mich gewaschen und die schweißdurchnässte Kleidung gewechselt hatte, bestand ich darauf, hinab in den Stollen zu gehen. Es war heller Nachmittag, mörderisch heiß und trocken. Die Sonne stand zwar nicht mehr im Zenit, aber das tat den klimatischen Bedingungen in der *Reg* keinen Abbruch. Die Wüstenluft war so dick, dass man sie hätte durch die Gegend schieben können. Von meinem Zelt bis zum Eingang in die Pyramide waren es gerade mal zweihundert Meter, aber der Weg führte unentwegt über Geröll bergauf. Als wir im Halbschatten des Überzeltes, das man vor dem Eingang errichtet hatte, ankamen, fühlte ich mich wie nach einem Gewaltmarsch. Meine Kehle brannte und war staubtrocken. Zudem hatte ich das Gefühl, die Sohlen meiner Schuhe seien unterwegs geschmolzen.

Ein halbes Dutzend Arbeiter grub hier mit Pickeln und Harken am Fuß der Pyramide oder unten im Stollen. Andere hievten Eimer um Eimer mit Erdreich und Geröll aus dem Eingangsschacht. Eine Kette aus Trägern schlängelte sich den Abhang hinunter, die meisten wie Rahmed und Mohad mit Turban oder Ghutra, weiten Gewändern und blütenweißen Dishdascas. Andere, die weniger Wert auf traditionelle Kleidung legten, trugen Baseballmützen und T-Shirts. Unten im Lager durchsiebten zwei Arbeiter den eintreffenden Inhalt auf mögliche Fundstücke. Alles verlief wie einstudiert, fast so, als wären diese Menschen von den Pharaonen für das Schleppen von Steinen erschaffen worden. Allerdings wäre ich noch viel zufriedener, wenn dieses Volk bei der Arbeit nicht ständig singen würde.

Außer den Bruchstücken einer Kanope hatten wir bisher keine Artefakte im Stollen gefunden, und die Gefäßscherben waren gut und gerne sechstausend Jahre jünger als das Bauwerk selbst. Der Eingang in die Pyramide glich mehr dem einer Klufthöhle. Ein etwa anderthalb Meter hoher und einen Meter breiter Spalt fiel fast fünf Meter steil ab wie eine Rutschbahn. Von dort führte der mannshohe, teilweise noch mit Schutt gefüllte Stollen schnurgerade in die Tiefen des Bauwerks.

Die Luft unten im Gang war anfangs so schlecht gewesen, dass die Arbeiter es nur eine Stunde am Tag im Inneren aushielten, was die Grabungen erheblich verzögert hatte. Schon nach einer halben Stunde klagten alle über derart heftige Kopfschmerzen, dass zehn Gruppen gebildet werden mussten, von denen jede nach ihrer einstündigen Grabungsschicht einen Tag Zeit hatte, sich zu erholen. Der Stickstoffgehalt im Stollen war so enorm, dass brennende Kerzen nach zwanzig Minuten erloschen. Nun tuckerte ein Kompressor außerhalb des Ganges, der über einen dicken Schlauch Frischluft in die Tiefe pumpte. Um nicht auf dem staubigen Grund der ›Rutschbahn‹ den Halt zu verlieren, führte ein Seil in die Tiefe, an dem man sich festklammern konnte, während man auf dem Hosenboden hinabglitt. Zu viert standen wir schließlich mit leistungsstarken Taschenlampen ausgerüstet in der Enge des Stollens.

»Die Kammer ist noch unberührt«, informierte mich Mohad. »Eine massive, versiegelte Tür versperrt den Eingang.«

»Ihr habt sie nicht geöffnet?«

»Nein, alles ist noch so, wie wir es gestern vorfanden.«

Károly sagte: »Wir waren der Meinung, du solltest dabei sein, wenn wir hineingehen.« Er schaltete seine Lampe an und drang in den Stollen vor.

Ich tat es ihm gleich und folgte ihm, geehrt, bewegt und aufgeregt. Hinter mir lief Rahmed, sein Bruder bildete die Nachhut. Die Luft war trotz des eingeleiteten Sauerstoffs immer noch muffig und roch zudem nach Schimmel, Fäulnis und so etwas wie Essig oder Ameisensäure.

»Was stinkt hier so?«, fragte ich, ohne den Kopf zu heben.

»Ammoniak«, erklärte Rahmed.

Unsere Stimmen und Schritte klangen dumpf. Ich schielte immer wieder zur Decke, ob sich in den Ritzen und Spalten irgendetwas verräterisch ringelte, konnte aber nichts entdecken.

»Wir haben das Felsgestein mit Ammoniumchlorid abgespritzt«, erklärte Rahmed, dem meine besorgten Blicke wohl nicht entgangen waren. »Hier drin kriecht bestimmt kein Wurm mehr herum.«

»Dafür hat sich Ammoniak gebildet«, warf Károly ein. »Wir waren genötigt, einen der Generatoren aus der Zeltküche zu holen, um Atemluft in den Gang zu pumpen. Aber irgendwie scheinen die Wände den Sauerstoff zu absorbieren und nur das zurückzulassen, was dem Menschen schadet. So, hier wären wir!« Er hielt inne und beleuchtete eine behauene Felsplatte, die das Weiterkommen verhinderte.

Ich zwängte mich an ihm vorbei und ließ mich mit pochendem Herzen auf die Knie nieder, um das Siegel zu betrachten. Károly, Rahmed und Mohad bildeten hinter mir eine Phalanx aus Taschenlampen, die die Dunkelheit zum Tag werden ließ. Zitternd strich ich über das Gestein, ließ meine Finger entlang der eingemeißelten Muster wandern.

»Das sind keine Hieroglyphen«, flüsterte ich. »Und auch kein Determinativ, das ich kenne. Nirgendwo kommt ein solches Symbol vor.« Ich zog die Hand zurück. »Derartige Schriftzeichen habe ich nie zuvor gesehen; zu geschwungen und verschachtelt für eine Urform der Glyphen, doch auch viel zu geometrisch für das Hieratische ...«

»Es sind keine Zeichen der mir bekannten Reiche«, gestand Rahmed. »Aber das Siegelbild zeigt auch kein Motiv einer mir bekannten Gottheit oder eines Pharaonengeschlechtes.«

Ich sah ihn über die Schulter hinweg an. Rahmed war eine wandelnde Datenbank, ein menschliches Bildarchiv und einer der besten Archäologen, die das Kairoer Nationalmuseum aufzubieten hatte. Wenn *er* sagte, dass er es nicht kannte ...

»Dann sind wir hier wohl auf etwas Neues gestoßen«, vollendete Károly meine Gedanken laut.

»Oder etwas sehr Altes«, widersprach Rahmed.

Ich musterte ihn. Sein Gesicht war angespannt, sein Blick fast furchtsam. Er hatte große Achtung vor seiner Kultur, ihrer Mythologie und den alten Traditionen, doch er fürchtete das Unbekannte, das älter war als jene Götter, die seine Ahnen angebetet hatten.

»Es ist nicht ägyptisch«, murmelte er.

»Bitte?« Károly drängte sich ein Stück weiter nach vorne. »Sind wir denn nicht in Ägypten?«

Rahmed schüttelte den Kopf. »Nein, Freunde. Ägypten ist überall, nur nicht hier unten.«

»Unsinn«, urteilte Károly. »Vor uns prangt lediglich der Beweis, dass die Kemet-Kultur viel älter ist, als man bisher annahm.«

»Der Einflussbereich Ägyptens reichte selbst in seiner Blütezeit gerade mal zwei- bis dreihundert Kilometer weit über das Niltal hinaus in die westliche Wüste«, entgegnete Rahmed, »und südlich von Theben kaum mehr als fünfzig Kilometer. Wir jedoch sind über sechshundert Kilometer vom Nil entfernt ...«

»Alles nur eine Frage des Alters«, konterte Károly. »Wenn man die damalige Stellung der Erdachse zugrunde legt, zeigt ein Luftschacht der Cheops-Pyramide in seiner Verlängerung genau auf das Sternbild des Osiris – und zwar so wie es vor knapp elftausend Jahren ausgesehen hat!«

»Nicht schon wieder diese Geschichte!«, stöhnte ich.

»Und vor ebenfalls elftausend Jahren«, zeigte sich Károly von meinem Protest unbeeindruckt, »blickte der Sphinx auf sein eigenes Sternbild, das des Löwen.«

»Zweifellos«, seufzte Rahmed. »Aber das bedeutet noch

lange nicht, dass Giseh sechstausend Jahre älter ist als die Pharaonen.«

»Warum nicht? Die Kerle haben sich in den Pyramiden schließlich nur bestatten lassen. Vielleicht übernahmen sie aus Bequemlichkeit das Erbe einer viel älteren Hochkultur.«

»Weißt du, was der Generalsekretär der Antikenverwaltung mit mir macht, wenn ich ihm diesen Unsinn unter die Nase reibe?«

»Wir stehen in einem ägyptischen Grabbau!«, beharrte Károly. »Zu Beginn der Jungsteinzeit verehrten eure Vorfahren fremde Götter und vielleicht sogar schon eine Art Pharaonengeschlecht, das sich in sechseckigen Pyramiden bestatten ließ.« Er blickte erwartungsvoll in die Runde. »Wir schreiben hier die Geschichte des Neolithikums neu!«

Ich warf ihm einen knappen Blick zu, dann studierte ich wieder das geheimnisvolle Relief. Ein Doppelkranz aus eigenartigen Schriftzeichen, die nicht das Geringste mit vergleichsweise grobschlächtigen Hieroglyphen gemein hatten, umgab ein Mischwesen, das einen Gott oder ein Tier darstellen mochte. Ein aufrecht gehendes Krokodil vielleicht, einen Drachen oder einen – Saurier?

Ich schluckte. Hatten die Erbauer dieser Anlage noch Urzeitreptilien gekannt?

»Meiner Meinung nach ist es eine frühe bildhafte Darstellung der Göttin Taweret«, mutmaßte Mohad. »Schon die Tatsache, dass es sich bei ihr um eine sehr alte, vorgeschichtliche Gottheit handelt ...«

»Eine Gottheit des Niltals!«, warf ich ein.

»... lässt auf ein Taweret-Abbild schließen.« Der füllige Mann funkelte mich an.

Rahmed schürzte die Unterlippe, ein deutliches Zeichen, dass er vom Standpunkt seines Bruders nicht überzeugt war. »Taweret ist ein Mischwesen aus Nilpferd, schwangerer Frau, Krokodil und Löwe«, erklärte er. »Diese Kreatur hier sieht allerhöchstens aus wie ein Hybrid aus mehreren Reptilien; Echse und Schlange.«

Ich strich mit den Fingerkuppen über das Relief. Das fettleibige Wesen, das in der einen Klaue einen gewellten Stab oder eine zweite, kleinere Schlange trug, und in der anderen etwas, das aussah wie ein tragbarer Fernseher, ähnelte einem Theropoden mit Schlangenhals und ungewöhnlich langen Vorderarmen. Bei dem Gegenstand, den es trug, konnte es sich auch um eine Lade oder eine Schrifttafel handeln, die etwas zu dick dargestellt war. Oder ein ... – ich sah genauer hin – ein *Buch?!*

»Ausgeschlossen!«, protestierte Rahmed, als ich meine Vermutung aussprach. »Ich glaube, euch Europäern tut die Atmosphäre hier unten nicht gut. Bücher, die von Sauriern getragen werden, Pyramiden einer fremden Kultur, die plötzlich ägyptisch sein sollen. Womöglich erwartet ihr noch, dass wir hinter der Tür eine Sternwarte mit Spiegelteleskop entdecken.«

»Warum eigentlich nicht?«, schnappte Károly. »Ich frage mich, wieso du dich eigentlich so aufregst. Hast du Angst davor, dein Weltbild korrigieren zu müssen?«

Einige Zeit lang hörte man nur das gleichmäßige Zischen des Luftschlauches, der irgendwo hinter uns sein kostbares Atemgut in den Stollen entließ. Der Schweiß rann in Strömen über unsere Körper, denn zum stickigen Klima im Gang gesellte sich die heiße Wüstenluft, die vom Kompressor heruntergepumpt wurde.

»Was ist mit den Atemgeräten?«, fiel mir ein.

»Sie liegen oben«, antwortete Mohad.

»Geh sie bitte holen! Die Tür wird nicht aufgebrochen, ehe nicht für jeden eine Maske bereitliegt.«

»Wir sollten alle mit zurück«, meinte Rahmed. »Mein Bruder kann unmöglich vier Sauerstoffflaschen tragen. Zudem liegen alle Werkzeuge am Ende der Rutsche.«

Nachdem sich jeder von uns ein Atemgerät über die Schulter gehängt hatte, begaben wir uns mit Hämmern, Meißeln, einer handlichen Spitzhacke und einem Eimer voll feuchter Tonerde zur Tür zurück.

Rahmed bestand darauf, ein traditionelles Gebet zu sprechen, bevor wir mit der Arbeit begannen. Ich beherrschte seinen altägyptischen Dialekt nicht gut genug, um es zu verstehen, meinte aber, die Namen Anubis, Osiris und Apophis herauszuhören. Mein Blick klebte während der gemurmelten Oration auf dem Siegel. Wenn der Stickstoffgehalt bereits hier im Gang in derartiger Konzentration auftrat, war die Luft im dahinter liegenden Raum wahrscheinlich nur bedingt atembar. Womöglich herrschte in der Grabkammer – *falls* es denn eine war – ein derart ungesundes Gasgemisch, dass wir der Reihe nach umfielen, ehe wir wussten, wie uns geschah.

In erster Linie galt unsere Vorsichtsmaßnahme, Sauerstoffmasken anzulegen, einer weitaus heimtückischeren Gefahr; einem Fluch der Pharaonen mit dem klingenden Namen *aspergillus niger.* Es war ein Schimmelpilz, dessen Sporen bis zu viertausend Jahre überlebten und die einzuatmen tödliche Folgen haben konnte, sofern der Pilz in der Lunge zu wuchern begann. Nebenbei führte er zu Koptischer Krätze, einem äußerst schmerzhaften Ausschlag.

Aus Erfahrung vermutete ich, dass aufgrund von Mikroben in der Kammer jenseits der Tür ein geringer Überdruck herrschte. Da Schimmelpilzsporen extrem leicht sind und vom kleinsten Luftzug in die Atemluft geweht werden, würde uns ein wahrer Orkan von Sporen entgegenschlagen, sobald wir ein Loch in den Fels gestemmt hätten.

Gerüstet wie für einen Giftgasangriff, kauerten wir vor dem Siegel und zogen mit Ölkreide zwei Handbreit über dem Relief eine Markierungslinie. Dann überdeckten wir es mit Tonerde und schützten es zusätzlich mit Holzlatten vor herunterfallenden Gesteinsbrocken. Schließlich setzten Rahmed und Károly Hammer und Meißel an und begannen das obere Drittel der Wand zu bearbeiten. Das Gestein schien im Lauf der Jahrtausende porös geworden zu sein, denn mit nur wenigen Schlägen hatte Rahmed eine ansehnliche Mulde herausgebrochen. Während er sich mit Károly durch den Fels arbeitete, sorgte ich mit Mohad für die Beleuchtung. Wie Pistolenschüsse knallten die Hammerschläge durch den Stollen, und unsere Ohren waren von dem Gedröhne bald nahezu taub.

»Sobald ihr den geringsten Luftzug spürt, gebt ihr Bescheid«, warnte ich. Jeder von uns trug eine leichte Atemschutzmaske, die die staubige Luft und die Sporen filterte. Sollte sich der Raum hinter der Tür als begehbar erweisen, würden wir für eine erste Erkundung die schwereren Sauerstoffmasken anziehen, die wir in einigen Metern Entfernung deponiert hatten.

Die Scheintür maß etwa einhundertzwanzig Zentimeter in der Breite und knapp zwei Meter in der Höhe. Unklar blieb, wie tief sie noch in den Untergrund reichte. Das Siegel befand sich knapp über dem Boden. Ging ich davon aus, dass es ursprünglich in Kopfhöhe angebracht worden war, dann steckte die Wand noch ein gutes Stück im Schutt.

Aber von wessen Kopfhöhe sollte ich ausgehen? Von der eines Menschen, der vor zehn- oder zwanzigtausend Jahren gelebt hatte und annähernd hundertfünfzig Zentimeter groß war? Oder von der eines großen, aufrecht gehenden Reptils? Vielleicht war der Stollen ursprünglich abschüssig angelegt worden und hier an seinem Ende meterhoch mit Sand und Geröll gefüllt. Vielleicht befanden wir uns dicht unter der Decke, und hinter der Tür ging es erst einmal ein Dutzend Meter bergab bis zum eigentlichen Raumboden; in eine Kammer, hoch genug für einen Saurier …

Vielleicht geht gerade deine Phantasie mit dir durch, Krispin!

»Ich glaube, ich habe es gleich geschafft!«, rief Rahmed.

»Gut, dann hört auf«, bestimmte ich.

Ein leises, schneidendes Zischen drang aus Rahmeds Mulde, als er seinen Meißel zurückzog. Es klang, als ob man auf den Knopf einer Spraydose drückte.

»Hört ihr das?«, fragte Mohad. Im selben Moment ertönte ein trockener Knall, und ein feiner Riss verlief senkrecht durch die Tür bis hinab zum Siegel. Einen Lidschlag später folgte ein eigenartiges Geräusch, das sofort von einem gewaltigen Brausen abgelöst wurde. In der Mulde, die Rahmed geschlagen hatte, klaffte unvermittelt ein mehr als handtellergroßes Loch. Der Meißel, der mindestens vier Pfund wiegen musste, rutschte Rahmed aus der Hand, schoss durch die neu entstandene Öffnung und war verschwunden.

»Was zum ...?«, setzte Károly an. Die restlichen Worte wurden ihm förmlich von den Lippen gerissen. Sein Gesicht lief krebsrot an, seine Augäpfel traten hervor wie bei einem Frosch. Wind zerwühlte unsere Haare, die in Richtung des Durchbruchs geweht wurden. Meine Trommelfelle begannen zu klingeln, während die Luft um uns herum schlagartig dünner wurde. Der Schal des Turbans, den Rahmed sich locker um den Hals gewickelt hatte, wurde von dem Sog erfasst und in das Loch gesaugt. Rahmed stieß einen ungläubigen Laut aus, wurde nach vorne gerissen und schlug mit dem Gesicht genau in die Mulde. Ein grauenvolles Geräusch aus dem Inneren seines Körpers ertönte, die Gummiträger seiner Atemschutzmaske rissen entzwei, dann zuckte er noch einmal und erschlaffte.

Mohad stürzte mit einem Schrei heran, um seinen Bruder zurückzuziehen, doch dieser klebte an der Tür, als sei sein Gesicht mit dem Loch, das sich aufgetan hatte, verwachsen. Ich wollte ihn daran hindern, ihm zuschreien, dass Rahmed unser Leben schützte, solange sein Körper dort hing, aber ich war durch den Schock wie gelähmt. Trotz der gewaltigen Kräfte, die an Rahmeds Gesicht zerrten, schaffte es Mohad, ihn von der Wand wegzureißen. Das hieß: Er riss das zurück, was von Rahmed übrig geblieben war. Etwas Langes, Bleiches wurde mit ihm aus der Öffnung gezogen. Rahmeds Körper sank zu Boden wie eine schlaffe Luftmatratze, und sein Bruder drehte ihn lamentierend auf den Rücken. Im nächsten Augenblick schrie er wie von Sinnen, und auch Károly konnte sich eines entsetzten Aufschreis nicht erwehren. Eine augenlose, furchtbar entstellte Fratze starrte uns an. Die Haut sah aus wie verzogene Knetmasse, als hätte sie sich vom Knochen gelöst. Aus Rahmeds Mund, einem blutigen Krater zwischen aufgedunsenen Lippen, stieg neben der weit herausquellenden Zunge ein glitschiges, rot-weißes Etwas zu der Öffnung in der Tür empor und entschwand in die Finsternis dahinter. Es war wahrscheinlich das Einzige, was sich noch im Körper des Unglücklichen befand, und das auch nur, weil es mit seinem Rektum verbunden war: Rahmeds Darm. Alle restlichen inneren Organe mussten von jener immensen Kraft, die hinter der Tür herrschte, aus seinem Leib herausgerissen worden sein – dem unbarmherzigen Sog eines Vakuums!

»Zurück zum Eingang!«, japste ich. »Schnell!«

Károly war aufgesprungen und hatte bereits einige Meter gewonnen, indes ich Mohad, der vor Entsetzen und Verzweiflung völlig benommen war, mit Gewalt von Rahmeds Leiche fortzerren musste. Atemlos stolperten und krochen wir durch den Stollen, während hinter uns das schneidende Zischen und Heulen weiterhin den Gang erfüllte. Heiße, staubige Luft schlug uns entgegen wie ein Sturmwind.

Ein Vakuum ... Wie hätte ich *das* ahnen sollen? Was, um alles in der Welt, befand sich hinter dieser Wand?

Unterhalb des Einganges blieben wir keuchend liegen. Die heiße Wüstenluft wehte heftig in die enge Spalte, und wir waren gezwungen, unsere Gesichter vor dem stechenden Flugsand zu schützen, den der Luftsog mit sich in die Tiefe riss.

Offensichtlich hatte man auch im Lager gemerkt, dass im Stollen etwas nicht mit rechten Dingen zuging. Vor dem Eingang sammelte sich eine Traube von Arbeitern und starrte mit einer Mischung aus Neugier und Furcht zu uns herab. Károly war der Erste, der sich die ›Rutschbahn‹ emporhangelte, Mohad musste wegen des Schocks mehr gezogen werden, als dass er zu klettern imstande war. Ich selbst stieg als Letzter empor.

Völlig konsterniert irrte ich durch die abendliche Zeltstadt. Mich quälte das Gefühl, ersticken zu müssen, sobald ich stehen blieb. In meinem Kopf spuckte eine rasend gewordene Gedankenmaschine immer wieder denselben Satz aus: *Es ist unmöglich! Es ist unmöglich! Es ist unmöglich . . . !*

Wie hatte in diesen uralten, von Menschenhand geschaffenen Mauern über zehntausend Jahre lang ein Vakuum überdauern können? Wie waren die Menschen der damaligen Zeit überhaupt in der Lage gewesen, mit ihren primitiven Mitteln einen luftleeren Raum zu erzeugen; dieses spärlich über das Land verstreute Volk von Hirten, Bauern und Jägern, das noch so weit von einer Hochkultur entfernt war wie die Neandertaler von der bemannten Raumfahrt? Die entzogene Luft hätte durch Risse und Spalten im Gestein augenblicklich wieder nachströmen müssen. Der gesamte Innenraum hätte irgendwann aufgrund des Unterdrucks implodieren müssen. Oder waren hier womöglich niemals Menschen am Werk gewesen? Hatte die Natur selbst das Vakuum geschaffen?

Ich schlug mir mit den Fäusten gegen die Schläfen. Nein, nein, und nochmals nein! Das alles war völlig paradox!

Die Furcht, etwas Schreckliches, Unwiderrufliches ausgelöst zu haben, lähmte meinen Verstand. Doch meine heimliche, unaussprechliche Vermutung, dass wir ein Tor in die Unendlichkeit aufgebrochen hatten, durch das die Luft in einen unbegreiflichen Kosmos hinübergesaugt wurde, bewahrheitete sich gottlob nicht. Nach etwas mehr als zwei Stunden verebbte der unheilvolle Sog. Ich verkroch mich in meinem Zelt und fiel erschöpft in einen unruhigen Schlaf.

Nach Einbruch der Dunkelheit kam Károly mit Jasched, einem der alten Vorarbeiter, und verkündete, dass über die Hälfte der Arbeiter das Weite gesucht hatten.

»Mohad hat ihnen erzählt, was vorgefallen ist«, erklärte er.

»Wie geht es ihm?«

»Er trauert, versprach aber, zur Stelle zu sein, sobald wir ihn brauchen.« Károly tauschte einen Blick mit dem Vorarbeiter und erklärte: »Er wird aber nicht mehr in den Stollen hinabgehen.«

»Will er nicht helfen, Rahmeds Leiche zu bergen?«

»Nein, *Sayed,* sicher nicht«, antwortete Jasched an seiner Stelle in akzentlastigem Englisch. »Der Aberglaube ist tief in ihm und den Arbeitern verwurzelt. Sie respektieren die Pharaonen, doch weitaus mehr fürchten sie die Flüche der Kemahor.«

»Der Kemahor?« Ich sah Károly an. »Wer soll das sein?«

»Lass ihn sprechen, Hype.«

»Man erzählt sich eine sehr alte Geschichte«, begann der Vorarbeiter, »von einem goldenen Land, das existierte, bevor die Wüste über Ägypten kam. Es war ein weites Savannenland, von Flüssen und Bächen durchströmt und mit lichtem Wald bewachsen, der sich bis auf die Berge hinaufzog.«

»Das ist keine Legende, sondern anhand archäologischer Funde bewiesen«, fiel ich ihm ins Wort.

Jasched wiegte den Kopf, als sei er verärgert, dass ich ihn unterbrochen hatte. »Behütet von den Göttern«, fuhr er schließlich fort, »ernährten die Menschen sich von dem, was die Natur ihnen reichlich bot: Feldfrüchte, Fische und Tiere, die sie selbst züchteten, nachdem sie es aufgegeben hatten, Wild zu jagen. So lebten sie Jahrhunderte lang – bis die Kemahor kamen, das schwarze Volk, das die Schlangen der Tiefe verehrte. Sie vertrieben die Menschen aus der Savanne, und jene, die aufbegehrten, versklavten sie ...«

»Augenblick!«, unterbrach ich Jasched. »Was soll das heißen: Das schwarze Volk, das Schlangen verehrte?« Ich blickte skeptisch zu Károly. »Was meint er? Nubier, die sich mit den Köpfen von Echsen und Schlangen schmückten oder einen Schlangenkult betrieben? Apophis-Jünger? Ophiten?«

»Keine Ophiten, *Sayed*«, verneinte der Vorarbeiter. »Ein Volk, das die Agarepth anbetete, die Schlangen der Duat. Sie priesen Seti-Hehu und die Wächterinnen der Feuergruben. Die Geschichte erzählt, dass sie für jene Agarepth, die sie führten, tief unter dem Land Gesereth Tempel erbaut hätten.«

»Gesereth, das westliche Land. Die Libysche Wüste.«

Jasched nickte. »Es heißt, die Kemahor besaßen die Macht, den Boden zu öffnen, und alle Wunden, die man ihnen zufügte, schlossen sich wieder.«

»Alle?«

»Ja, *Sayed.* Niemand vermochte sie zu töten. Sie besaßen Waffen; Schwerter, Lanzen und Rüstungen. Die Menschen der Savanne hatten keine Chance, gegen sie zu bestehen.«

»Was bedeutet Kemahor?«

»Jene, die ihre Zeit vollendet haben«, erklärte Jasched. »Die Seelen der Toten.«

Ich gab einen belustigten Laut von mir und lehnte mich mit verschränkten Armen an einen der Zeltpfosten.

»Es dauerte Jahrhunderte«, fuhr Jasched fort, »bis die Kemahor das Land so verwüstet hatten, dass für die Menschen nur noch in den Randzonen der Savanne ein Überleben möglich war; an den Ufern des Nils und den nördlichen Meeresküsten. Woher die Kemahor kamen, weiß niemand. Die Legende besagt, sie seien aus den Wolkengebirgen des Südens herabgestiegen ...«

Ich sah auf. »Aus welchen Wolkengebirgen?«

Károly und Jasched tauschten ein paar Worte auf Arabisch, dann erklärte mein Partner: »Ich vermute, er meint das Ruwenzori-Hochland.«

»Ziemlich weit weg ... Nun gut, und weiter?«

»Durch den verschwenderischen Umgang mit den für unerschöpflich gehaltenen Reichtümern begann sich das Land unter ihrer Herrschaft zu verändern und verwandelte sich langsam in eine Wüste«, erzählte Jasched weiter. »Immer neue Ströme fliehender Menschen drängten derweil in die Randregionen. Dabei hatten sie unterschiedlich viel Glück. Jene, die an die Küsten auswichen, fanden nur geringe Wasserreserven vor. Ein Teil der Flüchtlinge wandte sich nach Osten, zu den Ufern des Nils, die bis dahin die natürliche Grenze des Savannenlandes gewesen waren. Am Ostufer des Flusses trennte ein seit jeher unwegsames und ödes Felsengebirge das Land vom Meer und schuf eine natürliche Barriere gegen jede weitere Flucht. Die Menschen, die hier ankamen, hatten keine andere Wahl als zu bleiben oder in die Wüste zurückzukehren.

Viele taten dies, denn sie waren lieber versklavt als tot. In der verödenden Savanne geschah jedoch etwas Schändliches: Die Eindringlinge und die zurückkehrenden Einheimischen begannen ... wie sagt man? Zusammenzuwirken?«

Ich zuckte die Schultern.

»Aus diesen unheiligen Vereinigungen ging eine neue Menschenform hervor, die von meinen Ahnen gottgleich verehrt wurde.«

»Das ist doch völliger Humbug.« Ich stiefelte durch das Zelt und baute mich vor Károly auf. Der Schnauzbart des kleinen Rumänen zitterte nervös. »Rahmed ist tot, und du bringst mir diesen Münchhausen ins Zelt!«

»Es ist eine Legende, Hype« rechtfertigte sich Károly. »Das hier sind einfache, geisterfürchtige Menschen. Viele von ihnen glauben an die alten Geschichten.«

»Ja, wunderbar!«, bellte ich. »Alle, die inzwischen abgehauen sind, nicht wahr?«

»Wäre die Bibliothek von Alexandria damals nicht einem Feuer zum Opfer gefallen, gäbe es wahrscheinlich noch weit wunderlichere Erzählungen über diesen Kontinent«, wehrte sich Károly.

»Wahrscheinlich waren es die Kemahor, die das Feuer gelegt haben.« Ich funkelte meinen Partner an. »Glaubst du diesem Kauz etwa? Menschen paaren sich mit einer Horde Verdammter, die aus der Duat ausgebüchst sind, und gebären ... Hybriden?« Ich lachte gequält auf. »Wenn dem so wäre, warum haben wir dann bis heute keine Überreste dieses Volkes gefunden?«

»Vielleicht haben wir es ja.«

Ich riss den Mund auf, doch dabei blieb es. Hilflos hob ich die Hände und winkte ab. »Gibt diese alberne Legende vielleicht auch Aufschluss darüber, wie die Kemahor in der Lage gewesen sein könnten, in ihren Pyramiden ein Vakuum zu erzeugen?«

»*Sichrun*«, murmelte Jasched.

»Was hat er gesagt?«

»Zauberei«, übersetzte Károly.

»Oh, ja, dass ich darauf nicht von allein gekommen bin ...« Ich ging zum Arbeitstisch und schenkte mir mit zitternden Händen ein Glas schottischen Whisky ein, das ich viel zu hastig leerte.

Was, wenn dieser Faselhans Recht hat, Krispin?, raunte Giza in mir. *Denk an die versiegelte Tür. Hast du dir nicht selbst Gedanken über ein riesiges Reptil gemacht?*

Ich schüttelte den Kopf, um die innere Stimme zu vertreiben, aber es funktionierte nicht.

»Gottverflucht!« Ich setzte mich auf den Tisch. »Was ist mit Rahmeds Leiche?«, fragte ich, während ich ein zweites Glas einschenkte.

»Sie liegt noch unten«, antwortete Károly. »Außer uns beiden wird keiner der Arbeiter mehr einen Fuß dort runtersetzen. Ich habe das Kultusministerium und die Behörden in Kairo informiert. Morgen kommen ein paar Leute vom wissenschaftlichen Institut. Sie haben angeordnet, alles so zu lassen, wie es ist, und auf keinen Fall in die Kammer einzudringen, bevor nicht genau feststeht, was Rahmed umgebracht hat. Sie wollen einen dieser Erkundungsroboter hineinschicken.«

»So ...« Ich stellte mein Glas ab. »Wollen sie das?«

»Das sagten sie jedenfalls.«

»Einen Erkundungsroboter. Und das gefällt dir?«

Károly zuckte die Schultern. »Ich denke, es ist das Vernünftigste.«

»Und ich denke, dass diese Pragmatiker uns diskret nach Hause komplimentieren werden, sobald sie erst einmal hier sind! Soll unsere gesamte Arbeit von einer Maschine übernommen werden, die nicht größer ist als eine Schuhschachtel, ehe wir in diesem Bauwerk mehr gesehen haben als eine Leiche? Dann wären sechs Wochen Schufterei völlig umsonst gewesen!« Ich reckte energisch das Kinn vor und sah meinen Partner herausfordernd an. »Wärst du *damit* zufrieden?«

Károly schluckte. Sein Stolz war sein wunder Punkt. Ich fühlte seinen Konflikt, seine Neugier und seinen Wissensdrang, die mit seiner Vernunft und Furcht kämpften. Schließlich schüttelte er den Kopf. »Nein, natürlich nicht ...«

»Dann werden wir hineingehen; heute Nacht!« Ich musterte den Vorarbeiter, der mit einer Engelsgeduld im Zelt stand und wartete. »Wie geht die Geschichte zu Ende?«, fragte ich ihn.

»Interessiert Euch das wirklich, *Sayed?*«

»Würde ich sonst fragen?«

»Es heißt, viele Götter meiner Vorfahren waren Abkömmlinge jener Mischwesen und wurden von den Menschen als solche verehrt. Die Legende besagt, dass sie an den Höfen der

Pharaonen und Hohepriester lebten, und manche von ihnen selbst diese Ämter bekleideten.«

Ich fühlte einen plötzlichen Schwindel in mir aufsteigen. Die gesamte Umgebung begann sich vor meinen Augen zu drehen. Ich klammerte meine Finger so fest um die Zeltstange, dass meine Handknöchel weiß hervortraten.

»... sie alle trugen die Attribute der Schlangen«, drangen Jascheds Worte wie aus weiter Ferne an meine Ohren.

Károly kam herbei und stützte mich noch rechtzeitig ab, bevor ich zusammensackte. »Alles in Ordnung, Hype?«

»Ich bin okay«, antwortete ich stockend. »Bin wohl noch nicht so ganz auf dem Damm. Der Trubel im Stollen, das Fieber und der Whisky ...«

»Du solltest dich ein paar Stunden hinlegen.«

»Nein, kommt überhaupt nicht in Frage«, wehrte ich ab. »Wenn wir heute Nacht nicht dokumentieren, was sich hinter dieser Tür befindet, wird es vielleicht nie jemand erfahren!«

Mekropalladium 2

Eine feine Schicht aus Sand und Staub bedeckte Rahmeds Leiche und ließ sie mit ihrem entstellten Gesicht und den leeren Augenhöhlen wie eine missglückte, achtlos hingeworfene Lehmskulptur wirken. Ein eigenartiger Geruch hing in der Luft. Ich verfluchte es, dass die Atemgeräte die ganze Zeit über ungeschützt hier unten gelegen hatten. Sie jetzt noch zu benutzen, wäre, als stülpe man sich einen Eimer voll Wasser über den Kopf, um sich vor Regen zu schützen. Falls sich Sporen in der Luft befanden, dann hatten wir sie längst eingeatmet.

»Mein Gott«, stöhnte Károly. Er platzierte seine Kameratasche neben den Sauerstoffflaschen, beugte sich über den Leichnam und zog ihn von der Tür fort. Die Darmschlinge, die aus seiner Mundhöhle in das Mauerloch führte, kam hinterhergerutscht. »Das ist grauenhaft. Was sollen wir machen?«

Ich zog ein Messer aus der Tasche und klappte es auf.

»Aber ...!« Károly wurde aschfahl.

»Wir *müssen* ihn abschneiden.« Ich setzte die Klinge über Rahmeds Mund an. »Oder willst du seine Eingeweide aus der Kammer ziehen und in eine Tüte packen?«

Károly atmete schwer. Er rang sichtlich nach Fassung, aber er schwieg. Angewidert durchtrennte ich den Darm. Das aus dem Mund hängende Ende klatschte dem Toten ins Gesicht, die andere Hälfte rutschte mir aus den Fingern und verschwand in der Öffnung wie ein zurückzuckender Tentakel. Meine Hände zitterten, als ich das Messer wieder zusammenklappte.

»Wie das stinkt«, keuchte Károly.

»Schleppen wir ihn vor zum Ausgang und geben Mohad und den anderen Bescheid, damit sie ihn hochziehen.«

Rahmeds Körper war ungewöhnlich leicht, aber es war trotzdem eine schweißtreibende Arbeit, ihn durch den engen Gang zu schleifen. Schließlich, wenn auch widerwillig, zogen ihn sein Bruder, der den Eingang bewachte, und drei weitere Arbeiter nach oben.

Zurück an der Wand zur Grabkammer, richtete ich den Strahl meiner Taschenlampe durch das Loch im Gestein, doch er verlor sich in der Dunkelheit. Die Öffnung war zu schmal, nichts war zu erkennen. Wie groß musste das dahinter liegende Gewölbe sein, wenn die hineinschießende Luft über zwei Stunden benötigte, um das Vakuum durch ein faustgroßes Loch aufzufüllen? Größer jedenfalls als alle Grabkammern, die bisher gefunden worden waren.

Unermesslich größer ...

Während Károly sein Werkzeug dort ansetzte, wo der tragische Vorfall sein Tun unterbrochen hatte, begann ich an dem von Rahmed geschaffenen Durchbruch weiterzumeißeln. Bereits nach kurzer Zeit hatten wir ein ansehnliches Halbrund geöffnet. Die Scheintür besaß eine Stärke von annähernd fünfzehn Zentimetern. Entlang der Kreidemarkierung meißelten wir eine Bruchkerbe und vertieften diese so weit, dass das Felsstück nach einer weiteren halben Stunde nur noch locker in der Mauer saß. Ehe wir es jedoch verhindern konnten, neigte sich die Platte und kippte nach hinten in die Dunkelheit. Sie traf hinter der neuentstandenen Öffnung auf harten Fels. Die darauffolgende Stille währte nur Sekunden, dann erklang abermals das Getöse aufschlagender Felsbrocken – entfernt und von sehr weit unten.

In mir krampfte sich alles zusammen. Hinter dem Siegel ging es in die Tiefe, enorm in die Tiefe! Ich warf einen Blick auf Károly, der jedoch keinesfalls so beklommen wirkte, wie ich mich augenblicklich fühlte.

»Die Höhenangst?«, wollte er wissen.

»Nur eine kleine Panikattacke«, gestand ich. »Legt sich sofort wieder.«

Gemeinsam leuchteten wir in die Schwärze jenseits der Öffnung. Etwa zwanzig Meter entfernt befand sich eine geschwungene, schmucklose Wand, die fünf Meter höher in eine Kuppel überging. Wir ließen die Strahlen unserer Lampen wandern und schälten ein kreisrundes Gewölbe aus der Dunkelheit, dessen Wände eigenartig schimmerten. Weder Wandschmuck, noch Malereien oder Reliefs waren zu erkennen, nur glattes Gestein. Und der Boden …?

Es gab keinen!

Ich beugte mich durch die Öffnung und leuchtete hinab, aber dort war absolut nichts zu sehen. Der Strahl meiner Lampe verlor sich nach fünfzig Metern in der Tiefe. Gähnende, finstere Leere. Ich ließ mich zurücksinken und setzte mich mit hämmerndem Herzen in den Schutt, während nun Károly seinen Oberkörper durch die Öffnung streckte, um der Dunkelheit ihre Geheimnisse zu entreißen.

»Jesus Christus!«, keuchte er, und mit Anspielung auf die Reichweite unserer Taschenlampen: »Das sind mindestens achtzig Meter bis nach unten.«

Ich schüttelte nur den Kopf. »Der Schlot …«, murmelte ich mit dünner Stimme.

Károly zog seinen Kopf wieder zurück. »Was?«

»Sie haben den Vulkanschlot angegraben. Darum haben sie die Öffnung wieder verschlossen und den Stollen zugeschüttet … Ja, so muss es gewesen sein … Die Hitze hat den Sauerstoff auf der anderen Seite verbrannt und die Lava alle Ritzen und Spalten überdeckt. Dann hat sie sich in die Tiefe zurückgezogen und dabei ein fast vollständiges Vakuum geschaffen, so, als würde man bei verschlossener Kanüle den Kolben einer Spritze herausziehen …« Ich starrte Károly an. »Dort drüben geht es womöglich kilometerweit in die Tiefe … kilometerweit …!«

Károly atmete tief durch und fuhr sich mit der freien Hand hektisch durch die Haare. »Wozu sollte ein archaisches Wüstenvolk einen aktiven Vulkan anzapfen?«, brummte er. »Um Erdgas zu fördern? Oder um einen Swimmingpool zu beheizen? Tu mir bitte einen Gefallen und komm wieder zurück auf den Teppich, Hype.« Dann zwängte er seinen Oberkörper erneut durch die Öffnung. »Also wenn du mich fragst ... oh ... ah ...!« Ich hörte ihn stöhnen und sah entsetzt zu, wie er sich durch das Loch zwängte. Zuerst zappelten seine Beine in der Luft, dann nur noch die Füße, und schließlich war er verschwunden. Nach Augenblicken lähmender Stille schoss der Strahl seiner Lampe zu mir heraus.

»Hier ist eine Treppe«, rief Károly durch die Öffnung. »Sie führt an der Wand entlang in die Tiefe.« Und eindringlich fügte er hinzu: »An einer *gemauerten* Wand.«

Mein Herz begann wieder zu schlagen. »Kannst du erkennen, wohin sie führt?«

»Nach Atlantis ...« Er streckte einen Arm heraus. »Mach schon, gib mir die Fotoausrüstung!«

Ich erhob mich, reichte Károly die Kameratasche und spähte zu ihm hindurch. Er stand auf der anderen Seite des Durchschlupfes auf irgendeinem Vorsprung.

»Gibt es ein Geländer?«

»Natürlich nicht! Die Stufen sind zwar nicht sehr breit, aber wenn wir uns dicht an der Wand halten, dürfte nichts passieren. Komm schon rein, hier ist alles trocken, wir können nicht ausrutschen.«

So, wie ich schwitzte, war ich da nicht so sicher. Schließlich stand ich ebenfalls in dem Gewölbe, in meinem Rücken die Wand und unter mir das Nichts. Es wand sich tatsächlich eine steile Treppenspirale in die Finsternis hinab; mächtige, anderthalb Meter breite Stufen aus ungestützten, tief in den Fels getriebenen Steinquadern. Eine fast schon unerträgliche Atmosphäre, die alles Vertraute in den Hintergrund drängte, erfüllte die Mauern. Dieser Abgrund war anders als die fast schon zur Routine gewordenen Grabkammern ägyptischer Königinnen, Priester oder Würdenträger. Etwas Unbegreifliches beherrschte die Stille, etwas, das Äonen überdauert hatte.

Die Natur, so heißt es, schrecke das Leere ab, das Grauen vor dem Nichts.

Das Grauen ...

Schritt für Schritt tasteten wir uns die Stufen hinab. Die Gewissheit, dass jeder der äonenalten Felsblöcke unter unserem Gewicht aus der Wand brechen könnte, verlangsamte meine Bewegungen, als näherte ich mich einer schlafenden mythischen Bestie. Längst war bei mir die Neugier, was uns am Grunde dieses Schachtes erwarten mochte, der Hoffnung gewichen, heil und lebendig unten anzukommen. Als wir etwa vierzig Meter hinabgestiegen waren, ertasteten unsere Lichtkegel zum ersten Mal den Boden.

»Na, siehst du«, triumphierte Károly, »keine Lavakuppe.«

Ich schnitt eine Grimasse.

Was wir sahen, war reichlich unspektakulär, um nicht zu sagen: ernüchternd. Es gab weder Statuen, noch Truhen oder Schreine, und auch kein namenloses schlafendes Ungeheuer. Nichts bis auf ein Objekt, das aussah wie eine steinerne Rundbank. Dann, wenige Meter über dem Boden, in einer Tiefe von annähernd neunzig Metern, begannen die Reliefs. Sie besaßen eine Höhe von knapp fünf Metern und zogen sich wie ein Ring entlang der gesamten Wand, Schriftzeichen über Schriftzeichen, durchsetzt von eigenartigen bildhaften Darstellungen.

»Die gleichen Schriftzeichen wie oben auf der Tür«, begeisterte sich Károly. »Das muss die Geschichte eines ganzen Volkes sein.«

»Oder die Lebensgeschichte desjenigen, der hier bestattet wurde«, gab ich atemlos zu bedenken.

Károly packte seine Kamera aus und begann mit Begeisterung die Reliefs und den rundbankartigen Torus zu fotografieren. Sein Blitzlicht zuckte durch die Dunkelheit und projizierte für Sekundenbruchteile bizarre Schatten meiner Gestalt an die gegenüberliegenden Wände. »Für mich ähnelt das einer Verschmelzung von arabischer Schrift mit Abdrücken von Halbleiterplatinen«, bemerkte er beiläufig. »Wenn sie wirklich zehntausend Jahre alt ist, dann waren jene, die sie benutzten, weiter entwickelt als jede andere Kultur dieser Epoche. Womöglich sind dies hier die Zeugnisse der ersten menschlichen Hochkultur.«

Das Licht meiner Taschenlampe entriss der Dunkelheit derweil etwas anderes: Blutige Fleischbrocken und Eingeweidefetzen, unförmige zerplatzte Klumpen, die über den Boden verstreut lagen und dem Ort das Kolorit einer Opferstätte verliehen. Und noch etwas befand sich am Grund des Bauwerkes: Staub! Mehr als knöchelhoch bedeckte er den Boden und die ringförmige Erhebung. Stellenweise hatte er sich sogar in den Fugen der Reliefs abgelagert. Als wir hindurchwateten und dabei peinlich bemüht waren, Rahmeds Innereien auszuweichen, erwies er sich als zähe Masse, die das Gehen behinderte. Er war schwerer als herkömmlicher Staub, ein grauschwarzes, geruchsneutrales Mehl. Man konnte das Zeug nicht in der Hand halten, es rann zwischen den Fingern hindurch wie Wasser.

Ich sah Károly an und wusste, dass er das Gleiche dachte wie ich.

»Irgendetwas war hier«, sagte ich. »Etwas, das all die Jahrtausende in der Dunkelheit und dem Vakuum überdauert hat, bis wir die Öffnung in die Tür gestemmt haben. Es gibt kaum Aufschlagspuren von Rahmeds Eingeweiden im Staub. Was auch immer sich hier befunden haben mag, erst die einströmende Luft hat es zerfallen lassen.«

Károly hängte sich die Kamera um den Hals und leuchtete mit seiner Lampe in die Höhe, als hoffe er, sichtbare Überreste des Mysteriums zu entdecken. Resigniert richtete er den Lichtkegel dann wieder auf den Boden. »Wenn das stimmen sollte, dann muss es etwas ziemlich Großes gewesen sein ...«

»Oder sehr viele.«

»Viele was?«

»Körper.« Ich legte den Kopf in den Nacken. »Vielleicht aber auch nur ein einziger ... Der eines Theropoden.«

Károly ächzte gequält. »Ein Saurier?« Seine Miene war skeptisch, aber ich spürte, dass auch er daran gedacht hatte. »Womöglich einbalsamiert, bandagiert und als fünfzehn Meter große Mumie hier begraben«, bemühte er sich, seiner Beklommenheit durch Scherzen Herr zu werden.

Ich fasste in meine Brusttasche, zog eine Spielkarte heraus und hielt sie Károly hin. »Hier, schau dir das mal an.«

Mein Partner nahm die Karte und betrachtete sie. »Eine Arkana«, erkannte er. »Ägyptisches Tarot.«

»Mein alter Herr hat mir das Set kurz vor seinem Tod geschenkt. Habe zwar nichts übrig für Astrologie, trage die Karten aber dennoch seit sechzehn Jahren mit mir herum. Sind so eine Art Fetisch.« Es klang wie das Eingeständnis einer sehr peinlichen Marotte. »Als ich heute vor dem Siegel stand, hatte ich das Gefühl, ein ähnliches Motiv schon einmal gesehen zu haben, aber ich konnte mich zuerst nicht erinnern, wo – bis mir das Spiel wieder einfiel.«

Károly studierte die Karte im Licht seiner Lampe. »Typhon«, las er den Namen unter der Zeichnung ab.

»Der Teufel«, erklärte ich. »Der Drache.«

»Hmh ... nun ja, eine gewisse Ähnlichkeit kann man nicht leugnen«, gab er zu. »Der fette Körper, der relativ kleine Kopf auf dem Schlangenhals, die langen Arme ... was kommt da aus seinem Bauchnabel gekrochen?«

»Eine Schlange.«

»Aber der hier besitzt Schwingen und trägt ein Horn auf der Schnauze.«

Ich nahm Károly die Karte aus der Hand und verstaute sie wieder in meiner Hemdtasche. »Attribute christlicher Einflüsse«, sagte ich.

»Und, was willst du damit andeuten? Das wir die Grabkammer des Apophis gefunden haben?«

Ich zuckte die Schultern. »Eine Pyramide, die einen Vulkan umschließt, ein mit Mauerwerk ausgekleideter Lavaschlot, ein saurier- oder drachenartiges Wesen auf der versiegelten Tür, das womöglich einen Feuer- oder Vulkangott darstellt – es würde alles zusammenpassen ...«

»Ich tendiere zu Mohads Standpunkt«, sagte Károly. »Für mich ist das Wesen auf dem Siegel eine frühe Darstellung Tawerets. Obendrein bildet eine Tarotkarte kein wissenschaftliches Fundament für eine Analogie-Hypothese. Der Staub könnte von hölzernen Grabbeigaben herrühren, womöglich von großen Statuen. Ein Gerüst für zweihundert aufgebahrte Krokodilmumien halte ich für realistischer als einen einzigen konservierten Saurier- oder Vulkangottkadaver. Wäre auch vorstellbar, dass sich einst eine Holzkonstruktion durch den Schacht gespannt hat, vielleicht sogar ein ganzes Treppenhaus, mit Etagen, Kammern und sogar Möbeln ...«

Ich verlor für einen Moment das Gleichgewicht, als mich ein erneuter Schwindel überwältigte, und fiel stolpernd in den Staub. Károly eilte herbei und half mir wieder auf die Beine. Er sah besorgt drein und stützte mich, bis ich wieder sicher stehen konnte. Meine Knie zitterten, ich fühlte mich flau im Magen. Mein Partner führte mich zu der ringförmigen Erhöhung und setzte mich darauf ab.

»Alles okay?«

»Ja, natürlich ...« Ich atmete tief durch. »Wir – sollten besser wieder nach oben«, sprach ich leise. »Die Luft ist hier nicht besonders gut.«

»Blödsinn!«, meinte Károly. »Die Luft ist gerade mal ein paar Stunden alt. Mit dir stimmt etwas nicht!« Er sah mich besorgt an. »Ich werde dem Arzt Bescheid geben, dich morgen früh noch einmal gründlich zu untersuchen. Ich habe nicht die geringste Lust, dich als zweites Opfer der Pharaonenflüche abzuschreiben.«

»Pharaonen ...« Ich grinste schief. »Erzählte dieser Vorarbeiter nicht etwas vom Fluch der Kemahor?«

Károly starrte mit eigenartigem Blick an mir vorbei. Ich befürchtete schon, er kippe ebenfalls gleich um, doch er legte nur den Kopf schräg und bekam einen staunenden Gesichtsausdruck.

»Was ist los?« Ich folgte seinem Blick, konnte hinter meinem Rücken jedoch nichts Außergewöhnliches entdecken. »Stimmt etwas nicht?«

Károly antwortete nicht. Langsam begann er sich im Kreis zu drehen und mit seiner Lampe die Oberfläche der Rundbank abzuleuchten, auf der ich saß.

»Deckplatten«, murmelte er.

»Bitte?« Ich sah ihn verständnislos an.

»Grabplatten!«, rief er nun etwas lauter. »Der gesamte Torus ist mit Grabplatten bedeckt. Das ...« Die Erregung beraubte ihn fast seiner Stimme. »Das ist ein Ringsarkophag!«

Ich ließ meine Finger über das Gestein gleiten. Seine Oberfläche wurde tatsächlich von einer fingerdicken, unter dem Staub kaum zu erkennenden Fuge geteilt. Der Spalt war nur sichtbar geworden, weil ich ihn mit der Hand freigewischt haben musste, als mich Károly darauf abgesetzt hatte. Hastig entfernten wir den Staub, hin und wieder gehemmt durch Reste des glücklosen Rahmed. Am Ende zählten wir zehn Platten, die das Rund überdeckten und in ihrer Form dem Torus angepasst waren. Mit größter Kraftanstrengung schafften wir es, eine der Platten so weit zu verschieben, dass wir unsere Hände in den Spalt stecken und sie aus ihrer Lagerung heben konnten. Die Platte war sehr dick, aber für ihre Masse viel zu leicht. Vorsichtig hievten wir sie um ihre Achse und ließen sie so zu Boden sinken, dass sie am Rund lehnte, dann leuchteten wir in den freigelegten Innenraum.

Es war wohl einst tatsächlich ein Sarkophag gewesen, für einen Menschen oder ein Tier oder weiß Gott was. Nun jedoch beherbergte er ebenfalls nichts weiter als Staub. Die wiederhergestellte Atmosphäre hatte alle organischen Überreste, die sich hier unten befunden hatten, zerfallen lassen. Deprimiert starrten wir in den Behälter, als könnten wir mit unseren Blicken den Zerfall seines Inhaltes widerrufen. Aber alles Wünschen nützte nichts, Staub blieb Staub.

»Tja«, meinte Károly resigniert. »Die Zeit geht dahin, und der Mensch gewahrt es nicht. Außer dem Staub und den Reliefs wird hier wohl nichts mehr zu holen sein.«

Nachdem wir auch die restlichen Schreine abgedeckt hatten, erwies sich der Torus als ein einziger Behälter, dessen Boden gleichmäßig mit Staub bedeckt war. Lediglich an einer Stelle häufte er sich doppelt so hoch wie innerhalb der restlichen Einfassung.

»Wie ein Ringsarkophag sieht es nun nicht mehr aus«, meinte Károly. »Eher wie eine Kameltränke.«

»War wohl ein Behälter für Grabbeigaben«, überlegte ich. »Für Lebensmittel, damit der Verstorbene auf dem Weg ins Totenreich nicht zu hungern brauchte. Oder für mumifizierte Tierkadaver; Katzen oder Falken.«

»Ich glaube, wir sind völlig auf dem Holzweg«, warf Károly ein. »Womöglich gab es hier nie etwas, das bestattet wurde. Vielleicht war das gesamte Bauwerk nur eine Art Silo.«

»Ein Silo?«, echote ich.

»Ein Getreidesilo, randvoll bis zur Decke. Und der Staub ist nicht mehr als die Überreste der Ernten. Vielleicht befand sich hier früher auch eine Oase, und der Schacht war ein riesiger Brunnen, oder eine Zisterne; ein nahezu unerschöpfliches unterirdisches Wasserreservoir. Am Fuß der Pyramide könnte sich eine Siedlung befunden haben, ein Vorposten gegen Invasoren aus dem Westen und Süden.«

Ich wiegte skeptisch den Kopf. »Wir sind fast vierhundert Kilometer von den Dakhla-Oasen entfernt ...«

»Unter der Wüste liegt ein gigantisches Grundwasserreservoir. Die Menschen von damals mussten nur tief genug graben.« Er breitete bestätigend die Arme aus und drehte sich im Kreis. »Vielleicht stammt dieses Bauwerk von einem Volk, das den Pyramidenbau erst an den Nil gebracht hat ...«

»Ein bisschen zu oft *vielleicht«,* stellte ich fest. »Wieso sollte man in diesen Breitengraden etwas so Wertvolles wie eine Zisterne versiegeln?«

»Womöglich geschah dies erst, nachdem das Wasser schlecht wurde oder das Reservoir nach Jahrhunderten oder Jahrtausenden zu versiegen begann – zur Sicherheit vor Vergiftung oder vor einem tödlichen Sturz ...«

»Und der Staub?«

»Rührt vom Brackwasser her; Reste von Schlamm und Algen. Das würde auch die Ablagerungen auf den Reliefs und im Inneren des Orbis erklären.«

»Die Theorie hinkt«, meinte ich und ließ meine Hand durch den Staub wandern, hin zu der etwas höher aufgehäuften Stelle. »Hierin lag etwas, das sagt mir mein Instinkt ...« Plötzlich hielt ich etwas Metallisches in den Fingern. Es war rund und nur unwesentlich kleiner als ein Armreif. Der Gegenstand erwärmte sich in meiner Hand, als ich ihn aus dem Staub zog und verblüfft anstarrte.

»Vielleicht war es ja ein Sarkophag für eine große Schlange«, scherzte Károly, der sich den Reliefs zugewandt hatte. »Wir werden es wohl erst wissen, wenn wir dieses Kauderwelsch an den Wänden entziffert haben – falls dies überhaupt gelingt.«

Er begann wieder an seiner Kamera herumzunesteln, ich hingegen stand wie erstarrt. Unglücklicherweise galt Károlys gegenwärtige Aufmerksamkeit dem Bemühen, die gegenüberliegende Wand zu erreichen, ohne auf Rahmeds Überreste zu treten. Ich musste meine gesamte Kraft und Selbstbeherrschung aufbringen, um nicht erneut zu stürzen. Schwer atmend und zitternd hing ich über dem geöffneten Sarkophag und ließ das goldene Kleinod wie in Trance durch meine Finger gleiten. Es schien zu pulsieren, erfüllt mit wiedererwachtem Leben. Mein Blick wanderte über den abgedeckten Torus. Ich bildete mir ein, einen monströsen, grün schillernden Leib darin liegen zu sehen. Ein dünnes Kleid violetter Schuppen bildete an seinen Flanken bizarre Muster, und aus seinem Schwanzende ragte drohend ein ellenlanger, schwarzer Dorn. Ein Schlangenkopf, so groß wie der eines Nilkrokodils, hob sich aus dem Staub, getragen von einem mächtigen, zu einem Schild gespreizten Hals, der sich in meine Richtung bog. Er schwebte lautlos heran, bis das Schlangenmaul nur noch eine Handspanne von meinem Gesicht entfernt war und ich der Kreatur direkt in die Augen blickte. Ich fühlte den Atem des Reptils auf meiner schweißnassen Haut, wagte nicht mehr zu atmen. Der Goldreif in meiner Hand pulsierte so heiß wie ein glühendes Stück Kohle. Aus dem Maul der Schlange schoss eine gespaltene Zunge, so lang wie mein Arm, und strich fast liebkosend über mein Gesicht. Dann vernahm ich ein Wort – kaum mehr als ein zischend ausgestoßener Laut: »*Kematef!*«

Ich starrte in die pechschwarzen, hypnotisch blickenden Augen des Reptils und brachte keinen einzigen Ton heraus. In meiner Brust tobte ein höllischer Schmerz, und eine weit entfernte Stimme schrie: »Atme! Verdammt, atme!«

»*Men keb hatar*«, zischte die Schlange. »*Sha'al bajach shawi, Kematef!*«

Ich registrierte die Hand auf meiner Schulter erst, als sie mich heftig schüttelte. Die Vision des riesigen Reptils zerstob zu einem Nebel aus Licht und grünem Staub, der zu Boden rieselte und in Myriaden winziger Funken erlosch. Benommen starrte ich Károly an. Ich sah ihn zwar sprechen, hörte jedoch kaum seine Stimme, sondern nur einen langgezogenen Brummton.

»Hast du sie gesehen?«, stieß ich Wort für Wort durch meine zusammengebissenen Zähne aus.

Ich spürte, wie Károly mir den Goldreif aus der Hand nahm. Besser gesagt: Er zog ihn mit Gewalt aus meinen Fingern, die sich um das Kleinod gekrampft hatten, als jage es Starkstrom durch meinen Arm. Das Erste, was ich wieder einigermaßen deutlich verstand, als sich mein Körper entspannte, waren Károlys rumänische Flüche.

»Geht's wieder?« Mein Partner hievte mich auf die Kante des Torus, wo ich erschöpft niedersank. »Verdammt, Hype, was war *das* denn eben? Du hattest Pupillen, so groß wie Taubeneier.«

»Hast du sie gesehen?«, wiederholte ich meine Frage.

»Du hattest die Augen ja weit genug aufgerissen ...«

»Die Schlange!«, half ich ihm auf die Sprünge. »Hast du die Schlange gesehen?« Károly starrte den Goldreif in seiner Hand an. »Vergiss es«, sagte ich und griff nach dem Kleinod, doch er zog die Hand rechtzeitig zurück.

»Ein Uroboros«, stellte Károly fest. »Feine Goldarbeit. Etwas zu leicht für seine Größe ...« Er wischte das Schmuckstück an seinem Hemd sauber und hielt es ins Licht. »Wo hast du ihn gefunden?« Er ließ den Strahl seiner Lampe suchend über den Torus wandern.

»Nein, nicht!«, rief ich und riss ihn zurück, ehe er mit der Hand in den Staub fassen konnte.

»Verdammt, Hype, was ist denn los?!«

»Dieses Zeug wirkt irgendwie toxisch«, bemühte ich mich um eine rationale Erklärung. »Vielleicht liegt es am Schweiß auf der Haut. Womöglich gelangt es durch die Poren in den Blutkreislauf. Es ... es geht aufs Nervensystem, lähmt die Atmung, verursacht Halluzinationen.«

»Und produziert anscheinend mehr Stresshormone, als gut für dich sind«, fügte Károly hinzu. Der Blick, mit dem er mich dabei bedachte, sprach Bände. »Würde ich dich nicht kennen, würde ich behaupten, du leidest seit der Sache mit Rahmed an irrationalen Angstzuständen. Hast du irgendwelche Drogen geschluckt?«

»Nein.«

»Auch nichts, um dich aufzuputschen? Noch bis heute Morgen warst du den Toten näher als den Lebenden ...«

Statt zu antworten, nahm ich ihm den Uroboros ab und wog ihn eine Weile argwöhnisch in der Hand. Nichts war mehr zu spüren, keine unnatürliche Wärme, kein Pulsieren, und auch die riesige Uräusschlange erhob sich kein zweites Mal aus dem Staub. Geistesabwesend ließ ich den Reif in meiner Hosentasche verschwinden und begann anschließend, den Staub von meinen Ärmeln und Hosenbeinen zu klopfen.

»Wir gehen zurück nach oben«, entschied ich.

»Hype, ich halte das für ...«

»Wir gehen!«

Károly atmete tief durch. »Okay«, meinte er dann. »Dein Projekt. Deine Entscheidung.«

»Nimm eine Staubprobe aus dem Torus«, bat ich ihn und ging hinüber zur Treppe. »Und auch von dem Zeug auf dem Boden, aber aus der untersten Schicht. Und achte darauf, dass du keine Überreste von Rahmed mit einpackst.«

Es waren zwei Helikopter, die nach einem Zwischenstopp in Baris am frühen Nachmittag des darauffolgenden Tages eintrafen. Der erste entließ neben mehreren Mitarbeitern der Antikenverwaltung auch einen dicken, schlechtgelaunten Vertreter des Kairoer Kultusministeriums namens Baruk, der zweite ein Ärzteteam und eine Schar Polizisten. Während Letztere damit begannen, die Wachleute und die verbliebenen Arbeiter zu verhören, erklärte uns Baruk, dass er uns und das, was wir hier taten, nicht mochte; wobei er keinen Zweifel daran ließ, dass er auch Helikopterflüge hasste, ebenso wie das Bergen verstümmelter Leichen, die Sonne und die gesamte Libysche Wüste obendrein.

Ihm und den Ärzten die Umstände von Rahmeds Tod zu erklären – vor allem in Anbetracht des Zustands der Leiche – gestaltete sich als verbale Tour de Force. Von einem luftleeren Raum, der sich jahrtausendelang innerhalb eines riesigen Hohlraums gehalten hatte, wollte niemand etwas wissen. Und außer dem Toten, der in einem Kühlsarg zur Obduktion nach Kairo ausgeflogen werden sollte, fand sich kein greifbarer Beweis für das Geschehene.

Károly hatte Mohad und die verbliebenen Arbeiter darauf eingeschworen, sich in Bezug auf Rahmeds Tod unwissend zu geben. Ebenso wenig verloren wir ein Wort über unsere nächtliche Expedition ins Innere der Pyramide. Baruk versicherte uns, dass man die aufgebrochene Kammer genauestens untersuchen und die mysteriösen Todesumstände gewiss aufklären würde.

Ich bezweifelte, dass die Behörden einen solchen Wirbel gemacht hätten, wenn nicht ausgerechnet Rahmed das Opfer gewesen wäre. Baruk und der Antikenverwaltung ging es vermutlich nur darum, uns zum Teufel zu jagen und das Grabungsfeld für eine gewisse Zeit zu annektieren – bis ein finanzstärkeres Team eintraf, das außerdem noch für das nötige archäologische Medienspektakel sorgen konnte. Von Ausländern privatfinanzierte Ausgrabungen, die nicht von der *National Geographic* oder *Egyptian Exploration Society* unterstützt wurden, waren der Antikenverwaltung ein Dorn im Auge. Ich war den Ministerien zwar kein Unbekannter, doch für eine archäologische Sensation wie den Fund und die Erforschung einer fremdartigen Pyramide, die fast sechstausend Jahre vor der Cheopspyramide errichtet worden war, anscheinend eine Nummer zu klein. Rahmeds unglücklicher Tod war der willkommene Anlass, uns die Grabungslizenz zu entziehen. Wenn zudem noch das Kultusministerium einen Vertreter hierher schickte und vom Einsatz eines Erkundungsroboters die Rede war, konnte man davon ausgehen, dass Zahi Abasah seine Hände mit im Spiel hatte. Als Generalsekretär der ägyptischen Antikenverwaltung besaß er den nötigen Einfluss, um sich das Projekt unter den Nagel zu reißen. Abasah war der Typ Archäologe, der gerne auch mal ein paar bewohnte Häuser abreißen ließ und ihre Einwohner umsiedelte, um Zugang zu unterirdischen Grabanlagen zu erhalten.

Meine Vermutung bestätigte sich, als wir von Baruk aufgefordert wurden, alle bisher gefundenen Artefakte und Forschungsergebnisse auszuhändigen, unsere persönlichen Sachen zu packen und Rahmeds Leiche nach Kairo zu begleiten, um *gewisse unumgängliche Formalitäten* zu erledigen. Das Schreiben, das uns mit sofortiger Wirkung weitere Grabungen untersagte, war tatsächlich von Zahi Abasah unterzeichnet.

Ich tauschte einen vielsagenden Blick mit Károly, stand auf und verließ wortlos das Zelt, in dem die fast dreistündige Unterredung stattgefunden hatte.

Károly folgte mir auf dem Fuß. Es gab zwischen uns nichts zu sagen, was wir nicht bereits im Vorfeld abgesprochen hätten. Abasahs Handlanger würden ihre Artefakte kriegen, ebenso sämtliche Unterlagen, die wir in den vergangenen drei Wochen zusammengetragen hatten; zumindest bis vorgestern.

Die digitalen Bildaufnahmen aus dem Pyramideninneren hatte Károly bereits via Satellit an eine kennwortgeschützte Mailadresse geschickt und den Memory-Chip der Kamera gelöscht. Der goldene Uroboros und die Beutel mit den Staubproben lagerten sicher verpackt im Erdreich unter meinem Feldbett und warteten darauf, ausgegraben zu werden und in einer meiner Reisetaschen unter dreckiger Wäsche zu verschwinden.

Dass ich gut daran getan hatte, die Sachen zu verstecken, erkannte ich, als ich mein Zelt wesentlich leerer vorfand, als ich es in Erinnerung hatte. Die Polizisten hatten während unserer Vernehmung gründlich sauber gemacht. Bis auf meine persönlichen Habseligkeiten fehlte fast alles, was auch nur im Entferntesten nach Forschungsergebnissen oder Aufzeichnungen ausgesehen hatte; Károlys Luftaufnahmen, die Messergebnisse der Radiokarbon-Untersuchung, das Grabungsprotokoll, sämtliche Audioaufzeichnungen und Fundstücke ...

Vieles davon hatten wir bereits vor Rahmeds Tod abfotografiert oder gleich doppelt erstellt. Ein Mitarbeiter von Károly hatte das Material mit dem Geländewagen nach Assuan gebracht und inzwischen nach Rumänien ausgeflogen. Jahrelange Berufserfahrung in diesem Land machte Gott sei Dank paranoid. Hatten wir die Staubproben und den Uroboros erst einmal aus dem Lager geschmuggelt, blieb unser Stolz das Einzige, was wir heute verloren.

Während Károly beabsichtigte, nach unserer Ankunft in Kairo direkt nach Rumänien weiterzufliegen, um den Staub zu analysieren und in Craiova eine erste Pressekonferenz vorzubereiten, würde ich noch für ein paar Tage ein Hotel beziehen, um das Formular-Unwesen der Antikenverwaltung zu füttern. Bis das neue Archäologenteam samt Roboter-Ausrüstung unser Lager am Djebel Uweinat übernommen hatte, lag der Papierkrieg hoffentlich hinter mir. Und ehe man in den Tiefen der Pyramide unsere Fußspuren im Staub entdeckte, würde ich das Land längst verlassen haben. Vielleicht tauchten irgendwann einmal zumindest unsere Namen als Entdecker einer sechseckigen präägyptischen Pyramide in den Geschichtsbüchern auf.

Aber nur vielleicht ...

Mekropalladium 3

In einer Ecke der Shisha-Bar spielte ein Geiger traditionelle Melodien. Ich war leicht betrunken – vom Rotwein, von den Lichtern der Stadt, die sich im Fluss spiegelten, und vom Bewusstsein, dass dies meine letzte Nacht in der Nil-Metropole war. Wir schrieben den 21. März, den Tag des Equinox, ein in dieser Kultur fast so heiliges Datum wie die Sonnenwende. Mein Zimmer befand sich im fünften Stock des Sheraton-Hotels. Ich saß unten am Flussufer auf der Terrasse der Bar, beobachtete das nächtliche Treiben auf dem Nil und rauchte Wasserpfeife. Noch immer kreuzten Dutzende von Schiffen auf dem Strom und beförderten nachtaktive Touristen den Fluss hoch und runter. Zwei von ihnen lagen direkt vor dem Hotel und ließen zur Stromversorgung rund um die Uhr die Motoren laufen; ein Geräusch, an das ich mich nur mit geschlossenen Balkontüren gewöhnen konnte. Trotzdem war es eine Wohltat, endlich dem unruhigen Süden entkommen zu sein.

Der sechstägige Papierkrieg mit den Behörden hatte mich beinahe den letzten Nerv gekostet. Leidlich entspannt ließ ich daher die Ereignisse der vergangenen Wochen Revue passieren, genoss die mystische Atmosphäre der Tag-und-Nacht-Gleiche, der die Stadt verfallen war, und beschloss, mich zu betrinken. Morgen Vormittag ging meine Maschine nach Bukarest, und wenn ich Glück hatte, würde ich umgehend Anschluss nach Craiova finden.

Ich ertappte mich dabei, wie ich mit den Fingern über den Schlangenreif auf meiner Brust strich; zärtlich, fast so als würde ich den goldenen Körper liebkosen. Falls die rumänischen Zollbehörden Károly keinen Strich durch die Rechnung gemacht und als vermeintlichen Drogenschmuggler verhaftet hatten, müsste er den Staub aus dem Ringsarkophag mittlerweile analysiert haben. Vielleicht hatten seine Dragomane sogar schon einige der Schriftzeichen oder ganze Textabschnitte der Reliefs übersetzen können.

Während ich nachdenklich auf den Fluss starrte, bildete ich mir ein, der Schlangenreif werde wärmer. Ich zog ihn an der Lederschnur, an die ich ihn geknotet hatte, aus dem Hemdkragen, behielt ihn jedoch nah am Körper, damit er keine neugierigen Blicke auf sich zog. Das Schmuckstück lag schwer in meiner Hand, doch keinesfalls so schwer, wie ein massives Artefakt seiner Größe eigentlich erwarten ließ. Dass es sich tatsächlich *heiß* anfühlte, lag sicher am Alkohol und dem Rauch der Shisha, die meine Wahrnehmung trübten.

Der Reif stellte eine fingerdicke Schlange dar, die sich selbst in den Schwanz biss: Uroboros, den ›Weltumringler‹. Nach wie vor war mir ein Rätsel, wie dieses Symbol bereits vor zehntausend Jahren in der Uweinat-Region bekannt gewesen sein konnte. Dass es seinen Ursprung in Ägypten hat, steht außer Frage. Bereits im Alten Reich war Uroboros das Sinnbild des anfang- und endlosen Gottes Kematef. Als solches prangt es auch auf einem vergoldeten Schrein Tutanchamuns. Bei den Griechen verkörperte er die *materia prima* und die Einheit des Kosmos. Die Alchemisten mussten den ›Schwanzfresser‹ töten, wenn sie das große Werk vollenden wollten; Agathos Daimon, den Drachen der Ewigkeit. Aber welche Bedeutung hatte dieses Symbol vor mehr als zehntausend Jahren besessen ...?

Da ich zu benebelt war, um mir eine vernünftige Hypothese zu überlegen, verschob ich das Problem bis zu meinem Wiedersehen mit Károly. Prüfend wog ich das Artefakt in der Hand. Es war eindeutig zu leicht. War es womöglich hohl; ein raffiniertes Versteck für Gift oder Aphrodisiaka?

Mit konzentriert-verschwommenem Blick studierte ich das

Kleinod, suchte nach einer Möglichkeit, es irgendwie zu öffnen. Als ich nichts dergleichen fand, hielt ich es ans Ohr und schüttelte es, in der Erwartung, irgendetwas in seinem Innern klingeln oder klappern zu hören.

Natürlich hörte ich nichts.

»Mister Krispin?«, erkundigte sich in diesem Moment eine Stimme hinter meinem Rücken.

Ich ließ den Uroboros hastig in meinem Hemdkragen verschwinden und wandte mich um. In der offenen Verandatür wartete ein Hotelpage mit einem länglichen, in schwarzes Tuch gewickelten Gegenstand. Er deutete meinen Blickkontakt als Erlaubnis, näher kommen zu dürfen, derweil ich mich aus dem Stuhl stemmte und schwankend vor ihm stehen blieb.

»Das hier wurde für Sie abgegeben, Mister Krispin.«

»*Mutashakir chales.* Darf man erfahren von wem?«

»Bedaure sehr, Mister Krispin.«

Zögernd nahm ich dem Pagen das Paket ab. »Nicht besonders schwer«, befand ich. Der Livrierte trat einen Schritt zurück, machte aber keine Anstalten zu gehen. Vorsichtig befreite ich das geheimnisvolle Objekt aus dem Tuch und hielt schließlich einen Miniatursarkophag aus geschnitztem Palmholz in den Händen. Er maß etwa dreißig Zentimeter in der Länge und sah aus wie eine antike Schmuckschatulle. Ich suchte den Blick des Pagen, der das Behältnis aus irgendeinem unerfindlichen Grund dämlich anlächelte. Eine Bombe schien es also nicht zu beherbergen.

»Sie müssen den Deckel in Längsrichtung schieben«, erklärte er, als ich erfolglos versuchte, die Schatulle aufzuklappen. »Aber vorsichtig.«

Ich legte eine Hand auf den Deckel und drückte ihn nach vorn. Es funktionierte. In dem Holzkästchen befanden sich getrocknete Blütenblätter und ein zusammengerollter Papyrus. Als ich versuchte, die Schriftrolle herauszuangeln, erschien plötzlich ein winziger Schlangenkopf in der Öffnung. Ehe ich reagieren konnte, war das grazile Reptil bereits über meinen Handrücken geglitten und in meinem Hemdärmel verschwunden. Vor Schreck ließ ich das Holzkästchen fallen – eine Reaktion, auf die der Page offenbar gewartet zu haben schien. Blitzschnell tat er einen Schritt nach vorn und fing den Behälter auf, ehe er auf dem Boden zerschellen konnte.

»Scheiße!«, schrie ich und begann panisch meinen Arm zu schütteln. »Verfluchte Scheiße! Dieses Viech ... *oh, shit!«*

»Sie wird nicht beißen, Mister Krispin.«

Ich zappelte mit halb aufgeknöpftem Hemd über die Veranda. »Bitte?«, keuchte ich.

Der Livrierte kam heran, legte vorsichtig seine Handfläche an meinen Hemdkragen und murmelte ein paar Sätze auf Arabisch. Ich fühlte etwas Dünnes, Warmes an meinem Nacken entlanggleiten. Als der Page die Hand wieder zurückzog, hatte sich eine kaum zwanzig Zentimeter lange Kobra um seine Finger geringelt und taxierte züngelnd ihre Umgebung.

»*Naja haje«,* erklärte der Page lächelnd. »Es ist ein sehr alter ägyptischer Brauch, eine Nachricht von einer jungen Uräusschlange überbringen zu lassen.«

»Ach, tatsächlich?« Ich stopfte mein Hemd zurück in die Hose, ohne dabei die Baby-Kobra aus den Augen zu lassen. »Davon habe ich noch nie etwas gehört.«

»*Naja haje* symbolisiert Sieg oder Niederlage, Macht oder Ohnmacht – oder auch Leben oder Tod. Sie ist die Beschützerin einer sehr bedeutungsvollen Nachricht.«

»Das nächste Mal bringen Sie mir gefälligst ein Handy«, brummte ich.

»*It faddal,* Mister Krispin ...« Der Page hielt mir die geöffnete Schatulle hin.

Ich legte letzte Hand an meine Garderobe, dann fingerte ich den Papyrus heraus und rollte ihn auf. *Ankh wedja seneb,* war in einer merkwürdig geschwungenen, doch eindeutig weiblichen Handschrift darauf zu lesen. *Haben Sie Lust auf ein Wiedersehen? Ich erwarte Sie im Casino!*

Der Papyrus verströmte einen eigenartigen Duft, den ich nirgendwo einordnen konnte. Es war weder Parfumgeruch noch der von Blumen oder Gewürzen. Nie zuvor hatte ich etwas so dezent Fremdes und zugleich Berauschendes gerochen. Mein Blick fiel auf die Kobra, die sich auf der Hand des Pagen wohl zu fühlen schien, und hoffte, dass es nicht ausgerechnet Schlangenkot war, der mich so betörte.

Ich gab dem Pagen zwanzig Dollar und schickte ihn fort, mit der Bitte, die Schatulle *ohne* die Schlange in meinem Zimmer zu deponieren. Nachdem er im Hotel verschwunden war, warf ich einen nachdenklichen Blick auf die Hotelfassade. Für Sekunden meinte ich dabei, jenseits des großen Panoramafensters im ersten Stock einen Schatten zu erkennen, der sich sofort in den Hintergrund zurückzog.

In meiner Fantasie ließ ich den Hotelpagen in einer Schlangengrube versinken und rechnete mir aus, ob ich nach einem Biss der Kobra noch die Zeit gefunden hätte, ihn wegen unterlassener Hilfeleistung (oder besser: Beihilfe zum Mord) anzuzeigen, oder ob ich bereits auf dem Weg zur Rezeption gestorben wäre. Shisha, Wein und Neurotoxin … Intensiv musterte ich meinen Handrücken. Er juckte und brannte, doch die Symptome waren psychosomatisch bedingt. Die Schlange hatte mich nicht gebissen. Es war lediglich der Alkohol, der den Hypochonder in mir geweckt hatte.

Den zusammengerollten Papyrus an den Lippen, ließ ich mich wieder in den Sessel sinken und ging in Gedanken meine Kairoer Frauenbekanntschaften der letzten fünf Jahre durch. Allerdings war ich zu berauscht, um mich auch nur an die Hälfte ihrer Gesichter zu erinnern – geschweige denn an ihre Namen. Daran hatte auch der Schreck über die Schlange nichts geändert. Aber ich erinnerte mich, wie sich ihre Körper angefühlt hatten; weich, warm und samten.

Zu keiner von ihnen passte jedoch die Marotte, Schlangenbotschaften zu verschicken. Entschlossen und von Neugier gepackt zog ich an der Shisha. Im Casino des Hotels wartete ein abenteuerlustiger orientalischer Engel auf mich – oder besser gesagt: ein abenteuerlüsterner. Zudem war heute Equinox. Warum sollte es nicht noch einen krönenden Abschluss geben, eine dieser schwülen ägyptischen Nächte, die man nicht vergisst?

Du bist ganz schön besoffen, Krispin!, war alles, was Giza dazu einfiel. *Geh lieber gleich ins Casino, bevor deine einzige Erinnerung ein Kater sein wird.*

Ich starrte auf die Lichtreflexionen, die über die Wasseroberfläche tanzten. Wenn man Europäer fragte, wo sie lieber wären, auf dem Mond oder hier, würden die meisten ohne Zögern antworten: Auf dem Mond. Jeder, der zum ersten Mal nach Kairo kam, machte drei Phasen in diesem Hexenkessel durch. Am ersten Tag wurden die Sinne von der unglaublichen Menschenmenge überwältigt. Über zehn Millionen Menschen wohnen hier, und zwei bis drei Millionen strömen täglich als Pendler hinzu. Der Fluss, die Brücken, die Prachtbauten an der *corniche*, der Lärm – die Sinne wurden am ersten Tag völlig überreizt.

Während der nächsten Tage, der zweiten Phase, nahm man die bedrückende Armut wahr, die unglaublich war für europäische Begriffe, sah Hunderttausende, die auf dem Friedhof zwischen den Gräbern hausten.

Viele, die nach Kairo kamen und nicht genug Geld besaßen, zogen in die Totenstadt. Die Menschen schliefen dort jedoch nicht unter freiem Himmel. Wenn Ägypter einen Toten begruben, bauten sie gerne ein kleines Häuschen um das Grab; darin hielten sie sich von Zeit zu Zeit auf, um den Verstorbenen nahe zu sein. Im Laufe der Jahrhunderte war auf diese Weise zu Füßen der Zitadelle Salah ad-Dins eine riesige Nekropole gewachsen. Stundenlang war ich bei meinem ersten Aufenthalt in Kairo durch die Straßen und Gassen der Totenstadt spaziert. Die Menschen in den kleinen Häusern lebten nicht schlechter als ihre Freunde und Verwandten in den anderen Stadtteilen. Mitte der siebziger Jahre hatte die Regierung damit begonnen, Strom- und Wasserleitungen zu legen. Inzwischen ragten über den Gräbern von Al Mugawarin, Al Ghafir oder Shuhadaa Fernsehantennen und Satellitenschüsseln auf, skurril anmutende Zeichen eines bescheidenen Komforts.

Nur langsam gewöhnte man sich an die Armut, und dann sah man – in der dritten Phase – die Schönheit der Stadt wieder, stand staunend vor wunderbaren, alten Gebäuden, durchstreifte luxuriöse Stadtviertel wie Zamalek oder Heliopolis; erlebte, wie die Dunkelheit das Elend verschleierte und die Lichter die Moscheen und den Kahira-Turm auf der Gezirah-Insel verzauberten. Nach einer Woche Aufenthalt gab es für den europäischen Besucher nur noch zwei Möglichkeiten: Entweder erlitt er einen Nervenzusammenbruch, oder er fühlte sich plötzlich sehr wohl. Ich gehörte zur letzteren Kategorie ...

Al-Kahira, die Siegreiche, so nannten die Einheimischen ihre Stadt. Man musste sie einfach lieben. Doch es war eine traurige Liebe, denn die Stadt war eine vernachlässigte Schönheit.

Meine Liebe zu Kairo rührte tiefer, denn ich kam hier zur Welt. Mein Vater war gebürtiger Schotte, den es in seinem Leben als Monteur von Glasgow über Manchester, Rotterdam, Marseille und Tunis ein knappes Jahr vor dem Jom-Kippur-Krieg letztlich nach Kairo verschlagen hatte. Hier hatte er meine Mutter kennen gelernt, eine ägyptische Lehrerin – und viel zu kurz darauf, am 22. Februar 1969, wurde ich geboren.

Als ich noch ein Kind war, hatte meine Mutter mich Giza genannt. Es bedeutete Grenze oder Markstein. Wahrscheinlich, weil ich für meinen Vater so etwas wie den Scheideweg markiert hatte. Meine nahende Geburt hatte ihn vor die Wahl gestellt, entweder meine Mutter zu heiraten und eine Familie zu gründen – oder auf Nimmerwiedersehen zu verschwinden, um das Nomadenleben auf den Großbaustellen der Welt wieder aufzunehmen.

Dass Giza im Laufe der Zeit realer wurde, als allen lieb war, hatte seine Ursache in einer ›latenten schizoiden Veranlagung‹, wie die Ärzte es damals nannten. Einer Psychose, die entstand, nachdem ich aus meiner vertrauten Umgebung herausgerissen und in einen fremden Sprach- und Kulturkreis verschleppt worden war. Die Ärzte bezeichneten es als seelische Folge eines intensiven Verlusterlebnisses, verursacht durch den Stress der Flucht, die lange Reise und die völlige Ohnmacht gegenüber der ungewollten Situation.

Die Geschichte von Giza begann an einem Herbsttag des Jahres 1975. Wir wohnten seit zwei Jahren in Alexandria, einem im Norden gelegenen Vorort von Glasgow, wohin wir ausgewandert – oder besser gesagt: Hals über Kopf geflüchtet waren, nachdem der Jom-Kippur-Krieg sich zu Ungunsten Ägyptens entwickelt hatte. Als israelische Truppen nur noch einhundert Kilometer vor Kairo standen, hatten die Behörden allen Ausländern geraten, zu ihrer eigenen Sicherheit das Land zu verlassen, worauf mein paranoider Vater für meine Mutter und mich Visa beantragt hatte und mit uns in ein britisches Flugzeug gestiegen war. Damals war ich noch nicht reif genug gewesen, um die Hintergründe zu verstehen. Ich hatte – ganz Kind – alles auf mich bezogen und von meiner kleinen Warte aus gesehen. Mir war es vorgekommen, als hätten meine Eltern mich meinetwegen an den düstersten Ort der Welt verschleppt. Ich hatte nicht begriffen, welche Schuld ich auf mich geladen haben sollte, um eine derartige Strafe zu verdienen. Krieg? Welcher Krieg? In meinem bescheidenen Kinderuniversum hatte etwas derart Komplexes noch nicht existiert. Die neue Welt im Norden erschien mir kalt und feucht, die

Sprache der Bewohner rau und unverständlich. Alles stieß mich ab; das Klima, die Landschaft, die Stadt, die Menschen, das Essen …

Ironie des Schicksals, dass es uns ausgerechnet in ein armseliges Pendant der geschichtsträchtigen ägyptischen Hafenstadt verschlagen hatte. Dort, am Südzipfel des Loch Lomond, lebten die Eltern meines Vaters. Sie besaßen ein schlichtes, aber gemütliches Haus, dessen oberes Stockwerk sie uns zur Verfügung stellten; ursprünglich nur vorübergehend, bis meine Eltern genug verdient hätten, um sich Möbel und eine eigene Wohnung zu leisten. Doch aus einem mir unerfindlichen Grund wohnten wir noch in dem hässlichen, alten Haus, als meine Großeltern bereits tot waren.

Der Krieg, vor dem wir geflüchtet waren, ging zu Ende, ehe wir uns in Alexandria halbwegs einrichten konnten. Meine Mutter bat meinen Vater fast schon auf Knien, zurückzukehren, doch er traute weder den Ägyptern noch den Israelis. Wenn sie nun schon zum zweiten Mal innerhalb eines Jahrzehnts Krieg gegeneinander führten, wetterte er, bombardierten die Israelis beim dritten Mal wahrscheinlich Kairo. Also blieben wir im feuchten Schottland, wo mein Vater bis zu seinem Tod auf eine israelische Invasion Ägyptens wartete.

1989, als ich fast zwanzig war und mir theoretisch die Welt offen gestanden hätte, starben meine Eltern bei einem Schiffsunglück auf der Themse, als ein Vergnügungsdampfer mit einem Baggerschiff kollidierte. Von den fünfzig Menschen, die damals ihr Leben verloren, wurden sechs nie gefunden – unter ihnen auch mein Vater. Kurz und gut, ich studierte in Glasgow und bewohne das alte Haus am Loch Lomond noch heute. Doch das ist eine andere Geschichte …

Vierzehn Jahre früher, als ich noch ein frierendes, griesgrämiges Kind war, wurden meine Eltern beide berufstätig, um unser bescheidenes neues Leben finanzieren zu können. Mein Vater war bereits zur Mittagszeit zum Spätdienst in eine nahe Automobilfabrik gegangen, die Schicht meiner Mutter in einer Weberei begann abends um sieben. Da wir damals nicht einmal Fahrräder besaßen und es relativ früh dunkel wurde, nahm sie eine Taschenlampe mit sich, wenn sie das Haus verließ. Wie fast jeden Abend beobachtete ich meine Mutter vom Fenster meines Zimmers aus, wie sie die Straße entlangging, die parallel zu der grauen Häuserzeile verlief, in der wir nun wohnten. Sie mündete in einen Feldweg, der dem Bahndamm zum Industriegebiet folgte. Ich konnte diesen Weg zum Teil vom Fenster des Wohnzimmers aus überschauen. Zwischen unserem Haus und dem Feldweg lag ein schmaler Acker, auf dem im Sommer Mais wuchs. Er grenzte direkt an unseren Garten, und wenn ich weit genug ausholte, war ich in der Lage, einen Stein vom Garten über das gesamte Feld bis auf den Bahndamm zu werfen. Wir lebten direkt am Ortsrand, und unmittelbar hinter der Bahnstrecke stieg bereits karges Hügelland an.

Vom Fenster aus sah ich das Licht der Taschenlampe durch die Dunkelheit den Feldweg entlangwandern, bis es sich hinter einem kleinen Hain verlor, der mir die weitere Sicht auf den Weg versperrte. Meine Mutter machte auf dem steinigen Feldweg so lächerlich kleine Schritte, dass ihr Gang mehr ein flinkes Tippeln war. Das Reflektorgehäuse ihrer Taschenlampe tanzte in der Dunkelheit wie ein fettes, besoffenes Glühwürmchen.

Zu dieser Zeit wohnten meine Großeltern noch im Erdgeschoss des Hauses. Meinen Großvater sollte drei Jahre später eine Kombination aus Alzheimer und Parkinson dahinraffen, meine Großmutter bald darauf der Krebs.

Sobald meine Mutter mich allein ließ, schloss sie die Wohnungstür ab; aus Sicherheitsgründen, wie sie sagte. Unser Haus stand leider nicht in der besten Gegend. Manchmal übertrieb es meine Mutter und schloss mich zusätzlich in meinem Zimmer ein. Das wurde – mal von den *Vorfällen* abgesehen – spätestens dann problematisch, wenn ich pinkeln musste. In dringenden Fällen öffnete ich einfach das Fenster, kniete mich auf den Sims und pisste in hohem Bogen in den Vorgarten. Einmal ging es schief, und ich fiel kopfüber aus dem ersten Stock; glücklicherweise mit dem Rücken voraus in ein dichtes Gebüsch unterhalb des Fensters.

War lediglich die Wohnungstür abgeschlossen, knipste ich alle Lichter an und inspizierte die Räume. So fühlte ich mich sicher. An besagtem Abend jedoch gab es unerwartet einen Stromausfall, und zwar just in dem Augenblick, als ich auf dem Flur stand, von dem alle Zimmer abzweigten. Ich befand mich unvermittelt in vollkommener Dunkelheit und versuchte mich trotz des Schrecks zu orientieren. Links hinter mir befand sich mein Zimmer, links vor mir das Schlafzimmer meiner Eltern. Geradeaus ging es ins Bad, rechts davon ins Wohnzimmer. Rechts hinter mir machte der Flur einen Knick und führte zur Küche, und direkt hinter mir befand sich die verschlossene Tür zum Treppenhaus.

Zwei oder drei Minuten verharrte ich reglos auf der Stelle und traute mich nicht vom Fleck, bis unter der geschlossenen Küchentür ein schwacher Lichtschein hervordrang. Es war, als ob jemand die Tür des Kühlschrankes geöffnet hätte, dessen Innenbeleuchtung ungeachtet des Stromausfalles noch brannte. Vielleicht waren es die Scheinwerfer eines vorbeifahrenden Autos, die durch das Küchenfenster schienen. Auf jeden Fall trieb das Licht mich dazu, auf die Küche zuzurennen, um mich aus der Dunkelheit zu retten. Ich riss die Tür auf – und stolperte zu meiner Überraschung in die gleiche Schwärze, die auf dem Gang herrschte. All meine Hoffnung verwandelte sich in eine namenlose Angst, die mich daran hinderte, auch nur einen einzigen Ton von mir zu geben.

Ich war jedoch nicht allein in der Küche, wenn ich auch nicht sagen kann, wer oder was sich mit mir im Raum befand. Es war einfach nur da und rührte sich nicht von der Stelle. Für die Begriffe eines Sechsjährigen war der Schatten sehr groß, zumindest größer als mein Vater. Von ihm ging eine Art Vibrieren aus und eine eigenartige Wärme und Spannung, die ich sonst nur spürte, wenn ich über die Mattscheibe des eingeschalteten Fernsehers strich oder meine Hand an das Glas eines Aquariums legte. Angstgebeutelt krabbelte ich durch den dunklen Flur in mein Zimmer, schloss die Tür und versteckte mich unter der Bettdecke.

Als ich nach einer endlosen Stunde vorsichtig meinen Kopf hervorstreckte, befand sich der Schatten *in* meinem Zimmer. Er stand neben der Tür und regte sich nicht. Ich machte mir vor Schreck fast in die Hose, als ich ihn sah. Leider reichte mein Mut nicht aus, ihn länger als ein paar Sekunden anzusehen. Als ich die Bettdecke ein zweites Mal anhob, blickte ich ihm direkt ins Gesicht, denn er kniete neben meinem Bett.

Diesmal pisste ich mir wirklich die Hosen voll. Erst meine Eltern, die gegen zwei Uhr nachts gemeinsam nach Hause kamen, brachten es fertig, mich zu beruhigen. Inzwischen brannten – außer in meinem Zimmer – auch wieder alle Lichter in der Wohnung, was meinen Vater in Bezug auf die Stromrechnung in helle Freude versetzte. Natürlich glaubten sie meine Geschichte nicht. Warum auch, sie klang wie die Phantasieausgeburt eines allein gelassenen Kindes. Wie ich ein paar Tage später erfuhr, hatte es außer in unserem Haus nirgendwo in der Straße einen Stromausfall gegeben.

Seit jener Nacht fühlte ich mich in unserer Wohnung ständig umlauert und beobachtet. Obwohl dieses ominöse Etwas anfangs nie in Aktion oder Erscheinung trat, war es doch ständig um mich herum. Nach einigen Wochen hatte ich mich daran gewöhnt und bewegte mich wieder ein wenig entspannter durchs Haus. Selbst auf den düsteren, staubigen Dachboden wagte ich mich wieder hinauf; allerdings nur bei Sonnenschein, wenn das goldgelbe Licht durch zwei Glasziegel fiel, die ins Dach eingelassen waren. Für eine gewisse Zeit hatte ich diesen Raum gemieden, da ich überzeugt war, er sei das Refugium meines Besuchers. Aber die Sonne scheint sehr selten im schottischen Alexandria.

Dann jedoch begann die Sache mit den Spiegeln, oder besser gesagt: mit allen Dingen im Haus, die mein Spiegelbild zurückwarfen: Glasvitrinen, Bilder, Fenster. Ich bekam eine wahnsinnige Angst vor meinen Spiegelbildern, die mich ansahen wie etwas, das sie demnächst verspeisen wollten. Hatte ich in ihnen früher die Vertrautheit meines eigenen Abbildes wiedergefunden, so starrte mich nun etwas Fremdes an, das zwar meine Gesichtszüge trug, aber nichts mit mir gemein hatte: Giza. Blickte ich der Reflexion zu lange in die Augen, so verschwamm die gesamte Umgebung um mich herum, bis der Raum nur noch aus mir und dem eindringlichen Blick meines Gegenübers bestand. Ich sah Grimassen und verzerrte, unwirkliche Dinge, die mir unglaubliche Furcht einflößten, weil mein kindlicher Verstand sie nicht begriff. Ausgeburten, die in ihren extremen Auswüchsen nichts Menschliches mehr an sich hatten. Oft fand mich meine Mutter heulend vor Spiegeln und Glasvitrinen, den Blick unentwegt in eine Ferne gerichtet, die jenseits der Zimmer lag.

Nachts träumte ich von riesigen Mahlströmen, in denen Schrottteile, Leichen, Blumen und Feuer kreisten und in stetigen Spiralen mit mir in die Tiefe gezogen wurden. Ich schwamm in Meeren, von deren Horizonten winkende und singende Leichen auf mich zutrieben, bis mich ihre im Wasser auf und ab hüpfenden Leiber völlig umschlossen und in die Tiefe drückten. Meine Eltern schüttelten mich minutenlang, um mich zu beruhigen, denn ich schrie im Schlaf, derweil ich im Bett saß und das Feuer und die Körper mich in die brodelnden, gurgelnden Schlünde der Mahlströme hinabgeleiteten. Die Sprache, die ich dabei benutzte, ängstigte meine Mutter. Es war, wie Tonbandaufnahmen belegten, eine Sprache, die dem Koptischen ähnelte: altes Ägyptisch. Wenn die reale Welt langsam wieder die Oberhand gewann und die Albträume verdrängte, fuhr ich mit zitternden Händen über die Bettdecke und murmelte: ›Es ist wieder so ruhig und glatt, das Meer ...‹ Meine Mutter sah mich daraufhin nur verständnislos an und wachte über mich, bis ich wieder eingeschlafen war. Nacht für Nacht kamen die Träume, und tagsüber schien mich mein Spiegelbild höhnisch anzugrinsen, als wollte es fragen: ›Gut geschlafen, mein Freund?‹

Bald vermochte ich nicht mehr zu unterscheiden, was Wahrheit war und was Illusion. Ab einem gewissen Zeitpunkt begann ich, die Welt mit Gizas Augen zu sehen, während sein fremdes Bewusstsein in mir wuchs und mich mehr und mehr erfüllte. Er tat dies behutsam, aber mit spielerischer Sicherheit, ein geduldiger Weber, der ein Gedankennetz flocht.

Irgendwann kam der Tag, an dem dieses für mich unbegreifliche Etwas die Herrschaft übernahm. Es war so voll wundersamen Denkens und Fühlens, und seine Erinnerungen waren so fremdartig und dunkel, dass es einer Reise voll grandioser Schönheit und namenlosem Schrecken gleichkam, sie zu ergründen. Mein ursprüngliches Ego existierte zwar weiterhin, spielte ab diesem Tag aber nur noch eine untergeordnete Rolle. Es wurde von Giza geduldet, diente dabei aber einzig und allein dem Bestehen unter Menschen.

Aus wild gemischten Farben begann ich abstruse Bilder zu komponieren, Hieroglyphen aus Wasserfarbenkleckssereien, mit denen ich meine Zimmerwände tapezierte. Ich entsinne mich des Tages, an dem ich meine Mutter anschrie, dass ich wünschte, sie sei tot, weil der Tod etwas so Wundervolles sei; und meinen Vater, er sei ein Arschloch, ihn solle der Teufel holen. Meine Mutter verpasste mir in ihrer ersten entsetzten Empörung eine schallende Ohrfeige, während mein Vater mich nur ungläubig anstarrte und das Zimmer verließ. Doch aus irgendeinem Grund ahnte ich bereits damals, dass meine Mutter wusste, was mit mir geschah.

Da mein Gemütszustand sich nicht besserte, steckten meine Eltern mich einige Monate nach meinem achten Geburtstag unter dem Vorwand chronischer Bronchitis in ein Sanatorium, mit der Hoffnung, ich würde mich erholen und zu meinem alten Wesen zurückfinden, wenn ich nur die Umgebung wechselte. Ein Umgebungswechsel zur Genesung eines Umgebungswechsel-Traumas, was für ein Blödsinn! Es wurde ein Horrortrip. Sechs Wochen lang war ich mit einer Gruppe von Leidensgenossen einer Horde von Ärzten und Betreuern ausgeliefert, die ihre Schützlinge behandelten, als gäbe es für jeden eine Gebrauchsanweisung. Während des ›Genesungsaufenthaltes‹ hatte man mindestens einmal krank zu sein, ob man wollte oder nicht. Wir waren zwanzig Kinder, und ich glaube, wir wurden alle in alphabetischer Reihenfolge unserer Nachnamen *krank*. Jeder Toilettengang gestaltete sich zu einem maschinellen Ritual, bei dem wir in einer Reihe anzustehen hatten. Fürs Pinkeln hatten wir eine Minute Zeit, und für einen Stuhlgang immerhin fünf. Das Essen war schlecht, die Unterkünfte voll Getier, die Betten stanken, und es herrschte ein nächtliches Redeverbot. Die Wände waren übersät mit Ikonen und Kruzifixen, und ständig hatte man zu beten oder wurde mit Beruhigungsmitteln gefüttert, die dem Essen beigemischt waren. Nach drei Wochen fühlte ich mich wie in einem Sammellager für Besessene, die man aus dem ganzen Land für einen Massenexorzismus zusammengetrieben hatte.

Zum Abschied, der keinem von uns besonders schwer fiel, erhielt jeder ein Buch aus einer Überraschungskiste. Sie besaß an ihrer Oberseite ein Loch, durch das wir den Arm hineinstecken konnten, und wir mussten die Werke blind herausziehen. Ich war der dritte in der Reihe, griff in die Öffnung und ließ meine Fingerspitzen eine Weile über die Bücher wandern. Als ich mich schließlich entschieden hatte, fischte ich einen Schmöker mit einem knallroten Umschlag heraus. Er trug den Namen *Das Geheimnis der verborgenen Kammer.*

Nach meiner Heimkehr las ich ein paar Seiten; Ägypten, Pharaonen, Mumien, Pyramiden, Hieroglyphen, Zaubereien, Götter mit Tierköpfen ... Ich war zu jung und verstand es nicht. Viel lieber widmete ich mich der Natur, unternahm lange und intensive Wanderungen durchs Hügelland und entlang des Seeufers. Ich studierte alles was kreuchte und fleuchte, sammelte Mineralien und Fossilien, kartographierte Quellen, Grotten und Stollen wie ein außerirdischer Späher, der das Terrain für eine bevorstehende Invasion auskundschaftete. *Das Geheimnis der verborgenen Kammer* vergrub ich in irgendeiner Schublade und vergaß es.

Während der kommenden Jahre gewöhnte ich mich an meine Träume, wenn auch manche von ihnen eine häufige Angst vor dem Wiedereinschlafen mit sich brachten. Dennoch starben das Kind und der Mensch, der ich früher einmal gewesen war, vor fast dreißig Jahren. In zunehmendem Maße entfremdete ich mich auch von meinen Eltern – und den Menschen, unter denen ich lebte.

Als ich vierzehn war, starb meine Großmutter, und wir erbten das Haus und die Habe meiner Großeltern. Während wir das Wertlose vom Nützlichen trennten und innerhalb des Hauses neue Zimmer bezogen, entdeckte ich das Buch wieder und verschlang es noch am selben Abend im Bett. Wozu ich Jahre zuvor noch nicht reif gewesen war, packte mich nun mit voller Wucht. Ich lebte mich in die Welt des alten Ägypten hinein und begann mich mit ihren Göttern zu identifizieren wie andere Jugendliche mit ihren Helden des Kinos oder der Rockmusik. Meine zur Gewohnheit gewordenen Träume unterstützten diesen Drang nach der Vergangenheit durch eidetische Visionen dieser versunkenen Kultur. Sie wurden so leibhaftig und fühlbar, als wären sie die Erinnerungen des erst vergangenen Tages. Ich baute mein Zimmer zu einem ägyptischen Tempel um und hätte am Ufer des Loch Lomond am liebsten einen zweiten Leuchtturm von Pharos errichtet.

Als ich mich dem Studium der Archäologie und Ägyptologie zuwandte, mit denen ich bis heute meinen Lebensunterhalt bestreite, war ich überzeugt davon, dass das, was mich erweckt hatte, dies aus einem besonderen Grund getan hatte. Giza war zu meinem Alter Ego geworden. Zu meinem Animus.

Ich war der Grenzgänger.

Ich kippte den Rest des Rotweins in mich hinein, holte aus und warf das Glas in hohem Bogen ins nahe Wasser. Nachdem ich hinter einem Busch meine Blase entleert hatte, stakste ich auf die weit offen stehenden Verandatüren zu. Die Ägypter sind gutmütig und geduldig, deshalb kommen sie auch mit unzumutbaren Situationen zurecht – wie beispielsweise einem betrunkenen Archäologen, der sich nach dem Weg zum Casino erkundigt.

Kurz darauf stolperte ich die mit bordeauxrotem Teppich ausgelegten Stufen empor in den ersten Stock, orientierte mich am wachsenden Lärm menschlicher Vergnügungssucht – und lief praktisch direkt in die Arme von Sahia. Wir stießen in der Eingangspforte zum Casino zusammen, oder besser gesagt: Ich stieß sie wieder hinein, denn sie war offensichtlich im Begriff, den Saal zu verlassen. Sahia fing meinen drohenden Sturz mit beiden Armen auf, und in ihren anfänglich erschrockenen Gesichtsausdruck mischten sich Belustigung und Interesse.

Junge Ägypterinnen fallen zuerst auf wegen ihrer dunklen, geheimnisvollen Augen. Dazu kommen anerzogene Zurückhaltung und ein sanfter Tonfall. Bis auf die Augen ändert sich all das spätestens, wenn die Hüllen fallen …

»*Em Hotep!*«, grüßte sie traditionell. Ihre Stimme war sinnlich und gefasst. »Wollen Sie etwa in diesem Zustand spielen?«

Sie sprach gepflegtes Englisch, ihr warmer Atem strich mit einer Strähne ihres offenen schwarzen Haares über meine Wange.

Das Erste, was ich von ihr wahrnahm, waren ihr zierlicher Körper, an dem ich Halt suchend hing, und ihr eigenartig berauschendes Parfum. Woher zauberte dieses Geschöpf nur einen solchen Duft? Ich riss mich zusammen und stellte einen diskreten Abstand zu ihr her. Am liebsten jedoch hätte ich sie sofort in den Fahrstuhl getragen und ihr Kairo aus dem 5. Stock gezeigt. »Verzeihen Sie«, entschuldigte ich mich, nachdem sie sich mir vorgestellt hatte, und musterte sie unverhohlen. Sahia hatte schöne, ebenmäßige Gesichtszüge und intelligente, im herrschenden Licht fast schon schwarze Augen. Sie besaß einen angenehm goldbraunen Teint, einzig bedeckt von dezenter grüner Augenschminke. Ihre Nase war elegant geschwungen, ihre Oberlippe ein wenig voller als ihre Unterlippe, mit einer kleinen Einkerbung in der Mitte, was mich an eine Eidechse erinnerte.

Sahia schien mein Blick zu schmeicheln, denn sie senkte zwar die Augen, wandte jedoch das Gesicht nicht ab.

»Zufrieden mit dem, was Sie sehen?«, fragte sie schließlich.

»Ich bin beeindruckt«, gestand ich. »Haben Sie mir die Giftschlange geschickt?«

Sahia lachte auf. »Ich hoffe, meine kleine Botschafterin hat die Begegnung mit ihnen überlebt.«

»Sie befindet sich in bester Obhut, denke ich.« Erneut kribbelte meine Haut bei dem Gedanken an die Kobra. »Sagen Sie, sind wir uns schon einmal begegnet?«

»Oh ja ...« Der Blick der Frau war dunkel und erwartungsvoll.

»Aber daran würde ich mich zweifellos erinnern.« Ich starrte Sahia weiterhin an, in der Hoffnung, in meinem Kopf würde es endlich ›Klick‹ machen. »Tut mir Leid«, gestand ich schließlich. »Ohrfeigen Sie mich dafür, aber ich habe dieses wundervolle Gesicht tatsächlich wieder vergessen.«

Sahia hob die Augenbrauen. »Vielleicht haben Sie es auch einfach nicht erkannt.« Sie hakte sich bei mir ein. »Aber ich gebe Ihnen eine zweite Chance ...«

»Ist Einheimischen der Zutritt nicht untersagt?«, wunderte ich mich, als Sahia unsere Schritte ins Casino lenkte.

»Das ist wahr, Hasard ist verboten.« Sie verzog ihre Lippen zu einem leicht anzüglichen Lächeln. »Aber ich spiele ja nicht mit dem Glück. Kommen Sie, erlauben Sie mir, zur Stabilität Ihrer Lage beizutragen, sonst wirft man Sie wieder hinaus, ehe Sie einen einzigen Jeton gesetzt haben.«

Sahias Auftauchen im Casino sorgte seltsamerweise für weniger Aufhebens, als ich befürchtet hatte. Weder Angestellte noch Gäste schienen sich für die junge Frau zu interessieren. Es wirkte fast, als nehme man sie gar nicht wahr. In ihrem Schlepptau hängend, beobachtete ich fasziniert, wie sie mit schlangenhafter Anmut den Menschen auswich. Alle verdrießlichen Blicke und Bemerkungen richteten sich einzig und allein gegen meine Person, wohingegen Sahia nur amüsiert über ihre Schulter sah und es selbst dabei noch schaffte, den Besuchern mit schlafwandlerischer Sicherheit auszuweichen. Sah es dennoch so aus, als stieße sie mit jemandem zusammen, schien es derjenige überhaupt nicht wahrzunehmen oder ignorierte das Missgeschick taktvoll. Ich hatte das Gefühl, einem anmutigen Geist zu folgen. Nach kurzem Suchen eroberten wir einen Platz an einem der großen Roulette-Tische.

Sahia erzählte, dass sie Journalistin sei und für die *Al-Gumhuria,* eine der großen Kairoer Tageszeitungen arbeite. Sie habe die Universität besucht, was ihr nahezu akzentfreies Englisch erklärte, und wohne in der eleganten Vorstadt Heliopolis. »Ein Presseausweis ist eine der begehrtesten Eintrittskarten in die Domänen der Saudis, Scheichs und Touristen«, erklärte sie stolz. »In dieser Stadt kann eine Frau sehr leicht ihren guten Ruf verlieren, besonders, wenn sie für die Öffentlichkeit tätig ist. Ägypten ist ein altmodisches Land geblieben. Wie heißen Sie eigentlich?«

»Krispin. Hippolyt Krispin.«

Sahia begann wieder zu lachen. »Welch ein komischer Name. Was bedeutet er?«

»Wortwörtlich? Ich glaube so viel wie ›der, der die Pferde ausspannt‹«, erklärte ich. »Also ›Streitschlichter‹, oder etwas in der Art.«

»Woher kommen Sie?«

»Aus Alexandria.«

»Das glaube ich Ihnen nicht.«

»Alexandria in Schottland.«

Die junge Frau sah ein wenig ratlos drein. »Eine Stadt in einer Stadt?«, fragte sie, als ich keine Erklärung abgab.

»Nein, eine Stadt in einem Land.« Sahias Augenbrauen wanderten leicht in die Höhe. »Am Loch Lomond«, erklärte ich. Und dann, als immer noch kein Zeichen von Verständnis in ihren Augen schimmerte: »Großbritannien.«

»Oh«, machte Sahia und nickte ruckartig. Ihre Augen jedoch verrieten, dass sie immer noch nicht wusste, wovon ich sprach. Als sie den nachdenklichen Blick bemerkte, mit dem ich sie anstarrte, wandte sie sich rasch ab und sah auf den Spieltisch. Sollte ich mich vielleicht nach dem Namen der Universität erkundigen, an der sie studiert hatte?

»Sie wollen doch nicht etwa behaupten, dass Sie noch nie …«

Sahia legte mir zwei Finger auf die Lippen. »Schhh!«, machte sie und lächelte entwaffnend. »Geben Sie Ihre Annoncen.«

»Bitte?«

»Setzen Sie!«

»Eigentlich hatte ich gar nicht …« Ich biss mir auf die Lippen, sagte stattdessen: »Ich habe noch gar nichts gekauft.«

Ein paar Minuten später lag vor mir ein Stapel Jetons im Wert von eintausend Dollar.

»*Faitez votre jeux!*«, rief der ägyptische Croupier und drehte den Roulettekessel. Alle Blicke hingen gebannt an seinen Fingern, die die Elfenbeinkugel hineinschnippten. Ich starrte planlos auf das Tableau.

»Na los, machen Sie schon«, drängte Sahia.

Ich beschloss, die Sache vorsichtig anzugehen, und setzte fünfzig Dollar auf *rouge*. Meine Begleiterin zog eine unzufriedene Schnute, griff sich weitere einhundert Dollar und platzierte sie rasch auf ein *carré*. Ich sah sie strafend an. Dreistes kleines Luder! Doch ich schwieg, was Sahia ein aufreizendes Lächeln entlockte.

Nachdem die Kugel dreimal durch den Kessel rotiert war, rief der Croupier sein unheilvolles: »*Rien ne va plus!*« Ich versuchte, das Geräusch der fallenden Murmel zu ignorieren und betrachtete die prunkvolle Casinobeleuchtung und die automatischen Kameras, die zwischen den Lampen verteilt waren. Sahia drückte zweimal kurz meine Hand, als das Klackern der Kugel erstarb. Ich schielte in den Kessel.

»*Zéro!*«, verkündete der Croupier. »*Jetons en prison!*«

Entsetztes Stöhnen machte die Runde, hier und dort erklang vergnügtes oder hysterisches Gelächter. Hervorragend, meine ersten einhundertfünfzig Dollar gingen an die Bank. Mit versteinertem Gesicht fischte der Croupier die Kugel wieder aus dem Kessel. Zwar ließ der Hund sich äußerlich nichts anmerken, aber das schadenfrohe, gierige Glitzern in seinen Augen sprach für sich. Wahrscheinlich bekam er von der Hotelleitung pro Bankrunde eine Extraprovision. Ich warf einen verärgerten Blick auf Sahia, die mich verzeihungsheischend ansah.

»Das war wohl nichts«, bemerkte ich.

Sie zuckte die Schultern und lehnte sich an mich. »Das Glück vor der Not ist ein verführender Teufel, das Glück nach der Not ein tröstender Engel.«

»So, so.« Ich begann zu schwitzen. Falls meine Begleiterin ihren Sinnspruch auf uns bezog, dann waren eintausend Dollar ein reichlich dicker Batzen für ein Schäferstündchen. Mein Blick wanderte über die Setzfelder. Wenn ich nur nicht so betrunken und zu begierig darauf gewesen wäre, mit Sahia etwas ganz anderes zu spielen als Roulette, um noch genug Gefühl für das Risiko übrig zu haben ...

Ich nahm einen zweihundert Dollar-Jeton, ließ die Hand bedeutungsvoll über dem Tableau kreisen und setzte ihn schließlich *a cheval.*

»Das wollen Sie wirklich riskieren?«, staunte Sahia.

»Ja.« Ich grinste schief. »Wenn ich gewinne, erfüllen Sie mir einen Wunsch!«

Die junge Frau hob den Kopf und sog scharf die Luft ein. Dann ergriff sie den Rest der Spielchips und schob ihn auf *quinze noir.* »Fünfzehn ist die Zahl des Teufels«, raunte sie mir zu. Meine Augen mussten so groß wie Billardkugeln geworden sein, aber Sahia lächelte nur und umarmte mich mit einer derartigen Raffinesse, dass ich unter keinen Umständen mehr an die gesetzten Jetons herankam. »In Ordnung, Mister Krispin«, hauchte sie mir ins Ohr. »Und wenn ich gewinne, ist es an Ihnen, *mir* einen Wunsch zu erfüllen!«

»Und – falls keiner von uns beiden gewinnt?«, stotterte ich heiser.

»Dann werden wir wohl einen Kompromiss schließen müssen.« Sie sah mich an. »Das bisschen Plastik sollte ich Ihnen doch wert sein, oder etwa nicht?«

Du liebe Güte. Meine Kehle war staubtrocken, und ich musste mich beherrschen, ihren zierlichen, an mich geschmiegten Körper lediglich zu halten, während sie ihre Zunge über mein Ohr gleiten ließ.

»Versprochen?«, flüsterte sie.

»Versprochen!«

»*Rien ne va plus!*«, bestimmte der Croupier.

Dieser unbeschreibliche Duft, dieses betörende Parfum ... Ich hörte das Rollen der Kugel, das aufgeregte Atmen der Spieler (oder war es mein eigenes?) und Sahias pochendes Herz. Sie presste ihre Brüste und ihre Hüfte etwas zu dicht an mich, als dass ich noch einen klaren Gedanken hätte fassen können. Dieser Duft schien ihrem gesamten Körper zu entströmen und sich wie unsichtbare Tentakel um uns zu schlingen, als wäre er ein eigenständiges Wesen, das Sahia durch ihre Poren verließ. Das Geräusch der fallenden Kugel erstarb erneut, gebanntes Schweigen umgab den Tisch. Lediglich Sahias betörender Duft hielt uns umschlossen wie zwei Insekten in Bernstein. Vielleicht war es doch etwas zu viel Shisha gewesen, und zu viel des schweren Weins. Ob ich die Augen geschlossen hielt oder sie mühsam öffnete, meine Umgebung bestand nur noch aus einem irisierenden goldenen Schleier, einer alles einnehmenden Aura, die sich in meinen Armen zu Sahia verdichtete.

»*Quinze, noir!*«, rief der Croupier. »*Pair, passe!*«

Ich zuckte zusammen, der goldene Schein, der uns umgab, schien zu implodieren. Sahia schwieg, aber ich spürte ihre zu einem Lächeln geteilten Lippen an meinem Hals.

»Anerkennung, Mister Krispin«, hauchte sie. »Sie haben soeben 22.750 Dollar gewonnen – und einen Wunsch verloren.«

Ich starrte völlig entgeistert in die Runde. Die meisten Blicke der umstehenden Personen ruhten neidisch oder verärgert auf mir, einige der Glücksritter bemühten sich, gelassen zu bleiben, und zwei Spieler verließen apathisch den Tisch. Die Augen des Croupiers versprühten giftige Blitze, doch sein Gesicht blieb versteinert wie zuvor. Er schob einen Berg aus Spielmarken zu mir an den Tischrand, zog den Scheffel blitzschnell wieder weg und rief etwas missgestimmt: »*Faitez votre jeux!*«

Sahia ließ von mir ab, hielt ihren Rock an der Tischkante auf und schaufelte die Jetons hinein wie Sterntaler, vergaß jedoch nicht, dem Croupier einen angemessenen Obolus zuzuschieben. »Kommen Sie, Mister Krispin«, sagte sie spitz, machte auf dem Absatz kehrt und lief zum Bankschalter. Ich war zu perplex, um die Fassung zu bewahren, und stakste wie ein Roboter hinter ihr her.

Du hast fast 23.000 Dollar gewonnen!, salbaderte eine Stimme hinter meiner Stirn. *Nein,* berichtigte mich Giza, *du hast zweihundert Dollar verloren! Deine Begleiterin hat gewonnen; 22.750 Dollar – und weitaus mehr.* An der Bank angekommen, ließ Sahia die Spielmarken über die Theke fluten. Zehn Minuten später unterschrieb ich eine Quittung für einen Scheck über die Gewinnsumme, faltete ihn wie in Trance zusammen und verstaute ihn in meiner Brieftasche.

Sahia hakte sich mit einem selbstgefälligen Lächeln wieder bei mir ein. »Wie geht es Ihnen?«

»Gut ... gut«, plapperte ich. »Ich glaube, ich brauche jetzt ein wenig frische Luft.«

»Denken Sie auch an Ihr Versprechen?«

»Pausenlos.«

»Dann lassen Sie uns ein wenig spazieren gehen, Mister Krispin. Heute ist ein ganz besonderer Tag; und auch ein einzigartiger für Sie.«

»Ja«, pflichtete ich ihr mit belegter Stimme bei. »Das Gefühl habe ich seit einer Viertelstunde auch.«

Die junge Frau lenkte unsere Schritte zum Ausgang. »Wir haben Equinox.«

»Ich weiß.«

»Wissen Sie auch, dass nach dem alten Kalender ein ganz besonderes Equinox gefeiert wird?«

»Es gibt viele alte Kalender ...«

»Heute ist Aphonnon, die Nacht der Übereinkunft.«

»Das *ultraae quinotaleis?*« Ich sah meine Begleiterin zweifelnd an. »Dieses Fest wird seit über dreitausend Jahren nicht mehr begangen.«

»Ich sagte doch, es sei ein alter Kalender ...«, lächelte Sahia delphisch.

Als der Pförtner uns kommen sah, lächelte er verhalten und öffnete uns die mächtige Glastür. »Sie gehen noch ein wenig spazieren, Mister Krispin?«, fragte er.

»Wir«, korrigierte ich ihn schroff. Der Livrierte holte Luft, um etwas Freundliches zu erwidern, machte jedoch nur ein entgeistertes Gesicht und suchte das Foyer hinter mir mit Blicken ab. »Meine Begleiterin und ich«, erklärte ich übertrieben deutlich, um ihm auf die Sprünge zu helfen.

Der Pförtner kniff die Augen leicht zusammen.

»Er kann mich nicht sehen«, raunte mir Sahia ins Ohr und löste sich von meinem Arm.

Ich schaute ihr verständnislos nach, dann tauschte ich einen Blick mit dem Livrierten, der weiterhin die Tür offen hielt und ebenso ratlos mich anstarrte. Ich hob eine Hand und bewegte sie vor seinen Augen prüfend hin und her, worauf sich eine Unmutsfalte auf seiner Stirn bildete.

»Ist alles in Ordnung, Mister Krispin?«, erkundigte er sich höflich.

Sahia war kichernd an ihm vorbeigeschwebt. »Komm!«, forderte sie mich zwischen den Türflügeln stehend auf. Und als ich nicht reagierte: »Na komm schon, und mach nicht so ein verdutztes Gesicht!«

Die Hand noch immer erhoben, lief ich seitlich durch die Tür, ohne den Pförtner aus den Augen zu lassen.

»Mister Krispin ...?«, rief dieser mir nach, nachdem ich Sahia hinaus ins Freie gefolgt war.

»Schon gut«, sagte ich, ohne mich umzudrehen. »Alles in Ordnung. Ich komme bald zurück ...«

Neben dem Hotel befand sich ein bescheidener Park. Eigentlich war es nur ein sanfter, künstlich aufgeschütteter Hügel, auf dem ein weitläufiger Hain stand. Sahia schlug einen Haken in Richtung der Anhöhe und zog mich mit sich.

»Das Aphonnon kehrt alle 49 Jahre wieder«, erzählte sie, während wir den Hügel emporschlenderten. »Es bedeutet nicht nur die Gleichheit von Tag und Nacht, sondern auch von Licht und Schatten, von Gut und Böse. Viele Menschen in den Dörfern fürchten sich davor. Sie sitzen tagelang in ihren verschlossenen Häusern und beten.«

Wir erreichten die Bäume und bald darauf eine kleine Lichtung auf der dem Nil zugewandten Seite der Anhöhe. Vereinzelte Sträucher und Büsche schirmten uns vom Hotel und der nahen Straße ab und luden zum Verweilen und Versinken ein. Lediglich zum Fluss hin standen sie etwas lichter und erlaubten einen Blick auf einen Abschnitt der Nil-Promenade, den ich von der Hotelterrasse aus nicht hatte erkennen können, da der Seitenflügel des Sheraton die Sicht versperrte.

Am Ufer hatte ein altertümliches, einmastiges Segelschiff angelegt. Es war relativ schmal gebaut und besaß ein schlankes, hoch aufgerichtetes Heck. Das Segel war eingeholt, schlichte Holzgeländer, über denen je vier Ruderstangen in der Strömung pendelten, zierten die Schiffsseiten. An Bord und in der näheren Umgebung war keine Menschenseele zu sehen. Das Schiff erinnerte an einen Nachbau einer altägyptischen Prozessionsbarke, doch statt breit und keilförmig zu enden, mündete der Bug in einen Schlangenkopf wie bei einem nordischen Langboot. Dieses seltsame Wassergefährt gehörte eindeutig in ein Museum, anstatt hier im trüben Nilwasser zu dümpeln.

»Was ist das für ein Schiff?«, fragte ich.

Sahia zögerte. »Eine Mondbarke.«

Ich erhob mich staunend. »Ein Totenschiff?« Die junge Frau neigte den Kopf in einer Art, die sagte: ›Na und?‹. Ich nahm sie bei der Hand. »Komm!«, forderte ich sie auf.

»Was hast du vor?«

»Ich möchte es mir ansehen.«

»Nein!« Sahia riss mich zurück, worauf ich neben ihr auf dem Hosenboden landete. Ehe ich einen neuen Versuch unternehmen konnte, schwang sie sich über mich und setzte sich auf meine Beine. »Es *ist* eine Totenbarke, Mister Krispin, und die Toten möchten nicht gestört werden.« Und mit einem aufreizenden Lächeln fügte sie hinzu: »Wir sind doch nicht hierher gekommen, um uns ein altes Segelschiff anzusehen, oder?«

Ich ließ mich grinsend ins Gras sinken. »Nun, vielleicht ist es ja morgen früh noch da …«

»Oh, ganz sicher nicht«, entgegnete Sahia, wobei ihre Hände unter mein Hemd glitten. »Was weißt du über die Totenbarken?«

»Dass sie die Nachtregionen der *Duat* durchqueren.«

»Erzähl mir davon.«

»Jetzt? Wieso?«

»Du hast einen Wunsch an mich verloren, schon vergessen?« Sie beugte sich herab und küsste meine Brust durch die Öffnung des goldenen Uroboros-Reifs, der aus meinem offenen Hemdkragen schimmerte.

Meine Finger wanderten empor und begannen ihren warmen Körper zu streicheln. »Zur Zeit der Pharaonen stellten sich die Menschen vor, dass das Totenreich der Welt gleicht, in der sie lebten«, sprach ich leise. »Ein Jenseits-Niltal, durch einen langen Strom geteilt, der in der Mitte eines breiten Streifens fruchtbaren Landes dahinfließt. Die Barke durchquert das Tor *Rosetau*, um nach *Imhet* zu gelangen, eine Region, die aus zwei gewundenen Wegen besteht, der eine aus Feuer, der andere aus Wasser, und weiter nach *Armenti*, die Region des Feuers, wo alles vertrocknet und dahinschwindet. Sie überquert den See der beiden Wahrheiten und den See der Läuterung und durchreist *Tiau*, die Höhlenregion, über die der Verschlinger der Schatten wacht …«

»Ja, so war es früher«, flüsterte Sahia. »Doch Sarara hat sich sehr verändert ...«

»Bitte?«

»Nicht so wichtig.« Sie knöpfte mein Hemd auf. »Erzähl weiter!«

Hatte ich vergessen zu erwähnen, dass die meisten jungen Ägypterinnen nicht nur geheimnisvoll und abenteuerlustig sind, sondern auch einen gewaltigen Sprung in der Schüssel haben? Falls die Geschichten über das Totenreich Sahias sexuelle Erregung steigerten, gehörte sie womöglich zu jenen Menschen, die ein wenig zu oft auf dem Ghafir-Friedhof übernachtet hatten.

»Die Regionen der Duat«, begann ich mühsam beherrscht, »sind durch mächtige Pforten voneinander getrennt, an denen Schlangen und Feuer speiende Uräi Wache halten. Alle Toten besitzen einen Namen für die Ewigkeit und müssen die Worte kennen, die ihnen die Pforten öffnen.« Ich schälte Sahias Körper aus ihrer Bluse, und sofort umhüllte mich wieder dieser überirdische Duft. »Sämtliche Regionen werden von einer unvorstellbaren Zahl von Toten bevölkert. Sie dämmern in der Finsternis dahin, wie in einer Art Erstarrung, aus der sie nur die Ankunft der Totenbarke zu reißen vermag.« Ich schaffte es irgendwie, Sahia und mich auszuziehen, ohne sie aus meinem Griff zu lassen. »Die Verdammten begrüßen die Barke, sobald sie bis zu ihnen vordringt, und werden lebhaft und munter, solange sie von ihr beschienen werden ... lieber Gott ...« Ich ließ meine Lippen über Sahias Brüste gleiten, während sie sich schlangengleich in meinem Griff wand.

»Ich habe lange auf deine Ankunft gewartet«, hauchte sie und schmiegte sich enger an mich. »Alles, was ich sehe, sehe ich durch dich. Zeig mir das Licht, das jenseits der Dunkelheit liegt!«

Ich fand, jetzt übertrieb sie ein wenig. Zwar war nicht zu übersehen, dass sie mich ebenso begehrte wie ich sie, doch verleiteten ihre Gefühle sie zu recht extravaganten Äußerungen. Mit der einen Hand hielt ich ihr Rückgrat, die andere verirrte sich ebenso geschmeidig zwischen ihre Schenkel. Dieser unbeschreibliche Geruch, der ihren Poren entströmte ... Nie zuvor hatte ich ein Wesen in den Armen gehalten, das in solcher Weise duftete. Wir pressten und rieben unsere Körper aneinander, und ihr Unterleib glitt heftiger und heftiger über meinen, bis sie mit einem lauten, tiefen Seufzer nach hinten sank. Dann zog sie sich wieder empor und ruhte schwer auf meiner Brust.

»Das war für mich«, lächelte sie, als sie wieder bei Atem war. »Und dafür, dass ich dir den Scheck überlassen habe.«

Ich hoffte, dass unser Liebesspiel für sie nicht bereits mit diesem Akt beendet war, denn außer ihrem Körper auf meinem Schoß hatte mir der Abend noch nicht die ersehnte Erfüllung gebracht. Ich war erregt und gleichzeitig völlig benebelt. Verdammte Shisha-Pfeife!

Sahias Lippen begannen über meine Brust zu wandern und langsam tiefer hinabzugleiten, dann fühlte ich das Streicheln ihrer Zunge bis in den Neocortex. Kurz bevor ich den Höhepunkt erreichte, ließ Sahia wieder von mir ab, zog sich empor und küsste mich. Ihre Zunge schlängelte sich in meinen Mund, länger und länger, bis sie sich die Speiseröhre hinabzuwinden schien. Sie fühlte sich seltsam an, und ich hatte für einen Augenblick das Gefühl, als seien es zwei Zungen, oder eine gespaltene, wie bei einer Schlange.

»Hier beginnt die Geschichte der Menschen und der Toten«, flüsterte Sahia, als ihre Lippen sich von meinen lösten. »Hinter den Pforten der Nacht. Unsterbliche werden Sterbliche, Sterbliche werden Unsterbliche, denn das Leben dieser ist der Tod jener und das Leben jener der Tod dieser.«

Sie ist nekrophil veranlagt!, durchfuhr es mich. *Zweifellos!*

Ehe ich einen entsprechenden Kommentar loswerden konnte, fragte sie: »Was bin ich dir wert, Kematef?«

Ich erstarrte. »Wie kommst du auf diesen Namen?«, krächzte ich in einem Taumel aus Lust und Schrecken.

»Du trägst mich über deinem Herzen. Nur durch dich lebe ich, und einzig für dich. Für alle Ewigkeit, falls du es wünschst.«

Ich war nicht fähig, etwas zu erwidern, konnte sie nur anstarren. Dann fragte ich: »Gehörst du irgendeiner Sekte an?«

Sahias Augen funkelten wie zwei geschliffene Opale. In der Dunkelheit wirkte es, als bestünden sie nur noch aus riesigen Pupillen. Nichts Weißes schimmerte mehr in ihnen, und doch leuchteten sie in der Nacht. Die junge Frau ergriff den goldenen Uroboros, hielt ihn über mich und sah mich lange an. »Das Aphonnon ist die Nacht, in der die Kluft zwischen dem Diesseits und der Duat sich für kurze Zeit schließt. Die Nacht der Wanderer, die Nacht der strahlenden Engel und die der Gefallenen. Und sie haben Wünsche.«

»Wer bist du? Und was willst du?«

»Dich wiedersehen, Kematef.« Und nach einer bedeutungsvollen Pause fügte sie hinzu: »Begleite mich zurück nach Sarara!«

»Sarara?«, echote ich, in der Erwartung, mich verhört zu haben. Offenbar meinte sie Sakkara, jenes kleine Dorf im Süden Kairos, in dessen Nähe die Totenstadt von Memphis und die Pyramiden von Giseh lagen. »Ist *das* dein Wunsch?«, erkundigte ich mich.

Sahia hob leicht den Kopf. Ihr Blick signalisierte ein deutliches ›Ja‹.

»Nun gut, okay … Und wie kommen wir dort hin?«

»Mit der Barke.« Sie deutete hinab zum Flussufer.

»Aha.« Das Spiel um den Scheck wurde zusehends absurder. »Und wann?«

»Heute Nacht.«

Ich musste laut auflachen. Nein, das ging jetzt wirklich zu weit. »Kind, es sind zwanzig Kilometer Luftlinie bis dorthin!

Mit dem Schiff sind es über dreißig. Und das flussaufwärts, gegen die Strömung! Das dauert einen halben Tag. So viel Zeit habe ich nicht!«

Sahia blieb ungerührt. Lediglich eine kleine Unmutsfalte hatte sich über ihrer Nasenwurzel gebildet.

»Zu meiner Zeit«, hauchte sie mir ins Ohr, nachdem sie sich zu mir herabgebeugt und ihre Arme auf meiner Brust verschränkt hatte, »wärst du für eine derart dreiste Antwort an den Füßen aufgehängt worden. Man hätte dir die Haut in Streifen abgezogen und Salz hineingerieben und sieben Ziegen die Wunden lecken lassen.« Sie lächelte zuckersüß, wobei sie mit dem Uroboros demonstrativ über meine Brust strich. »Wie willst du den gestohlenen *Aphoes* eigentlich aus dem Land schmuggeln?«

Dieses verdammte Luder! Ich zog Sahia den Reif aus der Hand und drückte sie an den Schultern von mir fort. »Es war also kein Zufall, dass im Casino niemand etwas an deiner Anwesenheit auszusetzen hatte«, resümierte ich schärfer als beabsichtigt. »Ebenso wenig, dass der Portier so tat, als sehe er dich nicht.«

»Natürlich nicht.«

»Was ist das für ein abgekartetes Spiel?« Ich schnappte mir ihre spärliche, im Gras verstreute Kleidung und schüttelte sie durch. »Dieser Presseausweis, wo ist der?«

»Er existiert nicht«, bestätigte Sahia. »Und ehe du fragst: Die Kleider sind gestohlen.« Auf meinen fragenden Blick hin erklärte sie fast entschuldigend: »Ich hatte nichts anzuziehen!«

»Dann war wohl auch diese Heliopolis-Geschichte gelogen, und die Story mit der Tageszeitung.«

»Ich brauchte eine glaubhafte Geschichte, ein Leben der Gegenwart. Man lernt hier sehr schnell, solange man den Menschen einfach nur zuhört.«

»Wer schickt dich? Die Antikenverwaltung? Zahi Abasah?

Wer weiß noch von der Ausgrabung und ist am Profit interessiert? Und was soll dieser Kematef-Unsinn?«

Es wunderte mich, wie ruhig und besonnen Sahia weiterhin blieb. »Du hast Angst«, erkannte sie nach einer Zeit unangenehmen Schweigens. »Seit unserer Begegnung im *Sata*-Tempel fürchtest du dich.« Ich holte bereits Luft, um etwas zu erwidern, doch sie hielt mir einfach den Mund zu. »Ich habe nicht genug Zeit, um dich mit der Wahrheit zu beunruhigen«, erklärte sie. »Falls du um die Bedeutung eines Kematef weißt, kennst du die Antwort bereits. Sagtest du zudem nicht selbst, die Duat gleiche der irdischen Welt? Begleite mich und schenke mir Leben. Sarara wird all deine Bedürfnisse befriedigen; deine Wünsche, deine Leidenschaften und deinen Forschungstrieb. Du wirst eine Stadt finden, die unzählige Städte in sich vereint.«

»Welche Städte?«

»Alle, die versunken sind. Die Ruinen der Welt sind in Sarara vereint. Alles, was je ausgelöscht wurde, unterging oder verfiel, hat sich in ihr wieder erhoben.«

»Das ist doch vollkommener Blödsinn!«, urteilte ich.

»Du hast mir ein Versprechen gegeben, Kematef. Ich bin es gewöhnt, ein solches eingelöst zu bekommen. Der Scheck über 22.750 Dollar sollte deine Unannehmlichkeiten ausgleichen.«

»Du willst mich kaufen?«

»Leibeignen«, präzisierte Sahia jovial. »Und ich zeige dir, wie du den *Aphoes* durch den Zoll schmuggelst.«

Ich stieß die angehaltene Luft aus und sah hinab zur Barke. Nach wirren Überlegungen fragte ich: »Wie lange?«

»Sechs Nächte.«

Ich stöhnte auf.

»Irdische Nächte«, erklärte Sahia, als ob dies an ihrer aberwitzigen Idee irgendetwas ändern würde.

Kraftlos ließ ich mich ins Gras sinken. »Na schön«, gab ich

mich geschlagen. »Fahren wir meinetwegen in dieses Sarara. Aber vorher muss ich zurück ins Hotel und meine Sachen packen.« *Und dann schnurstracks zum Hintereingang wieder raus, hinein ins nächstbeste Taxi und ab zum Flughafen,* ergänzte ich in Gedanken. Keine zwanzig Kamele brachten mich heute Nacht auf diese Barke! Ich hatte weiß Gott Besseres zu tun, als mich auf dem Nil ausrauben zu lassen und irgendwann als Wasserleiche mit durchgeschnittener Kehle an der Hotelpromenade vorbeizutreiben. Nur fort von diesem verführerischen Sukkubus und diesem Ort. Selbst wenn ich die restliche Nacht in einer überfüllten Wartehalle des Flughafens schlafen musste.

Sahia lächelte. Dabei sah sie mich jedoch so durchdringend an, dass ich mir einbildete, sie lese meine Gedanken. Um von meinen Fluchtplänen abzulenken, zog ich die Lederschnur mit dem Uroboros über den Kopf und fragte: »Wie nanntest du das Schmuckstück doch gleich?«

»Aphoes.«

»Dieses Wort habe ich nie zuvor gehört.«

»Dann wurde es wohl nicht überliefert.« Noch immer lag dieses analysierende Funkeln in ihren Augen.

»Gut, nun zu deinem Teil unseres Geschäfts«, forderte ich.

Sahia zögerte. Dann nahm sie mir das Kleinod so behutsam ab, als ergreife sie eine lebendige, verletzliche Schlange, und streichelte mit den Fingerspitzen über ihre schuppige Goldhaut. Gewandt entfernte sie die Lederschnur und warf sie achtlos ins Gebüsch. Den Uroboros behielt sie in der hohlen Hand. Ich bildete mir ein, widerstrebende Gefühle in ihrem Gesicht abzulesen. Sahias Augen schimmerten, als müsse sie mit den Tränen kämpfen, dann beugte sie sich vor und drückte mir den Goldreif gegen die Brust.

»Ankh en mitak, Kematef!«, sprach sie leise. Es klang wie ein Abschiedsgruß.

Ich schielte gespannt auf ihre Hand – und fühlte plötzlich ein heißes Brennen auf der Haut, gefolgt von einem stechenden Schmerz, als schiebe mir jemand ganz zärtlich ein Messer zwischen die Rippen. Ich wollte mich erschrocken zurückwerfen, doch Sahia schlang ihren linken Arm blitzschnell um meinen Nacken, während sie ihre rechte Hand weiterhin gegen meine Brust presste. In ihrem zierlichen Körper erwachte eine herkulische Kraft. Jegliches Aufbegehren war vergebens, der Griff der jungen Frau unerbittlich. Ich konnte nur in ihre schwarzen Augen starren. Als sie ihre Hand endlich von mir löste und der brennende Schmerz abklang, war der Schlangenreif verschwunden.

Ungläubig starrte ich auf meine Brust. Sie offenbarte weder eine Fleischwunde noch eine Verbrennung.

»Du wirst mich vergessen«, raunte Sahia. »Mich und diese Nacht.« Sie fing an, sich langsam wieder auf mir zu bewegen, und ich roch ihren Duft intensiver, als er jemals zuvor ihrer warmen, nackten Haut entströmt war. Ihr Körper wurde zu einem engelsgleichen Ruhepol inmitten einer unheimlichen Metamorphose. Die gesamte Umgebung begann sich zu verändern, zu fließen und bei jedem Lidschlag meiner Augen die Plätze zu tauschen.

Sahias Bewegungen wurden ungestümer, der Uroboros schien sich im Innern meiner Brust in flammendes Gewürm zu verwandeln, das durch meine Eingeweide ins Rückenmark und von dort bis hinauf in mein Gehirn kroch. Alles um mich herum wurde durchsichtig, begann sich aufzulösen. Ich bildete mir ein, die Skelette der Bäume zu sehen, groteske Knochentürme wie gigantische, aufgerichtete Schlangen, in denen überdimensionierte Herzmuskeln dunkelrotes Blut durch sinnverwirrende Geflechte von Adern pumpten. Die Kronen der Bäume wurden zu riesigen, bloßliegenden Gehirnen, das Gras um mich herum zitterte und zuckte wie die Enden von Nervensträngen. Der Nachthimmel über Kairo verwandelte sich in ein hässliches, formloses Grau, das zur Begleitung eines infernalischen Heulens auf und ab wallte. Das Klagen drang aus den Gebäuden – aus tiefen, schwarzen Schlünden der zu unförmigen Gallertklumpen mutierten Häuser.

Allmächtiger, was ging hier vor ...?

Sahias entrücktes Gesicht war das einzig Vertraute innerhalb dessen, was uns umgab. Ihr lustvolles Stöhnen bildete einen bizarren Kontrast zu den Misstönen der organischen Abnormitäten, die uns jäh umdrängten. Der Körper der jungen Frau begann zu glühen, verwandelte sich in kaltes, blendend weißes Licht, das heller und heller strahlte und schließlich in einer lautlosen Explosion erstarb.

»Erinnere dich an deinen Namen für die Ewigkeit«, vernahm ich Sahias verwehende Stimme.

Ich hatte die Arme schützend über mein Gesicht gelegt. Als ich die Augen aufschlug, war Sahia verschwunden. Völlig benommen von dem, was um mich herum geschah, kleidete ich mich an und stolperte von dem riesigen Berg fort, der einmal das Sheraton-Hotel gewesen war und nun aussah wie ein gigantisches Krebsgeschwür. Der Schlund, aus dem das amorphe Ding brüllte, war so groß, dass ein Einfamilienhaus darin Platz gefunden hätte. Ich presste mir die Hände gegen die Ohren. Alles um mich herum pulsierte, kroch umher, bäumte sich auf, sobald ich mich näherte, und gab grauenhafte Geräusche von sich. Ich konnte keine festen Formen mehr erkennen. Alles zitterte und vibrierte, schien aus dem teigigen Boden zu wachsen wie zu bizarren Skulpturen emporgetriebene Ganglien. Furchterfüllt hetzte ich über die Ebene, die sich neben dem kolossalen Plasmaberg erstreckte. Kleinere, abscheulich anzuschauende Gebilde bewegten sich entlang einer unsichtbaren Grenzlinie auf und ab. Eines von ihnen kam rasend schnell auf mich zu. Ich hörte es brüllen und heulen wie eine Orgelpfeife. Alles an ihm war, als gehöre sein

Äußeres nach innen. Es sah aus wie eine Seeschnecke mit riesigen glühenden Augen. Seine Haut war transparent, und durch sie hindurch sah ich etwas in seinem Inneren, das mich auf der Stelle erstarren ließ. Das äußere Ungetüm heulte und schrie, als es mich erreichte, und sein Inneres …

Gott, dieses Ding in seinem Inneren!

Ehe ich ihm auszuweichen vermochte, war es mit seinen gleißenden Augen heran. Ein ungeheurer Schlag traf mich, als es mich erfasste, und riss mich ins Dunkel.

Mekropalladium 4

Ich lag auf dem Rücken. Sonnenstrahlen wärmten mich, unter mir fühlte ich dichten, kurzgeschnittenen Rasen. Es roch nach frisch gemähtem Gras, Rosen und Benzin, einer eigenartigen, aber nicht unangenehmen Mischung. Ich lag weich und bequem und fühlte mich gut. Das ewige Konzert der Autohupen klang weit entfernt, Schiffsmotoren tuckerten, und ich vernahm Stimmen.

Als ich die Augen öffnete, blickte ich in die Sonne, doch ihr Licht schmerzte seltsamerweise nicht. Im Gegenteil, es war ebenso angenehm wie der kühle Rasen unter mir. Der Himmel war blau und wolkenlos. Möwen ließen sich vom warmen Wind treiben, sanken blitzschnell herab zum Wasser und tauchten kurze Zeit später wieder auf. Ein Schatten trat über mich und sah schweigend auf mich herab. Ich konnte sein Gesicht nicht erkennen, da es direkt vor der Sonne lag.

»*Massa al ward,* Mister Krispin«, begrüßte er mich. »Schön zu sehen, dass Sie sind wach!«

Ich blinzelte ihn an. Der Fremde sprach einen seltsam verdrehten Dialekt.

»Wollen Sie nicht aufstehen?«, fragte er, als ich mich nicht regte.

»Warum liege ich hier auf der Wiese?« Mein Blick wanderte nach rechts. »Vor dem Hotel?«

»Oh, Sie müssen getrunken haben ein bisschen zu viel gestern Abend.«

Verdammt, Krispin, so besoffen kannst du doch gar nicht gewesen sein, dass du dich auf dem Rasen schlafen gelegt hast. Oder etwa doch?

»Kommen Sie, Mister Krispin«, forderte der Fremde mich auf. »Sie müssen jetzt abreisen!«

Schlagartig war ich wach. Himmel, meine Maschine ging kurz nach elf, wie konnte ich das vergessen haben! »Wie viel Uhr ist es?«, erkundigte ich mich und setzte mich ruckartig auf. Mein Schädel schien im selben Augenblick auseinander zu springen. Dieser verdammte ägyptische Wein ...

»Sie haben noch genug Zeit«, informierte mich mein Gegenüber.

Ich wischte mir den Schweiß von der Stirn. Er war rot. »Ich blute!«, rief ich erschrocken. »Wieso blute ich?«

»Vielleicht Sie sind gestürzt.« Der Fremde trat ein Stück aus der Sonne, und sein Schatten verwandelte sich in einen untersetzten Mann Mitte vierzig. »Womöglich Sie haben bekommen Nasenbluten.«

Ja, das mochte es wohl gewesen sein. Mein Weckdienst, so stellte ich nun fest, besaß einen Dreitagebart und eine Halbglatze. Er sah aus, als trage er einen Pyjama, und seine nackten Füße steckten in abgetretenen Sandalen. Unter dem Schlafanzug erkannte ich ein rotes Hemd, der Pyjama selbst war blau und weiß gestreift. Ein komischer Vogel. Aus Gewohnheit fasste ich an meine Brust, doch meine Hand griff ins Leere. Ich äußerte einen Fluch und tastete hektisch mein Hemd ab.

»Alles in Ordnung, Mister Krispin?«, fragte der Fremde, als ich begann, über den Rasen zu kriechen.

»Das fragt man mich ständig in dieser Stadt«, gab ich zurück und erhob mich. »Nein, nichts ist in Ordnung!«

»Haben Sie etwas verloren?«

»Ein Schmuckstück.« Ich machte eine hilflose Geste und lief suchend umher, stapfte durch Blumenbeete und durchstreifte niedrige Hecken. »Einen Anhänger – aus Gold.«

»Oh ... dann sicher gestohlen, während Sie waren schachmatt.« Mein Gegenüber zeigte sich nicht besonders anteilnehmend. »Keine Chance, wiederzufinden«, prophezeite er. »Bestimmt längst verkauft auf Bazar.«

Ich hielt mit Suchen inne und funkelte ihn an. »Haben Sie es etwa eingesteckt?«

Der Fremde erwiderte meinen Blick ungerührt. »Das ist mir nicht erlaubt.« Er streckte seinen Arm aus und sah demonstrativ auf seine Armbanduhr. »Sie sollten jetzt gehen Ihr Gepäck holen«, wies er mich an. »Ich werde Sie fahren zu Flughafen.«

»Hat das Hotel Sie herbestellt?«

»Man hat mich beauftragt, Sie abzuholen, ja.«

»Wie heißen Sie?«

»Nennen Sie mich Archon.«

»Sind Sie Grieche?«

»Dort drüben stehen mein Taxi. Ich erwarte Sie in fünfzehn Minuten.« Mit diesen Worten ließ er mich stehen und watschelte zu einem Autowrack, das ganz in der Nähe parkte. Ich konnte unmöglich sagen, was es für ein Fabrikat war. Archon jedoch schien von seiner Fahrtüchtigkeit überzeugt zu sein, denn er setzte sich hinter das Steuer und wartete. Der Schrotthaufen besaß zwei verschiedene Lackierungen und überdimensionale Heckflossen. Auf seinem Kofferraumdeckel prangten die Buchstaben ›ET‹ für Egypt.

Ich sah resigniert an mir herab. Meine Kleidung war stellenweise zerrissen und von Blut getränkt, doch ich konnte mich nicht erinnern, wie es dahin gekommen war. Ich selbst, so stellte ich nach einer flüchtigen Untersuchung fest, hatte keinerlei äußere Verletzungen, die dieses Malheur rechtfertigten. Unglaublich, dass ich in diesem Aufzug den ganzen Morgen vor einer Luxusherberge wie dem Sheraton gelegen hatte. Peinlich, äußerst peinlich …

Das Hotelpersonal lächelte mich beängstigend freundlich an, als es mich sah, fast so, als ob mein besudeltes Dekor eine Selbstverständlichkeit wäre. Auf meinem Zimmer angekommen, fand ich meine Reisetasche fertig gepackt vor. Das Bett war frisch bezogen, die Fenster zum Lüften geöffnet. Ich legte die blutigen Klamotten in den Wäschekorb, duschte und kleidete mich neu an. Als ich aus dem Badezimmer kam, war der Wäschekorb leer. Verwundert starrte ich ihn an. Dann nahm ich mein Gepäck und ging zur Rezeption, um mich abzumelden.

»Die Rechnung für Ihren Aufenthalt wurde bereits beglichen«, informierte mich der Portier.

»Was?« Ich war sprachlos. »Von wem?«

»Betrachten Sie es als ein Geschenk des Himmels, Mister Krispin«, lächelte der Livrierte. »Ich wünsche Ihnen eine angenehme Heimreise.«

Ich zuckte die Achseln, verabschiedete mich und verließ verwirrt das Hotel.

»Da sind Sie ja endlich«, begrüßte mich Archon mit laufendem Motor. »Ich gesagt: fünfzehn Minuten, nicht dreißig. Mein Terminplan erlaubt keine Verspätungen.«

»Entschuldigen Sie, Mr ... Archon – ist das eigentlich Ihr Vorname oder Ihr Familienname?«

»Ist Familienname. Steigen Sie ein!«

»Ich musste noch duschen, und ...«

»Ja, ja, schon gut, steigen Sie schon ein«, drängte der Fahrer. »Wir haben kurz nach zehn. Straßen in Kairo nicht so leer wie in schottische Kleinstadt.«

Ich verstaute mein Gepäck im Kofferraum, zwängte mich auf den Rücksitz und kam erneut ins Grübeln. Woher wusste der Kerl, wo ich zu Hause war? »Haben Sie meine Rechnung bezahlt?«

»Ich?«, schnappte Archon. »Sehe ich aus, als wäre ich Ölscheich? Nein, Mister Krispin, ich nicht gezahlt. Festhalten!«

Zum Glück hatte mich der Fahrer gewarnt, bevor er Gas gab. Ich schaffte es gerade noch, mich an Tür und Lehne abzustützen, ehe er aus der Parklücke in den Verkehr einscherte wie ein gebrannter Eber.

Der Kairoer Straßenverkehr war ein Albtraum. Verkehrsregeln galten nicht, jeder fuhr, wie er wollte. Das Hupkonzert wurde keine Sekunde unterbrochen, und Fahrspuren existierten nur in der Theorie. Menschenmengen überquerten willkürlich die Straßen, während die Autos rasant an ihnen vorbeisteuerten. Sämtliche Fußgänger benutzten die Fahrbahnen und ließen sich von keinem Auto vertreiben. Zwar gab es Bürgersteige, aber diese waren für die gewaltigen Menschenmassen viel zu eng. Als wir den Flughafen erreichten, war ich sicher, vor Aufregung fünf Pfund abgenommen zu haben.

Beim Betreten der Empfangshalle fand ich vor jedem Schalter eine Schlange von Menschen, die darauf warteten, ein Visum ausgestellt zu bekommen. Ich überlegte, ging dann direkt auf den Passkontrollschalter zu, wedelte mit meinem Flugticket und übergab dem Beamten meine Papiere. Mit gleichgültiger Miene fing der Mann an, den Pass durchzublättern. Plötzlich hob er den Kopf, und ein Lächeln verklärte sein Gesicht.

»Hat Ihnen Kairo gefallen?«

»Aber ja.«

Er gab mir die Papiere zurück, trat zur Seite und sagte: »Flugsteig vier. *Per nefer,* Mister Krispin, und leben Sie wohl.«

Das Flugzeug war fast leer, und ich war dankbar für ein paar Stunden der Ruhe. Ich ließ mich an einem von vierzig freien Fensterplätzen nieder, beobachtete das Starten und Landen der Maschinen und ärgerte mich ein wenig darüber, den Umweg über Istanbul nehmen zu müssen. Zwar hätte ich die Möglichkeit gehabt, mit einer größeren Maschine direkt nach Bukarest zu fliegen, was wesentlich schneller und vor allem preiswerter gewesen wäre, aber ich traute weder den ägyptischen noch den türkischen Fluggesellschaften. Höhenangst und Flugangst sind Blutsschwestern, vermaledeit und absolut inkompatibel mit moderner Zivilisation. Hier in diesem kleinen britischen Jet fühlte ich mich wesentlich sicherer als in einem Passagierflugzeug der regionalen Airlines.

Gedankenversunken klappte ich eine Installation aus der Rückwand meines Vordersitzes, von der ich annahm, es handele sich um einen kleinen Videomonitor, auf dem man während des Fluges eine anspruchslose Auswahl von Spielfilmen anschauen konnte. Stattdessen sah ich verdutzt auf einen Oszillographen, über den in ungesund langsamen Abständen eine schwache, giftgrün leuchtende Pulskurve wanderte. Minutenlang verfolgte ich das einschläfernd wirkende Herzsignal, dann schob ich den Monitor langsam wieder in die Rücklehne und betrachtete meine Handflächen. Sie zitterten und glänzten vor Schweiß.

Eine Stewardess lief mit einem Getränketablett durch den Korridor zur Cockpittür, klopfte an und trat ein. Für eine Sekunde erhaschte ich einen Blick auf den Piloten, und hätte ich es nicht besser gewusst, dann hätte ich geschworen, der untersetzte Kerl mit Halbglatze und Dreitagebart auf dem Pilotensitz sei der griechische Taxifahrer! Ich spürte mein Herz gegen die Rippen klopfen, so sehr war ich über den unerwarteten Anblick erschrocken. Ich beruhigte mich mit dem Gedanken, dass es sich bei der Ähnlichkeit der beiden nur um einen ungeheuren Zufall handeln konnte. Dennoch lauerte ich darauf, dass die Stewardess das Cockpit wieder verließ.

Meine Hoffnung erfüllte sich zwei Minuten vor dem planmäßigen Start. Da keine weiteren Fluggäste mehr zugestiegen waren, zählte ich drei Passagiere, mich mit eingerechnet. Für eine Luftreise von über zweitausend Kilometer konnte es sich hier nur um ein Verlustgeschäft für die Fluggesellschaft handeln. Aber vielleicht stiegen ja in Istanbul noch zehn oder zwanzig Passagiere zu.

Ich reckte den Hals wie ein Kormoran, als die Tür zum Cockpit erneut aufglitt. Zuerst versperrte die – sehr hübsche – Stewardess die Sicht, doch dann …! Teufel auch, diese Ähnlichkeit war verblüffend! Alles an dem Piloten stimmte mit meinem Taxifahrer überein, nur trug er eine adrette britische Uniform. Ich erhob mich ein wenig und spähte über die Sitze hinweg. Unvermittelt drehte der Pilot seinen Kopf und sah zu mir herüber. Ein freundliches, wissendes Lächeln umspielte seine Lippen und verschwand mit ihm hinter der sich schließenden Kanzeltür.

In meiner Kehle hatte sich ein dicker Kloß gebildet. Wie hypnotisiert starrte ich in Richtung Cockpit und bemerkte dabei nicht, dass die Stewardess neben mir stehen geblieben war.

»Mister Krispin!?«, erreichte ihre Stimme nach etlichen Wiederholungen endlich mein Gehör.

Ich fuhr erschrocken herum. »Ja?«

»Ist Ihnen nicht gut?«

»Doch, doch …«, stotterte ich. »Ich habe nur … ein wenig Flugangst, das ist alles.« Ich ließ mich in den Sitz zurücksinken und nestelte an meinem Hemdkragen herum.

Die Stewardess hob skeptisch die Augenbrauen. »Möchten Sie vielleicht einen Tee? Ein Glas Limonade, oder *Djoscha?*«

»Was!?«, bellte ich heiser. »*Djoscha?*«

»Zur Beruhigung.«

»Limonade, bitte!«

Mein Blick schweifte wieder in Richtung Cockpit. »Sagen Sie, der Pilot …«, begann ich, als sie mir einschenkte. »Wie ist sein Name?«

»Verzeihung?«

»Wie heißt Ihr Pilot? Ist er schon länger bei dieser Fluggesellschaft?«

Die Stewardess legte den Kopf schräg. »Sicher, Mister Krispin. Er war *schon immer* bei dieser Fluggesellschaft. Glauben

Sie mir, er besitzt Erfahrung. Wir werden nicht abstürzen!« Die letzten Worte klangen, als sei sie bemüht, einen kleinen Jungen zu beruhigen.

»Ja, sicher«, nickte ich. »Entschuldigung. Ich bin nur aufgeregt.«

Die Frau lächelte. »Das wäre ich an Ihrer Stelle auch, Mister Krispin!« Damit wandte sie sich ab und ließ mich mit meiner Limonade sitzen.

Ich sah ihr entgeistert nach, bis sie hinter dem Trennvorhang zur Bordküche verschwunden war. Litt ich seit heute Morgen unter Paranoia, oder stand auf meiner Stirn deutlich lesbar: ›Verarschen Sie mich bitte, ich bin Archäologe‹? Wie kam diese Person darauf, mir *Djoscha* anzubieten – das Bier der Toten?

Punkt elf setzte sich die Maschine in Bewegung. Ich hätte meine Uhr danach stellen können. Fünf Minuten später waren wir in der Luft, und Al-Kahira, die Siegreiche, verlor sich unter ihrem ewigen Smog.

Ich sah hinab auf die ägyptische Küste, auf die Schiffe in den Häfen von Damietta und Port Said – und bemerkte dabei die riesige, linsenförmige Wolke, die über dem östlichen Horizont hing ... So weit das Auge reichte, war es die einzige Trübung am sonst klaren Himmel. Die Wolke sah aus, als könne sie ganz Syrien und den Libanon unter sich erdrücken, falls sie herabsänke. Ein beklemmendes Gefühl erfüllte mich, als ich sie betrachtete. Dieser Nebel hatte etwas Bedrohliches an sich, eine Ausstrahlung, die über Hunderte von Kilometern zu spüren war. Wetterfühligkeit war ebenfalls so eine Sache. Vielleicht rührte darin meine Unruhe. Es musste ein gewaltiges Tiefdruckgebiet sein, das sich über dem Nahen Osten gebildet hatte. Wenn ich Pech hatte, lag in Bukarest Schnee. Ja, bestimmt lag Schnee! Ich nippte nervös an meinem Getränk.

Bald darauf befanden wir uns über dem Mittelmeer. Das Wasser war dunkelblau und leer – vollkommen leer, wie ich feststellte. Kein einziges Schiff schaukelte auf den Wellen. Vor uns erstreckte sich die bergige Küste Kleinasiens, das Taurus-Gebirge, dahinter Anatolien. Die schroffen Berghänge zogen im Nu unter uns hinweg, und bevor ich mich versah hatten wir die gesamte türkische Halbinsel überflogen. Zeitraffergleich veränderte sich das Panorama. Wie aus dem Nichts tauchten das Marmarameer und der Bosporus mit den Prinzeninseln und Istanbul auf, dahinter schimmerte das Schwarze Meer.

Irgendetwas stimmte hier nicht ... Ich sah auf die Uhr. Sie zeigte 11:28. Ich stutzte und hielt sie ans Ohr, um zu kontrollieren, ob sie vielleicht stehen geblieben war, doch sie lief. Ihr gleichmäßiges Ticken war für Sekunden das lauteste Geräusch im ganzen Flugzeug. Als die Maschine auf der Landebahn des Istanbuler Flughafens ausrollte, waren ihre Zeiger gerade einmal vier Minuten weitergerückt.

Lieber Himmel, das konnte nicht sein! Befand ich mich auf einer Zeitreise, oder hatte ich mich so an die Lethargie der Ägypter gewöhnt, dass mir die Realzeit außerhalb dieses Landes überhaupt nicht mehr bewusst war?

Ägyptische Uhren gingen anders, die Menschen dachten in Jahrzehnten und wussten, dass alles seine Zeit brauchte. Seit Jahrtausenden lebte dieses Volk bereits auf dem selben Flecken Erde und hatte Parvenü-Völker wie die Perser, Griechen, Römer und Engländer kommen und gehen sehen. Es besaß eine Ruhe, die für einen modernen Menschen unverständlich war. Wenn man auf eine sechstausendjährige Vergangenheit zurückblickt, ist eine verlorene Stunde nicht mehr wichtig. Dennoch erklärte dies nicht, warum wir für zwölfhundert Kilometer Flugstrecke lediglich zwanzig Minuten benötigt hatten, falls ich der Anzeige meiner Uhr trauen durfte. Das hätte einer Fluggeschwindigkeit von 3700 Stundenkilometern entsprochen!

Zu meiner Überraschung stiegen in Istanbul keine weiteren Fluggäste zu. Im Gegenteil, die beiden Passagiere, die sich außer mir im Flugzeug befanden, verließen die Maschine. Als der Jet sich um 11 Uhr 51 schließlich wieder in der Luft befand, war ich – abgesehen von der Besatzung – der einzige Mensch an Bord. Ich fühlte mich unbehaglich. Die mächtige Nebelbank zog tatsächlich in nordwestliche Richtung. Sie überschattete bereits ganz Kleinasien und einen Teil des Schwarzen Meeres. Die Landschaft unter mir war zunehmend von Schnee bedeckt.

Wo blieb denn diese Stewardess? Ich hatte eine staubtrockene Kehle ...

Wir flogen – nein, wir rasten! – entlang der Schwarzmeerküste. Unter uns zog der Golf von Burgas vorüber, als würde ich die Erde in einer Rakete überfliegen. Keine dreißig Sekunden später passierten wir die Ausläufer des Ostbalkans. Die Bergkette verschwand ebenso rasant, wie sie vor uns aufgetaucht war. Wie in Trance starrte ich aus dem Fenster. Inzwischen flogen wir so schnell, dass ich Mühe hatte, die Landschaft zu erkennen. Es war, als blicke man aus dem Fenster eines Intercitys, während der Zug durch einen hell erleuchteten Tunnel fährt.

Panikerfüllt krallte ich meine Hände in die Sitzpolster, als sich das Panorama unter mir in ein Gemenge aus graubraunen Streifen verwandelte, während die Maschine so sanft dahinschoss wie ein Segelflugzeug. Unsere Geschwindigkeit musste Zehntausende von Stundenkilometern betragen. Es war blanker Irrsinn! Ein immer lauter werdendes Heulen drang an meine Ohren, als betätige jemand sämtliche Register einer Kirchenorgel auf einmal. Ich schloss die Augen und begann zu schreien, als außerhalb des Fensters keinerlei Landschaft mehr zu sehen war und das Dröhnen meinen Schädel zu sprengen drohte. Ich brüllte und brüllte und erwartete, dass das Flugzeug jeden Augenblick unter der Belastung auseinander barst. Dann brach dieser markerschütternde Ton plötzlich ab, und jemand berührte mich an der Schulter.

Ich hörte auf zu schreien, öffnete die Augen und blickte in das Gesicht der Stewardess.

»Mister Krispin, ist alles in Ordnung?«, erkundigte sich die Frau.

Ich starrte sie an. »Was … was ist passiert?« Mein ganzer Körper bebte.

»Wir sind vor wenigen Augenblicken gelandet.«

»Gelandet?« Ich warf einen Blick aus dem Fenster. Die Maschine stand tatsächlich auf dem Boden, im Hintergrund sah ich den Tower des Bukarester Flughafens. Eine Gangway wurde soeben an das Flugzeug herangerollt. »Aber wieso …?« Ich blickte auf meine Uhr. Beide Zeiger standen auf der Zwölf!

Neun Minuten!, staunte Giza. *Neun Minuten für die restlichen 1200 Kilometer! Das entspricht einer Fluggeschwindigkeit von 8000 Stundenkilometern! Herzlichen Glückwunsch, Krispin, du bist soeben von Außerirdischen entführt worden!*

In diesem Moment beherrschte mich nur noch ein Gedanke: Raus aus diesem Flugzeug, oder was immer es auch war, ehe es wieder startete und mich in einer halben Stunde auf dem Mond absetzte!

Ich sprang auf, drängte die Stewardess beiseite, lief zum Ausgang und stürzte die inzwischen angedockte Gangway hinunter. Als ich festen Boden unter den Füßen hatte, blieb ich stehen und sog die kühle Luft tief in meine Lungen. Vor der nächsten Flugetappe brauchte ich unbedingt eine Apotheke; irgendetwas, das schnell und sanft wirkte. Einen Downer, der mich glücklich lächeln ließ, während die Maschine abstürzte. Ohne Valium würde ich in kein Flugzeug mehr steigen.

Ich warf einen Blick auf die riesige, stetig näher kommende Nebelbank. Die Wolke rief mir den Piloten in Erinnerung, und ich lief vor den Flugzeugbug. Zwar bestand zwischen meinem Blickwinkel und der Kanzel ein Höhenunterschied von über drei Metern, doch dies hinderte mich nicht daran, zu erkennen, dass das Cockpit leer war.

»He, Sie da drüben!«, ertönte eine Stimme hinter mir und ließ mich herumwirbeln. Ein Wartungstechniker war auf mich aufmerksam geworden. »Zur Abfertigungshalle geht es dort hinüber!«, schrie er in gebrochenem Englisch gegen den Lärm des Flughafens an. »Bewegen Sie sich! Na los, gehen Sie!« Er kam verärgert näher. In einer Hand trug er eine lange, in einem spitzen Haken endende Stange, mit der er höchstwahrscheinlich die Fahrwerkschächte kontrollierte. Sein Gesicht mit den weit aus ihren Höhlen tretenden Augen zeigte Missbilligung, und seine Zähne sahen aus, als wären sie spitz zugefeilt. Drohend schwang er sein Werkzeug. »Gehen Sie!«, schrie er. »Gehen Sie!«

Ich wich zur Seite aus und lief in Richtung Abfertigungshalle. Der Techniker verharrte, als ich zügig davonschritt, und beobachtete meine Flucht voller Argwohn.

»Beeilen Sie sich, Sportsfreund!«, maulte er mir hinterher. »Und gehen Sie, gehen Sie!«

Schweißgebadet erreichte ich das Gebäude. Kaum hatte ich die Halle betreten, begann auf dem Flugfeld das Schneetreiben. Nach der Passkontrolle kaufte ich mir im erstbesten Duty-Free-Shop eine Dose Bier, um meine flatternden Nerven zu beruhigen. Dann stellte ich mich unter eine Ventilationsanlage mit Warmluft und beobachtete durch die dicken Glastüren, wie sich innerhalb kürzester Zeit eine beachtliche Schneedecke über das Flugfeld legte. Niemand schien sich daran zu stören, es fuhren auch keine Fahrzeuge auf, um den Schnee zu beseitigen. Ich wanderte durch die Halle und orientierte mich an den Schildern für die Gepäckabfertigung. Am Förderband angekommen, lauerte ich auf meine Reisetasche. Nach zehn Minuten kam mein Gepäck endlich zwischen den

Gummitüren herausgedümpelt. Laut Anzeigetafel ging mein Anschlussflug nach Craiova in knapp vierzig Minuten; Zeit genug, um mich zu besinnen und meine Gedanken zu ordnen. Samt Gepäck stellte ich mich an ein Panoramafenster und beobachtete, wie die Rollbahnen – nein, die gesamte Außenwelt – unter dem unablässig niedergehenden Schnee verschwand. Jenseits des Fensters nahm ich keine Bewegung mehr wahr. Alle Aktivitäten auf dem Flughafen schienen eingestellt worden zu sein.

Etwas stimmt nicht, mahnte Giza. *Denk nach, Krispin! Irgendetwas läuft hier völlig falsch!*

Ich zog mein Handy aus der Manteltasche und versuchte, eine Verbindung zu Károly herzustellen, bekam aber nur statisches Rauschen. Der verdammte Schneesturm blockierte den Funkverkehr. Als ich jedoch sechs Telefonzellen aufgesucht und mein gesamtes Wechselgeld in ihren Münzschlitzen versenkt hatte, um mich mit dem gleichen Ergebnis konfrontiert zu sehen, gab ich frustriert auf. Zum Henker mit dem Wetter. Ich stellte mich wieder ans Fenster, nippte hin und wieder am Bier und ließ meine Gedanken schweifen. Wie lange ich nach draußen gestarrt hatte, wusste ich im Nachhinein nicht mehr. Irgendwann hob ich die Bierdose, ließ den letzten Schluck in meine Kehle rinnen und warf einen verstohlenen Blick über meine Schulter.

Hinter mir war niemand mehr.

Ich verschluckte mich, als ich das gesamte Ausmaß dieser Tatsache erfasste: Es war kein Mensch mehr da, ich stand mutterseelenallein in der verwaisten Flughalle.

»Hallo?«, rief ich verblüfft. Erwartungsgemäß erhielt ich keine Antwort. Ich warf die Bierdose in einen Abfalleimer und lief in die Mitte der Halle. Schalter, Läden, Bänke, Treppen, alles war leer und verlassen. Mein Blick fiel auf die große Anzeigetafel für ankommende und abgehende Flüge. Sie war außer Betrieb. Alles, was noch davon zeugte, dass bis vor wenigen Minuten menschliches Leben den Flughafen beherrscht hatte, waren das Licht, die aus den Lautsprechern rieselnde Musik und die laufenden Gepäckkarussells und Rolltreppen.

»Kann ich dir helfen?«, erklang eine vertraute Stimme in meinem Rücken. Ich fuhr herum – und blickte in das freundliche, gelassene Gesicht des Taxifahrers aus Kairo!

»Sie?!« Ich starrte ihn an. »Wie kommen Sie denn hierher? Wer zum Henker sind Sie?« Ich deutete in die leere Halle. »Und wo sind die ganzen Leute geblieben? Was geht hier überhaupt vor?«

»Das gewesen vier interessante Fragen«, antwortete mein Gegenüber. Er zündete sich eine Zigarette an, blies einen fetten Rauchring in die Luft. Statt der britischen Pilotenuniform trug er nun einen alten dunkelbraunen Ledermantel, Fliegerbrille und kniehohe Stiefel. »Meinen Namen du kennst bereits«, sagte er. »Und die Leute ... Na, ich denke, sie gegangen nach Hause, weil kein Flugzeug mehr fliegen heute.«

»Kein Flugzeug mehr? Soll das ein Witz sein?«

»Schau nach draußen. Schneesturm zu stark. Zu gefährlich zu starten, zu gefährlich zu landen.« Er grinste. »Höhere Gewalt, kann man nichts machen.«

»Aber ich muss ... Ich habe einen sehr wichtigen Termin!«

»Oh, ich weiß. Deshalb ich hier.«

»Ach? Ganz zufällig?«

»Natürlich nicht. Ich nicht glauben an Zufall, weißt du ...«

»Dann waren tatsächlich Sie der Pilot dieser Höllenmaschine dort draußen!?«

Archon lachte, als hätte ich einen gelungenen Witz gerissen. »Das sein gut, wirklich. Ich nicht können leugnen: Ja, ich geflogen Höllenmaschine.« Er deutete eine Verbeugung an. »Und nun ich bieten dir neue Höllenmaschine, mit Kufen, die sich wirklich würde freuen, bei diesem Wetter zu starten. Wohin hast du gesagt, du müssen? Craiova?«

Ich konnte mich nicht erinnern, ihm das gesagt zu haben, weder im Taxi in Kairo, noch sonst irgendwann.

Das mir angediente Lufttaxi entpuppte sich als vierzig Jahre alte Antonov An-14, die bereits gegen Ende der Ceausescu-Ära von der rumänischen Luftwaffe ausgemustert worden sein musste. Die zweimotorige Maschine sah aus, als hätte Archon seitdem alle äußeren Schäden mit Leukoplast repariert und anschließend mit unterschiedlich grauen Lackfarben übermalt. Vielleicht war es aber auch noch der Original-Tarnanstrich der Luftwaffe zu Zeiten der Kuba-Krise. Wuchtige Kufen, die wirkten, als seien sie einst für ein viel größeres Flugzeug konstruiert worden, stützten den Rumpf, und auf den beiden großen Heckklappen prangten altertümliche Flößer-Wappen. Das fliegende Unikum verdiente viel eher die Bezeichnung ›dadaistische Kunst‹ als den Namen ›Transportflugzeug‹.

Da der Zugverkehr aufgrund des Schneefalls wahrscheinlich zum Erliegen gekommen war, erwies es sich jedoch als einzige Möglichkeit, im Laufe des heutigen Tages noch Craiova zu erreichen. Abgesehen davon musste dieser talentierte Taxifahrer irgendwann auch wieder zurückfliegen. Womöglich tat er dies ja mit ein paar Passagieren, die dringend nach Bukarest mussten, wer wusste das schon. Zweifellos führte Archon etwas im Schilde, sonst hätte er kaum den Aufwand betrieben, mich persönlich von Kairo nach Craiova zu chauffieren. Vielleicht sah ich mittlerweile weiße Mäuse und in jeder Gefälligkeit ein Komplott, doch ich ermahnte mich, auf der Hut zu sein. Mein Pilot war ein ausgekochtes Schlitzohr. Dennoch hegte ich die Hoffnung, er sei derjenige, der mich heil aus diesem Albtraum herausbringen würde. Aber hatte der ganze Spuk nicht erst mit ihm begonnen?

Nein, Krispin, du hast einfach nur einen Knacks weg. Temporäre Paranoia, mehr nicht. Ruh dich aus und werde nüchtern, dann ist alles wieder wie es sein soll ...

Gewiss lag es an den Nachwirkungen der letzten Nacht, der Kombination aus zu viel ägyptischem Wein und Wasserpfeife, dass mir die vergangenen Stunden wie eine bösartige Phantasmagorie vorkamen. Vielleicht hatte mir irgendein Scherzbold zur Feier der Sonnenwende ein Opiat in den Wein gemischt. Das hätte zumindest erklärt, weshalb ich heute Morgen auf dem Rasen vor dem Hotel und nicht in meinem Bett erwacht war. Falls ich diese letzte Etappe heil überstehen sollte, so schwor ich mir, würde ich zwei Wochen lang nur Mineralwasser trinken.

Trotz meiner Bedenken setzte sich das bullige Flugzeug auf der Schneedecke problemlos in Bewegung. Allerdings schien der Pilot nicht einmal im Traum daran zu denken, sich über Funk eine Starterlaubnis geben oder eine Startbahn zuweisen zu lassen. Mein suchender Blick durchs Cockpit ließ die Frage offen, ob er überhaupt ein Funkgerät besaß. Archon steuerte die gerade mal zwölf Meter lange Antonov auf die erstbeste Piste (eine Landebahn für Großraumflugzeuge!) und zog ab und davon. Seitdem starrte ich durch die Frontscheibe, in der ständigen Erwartung, dass die Propeller aufhörten sich zu drehen. Archon war trotz des Schneetreibens bester Laune, hieß mich einen Nihilisten und lenkte das Flugzeug in steilem Winkel gen Himmel. Ich hingegen saß wie versteinert im Copilotensitz und hielt mit meinen Gebeten die Motoren in Schwung.

»Was sind Sie eigentlich von Beruf?«, fragte ich den Piloten.

Archon schenkte mir einen gleichgültigen Blick. »Lieferant.«

»Und zweifellos der Meister des Understatements. Sie fahren Taxi in Kairo, fliegen für British Airways durch Europa, besitzen ein ausgemustertes Militärflugzeug – habe ich etwas vergessen?«

»Ein paar Fährschiffe.«

Ich zog eine Grimasse. »Ziemlich ausgedehntes Tätigkeitsfeld für einen Lieferanten, finden Sie nicht auch? Wozu diese Kostümierungen und das ganze Brimborium?«

»Des einen Tod, des andern Brot.«

Ich schnaubte verächtlich. »Sind Sie so eine Art MacGyver für Arme?«

Statt zu antworten, zündete Archon sich eine Zigarette an und blies Rauch gegen die Frontscheibe. Wenige Minuten später erreichten wir endlich besseres Wetter. Ein von vereinzelten Wolken bedeckter blauer Himmel offenbarte uns ein phantastisches Panorama auf die etwa eine halbe Flugstunde entfernten Südkarpaten. Ich sah verdutzt nach draußen und stellte fest, dass wir die Walachei hinter uns gelassen hatten. Rechte Hand lag Ploiesti, und direkt unter uns erkannte ich die Eisenbahnverbindung nach Chimpina.

»Das ist die verkehrte Richtung«, rief ich. »Craiova liegt im Westen, Sie fliegen nach Norden!«

»Richtung ist egal«, antwortete Archon. »Ziel findet sich von selbst.«

»Von *selbst?«*

Von den Ausläufern der Stadt war bald nichts mehr zu erkennen. Unter uns erstreckten sich verschneite Felder, sanfte Hügel und Wälder. Hin und wieder tauchte ein Gehöft auf, oder ein Bach schlängelte sich durch das Weiß. Je näher wir dem Gebirge kamen, desto seltener wurden die Anzeichen von Zivilisation.

»Verdammt noch mal, wohin fliegen Sie?«, brauste ich auf, als Archon weiterhin stur auf die Berge und den Predea-Pass zuhielt.

»Zu Grenze, wo man dich erwarten.«

Mir lief es kalt den Rücken hinunter. »Hinter den Bergen liegt Brasov«, erinnerte ich mich. »Arbeiten Sie etwa für Miro Salta, diesen – *Kunsthändler?«* Archon reagierte nicht. Ich lehnte mich mit gespieltem Gleichmut zurück und sagte: »Tut mir Leid, aber ich glaube, Ihr Boss ist nicht ganz auf dem

Laufenden. Alles, was wir gefunden haben, befindet sich mittlerweile im Besitz der ägyptischen Antikenverwaltung. Sie haben also den Falschen gekidnappt. Drehen Sie um und fliegen Sie mich zurück nach Bukarest. Richten Sie Salta einen schönen Gruß von mir aus und sagen Sie ihm, Zahi Abasah ist sein Mann ...«

»Ja, ja, ja!«, winkte Archon ab. »Verschon mich mit diese Geschwätz, ich bin nicht von Kunstmafia.«

»Wer schickt Sie dann?«

»Das du würdest sowieso nicht glauben.«

»Ihr Auftraggeber muss eine ziemlich einflussreiche Person sein.«

»Oh ja«, bestätigte der Pilot.

»Bezahlt er Sie gut dafür, mich zu entführen?«

»Natürlich.« Archon warf mir einen knappen Blick zu. »Oder glaubst du, ich reißen mir zum Spaß die Arsch auf, nur um für dich ganzen Tag lang zu spielen die Unterhaltungsclown?«

Nein, das glaubte ich keinesfalls. »Und wohin geht die Reise?«

»Weißt du das wirklich nicht?«

»Nein«, gestand ich.

Archon sah mich lange an, dann seufzte er und sagte: »Musst wirklich gekriegt haben eine ganz ordentliche Schlag auf Kopf gestern Nacht. Na ja, wirst schon sehen. Lass dich überraschen.«

Ich beschloss, gute Miene zum unverkennbar bösen Spiel zu machen und verwickelte den Piloten in ein belangloses Gespräch, in der Hoffnung, er werde dabei etwas über unseren geheimnisvollen Zielort verraten. Oder zumindest über seinen mysteriösen Auftraggeber, der so viel Wert auf mich legte. Leider hoffte ich vergebens. Sonst jedoch war Archon ein recht aufgeschlossener Bursche. Er gab mir einen fünfzehnminütigen Schnellkursus in Aeronautik und erzählte mir alles, was er über Thermiken, Luftlöcher, Gewitter, Motorpannen, Notlandungen und was weiß ich noch alles wusste, dann urteilte er: »Hast Angst vorm Fliegen, was?«

»Höhenangst«, erklärte ich. »Eine Art Kindheitstrauma.«

»Besitzt ganzen Sack voll davon, was?« Er sah mich geheimnisvoll an. »Kann dir zeigen, wie du Angst verlierst.«

»Dann wären Sie der Erste.« Ein ungutes Gefühl machte sich in mir breit.

»*Sela!*«, rief Archon und schaltete die Motoren aus.

Ich hielt die Luft an, als das Brummen in der Kanzel verstummte und beobachtete entsetzt, wie die Propeller immer langsamer rotierten. Jenes Unglück, von dem ich gehofft hatte, es möge nie passieren, bewerkstelligte Archon mit einem lapidaren Knopfdruck.

»Was soll das?«, keuchte ich.

»Wir machen wie Kosmonauten in Training!«

»Schalten Sie sofort die Motoren wieder an!« Ich zog reflexartig das Handy aus der Manteltasche. Meine Handknöchel traten weiß hervor, das Gehäuse des Gerätes knackte bedrohlich.

»Jetzt hier gleich machen *piep-piep-piep*, aber das nur Warnton von abreißende Zugluft, die Flugzeug hält oben«, informierte mich Archon. »Nicht schlimm, gleich so weit.«

Ich starrte mit weit aufgerissenen Augen nach draußen und überlegte, wen ich in diesen letzten Sekunden anrufen sollte; die Feuerwehr oder die Luftrettungswacht oder das britische Konsulat. Die Nase des Flugzeugs neigte sich langsam abwärts, dann befanden wir uns im Sturzflug. Ich schrie, während Archon den Kopf in den Nacken legte und vor Übermut johlte. Die Maschine heulte wie eine Feuerwehrsirene, als sie der verschneiten Erde entgegenjagte. Ich ließ das Handy aus meiner Hand gleiten und krallte mich an meinen Sitz. Das Mobiltelefon schwebte kreiselnd vor meinem Gesicht in der

Luft, in einer Höhe, auf der sich inzwischen auch mein Magen befinden musste. Ich betrachtete es, wie es schwerelos durchs Cockpit glitt. Im selben Augenblick startete Archon die Motoren wieder und fing den Sturz der Maschine ab. Das Handy knallte auf den Boden, die heranrasenden Hügel und Schneefelder verschwanden vor der Frontscheibe und wurden wieder von blau-weißem Himmel ersetzt. Ich blieb zitternd und aller Worte beraubt sitzen, bis sich das Innenleben meines Körpers wieder geordnet hatte. Dann beugte ich mich vor, hob das Handy auf, stellte fest, dass es nicht mehr funktionierte und verstaute es wie in Trance wieder in meinem Mantel.

»Na, wie fandest du?«, erkundigte der Pilot sich grinsend. »Bist so bleich, ist was nicht in Ordnung?«

»Doch, doch«, beschwichtigte ich. »Alles bestens. Ich bin nur … beeindruckt.«

»In Amerika machen sie das mit große B-52-Bomber«, schwärmte Archon. »Sollen wir noch mal?« Er leckte sich erwartungsvoll die Lippen.

»Oh, nein, um Gottes willen! Fliegen Sie einfach friedlich geradeaus, und ich bin glücklich und zufrieden.«

»Siehst du«, grinste Archon. »Kannst jetzt genießen Flug.«

Ich kämpfte einen Brechreiz nieder, stierte krampfhaft aus dem Seitenfenster und erwürgte den Piloten im Geiste. »Wo sind wir?«, wollte ich wissen.

»Weiß nicht. Irgendwo.«

»Bitte?« Ich sah Archon an. »Was soll das heißen: irgendwo?«

»Keine Ahnung …« Er sah durch sein Seitenfenster nach unten. »Sieht überall gleich aus.«

»Und der Sprit?«

»Reicht«, versicherte er. »Immer.« Er begann in einer Reisetasche zu wühlen, die doppelt so alt sein musste wie er selbst, und zog eine Plastiktüte heraus.

Ich ließ mich seufzend im Sessel zurücksinken. »Haben Sie wenigstens eine Karte?«

Archon griff neben sich und reichte mir einen zerlesenen Atlas.

»Was soll ich damit?«

»Du hast verlangt.«

»Aber ...« Ich warf einen Blick auf die Titelseite. »Das ist ein Straßenatlas!«

»Ja, aus Taxi.«

»Das sind Straßenkarten, Mann!«, wiederholte ich. »Falls mich nicht alles täuscht, sitzen wir in einem Flugzeug!«

»Wir sind hier.« Er öffnete den Atlas an einer markierten Seite und tippte mit dem Zeigefinger auf drei verschiedene Stellen.

Nervös suchte ich zwischen den spärlichen Instrumenten die Anzeige für den Treibstofftank, wurde aber nicht fündig. Die Avionik dieses Flugvehikels war mehr als armselig. Ich verkniff es mir, Archon nach elektronischer Navigation zu fragen. So wie er flog, waren für ihn Längen- und Breitengrade böhmische Dörfer. Also sah ich aus dem Fenster hinab auf die verschneite Landschaft. Irgendwie wirkte sie verschwommen. Vielleicht lag es am Bodennebel. Ich erkannte keine klaren Konturen mehr, alles war verwaschen und schemenhaft. Auch das Blau des Himmels hatte sich in ein nebliges Einerlei verwandelt. Lediglich der Blick auf die Berge schien ungetrübt.

»Was ist mit der Landschaft los?«, fragte ich.

Archon sah nach draußen und zuckte die Schultern. »Was soll mit ihr los sein?«

Plötzlich gab es einen dumpfen Schlag, und das Flugzeug geriet für einen Moment ins Trudeln. Irgendetwas Metallisches durchschlug die rechte Motorhaube, pfiff an der Kanzel vorbei und war im nächsten Augenblick wieder verschwunden.

»Oh.« Archon starrte auf die Triebwerksverkleidung, in der ein handtellergroßes Loch klaffte. »Glaube, das war Schwungscheibe aus Motor.« Er sah dem Getriebeteil nach. »Konnte nicht genau erkennen, flog zu schnell fort. Kommt wahrscheinlich von NASA-Kosmonautentraining.«

»Astronauten«, korrigierte ich ihn mit belegter Stimme. »Die NASA trainiert Astronauten.«

»Ja, richtig, habe verwechselt.«

»Wir werden abstürzen, nicht wahr?«

»Nein. Motor nicht so wichtig. Willst du ein paar Kekse?«

»Da drüben ist ein Fluss«, überging ich sein Angebot und verfolgte das unscharfe Etwas unter uns, ein blaugraues, von verschneiten Bäumen gesäumtes Band. »Das müsste ...« Ich überflog die Straßenkarte. »Das müsste die Ialomita sein.« Zur Orientierung warf ich einen Blick durch die Frontscheibe – und bekam den nächsten Schreck. Die gewaltige Wolkenbank, die sich vor wenigen Minuten noch viel weiter östlich befunden hatte, hatte sich zwischen uns und das Gebirge geschoben.

»Sie können mit der defekten Maschine unmöglich über ein zweieinhalbtausend Meter hohes Gebirge fliegen«, bemerkte ich, als Archon keine Anstalten unternahm, den Kurs zu ändern. »Nicht bei diesem Nebel. Das wäre Selbstmord!«

»Dienstgipfelhöhe fünftausend Meter.« Der Pilot tätschelte das Instrumentenpaneel. »Kein Problem.«

»Wenn Sie unbedingt über die Berge müssen, dann fliegen Sie wenigstens durch eines der Täler.« Hektisch studierte ich die Karte. » Hier, wir könnten nach Rîmnicu-Vîlcea ausweichen und entlang der Oltul bis nach Sibiu, dann müssen wir nicht so hoch steigen ...«

Auf einmal waren die Landschaft und der Himmel verschwunden. Konturloses Weiß war alles, was durch die Cockpitfenster zu erkennen war.

»Drehen Sie nach Westen ab«, rief ich aufgeregt. »Und behalten Sie um Gottes willen den Höhenmesser im Auge!«

»Höhenmesser?«

Ich sah Archon an. »Sie haben keinen Höhenmesser?«

Der Pilot tippte sich mit dem Zeigefinger gegen die Stirn. »Doch, hier drin. *Alles* hier drin. Höhenmesser, Navigation, Treibstoffanzeige ...«

»Nur kein Fallschirm«, bremste ich seinen Hochmut.

Ich fragte mich, wie Archon trotz Motorschaden so ruhig bleiben konnte, noch dazu ohne zu sehen, wohin er seine Maschine lenkte. Draußen sah alles aus, als trügen die Fensterscheiben weiße Tünche. Zudem trat aus dem Loch, das das Schwungrad in die Motorhaube geschlagen hatte, Öl aus. Ich machte den Piloten darauf aufmerksam. Er nickte nur und blickte weiter in die Wolken.

»Wie wollen Sie erkennen, ob wir auf einen Berg zufliegen?«, versuchte ich, mein Unbehagen mit Konversation zu überspielen.

»Wenn Bäume vorne auftauchen und links und rechts sausen vorbei, dann Berg vor uns«, grinste er. »Aber dann nicht mehr wichtig. Geht schnell. Patsch!« Er klatschte in die Hände. »Spürst nicht viel.«

»Da bin ich ja beruhigt.« Meine gesamte Kleidung klebte mir mittlerweile am Körper. »Wir sollten umkehren. Raus aus den Wolken und auf irgendeiner Straße landen.«

»Ich beauftragt, dich hierher zu bringen«, erklärte der Pilot ohne sichtbare Gemütsregung.

»Hierher?« Ich blickte ratlos aus dem Fenster. »In diesen Nebel? Wollen Sie mich verarschen?«

»Gewiss nicht.«

Ich studierte Archons Profil und musste unwillkürlich schlucken. Dann blickte ich suchend nach draußen. Ich wusste nicht genau, was ich in dem brodelnden Weiß zu finden hoffte; dicht unter dem Flugzeug vorbeihuschende Berggipfel, die trüben Positionslichter einer Landebahn, oder ein anderes Flugzeug. In dem Moment, als ich glaubte, eine geometrische Form im Dunst zu erkennen, erstarben die Motoren. Die Propeller erlahmten, drehten sich noch einige Male um ihre Achsen und erstarrten. Der einzige Unterschied zu Archons vorheriger Parabelflug-Attacke war, dass der Pilot diesmal keinen Finger krumm getan hatte. Ich starrte den Propeller zu meiner Rechten an, als könnte ich ihn Kraft meiner Blicke zum Weiterdrehen zwingen. Gespenstische Stille lastete auf dem Cockpit. Wider Erwarten sackte die Maschine jedoch nicht ab, sondern blieb waagerecht schweben.

»Warum stürzen wir nicht?«, flüsterte ich.

»Weil wir gelandet. Willst du jetzt vielleicht eine Keks?«

»Nein, zum Teufel, ich will *keinen* Keks!«, schrie ich. »Ich will endlich wissen, was los ist!«

»Wir am Ziel«, antwortete der Pilot. »Man dich erwarten.«

»Ach ja? Und wer mich erwarten, wenn ich darf fragen?«

Ein riesiger, länglicher Schatten rauschte plötzlich in einiger Entfernung am Cockpit vorbei. Er bewegte sich geschmeidig durch die Luft und verschwand ebenso schnell wieder in den Wolken, wie er aufgetaucht war.

»Was war das?« Meine Stimme klang heiser.

»Das gewesen des Pudels Kern!«

TEIL ZWEI

LABYRINTH

Geöffnet ist dir das Verborgene, mit geheimen Gestalten,
aufgetan sind dir die Türflügel der Größten Stadt!

Aus dem ägyptischen Totenbuch *Amduat*
Erste Stunde

Mekropalladium 5

Archon löste seine Gurte, erhob sich und ging nach hinten in den Laderaum. Ich hörte ihn irgendwelches Kauderwelsch vor sich hinbrabbeln, Während er in Kisten und Gepäck herumwühlte und nach etwas zu suchen schien.

Ich blieb sitzen und hielt Ausschau nach dem seltsamen Gebilde, das ausgesehen hatte wie eine monströse, sich durch den Nebel windende Schlange. Draußen vor dem Fenster war jedoch alles wieder ruhig und gleichmäßig weiß. Wahrscheinlich hatte ich mir das Phänomen in meiner Aufregung nur eingebildet. Sah man einmal von der Tatsache ab, dass die Motoren stillstanden, aber das Flugzeug allen Naturgesetzen zum Trotz weiterhin in den Wolken schwebte, deutete nichts auf ungewöhnliche Aktivitäten hin. Gebannt beobachtete ich das formlose Wallen jenseits des Cockpitfensters und versuchte eine rationale Erklärung dafür zu finden, warum die Maschine nicht abstürzte. Wäre alles mit rechten Dingen zugegangen, hätten wir längst als zerschmetterte Fleischklumpen die Winterlandschaft zieren müssen; rotschwarz über lilienweiß, in einem zerschellten Wrack …

Archon hörte auf zu rumoren und kehrte ins Cockpit zurück. Auf seinem Rücken hing ein schlaffer Rucksack, in dem sich etwas Kleines, aber sehr Schweres befinden musste. Ich starrte den Piloten an wie eine Erscheinung des heiligen Antonius.

»Was haben Sie vor?«, wollte ich wissen.

»Wir werden gehen in Zentrum.«

»Einfach so, über die Wolken?« Ich löste ebenfalls meine Gurte und rieb mir die schmerzenden Schultern. »Ohne Fallschirm?«

»Fallschirm nicht nötig.« Archon stieß seine Hand wie eine Walfisch-Harpune in die Kekstüte und zerbiss seinen Fang mit beunruhigender Leidenschaftlichkeit. »Letzte Chance vor langem Marsch«, meinte er kauend und schlenkerte die Tüte vor meinem Gesicht. Ein einzelnes Gebäckstück purzelte in ihr herum.

»Ich bleibe hier!«, erklärte ich bestimmt. »Ich bin doch nicht verrückt und spaziere durch eine Wolke.«

»Iss!«, forderte Archon unbeeindruckt.

»Verdammt!« Ich zog das Gebäck heraus, roch instinktiv daran, schob es mir in den Mund und begann appetitlos zu kauen. Es schmeckte nach Anis und etwas nicht Definierbarem.

»Und?«, erkundigte sich der Pilot. In seinen Augen stand ein erwartungsvolles Funkeln, als hoffe er, ich würde ihm in der nächsten Sekunde vor Genussfreude um den Hals fallen.

Ich zuckte die Achseln.

»Gut, dann jetzt komm, sonst wir nicht in Zentrum vor Sonnenuntergang.« Archon machte auf dem Absatz kehrt und stiefelte wieder in den Laderaum. Ich hörte, wie er die Bordtür öffnete und irgendetwas brummte, dann sprang er aus dem Flugzeug.

Beklemmende Stille erfüllte mit einem Mal die Maschine. Der Geruch von Ammoniak kroch ins Cockpit, begleitet von einem kühlen Luftstrom. Ich hielt den Atem an, starrte ins Leere und lauschte. Das Rauschen meines Blutes lag mir in den Ohren, steigerte sich innerhalb von Sekunden zu einem pulsierenden Rhythmus. Jede Sekunde erwartete ich Archons verwehenden Schrei aus dem Mund seines in die Tiefe stürzenden Körpers, doch die Sekunden vergingen, ohne dass ein Laut die geisterhafte Stille zerriss. Wie lange benötigte ein Mensch, um eintausend Meter tief zu fallen? Dreißig Sekunden? Zwanzig?

Neben mir klopfte jemand von außen gegen die Cockpitscheibe und schreckte mich aus meiner traumatischen Starre. Ich stieß den angehaltenen Atem aus und sah entgeistert nach draußen. Archon stand vor dem Fenster, ungeduldig winkend.

»Worauf wartest du?«, rief er. Seine Stimme drang gedämpft durch das Glas. »Komm raus, wir nicht ewig Zeit!« Er hopste vor der Kanzel auf und ab. »Na los, hier alles stabil. Ist wie alte Matratze.«

Ich verfolgte fassungslos sein Treiben. Dieser Verrückte marschierte tatsächlich in einer Wolke herum! Wie in Zeitlupe stand ich auf, streifte meinen Mantel über, zog die Socken hoch, wickelte mit akribischer Sorgfalt meinen Schal um den Hals und lief schließlich durchs Flugzeug bis zur offenen Tür. Dort angekommen, streckte ich vorsichtig den Kopf nach draußen. Die einzige erkennbare Kontur war die Archons, der sich etwa zwanzig Schritte von der Maschine entfernt hatte. Er stand im Nebel und sah aus wie ein vom Blitz verstümmelter Baumstumpf.

»Komm schon«, rief er. »Spring!«

Ich starrte zu Boden. Dort war nichts außer einer dichten, weißen Masse, die sich zudem bewegte. Ich schluckte, setzte mich umständlich auf den Absatz der zweistufigen Bordtreppe und ließ meinen rechten Fuß vorsichtig in den Nebel sinken.

Unter dir befinden sich eintausend Meter Leere, Krispin!, erinnerte mich Giza. *Eintausend Meter freier Fall ...!*

Mein tastender Fuß stieß auf ein weiches Hindernis. Ich drückte ihn mit Gewalt nach unten, doch die rätselhafte Barriere gab nicht weiter nach. Widerwillig gesellte ich den zweiten Fuß hinzu, hielt die Luft an, stieß mich ab ... und stand!

»Bravo!«, kommentierte Archon aus der Ferne.

»Sparen Sie sich Ihren Spott!«, schimpfte ich in seine Richtung. »Sie machen das bestimmt auch nicht jeden Tag.«

»Doch«, antwortete der Pilot.

»Können wir Ihren Auftraggeber nicht über Funk verständigen und hier auf ihn warten? Ist es wirklich nötig, dass ich Sie begleite?

»Absolut.«

»Warum?«

»Weil das retten könnte deine Seele.« Archons Schatten wurde verschwommener, woraus ich schloss, dass er sich von mir entfernte.

»Meine Seele?« Nach drei, vier ängstlichen Schritten eilte ich zügig in seine Richtung, um ihn nicht zu verlieren. »Was soll das denn schon wieder heißen?«

Der Pilot schnaubte nur missmutig und sah in eine für Blicke unerreichbare Ferne. Sein Gesicht war angespannt, seine Augen zu Schlitzen verengt. Er hatte beide Hände in seinen Hosentaschen vergraben und schritt durch den Dunst wie ein aufgezogener Blechsoldat. Ich band mir den Schal enger um den Hals, zog den Kopf ein und lief schweigend neben ihm her. Es war verhältnismäßig frisch, doch nahezu windstill und keinesfalls so kühl, wie die Gebirgsluft in dieser Höhe sein musste. Zudem hatte ich das Gefühl, dass der Nebel wärmer wurde, je mehr wir uns seinem ominösen Zentrum näherten.

Ich schüttelte den Kopf und schloss für ein paar Sekunden die Augen.

»Wissen Sie eigentlich, wohin Sie gehen?«, erkundigte ich mich nach einer Zeit beiderseitigen Schweigens. Archon warf mir einen knappen Blick zu, ohne zu antworten. Ich berührte seinen Rucksack und erfühlte einen massiven, quaderartigen Gegenstand. »Was haben Sie da drin?«

»Nichts von Bedeutung.«

»Sie lügen.«

»Und du sein zu neugierig, Stadtmensch.«

»Ich möchte nur wissen, worauf ich mich hier eingelassen habe.«

»Das wirst du bald.« Er deutete vor sich in die Schwaden. »Dort, siehst du?«

Ich folgte seiner Geste mit dem Blick. Im ersten Moment entdeckte ich nichts Besonderes, dann schälte sich immer deutlicher ein riesiges, kubisches Gebilde aus dem Nebel. Zwar verzerrte der Dunst die Proportionen und beeinträchtigte mein Vermögen, die Entfernung abzuschätzen, aber die Konstruktion – Bauwerk oder Flugobjekt – war kolossal. Sie musste sich über eine Fläche von mehreren Dutzend Quadratkilometern ausdehnen, ganz zu schweigen davon, wie tief der Komplex noch im Nebel verborgen war. Ich erkannte beim Näherkommen weder Vorsprünge, noch entdeckte ich Nahtstellen oder Anzeichen von Fugen im Mauerwerk. Die gesamte Konstruktion schien aus einem einzigen Guss oder Felsblock zu bestehen. Keine Verstrebungen, keine Fenster, kein Licht, keine Nischen, nicht eine einzige Öffnung unterbrach die Oberfläche. Das Gebilde schwebte im Nebel wie ein schwarzer, in irrationale Dimensionen verzerrter Grabstein.

»Was in aller Welt ist das?«, fragte ich fassungslos.

»*Stele boreios*«, antwortete Archon, den der Anblick keineswegs zu beeindrucken schien. »Unser Ziel.« Unbeirrt marschierte er auf das riesenhafte Objekt zu.

»Was für eine Stele?«

»Säule des Nordens.«

Je näher wir dem Komplex kamen, desto mehr ähnelte seine Oberfläche einem dunklen, matt glänzenden Metall. Obendrein wich die Kälte des Gebirges zunehmender Schwüle. Kein Zweifel, das riesenhafte Ding strahlte Wärme aus. Ich malte mir in den wildesten Farben aus, was sich innerhalb seiner Mauern befinden mochte – falls es überhaupt Mauern waren. Für ein paar Sekunden zog ich sogar die Möglichkeit in Betracht, dass es sich um ein Raumschiff handelte, bis zum Platzen gefüllt mit Außerirdischen, die ungeduldig darauf warteten, uns in ihre Pfannen zu hauen und zwischen die Zähne zu kriegen.

Was immer es auch sein mochte, es war außergewöhnlich.

Die ganze Situation war im Grunde außergewöhnlich. Ich ließ den Kopf sinken und starrte in den Dunst zu meinen Füßen. Falls ich den Behörden davon erzählte, würde dafür gesorgt werden, dass ein psychologisches Gutachten über mich erstellt wurde – mit dem Resultat, dass ein oder zwei Monate ›Urlaub‹ wahrscheinlich das Beste für mich wären.

Als ich wieder aufblickte, hatten wir uns dem Komplex bis auf etwa einhundert Meter genähert. Entgegen meinem ersten Eindruck erkannte ich nun ein gewaltiges, geschlossenes Portal, auf das Archon unermüdlich zuschritt. Es war relativ schmal, dafür jedoch mindestens sechs Meter hoch. Auf halber Höhe befand sich eine bizarre Ausbuchtung, von der ich nicht sagen konnte, um was es sich handelte – der Form nach offenbar um einen Türklopfer, denn unter dem Gebilde hing ein mächtiger Ring aus dem gleichen Material. Als wir näher kamen, entpuppte sich der Auswuchs als Nachbildung eines Schlangenschädels. Er war in der Mitte zweier Torflügel angebracht und betrachtete nahende Besucher mit einem nicht gerade freundlichen Lächeln. Aus vier Metern Höhe äugte der Zerberus auf uns herab. Sein Echsenmaul war aufgerissen, die Augen lagen boshaft und drohend in ihren Höhlen, überdeckt von einem dicken Wulst. Er sah mehr aus wie der Kopf eines Drachen als der einer Schlange. Dutzende spitzer Zähne flankierten eine hervorstoßende, gespaltene Zunge. Die Gussfigur war so groß wie ein Mensch, und der Ring, der an ihrer Metallkehle eingefasst war, noch einmal annähernd so breit. Wenn ich mich auf die Zehenspitzen stellte, würde ich eben noch den unteren Ringbogen berühren können.

Archon erreichte das Portal als Erster, stützte sich mit einer Hand daran ab und sah mir, der ich zögerlich näher kam, entgegen. Die Torflügel bestanden aus dem gleichen Material wie das übrige Bauwerk. Es war Gestein, das matt glänzte und sich angenehm warm anfühlte, dabei aber rau und sandig war wie feines Schleifpapier.

Ich tauschte einen Blick mit dem Piloten, wusste jedoch nichts zu sagen.

Archon schlug mir aufmunternd gegen die Schulter. »Wir da«, bestätigte er das Offensichtliche. »Rest nur noch Formsache.«

»Was haben Sie im Rucksack?«

»Ach, Stadtmensch ... Bakschisch, mehr nicht. Wegezoll.«

»Wollen Sie eine Hand voll Dublonen abgeben, oder eine Schmuckschatulle?«

»Du Spottgeburt von Dreck und Feuer, was geht dichs an!« Archon grinste gaunerhaft, lehnte sich mit dem Rücken gegen die Torflügel und bemühte sich, den gewaltigen Metallring anzuheben. »Hilf mir!«, verlangte er. Gemeinsam schafften wir es, den Ring zwei Handbreit vom Tor wegzudrücken, dann ließen wir ihn auf Archons Kommando los. Mit einem ohrenbetäubenden Krachen schlug er zurück gegen die Pforte. Das Portal vibrierte so stark, dass meine Rückenmuskeln davon schmerzten. Dennoch wiederholten wir die Aktion zwei weitere Male, ehe wir uns vom Tor entfernten und gebührenden Abstand zwischen die Flügel und uns brachten. Dann warteten wir, während die Schläge in einem unermesslichen Raum jenseits der Pforte verhallten.

»Egal was jetzt passieren«, raunte Archon, »tu, was Wächter verlangt und beantworte sofort alle Fragen.«

»Wieso?«

»Weil ich es dir sagen!«

»Und wenn er meinen Ausweis sehen will?« Der Pilot warf mir einen eindeutigen Blick zu. »Er steckt in der Reisetasche im Flugzeug«, erklärte ich.

»Hinter diese Mauern niemand interessiert sich für deine Ausweis, Stadtmensch.«

Lange Zeit blieb hinter der Pforte alles ruhig. In der Schwüle hatten sich Schweißperlen auf meiner Stirn gebildet, aber es waren auch wachsende Angst und Ungewissheit, die mir zusetzten. Schließlich begann sich einer der Torflügel unendlich langsam zu öffnen, begleitet von einem Schaben, als ob zwei riesige Mühlsteine gegeneinander rieben. Nach wenigen Sekunden endete die Bewegung, und ein schmaler, finsterer Spalt hatte sich aufgetan, durch den gerade mal ein Mensch hätte hindurchschlüpfen können. Das, was aus der Dunkelheit auftauchte und sich mit verschränkten Armen vor der Pforte postierte, war jedoch alles andere als ein Mensch.

Erschrocken tat ich zwei Schritte rückwärts, ehe Archon mich am Mantel packte und mit stählernem Griff festhielt. Ich starrte auf das korpulente Wesen, das mir bis knapp über die Hüfte reichte. Mit einer blitzschnellen Bewegung seines muskulösen Armes hielt es ein ansehnliches Wurfmesser in der Hand.

»Wenn du jetzt rennst davon, du verloren!«, zischte Archon.

Der Wächter fixierte mich mit rabenschwarzen Augen, während er die Klinge gewandt in den Fingern drehte. Er besaß einen struppigen Bart, steckte in einer schwarz-braunen Ledermontur und trug auf dem Kopf eine Kappe, die aussah wie eine alte Motorradmütze. Sein Schädel ähnelte einer Komposition aus Kobold, Schaf und Hecht. Die Stirn war flach und fliehend, die Nase überdimensional groß und die Lippen wulstig wie zwei fette Blutegel. Ein Hals schien nicht vorhanden zu sein oder ließ sich nicht erkennen. Die Arme des Wächters waren verhältnismäßig lang, seine Beine jedoch kurz und krumm und bildeten beim Stehen eine Ellipse. Alle Körperteile, die nicht von der Lederkluft bedeckt wurden, waren übermäßig behaart und zeugten von der unbändigen Kraft, die in ihnen schlummerte. Ob die beiden Hörner, die rechts und links vom Kopf der Kreatur abstanden, ein Teil der Kappe waren oder ihrer Stirn entwuchsen, konnte ich nicht mit Bestimmtheit sagen.

»Was ist das für ein Ding?«, zischte ich und versuchte, Archons Faust von meinem Ärmel zu lösen.

»Ein Corrigan. Sein Name ist Okabur.«

Die Kreatur gab ihre lauernde Haltung auf, reckte sich und verstaute das Messer mit einer fließenden Bewegung in einer Scheide an ihrem Gürtel. Dann stemmte sie die Arme in die Hüften und reckte das Kinn vor.

»Cra siebe domen epthan a lucj?« Okaburs Stimme besaß Ähnlichkeit mit dem Knurren eines Wolfes.

Ich sah Archon an. »Was hat er gesagt?«

»Er gefragt: Für dich selbst oder für die Menschen?«

»Was meint er damit?«

»Glaube, will von dir wissen, ob du bist Egoist oder nicht.«

Die Kreatur kam heran und baute sich einen Schritt entfernt vor mir auf. Neugierig musterte sie meine Bekleidung, dann sah sie mich wieder an und grollte: *»Pattene overcrowded ho shinex Tego nie Überraschung bellissimo!«*

Ich starrte den Corrigan verdutzt an, dann sah ich Hilfe suchend zu Archon. »*Was* will er?«

»Hört sich an, als versucht er zu finden heraus, welche Sprache du sprechen«, erklärte der Pilot.

Ich legte meine Hand an die Brust und sagte laut und deutlich. »Man erwartet mich hier. Verstehen Sie mich?«

Der Corrigan neigte den Kopf und rümpfte die Nase. »Natürlich«, antwortete er nach einer Weile. Er griff in seinen Lederwams und zog ein Büchlein mit einer Liste hervor. »Hippolyt Krispin, nehme ich an.«

Ich nickte. Als ich einen Blick in das Buch werfen konnte, entdeckte ich jedoch Hunderte von Namen. »Woher wissen Sie das?«, fragte ich meinerseits.

Der Corrigan dachte nach. »Eine hervorragende Frage!«,

stimmte er zu. »Wie kann ich wissen, dass du dich nicht für jemand anderen ausgibst, um eine mildere Strafe zu erschleichen?«

»Mildere Strafe?«, entfuhr es mir. »Was für eine Strafe?« Ich sah zu Archon, dann wieder auf den Corrigan. »Arbeiten Sie für die ägyptische Antikenverwaltung?«

Okabur hielt plötzlich seine Klinge wieder in der Hand und setzte sie mir an die Kehle. »Dein geheimer Name!«, herrschte er ungehalten.

»Ich – ich schwöre, ich heiße Krispin!« Der Druck der Dolchklinge wurde merklich intensiver. In meinem Kopf tobte ein Orkan aus wirren Gedanken und Erinnerungsfetzen. »Giza!«, presste ich aller Vernunft zum Trotz hervor. »Mein Name – ist Giza.«

Der Wächter hob seine Liste und überflog sie mit flinkem Blick. »Giza ... Giza ...«, murmelte er. »Ah, hier haben wir's ja: Krispin, Hippolyt, aus dem idyllischen Drecksnest Alexandria ... neununddreißig *Soth* und sieben *Abed* alt, vier königliche Ellen und eine Handbreit groß, schmächtig, brünett und dank heilloser Selbstgefälligkeit wieder einmal unbeweibt. Ferner akrophobisch geprägt, latent schizoid, hypochondrisch veranlagt, zu Cholerik und Paranoia neigend ... siehe auch Fußnote 477 ...« Er kniff die Augen zusammen. »Ein Kematef, großartig!« Blitzschnell verschwand die Messerspitze von meinem Hals, und der Corrigan trat einen Schritt zurück. »Giza ist korrekt!« Flink wieselte er zu Archon und betastete prüfend den Gegenstand in dessen Rucksack. »Prächtig, prächtig«, befand er schließlich. »Ihr wisst ja: Vertrauen ist gut, Kontrolle ist besser. Wartet hier!« Er wandte sich um und lief durch den Torspalt zurück in die Dunkelheit.

Ich atmete tief durch und massierte meine Kehle. »Woher hat dieser Wurzelgnom die ganzen Informationen?«, ärgerte ich mich. »Und was um alles in der Welt stand unter Fußnote 477?«

»Glaub mir, das du bestimmt nicht willst wissen«, entschied Archon. »Aber sag, *Kematef*...« Archon betonte jeden einzelnen Vokal und zog die Stirn kraus. »Wie kommst du zu diese Privileg?«

»Ich weiß nicht, wovon der Kerl sprach«, gestand ich. »Da fehlt jeglicher Zusammenhang.«

»Vielleicht eine Zaubername für all deine...« Der Pilot drehte einen Zeigefinger neben seiner Schläfe und pfiff dazu eine idiotische Melodie.

»Sehr witzig.« Ich schüttelte den Kopf. »Die alten Ägypter verehrten Kematef als den aus dem *Nun* hervorgegangenen Urgott *Amun.«* Ich deutete auf die Drachenfratze am Tor. »Er besitzt die Gestalt einer Schlange.«

Der Pilot musterte mich von oben bis unten. »Kommt nicht ganz hin«, bemerkte er. »Wer war dieser *Nun*?«

»Die Personifikation des Urgewässers. Er umschloss die Erde als Ozean.«

»Allein?«

»Seine Partnerin war eine Göttin namens *Naunet.«*

»Und? War sie hübsch?«

»In alten religiösen Texten erscheint sie als unterirdische Ergänzung zum Himmel, eine Art Gegenhimmel, den die Sonne bei Nacht durchzieht, nachdem sie abends im Westen von der Himmelsgöttin *Nut* verschluckt wurde. Sie ist die Göttin, die alle Gestirne verschlingt. Ihr Name bedeutet: *›Die Sau, die ihre Ferkel frisst‹*.

Archon zog eine Grimasse. »Glaube, ägyptische Frauen nicht mein Typ. Ganz schön abgedreht, deine Job. Was bedeuten Kematef?«

»Wörtlich übersetzt *›der, der seine Zeit vollendet hat‹*.«

»Ah, so...«, nickte der Pilot, »Nomen sein Omen.« Er spuckte zu Boden und beobachtete, wie der Speichel im Nebel versickerte.

Das schleifende Geräusch des Portals ließ uns aufblicken.

Gebannt verfolgten wir, wie die Torflügel zurückwichen und der Spalt sich zu einer gähnenden, schwarzen Öffnung weitete.

»Was hat das zu bedeuten?«, flüsterte ich.

»Du nun herzlich bist eingeladen«, lächelte Archon. Er ging voraus und trat durch das Tor.

Jenseits der Pforte lag undurchdringliche Finsternis – ohne Messer wetzende Monster, ohne Außerirdische, ohne Militärs. Nur Dunkelheit und Leere. In der schwülwarmen Luft hing der Gestank von Salmiakgeist. Wir liefen, jeder für sich in stille Andacht versunken, schätzungsweise einhundert Meter weit in den Komplex hinein, dann blieben wir stehen und warteten. Bis hierhin reichte der Lichtschein, der von draußen durch die offenen Torflügel hereinfiel, dahinter lag Ungewissheit. Ich äugte befangen über meine Schulter, als wäre es das letzte Mal, dass ich das Tageslicht zu Gesicht bekam. Die Flügel des Portals rückten fast unmerklich langsam wieder aufeinander zu. Schließlich schlugen sie mit einem Krachen zusammen, und wir standen beide in absoluter Dunkelheit. Archon sog die ammoniakgeschwängerte Luft ein und seufzte. Ich hingegen überlegte fieberhaft, ob der Ammoniakgehalt in der Luft ausreichend war, um eine ernsthafte Vergiftung davonzutragen. Noch fühlte ich mich gut. Zwar war mir flau im Magen, und ich hatte weiche Knie, aber dies deutete nicht unbedingt auf eine Toxikose hin.

Vielleicht rührte das Ammoniak vom Kühlsystem dieses gigantischen Flugobjektes her. Der stechende Geruch lag lästig in der Nase, weshalb ich mich bemühte, durch den Mund zu atmen.

»Worauf warten wir?«, fragte ich.

Neben mir erklang ein Geräusch, als ob Archon sich am Kopf kratze.

»Auf Passage.«

Ein Luftzug strich von oben herab. Gleichzeitig vernahm ich ein eigenartiges Wehen, ein Brausen und Rauschen, als ob ein riesenhaftes Gebilde sich über uns zu drehen begann. Der Windstoß verging, und das seltsame Wallen schien mal von hier und mal von dort zu kommen.

»Was ist das?«, fragte ich verhalten.

»Willst du das wirklich wissen?«

Ich schüttelte den Kopf, ohne mir bewusst zu sein, dass mein Begleiter die Geste überhaupt nicht sehen konnte.

»Du *ihn* schon kurz zu Gesicht bekommen«, erklärte er. »Von Cockpit aus. Du erinnern?«

»Der Schatten in den Wolken?« Ich begann wieder zu schwitzen. »Das ist nicht Ihr Ernst.«

»Natürlich nicht. Alles hier nur großer Witz. Ich lange investiert, um zu bieten dir diese Attraktion. Sein transsilvanisches Disney-Land, und ich Direktor.« Ich hörte den Piloten lachen. »Stadtmensch, wach auf, sonst dir nicht viel nutzen werden deine hochtrabende ägyptische Göttername. Hier, nimm das!« Er klopfte mit irgendetwas gegen meinen Oberarm, dann schwenkte er es vor meinem Gesicht. Meine suchende Hand bekam ein schmales, geschlossenes Kuvert zu fassen. »Nicht verlieren«, warnte Archon. »Enthält Chiffrenummer. *Vale!*«

Ich steckte das Kuvert in die Manteltasche. Dann sah ich besorgt in alle Richtungen, um einen Blick auf das zu erhaschen, was sich irgendwo in unserer Nähe aufhalten musste und nach dem Stand meines Wissens keine Existenzberechtigung auf dieser Welt besaß: Eine über einhundert Meter lange, durch die Luft gleitende Schlange, die so dick war wie eine Diesellokomotive.

Ich hatte gehofft, meine Augen würden sich mit der Zeit an die Dunkelheit gewöhnen, doch die Schwärze war vollkommen. Nach wie vor rätselte ich, was der gigantische Bau beherbergen mochte; einen geheimen, hermetisch abgeschirmten Industriekomplex oder Forschungslabore. War es ein militärisches Übungsareal für Boden- und Luftmanöver, oder womöglich nur der Hangar für ein exorbitantes Luftschiff? Vielleicht eine Fertigungshalle für einen riesigen Zeppelin ...

Ja, das erschien mir eine akzeptable Lösung des Rätsels zu sein. Der Lufthauch, den ich gespürt hatte, musste von lautlos arbeitenden Rotoren hergerührt haben, und der schlanke, kolossale Schatten, der so geschmeidig durch den Nebel geglitten war, konnte nur das geheimnisvolle Luftschiff selbst gewesen sein. Vielleicht bestand es aus einzelnen, flexibel verbundenen Segmenten, die ein optimales Manövrieren in der Luft ermöglichten ...

Ich versuchte mir einzureden, dass das Bauwerk keinesfalls hoch oben in einer Wolke schwebte, sondern zweifellos irgendwo im Gebirge auf festem Grund stand; wobei schleierhaft blieb, wie die Existenz eines derart gigantischen Gebäudes bisher hatte geheim gehalten werden können. Womöglich war es tatsächlich eine wissenschaftlich-militärische Einrichtung, und der Nebel wurde künstlich erzeugt, um den Komplex zu tarnen. Ergo: Die Maschinen, die hierfür notwendig waren, mussten bereits einen Großteil des vermeintlich leeren Raumes beanspruchen.

Ungeduldig trat ich auf der Stelle und wartete darauf, dass etwas geschah. Der Boden unter mir fühlte sich weich und nachgiebig an. Als ich mich bückte und ihn mit der Hand abtastete, wanderten meine Finger über kurzes, taunasses Gras.

»Wir stehen auf einer Wiese«, informierte ich Archon. Ich erhielt keine Antwort. Als ich meinen Arm ausstreckte, um nach ihm zu fassen, griff ich ins Leere. »Archon?«, rief ich leise in die Dunkelheit. Und dann, als ich keine Antwort erhielt, bedeutend lauter, mit einem Anflug von Hysterie in der Stimme: »Archon, wo sind Sie?«

Stille antwortete mir. Ich vernahm kein Echo, mein Ruf verklang dumpf und ohne Hall. Der Pilot war entweder verschwunden, oder er war gekränkt und machte sich einen

Spaß daraus, nicht zu antworten. Oder er konnte nicht mehr antworten, weil ihn etwas in die Höhe gerissen hatte und …

Ich schüttelte den Kopf und verwarf den Gedanken sofort wieder. Unsinn, vollkommener Blödsinn, so etwas! Es war nur ein Zeppelin! Also schwieg auch ich, versuchte lässig dazustehen, starrte in die Finsternis und wartete.

Weit vor mir öffnete sich nach geraumer Zeit ein schmaler Lichtspalt, wurde breiter und wuchs zu einem übermannsgroßen, gleißenden Rechteck aus. Ich kniff angesichts der plötzlichen Helligkeit die Augen zusammen und hob schützend einen Arm. Ein kurzer Rundblick bestätigte mir, was ich insgeheim befürchtet hatte: Von Archon war weit und breit nichts mehr zu sehen, fast so, als hätte ihn der Erdboden verschluckt.

In der fernen Lichtraute erschien ein dunkler Umriss, postierte sich in seiner Mitte und verharrte. »Mister Krispin?«, rief eine rauchige, männliche Stimme in die Dunkelheit.

»Ja!« Ich winkte, dann wurde mir bewusst, dass der Schatten mich wahrscheinlich gar nicht sah, und lief zügig auf das Licht zu. »Hier bin ich!«

»Beeilen Sie sich gefälligst, guter Mann, ich hab nicht ewig Zeit.«

Dieses Argument kannte ich bereits von Archon. Offenbar hatte hier niemand Zeit.

»Ja doch, ich komme ja schon …« Schwitzend erreichte ich das strahlende Rechteck. Es war eine geöffnete Tür, die mitten auf dem Rasen aufragte. Verwundert blieb ich stehen. Der Türrahmen stand frei im Raum. Ein Hologramm oder ein Spiegeltrick?

»Haben wir's nun bald?«, beschwerte sich der nun deutlicher gewordene Schatten darüber, dass ich um die geisterhafte Pforte herumbummelte. »Meine Zeit ist sehr kostbar, Mister Krispin!«

»Natürlich, entschuldigen Sie.« Ich schritt zügig durch die Tür. Der stechende Schmerz in den Augen währte nur Sekunden, dann hatten sich meine Pupillen an die Helligkeit gewöhnt.

Ich fand mich in einem schwindelerregend hohen Treppenhaus wieder, das die Innenwände eines kolossalen Oktaeders überzog. Mein Standort befand sich einige Stockwerke oberhalb der horizontalen Mitte, und der Blick hinab ließ mich bestürzt zurücktaumeln. Die Gesamthöhe des Treppenhauses musste über einen Kilometer betragen, bis zur mir gegenübergelegenen Ebene waren es mindestens fünfhundert Meter. Die Etagengänge, die sich an den Wänden terrassenartig über- und untereinander türmten, waren nicht breiter als vier Meter. Ich hatte den Eindruck, in zwei ausgehöhlten, an den Fundamenten vereinigten Pyramiden zu stehen. Im Zentrum des Oktaeders schwebte wie eine Miniatursonne ein strahlendes Objekt in der Leere, von dem ich weder sagen konnte woher es rührte noch welche Kraft es dort hielt.

Das Beeindruckendste waren jedoch die Türen. Hunderttausende mussten es sein, die von den Terrassen in ein unbekanntes Dahinter führten; Pforte an Pforte, wie in einem billigen Hotel.

Mein Pick-up-Service entpuppte sich als heruntergekommener Enddreißiger, der nervös einen Schlüsselbund in den Fingern knetete. Er sah aus, als hätte er die letzten drei Wochen auf einer Mülldeponie unter einer meterhohen Schicht Unrat gelegen, bis ihn zufällig jemand ausgegraben und damit beauftragt hatte, mich abzuholen. Sein Gesicht war kantig und unrasiert, die Lippen schmal und blutleer. Seine Nase hatte durch einen unsanften Schlag einen markanten Knick erhalten. Eine dunkle Sonnenbrille verbarg seine Augen, den fast kahlen Kopf zierte eine schwarze, an den Rändern aufgerollte Wollmütze. Seine zerschlissene Kleidung wurde leidlich von einem langen Mantel verborgen, der mit Flecken und Spritzern einer dunklen, getrockneten Substanz bedeckt war. Auf seinen ausgetretenen Stiefeln lag eine feine Staubschicht. Fürwahr eine ebenso sympathische wie Vertrauen erweckende Erscheinung!

Ich lächelte freundlich, doch es schien mir nicht besonders zu glücken, denn in dem Gesicht meines Gegenübers regte sich herzlich wenig.

»Wo sind wir hier?«, fragte ich. »Was ist das für ein Ding?«

Der Fremde sah mich von oben bis unten an, als prüfte er, wie ihm mein Mantel stünde, dann spie er neben mich auf den Boden und knurrte: »Kommen Sie, ich hab's eilig!« Damit drehte er sich um und stiefelte davon.

»Warten Sie!«, rief ich ihm hinterher. »Ich bin nicht allein. Mein Pilot ist noch dort draußen …«

Der Mann blieb stehen und sah über seine Schulter. »Man hat mir aufgetragen, *Sie* abzuholen, Mister Krispin, und genau das tue ich jetzt. Sie, und niemanden sonst!« Er lief weiter, und notgedrungen folgte ich ihm.

»Wohin bringen Sie mich?«

»Das werden Sie schon noch sehen. Na los, trödeln Sie nicht so herum!«

Ich schloss zu ihm auf. »Wer schickt Sie, Mister …« Der Fremde schwieg. »In Ordnung, Mister Namenlos.«

»Nennen Sie mich Spindario«, sagte er, als wir die abwärts führenden Treppen erreichten. »Dieser Ort hier nennt sich Megaron. Und jetzt reden Sie bitte etwas weniger und laufen Sie etwas schneller!« Er blieb kurz stehen und sah in die Tiefe, anscheinend um sich zu orientieren, dann zückte er ein vergilbtes Notizheft und blätterte fieberhaft darin herum. »Verdammt!« Er sah auf. »Haben Sie vielleicht etwas für mich?«

Ich überlegte kurz und fischte das Kuvert aus der Manteltasche. »Das hier hat mir …«

»Himmelherrgott noch mal!«, fluchte Spindario und riss mir den Umschlag aus der Hand. »Das ist *existenzwichtig,* Sie

Penner!« Er zog etwas aus dem Kuvert, das wie eine Visitenkarte aussah. »63.902 ...«, murmelte er, warf einen Blick in die Runde. »63.902 ... Verdammt, wir müssen nach oben!« Er machte auf dem Absatz kehrt und rannte fluchend die Treppe wieder hinauf.

»Was suchen Sie?«, rief ich, ihm nacheilend.

»Ausgang 63.902, dort wartet das Taxi! Sechs Etagen höher, auf der Delta-Seite ...«

Schon wieder ein Taxifahrer! »Wussten Sie denn nicht vorher, wo Sie Ihr Auto abgestellt haben?«

Spindario wirbelte herum. »Halten Sie ihre Klappe und kümmern Sie sich um Ihren eigenen Dreck, Mister Krispin!«, fauchte er. »Das Taxi wartet nicht hinter 63.902, weil ich es dort abgestellt habe, sondern weil es dorthin geschickt wurde!«

»Bitte?«

»Oh, vergessen Sie's. Los, Beeilung, sonst ist es fort, und wir dürfen mehrere zehntausend Türen abklappern, um es wiederzufinden.« Spindario hetzte die Treppen empor, als wäre der Teufel hinter ihm her.

Nachdem wir sechs Etagen bezwungen hatten und meine Lunge wie ein Blasebalg arbeitete, mussten wir noch Hunderte von Metern Fußweg zurücklegen. 63.144 stand auf der Pforte, die wir in diesem Moment passierten. 63.170 ... 190 ... 210 ... Ein Meter zwanzig für die Türen, ein Meter für die Zwischenräume. Wir erreichten das Ende der Gamma-Seite, wie Spindario es nannte, und bogen in einen neuen, unendlich lang erscheinenden Gang ein. Irgendwo an seinem Ende musste sich der Ausgang mit der Nummer 63.902 befinden.

»Wohin führen all diese Türen?«, keuchte ich.

»An hunderttausend verschiedene Orte«, rief Spindario. »Ursprünglich waren es anscheinend nur zwölf Türen – vor ein paar tausend Jahren. Doch irgendwann hatte alles zu wachsen begonnen, auch das Megaron. Unterstehen Sie sich, eine von ihnen zu öffnen! Dieses Licht dort drüben dient nicht der

Beleuchtung, sondern bewacht die Eingänge. Eine falsche Tür, durch die Sie schreiten oder zu der Sie herauskommen, und Sie erhalten eine gewischt, dass Ihr ZNS für ein paar Tage einem Schmelzofen gleicht.«

Als wir endlich die besagte Tür erreichten, rann mir der Schweiß in Strömen über den Leib. Spindario überprüfte nochmals die Zahlenfolge, dann riss er die Pforte auf, packte mich am Arm und stieß mich hindurch. Er selbst folgte unverzüglich nach und schloss die Tür gewissenhaft hinter sich.

Mit weit aufgerissenen Augen lief ich zwei, drei zögerliche Schritte in den dahinter liegenden Raum und blieb dann erschüttert stehen. Nein, das war kein Innenraum mehr. Das sich mir offenbarende Szenario sprengte alle Grenzen: Ich stand in einer von Flammen umtosten Häuserschlucht! Die Hitze war nahezu unerträglich, und die monumentalen Gebäude machten den Eindruck, als würden sie jeden Augenblick einstürzen. Vierzig, fünfzig Meter hoch loderten die Flammen aus Fenstern, Torbögen und zwischen mächtigen Säulen hervor.

»Mein Gott!«, schrie ich. »Was ist hier los? Ist irgendwo eine Raffinerie explodiert? Wo sind wir hier?«

»In Rom«, knurrte Spindario.

»In Rom? Wollen Sie mich verarschen?«

Mein Begleiter reagierte wie ein wildes Tier, packte mich am Kragen und zog mich zu sich heran. »Ich verarsche niemanden, Mister Krispin«, knurrte er. »Kapiert?« Er ließ mich wieder los, orientierte sich kurz und lief über die gepflasterte Straße. Ich drehte mich nach der Tür um, doch zu meiner Überraschung war sie verschwunden. An ihrer Stelle befand sich nunmehr blankes, rußgeschwärztes Mauergestein. Auf der gegenüberliegenden Straßenseite stand ein cadmiumgelber Citroën mit laufendem Motor und vernebelte den Straßenzug mit stinkenden Abgasen. Auf dem Dach des Wagens leuchtete ein Taxi-Schild.

»Na los, Sie Lahmarsch, beeilen Sie sich gefälligst!«, überschrie Spindario das Tosen des Feuers, als er bemerkte, dass ich stehen geblieben war und in das Flammeninferno starrte. »Hopp, Frosch!« Er hielt mir die Wagentür auf. »Wird wahrscheinlich ein Backofen sein da drin, aber besser als Laufen ist's allemal.«

Ein Schwall heißer Luft schlug mir aus dem Inneren des Fahrzeuges entgegen. Als ich auf dem Beifahrersitz saß, kam ich mir vor wie in einem mittelalterlichen Brennofen für Häretiker. Das Blech, die Scheiben, alles war so heiß wie glühende Herdplatten.

Spindario lief um das Fahrzeug herum und stieg ebenfalls ein. Kaum hatte er die Fahrertür zugeschlagen, entstand ein Flimmern auf der Frontscheibe, das sich zu leuchtenden Lettern verdichtete.

DU KOMMST SPÄT!

Die Worte formten sich direkt auf der Fahrerseite der Windschutzscheibe, flackerten kurz und waren wieder verschwunden. Spindario brummte etwas, das wie eine Antwort klang, dann setzte sich der Wagen ruckartig in Bewegung, schoss aus der Gasse und bog mit quietschenden Reifen in ein Weltuntergangsszenario ein: Nicht nur die Häuser um uns herum brannten, die ganze Stadt stand lichterloh in Flammen!

»Ein Vulkanausbruch!«, rief ich. »Eine Eruption!« Ich warf den Kopf herum und suchte den feuerspeienden Berg, aber es gab keinen. *Dann ist er eben weit weg und wird durch die Häuser verdeckt,* durchfuhr es mich. *Die Lavaströme haben alles in Brand gesetzt!* Dummerweise sah ich aber keine Spur von Lava. Nicht einmal von Asche. Und seltsamerweise gab es auch keinen Rauch.

»Warum brennt die Stadt …?«

»Rom!«, präzisierte Spindario.

»Warum brennt Rom?«

»Weil Nero es anzünden ließ, warum wohl sonst. Hatten Sie keinen Geschichtsunterricht, Mister Krispin?«

»Aber – das war vor zweitausend Jahren!«

»Vor 1941 Jahren. Die Mauern zu Ihrer Rechten bilden die Westflanke des Palatinhügels. Dort vorne sehen Sie die Basilika des Maxentius in Flammen. Bei ihr kreuzen wir die Via Sacra, und wenn Sie aus Ihrem Seitenfenster schauen, können sie vielleicht einen Blick auf das Kolosseum und den Tempel der Venus werfen.«

Ich sah Spindario ungläubig an und schließlich wieder nach draußen. »Wer betreibt einen derartigen Aufwand, um das Rom des Jahres 64 wieder zu errichten?« Der Fahrer zuckte die Achseln. »Dreht man hier etwa einen Historienfilm?«

Vor uns tauchte ein Hindernis auf. Mitten auf der Straße lag ein großer verkohlter Holzbalken, der von einem der Dächer herabgestürzt sein musste und dabei noch einen Passanten erschlagen hatte. Der Tote war halb unter dem Balken begraben. Allerdings schien Spindario die Barriere nicht wahrzunehmen, denn er machte keine Anstalten, das Fahrzeug zu stoppen.

»Vorsicht, da vorne!«, warnte ich, als ich erkannte, dass der Fahrer mit unverminderter Geschwindigkeit auf das Hindernis zuhielt. »Weichen Sie aus!«

Plötzlich hob der Balken einen länglichen Kopf und riss ein gewaltiges, von spitzen Zähnen gesäumtes Maul auf.

»Aber … das ist ein Alligator!«, staunte ich.

Es folgte ein heftiger Schlag, als der Wagen über das fauchende Reptil hinwegraste. Spindario wurde ebenso wie ich in seinem Sitz durchgeschüttelt, dann sah er mich verärgert an. »Ja, Mister Krispin, das war ein Alligator. Und wenn Sie nicht endlich das Fenster schließen, könnte es durchaus sein, dass ihnen ein Tiger oder eine Hyäne auf den Schoß springt. Und schnallen Sie sich an!«

Wie in Trance legte ich den Sicherheitsgurt an und kurbelte die Seitenscheibe hoch.

Menschen tauchten auf. In blutverschmierter, zerrissener oder halb verbrannter Kleidung irrten sie durch die Straßen. Manche waren vollkommen nackt und wiesen grauenhafte Fleischwunden und Verbrennungen auf. Eines hatten sie jedoch alle gemeinsam: Ihnen fehlten die Augen! Nicht, dass ihre Augenhöhlen leer waren – sie schienen niemals Augen besessen zu haben! Ihre Gesichter wiesen Münder und Nasen auf, doch dort, wo die Augen sein mussten, waren sie vollkommen glatt und eben. Durch diese Anomalie behindert, stolperten sie über jedes Hindernis, stürzten Treppen hinunter oder torkelten direkt in die Flammenherde hinein, wenn sie vor den Tieren flohen.

Die Tiere ...

Ganze Rudel blutrünstiger Bestien jagten die Unglückseligen durch die brennenden Häuserschluchten; Löwen, Krokodile, Schakale, Tiger, Bären, Stiere, Wölfe ... Die blinden Menschen flohen schreiend, manche brennend und Rauchschleier hinter sich herziehend, andere aus tiefen Wunden blutend. Einigen fehlten ganze Gliedmaßen. Was von ihrer Kleidung noch übrig war, ließ sich ausnahmslos als klassisch römische Tracht identifizieren: Togen, Tuniken, Umhänge und Sandalen.

Dennoch schienen die Menschen Spindarios Wagen wahrzunehmen. Scharen von ihnen rannten dem Taxi hinterher, einige blieben sogar mit ausgebreiteten Armen auf der Straße stehen, als könnten sie es einfangen. Auch die Tiere wurden auf das Gefährt aufmerksam und begannen eine wilde Verfolgungsjagd. Ich kam mir vor wie ein Tourist, der in die aufwändigen Dreharbeiten für einen antiken Katastrophenfilm hereingeplatzt war. Aber ich konnte keine Filmcrew entdecken. Weder Kameras noch Scheinwerfer oder sonst irgendeine Art von Filmtechnik war zu sehen. Das Blut, das Feuer, die schreienden, verzweifelten, entstellten Menschen, die Tiere, alles wirkte absolut echt.

Ein dumpfer Aufprall riss meinen Blick wieder nach vorn. Auf der Kühlerhaube lag ein nackter Mann und krallte sich verbissen am Blech fest. Spindario musste direkt in ihn hineingefahren sein. Anders war es nicht zu erklären, wie der Kerl bei diesem Tempo dorthin gelangt sein konnte. Mein Chauffeur stieß derbe Flüche aus und begann einen wilden Slalom, um die blutende, halb verbrannte Fleischmasse von der Wagenfront zu schleudern, aber unser Passagier schien Saugnäpfe zu besitzen; er war nicht abzuschütteln. Zähnefletschend klammerte er sich an die Motorhaube und brüllte: *»Numquam consistit hoc vehiculum, o Spindarie? Tum veniam da vehi vehiculo isto!«*[1]

»Was ruft er da?«, fragte ich schockiert.

»Er ist verrückt.«

»Offensichtlich, aber was will er?«

»Das wir ihn hier herausholen, natürlich.« Spindario kurbelte seine Seitenscheibe herunter und streckte den Kopf aus dem Fenster: »Mach, dass du da runterkommst, Claudius, oder ich puste dich von der Kühlerhaube!«

»Quomodo id machinaberis, stulte?«,[2] schrie der Nackte zurück und spie in die Richtung, aus der er Spindarios Stimme vernahm. *»Non patior plus poenas dare pro peccatis meis!«*[3]

»Das interessiert mich nicht!«, brüllte der Fahrer.

»Verstehen Sie etwa, was er sagt?«

»Größtenteils. Das ist Kaiser Claudius II. Öffnen Sie das Handschuhfach.«

---

1 Hält dieser Wagen niemals an, Spindario? Dann lass mich auf ihm fahren!
2 Wie willst du das machen, du Narr?
3 Ich bin es leid, für meine Sünden zu büßen!

»Wieso?«

»Öffnen Sie es, verdammt noch mal!«

»Anima meus in igne moratur!«,[4] schrie Claudius, während er sich langsam zur Windschutzscheibe voranarbeitete.

»Da gehört sie auch hin!« Spindario warf mir einen knappen Blick zu. »Na, wird's bald?«

»Es lässt sich nicht öffnen.«

»Schlagen Sie mit dem Knie dagegen.«

Ich trat wuchtig gegen die Unterseite der Klappe, die prompt aufsprang. In einer Halterung auf ihrer Innenseite steckte ein chromglänzender 45er Colt. Spindario zog die Waffe heraus und richtete sie aus dem Fenster.

»Wollen Sie ihn erschießen?«

»Natürlich. Oder halten Sie das etwa für eine Wasserpistole?«

»Libera me, et praemium reciperis principalis magnitudinis!«,[5] tönte es von der Motorhaube.

»Du mich auch!« Spindario zielte kurz und drückte ab. Die Kugel schlug neben der Nasenwurzel in Claudius' Kopf, wo sich normalerweise das linke Auge hätte befinden müssen. Der Getroffene gab einen bellenden Laut von sich, rutschte über den rechten Kotflügel ab und war verschwunden. Ich warf mich im Sitz herum und sah seinem über den Boden rollenden Körper nach. Trotz der Schusswunde erhob er sich wieder und torkelte dem Wagen hinterher.

»Er lebt noch!«, rief ich entsetzt.

»So, glauben Sie?« Spindario reichte mir den Colt. »Tun Sie ihn wieder an seinen Platz.«

»Expecto te, Spindarie«,[6] rief Claudius dem Wagen nach, *»Aliquando te extrahimus ex vehiculo tuo et crocodilibus proiciemus!«*[7]

---

4 Meine Seele wohnt im Feuer!

5 Bring mich hier raus, und ich werde dich kaiserlich belohnen!

6 Ich warte auf dich, Spindario

7 Eines Tages ziehen wir dich aus deinem Wagen und werfen dich den Krokodilen vor!

»Fick dich ins Knie!«, schrie Spindario zurück und kurbelte das Fenster wieder hoch. Traumatisiert steckte ich den Colt wieder in die Halterung und klappte das Handschuhfach zu. Dann betrachtete ich meine zitternden Hände.

Du liebe Güte, Krispin, wo bist du hier hineingeraten?

»Wohin fahren wir?«

»Erst einmal raus aus diesem Sektor«, antwortete Spindario. »Den Rest überlassen wir dem Wagen.«

Mekropalladium 6

Ein paar Straßenzüge weiter hatten wir das brennende Stadtzentrum hinter uns gelassen. Dennoch schien das Feuer einst auch in den Außenbezirken gewütet zu haben. Klobige, rußgeschwärzte Gebäude reihten sich entlang der Pflasterstraßen wie riesige kariöse Backenzähne. Mit der Zeit wurden sie niedriger und ihre Bauweise einfacher, und schließlich rollten wir mit dem Wagen auf eines der großen Stadttore Roms zu. Kein Mensch war mehr zu sehen, dafür flankierten vier große, schwarz glänzende Statuen das Tor, deren Anblick mich zutiefst beunruhigte. Sie waren aus jenem dunklen, ägyptischen Basalt gefertigt, den die Menschen der Antike *lapis niger* genannt hatten.

»Was sind das für Skulpturen?«, fragte ich.

»Chroner. Aufseher, die die Zonengrenzen bewachen und in den einzelnen Sektoren für Ordnung sorgen.«

»Sind die etwa echt?«

Zwei der Statuen bewegten sich plötzlich und versperrten dem Wagen die Ausfahrt. Jede der Kreaturen war über zwei Meter groß und besaß eine weitgehend menschliche Anatomie. Sie trugen keine Kleidungsstücke außer dunkelroten und dunkelgrünen Hüftröcken, die von mächtigen Gürteln gehalten wurden und ihnen bis über die Knie reichten. Ihre massigen, fast schwarzen Oberkörper strotzten vor Muskeln. Auf breiten Stiernacken ruhten kantige, haarlose Köpfe, gekrönt von dicken, spindelförmigen Hörnerpaaren. Alle vier trugen Hieb- oder Stichwaffen in den krallenbewehrten Pranken, von denen ich nicht mit Bestimmtheit sagen konnte, ob es Schwerter oder Lanzen waren. Ihre nackten Füße besaßen lediglich zwei mächtige, ebenfalls krallenbewehrte Zehen, die an Hummerklauen erinnerten. Um dem Bild von Teufeln gerecht zu werden, entwuchsen ihren Hinterleibern beeindruckende Schwänze, die Ähnlichkeit mit den Fangtentakeln von Kalmaren besaßen. In unmittelbarer Nähe der Chroner bemerkte ich zwei medizinballgroße Augäpfel, deren Hinterteile in eine Art Panzer oder Metallrüstung eingefasst waren. Sie krochen auf acht metallischen Spinnenbeinen über das Kopfsteinpflaster und sahen uns starr entgegen.

»Zyklopen«, erklärte Spindario. »Die Augen der Stadt. Ihnen entgeht kaum etwas. Sie sind hier sozusagen die Überwachungskameras.«

»Sind das Lebewesen?«

»Keine Ahnung, ich habe noch keines dieser Biester auseinander genommen. Sie haben einen Rüssel, mit dem sie Nahrung zu sich nehmen – Blut, Wasser, Fleischbrocken ...«

Ich versank ein Stück im Beifahrersitz, als Spindario den Wagen zwanzig Meter vor dem Stadttor zum Stehen brachte, und äugte bang durch die Frontscheibe.

»Die Chroner dagegen sind mit Sicherheit lebendig.« Mein Fahrer deutete unauffällig nach vorne. »Die mit den grünen Röcken sind Herbivoren, reine Wachkreaturen«, sagte er und zog die Handbremse an. »Die rot gewandeten sind Omnivoren. Sie sind die ausgleichende Kraft in den Reihen der Chroner und sowohl für den Wachdienst als auch für den ... hm, *aktiven* Dienst zuständig. Dann gibt es noch die Carnivoren, die nur für den aktiven Dienst innerhalb der Sektoren autorisiert sind. Man sollte ihre Nähe tunlichst meiden.«

»Was tragen sie da mit sich herum?«

»Sie nennen es Rebaschen. Die Kerle können damit hervorragend umgehen. Stechen, schlagen, schneiden, alles ist möglich.«

»Sehen aus wie die abgerissenen Zeiger von Kirchturmuhren ...«, erkannte ich.

»Zeiger ist auch der gebräuchlichere Name für dieses Instrument. Es gibt drei verschiedene Ausführungen dieser Waffe: Die Carnivoren tragen Sekundenzeiger. Das genügt, da sie sowieso die ganze Zeit um sich schlagen.« Er lachte über sein Wortspiel. »Die Herbivoren streifen mit Minutenzeigern umher, und diese Omnivoren, die gerade auf uns zumarschieren, tragen Stunder. Ein Schlag mit einem solchen Instrument kann eine Häuserwand teilen.«

Einer der Chroner postierte sich neben der Fahrertür, der zweite trat auf meine Seite und starrte grimmig zu mir herab. Spindario kurbelte seine Scheibe hinunter und ließ den Arm lässig aus dem Fenster hängen.

»Ave, Spindario«, grüßte der Chroner auf dessen Seite und trommelte mit seinen Krallen rhythmisch aufs Wagendach. Seine Stimme war laut und tief, als hätte ein Rhinozeros sprechen gelernt. »Neue Ware? Lass mich raten: Ein Immobilienmakler?«

»Nein«, antwortete Spindario. »Keine Ahnung, was er ist. Ich bin beauftragt, ihn zum *Sata*-Tempel zu fahren.«

»Oho!« Der Aufseher verzog seinen Mund und entblößte ein beeindruckendes Haifischgebiss. »Du versuchst doch nicht etwa, einen verkleideten Römer aus der Stadt zu schmuggeln, oder?«

»Natürlich nicht, Fliegenbiss. Du weißt, dass ich keine Römer befördere.«

Ein barsches Klopfen gegen mein Seitenfenster ließ mich zusammenzucken. Erschrocken blickte ich in das Gesicht des zweiten Chroners. Er streckte seinen Zeigefinger aus und vollführte eine Drehbewegung. Anstelle eines Fingernagels wirbelte eine fünf Zentimeter lange Kralle an der Fingerspitze.

»Nun öffnen Sie schon das Fenster!«, ermahnte mich Spindario.

»Was?«, keuchte ich erstickt. »Wieso?«

»Fragen Sie nicht, tun Sie's einfach!«

Meine Hand zitterte dermaßen, dass ich kaum die Kurbel bedienen konnte. Die Angst lähmte meine Muskeln, und es dauerte eine halbe Ewigkeit, bis ich die Scheibe heruntergedreht hatte. Völlig versteinert sah ich in das schwarze Teufelsgesicht, das nur eine Elle von meinem entfernt war.

»Sag mal, du Hasenfuß«, grollte der Chroner, »du bist doch nicht wirklich kein Römer, oder?«

Mein Hals war wie zugeschnürt. Ich war unfähig, auch nur den geringsten Laut von mir zu geben. *Verdammt Krispin, das ist keine Maske! Und auch kein Kostüm. Aber was ist es dann – eine genetische Mutation? Ein Außerirdischer?*

»Huhu!«, machte der Chroner und wedelte mit seiner Pranke vor meinen Augen herum. »Ich rede mit dir!«

»Ich – bin – kein Römer«, presste ich heiser hervor.

Eine messerscharfe Spitze schwebte plötzlich vor meiner Nase. »Sagst du auch die Wahrheit, du Furzgesicht?«

»Lass ihn in Ruhe, Knotenfuß«, mischte Spindario sich ein. »Meine Auftraggeberin wird es nicht besonders zu schätzen wissen, wenn sie von mir erfährt, dass du meinen Fahrgast belästigt hast.«

Der Chroner warf einen geringschätzigen Blick auf Spindario, schnaubte durch die Nüstern und ließ seine Rebasche wieder sinken. Dann grinste er wie ein Halloweenkürbis und tätschelte mit seiner Riesenpranke meine Wange. »'tschuldigung, Hasenfuß, war natürlich nur Spaß!« Er sah Spindario an. »Du weißt ja, Vertrauen ist gut, Kontrolle ist besser ...«

»Natürlich. Du kannst jetzt aufhören, ihn zu kraulen.«

»Höhöhö ...«, machte Knotenfuß und zog seine Pranke aus dem Fahrzeuginneren. Seltsam, das Hochkurbeln der Scheibe ging wesentlich flotter.

»Auftraggeberin?!«, raunte ich.

»Aye«, bestätigte mein Chauffeur und schnalzte mit der Zunge.

»Gute Reise, Spindario«, röhrte Fliegenbiss, als der Wagen

wieder an Fahrt gewann. »Und dass du mir im nächsten Sektor keine Mesopotamier mitnimmst!«

»Und im übernächsten keine Schleimscheißer!«, rief Knotenfuß.

»Und keine Simoniten im überübernächsten, klar?«, brüllte wieder Fliegenbiss, als Spindario den Wagen längst durch das Stadttor gelenkt hatte.

Eine riesige Stufenpyramide überragte die Häuser jenseits der Mauern Roms. Sie war außerordentlich steil gebaut und ihre Spitze offensichtlich noch nicht fertig gestellt. Ihre Höhe musste annähernd dreihundert Meter betragen, und ich wunderte mich, dass ihre Flanken unter ihrem Eigengewicht nicht längst zusammengebrochen waren. Pharao Snofru hatte seine Pyramide nicht einmal annähernd so steil erbauen lassen und es gerade mal auf siebzig Meter gebracht, ehe ihre Außenmauern abgerutscht waren. Fasziniert betrachtete ich das Bauwerk, soweit es in meinem Blickfeld lag.

Der Übergang in diesen neuen Sektor war bemerkenswert gewesen. Unmittelbar hinter dem römischen Stadttor hatte sich die Architektur geändert, und wir rasten nun an quaderförmigen Häusern und Tempelanlagen vorbei. Spindario erweckte den Eindruck eines suizidgefährdeten PS-Rambos, der seinen Frust auf der Straße abließ. In halsbrecherischem Tempo durchquerten wir die Stadt. Vermummte Menschen wandelten durch die Straßen und schleppten Felsblöcke, die fast halb so groß waren wie sie selbst. Chroner in schwarz-gelb gestreiften Hüftröcken peitschten sie mit ihrer erdrückenden Last unablässig voran und kerbten tiefe, blutige Striemen in ihre Haut. Alles, was Steine trug, bewegte sich auf die riesige Stufenpyramide zu. Jene, die leere Hände hatten, wurden von den Aufsehern in die entgegengesetzte Richtung getrieben. Flüche und Verwünschungen in unzähligen Sprachen folgten uns, wenn wir an den Menschen vorbeifuhren, und die Chroner ließen ihre Peitschen auf das Wagendach knallen.

»Willkommen in Babylon«, rief Spindario.

Ich sah ihn ungläubig an, dann wieder zu der weit entfernten Pyramide. Sollte sie etwa der sagenumwobene Turm sein, an dem die Menschheit sich schied? Die Zikkurat von Etemenaki? Der Stufentempel des Gottes Marduk? Welche geschichtsbesessene Obrigkeit rekonstruierte hier die Schauplätze des Altertums, um sie mit derartigen Kreaturen und so viel Abartigkeit zu bevölkern?

Ein Schwarm eigenartiger Flugobjekte umkreiste unablässig die Spitze des Turms. Sie ließen sich auf dem Bauwerk nieder, ergriffen mit einer Anzahl von Greifarmen einzelne angebaute Quader, hoben sie empor und schleppten sie fort. In einer breiten Kolonne flogen sie über uns hinweg und warfen die Mauerstücke auf einen gewaltigen, kilometerweit entfernten Schuttberg. Dann kehrten sie unverzüglich um und wiederholten den Vorgang. Die Flugobjekte besaßen stummelartige, fast transparente Tragflächen. Für Segelflugzeuge hatten sie viel zu plumpe Rümpfe, zumal die Flügel in ständiger Bewegung waren ...

Ich kniff die Augen zusammen. Die Tragflächen waren Schwingen, und die Greifarme, die unter dem Rumpf hingen, lange, dornenbewehrte Beine. Die fetten, schwarzen Objekte waren weder Flugzeuge noch Helikopter – es waren riesige Fliegen, so groß wie Kühe!

Alles, was die Schuftenden auf den Gipfel des Turmes transportierten, wurde von den gigantischen Insekten sofort wieder entfernt und auf den Schuttberg zurückbefördert. Ihr ganzes Unterfangen war ein ewiger, sinn- und erfolgloser Kreislauf, der nur einer Sache diente: der Schinderei.

Genug der makaberen Phantasie, Krispin! Die Architekten und Betreiber dieser Anlage haben zur Genüge ihren schlechten Geschmack und Sadismus bewiesen. Es reicht!

»Fahren Sie mich zurück!«, wies ich Spindario an.

»Was?«

»Das ist nicht meine Welt, Mister Spindario. Ich habe die Nase voll von diesem Irrenhaus. Drehen Sie um, auf der Stelle!«

Der Fahrer sah mich an, als hätte ich nicht alle Tassen im Schrank, und erwiderte in sachlichem Tonfall: »Ich fürchte, das wird nicht möglich sein, werter Herr.«

»So? Und warum nicht? Reicht das Benzin nicht?«

Spindario ließ das Steuer los und nahm den Fuß vom Gaspedal. Der Wagen fuhr allein weiter. Der Fahrer zog den Schlüssel aus dem Zündschloss und warf ihn mir in den Schoß – das Taxi setzte seine rasende Fahrt trotzdem fort.

Ich starrte perplex auf das Armaturenbrett. »Wie geht das? Wird die Karre ferngesteuert?«

»Mitnichten. Der Wagen fährt von sich aus.«

»Sie meinen, er ist so etwas wie ein intelligenter Roboter? Mit elektronischem Lenkleitsystem, satellitengesteuert?«

»Nein, Mister Krispin, er fährt *von sich aus!*«

Wir blickten uns an, und ganz langsam beschlich mich wirklich das Gefühl, als hätte ich sie nicht mehr alle beisammen.

Nach drei weiteren, absonderlichen Stadtsektoren und Chroner-Kontrollen war ich mit meinem Latein über Logik, Naturgesetze und Ethik weitestgehend am Ende. Was ich während der restlichen Fahrt sah, hörte und am eigenen Leib erfahren musste, übertraf alles, was mein geistiger Horizont bisher umspannt hatte. So starrte ich nur noch apathisch vor mich hin und nahm kaum wahr, dass der *Wagen mit eigenem Willen* irgendwann anhielt.

»Endstation«, kommentierte Spindario das Ersterben des Motors. »Der *Sata*-Tempel.«

Ich sah auf. Viel konnte ich nicht erkennen, denn es herrschte dichter Nebel. Das Taxi parkte am Fuß einer trutzigen Mauer, die sich zu beiden Seiten in den Dunst erstreckte. Direkt neben uns befand sich ein wuchtiges, von einem Pylon eingefasstes Portal in der Wand, das sich in diesem Moment öffnete und ein gnomenhaftes Geschöpf entließ: Es war Okabur, der Corrigan! Gewohnt flink wieselte er herbei und verbeugte sich bereits, bevor er die Wagentür überhaupt geöffnet hatte. Allerdings schien seine Unterwürfigkeit nicht uns zu gelten, sondern dem Taxi.

»Kennen Sie den?«, fragte Spindario.

»Ja.«

»Na, dann. War nett, Ihre Bekanntschaft gemacht zu haben. Wünsche einen angenehmen Aufenthalt. Wer weiß, vielleicht laufen Sie mir ja mal vor den Wagen ...«

Ich ersparte mir eine Erwiderung und stieg aus. Kaum hatte ich das Taxi verlassen, heulte der Motor schon wieder auf, und das Fahrzeug brauste, Kies und Schotter aufwirbelnd, in den Nebel davon. Ich sah ihm noch nach, als sein Motorbrummen längst in der Ferne verklungen war.

Trotz des Irrsinns und der Ungeheuerlichkeiten, deren Zeuge ich in den vergangenen Stunden geworden war, blieb ich auf jene geheimnisvolle Auftraggeberin gespannt, auf deren Weisung ich hierher verschleppt worden war. Immerhin musste sie genug Einfluss besitzen, um den furchtbaren Chronern Respekt abzuverlangen. Blieb einzig die Frage: Zu welchem Zweck wurde dieser ganze Aufwand um meine Person überhaupt betrieben?

Ich erinnerte mich an den Corrigan und drehte mich um. Der Gnom stand abwartend auf der Stelle und musterte mich. Wie war diese Kreatur überhaupt so schnell hierher gelangt? Gab es vielleicht eine U-Bahn? Vom römischen Sektor bis zu dieser Festung waren es mindestens fünfzig Kilometer.

Das Wesen wies mich an, ihm zu folgen, und trippelte leichtfüßig durch den Eingang. Ich ließ meinen Blick über die fremdartigen Hieroglyphen wandern, die in die Pylonsäulen gemeißelt waren. Jedes Neuron meines Verstandes schrie, dass es ein Fehler sei, das Gebäude zu betreten und sich weiterhin auf dieses irrwitzige Spiel einzulassen. Ich sah mich verstohlen um, dachte für einen Augenblick daran, einfach das Weite zu suchen und im Nebel zu verschwinden. Die befremdlichen Geräusche, die von überall her aus dem Dunst zu mir herüberdrangen, und die Tatsache, dass ich nach einer Flucht nahezu orientierungslos durch eine riesige und nicht gerade touristenfreundliche Stadt irren würde, brachten mich davon ab. Da es mir hier draußen im Nebel nicht sonderlich geheuer war, beschloss ich, dem Corrigan erst einmal zu folgen und zumindest noch die Nacht abzuwarten.

Durch einen langen, gewölbeartigen Gang gelangten wir in einen kreisrunden, fast schmucklosen Raum. Zwei Meter hohe Kandelaber waren die einzigen Einrichtungsgegenstände. Armdicke weiße Kerzen brannten auf ihnen und sorgten für warmes Halbdunkel. Der Boden bestand aus glänzendem Parkett, und am gegenüberliegenden Ende des Raumes wuchs eine breite Wendeltreppe aus dem Boden. Es roch nach Mauerschwamm, Sandelholz und einem undefinierbaren Parfum.

Der Corrigan stand am Fuß der Treppe wie eine vergessene Theaterdekoration für eine Monsterburleske. Er wies mit der Hand in die Höhe und stieg wortlos hinauf. Misstrauisch folgte ich ihm, ständig darauf bedacht, gebührenden Abstand zwischen mir und dem untersetzten Geschöpf zu wahren. Sechs Etagen zählte ich, ehe die Treppe in ein großes, fensterloses Gelass mündete, dessen Mauern mit purpurnem Tuch behangen waren. Eine wuchtige Steinsäule stützte die Decke ab, und an den Wänden leuchteten Lampen, in denen sich scheinbar selbstnährende Flammen brannten. Sie flackerten kaum, als würden sie in Zeitlupe lodern. Ich entdeckte weder Dochte noch eine brennbare Flüssigkeit. Die eigenartigen

Flammen sahen aus wie winzige Sonnen, die man eingefangen hatte und in Lampen festhielt wie Calicos in Goldfischgläsern.

An der Wand führte eine weitere schmale Steintreppe in die Höhe, und der Corrigan schickte sich unverweilt an, auch sie emporzusteigen. Er schien sicher zu sein, dass ich ihm folgen würde, denn seit wir uns im Turm befanden, hatte er mir kein einziges Mal den Vortritt gewährt. Ich fühlte mich wie bei einem Rundgang durch einen mittelalterlichen Burgfried. Keuchend schloss ich zu dem gnomenhaften Wesen auf. Es hatte vor einer schmuckvollen Ebenholztür Halt gemacht, die nicht so recht in das Ambiente dieses Gemäuers passen wollte. Hinter dem Corrigan endete der mannsbreite Gang in einem von der Turmkrümmung gebildeten finsteren Eck.

Orangefarbenes Licht flutete in den Korridor, als das Wesen die Tür öffnete und mir bedeutete, hindurchzutreten. Es war, als hätte der Corrigan eine Ofenklappe aufgetan und mich freundlich gebeten, ins Feuer zu treten. Ich machte blinzelnd ein paar Schritte und blickte neugierig in den lichthellen Raum. Hinter der Pforte lag ein großes, prunkvoll ausgestattetes Gemach, das einen völligen Stilbruch gegenüber allem darstellte, was ich bisher von dieser Tempelfestung zu Gesicht bekommen hatte. Erstaunt verharrte ich im Türrahmen und ließ meinen Blick über mit Gold, Edelsteinen und Elfenbein verzierte Möbel gleiten. Kissen und kunstvoll geflochtene Bastmatten bedeckten die Stühle und den bemalten Marmorboden, meisterlich gearbeitete Lampen aus schwerem, buntem Glas standen überall dort an den Wänden verteilt, wo nicht eine Truhe, ein Tisch, ein Sessel oder das große, mit einem Baldachin versehene Bett den Platz beanspruchten. Die hohen Wände waren mit gemeißelten Steintafeln verziert, gewebte, motivbedeckte Tücher hingen vor der Holzdecke und vor den Fensteröffnungen. In der Mitte des Raumes erhob sich ein mannsgroßer Obelisk, an dessen Spitze jene wundersamen, zeitlupenhaft tanzenden

Flammen den gesamten Raum in ein zauberhaftes, unirdisches Licht badeten.

Verwundert wandte ich mich um. Der Corrigan missdeutete meine Bewegung offenbar, denn im Nu hielt er wieder jenes furchteinflößende Messer in seiner Pranke und zielte mit der Spitze auf meine Kehle.

»Ruhig Blut, mein Freund.« Ich hob beschwichtigend die Arme. »Ich hatte nicht vor, davonzulaufen.«

»Natürlich nicht«, knurrte Okabur. »Ich hatte auch nicht vor, dich aufzuschlitzen. War nur ein Reflex.« Er lächelte verschlagen. »Geh hinein!«

Ich trat rückwärts in das Gemach, ohne den Corrigan aus den Augen zu lassen. Okabur ließ die Klinge wieder in seinem Lederwams verschwinden, griff nach der Tür und zog sie mit Wucht ins Schloss. Ich hörte, wie er die Treppe hinunterstiefelte, dann herrschte Stille. Zur Probe versuchte ich die Pforte wieder zu öffnen, fand sie jedoch erwartungsgemäß verschlossen. Ich brachte es nicht einmal fertig, die Türklinke niederzudrücken. Offenbar hatte ich das Ziel meiner Odyssee erreicht. Meine geheimnisvolle Gastgeberin schien es nicht besonders eilig zu haben, sich mir vorzustellen. Folglich blieb mir nichts anderes übrig, als zu warten.

Um es nicht schönzufärben, Krispin: Du bist ein Gefangener!

Ich ließ meinen Blick eingehend durch mein neues ›Zuhause‹ schweifen, nahm rechts von mir eine Bewegung wahr und fuhr erschrocken herum, doch es war nur ein mannshoher Spiegel, aus dem mich mein Konterfei anstarrte. Noch immer trug ich den Anzug, mit dem ich mich in Kairo eingekleidet hatte, nachdem ich …

Ich stockte.

Die Erinnerung an meinen Aufenthalt in der Nilmetropole war verblasst wie ein flüchtiger Traum. So sehr ich mich bemühte, mich auf die Vergangenheit zu konzentrieren, sie wollte mir partout nicht ins Gedächtnis zurückkehren.

Je verbissener ich nach ihr bohrte, desto mehr entzog sie sich meinem Zugriff wie ein scheues, ephemeres Wesen. Zwar erinnerte ich mich noch an den Namen meines Hotels, doch was geschehen war, bevor ich am Morgen in den Grünanlagen des Sheraton erwacht war, blieb grau, verschwommen und wirr.

Es mussten sehr viel Alkohol und Shisha im Spiel gewesen sein ...

Ich trat an den Spiegel und betrachtete mich. Mein Gesicht wirkte in dem vorherrschenden Licht wie aus Wachs. Eigenartige blassrote Striemen zeichneten meine Stirn, verliefen um mein rechtes Auge wie ein Spinnennetz und weiter, die Wange hinab. Sie sahen aus wie Kratzer oder feine, verheilte Narben. Wahrscheinlich rührten sie von der Pranke des Chroners her, der mir mit seinen Krallen durchs Gesicht gefahren war. Seltsam, ich hatte mich seit Kairo nicht mehr rasiert, aber keine einzige Bartstoppel war zu sehen. Und obwohl ich den ganzen Tag noch nichts gegessen hatten, verspürte ich keinen Hunger. Der Zustand meiner Garderobe ließ allerdings zu wünschen übrig. Der Anzug stank nach Rauch, und der Mantel wies Brandlöcher auf, die fliegende Funken von den brennenden Mauern Roms verursacht haben mussten. Meine Reisetasche mit Kleidung, Toilettenutensilien und dem ganzen Rest war in Archons Flugvehikel zurückgeblieben. Ich blickte mein Spiegelbild an und ließ dabei die absonderlichen Geschehnisse der letzten Stunden Revue passieren, dann suchte ich nach einer Waschgelegenheit.

Es gab keine.

Nachdem ich dreimal im Kreis gelaufen war und sämtliche Truhen und Wandbehänge auf verborgene oder verdeckte Becken oder Wannen abgesucht hatte, blieb ich konsterniert in der Mitte des Raumes stehen. Kein Badezimmer, keine Dusche, kein Waschbecken; nicht einmal einen Wasserhahn hatte ich entdeckt. Zwar roch mein Körper nicht annähernd so streng wie meine Kleidung, doch steigerte sich der Drang, mich zu waschen, zu einem wahren Anankasmus.

Im Grunde war nicht von der Hand zu weisen, dass mein Körper vollkommen geruchlos war. Er roch weder gut, noch schlecht, sondern schlicht und ergreifend überhaupt nicht. Ich zog meine Kleidung aus und warf sie achtlos auf den Boden, dann ließ ich mich in eine Gruppe von Sitzkissen plumpsen und haderte mit der Ungerechtigkeit des Lebens. Die Welt gebärdete sich seit heute Morgen wie ein tollwütiger Hund, der zubiss, sobald man ihm zu nahe kam. Eine derartige Verquickung absonderlicher Umstände hatte ich noch nie erlebt. Müde vergrub ich mein Gesicht in den Händen und wartete auf meine Gastgeberin und den finalen Aha-Effekt ...

Als ich erwachte, lag ich halb unter Kissen begraben und in meinen Mantel gewickelt auf dem Boden. Ich wusste nicht, ob ich nur für ein paar Minuten eingenickt war oder einen ganzen Tag durchgeschlafen hatte. Nach all den Abenteuern seit meiner Abreise aus Kairo tippte ich auf Letzteres. Ich öffnete die Augen und schaute zur Decke. Das Licht in meinem Gemach hatte sich nicht verändert. Kein Laut drang von außerhalb des Turmes an meine Ohren, kein Geräusch geisterte durch die Mauern des Gebäudes herauf. Auch hier im Raum herrschte eine geisterhafte Stille, ohne das Ticken einer Uhr, das Rauschen einer Heizung oder das Summen eines Kühlschrankes. Ich vermisste die Geräusche der modernen Welt; das Dröhnen von Flugzeugen, das entfernte Brausen von Zügen und Schnellstraßen, das Bellen von Hunden, Vogelgezwitscher, lärmende Kinder, Musik aus den Nachbarhäusern ... Nichts davon war zu hören.

Alles war ruhig, leblos, steril und leer.

Es herrschte Stille.

Totenstille ...

Ich erhob mich und trat an eines der hinter Vorhängen verborgenen Fenster. Als ich den Stoff beiseite zog, blickte ich lediglich in einförmiges Weiß. Es gab keine Landschaft, nur den undurchdringlichen Nebel. Allerdings erkannte ich einen Balkon, der vor dem Fenster entlanglief. Nach kurzer Suche fand ich hinter den Vorhängen auf der gegenüberliegenden Seite des Zimmers auch die Tür, die hinausführte. Sie bestand bis auf einige schmückende Metallverzierungen nahezu vollständig aus Glas und ließ sich zu meiner Überraschung mühelos öffnen. Augenblicklich wurde die erdrückende Stille im Zimmer durch eine infernalische Flut von Geräuschen ersetzt. Ich erschrak dermaßen, dass ich die Tür sofort wieder zuwarf. Dann, gefasst auf den Tumult, zog ich sie erneut auf. Lärmschutzglas, ohne Zweifel. Und zwar von einer Effektivität, wie ich es nie zuvor erlebt hatte. Der gesamte Raum musste schallisoliert sein.

Die Luft, die von draußen hereindrang, war schwülwarm, als befände ich mich in den Tropen. Sonderbarerweise war der Nebel auf dieser Seite des Turmes nicht annähernd so dicht. Nackt wie ich war, trat ich auf den Balkon. Unter mir befand sich ein Park. Das heißt, es war nicht direkt ein Park, sondern ein Akazienhain. Die Bäume wuchsen weiträumig verteilt auf sandigem, ockerfarbenem Boden. Der gesamte Hain war etwa fünf Hektar groß und wurde von einer mächtigen Wehrmauer umgrenzt, die doppelt so hoch war wie die Bäume. Ich konnte weder Tore noch Lichtgaden oder Schießscharten im Mauerwerk entdecken. Jenseits des Trutzwalls ragten vereinzelte Dächer über die Mauerkrone, drei oder vier Kilometer entfernt stand eine Anlage, die aussah wie ein Atomkraftwerk. Lediglich das obere Drittel der Kühltürme, ein hoher, schlanker Schlot und die Spitze einer Betonkuppel waren zu sehen. Rechter Hand erhob sich der weit entfernte Schemen eines Kirchturmes aus dem Dunst, und wenn ich nach links blickte, erkannte ich den unscharfen Schatten eines Wolkenkratzers, auf dessen Dach sich etwas Monströses bewegte. Entfernt ähnelte es der Nachbildung eines mit den Flügeln schlagenden Drachen, der auf dem Gebäude saß wie ein fetter Kater auf einem Mauerpfeiler. Flammenzungen schossen aus seinem Maul in die Tiefe, während sein Kopf an dem langen Hals hin und her schwang. Fasziniert blickte ich zu dem Feuer speienden Ungetüm. Lag dort ein Vergnügungspark? Oder war es womöglich die ausgefallene Werbung für ein Steakhouse?

Der Balkon, auf dem ich stand, schien um den gesamten Turm herumzuführen. Ich lief bis zu der Stelle, wo die den Hain umgebende Zyklopenmauer an ihn anschloss. Sie war fast so hoch wie das Bauwerk selbst, wobei der Balkon durch ein schlüssellochförmiges Tor durch sie hindurch verlief. Aus der Tiefe der meinem Zimmer abgewandten Seite des Turms quoll dicker, unangenehm beißender Dampf empor, als befänden sich weit unten heiße Quellen und Schlammvulkane. Allerdings roch der Dampf nicht nach Tuff, sondern penetrant nach Teer. Vielleicht eine Großbaustelle. Ich lief durch das Tor und sah hinab, aber der Qualm raubte mir jegliche Sicht. Aller Nebel der Stadt schien hier aus der Tiefe emporzusteigen. Ich hatte den Eindruck, durch eine dicke Milchglasscheibe zu blicken, hinter der selbst das Naheliegendste verschwand. Keinerlei Baulärm drang zu mir herauf. Weder Teermaschinen noch Lastzüge oder Planierraupen waren zu hören. Die einzigen Geräusche, die ich vernahm, wehten von weit her zum Turm herüber – Jauchzen und Kreischen, Heulen und Schreien, dumpfe Schläge, Pfeifen, das Rasseln von Ketten und das Knattern von Gewehren, als befände sich in der Nähe ein Truppenübungsplatz. Der restliche Tumult musste vom Vergnügungspark kommen. Ich lief weiter und stand schließlich wieder neben der Balkontür.

Eine Sache gefiel mir nicht: Die hohe Trutzmauer und der Nebel jenseits des Turmes verhinderten jeden Ausblick auf das, was sich dahinter befand. Ich hatte lediglich Sicht auf den

Akazienhain – ziemlich genau einen halben Kilometer weit, als überdecke den Park eine unsichtbare Kuppel, die ihn vor dem Dunst abschirmte.

Das unterschwellige Gefühl, beobachtet zu werden, bewog mich, einen Blick über die Schulter zu werfen. Durch den dünnen Stoff der Vorhänge erkannte ich einen gedrungenen Schatten, der hinter der geöffneten Tür im Zimmer stand. Im ersten Moment erschrocken, ging ich auf die Tür zu und zog den Vorhang beiseite.

Okabur stand breitbeinig im Raum, ein Bündel aus Leinenkleidern in den Pranken, und musterte mich so unverhohlen, als hätte er noch nie zuvor einen nackten Menschen gesehen. Mein verärgerter Blick wanderte von ihm zur geöffneten Tür im Hintergrund.

»Denk gar nicht daran«, knurrte der Corrigan.

»Hast du nichts Besseres zu tun, als rumzustehen und zu gaffen?«, gab ich zurück. Okabur blieb gelassen. Das Leinenbündel vor sich haltend, verharrte er reglos im Raum. »Was ist?«, fragte ich.

»Tür zu!«

Ich atmete tief durch. Dann drehte ich mich um und schloss demonstrativ langsam die Balkontür. Im selben Moment, in dem ich den Vorhang zurechtschob, erwachte der Corrigan zum Leben, wuselte durch den Raum und legte das Kleiderbündel auf einer Truhe ab. Dann postierte er sich abwartend in der Zimmermitte.

»Bekomme ich auch etwas zu Essen?«, erkundigte ich mich, während ich die Kleidungsstücke durchwühlte.

»Hast du denn wirklich Hunger?«

Ich lauschte in mich hinein, schüttelte den Kopf und hielt ein weißes Gewand vor mich, das mit altägyptischen Ornamenten und Lotosblüten verziert war. »Woher sind die, vom Trödelmarkt?«, fragte ich und rollte eine lange, mit Schärpen und Schultergehängen versehene Stoffbahn aus. » Soll ich mich darin einwickeln oder das Bett damit beziehen? Und das hier ...« Ich hielt eine mit goldenen Stickereien verzierte Halskrause hoch. »Bei allem Respekt, aber niemand bringt mich dazu, dieses alberne Kostüm zu tragen und herumzulaufen wie eine Schwuchtel!« Okabur rümpfte grimmig die Nase und schnaubte wie ein Kamel. Ich ignorierte seinen Missmut, warf die altertümliche Tracht aufs Bett und begann, meine eigenen muffigen Klamotten wieder anzuziehen.

»Meine Herrin wünscht Euch in standesgemäßer Kleidung«, insistierte der Corrigan.

»Dann solltest du veranlassen, dass jemand meine Reisetasche aus dem Flugzeug holt.«

»Nicht ohne die Zustimmung meiner Herrin.«

Loyaler Hund. Allerdings konnte die Bedingtheit seiner Weigerung bedeuten, dass in dieser Festung – oder zumindest in ihrer unmittelbaren Nähe – eine dieser geheimnisvollen Pforten existierte, die zurück in die Doppelpyramide führten. Wenn ich Gelegenheit hätte, sie zu suchen ...

Und nachdem du das Megaron erreicht hast, Krispin? Welche seiner restlichen zigtausend Pforten führt zurück in den Hangar?

Verdammt, ich hätte mir die Nummer der Tür merken sollen, durch die Spindario mich ins Treppenhaus geschleust hatte ...

»Könnte ich vielleicht mal irgendwo telefonieren?«, unternahm ich einen Versuch, das Zimmer verlassen zu dürfen.

Der Corrigan wandte sich um und schritt ohne weiteren Kommentar aus dem Raum.

»He«, rief ich ihm hinterher, »eine Frage noch.«

Das Zugleiten der Tür stoppte. Okabur streckte seinen Kopf zurück ins Zimmer.

»Was stand unter Fußnote 477?«

Ein bellendes Lachen war die Antwort, dann ließ der Corrigan die Pforte wuchtig ins Schloss fallen und polterte die Treppe hinab.

Die Riegel!, durchfuhr es mich. *Er hat vergessen, die Tür zu verriegeln!* Sekundenlang stand ich mit angehaltenem Atem im Raum und lauschte, ob der Corrigan noch einmal zurückkehrte.

Vielleicht muss er die Tür gar nicht mehr verschließen, munkelte Gizas Stimme in meinem Kopf. *Womöglich befindet sich dort draußen inzwischen etwas, das weitaus effizienter arbeitet als jeder Riegel. Eine Selbstschussanlage beispielsweise. Oder Starkstrom* …

Mit gemischten Gefühlen trat ich vor den Ausgang und legte eine Hand auf die Klinke. Die Tür ließ sich tatsächlich problemlos öffnen. *Es ist eine Falle!*, mahnte Giza. *Einen Schritt hinaus auf den Korridor, und sie schnappt zu!* Ich zog die Pforte einen Spaltbreit auf und spähte nach draußen in die Dunkelheit. Niemand wachte im Korridor; kein Corrigan, keine Selbstschussanlage, nichts. Nachdem ich eine Weile nach verdächtigen Geräusche gelauscht hatte, gab ich mir einen Ruck und zog die Tür vollends auf.

»*Men keb hatar, Kematef*«, erklang in diesem Augenblick eine Frauenstimme hinter meinem Rücken. Ich erstarrte. Dann drehte ich mich wie in Zeitlupe herum. Vor mir stand eine junge, dunkelhäutige Frau mit anmutigen nubischen Gesichtszügen. Sie war einen halben Kopf kleiner als ich und trug ein schwarzes, goldbesticktes Galabiya mit langen Trompetenärmeln. Das geflochtene schwarze Haar hatte sie mit einer goldenen Spange gebändigt, ihre Hände waren ornamentbemalt, ebenso ihre nackten Füße. Sie musste mit Okabur den Raum betreten und sich hinter den schweren Samtvorhängen verborgen gehalten haben. Freude und Stolz leuchteten in ihren Augen, die mich erwartungsvoll musterten.

Ich erwiderte ihren Blick und vergaß die offen stehende Tür »*Men keb hatar* …«, wiederholte ich beeindruckt. »Ich habe diese Worte schon einmal gehört.«

»Sie bedeuten: Sei mir willkommen!«

»Was ist das für eine Sprache?«

»Keine von Bedeutung, Mister Krispin.«

»*Sie* sind meine Gastgeberin«, dämmerte es mir.

Die junge Frau lächelte. »Mein Name ist Sahia.«

»Bei allem Respekt, aber ich würde gerne erfahren, was das alles zu bedeuten hat.«

»Das wirst du, früher oder später ...«

Ihre Vertraulichkeit irritierte mich. »Kennen wir uns?«

»Das hast du mich schon einmal gefragt.«

Ich musste schlucken. »Tut mir Leid, aber daran erinnere ich mich nicht.«

»Natürlich nicht. Der *Aphoes* verhindert es.« Das Mädchen kam näher und schloss wie beiläufig die offen stehende Tür. »Erinnerst du dich an dein Versprechen? Ich hatte einen Wunsch frei.«

»Bitte ...?«

Riesige, brüllende Gallertklumpen, zitternde, pulsierende Bäume aus Knochen und Blutbahnen, bebender Boden aus Nervensträngen ... Und das Licht, dieses peinigende Licht ...!

»Nein!« Ich riss schützend die Arme empor, als könnte ich die plötzliche Vision abwehren, dann sank ich orientierungslos zu Boden. »Nein, nicht! *Nicht ...!*« Eine warme Hand berührte mich, streichelte meinen Nacken. Die Geste wirkte beruhigend, ebenso wie der Duft, der den Raum nun zu erfüllen begann. Ich drehte mich auf den Rücken und blickte die Frau an, die sich über mich beugte. Ihre Hand ruhte auf meiner Brust, und jegliches Grauen der mich heimsuchenden Vision schien durch ihre Finger abzufließen.

»Was ist mit mir geschehen?«, brachte ich hervor.

»Nichts, was nicht hätte geschehen sollen«, flüsterte das Mädchen.

»Wer bist du?«

Sahia lächelte. »Du hast mich aus der Tiefe zurück ins Licht getragen, Hippolyt. Das Aphonnon machte es möglich, dass wir in deiner Welt einander für kurze Zeit begegnen konnten. Nun erfülle dein Versprechen. Schenke mir das Licht, das jenseits der Dunkelheit liegt. Schenke mir Leben ...«

Ehe ich etwas erwidern konnte, verschlossen ihre Lippen meinen Mund, und eine warme Zunge schlängelte sich verlangend hinein. Ich zog Sahia an mich, ihren goldenen Schein und ihren unbeschreiblichen Duft. Ich küsste ihre Brüste, strich mit meinem Gesicht über ihren Körper, ließ die warme Substanz, die ihren Poren entströmte, meine Zunge benetzen. Unsere Lippen erkundeten jeden Quadratzentimeter unserer Körper, dann fanden sie wieder zusammen.

Goldenes, lustvoll pulsierendes Licht über mir, ein Gleißen, das sich ausbreitete und meinen gesamten Körper einhüllte, sich schlangengleich über mir wand, vibrierend, erschauernd, gesättigt von dem Feuer in meinen Eingeweiden. Sahia bewegte sich in dämonischem Rhythmus, umschlang mich, um sich letztlich mit mir aufzubäumen und zu einem ekstatischen Höhepunkt zu gelangen. Dann entspannte sie sich, gab mich nach und nach aus ihrer Umklammerung frei, zog sich zurück und überließ mich der Ruhe und dem Schlaf.

Verblasste.

In den nachfolgenden Tagen kam Sahia oft zu mir herauf. Sie betrat das Zimmer schweigend und mit der verführerischen Anmut eines Sukkubus; schön, magisch, Furcht erregend und unwiderstehlich. Mal liebten wir uns ungestüm, dann wieder langsam und hingebungsvoll, doch selbst dabei redeten wir nicht miteinander. Wenn Sahia mich wieder verließ und dem Schlaf übergab, verschwand sie, ohne ein Wort zu sagen.

Ich konnte nicht behaupten, dass mir das, was in diesem Raum geschah und wir miteinander trieben, wirklich unangenehm war, doch bei aller Faszination und Leidenschaft: Es war absolut irreal! Die Umstände passten einfach nicht zusammen. Oder besser gesagt: Sie passten nicht ins angehende 21. Jahrhundert.

Sahia hatte mich zu ihrem Seladon gemacht. Sie verlor nie ein Wort darüber, warum sie das tat und weshalb sie mich hier gefangen hielt, und begehrte ich nach unseren Liebesspielen dennoch eine Antwort, unterband sie jegliche Wissbegier mit ihrem Duft und ihren Blicken. Sie tat es einzig, weil sie es wollte, fürchtete ich. Weil sie Lust darauf hatte und die Macht dazu besaß.

Die Welt bestand für mich bald nur noch aus Ekstase und traumlosem Erschöpfungsschlaf. All mein Denken kreiste um Sahia, ihren Körper, ihre Berührungen, ihren Duft und dieses goldene Licht, das sie während des Liebesspiels umfloss. Was früher war, schien unendlich weit fort und ohne Belang für mich zu sein. Ich stand unter Drogen, zumindest so viel sickerte zu meinem Verstand durch, aber es war mir egal. Alles war mir egal, solange Sahia kam und sich mir hingab ...

Der euphorische Rausch, in dem ich gefangen war und der mich nahezu willenlos gemacht hatte, verflüchtigte sich erst, als das Mädchen für längere Zeit nicht mehr auftauchte. Das Paradoxe dabei war: Sahias Abwesenheit machte mich anfangs nur nervös, dann fieberhaft rastlos. Die innere Unruhe ließ mich nicht mehr schlafen und verursachte bald darauf physische und psychische Schmerzen. Kurzum: Ich zeigte alle Anzeichen eines Drogensüchtigen auf Entzug.

Falls ich meiner inneren Uhr noch vertrauen konnte, waren seit meiner Ankunft mittlerweile fünf oder sechs Tage vergangen – plus einem Tag mehr oder weniger. Ich lief ruhelos im Zimmer umher, lauschte an der verschlossenen Tür nach Sahias Schritten oder lag gramvoll im Bett oder irgendwo auf dem Fußboden. Als ich irgendwann das Gefühl hatte, ersticken zu müssen, riss ich die Balkontür auf und trat hinaus ins Freie.

Der infernalische Krach, in den die Festung gebettet war, schien sich seit meinem ersten Erkundungsgang nicht gewandelt zu haben. Jenseits des Akazienhains knatterte und kreischte es weiterhin, Brüllen und Heulen drang aus der Ferne heran, Explosionen donnerten, unterlegt von gleichförmigem Industrie- und Verkehrslärm mit einem Gesamtgeräuschpegel von gewiss weit über einhundert Dezibel. Bei dieser Dauerbelastung mussten neunzig Prozent aller Stadtbewohner mittlerweile schwerhörig sein oder an Herz-Kreislauf-Erkrankungen leiden.

Während ich meine flatternden Nerven zu beruhigen versuchte und meinen Blick schweifen ließ, bemerkte ich plötzlich eine Bewegung jenseits der Bäume. Etwas erschien am Fuß der Mauer, die den Hain umgab, wie ein Nacktmull aus der Erde, sah sich gehetzt um, scharrte staubige Erde in das Loch, aus dem es gekrochen war, und lief in den Park: ein Mensch! Ich kniff die Augen zusammen, doch obwohl die Bäume nicht besonders dicht wuchsen, konnte ich ihn nach wenigen Augenblicken nicht mehr sehen.

Eilig schritt ich in mein Gemach zurück, bekleidete mich und schickte mich an, in den Park hinunterzueilen, um den Eindringling aufzuspüren, doch mein Eifer scheiterte an der verschlossenen Tür. Die Klinke ließ sich keinen Millimeter weit nach unten drücken. Konsterniert stand ich vor der Pforte und starrte auf die Maserung. Es gab nur das große Fenster über dem Bett mit Blick auf undurchdringliche Dampfschwaden, und die Balkontür, die die Aussicht auf den Hain erlaubte.

Nachdem ich wieder und wieder erfolglos die Wände nach Ritzen und Fugen abgetastet hatte, war ich endgültig überzeugt davon, dass ich in einem goldenen Käfig saß. Es existierte kein geheimer Durchlass, der nach draußen führte, ebenso wenig eine versteckte Falltür unter den Bastmatten. Ratlos ging ich schließlich zurück auf den Balkon und blickte hinab in den Park. Nichts bewegte sich, nicht ein einziger Windhauch ließ die Akazienblätter rascheln. Ein Blick in die

Tiefe genügte, um mir die Gewissheit zu geben, dass ich einen Sprung von der Balustrade schwerlich überleben würde. Es waren mindestens fünfzehn Meter bis zum Boden. Ich stand auf dem Balkon wie Rapunzel in ihrem Turm. Es sei denn …

Rasch lief ich hinüber zur Mauer und überprüfte das Gestein. Zwischen den mächtigen Quadern gab es breite Fugen, in denen ich mit Fingern und Zehen Halt finden konnte. Ich wog das Risiko eines Sturzes ab und entschied, dass es nicht größer war, als in diesem Gefängnis zu verrotten. Also setzte ich mich, nur mit Hemd und Hose bekleidet, auf die Balustrade und ließ die Füße über dem Abgrund baumeln. Die Höhenangst zwang mich, diesen Vorgang ein halbes Dutzend Mal zu wiederholen, ehe ich genug Mut gesammelt hatte, um nicht schon wieder auf den Balkon zurückzuklettern. Das Schwierigste war der Übergang zur Mauer, denn hier bestand am ehesten die Gefahr, abzurutschen. Hing ich erst einmal im Gestein, war der Rest nur noch Formsache – hoffte ich. Bei Ausgrabungen in Theben und Medinet Habu war ich annähernd so halsbrecherischere Wände emporgeklettert – allerdings mit einem Sicherheitsseil um die Hüften und einem Helm auf dem Kopf.

Empor ist nicht das Gleiche wie hinab, Krispin. Ich starrte in die Tiefe. *Mut, nur Mut. Dem Mutigen gehört die Welt …*

Es war kein Akt, der den Geschicklichkeitspreis verdient hätte, doch nach einigen umständlichen Versuchen hing ich schließlich über dem Abgrund. Mit angehaltenem Atem und zitternden Muskeln dachte ich an Archon. Nun würde sich zeigen, ob seine Sturzflug-Schocktherapie Früchte trug. Vorsichtig löste ich den linken Fuß von der Mauer und tastete mich hinab zur nächsten Fuge. Dabei hing ich in der Wand wie ein Baumfrosch, hoffend, mit dem verschwitzten Körper notfalls am Gestein kleben zu bleiben, falls ich den Halt verlor. Die Augen hielt ich geschlossen, verließ mich vollkommen auf meinen Tastsinn. Ab und zu befiel mich die Angst, meine

Zehen würden die nächste Kerbe nicht erreichen – dann, nach endlosen Minuten, traf mein Fuß endlich auf warmen Sand. Zitternd stand ich schließlich am Fuß der Mauer, versuchte mein Herzrasen unter Kontrolle zu bringen und starrte hinauf zur Balustrade.

Gut gemacht, Krispin. Du bist der reinste Gecko.

Ich grinste selbstzufrieden, dann schritt ich aus, mein neues Reich zu erkunden und jenen Eindringling zu finden, der sich an seine Oberfläche gewühlt hatte.

Dachte ich mir die Mauern weg, konnte ich glauben, durch die afrikanische Savanne zu marschieren. Es fehlten nur das Gras, das die Savanne überhaupt zur Savanne machte, und ein paar Elefanten, Nashörner und Giraffen. Handlange Dornen warnten mich davor, den Bäumen zu nahe zu kommen. Eigentlich waren Akazien nur zu Bäumen hochgesprossene Dornenbüsche, ähnlich den Mimosen. Ich ließ meinen Blick schweifen und suchte den Fremden. In der Nähe der Stelle, wo er scheinbar aus dem Boden geschlüpft war, entdeckte ich ihn schließlich im Schlaf zusammengerollt unter einem der Bäume.

Er war um die fünfzig und athletisch gebaut, und als ich mich ihm vorsichtig näherte, sah ich seine Verletzungen. Kein einziges Haar wuchs mehr auf seinem Körper, die Haut war schlaff und sah verbrannt aus. Blasen übersäten seinen Leib wie eine ekelhafte Krankheit, und dort, wo sie aufgeplatzt waren, trat Wundsekret aus.

Mein Schatten konnte es nicht gewesen sein, der ihn aufschrecken ließ, denn unter dem gleichförmigen Grau des Pseudohimmels existierte dergleichen nicht. Der Fremde fuhr hoch, sah mich, stieß ein wildes Heulen aus, und ehe ich mich versah, hing er mir an der Gurgel. Seine Hände drückten zu wie Schraubstöcke, und ich hörte, wie mein Kehlkopf knackte. Der Eindringling gebärdete sich wie ein tollwütiges Tier, warf mich auf den Rücken, kniete sich auf meine Brust und schlug meinen Kopf wieder und wieder auf den Boden. Bunte Kreise platzten vor meinen Augen, während ich vergeblich versuchte, mich aus seinem Griff zu befreien. Der Verrückte besaß schier übermenschliche Kräfte. Ich hörte ihn in einer unbekannten Sprache schreien: »*Hawron! Hawron!*«

Immerfort wiederholte er diesen Ausdruck, und bei jedem Mal hob er meinen Kopf und schlug ihn erneut in den Dreck. Der Sauerstoffmangel und der Schmerz verzerrten mein Gesicht zur Grimasse, meine herausquellende Zunge war inzwischen so dick wie eine Roulade. Alles verschwamm vor meinen Augen, dann fühlte ich das dumpfe Krachen meines Kehlkopfes, und der Irre löste sich vor meinem ersterbenden Blick in einem wirren Formenstrudel auf.

Lazarium 1 • Leerraum

Er wusste nicht wie viel Zeit vergangen war, seit er die Augen geöffnet hatte. Es mochten Stunden gewesen sein, oder auch nur Minuten. Die Zeit strahlte astralweiß, durchsetzt von Reflexionen winziger Blitze, die vor seinen Augen nachleuchteten wie elektrische Funken. Sie schillerten in allen Farben des Spektrums, Kristalle in salzübersättigten Tränen, die als hauchdünner Film auf seinen Pupillen lagen.

Er fand keine Konturen in diesem Weiß, selbst dann nicht, als er seinen Blick umherwandern ließ, in der Hoffnung, *irgendetwas* erkennen zu können. Er wusste nicht einmal, ob seine Lider tatsächlich offen waren und seine Pupillen sich bewegten. So sehr er auch suchte, er fand keine Kontraste, nicht einmal sanfte Schattierungen, die einen Eindruck von Nähe und Ferne vermittelten. Die einzigen Umrisse, die er wahrzunehmen glaubte, waren Trugbilder, optische Echos auf der Retina, hervorgerufen durch das Bemühen seines Verstandes, das allgegenwärtige Weiß zu etwas Sinnvollem zu formen.

Langsam hob er eine kraftlose Hand vor sein Gesicht, dann eine zweite. Beide erschienen ihm wie Fremdkörper. Gleichzeitig vermittelten sie ihm etwas Beruhigendes; die Gewissheit, wach und lebendig zu sein. Er ließ die Hände sinken, strich über den Stoff einer Bettdecke, dann über die Matratze, bis er das kühle Metall des Bettgestells unter den Handflächen spürte. Er wollte sich aufrichten, aber etwas Massives behinderte ihn. Vorsichtig tastete er das Ding, das ihn gefangen hielt, ab. Es war ein Stützkragen, der vom Kinn abwärts seinen gesamten Hals umschloss und bis auf seine Brust reichte. Ein eisiger Schreck durchfuhr ihn, als er sich des vermutlichen Zwecks des Kragens bewusst wurde. Dann stellte er fest, dass er seine Zehen bewegen konnte, und entspannte sich.

Ein Laut erregte seine Aufmerksamkeit. Es klang wie das Öffnen einer weit entfernten Tür. Leise, sich nähernde Schritte waren zu hören, begleitet von einem Geräusch, das er anfangs nicht einzuordnen wusste. Irgendetwas mit kleinen Kunststoffrädern untendran, wie er glaubte. Ein Rollwagen vielleicht, oder ein billiger Bürostuhl. Er hob den Kopf, soweit es die Halsstütze zuließ, und sah in die Richtung, aus der die Schritte kamen. Aus dem Weiß näherte sich eine dickliche, ebenso sündenlos gekleidete Gestalt, die einen Infusionsständer neben sich herschob; eine Krankenschwester, wie er bald erkannte. Auf ihrem schwarzen, hochgesteckten Haar saß ein weißes Häubchen aus Stoff.

Nachdem sie das Bett erreicht hatte, blieb sie neben ihm stehen, ohne ihn eines Blickes zu würdigen, und kontrollierte ein Schriftstück auf ihrem Klemmbrett. Als hätte sie bereits geahnt, etwas falsch gemacht zu haben, verzog sie die Mundwinkel, packte den Infusionsständer und umkurvte mit ihm die Liegestätte. Auf der anderen Seite angekommen, musterte sie das Bett, als wisse sie nicht so recht, was jenes Geschöpf, das darin lag, überhaupt sein sollte. Dann teilte ein Lächeln ihre Lippen, und sie sagte: »Guten Tag, Mister *Ka.* Nur noch mal zur Sicherheit: Sind Sie Rechts- oder Linkshänder?«

Er leckte sich die Lippen und musste mehrmals ansetzen, ehe er in der Lage war, zu antworten.

»Rechts ...«

Seine Stimme klang heiser und brüchig.

»Wunderbar«, flötete die Schwester. Sie deponierte das Klemmbrett am Fußende des Bettes und begann seinen Unterarm zu desinfizieren. »Fachleute behaupten ja, dass geborene Linkshänder die besseren Rechtshänder seien«, begann sie zu schnattern, während sie einen Stauriemen um seinen linken

Oberarm legte. »Wussten Sie eigentlich, dass fast alle Walrosse Rechtshänder sind? Zum Ausgraben von Muscheln benutzten sie in sechsundsechzig Prozent aller Fälle die rechte Flosse, und nur in vier Prozent der Fälle die linke. Wird man also von einem Linkshänder ermordet, kann es mit sechsundsechzigprozentiger Sicherheit kein Walross gewesen sein.« Sie lachte geziert über ihren Witz und desinfizierte die Haut an seinem Unterarm.

»Und die restlichen dreißig Prozent...?«, krächzte er.

»Schonen Sie Ihre Stimme, Mister *Ka«*, mahnte ihn die Schwester.

»Mein Name ist nicht Ka.«

»Ach, nein?« Sie hielt in ihrem Tun inne und starrte den ethanolgetränkten Wattebausch an. »Wie lautet er dann?«

Er dachte eine Weile nach. »Ich – ich weiß es nicht mehr...«, gestand er. »Wo bin ich hier?«

Durch die Krankenschwester ging ein Ruck. »Mister *Ka,* Mister *Ka,* Mister *Ka«,* sang sie leise, »weiß nicht mehr, weiß nicht mehr, wer er war...«

»Bitte?«

Sie ignorierte ihn, befestigte einen großen Plastikbeutel mit einer kristallklaren blauen Flüssigkeit am Infusionsständer und bereitete die intravenöse Gabe vor. Das Wort *Larynx* prangte in dicken Lettern auf dem Etikett. »Was ist das für ein Zeug«, erkundigte er sich, als die Schwester eine geeignete Vene suchte, um die Nadel zu legen.

»Na, wollen Sie etwa für immer einen Stützkragen tragen?«, erhielt er als Antwort.

Die Art, wie sie mit ihm umging, irritierte ihn. War er vielleicht schon länger hier? War er womöglich gar nicht zum ersten Mal bei Bewusstsein? Hatte man ihn bereits gestern oder vorgestern über die Umstände aufgeklärt, und er hatte alles wieder vergessen? Dieser Gedanke machte ihm Angst. Doch nicht nur das Kurzzeitgedächtnis schien ausgelöscht, sondern *alle* Erinnerungen. Als die Infusionsnadel durch seine Haut stach und die blaue Flüssigkeit kalt durch seine Adern strömte, ließ er sich erschöpft ins Kissen zurücksinken.

»Was ist überhaupt passiert?«

»Das kann ich Ihnen nicht sagen.«

»Wer dann?«

»Schwester 26. Aber sie ist heute nicht da ...«

»Könnten Sie mir wenigstens meine persönlichen Sachen bringen?«

»Das darf ich nicht.«

»Und *wer* darf es?«, fragte er mühsam beherrscht.

»Doktor 8.«

»Lassen Sie mich raten: Er ist heute nicht da.«

»Doch«, entgegnete die Schwester. »Aber Sie sind nicht der Einzige, um den er sich kümmern muss.«

Er hob den Kopf und blickte demonstrativ in die leere Halle.

»Das ist ein 24-Stunden-Tropf«, erklärte die Schwester, nachdem sie die Kanüle befestigt und einen Verband angelegt hatte. »Wenn Sie die Infusion unterbrechen, müssen wir wieder von vorne anfangen.« Sie zupfte und prüfte, ob alles ihrer Zufriedenheit entsprach, dann schnappte sie ihr Klemmbrett und wandte sich zum Gehen.

»Warten Sie ...« Er hustete sich die trockene Kehle frei. »Was passiert mit mir?«

»Jemand wird bald wieder nach Ihnen sehen.«

»Bald? Wann? Sobald ich alles wieder vergessen habe?«

Die Schwester runzelte die Stirn, zog enerviert das Kinn an die Brust und schüttelte den Kopf. »Man wird Sie hier schon nicht vergessen«, tadelte sie ihn. Dann machte sie auf dem Absatz kehrt und schritt davon. »Mister *Ka,* Mister *Ka«,* sang sie dabei vor sich hin, »weiß nicht mehr, wer er war ...«

Minutenlang blieb er regungslos liegen, bis die immer undeutlicher gewordene Gestalt der Krankenschwester in der weißen Ferne verschwunden war. Es hatte ausgesehen, als sei sie vom Nebel verschluckt worden. Aufmerksam lauschte er nach dem Geräusch der Tür, doch nichts war zu hören.

Er versuchte das, was er seit seinem Erwachen erlebt hatte, irgendwo einzuordnen. Platz dafür war in seinem erinnerungsleeren Kopf theoretisch genug vorhanden, erkannte er mit bitterer Ironie. Das Problem war, es auch zu begreifen. Nachdenklich betrachtete er den Infusionsständer, verfolgte das Tröpfeln der blauen Lösung in die Tropfkammer und stellte sich vor, wie sich das Blut in seinen Adern langsam ins Violette verfärbte.

Violett, die Farbe der Könige. Die Farbe des Geistes. Die Farbe der Magie, des Jenseitigen und der Träume ...

Er schloss die Augen und versuchte zu schlafen, doch die plötzliche Angst, im Schlaf alles zu vergessen, um erneut völlig arglos und desorientiert zu erwachen, ließ ihn wieder aufschrecken. Sein Blick traf erneut den Beutel mit der Infusionslösung. Gesund sah die blaue Flüssigkeit wirklich nicht aus. War sie es vielleicht, die das Vergessen brachte?

Larynx ...

Er hatte dieses Wort schon einmal gehört, hatte gewusst, was es bedeutete. Früher, vor dem Vergessen. Vor dem ...

Eine Hand schützend an die Halsstütze gelegt, spannte er die Muskeln und richtete sich langsam auf. Der erwartete Stich im Nacken blieb aus, ebenso die plötzlichen Kopfschmerzen und die Übelkeit. Folglich hatte er weder einen gebrochenen Halswirbel, noch ein Schleudertrauma.

Vielleicht befindest du dich auch schon sehr lange hier, flüsterte eine Stimme in seinem Kopf. *Viel zu lange, um noch Symptome deines einstigen Leidens zu zeigen ...*

Entschlossen schwang er die Beine über die Bettkante und wartete, bis der Schwindel, den der Blutdruckabfall im Kopf verursachte, vorüber war. Dann stützte er sich mit beiden Armen ab und ließ sich vom Bett gleiten. Seine Beine trugen sein Gewicht. Kein atrophisches Zittern, kein Schmerzen der Sehnen. Entweder war er bisher jeden Tag herumgelaufen und hatte es über Nacht wieder vergessen, oder er befand sich tatsächlich erst seit kurzer Zeit an diesem Ort.

Er tat ein paar vorsichtige Schritte vom Bett weg, wobei er sich am Infusionsständer abstützte. Die Kühle des Fußbodens fühlte sich gut an unter seinen nackten Fußsohlen. Er prüfte den Sitz der Halsstütze und das Rinnen der Infusionslösung, dann machte er sich auf den Weg, wobei er den Ständer auf vier kleinen Rollen neben sich herschob. Da niemand zu ihm kam, um ihn über die Umstände seines Aufenthaltes aufzuklären, musste er eben jemanden suchen, der die nötigen Kompetenzen dazu besaß.

Nachdem er etwa einhundert Meter weit gelaufen war, ohne eine Zimmerwand zu erreichen, blieb er stehen und warf einen verunsicherten Blick zurück. Einsam stand sein Bett in der weißen, konturlosen Ferne. Das war kein Krankenzimmer, das war eine Krankenhalle von den Ausmaßen eines Hangars. Weit und breit war kein weiteres Bett zu sehen, aber auch sonst nichts, woran er sich hätte orientieren können. Er packte den Infusionsständer fester und ging weiter in die Richtung, in der die Krankenschwester verschwunden war. Irgendwo dort hinten *musste* es eine versteckte Tür geben …

Mekropalladium 7

Als ich die Augen öffnete, umringten mich drei Chroner und sahen gelangweilt auf mich herab. Zwei von ihnen stützten sich auf ihre kunstvoll geschmiedeten Rebaschen, während der dritte seine Waffe, einen Stunder, über der Schulter hängen hatte. Daran aufgespießt zappelte der nackte Irre, der meinen Kehlkopf zerquetscht hatte. Das dicke Ende des Instruments verschwand in seinem Rektum, die blutverschmierte Spitze ragte aus seinem Mund. Das Opfer konnte nicht mehr schreien, doch es lebte noch, und ich erkannte den Schmerz, den ihm seine Lage bereitete. Den Chroner schien dies nicht im Geringsten zu stören. Er stand da und betrachtete kritisch die Krallen seiner freien Hand, während er die Lippen gespitzt hatte, als pfeife er eine lautlose Melodie.

»Na, sind wir wieder beisammen?«, brummte einer der beiden anderen. Ich sah ihn an, dann wieder auf den strampelnden Körper des Nackten.

»Wirst du jetzt wohl aufhören zu zappeln, Ben?!«, kläffte der Chroner, der den Unglücklichen trug. Er versetzte ihm einen harschen Klaps auf den Schenkel und warf einen verärgerten Blick über die Schulter. »Sonst knote ich dir deine Arme und Beine hinter dem Rücken zusammen, mein Freund. Das tut mächtig weh!«

»Wieso – wieso bin ich noch am Leben?«, krächzte ich und massierte meine Kehle. Sie fühlte sich normal an; kein Schmerz, keine Atemnot, keine Schluckbeschwerden.

»Ah, hörst du, Marderkralle, er kann wieder sprechen«, spottete der Chroner, der zuerst geredet hatte. Er beugte sich zu mir herab. »Heile, heile Gänschen!«

Marderkralle kratzte sich hinter seinen Hörnern und grinste ein belustigtes Haifischgrinsen. »Ich hör's, Kreuzbeißer, aber kann er auch schon steh'n?«

Kreuzbeißer packte mich mit einer Hand am Nacken und hob mich empor wie ein Kaninchen. »Ich weiß nicht recht. Aber hängen kann er!«

Alle drei brachen in polterndes Gelächter aus.

»Na los, Ben, lach auch mal mit, wenn's lustig wird!«, fauchte der dritte Chroner den sich stumm windenden Aufgespießten an.

Kreuzbeißer japste belustigt und stellte mich auf den Boden. Mit wackligen Knien und nach Luft ringend blieb ich stehen. Die drei Aufseher schienen es offenbar nicht auf mich abgesehen zu haben. Am Ende des Hains erspähte ich eine hohe Leiter, die an die Mauer gelehnt war und bis zur ihrer Krone führte. Der Chroner, der den Gepfählten trug, folgte meinem Blick und wandte sich mit einem Grinsen wieder um. »Ist uns glatt entschlüpft, der Lump«, erklärte er. »Hat's doch tatsächlich geschafft, sich wie ein Maulwurf unter der Mauer durchzubuddeln.«

»Das rechtfertigt keinesfalls diese Behandlung«, wagte ich in Hinblick auf die missliche Lage des Entflohenen einen Protest.

Die Aufseher tauschten amüsierte Blicke.

»Ein Greenhorn«, grinste Kreuzbeißer.

»Frischfleisch«, kommentierte Marderkralle.

»Das hier ist kein Freigehege!«, erklärte der Chroner, der den Aufgespießten trug.

»Und was werden Sie jetzt mit ihm machen?«

Die Aufseher prusteten belustigt los.

»Zurück in den See natürlich, wo er hingehört«, knurrte Kreuzbeißer. »Was dachtest du denn?«

»Die Guten ins Töpfchen, die Schlechten ins Kröpfchen«, bestimmte Marderkralle.

»In den See?« Ich sah verständnislos von einem zum anderen.

»Sollen wir's ihm zeigen, Rabendorn?«, fragte Kreuzbeißer.

Rabendorn ließ den Stunder mit dem Aufgespießten auf seiner Schulter wippen und wiegte skeptisch seinen klobigen Schädel. »Ich weiß nicht, ich weiß nicht ...« Er rümpfte die Nase und sah auf mich herab. »Wirst du uns verpfeifen, wenn wir's dir zeigen? Es geht dich nämlich eigentlich gar nichts an, kleiner Mann!«

»Ich ... nein.« Ich schluckte.

»Hmh ...« Rabendorn bohrte nachdenklich mit einer Kralle in seinem Ohr. »Wirklich nicht?«

»Ich schwöre es, bei Gott!«

»Bei Gott, haa!« Alle drei begannen erneut zu grölen. »Das war gut! Hast du gehört, Kreuzbeißer, das war wirklich gut!« Sie bogen sich vor Lachen, während ich ratlos in ihrer Mitte stand und abwartete, bis sie sich wieder beruhigt hatten.

Du dürftest gar nicht mehr stehen, raunte Giza und ließ mich erschaudern. *Der Verrückte hat dir den Kehlkopf zerquetscht! Du hast Glück gehabt, Krispin. Verdammt viel Glück ...*

Eine Metallspitze, die sich unverhofft unter mein Kinn legte, riss mich in die Wirklichkeit zurück.

»... sonst kommen wir nämlich wieder und verpassen dir eine ordentliche Lektion!«, vernahm ich noch das Ende der Drohung. Kreuzbeißer hatte gesprochen und seine Rebasche auf mich gerichtet.

»Was?«, fragte ich verwirrt. »Ja. Ja, natürlich!«

»Okay. Marder, schnapp du ihn dir. Wird Zeit, dass wir gehen, sonst wird der gute Ben Sira noch ganz kalt!« Er lachte glucksend, als hätte er einen guten Witz gerissen, und stapfte auf die Leiter zu.

Marderkralle packte mich, klemmte mich unter seinen Arm und lief Kreuzbeißer hinterher. Rabendorn bildete mit dem Aufgespießten die Nachhut.

Unmittelbar hinter der Mauerkrone empfing mich ein heißer Luftschwall, beißender Gestank machte das Atmen schier unerträglich. Ein bläuliches Glühen herrschte jenseits des Hains, und ich vernahm ein Branden und Plätschern. Auf der anderen Seite lehnte ebenfalls eine Leiter, die zu einem breiten, dschunkenähnlichen Boot hinabführte, das auf einem großen See schwamm. Viel mehr konnte ich aus meiner Lage unter der Chronerachsel nicht erkennen – doch eines nahm ich mit Entsetzen wahr: Das Wasser des Sees brannte!

Meterhohe, blaue Flammen hüllten das unter uns treibende Schiff ein. Die zunehmende Hitze versengte meine Haare und drohte, meine Haut zu rösten.

»Nein!«, schrie ich und begann, um mich zu schlagen. »Nicht ins Feuer! *Bitte nicht ins Feuer!*«

»Bist du wohl still?«, schnauzte Kreuzbeißer, der unter mir kletterte. »Wir werfen dich schon nicht rein.«

Ich schloss die Augen, biss die Zähne zusammen und betete, sie mögen sich beeilen. Dann ließ mich Marderkralle los, und ich schlug hart auf die Planken des Schiffes.

»Wen habt ihr denn da mitgebracht?«, vernahm ich die Stimme eines vierten Chroners, der auf dem Boot zurückgeblieben sein musste. »Ist der zum Spielen oder zum Baden?«

»Weder noch, Schlangenschwanz«, erwiderte Rabendorn, der nun ebenfalls das Deck erreicht hatte. »Der will nur mal einen Blick hinter sein Gehege werfen. Ein Günstling Merets.«

Der Name ließ mich kurz aufhorchen, doch es gab keine Gelegenheit, mir darüber Gedanken zu machen. Ich vernahm ein hässliches Geräusch, dann polterte etwas zu Boden. »Der hier ist zum Baden!«

Sie hatten Ben Sira von dem Stunder gezogen wie ein Schaschlikstück vom Spieß. Der Ärmste musste Höllenqualen leiden. Er rollte sich auf den Planken zusammen und blieb zitternd liegen. Ich wandte meinen Blick von dem Bild des Elends ab und sah über das brennende Wasser.

»Warum fängt das Schiff kein Feuer?«, wunderte ich mich.

»Na, weil es *unser* Schiff ist!«, schnappte Schlangenschwanz.

Die Hitze war unerträglich, jeder Atemzug drohte meine Lungen zu verbrennen. Wir trieben am Rande einer Bucht oder eines Hafenbeckens, einem Gebiet, das ich von meiner Turmwarte aus am wenigsten erwartet hätte, hinter der Mauer vorzufinden. Verrottende Schiffe lagen in der Ferne vor Anker, von frühzeitlichen Drachenbooten über römische Galeeren und Karavellen der Renaissance bis zu den Kriegsschiffen, Frachtern, Supertankern und Luxusdampfern der Neuzeit. Auch ihnen schien das Feuer nichts anhaben zu können.

Eines der Schiffe erregte meine besondere Aufmerksamkeit. Ich hätte es sogar erkannt, wenn es kieloben im Wasser getrieben wäre: die *Titanic!*

Nein, es musste ein Nachbau der *Titanic* sein, die dort zwischen einem deutschen Panzerkreuzer und einer englischen *Dreadnought* vor Anker lag. Oder ihr Schwesterschiff, die *Olympic.* Mein Herz klopfte wie wild, als ich meinen Blick über das gegenüberliegende Ufer der Bucht schweifen ließ. Rumpf an Rumpf lagen dort längst in lichtlosen Tiefen ruhende Legenden vor Anker, maßstabsgetreu reproduziert und wie im Freilichtmuseum präsentiert, hundertweise, ein das Hafenbecken umgebender Kranz aus Totenschiffen.

»Nett, was?«, fragte Schlangenschwanz, der sich neben mir aufgebaut hatte und mich interessiert musterte. »Was für eine erbärmliche Verschwendung von Talent. Siehst du den Dreidecker dort hinten?« Er wies mit seiner Kralle an eine entferntere Stelle der Bucht.

»Ja«, antwortete ich, mein Gesicht vor der Hitze schützend.

»Das ist die *Sovereign of the Seas.* Phineas Pett baute sie für Karl I., seinen Herrn. Übermenschliche Größe und göttliche

Würde sollte ihr Prunk vermitteln, Edelmut und gottgewollte Sieghaftigkeit. König Karl nützte es wenig, man schlug ihm den Kopf ab. Das Schiff selbst verbrannte vor Chatham, weil jemand vergessen hatte, eine Kerze in einer Kabine zu löschen. War dieses Schiff nicht eine unglaubliche Verschwendung?«

»Nun ja …«

»Natürlich war es Verschwendung, du Pfeife!«, donnerte der Chroner.

»Beruhig dich, Schlangenschwanz«, rief Kreuzbeißer. »Hilf mir lieber mal mit dem guten Ben!«

Schlangenschwanz knurrte etwas Unverständliches und lief zu dem Menschenbündel, das trotz seiner zweifellos tödlichen Verletzungen immer noch lebte. Kreuzbeißer und er beugten sich über Ben Sira, packten ihn an Händen und Füßen und hielten ihn in die Höhe. Der Unglückliche begann auf Arabisch zu Jammern und zu Wehklagen, dann geschah etwas, das mein Blut in den Adern gefrieren ließ: Rabendorn packte seinen Stunder, holte weit über seinen Kopf aus und hackte die hilflose Kreatur ohne zu zögern entzwei. Der Gepeinigte presste irre Schmerzensschreie aus seiner zerfetzten Kehle und versuchte, seine Eingeweide mit bloßen Händen in der Bauchhöhle zu halten, nachdem ihn die Chroner wieder fallen gelassen hatten. Kreuzbeißer ergriff den Unterleib Ben Siras und schleuderte ihn weit auf den brennenden See hinaus, wo er versank. Eine hell aufleuchtende Flammensäule loderte über der Aufschlagstelle empor.

»Was in aller Welt tun Sie da?«, schrie ich entsetzt.

Marderkralle sah zu mir herüber und rief: »Schnauze! Das ist unser Ressort!«

Ich verstummte.

Halt den Mund, Krispin, ehe sie mit dir das Gleiche machen! Das hier geht dich nichts an!

Schlangenschwanz hob den an Deck verbliebenen Torso an

einem Ohr in die Höhe. Mit seinen heraushängenden Gedärmen ähnelte Ben Sira einem Polypen – und noch immer lebte der Unglückliche und hielt sich den klaffenden Leib zu.

»So, Ben, das wird dir eine Lehre sein, dich in Zukunft nicht in fremde Gärten zu buddeln«, knurrte der Chroner. »Wenn wir dich noch einmal dabei erwischen, dass du mehr als deine Nase aus dem See streckst, dann verteilen wir dich als Gulaschhäppchen über die gesamte Bucht, kapiert?«

Ein unartikuliertes Röcheln war die Antwort.

»Na, fein!«, kommentierte Schlangenschwanz. Er packte den Torso an einem der Arme und schleuderte ihn der unteren Leibeshälfte hinterher. Als die zweite Flammensäule über dem Wasser verblasste, war von Ben Sira nichts mehr zu sehen.

»Warum tun Sie so etwas?«, fand ich meine Sprache wieder. »Womit hat dieser Mann das verdient?«

»Er ist ein falscher Heiliger«, erklärte Rabendorn. »Das reicht doch wohl.«

Kreuzbeißer klopfte mit seiner Schwanzquaste nervös auf die Planken. »Wie's aussieht, bist du noch nicht viel rumgekommen, hä?« Er wies mit seinem Stunder über das brennende Wasser. »Hier büßen die falschen Engel und Heiligen. TV-Prediger, selbsternannte Erlöser, korrupte Päpste, und so weiter.«

Ich sah verständnislos auf die vereinzelt auftauchenden Köpfe im brennenden See.

»Wie viele Menschen befinden sich dort im Wasser?«

Die Chroner begannen wieder, amüsiert zu glucksen. »Viele«, sagte Rabendorn. »Aber damit du keinen falschen Eindruck bekommst, worin sie kochen …« Er holte einen silberbeschlagenen Hornkelch, beugte sich über die Bordwand und schöpfte ihn voll. Dann reichte er mir das Gefäß und forderte: »Trink!«

»Das … kann ich nicht«, stotterte ich.

Rabendorn betrachtete den Kelch. »Oh, wie nachlässig von mir«, grinste er, legte seine Pranke darauf und erstickte die Flammen.

»Na los jetzt, koste!«, rief Kreuzbeißer. »Das desinfiziert!«

Widerwillig nahm ich das Gefäß entgegen.

»Brechruhr bekommst du nicht davon«, versicherte Schlangenschwanz. »Ist garantiert keimfrei!«

Die Horde lachte.

Ich setzte den Kelch an, schloss die Augen und nippte an der farblosen Flüssigkeit. Im Mund war sie wie heißes Wasser, doch der eigentliche Effekt folgte beim Schlucken. Ich hatte das Gefühl, meine Kehle löse sich im selben Moment auf, als die Flüssigkeit hindurchrann. Hustend und nach Luft ringend, ließ ich den Kelch fallen, während mir die Tränen in die Augen schossen.

»Das ist ein Rachenputzer, was?«, freute sich Marderkralle.

»Das ...«, japste ich atemlos, »das ist Branntwein!«

»Siebenundachtzig Prozent«, bestätigte Schlangenschwanz. »Das edelste *aqua ardens* weit und breit!«

»Sie kochen in einem See aus Schnaps?!«

»Hochmut zu Hochmut, Geist zu Geist«, kommentierte Rabendorn. »Und der See steigt und steigt mit jedem Schluck, den ihr auf Erden in euch hineinkippt. Eigentlich müssten wir einen Säuferchor ans Ufer stellen, der Liedchen trällert.«

»Das würde die Kerle auch nicht daran hindern, ständig an Land zu krabbeln«, meinte Kreuzbeißer. »Verdammtes Pack, weiß einfach nicht mehr, was sich gehört!«

Etwas plätscherte an der Steuerbordwand, und eine halbgekochte Hand erschien auf der Reling.

»Oho, wen haben wir denn da?«, rief Schlangenschwanz. Er packte einen Stab, an dem ein großer Haken angebracht war, lief zur Bordwand und hieb ihn in den Rücken des Ankömmlings, der versuchte, aus den brennenden Fluten zu klettern.

Der nackte Körper zappelte wie ein Fisch an der Angel, als der Chroner ihn hochhob. »Na, sieh mal einer an, ist das nicht unser alter Freund Eugene?«

»Bitte«, jammerte der Gepeinigte. »Zieht mich an Bord. Ihr könnt mich hier am Haken hängen lassen, aber zieht mich an Bord.«

»Natürlich, aber dann würden die anderen Schwanznasen ebenfalls hier auftauchen und das Gleiche verlangen«, erwiderte Rabendorn. »Wir sind doch kein Hotelboot!«

Eugenes Körper war krebsrot und wie der Ben Siras von unzähligen Brandblasen entstellt. Auch er trug kein einziges Haar mehr am Körper, und sein Penis sah aus wie eine getrocknete Peperonischote. Er redete mit südeuropäischem Akzent; einer der Wander- oder Fernsehprediger, die Kreuzbeißer erwähnt hatte?

»Oh, nein«, sagte Rabendorn, als ich ihn darauf ansprach. »Das ist unser alter Freund Eugene Orowitz aus unserer Sammlung ›Falsche Engel‹. Nachdem er sechs Jahre lang für fettes Geld als Himmelsbote die Herzen gerührt hatte, starb er leider an Krebs.« Schlangenschwanz schleuderte den Büßer wieder in die Flammen.

»Irgendwann wird der See überlaufen«, beschwerte sich Kreuzbeißer. »Oder es entsteht eine Insel aus falschen Engeln. Das Gesindel bildet schon jetzt überall Untiefen. Wir können hier kaum noch frei manövrieren.« Er griff sich einen Enterhaken, wirbelte ihn über seinen Kopf und warf ihn hinaus in den See. »Pass mal auf«, forderte er.

»Ich wette drei Unzen, dass er einen Wanderprediger angelt«, rief Rabendorn.

»Fünf Unzen dagegen, dass ein Papst am Haken hängt«, schmetterte Schlangenschwanz zurück.

»Es ist ein Rockstar«, mutmaßte Marderkralle. »So wie der zappelt.«

Tatsächlich schien der Haken ein Opfer gefunden zu

haben. Flink zogen die Chroner es an Bord und hielten es in die Höhe. »Syssa!«, erscholl es unisono enttäuscht.

Es war eine Frau, die oberhalb der Hüfte von den Widerhaken erfasst worden war. Unzufrieden rissen die Chroner die Zinken aus ihrem Fleisch.

»Erkennst du sie?«, fragte Kreuzbeißer.

Ich schüttelte den Kopf.

»Nun ja, im Fernsehen war sie wesentlich besser gelaunt und trug die Haare länger.« Die Aufseher meckerten gehässig und zerkratzten der Büßerin den kahlen Schädel. Das Opfer wimmerte, wehrte sich jedoch nicht.

»Ich habe mich immer gefragt, warum du nicht bei denen bist, die wider die Natur handelten, Syssa«, stichelte Schlangenschwanz. »Wahrscheinlich war deine Quote einfach zu schlecht. Sag mal, was ist dir lieber: *Aqua ardens* oder Feuer, das vom Himmel fällt?«

»Aqua ...«, röchelte Syssa.

»Dacht ich's mir doch.«

Kreuzbeißer wandte sich zu mir und hielt die Frau in die Höhe. »Darf ich dir Syssa Dabachet vorstellen? Sie verkleidete sich als Mann und spielte den Messias, ließ sich kreuzigen und starb natürlich auch an Krebs. Alle sterben sie an Krebs!« Er warf die Frau über Bord. »So, Günstling, genug Zeit vertan«, entschied er und nahm eine bedrohliche Haltung ein. »Marsch, Marsch, die Leiter hoch, Bursche! Zack, zack!«

Ich eilte die Sprossen der Leiter empor. Nachdem ich sicheren Boden erreicht hatte, zog Kreuzbeißer die Stiege, die in den Akazienhain führte, zu sich hinauf auf die Mauerkrone. »Und wehe, du lieferst uns ans Messer«, rief er herab. »Dann kommen wir auf ein Tässchen Tränen vorbei und lehren dich Mores!« Er grinste zum Abschied sein charmantes Haifischlächeln, dann war er verschwunden.

Nachdem ich ein paar Minuten lang kühle Luft geatmet und meine flatternden Nerven beruhigt hatte, folgte ich der Mauer zu meiner Linken, bis ich wieder vor dem Turm stand. Ich war zeit meines Lebens beileibe kein Hasenfuß oder Duckmäuser gewesen, dem es an Entschlossenheit oder Selbstvertrauen gemangelt hätte, doch was mir in den letzten Tagen widerfahren war, hatte die Zumutbarkeitsgrenze weit überschritten. Für einen Traum war diese Welt zu real, für die Realität zu absurd, und für eine bösartige Scharade zu abscheulich. Falls ich mich noch einen Tag länger in dieser Albtraumstadt aufhielt und die irrwitzigen Ereignisse sich fortsetzten, konnte man mich entweder in eine geschlossene Anstalt einweisen, oder ich erlitt frühzeitig einen Herzinfarkt.

Transsilvanisches Disney-Land ... Ich musste lachen. Es war ein bitteres, freudloses Lachen.

Bei meiner Erkundung entlang der Mauer war ich weder auf Durchlässe noch auf Nischen gestoßen, was meine Vermutung bestätigte, in diesem Areal gefangen zu sein. Als ich am Fuß des Turmes anlangte, entdeckte ich eine geschlossene Tür, die ich anfangs übersehen hatte, weil sie hinter einem Strauch verborgen war. Sie war nicht besonders groß, selbst der Corrigan hätte sich bücken müssen, um sie zu durchschreiten. Die Tür maß etwa achtzig Zentimeter im Quadrat – und sie ließ sich öffnen! Verwunderlich war jedoch, auf welche Art und Weise sie aufschwang: Ihre Scharniere befanden sich an ihrer Oberseite. Die Klappe ließ sich nach innen drücken wie eine riesige Katzentür. Vielleicht war es der Zugang für ein Tier, einen Hund beispielsweise.

Oder für einen Leoparden, Krispin! Oder ein Krokodil ...!

Meine Körpertemperatur sank um ein paar Grad, doch im ewigen Kampf zwischen meiner Angst und meiner Neugier siegte erwartungsgemäß die Neugier. Ich ging in die Hocke, drückte die Klappe nach hinten und spähte in die Öffnung. Undurchdringliche Finsternis lag jenseits des Zugangs, und ein eigenartiger Geruch drang aus dem dahinter liegenden Raum. Es roch wie eine Mischung aus Kräuterapotheke und Schlachthof. Kein Zweifel, irgendetwas hauste hier unten, oder hatte es zumindest einmal getan. Ich kroch halb in die Öffnung und wartete, bis meine Augen sich an die von spärlich eindringendem Licht erhellte Schwärze gewöhnten.

Etwas Gewaltiges lag jenseits der Dunkelheit auf dem Boden. Zuerst konnte ich nicht genau erkennen, was es war, und hielt es für aufgestapelte Säcke. Dann hob es langsam den Kopf und sah mich an. Dies geschah vollkommen lautlos, als hätte ich vergessen, bei meinem Eindringen den Ton anzuschalten. Nach der Bewegung schien die Szenerie zu gefrieren. Ich saß wie ein lausiger Köter in der Öffnung, die Holzklappe mit meinen Schultern stützend, und blickte starr vor Entsetzen auf das, was ich aufgeschreckt hatte. Es war eine riesige, auf dem Boden zur Spirale zusammengerollte Uräusschlange. Ihr mir zugewandter Kopf war fast so groß wie ich und sah mich aus schwarzen Augen an. Ihr Nacken breitete sich hutartig aus, als sie erregt ihre Halsrippen zu spreizen begann. Der gesamte Leib der Natter war von handtellergroßen, grünen Schuppen bedeckt, während der Kopf nahezu schwarz war. Bereits die zwei Meter langen irdischen Uräusschlangen gehörten zu den giftigsten ihrer Art. Das Exemplar, das mich fixierte, maß vom Kopf bis zur Schwanzspitze jedoch mehr als das Zehnfache – bei einem Körperumfang, der der Größe des Eingangs gleichkam. Ein Biss von ihr musste mindestens einen halben Liter Gift austeilen!

Wie gelähmt kauerte ich auf dem Boden und starrte mein unausweichliches Verderben an, doch das Untier rührte sich nicht. Reglos lag es auf der Stelle, als wollte es abwarten, was ich unternahm. Eine Natter war schnell, tödlich schnell. Diese hier war gleichwohl riesig – und schwer. Falls in dieser Welt das Gesetz der Masseträgheit galt, müsste ich mich schneller bewegen können als sie.

Die Sache hatte nur einen Haken: Wohin sollte ich flüchten? Ich konnte mich auf eine zermürbende Hatz zwischen Akazienbäumen einlassen, doch letzten Endes würde ich den Kürzeren ziehen.

Die Schlange wiegte den Kopf und stieß ein bedrohliches Zischen aus. Es klang, als entweiche überflüssige Luft aus einem Industriekompressor. Noch immer machte sie keine Anstalten, mich zu attackieren, und in der Hoffnung, dass dies so bliebe, kroch ich wie in Zeitlupe rückwärts. Der Schweiß lief mir in Sturzbächen über den Körper. Nattern besaßen einen äußerst ausgeprägten Geruchsinn. Ich musste für das Reptil mittlerweile riechen wie eine Bisamratte mit Schlagsahne. Zentimeter für Zentimeter schlüpfte ich zurück ins Freie und ließ die Holzklappe vor mir hinuntersinken. Dann erhob ich mich und schlich rückwärts um den Turm herum, bis ich die Stelle erreicht hatte, an der ich die Mauer hinabgeklettert war.

Aufwärts ging es erheblich schneller als abwärts. Von der Angst getrieben, ein riesiges Schlangenmaul würde sich unter mir öffnen, überwand ich Meter für Meter, als befände ich mich im Finale einer American-Gladiators-Gameshow. Was fehlte, war der Applaus, als ich schweißüberströmt den Balkon erreichte und mich über die Brüstung fallen ließ. Nur ein paar Augenblicke gönnte ich mir auf dem kühlen Boden, dann rappelte ich mich auf und lief eilig in mein Zimmer zurück. Dort verschloss ich die Balkontür, zog die Vorhänge zu und ließ mich erschöpft aufs Bett fallen.

Das sanfte Streicheln einer Hand schreckte mich aus dem Halbschlaf. Sahia saß schweigend am Rand des Bettes. Ich hatte sie nicht das Zimmer betreten hören, und als ich Richtung Tür sah, fand ich sie verschlossen. Sahia schwieg, ihr Blick jedoch war forschend, mit einer Spur von Ärger.

»Du warst draußen«, sagte sie schließlich. Es war mehr Feststellung als Frage. Ich blinzelte in Richtung Balkontür und versuchte mich aufzurichten, doch das Mädchen drückte mich sanft, aber bestimmt zurück. »Ich habe dir nicht erlaubt, hinauszugehen.«

»Erlaubt?« Ich wischte ihre Hand fort. »Was bin ich für dich? Dein Liebessklave?«

Sahia schüttelte kaum merklich den Kopf. »Um das zu erfahren, ist es noch zu früh.« Der Anflug eines Lächelns huschte über ihre Lippen, wurde jedoch sofort wieder verdrängt. »Warum bist du hinunter in den Park geklettert?«

Mit einem Mal war die Erinnerung wieder da; an die Chroner, an das brennende Hafenbecken – und an das Schlangenungetüm unter dem Turm. »Jemand kam ...« Meine Stimme versagte. Sahia horchte bei meinen Worten auf, ihr zärtliches Streicheln endete abrupt.

»Jemand?« In ihrer Stimme lag ein bedrohlicher Unterton. »*Wer* kam?«

Ein Kloß bildete sich in meiner Kehle. Ich verspürte nicht die geringste Lust, mit den Klingen der Chroner Bekanntschaft zu machen oder ein erquickendes Bad im Hafenbecken zu nehmen, weil ich mein Wort nicht halten konnte.

Sahias Hand richtete sich auf meiner Brust auf wie eine Spinne, ihre Fingernägel drückten schmerzhaft in mein Fleisch. »Wer kam?«, wiederholte sie. »Und woher?« Als ich immer noch nicht antwortete, erhielten ihre Augen wieder diesen hypnotischen Glanz, wobei sich ihre Pupillen weiteten, bis sie das gesamte Auge ausfüllten – geschliffene, schillernde Obsidiane ...

Ich schaffte es nicht, meinen Blick von ihnen abzuwenden, sah mit starrem, fasziniertem Blick in diese nachtschwarzen Teiche. Dann brach mein Widerstand, und ich begann zu erzählen. Besser gesagt: Mein Mund begann zu reden, fast so, als spräche ein anderer mit meiner Stimme; Giza wahrscheinlich, dieser kollaborierende Voyeur. Mir war, als bräuchte ich für jedes Wort Minuten, um es über die Lippen zu bringen.

Jede einzelne Silbe hallte in meinem Kopf nach. Während ich das Gefühl hatte, erst einen einzigen Satz zu Ende gebracht zu haben, hatte ich schon alles bis ins kleinste Detail ausgeplaudert, wofür mich die Chroner vierteilen würden, falls sie Wind davon bekämen.

Schließlich gab Sahia mich wieder aus ihrer mentalen Umklammerung frei, und die rabenschwarzen Kristalle wandelten sich zurück in menschliche Augen. Ich blinzelte benommen, während die Frau durch mich hindurchzustarren schien.

»Was bist du?«, flüsterte ich. »Wieso hast du mich hierher bringen lassen?«

Ihre Stimme kam wie aus weiter Ferne: »Du hast mir ein Versprechen gegeben.«

»Ich habe dir nie etwas Derartiges versprochen«, wehrte ich mich. »Schon gar nicht, mich an diesen abartigen ... *Ort* verschleppen zu dürfen und wie einen Gefangenen zu halten.«

»Ich habe dich nicht verschleppen lassen, Kematef. Ich habe dich gerettet. An diesen Ort wärst du ohnehin gelangt, nur hättest du es bei weitem nicht so gut wie bei mir.«

»Wie – meinst du das?«

»Frage nicht. Nicht jetzt ...«

Dann beugte sie sich über mich, und im nächsten Augenblick war alles erfüllt von goldenem Licht, in das Sahia sich zu verwandeln schien, während es jede Stelle meiner Haut bedeckte; warm und pulsierend. Ich vermochte mich ihrer ebenso wenig zu erwehren wie ihres abgründigen Blickes. Ob dieser Duft, der ihr entströmte, meinen Willen brach? Oder war es dieser goldene Schein, der mir die Sinne vernebelte? Oder womöglich alles an ihr; war Sahia eine manifestierte himmlische Droge? Sie wirkte so zerbrechlich wie eine venezianische Blume aus Glas, doch in ihr schlummerte eine unbändige, fast schon dämonische Kraft, die ihren zierlichen Körper bei jedem Höhepunkt auseinander zu sprengen drohte, hätte sie mich nicht mit aller Kraft umfangen.

Ich habe dich gerettet, hallte ihre Stimme in meinen Gedanken nach.

Gerettet wovor? Vor dem unausweichlichen Schicksal? Vor der Tristesse der realen Welt? Falls Sahia so weitermachte, würde ich bald süchtig sein nach ihrem Geruch, ihrer Haut, ihrer Korona. Am Ende gar verfallen und ausgeliefert ...

Verdammt?

»Schlaf!«, flüsterte sie, als sie mich schließlich freigab. Ich fühlte ihre Lippen auf meinem Mund, spürte ihren Atem, der meine Lungen wie Äther erfüllte. Noch ehe Sahias Lippen sich wieder von den meinen lösten, wich meine Wahrnehmung bodenloser Dunkelheit.

Lazarium 2 • Zwischenraum

Zuerst hielt er es für eine Trennscheibe aus Glas. Die Oberfläche war glatt und kühl, doch als er mit der Faust dagegen schlug, erzeugte sein Hieb keinerlei Klang. Langsam folgte *Ka* der eigenartigen Wand und ließ dabei seine Handfläche prüfend an ihr entlanggleiten. Er hoffte einen Spalt zu erfühlen, einen verräterischen Lufthauch, der auf eine verborgene Tür hinwies, aber da war nichts. Würde er die Wand nicht unter seinen Fingern spüren, würde er an ihrer Existenz zweifeln. So weit sein Blick reichte, war keine Unterbrechung der Oberfläche zu erkennen; keine Tür, keine Klinke, kein Schloss. Die Wand war weiß und ohne Konturen wie der Rest dieser Krankenhalle. Die einzigen Formen bildeten sein in der Ferne kaum noch zu erkennendes Krankenbett und er selbst.

Plötzlich gab die Oberfläche unter seiner Hand leicht nach. Es geschah so unerwartet, dass er ein paar Meter weiterlief und erst stehen blieb, als die Wand bereits wieder massiv war. Dann ging er aufgeregt rückwärts, bis er die Stelle abermals erreichte: eine Schwingtür! Nahezu unsichtbar war sie in die Wand eingefügt und gab lautlos nach, sobald er dagegen drückte. Vorsichtig streckte er seinen Kopf hindurch. Nichts war auf der anderen Seite zu hören, aber zum ersten Mal sah er eine Kante. Sie verlief auf dem Fußboden, kaum zwei Schritte entfernt und parallel zur der Wand, der er seither gefolgt war. Jenseits der Tür befand sich ein Flur!

Ka sah sich um, dann schlüpfte er mit dem Infusionsständer durch den Ausgang. Der Korridor war so schmal, dass seine Fingerspitzen die Wände berührten, sobald er die Arme ausstreckte. Wie hoch er war, konnte *Ka* nicht abschätzen. Vielleicht fünfzig Meter, vielleicht aber auch weitaus höher. Der Länge nach schien der Korridor sich wie die Halle, in der *Ka* erwacht war, ins Unendliche zu erstrecken – mit einem bedeutenden Unterschied: In einiger Entfernung saß ein Mensch auf dem Boden!

Die Person, die in dieselbe schlichte Krankenhauskluft gekleidet war wie *Ka*, nahm keine Notiz von ihm, als er mit über die Fliesen ratterndem Infusionsständer auf sie zuging. Beim Näherkommen bemerkte er, dass sie ebenfalls einen Infusionsständer bei sich hatte. Allerdings war er umgestürzt und lag neben ihr auf dem Boden.

Als *Ka* das zusammengesunkene Bündel Mensch erreicht hatte, erkannte er, das es sich um eine Frau handelte. Sie war mittleren Alters und sehr hellhäutig, besaß jedoch eine unverkennbar arabische Physiognomie. Während ruhige, gleichmäßige Atemzüge ihre Brust hoben und senkten, blieb ihr Blick teilnahmslos auf die gegenüberliegende Wand gerichtet. Sie starrte, ohne jemals zu blinzeln, wie eine Wachsfigur.

»Hallo?« *Ka* beugte sich über sie, bewegte eine Hand vor ihren Augen. »Können Sie mich verstehen?«

Die Frau zeigte keinerlei Regung. *Ka* griff nach ihrem Infusionsständer und richtete ihn auf. Die Flüssigkeit in ihrem Beutel war bernsteinfarben und fast aufgebraucht. *Lobus temporalis* prangte auf ihrem Etikett. Er untersuchte die gläserne Tropfkammer, stellte fest, dass durch den Sturz nichts beschädigt worden war, überprüfte den Sitz der Verweilkanüle am Arm der Frau und setzte den Tropf vorsichtig wieder in Gang.

Nach ein paar Minuten blinzelte die Frau, erst einmal, dann mehrmals kurz hintereinander, als hätte man sie soeben aus tiefer Hypnose geweckt. Sie drehte langsam den Kopf, ihre Augen rollten suchend in den Höhlen, bis sie *Ka* erblickte.

»Mehr …«, flüsterte sie.

Er starrte sie fasziniert an, riss sich schließlich von ihrem

Anblick los und stellte die Schlauchklemme so ein, dass die goldene Flüssigkeit in kürzeren Intervallen in die Tropfkammer rann. Bald darauf kehrte weiteres Leben in die Frau zurück. Sie richtete sich auf, während ihr Körper sich spannte, und streckte *Ka* auffordernd eine Hand entgegen.

»Danke, junger Freund«, murmelte sie, nachdem er ihr auf die Beine geholfen hatte. »Ich fürchte, ich bin irgendwann gestolpert, und dann ...« Sie fingerte an dem Infusionsbeutel herum und zog ihn von der Halterung. »Ah ...«, machte sie, hielt den Beutel ein paar Zentimeter weit vor ihre Augen und wiederholte: »Ah ... Das wird kaum noch etwas nützen, wissen Sie.« *Ka* antwortete nicht, was sie dazu veranlasste, den Beutel wieder aufzuhängen. »Aber ich sollte mir trotzdem einen neuen holen, wissen Sie? Ich glaube ...« Sie beugte sich wieder vor und las etwas von dem Etikett ab. »Ja, ich glaube, das wird dann der mit der Nummer 1077 sein. Ja, 1077 ... Aber das wird kaum noch etwas nützen, wissen Sie ...«

»Soll das heißen, dass Sie bereits über eintausend dieser Infusionen erhalten haben?«, wunderte sich *Ka*.

»Es nützt ja nichts, wissen Sie«, rechtfertigte sie sich. »Vorschrift ist nun mal Vorschrift. Es hilft ja ein bisschen, aber es ist nicht von Dauer ... Nicht von Dauer, wissen Sie? Wie heißen Sie eigentlich, junger Freund?«

»Ka.«

»Oh ...« Sie wedelte mit einer Hand vor ihrem Mund herum, als wolle sie ihren schlechten Atem vertreiben. »Ja, alle heißen sie so ... alle ...« Sie hakte sich bei ihm ein und zog ihn mit sich. »Kommen Sie«, forderte sie ihn auf. »Es wird kaum noch etwas nützen, aber ich zeige Ihnen, wo's langgeht ...«

Mekropalladium 8

Es war kein Lux heller, als ich die Augen wieder aufschlug, aber auch keine Nuance dunkler. Immerzu herrschte dasselbe Dämmerlicht und dieselbe, unwirkliche Stille. Nie konnte ich bestimmen, wie viel Zeit seit unserem Liebesspiel vergangen war. Sie schien stillzustehen, überhaupt nicht zu existieren, die Gestirne schienen sich nicht zu bewegen. Es war, als gäbe es keine Sonne, die über das Firmament wanderte, und man hörte keine Glocken, die die Stunden einläuteten. Seit ich in dieser Stadt weilte, lebte ich in einem fortwährenden Hier und Jetzt.

Wann war ich mit Spindario durch das brennende Rom gerast? Vor einer Woche? Wann war ich in den Akazienhain hinabgeklettert? Gestern? Meine zurückliegenden Erlebnisse kamen mir vor wie blass erinnerte Tagträume. Hin und wieder stellte ich mir sogar die Frage, ob ich diese Dinge wirklich erlebt oder nur erfunden hatte. Die Fahrt durch Babylon, das Schiff der Chroner auf dem Feuersee, Ben Sira ... Jeglichen Zeitgefühls beraubt, betrachtete ich alles wie eine Illusion.

War ich in Kairo womöglich versehentlich in die Mühlen der Terrorabwehr geraten? Hatte man mir irgendwo irgendetwas in einen Drink gemischt – im Hotel? Im Flugzeug? – und hielt mich seither kontrolliert unter halluzinogenen Drogen? Erschien mir meine Umwelt nur deshalb so irreal, weil ich permanent *stoned* war und es nicht begriff? Weil ich keine Chance hatte, mich dagegen zu wehren und aufzuwachen?

Zugegeben, ich saß in keiner Isolationszelle irdischen Maßstabs und war eher subtilen Foltermethoden ausgesetzt, dennoch war ich ein Gefangener an diesem Ort oder Zeit.

Hotel California werden derartige Plätze im CIA-Jargon genannt. Der Gefangene verliert in ihnen die Kriterien seiner Orientierung und das Gespür für die Zeit – und am Ende alle Maßstäbe. Er selbst – von der Außenwelt abgeschnitten – erfährt immer weniger, die Aufseher zugleich immer mehr über ihn. Aber bei aller Paranoia: Ich konnte mir kaum vorstellen, dass die CIA neuerdings Chroner und Corrigans in ihren Reihen beschäftigte.

Anfangs hatte ich mich verbissen gegen den Gedanken gewehrt, den irdischen Wirkungskreis verlassen zu haben, doch die Tatsache, dass es draußen immer gleich hell blieb, brachte mich irgendwann zu der Überzeugung, dass diese Stadt sich nicht auf der Erde befand; zumindest nicht an ihrer Oberfläche. Es musste eine künstliche Umgebung sein, ein exorbitanter Kuppelbau oder eine weitläufige Halle, hermetisch abgeschirmt von der Außenwelt. Womöglich eine Art Extrem-Biosphäre, geschaffen, um herauszufinden, wie lange Menschen einer vom Chaos regierten Welt standhielten, ohne psychische Schäden davonzutragen; eine Stresswelt aus fingierten Albträumen, religiösem Terror und Gewalt, konstruiert, um die Auslöser und Folgen jeglicher Art von Kriegstraumata zu erforschen.

Falls dem so sein sollte, konnte ich garantiert nicht der einzige Proband sein, den man hierher verschleppt hatte. Es musste Leidensgenossen geben, die ebenfalls gefangen gehalten und mit Drogen voll gepumpt wurden. Irgendwo in dieser Stadt. Womöglich sogar in dieser Festung …

Ich sah hinauf in den Pseudohimmel. Mit Sicherheit verwehrten künstliche Wolken den Blick auf das Hallendach; auf unzählige Scheinwerfer, Nebelmaschinen und die in die Kuppel integrierten Kontrollräume. Aber weshalb sorgten die Betreiber nicht dafür, dass durch ein Dimmen des Lichts ein künstlicher Tag-Nacht-Rhythmus aufrechterhalten wurde?

Vielleicht gehörte die ewige Dämmerung ja auch zum

Gesamtkonzept. Oder die Dunkelphase folgte erst noch ... Zweifellos war die Sphäre in Wirklichkeit wesentlich kleiner als sie wirkte, und ihre endlose Weite wurde an die Kuppelwände projiziert und lediglich vorgegaukelt. Die scheinbar kilometerlange Fahrt in Spindarios Taxi musste auf einem Parcours aus Laufbändern stattgefunden haben ...

Ich stellte mich an die Balkontür und sah trotzig lächelnd nach draußen. Eine Scheinwelt, resümierte ich. Alles nur Kulisse.

Warum ließ man dann zu, dass Ben Sira dir fast den Kehlkopf zerquetscht hat?, bohrte Gizas Stimme in meinem Kopf. *Wieso wirken die Chroner ganz und gar nicht wie verkleidete Schauspieler? Wie passen Sahias Liebesspielchen in dein Terrorkonzept? Und wer, glaubst du, steckt in den Monsterkostümen? Liliputaner, Sumoringer und abgehalfterte Basketballspieler?*

Ich wandte mich vom Fenster ab und lief zum Spiegel. Falls es also keine Kulisse war, was war es dann? Wann hatte ich Sahia ein Versprechen gegeben, und wo? In der Nacht vor meinem blutigen Erwachen in Kairo? Auf einem Sklavenmarkt?

Fanden gewissenlose Schiffsführer einst nicht genügend Seeleute, die freiwillig anheuerten, griffen sie gelegentlich auch heute noch auf das so genannte Schanghaien zurück. Im einfachsten Fall wurden dabei Männer niedergeschlagen und an Bord gebracht. Andere wurden betrunken gemacht und wachten erst nach dem Auslaufen unter Deck wieder auf. War das Schiff erst einmal auf hoher See, blieb den Opfern nichts anderes übrig, als sich den Befehlen des Kapitäns zu unterwerfen, bis sich eine Gelegenheit zur Desertion bot.

Gerissener war es einst jedoch gewesen, arglosen Männern im Wirtshaus heimlich ein Geldstück in den Krug zu werfen. Falls sie aus diesem tranken, wurde ihnen unterstellt, die Münze als Vorauszahlung auf ihre Heuer akzeptiert zu haben.

Irgendwie hatte ich das dumme Gefühl, als gehörte ich bei diesem Menschenraub zur letzten Kategorie ›Auserwählter‹.

Nachdenklich betrachtete ich mein Spiegelbild. Das feine Netz aus Adern in meinem Gesicht war noch immer deutlich zu erkennen. Vielleicht lag es an dem geisterhaften, unirdischen Licht, dass meine Haut so transparent wirkte.

Ein Schaben an der Zimmertür riss mich aus meinen Grübeleien. Die Pforte wurde leise entriegelt, dann geschah eine Weile lang nichts. Ich näherte mich der Tür, unschlüssig darüber, ob ich sie öffnen und es als verstohlene Aufforderung auffassen sollte, das Zimmer zu verlassen. Seit ich hier oben gefangen war, hatte Sahia es nie als nötig empfunden, vor ihrem Eintreten anzuklopfen. Im Gegenteil: Meist befand sie sich schon im Raum, ehe ich es überhaupt bemerkte. Gespannt stand ich vor der Tür und lauschte. Komischerweise hatte ich dabei das Gefühl, dass – wer auch immer auf der anderen Seite stand – diese Person ebenfalls ein Ohr ans Türblatt presste. Den Corrigan konnte ich mir bestens dabei vorstellen, erwartungsvoll in der Dunkelheit lauernd und boshaft grinsend, mit dem gezücktem Messer in seiner Pranke. Gerade als ich meine Hand ausstreckte, um die Tür mit einem entschlossenen Ruck aufzureißen, klopfte jemand zaghaft gegen das Holz.

Ich hielt verdutzt inne. Besannen sich die Bewohner dieser Festung plötzlich auf ihr gutes Benehmen? Es klopfte erneut, diesmal etwas lauter. »Oka?«, rief ich, in Erwartung, dass der Corrigan sich endlich zu erkennen geben würde. »Falls das ein Scherz ist, kann ich leider nicht darüber lachen.« Ich erhielt keine Antwort und musste unvermittelt an Ben Sira denken, der womöglich wieder aus dem Flammensee entkommen war. Ich stellte mir vor, wie er sich heimlich erst in den Turm, dann die Treppe hochgeschlichen hatte und nun nackt vor der Tür stand. »Ben?«, flüsterte ich und lehnte mich gegen das Holz. »Sind Sie das dort draußen?« Dann erinnerte ich mich, dass der Unglückliche von den Chronern in zwei Hälften gehackt worden war und eigentlich überhaupt nicht imstande sein durfte, durch den Turm zu geistern. Es sei denn, lediglich seine untere Körperhälfte hätte den Weg zu mir herauf gefunden. Das wäre immerhin ein Grund, weshalb er nicht antwortete …

Während ich lauschte, wurde die Tür einen Spalt weit aufgedrückt und ließ mich ein paar Schritte zurückweichen. Ins Zimmer schlüpfte zu meiner Überraschung weder der Corrigan, noch der zerteilte Büßer aus dem Branntweinsee, sondern Sahia.

Zumindest besaß das Geschöpf, das vor mir in der halb geöffneten Tür stand und schüchtern zu Boden blickte, das Aussehen des Mädchens. Ihr Gesicht hingegen wirkte, als wäre es soeben dem Hausgespenst dieser Festung begegnet.

Ich ging einen Schritt auf Sahia zu. »Ist alles in Ordnung?«, fragte ich.

»Nein!«, rief sie erschrocken und wich vor mir zurück, als hätten sich meine Hände in Taranteln verwandelt. »Bitte kommt nicht näher! Berührt mich nicht! Sie würde Euren Geruch an mir wahrnehmen und mich bestrafen. Und Euch ebenfalls.«

Ich ließ die Arme sinken. Verständnislos sah ich ihr dabei zu, wie sie völlig planlos durchs Zimmer irrte. »Sie?«, hakte ich nach und musste unvermittelt an die riesige Schlange unter dem Turm denken. »Von wem redest du?« Die einzige Reaktion war ein heftiges Kopfschütteln. »Was um alles in der Welt ist denn in dich gefahren?«

»Nicht in mich«, antwortete Sahia. »Aus mir heraus.«

Ich starrte sie an. »Was?«

Das Mädchen sah sich scheu um und ging dann fast wie gewohnt auf das Bett zu. Auf halbem Weg machte sie kehrt, lief zurück zur Tür und lauschte hinaus in die Treppenflucht.

»Vergebt mir mein Eindringen.« Sie schloss die Tür und kniete schließlich direkt neben ihr nieder. Wie eine Sklavin hockte sie auf dem Boden, die Hände in ihrem Schoß gefaltet und den Blick demütig gesenkt. »Wir haben nicht viel Zeit«, erklärte sie, ohne aufzusehen. »Bitte erlaubt mir zu sprechen.«

Ich konnte nicht anders, als Sahia anzustarren. Litt sie womöglich an akuter Schizophrenie? War sie eine gespaltene Persönlichkeit, die sich nun vor ihrem mächtigeren Alter Ego fürchtete? Oder führten die Betreiber dieser Anlage ebenfalls Psycho-Experimente mit ihr durch? »Na gut«, brachte ich schließlich über die Lippen. »Sprich.«

»Ihr müsst diesen Ort verlassen!« Sahia sah kurz auf. »Ihr müsst fliehen, ehe sie zurückkommt.«

»Ahm ... ja, sicher.« Ich schielte zur Tür. »Wo – ist *sie* denn hin?«

»Könnt Ihr Euch das nicht denken?«

»Ehrlich gesagt: nein.«

»Sie stellt Kreuzbeißer und seinem Gefolge nach.«

»Oh ... ja, natürlich ...« Ich nickte wie ein Roboter. Einerseits war ich seit ein paar Minuten davon überzeugt, Sahia hätte ihre fünf Sinne nicht mehr beisammen, andererseits jagte mir die Erwähnung der Chroner einen kalten Schauer über den Rücken. Mein Instinkt sagte mir, dass sich Ärger zusammenbraute.

»Ich erinnere mich an alles, was hier zwischen ihr und Euch vorgefallen ist.« Sahia schaute sich verlegen um. »Und auch an das, was während des Aphonnon-Festes in dieser fremdartigen Stadt geschehen ist ...«

»In welcher Stadt?«

»Ihr könnt Euch nicht mehr an diese Nacht erinnern, nicht wahr?« Sie tippte sich mit den Fingerspitzen gegen ihre Brust. »Ihr *Ka* verhindert es.«

»Ihr *Ka?«* Ich musste lachen. »Was soll das denn heißen? Stammst du aus einer Familie, in der man die Toten noch mumifiziert?« Das Mädchen ertrug den Spott mit starrer Miene. »Wir sind uns also schon einmal begegnet«, nahm ich den Faden wieder auf. »In einer fremdartigen Stadt ...«

»Nein, Ihr seid *ihr* begegnet, in meinem Körper.«

Ich kniff die Augen zusammen und massierte meine Nasenwurzel.

»Wartet nicht, bis sie zurückkehrt«, drängte Sahia. »Verlasst den Tempel. Sie wird Euch sonst so lange hier behalten, bis die Frucht ihres *Ach* in meinem Körper pulsiert.«

»Die – *was?*«

»Ein weiblicher Nachkomme. Sie braucht ein lebendiges menschliches Ich, einen neuen Körper, den Ihr zu zeugen habt. Dazu hat sie Euch in die Duat gelockt. Das war der Pakt.«

»Duat?«, bellte ich. »Pakt? Was für ein Pakt?«

»Jenen, den Ihr während des Aphonnon-Festes mit Eurem Samen unterzeichnet habt ...«

»Du liebe Güte ...«, stöhnte ich. »Du meinst diesen ganzen Quatsch doch nicht etwa ernst? Hast du irgendwelche Drogen genommen oder verabreicht bekommen?«

»Bitte«, flehte Sahia, und in ihrer Stimme lag eine Spur von Hysterie, »Ihr *müsst* mir glauben! Sie will in sich selbst wiedergeboren werden, in einem menschlichen Körper, um diesem Ort nach all den Jahrtausenden der Verbannung endlich entfliehen zu können. Ihr dürft nicht zulassen, dass ihresgleichen wieder auf Erden wandelt ...«

»Na schön, das war jetzt genug Unsinn.« Energisch stand ich auf und lief zu ihr herüber, was sie zu einer erbarmungswürdigen Abwehrhaltung veranlasste, und ließ mich direkt vor ihr auf den Boden sinken. Sahia, die ihren Kopf wie in der Erwartung von Schlägen zwischen ihre Schultern gezogen hatte, nahm langsam die Arme wieder herunter und schob sich ein paar Meter von mir weg. »Berührt mich nicht«, flehte sie dabei. »Bitte berührt mich nicht ...«

»Okay, okay, ich werde dich nicht anfassen«, versprach ich. »Aber zu deiner Information: Wir haben es hier ein halbes Dutzend Mal miteinander getrieben. Du darfst also gerne wieder zum vertraulichen Du übergehen.« Sahia zuckte bei meinen Worten zusammen und starrte krampfhaft auf ihre Hände. »Und lass endlich dieses unterwürfige Gebaren«, forderte ich, »sondern steh auf! Setzt dich meinetwegen auf eines der Kissen oder auch aufs Bett, aber bleib hier nicht auf dem Boden hocken.« Das Mädchen schluckte schwer, nickte dann kurz, ohne den Blick zu heben. Es dauerte eine Weile, bis sie sich tatsächlich erhob. Zögernd ging sie ein paar Schritte und setzte sich auf die Kante einer Kleidertruhe.

»Also«, sagte ich und ließ mich aufs Bett sinken, »wie war das mit dir und mir und ihr?«

»Du trägst ihr *Ka* in dir«, wiederholte sie stockend.

»Na, das klingt zumindest schon mal wesentlich vertrauter. *Ka, Ba, Ach* ... Der Totenkult wird seit Jahrtausenden nicht mehr praktiziert. Mit diesem Lichtkörper-Schnickschnack beglücken sich heute nur noch ein paar geistig Entrückte.«

Sahia setzte an, etwas zu erwidern, doch ihr versagte die Stimme. Mit geschlossenen Augen saß sie auf der Truhe und wiegte ihren Oberkörper fast unmerklich vor und zurück, bis sie neue Kraft zum Sprechen geschöpft hatte. »Dein eigenes *Ka«*, erklärte sie, »wurde von dir getrennt, um dem ihren Platz zu gewähren.«

»Aha. Und – wo befindet sich mein *Ka* jetzt?«

»An einem fernen, für dich unerreichbaren Ort, gemeinsam mit deinen Erinnerungen ...« Sahia warf mir einen kurzen Blick zu, wie um sich zu vergewissern, dass ich das, was sie sagte, nicht als völlig unglaubhaft abtat. »Ein Ort, um den Schmerz aufzunehmen«, fügte sie bedeutungsvoll hinzu.

»Und wer ist *sie?«*

»Darüber darf ich nicht sprechen. Sie würde ...«

»... dich bestrafen, natürlich.« Ich nickte müde.

»Sie – besitzt mich, wenn sie mich braucht. Wenn sie in deine Welt reist. Ich bin der Körper ihres *Ach.«*

Ich blies die Backen auf, verkniff mir jedoch einen Kommentar. »Hat *sie* vielleicht auch einen Namen?«, fragte ich stattdessen.

Ohne zu antworten, starrte Sahia wieder auf ihre Hände.

»Na gut, so kommen wir anscheinend nicht weiter. Erzähl mir etwas, über das du sprechen darfst«, forderte ich sie auf. »Etwas, das mir hilft, dir zu glauben.«

Das Mädchen dachte ein paar Sekunden lang nach. Vielleicht lauschte sie auch nach Geräuschen aus dem Turm, die ihr eine Warnung waren, mir jedoch entgingen. Dann sagte sie: »Du bist ein Priester des *wabat meharesch.*«

»Ein was?«

»Ein ... Gelehrter der vorübergegangenen Zeit.«

»Altertumsforscher«, riet ich nach kurzem Überlegen. »Archäologe. Meinst du das?«

Sahia machte eine Geste, die einem Schulterzucken entsprach. »Ich habe einiges aus deiner Welt gelernt, aber ich habe keinen Zugang zu ihrem *Ach.* Sie verschließt sich und ihr Wissen vor mir.« Sie kaute auf ihrer Unterlippe, als hadere sie mit sich, weiterzusprechen, dann fragte sie: »Was weißt du über die Kemahor?«

Nun war ich es, der für einen Augenblick sprachlos war.

»Du kennst sie also«, folgerte Sahia daraus, und zum ersten Mal, seit sie hier oben war, bekamen ihre Augen wieder ein wenig Glanz.

»Ich habe nur von ihnen gehört«, gestand ich. Dann rekonstruierte ich laut, was ich von der Geschichte in Erinnerung behalten hatte, die mir der ägyptische Vorarbeiter nach Rahmeds Tod im Zeltlager erzählt hatte.

»Manches davon stimmt«, nickte Sahia, als ich fertig war, »manches nicht. Die Kemahor kamen tatsächlich aus dem Süden, aus dem Reich Kusch, aber bald auch aus dem Westen, aus dem Gebiet der Djehenu, das sie zur Wüste gemacht hatten. Wir glaubten die Geschichten, die uns aus den fernen Gauen übermittelt wurden, zuerst nicht, hielten sie für

Gerüchte der Nubier, um Angst unter das Volk zu säen. Die ersten, die uns glaubhaft von ihnen berichteten, waren Soldaten aus den Grenzfestungen von Semna und Kumma. Sie erschienen aufgeregt am Hof von Abdju und sagten ...«

»Augenblick«, unterbrach ich ihren Redeschwall. »Sagtest du gerade: *wir?«*

Sahia schaute erschrocken drein und dann, wie im Bewusstsein, etwas Verbotenes ausgesprochen zu haben, ruckartig zu Boden. Ihre Fingernägel kratzten nervös über ihre Kleidung. Schweigend saß sie eine Weile da und rang mit sich, ehe sie sich zu einem Nicken überwand. »Ja ...«, sagte sie leise. »Wir.« Dann sah sie auf und sagte: »Ich bin Sahia, die zweite Gemahlin des Athothis Kenkenes.«

»Djer?«, entfuhr es mir, und meine Stimme überschlug sich dabei fast. Ich setzte mich neben sie, behutsam, um sie nicht erneut zu verschrecken. »Du sprichst von Pharao Hor Djer? Dem letzten Horuskind?« Wieder dieses Äquivalent eines Schulterzuckens. »Aber das ...« Ich sprang wieder auf und lief aufgeregt durchs Zimmer. »Das war zu Beginn der ersten Dynastie! Hor Djer regierte vor über fünftausend Jahren!«

Das Mädchen sah mich an und nickte dabei. In ihrem Blick lag nicht die Spur eines Hinweises, dass sie sich gerade einen Scherz erlaubte, lediglich ein Hauch tiefer Betrübnis, fast so, als hätte ich ihr soeben etwas bestätigt, das sie bislang nur annähernd vermutet hatte.

»Ich bin schon eine sehr lange Zeit an diesem Ort«, sagte sie leise, aber hörbar um Fassung ringend. »Schon seit dem Beginn des Krieges.«

»Welches ...« Mir schwirrte vor Sahias Offenbarungen inzwischen der Kopf »Welches Krieges?«

»Jenes, den die Götter begonnen hatten. Dem Aufstand der Völker gegen die Kemahor.«

Aufmerksam, wenn auch skeptisch, lauschte ich ihren Geschichten. Sahia erzählte von ihrem vermeintlichen Leben am Hof von Abdju, dem heutigen Abydos, als wären seither nur wenige Jahre verstrichen. Sie tat es in blühender Sprache, mit so bewundernswertem Ernst und derart tiefer Überzeugung, dass ich geneigt war zu glauben, sie hätte diese Geschehnisse tatsächlich erlebt – vor fünftausend Jahren.

In drei Heersäulen, so erinnerte sie sich, seien die Kemahor nordwärts gezogen, nach Djeha, in das Land des Sonnenuntergangs, wo sie fanden, was sie brauchten: unermessliche, von Wild aller Art wimmelnde, fruchtbare Steppen, die ihnen Nahrung gewährten. Immer weiter seien sie dabei auch nach Ägypten vorgedrungen, unaufhaltsam und furchtgebietend.

»Die Dehuti-Priester versuchten die Invasion zu ihren Gunsten auszulegen«, erzählte Sahia. »Sie behaupteten, die Kemahor würden dem sagenhaften Lande Punt entstammen und wären von Ptah selbst geschickt worden, um die von ihm gegründeten Reiche in seinem Sinne zu verwalten.«

»Das Tep Zepi«, begriff ich. »Die Regierungszeit der tellurischen Achtheit. Das Goldene Zeitalter.«

»Es war ein grausames Zeitalter«, berichtigte mich Sahia. »Die Götter herrschten zweitausend *Soth,* ehe sie in den Himmel zurückkehrten.«

»Also mehr als achtzehnhundert Sonnenjahre«, überschlug ich die Zeitspanne. Wie Okabur rechnete offensichtlich auch Sahia in *Netjer*-Mondjahren, der Gott-Zeit. Ein *Soth,* das heilige Jahr, beinhaltete zwölf *Abed* zu je achtundzwanzig Tagen. War Sahia womöglich eine Priesterin?

»Unser Volk brauchte vier Äonen, um sich aus ihrem Schatten zu erheben«, fuhr sie fort. »Und kaum hatte es dies vollbracht, fielen die Kemahor ins Land ein wie die Zähne des Windes.«

»Wanderheuschrecken …«

»Die Nubier berichteten uns von ihren Gräueltaten; dass sie die Herrschaft der Länder an sich rissen, indem sie sich mit den Frauen verbanden und Bastarde auf die Throne setzten. Und dass man sie nicht töten konnte. Man konnte sie zwar verwunden, doch sie starben nicht. Die Nubier erzählten, dass die Kemahor ursprünglich von viel weiter her kamen, von den Mondbergen, die die südliche Säule des Kosmos umgeben. Die Dehuti-Priester ließen daraufhin verbreiten, die Kemahor seien emporgestiegen aus den unterirdischen Seen des Nun und somit heilige, unsterbliche Geschöpfe.

Mein Gemahl blieb misstrauisch, denn so übermächtig die Invasoren in vielerlei Hinsicht waren, zogen sie doch die heißen, trockenen Gegenden vor, um sich anzusiedeln. Aus diesem Grund, so vermuteten viele, zeugten sie die Bastarde und ließen diese ihre Interessen gegenüber uns wahren. Die Kemahor selbst mieden die Nähe des Wassers. Sie erbauten ihre Städte tief in der Wüste, dort, wo nie ein Tropfen Regen den Sand traf. Dabei errichteten sie ihre Tempel nicht auf der Oberfläche, gen Himmel strebend, sondern *in die Erde hinein*, sodass man von ihnen in der Wüste kaum etwas sah. Sie zehrten das Land von innen heraus auf.«

»Wie am Djebel Uweinat ...«

»Bitte?«

»Nicht so wichtig«, meinte ich nachdenklich. »Ich habe nur laut gedacht. Erzähl weiter.«

»Die offensichtliche Scheu der Kemahor vor dem Wasser war für meinen Gemahl nicht vereinbar mit ihrer Herkunft aus den Seen des Nun«, sprach Sahia, »doch der Einfluss der Priester, die diesen Glauben schürten, stieg unaufhaltsam. Es war nur noch eine Frage der Zeit, bis der Tag kommen würde, an dem man Athothis vom Thron stoßen und einen Kemahor-Bastard darauf setzen würde. Also sandte mein Gemahl zwölf Schiffe aus, die flussaufwärts bis zum Mondmeer vordringen sollten, um den Gerüchten über die Herkunft der Kemahor nachzugehen. Die Bootskapitäne waren Nubier, überragende Navigatoren und Führer. Keiner kannte die Gesetze von Wind und Strömungen und die Tücken der Idu-Katarakte besser als sie.

Als sie die ihnen bekannten Gebiete hinter sich gelassen hatten, stießen sie im Süden jedoch auf weitere Felsstufen – gewaltige, unübersteigbare Hindernisse, die die Besatzungen zwangen, Wege auf dem trockenen Westufer zu suchen. Drei bewachte Schiffe ließ man an der untersten Stromschnelle zurück, die anderen neun transportierte man unter vereinten Kräften über das Ufer die Felsstufen empor, um die Reise flussaufwärts fortsetzen zu können. Doch Katarakt folgte auf Katarakt. Allein vier Schiffe wurden an den Felsen zerschmettert, als die Wasser des Flusses sie mitrissen, oder zerschellten bei dem Versuch, sie über das trockene Ufer in ruhigere Gewässer jenseits der Felsstufen zu ziehen.

Die übrig gebliebenen fünf Schiffe ließen schließlich das Reich Kusch hinter sich. Nach einem weiteren *Abed* öffnete sich vor ihnen ein endlos erscheinendes Sumpfgebiet. Die Kapitäne berichteten, Schilf und Papyrus sperre den Fluss ein wie eine Mauer, die warne: Bis hierher und nicht weiter! Drei Schiffe blieben zwischen den treibenden Wasserpflanzen stecken bei dem Versuch, diese Barre zu durchqueren. Zahllose Männer ertranken bei dem Bemühen, die Boote zu befreien, oder erkrankten an der Geißel des Sumpfes, die sie zwang, mehr aus ihren Körpern auszuscheiden, als sie aufzunehmen vermochten.«

»Malaria«, erkannte ich. »Sie wird von Anopheles-Mücken übertragen. Dieses riesige Sumpfgebiet existiert auch heute noch. Man nennt es den *Sudd.«*

»Die Schiffsführer berichteten von den blutsaugenden Fliegen, die die Geißel in sich trugen«, bestätigte Sahia. »Und von der erstickenden Moderluft, die in dem Dickicht aus verfaulenden Schilf- und Papyrushalmen herrschte. Als die Schiffsführer nach wochenlangen vergeblichen Bemühungen, den Sumpf zu durchbrechen, bereits umkehren wollten, stießen sie auf ein geisterhaftes, streitbares Volk, das die Ufer bewohnte. Die Kapitäne beschrieben sie als riesige, schlohweiße Gestalten; aber es war nicht die Farbe ihrer Haut, die sie so erscheinen ließ, sondern Asche, die ihre Körper bedeckte. Um frei von Ungeziefer schlafen zu können, sollen sie sich in Tierdung gelegt haben. Ganze Berge davon seien in diesem Land zu sehen gewesen. Nur die Gesichter der Familien, die darin ruhten, hätten herausgeschaut.

Das Geistervolk zeigte den Kapitänen einen schiffbaren Weg in den Süden: Es hatte in lebenslanger Arbeit und Pflege Kanäle angelegt; pflanzenlose Breschen durch das meterhohe Schilf, in denen kein Papyrus trieb. Schneisen, die von Wasserarm zu Wasserarm führten, von See zu See, bis zum Horizont. Doch die lange Reise forderte ihren Tribut. Am Ende erreichten gerade einmal zwei Schiffe das Mondmeer.

Von der Flotte aus zwölf Barken kehrten nur jene drei wieder, die man am untersten Katarakt zurückgelassen hatte. Die Männer der beiden Schiffe, die es bis zum Mondmeer und zurück geschafft hatten, hatten ihre Barken über den Stromschnellen verlassen und waren in schlanken Ruderbooten und über Uferpfade zu den wartenden Kapitänen zurückgekehrt.

Als die längst verloren geglaubten Schiffe wieder in Abdju einliefen, waren sie zwei *Soth* und vier *Abed* lang unterwegs gewesen. Die nubischen Kapitäne brachten meinem Gemahl in Anwesenheit der acht höchsten Dehuti-Priester Nachricht von Zwergvölkern und Riesen, die jenseits des Reiches Kusch wohnten, beteuerten aber, die südliche Säule des Alten Kosmos nicht erreicht, ja nicht einmal erblickt zu haben, obwohl die Mondberge sich bereits ringsum in den Himmel erhoben hätten. Keines der Völker, die die Länder jenseits von Kusch bewohnten, hätten zudem je etwas von den Kemahor gehört oder gesehen. Woher die Invasoren auch stammen mochten, sie taten es zweifellos nicht aus dem Mondgebirge.

Mein Gemahl triumphierte, doch die Macht der Priester war bereits zu groß, um die Kunde der Reisenden unters Volk dringen zu lassen. Während im Palast die Versammlung stattfand, hauchten die restlichen Überlebenden der Expedition im Hafen ihr Leben aus. Den Schiffsführern, die das kosmische Gebäude anzweifelten, warfen die Priester Gotteslästerung vor und forderten, dass man den Nubiern die Zungen herausschneide. Die Kapitäne schworen, die Wahrheit zu sagen und berichteten von gewaltigen Seen, gespeist von den Flüssen des Mondgebirges. Aber die Priester glaubten ihnen nicht.«

Sahia hielt für einen Augenblick inne und lauschte dabei, als höre sie Geräusche, die meinen Ohren verborgen blieben.

Bei dem sagenhaften Mondmeer, überlegte ich, konnte es sich nur um den Victoria-See gehandelt haben. Aus großer Höhe musste seine spiegelnde Fläche wegen seiner halbwegs ovalen Form gewirkt haben, als ruhe der Mond inmitten bewaldeter Berge. Bei dem Mondgebirge handelte es sich zweifellos um das Ruvenzori-Gebirge, die Virunga-Vulkane und das Hochland von Tansania. In den dichten Urwäldern im Herz des Kontinents leben die menschenscheuen, zwergenhaften Pygmäen, und südwestlich des Victoria-Sees hüten die über zwei Meter großen Watussi ihre riesigen Viehherden. All das harmonierte mit Sahias Schilderung der Ereignisse.

Hor Djers Gesandte mussten tatsächlich dort gewesen sein. Sie mussten bereits vor über fünftausend Jahren die Nilquellen erreicht haben ...

Aber woher sollten die Ägypter schon vor dieser Expedition gewusst haben, wie der Victoria-See aus einhundert Kilometern Höhe aussah? Ihr Kosmos wurde ihrer Vorstellung nach durch vier Punkte begrenzt: Sonnenaufgang im Osten, Sonnenuntergang im Westen, den Polarstern Thuban im Norden und die Nilquelle im Süden. Was mochte in den Schiffskapitänen und in den Matrosen vorgegangen sein, als sie sahen, dass es am südlichen Ende ihres Weltgefüges keine Himmelssäule gab? Ob sie glaubten, ihr Ziel noch immer nicht erreicht zu haben?

»Als mein Gemahl sich weigerte, die Kapitäne zu bestrafen«, fuhr Sahia nach einer Weile fort, »kam es – angestachelt von den Dehuti-Priestern und den Kemahor – zur Palastrevolte. Mein Gemahl wurde gefangen genommen und sollte noch in derselben Nacht gemeinsam mit den Kapitänen hingerichtet werden. Dank meiner Hilfe gelang ihm jedoch die Flucht in den Norden. Als der Tag anbrach, saß bereits ein neuer Herrscher auf dem Thron des Pharao; ein Wechselbalg der Kemahor. Sein Name war Unephes.«

»Pharao Wadj«, erkannte ich. »Sein Name bedeutet übersetzt König Schlange ...« Ich hatte meinen Kopf in die Hände gestützt und betrachtete den Fußboden. Konnte all das wahr sein? Saß ich hier tatsächlich der leibhaftigen Gattin des letzten Horuskindes gegenüber, oder lediglich einer einfallsreichen Psychopathin? »Was geschah weiter?«, wollte ich wissen, in der Hoffnung, doch noch auf eine Ungereimtheit, einen offensichtlichen, für mich erkennbaren Fehler in Sahias Geschichte zu stoßen.

»Gegen die Forderung der Dehuti-Priester, mich für meinen Königsverrat zu bestrafen, ließ mich Unephes am Leben.« Sie senkte den Kopf. »Er machte aus mir eine *imachu.* Es war die furchtbarste aller Strafen.«

»Wie meinst du das?«

»Die Kemahor, die über Abdju herrschten, nahmen mir mein *Ba* und gaben es der *Sata*-Schlange, der sie in der Wüste huldigten, in einer Seelen-Barke zum Geschenk – als Leibeigene.«

»Wem wurde gehuldigt? Apophis? Seti-Hehu?«

»Ich darf nicht ...«

»Ja, ja, ja.« Ich massierte mein Gesicht. »Was geschah nach dem Umsturz?«

»Die Kemahor brachten meinem Volk die Worte der Götter.«

»Hieroglyphen«, nickte ich.

»Sie führten zudem einen Sonnenkalender ein, der 365 Tage umfasste, und lehrten die Weisheit hinter den Zahlen.«

»Die Mathematik.«

»Sie barg unendliche Geheimnisse in sich und war doch gleichzeitig ein Schlüssel, um ebenso viele Geheimnisse zu enträtseln«, bekannte Sahia. »Nachdem ich hierher gebracht worden war, herrschten die Wechselbälger noch mehr als zweitausend *Soth* über das Land. Dann jedoch musste etwas Furchtbares, etwas Unaussprechliches passiert sein. Etwas, das den Krieg beendet und die Kemahor und all ihre Missgeburten von der Erde verbannt hatte. Ein Geheimnis war offenbart worden, das niemals hätte offenbart werden dürfen. Etwas, das als unzertrennbar galt, wurde getrennt und brachte furchtbare Katastrophen über das Land. Als die Welten sich endlich wieder beruhigt hatten, begann die Duat sich zu verändern – bis hin zu dem, was du nun siehst …«

Ich schwieg eine lange Zeit, dann sagte ich: »Falls es stimmt was du erzählt hast und du tatsächlich am Hof von Pharao Hor Djer gelebt hast, wie …« Ich hob in einer ratlosen Geste die Arme. »Wie bist du hierher gekommen?«

Sahia lächelte freudlos. »Es ist nur ein kleiner Schritt aus der Welt des Lebens hinüber in die Duat.«

»Oh, da bin ich anderer Meinung«, widersprach ich und rief mir meine Odyssee mit Archon in Erinnerung. »Für mich war dieser ›kleine Schritt‹ fast so lang wie eure Reise zum Mondsee.«

»Weil du …« Sie unterbrach sich.

»Weil ich was?«

»Verzeiht, ich darf nicht darüber sprechen.«

»Natürlich.« Ich lehnte mich an die Balkontür und sah hinaus in die hässlichen grauen Wolken. *Entbehren müssen die Verdammten das Sonnenlicht,* verkünden die Unterweltsbücher über die Duat, *und leben vom Abscheu ihrer Herzen.* Laut den ägyptischen Jenseitsschriften vollzieht sich in den Regionen dieser Höllentiefe eine totale Umkehr aller Ordnung, in der die Verdammten vom Sein ins Nichtsein befördert werden und mit der Ausstoßung aus der Schöpfung den äußersten Grad der Gottesferne erreichen ...

Aber wie passte Neros Rom in dieses Konzept? Oder Babylon? Was hatte ein gesunkenes britisches Passagierschiff in der Duat zu suchen?

Alles nur Kulisse!, hämmerte mein Verstand mir ein. *Kulisse! Kulisse! Kulisse!* Die Stimme der Vernunft überschrie das Gefühl, das unaufhaltsam in mir wuchs und sich anfühlte wie eine Dornenkugel, die durch meine Eingeweide wanderte.

»Hast du dich noch nicht gefragt, weshalb du keinen Hunger oder Durst verspürt?«, riss Sahia mich aus meinen Grübeleien.

»Ich denke nicht darüber nach.«

»Weil ihr *Ka* diese Gedanken unterdrückt.«

»Wenn das dort draußen tatsächlich die Duat ist, dann müsste ich tot sein ...«

Sahia schwieg, aber ihr Blick erzeugte mir eine Gänsehaut.

»Nein!«, brauste ich auf. »Nein, nein, nein, das geht jetzt zu weit! Es reicht! Verschwinde!« Sahia sprang auf und wich zur Tür zurück, als ich wütend auf sie zugelaufen kam. »Okay, verzeih, ich fasse dich nicht an«, bremste ich mich und blieb mit erhobenen Händen vor ihr stehen. »Aber ich habe genug gehört von deinen Ammenmärchen. Mach, dass du rauskommst! Na los!«

Sahia starrte mich aus weit aufgerissenen Augen an. Ihr

Blick widerspiegelte Verzweiflung, Angst und sogar ein wenig Ärger über meine Halsstarrigkeit.

»Du musst vor ihr fliehen«, beschwor sie mich. »Ihr Leib darf keine Frucht von dir tragen. Sie wird denen, die übrig sind, den Weg auf deine Welt bahnen und ...«

Ich schnitt ihr mit einer energischen Geste das Wort ab und riss die Tür auf. Sie schlug Sahia in den Rücken, worauf das Mädchen sich panisch gegen das Türblatt stemmte. Ich trat ein paar Schritte zurück und wartete, dass sie sich anschickte, den Raum zu verlassen.

»Ich werde die Tür nicht verschließen«, erklärte sie, »nur die Riegel so weit vorschieben, dass es von unten nicht auffällt. Nimm dir meine Worte zu Herzen und flieh von hier, ehe es dir so ergeht wie mir. Such den Priester der heiligen Erde. Er kennt die Wege, die aus der Duat führen.« Dann lief sie lautlos nach draußen und zog die Pforte hinter sich zu.

Statt Sahias Aufforderung nachzukommen, war mein oberstes Ziel, all die wirren Gedanken zu ordnen, die wie ägyptische Poltergeister in meinem Kopf tobten. Noch Stunden, nachdem Sahia das Zimmer verlassen hatte, lag ich grübelnd auf dem Bett und bemühte mich, das Gehörte in historische Fakten zu pressen und mit archäologischen Funden abzugleichen. Dennoch ertappte ich mich immer wieder dabei, alle Standpunkte unbewusst miteinander zu vermischen.

Natürlich gibt es geschichtliche Zeugnisse von langwierigen kriegerischen Auseinandersetzungen in Ägypten. Um eintausend vor Christus, als laut Sahia der Krieg sein scheinbar katastrophales Ende fand und die Kemahor vertrieben waren, stand das Land plötzlich wirtschaftlich vor dem Ruin. Die Pharaonen hatten ihr Ansehen verloren, waren nicht mehr die Fleisch gewordenen Götter der Kemahor-Zeit. Ohne ihre herrschende Hand verkam Ägypten rasch zu einem Schatten seiner selbst. Nicht nur die Duat hatte nach der geheimnisvollen Katastrophe begonnen, sich zu verändern, sondern auch das Reich der Pharaonen.

Ich drehte mich auf die Seite und starrte durch die Balkontür, in den grauen Wolkensud über der Stadt. Jegliche Gedanken an die drohende Gefahr, die mir angeblich von Sahias dämonischem Alter Ego drohte, an Leben und Tod, Freiheit und Verdammnis und die Duat verdrängte ich in den Hintergrund. Sollte Giza sich in meinem Unterbewusstsein mit dem ganzen Kram herumschlagen, während ich im Schlaf Vergessen suchte …

Lazarium 3 • Kontrollraum

Ein dumpfes Grollen wie ferner Kanonendonner ließ *Ka* aufhorchen. Unter seinen Füßen erzitterte der Boden; zweimal, dreimal, während das Licht unruhig zu flackern begann. Dann ließen die Erschütterungen und das Getöse wieder nach. Sekunden später erstrahlte auch die Deckenbeleuchtung wieder gleichmäßig, und in dem Korridor, durch den sie schritten, war es so still wie zuvor.

»Was war das?«, fragte *Ka* die Frau, die unbeeindruckt neben ihm herschlurfte.

»Was meinen Sie?«

»Dieses Beben …«

»Oh, das passiert ständig.« Sie winkte ab, als ginge es um die zur allgemeinen Gewohnheit gewordenen Marotten einer lästigen Mitbewohnerin. »Ich höre schon gar nicht mehr hin. Mal rumst es da, mal rumst es dort … Im Laufe der Zeit gewöhnt man sich daran.«

»Warten Sie«, bat *Ka.* Er ging zu einem der bullaugenartigen Fenster, die sich in den Korridorwänden öffneten, und versuchte es freizuwischen, doch der Schmutz hatte sich von außen an der Scheibe festgesetzt. Es sah aus, als wäre er durch dreckiges, mit Rostpartikeln versetztes Wasser entstanden, das jahrelang gegen das Glas geschwappt und Schicht über Schicht getrocknet war. Nahezu unmöglich zu bestimmen, was sich jenseits des Fensters befand. Die verschwommenen Formen außerhalb des Gebäudes ähnelte kahlen, gedrungenen Bäumen oder einem rostigen Baugerüst, überlegte *Ka.* Er hatte sein Gesicht gegen die Scheibe gepresst und schirmte es mit den Händen gegen das Korridorlicht ab. Das Orangebraun auf der Außenseite des Fensters schien jedenfalls nicht allein vom Schmutz herzurühren.

»Waren Sie schon mal draußen?«, fragte er. Niemand antwortete ihm. Er blickte über seine Schulter und erkannte, dass die Frau einfach weitergelaufen war.

»Ich brauche einen neuen Beutel«, murmelte sie wie zur Entschuldigung, als er wieder zu ihr aufgeschlossen hatte. »Es wird zwar kaum noch etwas nützen, aber Vorschrift ist nun mal Vorschrift.«

Ka wiederholte seine Frage, worauf sie ihre Unterlippe vorschob und den Kopf schüttelte. »Nein. Nein.« Dann sah sie ihn an und schmunzelte, als hätte sie einen zweideutigen Witz durchschaut. »Das war eine Fangfrage, nicht wahr?«

»Bitte?«

»Na, das mit dem Draußen ...« Sie blinzelte ihm zu. »Wir sind doch schon längst draußen, junger Mann.« Dann setzte sie eine verschwörerische Miene auf und senkte hinter vorgehaltener Hand ihre Stimme zu einem heiseren Flüstern: »Und wissen Sie was? Ich glaube, die Schwestern haben es noch gar nicht gemerkt ...« Sie kicherte schelmisch und begann ein Lied über das Zigeunerleben zu singen.

Ka nickte ergeben und ließ sich ein paar Schritte zurückfallen. Der Frau konnte wohl tatsächlich nicht mehr geholfen werden, selbst wenn ihr neuer Infusionsbeutel so groß ausfallen würde wie ein Fesselballon. Zumindest schien sie den Weg zu kennen – wohin auch immer er sie beide führen mochte.

Der Raum, in den der Korridor mündete, ließ sich fast schon als Halle bezeichnen; nicht sonderlich hoch, doch so ausgedehnt, dass Dutzende von weiß getünchten Säulen die Decke stützen mussten. Während der Raum höchstens dreißig Meter in der Breite maß, erstreckte er sich in der Länge über mindestens einhundert Meter, ehe er mit einer Wand abschloss, in die, wie *Ka* aus der Ferne zu erkennen glaubte, drei große Doppeltüren oder transparente Wände eingelassen waren.

Das Auffälligste an der Halle war eine Konstruktion, die *Ka* zuerst für eine weitläufige Video-Installation hielt; eine endlose Phalanx aus Monitoren, die sich rundum an den Wänden erstreckte. Hunderte an der Zahl waren es, und allesamt defekt, wie es schien. Sie bildeten ein leuchtendes Band aus graugrünem Licht vor schäbigen, in Fünfergruppen unterteilten Sesselreihen. In den Sesseln saßen Menschen und sahen gebannt in die Höhe, während aus bunten Beuteln Unmengen an Injektionslösung in ihre Venen tröpfelten. Jeder Patient schien unter seinem eigenen Monitor zu kauern, fasziniert von dem stummen, grauen Flockengestöber, das er betrachtete. Mit sehnsüchtig-apathischen Blicken starrten die Menschen auf die Mattscheiben, ohne jemals zu blinzeln und so regungslos, als seien sie selbst aus Wachs modelliert und fester Bestandteil dieser orwellschen Anlage.

»Warum sehen sie alle auf die Monitore?«, wunderte sich *Ka*, bemüht, in dem Gegrissel ebenfalls etwas zu erkennen.

»Sie warten ...«

»Der Empfang ist gestört, vermutlich infolge des Bebens. Es ist absolut nichts zu sehen. Worauf also warten sie? Auf eine Armee Fernsehmechaniker?«

»Auf die Bilder, die verblasst sind. Auf *ihre* Bilder.«

»Stehen die Leute unter Drogen?« *Ka* schritt die Sesselreihen ab. »Werden sie mit unterschwelligen Botschaften ruhig gehalten, in so einer Art Video-Massenhypnose?«

»Junger Mann, was reden Sie da eigentlich?«, fragte die Frau kopfschüttelnd.

Ka rieb sich die Augen. »Nichts, schon gut.«

»Dort«, sagte die Frau und deutete nacheinander in drei verschiedene Richtungen. »Dort drüben. Kommen Sie, helfen

Sie mir, meine Beine sind so müde ...« Sie führte ihn zu einem leeren Sessel, der sich etwa dreißig Sitzplätze vom Eingang entfernt befand. »Hier ist mein Platz«, bestätigte sie *Kas* Vermutung, wobei sie mehr mit sich selbst zu reden schien. »Und mein Fernseher ...« Sie ließ sich ächzend auf dem Sessel nieder, legte den Kopf zurück und hob ihren Blick hinauf zum Monitor. Ihre Sitznachbarn, eine kränklich-hagere Frau mit dunklen Augenringen und ein untersetzter Mann mit Schnauzbart und grauen, schulterlangen Locken, nahmen keine Notiz davon. Aus Neugier folgte *Ka* dem Blick der Frau, doch auf ihrem Bildschirm war erwartungsgemäß nicht mehr zu sehen als auf allen anderen. Seltsamerweise besaß keiner der Monitore so etwas wie eine Programmkonsole. *Ka* sah sich um, in der Hoffnung, irgendwo eine Art Steuerpaneel oder zumindest Fernbedienungen auf den Schößen der Menschen oder auf dem Fußboden zu entdecken, doch das Fernsehprogramm – falls es denn ein solches geben sollte – schien aus einem separaten Raum gesteuert zu werden.

»Ich hatte auch mal ein Bild ...«, sinnierte die Frau nun beinahe verträumt. »Ja, ich hatte auch eins ... Doch dann ist es immer undeutlicher geworden. Als es fort war, bin ich gegangen ... Ich bin rausgegangen, wissen Sie? Nach *draußen* ...!« Sie kicherte albern.

»Sie kommen jetzt bestimmt wieder allein zurecht«, befand *Ka*.

»Oh ja, natürlich«, versicherte die Frau. »Besten Dank, junger Mann. Warum gehen Sie nicht auch an Ihren Platz und ruhen sich etwas aus? Dort hinten, sehen Sie?« Ihr ausgestreckter Arm wies in eine entfernte Ecke der Halle, wo inmitten des Bandes aus weißem Rauschen ein einzelner Monitor verdächtig ruhig strahlte. »Ich glaube, Sie haben sogar noch ein Bild ...«

Ka kniff die Augen zusammen und ging ein paar Schritte in die angewiesene Richtung.

»Oh, bitte warten Sie noch«, rief ihm die Frau hinterher, ohne den Blick von ihrem Bildschirm abzuwenden. »Würden Sie mir noch den Gefallen tun und unterwegs gleich einer Schwester Bescheid sagen? Es wird zwar kaum noch etwas nützen, aber ich brauche dringend einen neuen Beutel.«

Mekropalladium 9

Der Schrei kam aus den Tiefen des Turms und verklang erst, als ich die Augen bereits geöffnet hatte. Ich erhob mich schlaftrunken, ging zur Tür und lauschte mit dem Ohr am Holz. Lange Zeit geschah nichts, dann hallten dumpfe Schläge durch das Treppenhaus, gefolgt von einem neuerlichen Wehklagen, das in einem Wimmern verklang. Ich trat von der Tür zurück. Dass ein paar Stockwerke tiefer lediglich ein Fernsehapparat zu laut lief und Okabur sich bei Bier und Knabbergebäck obskure Videos zu Gemüte führte, war wohl auszuschließen. Ein neuerlicher, markerschütternder Schrei erscholl, gefolgt von einem jämmerlichen Heulen.

Was in aller Welt ging in den Tiefen dieses Gemäuers vor sich? Hatten die Chroner die Festung besetzt, um mich für meinen Verrat zur Rechenschaft zu ziehen? Folterten sie aus dem Corrigan meinen Aufenthaltsort heraus? Standen sie womöglich schon vor meinem Refugium?

Nur die Ruhe, Krispin. Diese Kreaturen sind viel zu fett, um die letzte Treppe emporzusteigen.

Aufgeregt begann ich, durch das Zimmer zu streifen und blieb schließlich vor einer prunkvollen ägyptischen Wandmalerei stehen – zweifelsohne eine Fälschung! – während ich überlegte, welche Möbel ich vor die Tür schieben sollte, um die Chroner am Eindringen zu hindern. Alle vielleicht, denn ein einziges würde diese Teufel wohl kaum aufhalten.

Erneut streifte ich ziellos durch den Raum, verharrte am Ende wieder vor der Tür und spielte mit dem Türgriff. Zu meiner Überraschung ließ er sich mühelos niederdrücken. Sahia hatte die Riegel tatsächlich offen gelassen, wie sie es angekündigt hatte. Blieb die Frage: Diente die offene Tür tatsächlich meiner Flucht, oder war es eine Falle? Hatte Sahia die Wahrheit gesagt, oder war das, was sie mir über ihr zweites Ich, die Kemahor und den Krieg erzählt hatte, nur Teil eines ausgeklügelten Plans? Eventuell erwartete mich nach dem Ben-Sira-Experiment nun ein weiterer sadistischer Reaktionstest der Duat-Betreiber ...

Ich öffnete die Tür einen Spalt weit und warf einen Blick auf den Korridor. Weder das finstere Gesicht des Corrigans, noch seine vorschnellende Dolchklinge (und zu meiner Erleichterung auch kein Chronerschwert) hinderten mich daran, meinen Kopf hinauszustrecken und die Treppe hinunterzuspähen. Niemand war zu sehen, lediglich die grässlichen Schmerzlaute spukten aus der Tiefe empor. Ich schlüpfte hinaus auf den Gang und schlich die Stufen hinab. Erst als ich die Treppensohle erreicht hatte, wurde mir bewusst, dass ich kaum etwas am Leib trug. Lediglich mit einem Lendentuch bekleidet wandelte ich durch die Dunkelheit.

Von weit unten stieg schwacher Lichtschein das Treppenhaus hinauf. Gedämpft klingende Stimmen drangen aus der Tiefe an meine Ohren, Fetzen eines Gesprächs oder Verhörs, unterbrochen von Schlägen und Wehgeschrei. Ich tastete mich an der Turmwand entlang auf den Lichtschimmer zu, bis ich drei Etagen tiefer vor einer halb geöffneten Pforte stand. Fackelschein erfüllte den dahinter liegenden Raum, und die Stimmen waren nun deutlich zu unterscheiden: Eine von ihnen gehörte Okabur, eine andere Sahia, obwohl ich sie nie zuvor in einem derart verächtlichen Tonfall hatte sprechen hören. Dabei fiel sie hin und wieder in eine unbekannte, kehlige Sprache, die irgendwie nicht zu menschlichen Stimmbändern passen wollte. Auch das schmerzerfüllte Krächzen von Kreuzbeißer und Rabendorn meinte ich herauszuhören, hin und wieder unterbrochen durch einen bellenden Laut des Corrigans, der diese zum Reden oder

Schweigen aufforderte. Die Chroner waren also tatsächlich im Turm!

Ich trat einen letzten Schritt vor und warf einen Blick durch den Türspalt. Was ich sah, übertraf meine schlimmsten Befürchtungen; nicht, weil ich um meinen Kopf bangte oder glaubte, man handle den Preis für den Verrat an mir aus, sondern weil sich mir ein weitaus groteskeres Schauspiel bot, als ich je erwartet hatte.

In dem Raum befanden sich die Chroner, die mich über die Mauer geschleppt hatten. Sie waren jedoch keinesfalls hier, um mir ihre Rebaschen durch den Leib zu bohren. Alle drei lagen ausgestreckt auf ihren Bäuchen. Mächtige Eisennägel waren durch ihre Arme und Beine in den Boden getrieben worden und hinderten sie daran, sich zu bewegen. Lediglich mit dem Kopf zu nicken war ihnen vergönnt, und selbst das musste ihnen unvorstellbare Schmerzen bereiten. Metallschalen mit brennendem Öl standen auf ihren bulligen Rücken, und bei jedem Nicken, jedem geständigen Zucken ihrer Köpfe oder einem hilflosen Verneinen sorgten Ketten, die von den Schüsseln zu massiven, in die Hinterköpfe der Chroner geschlagenen Haken liefen, für ein Überschwappen der feurigen Flüssigkeit. Wie kleine Lavaströme rann dann das Öl über die Körper der Aufseher und hinterließ schwelende Bahnen verbrannten Fleisches.

Der Corrigan lief hämisch grinsend von einem Chroner zum anderen und füllte gewissenhaft das übergelaufene Öl wieder nach. Dass dabei flammende Tropfen über die Körper der Gefolterten spritzten, schien ihn wenig zu stören. Im Gegenteil, er füllte die Schalen aus solcher Höhe auf, als schenkte er ägyptischen Tee ein. Das Schreien und Klagen der Aufseher drang mir durch Mark und Bein.

»Hört auf zu jaulen!«, erklang nun Sahias Stimme wieder in verständlicher Sprache. »Den verdorbenen Seelen in eurer Bucht ist ebenso zumute, doch sie schreien nicht einmal halb so laut wie ihr.«

Lediglich Sahias Schatten war zu sehen, merkwürdig verbogen und tanzend. Wahrscheinlich stand sie vor einem offenen Feuer. Ich reckte den Kopf durch den Türspalt, um sie erkennen zu können. Es wäre nicht nötig gewesen, denn sie begab sich von selbst in mein Blickfeld. Doch dabei schritt sie nicht, sie *kroch!*

Mein bestürztes Aufstöhnen ließ das aberwitzige Szenario für eine Sekunde gefrieren. Selbst die Flammen schienen erschrocken innezuhalten, ehe Sahia und der Corrigan herumwirbelten und mich überrascht ansahen – einen geduckten, halb nackten Mann, der wie versteinert in der offenen Tür kauerte. Fassungslos starrte ich auf Sahias nervös peitschenden Hinterleib, ähnlich dem Körper jener riesigen Schlange, die ich unlängst in dem finsteren Gewölbe unter dem Turm aufgeschreckt hatte. Dort, wo bei einem Menschen die Beine ansetzten, ging Sahias Hüfte in einen üppigen, schillernd grünen Schlangenleib über. Ein zartes Geflecht aus violetten Schuppen bildete an ihren Flanken ein labyrinthisches Muster, und an ihrer Schwanzspitze zitterte drohend ein ellenlanger, schwarzer Dorn …

Mit einem Mal erinnerte ich mich, wo ich diesen Schlangenkörper schon einmal gesehen hatte: in den Tiefen einer sechseckigen Pyramide am Fuße des Djebel Uweinat – als halluzinogenes Trugbild und unheilvolle Vision. Und plötzlich brach sich aus der Tiefe meines Unterbewusstseins ein Schwall von Erinnerungen Bahn – an den unterirdischen Turm in der Wüste, an den Ringsarkophag und den schweren schwarzen Staub, der den Grund des Schachts bedeckt hatte, an den Uräus-Armreif, den ich durch meine Finger hatte wandern lassen, und an die Worte aus dem Maul der Schlange: *Men keb hatar!* – Sei mir willkommen!

Sahias Blick offenbarte Wut, Bestürzung und etwas Schmerzvolles, Endgültiges, das dem Corrigan verborgen blieb. Ich stand wie angewurzelt auf der Stelle wie Lots Frau beim Blick auf Gomorrha, und auch Sahia – oder das Ding, das sie war – wirkte durch mein überraschendes Auftauchen unschlüssig. Ein heftiger Stoß in meinen Rücken brachte die Situation schließlich wieder in Schwung. Unsanft landete ich auf dem Boden, und als ich versuchte, mich zu erheben, hinderte mich daran ein Stiefel, der sich in meinen Nacken stellte.

Ich verdrehte meinen Hals, um den Angreifer zu erspähen. Über mir stand ein zweiter Corrigan mit gezücktem Schwert, dessen Spitze auf mich zeigte. Der Gnom hob die Waffe an, nahm seinen Fuß von meinem Genick und trat mir hart in die Hüfte, dann packte er mich mit der freien Pranke und riss mich herum. Hustend blieb ich auf dem Rücken liegen und hielt zwei zitternde Hände schützend vor meinen Körper.

»Da ist sie ja, die Made!«, keifte Kreuzbeißer, als er mich sah. »Hab ich dir Scheißer nicht gesagt, du sollst dein Maul halten?«

»Sei still!«, befahl Sahia.

»Einen Dreck werde ich!« Der Chroner stierte hasserfüllt herüber. »Lass dich niemals außerhalb dieser Mauern blicken, Günstling, hörst du? Niemals! Wenn wir dich draußen erwischen, dann …!«

Ein Schmerzensschrei beendete Kreuzbeißers Hasstirade, als Okabur einen Schwall Öl über seinen Schädel kippte. Die Flüssigkeit entzündete sich und hüllte den Teufelskopf augenblicklich in prasselnde Flammen. Sahia indes glitt näher und bedeutete dem Wächter, der mich in Schach hielt, von mir abzulassen. Ich wich vor dem Zwitterwesen zurück, doch nach zwei Metern endete meine halbherzige Flucht bereits wieder an den Stiefeln des Corrigans. Hatte ich anfangs gehofft, Sahia stecke in einem Kostüm, so war ich nun davon überzeugt, dass der Schlangenleib echt war, ein Teil von ihr, der pulsierte und lebte. Das Mädchen war eine Hybride aus Mensch und Reptil. Aber war sie ein Mensch, der sich in eine Schlange verwandeln konnte, oder eine Schlange, die fähig war, die Gestalt einer verführerischen Frau anzunehmen? War das, was über mir aufragte, die Entität, vor der Sahia mich versucht hatte zu warnen? Jenes Geschöpf, vor dem sie solche Angst hatte und das von ihr Besitz ergriff, sobald es ihren Köper brauchte?

»Fürchte dich nicht«, sprach das Zwitterwesen mit Sahias zauberhafter Stimme. »Ich werde dir nichts tun, so wie ich dafür Sorge trage, dass dir auch sonst niemand ein Leid zufügt.«

»Ha!«, machte Kreuzbeißer, dessen verbrannter Kopf qualmte wie eine Räucherkugel. »Früher oder später angeln wir uns diesen Krümelkacker, verlass dich drauf! Du kannst nicht überall sein, Meret!«

Das Schlangenwesen wirbelte mit einem wütenden Aufschrei herum, stieß eine zur Klaue gewandelte Hand in Kreuzbeißers Maul und riss dem Chroner mit einem Ruck die Zunge aus dem Rachen. Der Aufseher brüllte, dass mir das Blut in den Adern gefror, wobei ein Schwall rotschwarzen Blutes aus seinem Maul sprudelte. Dann ließ er seinen Kopf zu Boden sinken und blieb jammernd liegen. Unter seinem Gesicht bildete sich eine große dunkle Pfütze.

Während Sahia sich aufrichtete und das ausgerissene Organ wie einen fetten Aal vor sich hielt, hallte jener Name in meinem Kopf wider, mit dem der Chroner sie benannt hatte: Meret ... Und mit einem Mal wusste ich, wer meine verführerische Gastgeberin war: Meretseger, die Uräusgöttin der Nekropolen, mächtigste der fünf Schlangendämonen, die über den höllischen Jenseitsgruben der Duat wachen und Feuer auf die Verdammten speien.

Sahia – die menschliche Sahia und Merets *Leibeigene* – hatte die Wahrheit gesagt; über die abscheuliche Rolle, die diese Kreatur mir zugedacht hatte, als Schöpfer ihres neuen, irdischen Körpers, ihres Reinkarnations-Habitus, in dem sie sich selbst zu gebären und diesem Reich der Verdammten zu entkommen hoffte.

Was, in Gottes Namen, war in jener Nacht in Kairo geschehen, ehe ich des Morgens blutüberströmt vor dem Sheraton-Hotel erwacht war?

»Wenn du nicht willst, dass dies dein letzter Brüller war, Kreuzbeißer, dann hör jetzt gut zu«, grollte Meret. »Dieser Kematef dort drüben gehört mir! *Mir!* Wo immer er sich in der Stadt aufhält, er ist mein! Das ist es, was du den anderen sagen wirst, hast du mich verstanden?« Der Chroner verharrte noch eine Weile in seiner Pein, dann nickte er kaum merklich, ohne aufzusehen. »Sehr gut, mein Freund«, zischte Meret. »Lernen ist wie Rudern gegen den Strom. Sobald man aufhört, treibt man zurück.« Sie warf die Zunge vor Kreuzbeißer auf den Boden. Es gab ein widerliches, klatschendes Geräusch, das Blut spritzte bis zu mir herüber. »Und gnade euch jener, der über den Kronen herrscht, falls ihr es wieder vergesst!«, fügte sie hinzu, ehe sie sich abwandte und in meine Richtung glitt.

Ich starrte auf die Zunge, die so groß war wie die eines Ochsen. Sie bewegte sich! Erschüttert beobachtete ich, wie das herausgerissene Organ einer fetten Schnecke gleich auf den Chroner zukroch, der nun seinen Kopf hob und dem Unding entgegensah. Der bluttriefende Fleischklumpen zog sich zusammen und streckte sich wieder, bewegte sich mit der Wunde voran auf das Gesicht des Teufels zu, während die Zungenspitze die unförmige Masse nachschob. Als sie Kreuzbeißer erreicht hatte, öffnete dieser sein Maul, und das Organ schlüpfte hinein wie eine fette Made, die sich in ein Stück faules Fleisch fraß. Schließlich verschwand sie in Kreuzbeißers Rachen, und der Aufseher klappte sein Maul wieder zu. Er bedachte mich mit einem letzten hasserfüllten Blick, dann wandte er sich ab und starrte an die gegenüberliegende Wand.

Ich lehnte immer noch an den Schienbeinen des zweiten Corrigans. Meret glitt heran, während sie sich mit den Händen auf dem Boden abstieß wie eine Eidechse. Als sie mich erreicht hatte, richtete sie sich auf, nahm mein Gesicht in ihre Hände und sah mich forschend an.

»Du wirst vergessen, was du hier gesehen hast«, säuselte sie. »Es ist noch viel zu früh für Erkenntnisse.«

Ich schnaufte wie ein Blasebalg, als ihre Pupillen ihre Farbe und ihre Form veränderten und ihr hypnotischer Blick in meinen Geist einzudringen begann. Blitzartig fuhr ich herum, sprang auf und riss dem überraschten Corrigan das Kurzschwert aus der Hand. Mit einem Aufschrei, in dem sich meine ganze Furcht und Fassungslosigkeit entluden, wirbelte ich um die eigene Achse und schlug blindlings zu. Die Klinge traf auf irgendeine Form von Widerstand, doch ich achtete nicht darauf, was oder wen ich getroffen hatte, sondern stürzte auf den Ausgang zu. Hinter mir ertönte ein Röcheln, und etwas plumpste zu Boden, dann war ich aus dem Raum und hetzte wie von Sinnen die Stufen empor. Erst als ich zwei Stockwerke erklommen hatte, wurde mir bewusst, dass ich nach unten hätte rennen sollen, nicht in die offensichtliche Sackgasse hinauf. Falls es in diesen Mauern eine Pforte gab, die zurück ins Megaron führte, dann befand sie sich unten, nicht in meinem Zimmer. *Unten!*

Ich hätte Sahia nach dem Standort der Tür fragen sollen. Was für eine Chance hatte ich vergeben! Was für ein ignoranter Dummkopf war ich doch gewesen! Einen Moment lang hielt ich inne, mit mir hadernd, ob ich umkehren oder weiter emporsteigen sollte. Nahende Geräusche aus der Tiefe verkündeten, dass der Weg hinab versperrt war. Es sei denn, ich hackte alles nieder, was sich mir in den Weg stellte.

Auch Meret?

Meine Kehle wurde trocken, das Schwert lag plötzlich unglaublich schwer in meinen Händen. Dunkles Blut war von der Klinge getropft und hatte eine schwarze Spur auf den Stufen hinterlassen. Während ich weiter überlegte, ob hinauf oder hinab, tauchte jäh Merets Kopf aus dem Dunkel auf. Der

Schlangenleib machte sie unglaublich schnell, zumal sie sich im Turm viel besser zurechtfand als ich. Atemlos stolperte ich die Treppe hinan. Bei meiner Flucht schnitt ich mir mit dem Schwert fast ins eigene Bein, ehe ich in mein Gemach torkelte. Doch bevor ich die Tür schließen und mich verbarrikadieren konnte, hatte das Schlangenwesen sie ebenfalls erreicht und verharrte im Eingang. In den Händen trug Meret einen kristallenen Kelch mit einer milchigen Flüssigkeit, derweil sie mich mit diesem eindringlichen, hypnotisch fordernden Blick ansah, der jeglichen Willen in sich aufsog.

In die Falle gelaufen, Krispin, höhnte Gizas Stimme in meinem Kopf. *Wie heißt es doch gleich: Ein einzelner Feind in der Festung ist fürchterlicher als das stärkste Heer davor.*

»Bleib mir vom Leib, du Ausgeburt!« Ich richtete die Schwertspitze auf ihre herangleitende Gestalt und wich Schritt um Schritt zurück. »Blind muss ich gewesen sein, um nicht schon in Kairo zu erkennen, was du wirklich bist; verblendet von deinem Zauber, von deinen Zärtlichkeiten, von deinem Duft …«

Meret hielt den Kelch vor sich und lächelte, während ihre Schwanzspitze nervös zitterte. »Du beginnst dich wieder zu erinnern«, flüsterte sie. »Aber diese Erinnerung bringt dich in große Gefahr. Koste meinen Nektar, Kematef, und du wirst mich wieder so sehen wie früher.« Und als ich nicht reagierte: »Trink, sonst kann ich dich vielleicht nie wieder in deine Welt zurückschicken.«

Sie streckte eine Hand nach mir aus und spielte verlockend mit ihren Fingern, deren Spitzen fast die Schwertklinge berührten. Das Gewicht der Waffe zehrte an meiner Kraft, ließ meine Muskeln erlahmen. Stärker und stärker begann mein Arm zu zittern, während mein Atem stoßweise ging und ich mich von ihrem Fingerspiel ablenken ließ. Meine Wahrnehmung bestand auf einmal nur noch aus ihren schlangengleich wandernden Fingerspitzen.

Auf und ab ...

Auf und ab ...

»Geliebter Kematef!«, raunte ihre verführerische Stimme. »Nimm meine Hand, ich bin Wärme ...«

Ich zwang meinen Blick von Merets tanzenden Fingern und funkelte die Kreatur an. Ihr Lächeln erstarb, als ich die Klinge in einem letzten Aufbegehren in ihre Richtung stieß. Sie riss die Hände an sich und wich blitzartig zurück. Der Kelch fiel zu Boden und zerbarst. Dort, wo die milchig-weiße Flüssigkeit das Gestein berührte, begann sie Blasen zu schlagen und wurde zu einem zähen, braunen Sud, der schließlich erstarrte.

Trotz Merets Flinkheit hatte die Schwertklinge einen tiefen Schnitt in ihrer linken Hand zurückgelassen. Das Zwitterwesen betrachtete traurig die Wunde, aus der eine orangefarbene Flüssigkeit blutete. Dann blickte es auf – und ich sah, dass es weinte.

Das konnte, das durfte nicht wahr sein! Hegte diese äonenalte Kreatur wahrhaftig Gefühle für mich? War ich für sie tatsächlich mehr als nur ein Lustsklave aus einer Menschenwelt, den sie mittels suggestiver Geisteskraft und berauschender Sekrete zu einem blinden, gefügigen Gespielen machte; ein willenloser Erzeuger ihres zukünftigen Menschenkörpers, mit dem sie nach Jahrtausenden wieder auf Erden zu wandeln gedachte? Oder glaubte sie wahrhaftig, ich sei Kematef?

Der Kematef?

Unten in ihrer Folterkammer hatte sie diesen Namen Kreuzbeißer gegenüber nicht wie den des Amun-Gottes, sondern eher wie ein Titulierung benutzt. Wie eine Bezeichnung für einen Fetisch, fast so, als sei ich ein menschlicher Skarabäus, den es zu beschützen galt.

»Du warst es, der die Kemahor einst in der Wüste gehuldigt hatten«, erkannte ich. »Die *Sata*-Schlange, die von ihnen angebetet wurde ...«

»Das Leben besteht aus zwei Teilen, Kematef«, hauchte

Meret und näherte sich noch ein Stück. »Die Vergangenheit – ein Traum. Die Zukunft – ein Wunsch. Sieh in mir nicht das Ungeheuer, das dir scheinbar vor Augen steht.« Die Blasen, zu denen ihr Nektar kristallisiert war, zerplatzten unter ihrem Schlangenleib wie gläserne Christbaumkugeln. »Ich kann alles für dich sein ...«

»Sei still!« Ich lief rückwärts bis zur Balkontür und öffnete sie, ohne das Schwert zu senken.

»Was hast du vor?«

»Ich verlasse deinen Elfenbeinturm.

»Du hast mir Leben versprochen.«

»Ich habe es Sahia versprochen, nicht dir! Du hast mich in ihrem Körper hintergangen, mich gegen meinen Willen hierher verschleppen lassen, mir etwas gezeigt, das ein Mensch niemals hätte erblicken dürfen. Es war eine interessante Erfahrung, dich und diesen Ort kennen gelernt zu haben, aber du wirst sicher verstehen, dass wir nicht füreinander geschaffen sind. Diese ganze Freakshow ist mir zuwider.«

»Und wohin willst du gehen?«

»Weg von diesem Ort. Diese Stadt beherbergt genug Wahnsinn und Grausamkeit, um eine ganze Bibliothek mit psychopathologischen Abhandlungen zu füllen. Du und all die anderen Kreaturen, geht mit eurem fliegenden Schreckenskabinett dorthin zurück, woher ihr gekommen seid. Kemahor, ägyptische Götter, Agarepth, was ihr auch sein mögt, verschwindet zurück in den Weltraum oder weiß der Teufel wohin, aber verschwindet – ehe man euch mit ein paar Raketen vom Himmel pustet. Ich gehe zurück in meine Welt, und für dich ist es das Beste, du bleibst in deiner.«

Meret spitzte die Lippen. »Willst du dir nicht vorher etwas anziehen?«

Ich sah an mir hinab.

Die Hybride schoss mit zum Greifen ausgestreckten Händen nach vorne, bekam das Schwert zu packen und wand es mir aus den Händen. Überrumpelt von ihrem Angriff, riss ich mich los, stürzte hinaus auf den Balkon und eilte auf die gegenüberliegende Seite des Turmes. Der Nebel raubte mir die Sicht, doch ich konnte weit genug sehen, um auf die gleiche Art und Weise die Mauer hinunterzuklettern, auf die ich es zuvor bereits in den Akazienhain geschafft hatte. Diesmal jedoch stieg ich auf der anderen Seite des Trutzwalls hinab, in die dicken, nach Teer stinkenden Schwaden hinein.

Meret erschien über der Balkonbrüstung, als ich bereits einige Meter in die Tiefe geklettert war. Sie sah zu mir herab, ungläubig, fast schon entsetzt darüber, dass ich mich an der Außenwand befand.

»Tu das nicht!«, rief sie. »Du bist Hunderte von Metern über dem Boden. Hinabzustürzen bedeutet dein Verderben. Du weißt nicht, was dich dort unten erwartet!«

»Dort unten ist die Straße, mehr nicht«, rief ich und kletterte weiter.

»Nein!« Das Zwitterwesen war im Dunst nicht mehr zu sehen. »Die Straße liegt auf der anderen Seite des Tempels. Unter dir klafft ein Abgrund! Du wirst nie zurückfinden!«

Ich hielt einen Augenblick inne. Als der Corrigan mich in den Turm geführt hatte, waren wir zuvor durch einen langen Korridor geschritten. Falls nun Meret die Wahrheit sprach? Kletterte ich womöglich wirklich ins Bodenlose?

Über mir schälte sich ein länglicher Schatten aus dem Dunst. Es sah aus, als werfe jemand ein baumdickes Seil über die Brüstung. Der Schatten war grasgrün und schoss mit weit aufgerissenem Maul auf mich zu, um mich zu schnappen. Für den Bruchteil einer Sekunde schien die Zeit stillzustehen, dann löste ich instinktiv meinen Griff und ließ mich fallen. Genauso schnell wie das Schlangenmaul auf mich zuraste, entfernte es sich plötzlich wieder und wurde vom Brodem verschluckt, während mir der Magen in den Hals zu rutschen schien und ich mich in freiem Fall zu überschlagen begann.

Über mir erklang ein schmerzvoller, verwehender Schrei, ein langgezogener Ausruf von Enttäuschung und Bitterkeit, dann umgab mich nur noch pfeifender Wind.

Meret hatte nicht gelogen: Es existierte tatsächlich keine Straße!

Ich konnte nicht sagen, wie viele Meter ich bereits gestürzt war, bis aus der schreckbedingten Konfusion endlich Erkenntnis wurde und sich die Angst in einem übermächtigen, verzweifelten Schrei Bahn brach, der so lange aus meinem Mund wehte, bis meine Lungen sich ausgepumpt hatten. Dann sog ich den Sturm in sie hinein und formte einen weiteren Schrei daraus.

Stürzte tiefer.

Fiel und fiel …

Prallte irgendwann gegen Fels und wurde hinaus in die Leere katapultiert. Zuletzt erkannte ich unter mir schwarzen Boden, einen Herzschlag später schlug ich auf.

TEIL DREI

Lament

Durch mich geht man ein in die Stadt der Klage,
durch mich dahin, wo ewig Schmerz nur wohnt.
Durch mich zum Volk, das ich verloren sage!

Dante
Inferno

Lazarium 4 • Strafraum

Ein entsetzlicher Schmerz durchfuhr *Ka*. Er begann in der Wirbelsäule und breitete sich explosionsartig bis in die kleinste Nervenfaser aus, fast so, als würde jeder seiner Knochen entzweigebrochen. Einen verzweifelten Moment lang klammerte *Ka* sich an den Infusionsständer, dann wurde ihm schwarz vor Augen. Auf halber Strecke zu dem fernen, gleichmäßig ruhig strahlenden Monitor sackte er zu Boden, ohne dass einer der übrigen Anwesenden Notiz davon nahm.

Als er wieder zu sich kam, lag er auf schlecht gepolstertem Untergrund und fror erbärmlich. Halogenlampen, die nicht wärmten, strahlten über *Ka* und blendeten seine Augen. Er versuchte eine Hand zu heben und sich aufzurichten, doch er konnte sich nicht bewegen. Sogar sein Kopf wurde von einer Metallmanschette festgehalten, die um seinen Hals lag. Womöglich sollten seine verletzten Halswirbel vor ruckartigen Bewegungen geschützt werden. Man hatte ihm den Stützkragen abgenommen und Elektroden auf seinem entblößten, schweißnassen Oberkörper befestigt. Angeschnallt wie ein tobsüchtiger Irrer ruhte er auf der Liege und blickte auf zwei wie Ärzte gekleidete Personen, die nun in sein Blickfeld traten; ein Mann mit einem runden, teigig-bleichen Gesicht und kurzgeschorenem Schädel, und eine attraktive, zierliche Frau, die ihr langes schwarzes Haar im Nacken zu einem Knoten zusammengesteckt hatte. Ihre braune Haut wirkte im Licht der Lampen wie Bronze.

»Wissen Sie, warum Sie hier sind?«, fragte die Frau. Ihre Stimme war dunkel und besaß einen leicht metallischen Klang.

»Ich ... wurde ohnmächtig«, krächzte *Ka.* Er drehte den Kopf, so weit es die Halsmanschette zuließ, und musterte die Weißgekleidete. »Warum bin ich hier?«

»Ihr Name« – die Frau blätterte in einer Akte – »ist Hippolyt.«

»Ist *das* der Grund?«

»Nein.« Sie lächelte. »Ich bin Schwester 26. Zählen Sie ein paar Persönlichkeiten auf, die den Vornamen ›Hippolyt‹ tragen.«

»Warum?«

»Fangen Sie an.«

»Ich – erinnere mich an keine«, gab *Ka* nach kurzem Überlegen zu.

»Wirklich nicht?« Die Schwester schüttelte betrübt den Kopf. »Das ist schade. Sagt Ihnen der Name Hippolyt Guarinonius etwas?«

»Nein.«

»Kennen Sie die Legende vom Krieg der ersten Götter?«

»Nein ...«

»Aber Sie besitzen über ein Dutzend Fotografien von Reliefs, die ihn bekunden. Ist es nicht absurd, an etwas zu glauben, das man nicht kennt?«

Er schwieg irritiert.

»Was kennen Sie, Mister *Ka?*«

»Wie meinen Sie das?«

Ein Stromstoß jagte durch seinen Körper und zwang ihn zu einem Aufschrei. Keine Sekunde später drückte ihm die Halsmanschette wie eine Garrotte die Kehle zu und erstickte seine Stimme. Seine Muskeln bebten, der Schmerz schien endlos anzudauern. *Ka* registrierte das Knacken seiner Kiefer, das Mahlen seiner Zähne, den unbeschreiblichen Druck aller Schreie, die in ihm gefangen blieben. Dann ebbte der Strom ab und ließ seinen aufgebäumten Leib zusammensinken. Als die Halsmanschette sich lockerte, sog er gierig Luft in die Lungen, bis der Schmerz seine Muskeln verließ.

»Wissen Sie, was das war, Mister *Ka?«* Die Schwester strich ihm mit einer Hand sanft über die Stirn.

»Eine – Bestrafung?« Tränen verschleierten seinen Blick, verwandelten das Licht der Deckenlampe in ein Kaleidoskop aus irisierenden Farben.

»Bestrafung ist nur ein unmaßgeblicher Terminus, Mister *Ka.* Was war es für Sie?«

»Schmerz ...«

»Sehr richtig. Ein Schmerz, den Sie sich durch Ihre Beharrlichkeit selbst zugefügt haben. Ist dieser Schmerz in seinem Wesen also eine Strafe?«

»Nein.«

»Demnach kann er auch eine Belohnung gewesen sein, nicht wahr? Also noch einmal von vorn. Warum sind Sie hier?«

»Ich weiß es nicht.« Er schämte sich der Tränen, die ihm der Stromstoß entlockt hatte. »Warum bin ich hier? Warum ...?«

Die Schwester nahm ihre Hand von seiner Stirn und ließ sie über seine nackte Schulter wandern. Dann senkte sie ihren Kopf auf seine Brust und begann, die Schweißtropfen von seiner Haut zu küssen.

»Wie gefällt Ihnen das, Mister *Ka?«,* fragte sie zwischen zwei Berührungen ihrer Lippen. »Fühlt es sich gut an?«

»Ja ...«

Die Zunge der Schwester wanderte von Schweißperle zu Schweißperle. Die Frau sah ihn an und öffnete weit den Mund. Aus ihrem Rachen schoss ein metallisches Gebilde, bohrte sich mit einem harten Schlag in sein Fleisch und füllte seinen Brustkorb augenblicklich mit unsäglicher Hitze. Es war, als würde sein Blut durch siedendes Öl ersetzt. Der Schmerz breitete sich rasend schnell in seinem Körper aus und nahm immer noch zu, als das metallische Ding längst wieder im

Mund der Schwester verschwunden war. *Ka* konnte nicht sagen, ob es Sekunden oder Stunden dauerte, bis der Schmerz vorüberging. Er zitterte, seine Kehle brannte vom irrsinnigen Schreien, der Schweiß sammelte sich kalt unter seinem Rücken.

Eine Hand legte sich auf seine Brust, eine zweite öffnete ihm das linke Augenlid. »Hören Sie mich, Mister *Ka?«* Er sah eine verschwommene Gestalt, die starr auf ihn nieder blickte. »Geben Sie ihm zwanzig Milligramm Naretan«, wies die Schwester den Mann im weißen Kittel an, der sich bisher gleichgültig im Hintergrund gehalten hatte. Augenblicke später fühlte *Ka* den Einstich einer Injektionsnadel im Unterarm. Kälte strömte in seine Vene, verflüchtigte sich in Höhe der Achsel und bereitete ihm ein angenehmes Gefühl der Entspannung.

»Hören Sie mich?«, erkundigte die Schwester sich ein zweites Mal.

»Ja …« *Kas* Stimme war nur mehr ein Flüstern. »… höre Sie.« Er hielt mühsam die Augen offen und betrachtete das Mondgesicht des Assistenten. Der Mann begegnete seinem Blick und nickte knapp. »In Ordnung«, befand er und verschwand aus *Kas* Gesichtsfeld. Das Konterfei der Schwester nahm seinen Platz ein. Sie lächelte wie gewohnt und hielt eine Sammlung von Fotografien über ihn. Die Aufnahmen zeigten Gebäudemauern; Reliefwände, die über und über mit Hieroglyphen bedeckt waren.

»Erkennen Sie den Sinn dieser Inschriften, Mister *Ka?«*

»Nein.«

Die Schwester legte sich Zeige- und Mittelfinger auf die Lippen, studierte die Fotografien und begann sie zu ordnen. Dann las sie: *»Es gab Geschrei und Lärm, Donner und Erdbeben, und ein Tumult entstand unter dem Land. Plötzlich brachen zwei große Uräen aus der Erde hervor, der wahre Gott und sein Schatten, beide bereit zu kämpfen. Sie brüllten gewaltig, und durch ihr Brüllen* *wurden alle Völker zum Kampf aufgereizt. So begann der Krieg, und der Krieg lebt fort…«* Die Schwester sah auf. »Sagen Sie, Mister *Ka,* wissen Sie denn, in welchem Land Sie sich befinden?«

Er schüttelte den Kopf.

»Denken Sie genau nach.«

»Gibt es denn noch ein Land?« Als der Strom seinen Körper lähmte, glaubte *Ka,* jedes einzelne seiner Gelenke würde auseinander reißen. »Schalten Sie es ab, bitte!« Er schrie, so laut es seine Stimmbänder zuließen. »Ich weiß es nicht. *Gott, ich weiß es nicht…!«*

Der Mann im weißen Kittel schaltete den Strom nicht ganz ab. Ein geringes Quantum floss weiterhin, ließ *Kas* Zähne klappern und seine Muskeln vibrieren, als leise Präsenz eines Schmerzes, dem er jederzeit wieder voll ausgesetzt werden konnte.

»Lassen Sie Gott vorläufig aus dem Spiel«, empfahl die Schwester.

»Verzeihen Sie«, schluchzte *Ka,* als er wieder reden konnte.

»Erinnern Sie sich an ihre Geburt, Mister *Ka?«*

Er schüttelte den Kopf.

»Sie sind das Resultat eines politischen Aktes. Ihre Mutter war Ägypterin, ihr Vater ein britischer Monteur. Beide kamen bei einem Schiffsunglück ums Leben. Die Stadt, in der Sie geboren wurden, heißt Kairo. Haben Sie diesen Namen schon einmal gehört?«

»Ich erinnere mich nicht…«

»Sie sind immer noch in Kairo, Mister *Ka.«* Der Stromregler wanderte eine Sekunde lang auf Maximum, und das Zimmer explodierte in einer alles verschlingenden Welle aus Schmerz.

Als er aus der Bewusstlosigkeit erwachte, zog ihm der dickgesichtige Assistent eine Injektionsnadel aus der Haut und verrieb die Einstichstelle mit seinem Daumen. Einen Moment später richtete sich der Tisch, auf dem *Ka* lag, senkrecht auf. Lediglich die Halsmanschette verhinderte, dass sein Oberkörper kraftlos nach vorne viel. Dafür hing er in der Fessel und hatte das Gefühl, stranguliert zu werden. Als ihm der Sauerstoffmangel erneut die Besinnung zu rauben drohte, zogen kräftige Hände eine breite Kunststoffschlaufe über seine Brust, die ihn an den Tisch fixierte. Im selben Moment öffnete sich die Halsmanschette und erlaubte ihm wieder zu atmen. *Ka* hustete und keuchte, während die Schmerzen in Lunge und Kehle langsam nachließen. Kraftlos sah er auf seine Peiniger. Die Schwester betrachtete ihn lange, den Stapel Fotografien in ihren vor der Brust gefalteten Händen, dann sagte sie: »Also gut, beginnen wir noch einmal von vorne. Wissen Sie, wo Sie hier sind?«

»Ja«, sagte er tonlos. »Ich glaube, ja ...«

»Und was glauben Sie?«

»In – einem Krankenhaus.«

»Sehr gut. Wissen Sie nun auch, warum Sie hier sind?«

»Weil ich ... krank bin?«

Die Frau nickte anerkennend. »Sehr richtig. Und können Sie sich vorstellen, welche Konsequenzen das für Sie hat?«

»Nein ...«

»Na schön, dann lassen Sie es uns zusammen herausfinden.«

Die Schlaufe um seinen Oberkörper gab so unvermittelt nach, dass er in die Knie sackte und vornüberfiel. Als er versuchte, sich aufzurappeln, kam der Assistent mit einem Infusionsständer herbei, der doppelt so massiv war wie sein vorheriger. Daran befestigt waren zwei riesige, prallvolle Beutel mit Infusionslösungen, die gemeinsam mindestens zehn Liter Flüssigkeit beinhalten mussten. Eine der Lösungen war grasgrün, die andere türkisfarben. Auf dem grünen Beutel prangten die Wörter *Cutis, Musculus* und *Arteria,* auf dem türkisen *Caput, Spinae* und *Thorax.*

»Machen Sie bloß nicht so ein verdutztes Gesicht, Mister *Ka*«, kommentierte die Schwester sein Entsetzen. »Diese Suppe haben Sie sich selbst eingebrockt.« Gemeinsam mit ihrem Assistenten zog sie ihn schließlich wieder auf die Beine und reichte ihm ein schlichtes weißes Leinenhemd, auf dem in Höhe des Herzens der Schriftzug 2005KH3/22 eingestickt war. *Kas* Muskeln zitterten, doch er zwang sich, stehen zu bleiben und sich anzukleiden, aus Angst, dieses metallische Ding könnte erneut aus dem Rachen der Frau schnellen und sein Blut in Lava verwandeln. Die Schwester lächelte beifällig, während sie ihm beide Infusionen legte, dann richtete sie einen kleinen, goldenen Stift auf die gegenüberliegende Wand. Die bis dahin nüchtern-weiße Oberfläche geriet in opalisierenden Aufruhr, als zögen Ölschlieren über einen langsam rotierenden Wasserstrudel.

»Seien Sie vorsichtig mit dem Infusionsständer«, mahnte die Schwester und führte *Ka* auf den schillernden Wirbel zu. *Ka* spürte keinerlei Widerstand, als er die Wand durchschritt, nur unangenehme Kälte und ein Kribbeln auf der Haut. Hinter der Passage glänzte die Umgebung abermals im Licht einer Weite, die keinen Horizont besaß. Alles lag in blühendstem Weiß, selbst *Kas* Kleidung leuchtete. Die Schwester, die nach ihm die Endlosigkeit betrat, strahlte unter ihrer Tracht wie ein Engel.

Sie schritten durch die Helligkeit, bis ein kreisrunder Ausgang vor ihnen auftauchte. Im Näherkommen erkannte *Ka*, dass hinter der kurzen, von silbernen Metallwänden gebildeten Tunnelröhre eine Treppe in die Höhe führte. Ihre Stufen bestanden aus geradezu aufdringlich gelb und grün gestreiftem Kunststoff, der Treppenschacht hingegen aus schwach patiniertem Kupfer.

»Hüten Sie sich davor, mit den Wänden in Berührung zu kommen«, warnte die Schwester. »Sie stehen unter Strom.«

»Wohin führt die Treppe?«, fragte er.

»Zur Wahrheit, Mister *Ka*.« Die Frau drängte ihn zum Treppenschacht. »Kommen Sie, gehen wir ...«

NEKROPALLADIUM 10

Um mich herum herrschte absolute Stille. Für einen Moment beschlich mich die Angst, der Aufprall habe meine Trommelfelle zum Platzen gebracht, gefolgt von der Erkenntnis, dass ein Sturz aus derartiger Höhe tödlich hätte enden müssen – bis ich die Hitze fühlte, die mich umgab, und den Schmerz, der meinen Brustkorb erfüllte. Mühsam öffnete ich die Augen, rang nach Luft, sog irgendetwas Heißes in mich hinein, das zäh war und schwer. Um mich herum herrschte eine Finsternis, wie ich sie nie zuvor erlebt hatte. In meiner Panik hielt ich die Augen weit aufgerissen. Nichts, durchfuhr es mich, konnte so vollkommen schwarz sein! Ich fing an, blindlings um mich zu schlagen, doch meine Bewegungen blieben träge. Mein Herz raste, Tausende panischer Gedanken jagten durch meinen Kopf. Ich schrie. Alle Angst und alles Grauen legte ich in diesen Schrei, der dennoch ungehört verklang.

Dann war plötzlich das Licht da, fraß sich unbarmherzig grell durch meine Sehnerven und explodierte in meinem Hinterkopf. Ich erstarrte, dann schrie ich vor Schmerz, ohne dass ein einziger Ton aus meiner Kehle drang. Schwarzer Schleim schoss mir stattdessen aus dem Mund, während ich meine geblendeten Augen zu schützen versuchte. Tränen liefen mir über das Gesicht, vermengten sich mit der stinkenden dunklen Brühe, die ich erbrach. Meine Stimme drang als dumpfes, verzerrtes Echo an meine Ohren. Minutenlang kauerte ich auf der Stelle, bis der Schmerz vorüber war, dann fand ich den Mut, die Augen wieder einen Spalt weit zu öffnen.

Erneut traf Licht meine Pupillen, doch es erschien längst nicht mehr so betäubend hell wie noch Augenblicke zuvor.

Tränenverschleiert und unaufhörlich hustend nahm ich meine Umgebung wahr. Der Boden war schwarz und befand sich in ständiger Bewegung. Es blubberte und brodelte, kochte und qualmte, so weit das Auge reichte. Der Schlamm, den ich *geatmet* haben musste, stank nach Teer und war unangenehm heiß. Angewidert hustete ich die Reste der bitteren Substanz heraus. Der Aufschlag in diesen Pfuhl hätte mich zweifellos umbringen müssen – und falls nicht er, so hätte ich an dem schmierigen Morast, der meine Lungen gefüllt hatte, erstickt sein müssen. Warum ich dennoch am Leben war, wollte mir nicht einleuchten. Ich beschloss, erst wieder darüber nachzudenken, wenn ich festen Boden unter den Füßen hatte.

Die Temperatur des Sumpfes lag an der Grenze des Erträglichen. Verharrte ich still, war die Hitze gerade noch auszuhalten, doch je hastiger ich mich bewegte, desto höher wurde die Fühltemperatur. Ich musste die Zähne zusammenbeißen, um nicht bei jedem Schritt vor Schmerz aufzuschreien. Dampfschlieren krochen über die träge brodelnde Oberfläche des Sees. Ich drehte mich im Kreis, um mich zurechtzufinden, aber schon nach wenigen Metern verlor sich mein Blick in grauem Dunst. Detaillierte Formen existierten nur in unmittelbarer Nähe. Ich entdeckte weder die Mauern des Palastes noch die Felswand, die ich hinabgestürzt war, aber auch sonst nichts Architektonisches, woran ich mich hätte orientieren können. Lediglich totes Geäst und dampfende, knorrige Baumstümpfe reckten sich aus dem Sumpf, gespenstisch anzusehen wie riesige, in Agonie erstarrte Insekten. Offenbar war ich nach meinem Sturz von der zähen Strömung weit vom Fundament des Palastes abgetrieben worden ...

Der Morast ging mir mancherorts bis zum Hals. Meine Füße jedoch berührten nachgiebigen Grund. Solange ich ihn unter mir spürte, fühlte ich mich einigermaßen sicher. Ich arbeitete mich langsam vorwärts, hüpfte und kraulte, soweit es die dickflüssige, schwarze Brühe zuließ, wobei ich mich des Gefühls nicht erwehren konnte, dass die Substanz etwas zu zäh an mir haftete, fast so, als wollte sie mich daran hindern, mich in ihr zu bewegen. Kopfgroße Blasen stiegen aus der Tiefe empor und zerplatzten mit dumpfen, satten Lauten, und ich machte mir Gedanken darüber, ob noch irgendetwas anderes in diesem Teersumpf lebte. Während ich nach Bewegungen Ausschau hielt, begann ich verhalten ein Lied vor mich hinzusingen. Erst der Klang meiner Stimme schenkte mir das Gefühl, allen Widrigkeiten zum Trotz immer noch am Leben zu sein. Dennoch drang sie zu zaghaft an meine Ohren, um eine wirkliche Ermutigung zu sein. Sie war Selbstschutz im Flüsterton, mehr nicht. Ich wiederholte einige Male den Refrain des Liedes, ließ ihn dann in ein befangenes Summen übergehen und verstummte schließlich. Das satte Glucksen der Gasblasen übernahm wieder die Herrschaft über den Sumpf.

Irgendetwas hatte sich verändert. Ich konnte zuerst nicht bestimmen, was es war, aber ich fühlte es. Mir schien, als hebe und senke der Boden sich unmerklich. Die Bewegung dauerte nur einen Augenblick und verebbte wie eine Welle. Gespannt blieb ich stehen, lauerte.

Ein schwarzer Kopf tauchte langsam vor mir auf, öffnete die Lider und musterte mich aus fahlen Augen. Ich sah ihn erstaunt an. Weitere Köpfe wuchsen aus der Tiefe empor, und mit einem Mal war ich umringt von schweigenden, pechverschmierten Gesichtern. Der Kopf vor mir gehörte einer Frau. Ein Schwall schwarzen Schlamms schoss ihr aus dem Mund, als sie zu sprechen versuchte. Sie würgte die widerliche Brühe aus ihrem Rachen hervor wie eine Kolbenpumpe, als tausche sie den Morast gegen Atemluft. Dann blickte sie mir in die Augen und glitt näher. Ihre Stimme klang wie die einer Sterbenden mit durchschnittener Kehle, deren Stimmbänder vom Blut verklebt waren.

»*Yachtu almea heka?*«

Ich schüttelte den Kopf. »Ich verstehe Sie nicht.«

Die Frau tauchte ein Stück weiter auf und sah in die Runde, dann fragte sie in schlecht akzentuiertem Englisch: »Wer bist du, der du in die Tiefe stürzt, um mit uns im Pech zu leiden?«

Ich zögerte. »Ich habe kein Verlangen, mit euch zu leiden«, entgegnete ich.

»Ich fragte, wer du bist, nicht, wonach du verlangst.« Ein drohender Hauch begleitete ihre Worte. Ich spürte ihre Hände, die mich unter der Oberfläche berührten und meinen Körper entlangglitten. Womöglich hatten ihre Begleiter unter der Oberfläche etliche Stichwaffen auf mich gerichtet.

»Ich heiße Krispin«, stellte ich mich vor.

»Krispin ... Krispin ...« Die Frau schloss die Augen, schien dem Klang meines Namens nachzulauschen. Ihre Hände wanderten hinter meinen Rücken, umarmten mich und zogen ihren Körper an mich heran. »Willkommen im fünften Tal, Krispin«, zischte sie mir ins Ohr und presste sich an mich. Weitere Hände berührten mich, strichen wie kriechende Krebse über meine Haut. Ich versuchte mich aus der Umklammerung zu befreien, doch der Griff der Frau war unnachgiebig. Ihre Begleiter umringten uns, legten ihre Arme um uns beide und hüllten uns so in einen Kokon aus Leibern. Fontänen aus Pech spritzten mir ins Gesicht, als sie ihre Lungen entleerten.

»Willkommen, Krispin«, raunten sie, wobei sie uns streichelten und umarmten. »Willkommen im fünften Tal!«

Ich versuchte mich zu wehren, ihre Arme von mir zu lösen und ihre Körper in den Morast zurückzustoßen, doch sie hielten uns eisern fest. Die Frau presste ihre Lippen auf meine, ihre klamme Zunge kroch wie eine dicke Molluske in meinen Mund. Ich hatte das Gefühl, mich übergeben zu müssen, doch der Schreck, dass sich ihr Schoß gegen meinen Unterleib drängte, ließ mich erstarren. Hände berührten mich, dann begann sich ihr Körper zu bewegen, unterstützt durch Dutzende von Händen, Armen und sich an uns pressende Leiber. Die Zunge der Frau glitt durch meine Mundhöhle, und ich spielte mit dem Gedanken, sie einfach abzubeißen. Im letzten Moment erinnerte ich mich, was mit Kreuzbeißers Zunge geschehen war, nachdem Meret sie ihm aus dem Maul gerissen hatte. So schloss ich die Augen und ließ es über mich ergehen, während das Stöhnen der Frau und der uns umhüllenden Leiber zunahm, sich zu einem grotesken Heulen steigerte und in einem vielstimmigen Aufschrei gipfelte, auf dessen Höhepunkt die gesamte Meute in den Sumpf zurücksank und mich mit sich in die Tiefe riss.

Sekundenlang hing ich machtlos in der Umarmung, dann fühlte ich, wie einer nach dem anderen uns wieder freigab und sich entfernte. Am Ende, als ich glaubte, ersticken zu müssen, hielt mich nur noch die Frau umfangen, spannte sich und katapultierte unsere Köpfe wieder an die Oberfläche.

Nie zuvor hatte ich geglaubt, dass pechgeschwängerte Luft so herrlich schmecken konnte. Ich sog sie so tief in meine Lungen, dass ich das Gefühl hatte, sie würden platzen.

»Warum tut ihr das?«, keuchte ich, als ich mich wieder zum Sprechen in der Lage fühlte. »Ich wäre fast gestorben wegen eurer Wollust!«

»Niemand stirbt hier, Krispin.«

Ich stieß die Frau von mir. Ihr Gesicht wirkte unter der schwarzen Masse entspannt und befreit.

»Wer bist du?«

»Ich heiße Leainti.« Sie beugte sich nach hinten, sodass ihr langes Haar im Pech versank. Ich hielt sie fest, damit sie nicht unterging, was sie zu amüsieren schien.

»Wer seid ihr? Und wo sind wir hier?«

Die Frau wirkte überrascht. »Du stürzt dich in eine ungewisse Tiefe? Was hat dich zu dieser Dummheit bewogen?«

Ich verstärkte den Druck auf ihre Arme. »Antworte!«, forderte ich.

»Dort, wo ich herkomme, nannte man diesen Ort *bīt ekletu.*« Sie befreite sich mit einem heftigen Ruck aus meinem Griff und bewegte sich ein Stück von mir fort. »Das Haus der Dunkelheit.« Ich sah Leainti verständnislos an. Sie verzog das Gesicht und sagte: »Entweder du hast wirklich keine Ahnung, oder du willst es nicht wahrhaben, so wie die meisten hier. Ein alter Freund, der lange Zeit vor dir zu uns verstoßen wurde, brachte mir ein Wort in seiner Sprache bei. Er nannte diesen Ort *Malebolge.*«

»Malebolge«, überlegte ich laut, während die Frau mich erwartungsvoll beobachtete. »Willst du etwa behaupten, das hier sei die Hölle?« Ich musste lachen, doch es klang ein wenig zu hysterisch. *Willkommen im fünften Tal,* hallte der Chor der Sumpfbewohner in meinem Kopf nach. Nein, das war wirklich zu albern.

Leainti neigte den Kopf und leckte sich das Pech von den Lippen. »Wirklich? Dann sag du mir, wo wir sind!«

»Jedenfalls nicht im Reich der Toten.«

»Es ist nicht das wirkliche *ekletu,* nur sein Abbild.«

»Eine Version der Hölle?« Ich schnaubte verärgert. »In einem gigantischen Raumschiff, das in einer Wolke verborgen durch die Luft schwebt?«

»Vielleicht.«

»Diese gesamte Stadt ist nicht mehr als ein militärisches Konzept«, wehrte ich mich. »Oder ein Konstrukt für ein krankes wissenschaftliches Experiment.«

»So?« Leainti glitt näher heran. »Mit dem einen oder anderen Fehler, aber was ändert das schon ...«

»Welcher Fehler?«

»Ich war einst die Konkubine meines Gebieters Asarhaddon.« Mit zunehmendem Gebrauch klang ihre Stimme weicher und menschlicher. Aus dem Lurch, der zu sprechen begonnen hatte, war eine dreckverschmierte Frau geworden. »Ich kam an diesen Ort, nachdem unser Heer den aufsässigen

König Sidon gefangen genommen hatte«, erzählte sie weiter. »Kurz vor unserer Rückkehr starb ich durch den Pfeil eines feindlichen Bogenschützen. Ein vergifteter Pfeil, der eigentlich für das Herz meines Gebieters bestimmt war.«

»Warum traf er dich?«

»Weil wir uns im *Naba*-Wagen vergnügten und ich auf seinem Schoß saß ...« Sie lächelte freudlos. »Nun, wenn ich den Geschichten von Neuankömmlingen glauben darf, herrschte König Asarhaddon vor über zweieinhalbtausend Jahren. Ich bezweifle, dass es damals schon eine Streitmacht gab, die derart riesige Schiffe besaß.« Leaintis Mund verzog sich zu einem zynischen Lächeln. »Was schaust du mich so an, Krispin? Passt dir das etwa nicht?«

Ich betrachtete die Frau. Sie war höchstens dreißig Jahre alt. Wahrscheinlich hatte man sie lobotomiert. Dasselbe wäre mir wohl ebenfalls widerfahren, wenn ich länger in Merets Palast geblieben wäre ...

»Du willst mich zum Narren halten«, antwortete ich.

Leainti lächelte unbeeindruckt. »Viele in diesem See sind weitaus älter als ich, und fast jeder von ihnen fragt sich, warum er hier ist.«

»Das glaube ich nicht.«

»Oh, du wirst es – in ein paar hundert Jahren ...«

Ich sah empor in den Dunst. Was, wenn sie Recht hatte und dieses gigantische Flugobjekt wirklich ein Aufenthaltsort der Verdammten war? »Hat nie jemand von euch versucht, dem Sumpf zu entkommen?«

»Viele. Doch man erzählt sich, jeden, der entkommt, erwartet etwas viel Schlimmeres als das *bīt ekletu*.« Die Frau nahm meine Hand, und ehe ich mich versah, hatte sie mir mit einem ihrer Fingernägel eine tiefe Wunde in die Haut geschnitten. Ich riss den Arm zurück. Das Pech brannte höllisch, als es in die Verletzung lief. Blut trat aus und erzeugte eine rote Nuance im schwarzen Schlamm. Dann traute ich meinen

Augen nicht, denn während ich hinsah, schloss sich die Wunde langsam. Nach kurzer Zeit war nicht einmal mehr eine Narbe zu erkennen.

»Was in aller Welt …?«, stotterte ich. »Wie hast du das gemacht?«

Leainti hauchte mir einen pechverschmierten Kuss auf die Lippen. »Du musst akzeptieren, ein Verdammter zu sein, Krispin. Und glaube mir, die Zeit dazu ist dir gegeben.«

»Welches Reich regierte dein Gebieter?«, wollte ich wissen.

»*Qablat kibri.*«

Ich seufzte. »Das sagt mir nichts.«

»Es war die Mitte der Welt.«

»Hattet ihr Städte?«

»Natürlich.« Leainti überlegte, als hätte sie ihre Namen vergessen. »Calah, Assur, Tepe, Arbela, Ninive …«

»Das sind babylonische Städte«, staunte ich. »Im Norden des heutigen Irak.«

»Irak?«

»Persien.«

»Oh ja, so nannte es auch Beau Gunod.«

Der Name kam mir bekannt vor, aber ich konnte ihn keinem Gesicht zuordnen. »Erzählte er dir von den Gruben der *Malebolge?*«

»Nein, es war ein anderer. Ein Venezianer, glaube ich. Sein Name war Giacomo.« Sie lächelte. »Giacomo Casanova. Ich habe ihn schon lange nicht mehr gespürt …« Sie sah sich um, als suche sie ein bekanntes Gesicht. »Hier im See sind Hunderte von Menschen, Krispin. Schwachsinnige und Intellektuelle, Mörder und Heilige. Liebesdiener allesamt. Irgendjemand erzählt dir immer eine Geschichte aus seinem Leben, falls ihm nach Atmen zumute ist.«

»Und falls nicht?«

»Dann liegen wir auf dem Grund und lieben uns, schlafen

oder warten, bis ein neuer Verdammter in die Grube gestürzt wird. Zeit macht geduldig und weise.«

Ich sah mich um. »Hat dieser Pfuhl Grenzen?«

»Er ist von hohen Mauern umgeben.«

»Wie weit ist es dorthin?«

Leainti sah auf. »Du willst uns verlassen?«

»Ich bin kein Verdammter.«

»Oh, natürlich nicht ...« Es klang nicht sehr überzeugt. »Sollte das wahr sein, so bist du der Erste, der sich freiwillig zu uns hinab verirrt hat.« Leaintis Blick schweifte in die Höhe, sehnsüchtig, wie es mir vorkam. »Entweder bist du der dümmste Günstling, den ich je getroffen habe – oder ein listiger Iretmeth ...«

»Was soll das sein?«

»Das, Krispin, musst du selbst herausfinden. Geh jetzt, ehe wir es uns anders überlegen und dich bei uns behalten.«

»Gehen? Wohin denn?«

»Wohin du willst. Eine Richtung ist wie die andere.« Leainti schmiegte sich noch einmal an mich und strich mir mit einer Hand durchs pechverklebte Haar. »Aber sage nicht, ich hätte dich nicht gewarnt, falls es dir übel ergehen sollte. Wir warten auf dich.« Sie kusste mich zum Abschied, dann versank ihr Kopf wieder im Schlamm. Ich griff nach ihr und wollte sie zurück an die Oberfläche ziehen, doch sie glitt davon und entfernte sich rasch.

Geraume Zeit blieb ich stehen und versuchte im Dampf etwas zu erkennen, aber die Frau tauchte nicht mehr auf. Völlig desorientiert irrte ich daraufhin mal nach hier und mal nach da, ohne zu wissen, wohin ich mich wenden sollte. Insgeheim hoffte ich, zufällig noch einmal auf Leainti zu stoßen, doch der Pechsee schien wieder leblos und leer. Keine Hand berührte mich mehr, kein weiterer neugieriger Kopf tauchte auf. Ich war allein inmitten Tausender von versunkenen Leibern.

Lange watete ich umher, ehe sich vor mir endlich eine monströse Mauer aus dem Dunst schälte. Sie ragte in die Höhe, so weit mein Blick den Dampf durchdrang. In eine kerbenartige Vertiefung des Gesteins war eine Steigleiter eingelassen, die senkrecht emporführte. Unmittelbar vor der Mauer schäumte und brodelte es wie in einem riesigen, kochenden Bottich, was mir ein mulmiges Gefühl bescherte. Mein Augenmerk galt jedoch den von schmierigem Film überzogenen Sprossen.

Als ich mich der Stiege bis auf wenige Meter genähert hatte, sackte der elastische Grund plötzlich unter meinen Füßen weg. Erst in diesem Moment wurde mir bewusst, *was* der Boden gewesen war, auf dem ich mich bislang bewegt hatte. In einem Anfall von Panik schlug ich um mich, kraulte und pustete, strampelte mit den Beinen im dickflüssigen Schlamm wie ein Käfer, der in ein Honigglas gefallen war. Dann schwappte der Pechsumpf über mir zusammen, erstickte jegliches Geräusch und ließ mein Denken auf einen einzigen, in meinem Kopf hämmernden Instinkt zusammenschrumpfen: Leben!

Meine Bewegungen waren zeitlupenhaft und bar jeglicher Koordination. Der Schmerz in meinem Brustkorb nahm beständig zu, und das rasende Hämmern meines Herzens wurde zum einzigen Geräusch, das ich in dieser Tiefe wahrnahm. Mein Körper schien Tonnen zu wiegen, vor meinen Augen explodierten bunte Lichtkreise. Die Todesangst, die für Sekunden mein Bewusstsein überschwemmte, wurde jäh verdrängt, als meine Finger die Sprossen der Leiter berührten. Alles in mir schrie danach, den Mund zu öffnen, um Luft zu holen. Hektisch arbeitete ich mich in die Höhe, ohne meine Beine auf der Leiter abstützen zu können, und dankte Gott, dass sie überhaupt bis unter die Sumpfoberfläche reichte. Sprosse für Sprosse zog ich mich kraft meiner Arme empor. Der Schmerz unterhalb meines Herzens war grauenhaft. Solange ich jedoch das Gefühl hatte, noch am Leben zu sein, zwang ich meine Hände, sich an die Leiter zu krallen.

Dann durchstieß ich die Oberfläche, riss den Mund auf und sog die Luft tief in meine Lungen. Alles um mich herum verschwamm für wenige Augenblicke. Ich hatte Mühe, aufgrund des Sauerstoffschocks nicht ohnmächtig zu werden und in den Morast zurückzusinken. Mit aller Macht zog ich mich aus dem Pechsud, hechelnd wie ein Greyhound, der soeben das Windhundrennen von Hull gewonnen hatte, und klammerte mich an die Leiter. Dann wartete ich, bis sich mein Kreislauf erholt hatte. Als das Muskelzittern vorbei war, begann ich, die Stiege langsam emporzuklettern.

Schon bald war der Pechsee unter dicken Dampfschwaden versunken. Der schmierige Film, der die Sprossen bedeckte, machte den Aufstieg zu einem halsbrecherischen Unterfangen. Wenn ich nicht Acht gab, lief ich Gefahr, mit meinen nackten Fußsohlen oder den Händen vom Metall zu rutschen und in die Tiefe zu stürzen. Die Mauer schien unermesslich hoch, zumal Details wegen des Nebels nach wie vor nur in unmittelbarer Nähe zu erkennen waren. Ich bemühte mich, nicht nach unten zu schauen, und bildete mir ein, über mir einen unsteten Lichtschimmer zu sehen, der von Meter zu Meter an Intensität gewann. Als der Nebel sich endlich lichtete, erkannte ich einen Pfahl. Daran gefesselt und von einer schweren Kette gehalten baumelte ein brennendes, zuckendes Bündel. Der Pfahl reichte ein paar Meter über den Rand der Mauer hinaus und war so platziert, dass er den letzten Abschnitt des Aufstiegs beleuchtete.

Ich kletterte vorsichtig höher, hielt dabei ab und zu inne und lauschte nach verdächtigen Geräuschen. Mein Blick hing an dem brennenden Bündel. Was da von einer Eisenkette umschlossen in Flammen stand, war ein Mensch! Er war schwarz verbrannt, seine Augen in der Hitze geschmolzen. Die verkohlte Haut blätterte beständig ab und wurde immer wieder durch neues, rosarotes Fleisch ersetzt, das seinerseits anfing zu brennen. So spendete die menschliche Fackel endlos lodernd ihr Licht, ohne jemals vom Feuer verzehrt zu werden. Schnee aus verbrannten Hautfetzen und Asche rieselte auf mich nieder.

Als ich mich knapp unterhalb der Mauerbrüstung befand, erschien über mir das höhnisch grinsende Gesicht eines Chroners.

»Na, was haben wir denn da?«, fragte der Aufseher scheinheilig. Einen Augenaufschlag später blickte ich auf die dornenartige Spitze seiner Rebasche. »Wollten wir etwa über die Mauer klettern, hä?« Der Chroner war ein Omnivore. Spitze Raubtierzähne standen in seinem Mund neben nilpferdartigen Hauern und bildeten ein katastrophales dentales Stillleben, das er mir entgegenbleckte. »Sag, du hast dich nicht zufällig ein wenig verlaufen, Bursche?«

»Tja, jetzt, wo Sie's sagen ...« Ich lächelte entwaffnend.

Das Chronerschwert fuhr nach unten und durchbohrte meinen Oberkiefer. Ich konnte die Spitze mit der Zunge für einen kurzen Augenblick in meiner Mundhöhle fühlen, ehe der Chroner seine Waffe wieder zurückriss. Mit aller Macht vermied ich es, aufzuschreien und meine Hände gegen die Wunde zu pressen, während ich Knochensplitter und ausgeschlagene Zähne ausspuckte. Der Wächter lachte gehässig, leckte das Blut von der Zeigerspitze und funkelte mich an. »Und jetzt kletterst du brav wieder nach unten in deinen Pfuhl, du schmierige Drecksau, sonst wirst *du* derjenige sein, der die nächsten einhundert Jahre diesen Aufstieg beleuchtet!« Er tippte mit dem Zeiger demonstrativ gegen das brennende Bündel und sah drohend herab. »Na, wird's bald?«

Aus dem Flammenknäuel löste sich blitzartig eine schwarze Hand. Sie umklammerte die Rebasche, ehe es dem verdutzten

Chroner gelang, seine Waffe zurückzureißen. Eine zweite Hand schoss hervor. Beide hielten den Zeiger fest umschlossen, worauf der Aufseher sich laut fluchend bemühte, der ›Fackel‹ sein Schwert wieder zu entreißen. Er schob und stieß, drehte und wand den Stahl ohne sichtlichen Erfolg zwischen seinen Pranken. Ich ergriff die Chance, die mir das brennende Wesen bot, kletterte zügig empor, warf mich über die Mauer – und lag vor zwei Zyklopen. Die spinnenähnlichen Kreaturen sprangen erschrocken auf und brachten umgehend einige Meter Sicherheitsabstand zwischen sich und mich.

Sie sehen dich, Krispin!, durchfuhr es mich. *Und irgendwo sitzt irgendjemand hinter einem Monitor, der durch ihre Augen sieht!*

Der Chroner brüllte und zeterte, blickte wutentbrannt über seine Schulter und schien zu überlegen, ob er die Rebasche loslassen sollte, um mich eigenhändig in den Pechsee zurückzuschleudern. Falls es jedoch stimmte, was mir Spindario während der Taxifahrt über diese Teufel erzählt hatte, dann musste man einem Chroner beide Arme abhacken, ehe er seine Waffe losließ. Kein Aufseher würde seinen Zeiger opfern, solange er ihn noch in den Händen hielt – wie dieser es tat.

Als ich mich erhob und auf den Chroner zulief, wurde sein Gesichtsausdruck immer verbissener. Er dachte gar nicht daran, von seiner Waffe abzulassen und mich zu ergreifen, sondern zog und rüttelte immer heftiger an ihr, sodass der brennende Leib an seiner Hängevorrichtung wild hin- und her geworfen wurde. Der Aufseher knurrte und geiferte, fletschte die Zähne und versuchte, mich durch kraftvolle Tritte auf Distanz zu halten. Er keilte dabei aus wie ein tollwütiger Esel.

Die beiden Zyklopen hatten inzwischen das Weite gesucht, und ich konnte damit rechnen, dass sie sehr bald mit weiteren Aufsehern zurückkehren würden. Ich hätte mein Heil in der

Flucht suchen können, doch spekulierte ich auf die Rebasche des Chroners. Derart bewaffnet besäße ich einen entscheidenden Trumpf bei meinem Vorhaben, lebend einen der Ausgänge zu erreichen und diesen Ort zu verlassen. Ich bewunderte die unglaubliche Kraft des brennenden Bündels, das dem Chroner trotz seiner fürchterlichen Lage Paroli bot.

Außerhalb der Reichweite seiner Tritte wartete ich auf eine Unachtsamkeit des Aufsehers, dann nahm ich Anlauf und sprang ihm mit voller Wucht in den Rücken. Der Zusammenprall mit seinem massigen Leib war, als wäre ich gegen einen Baum gerannt. Halb benommen stürzte ich zu Boden und hielt mir den schmerzenden Leib. Der Chroner hingegen schrie auf, wurde nach vorn katapultiert, stolperte in einem grotesken Salto über die Mauerbrüstung und verschwand brüllend in der Tiefe – doch nicht einmal jetzt ließ er von seiner Waffe ab! Da der Brennende keine Augen mehr besaß und es mit seinem Gehör auch nicht zum Besten stehen konnte, hielt er den Zeiger weiterhin hartnäckig umklammert. So kam es, wie es kommen musste: Die Aufhängung, die den armen Kerl trug, brach mit lautem Krachen unter dem Gewicht des Chroners, und Wächter, Rebasche und lebende Fackel stürzten gemeinsam in die Tiefe. Das Licht der Flammen verlor sich nach Sekunden im Dunst, das Brüllen des Aufsehers verhallte einen Augenblick später, dann waren beide im Abgrund verschwunden.

Pech gehabt, Krispin!

Ich tastete mit der Hand vorsichtig nach der Verletzung, die mir der Chroner zugefügt hatte. Die Wunde hatte aufgehört zu bluten und war bereits zu einem Großteil wieder zugewachsen. Ich fühlte lediglich eine Mulde in meinem Gesicht, die von dem einst klaffenden Loch herrührte. Auch die ausgeschlagenen Zähne wuchsen unnatürlich schnell nach. Mit der Zungenspitze konnte ich spüren, wie sie aus dem verheilenden Kiefer herausdrängten.

Ich verbannte jeglichen Gedanken daran, auf welch wundersame Art und Weise diese Heilung möglich sein konnte, und blickte mich um. Noch war nichts zu hören oder zu sehen, aber das dürfte sich schnell ändern. Die beiden Zyklopen würden Meldung machen, und sobald feststand, dass ich ein Flüchtiger war, der einen Chroner in den Pechsee befördert hatte, ging die Jagd erst richtig los. Ganz zu schweigen von der Drohung Kreuzbeißers und seines Gefolges, der mit Sicherheit seinen Teil dazu beitragen würde, mich in der Stadt bekannt zu machen wie einen bunten Hund.

Also begann ich zu rennen. Nackt wie ich war, hetzte ich durch Häuserschluchten und Tunnels, versteckte mich unter Brücken und im Gehölz. Unterwegs schickte ich einen Phlegmatiker, der in etwa meine Größe besaß und meine heranschnellende Faust nur mit einem einfältigen Lächeln quittierte, ins Land der Träume, legte ihn zwischen ein paar Büsche und nahm seinen grauen Overall und seine Sandalen an mich. Dann suchte ich einen abgelegenen Brunnen, wusch mir in stundenlanger Tortur das Pech vom Leib und kleidete mich an.

Nachdem ich mich an einem Sektorenkontrollpunkt vorbeigeschlichen hatte, fand ich mich in einem Stadtviertel wieder, das aussah, als hätte ihm eine Serie von Luftangriffen zugesetzt. Viele der Häuser waren grau und teilweise ausgebrannt, von anderen standen nur noch rußgeschwärzte Außenmauern. Nichts bewegte sich in den Straßenschluchten oder hinter den schwarz gähnenden Fensteröffnungen. Über den Dächern der Stadt kreuzte ein imposanter altmodischer Zeppelin. Bevor seine Gondel über der Strasse schwebte, hatte ich mich bereits in einen Hauseingang geflüchtet. Das Geräusch der Luftschiffrotoren entfernte sich wieder, blieb jedoch immer präsent. Ich schlich mich an den Häuserwänden entlang wie ein steckbrieflich gesuchter Verbrecher, durch von Schutt und Trümmern verstopfte Gassen, finstere

Passagen und dreckige Hinterhöfe. Am Ende verzog ich mich zum Schlafen in eine dunkle Nische unterhalb eines halb eingestürzten Hauses und überdachte mein weiteres Vorgehen – oder besser: Voranschleichen. Irgendwie musste ich es schaffen, zurück ins Megaron zu gelangen.

Dann die richtige Tür, und raus ...

Und dann?

Tja, Krispin, was dann?

Lazarium 5 • Maschinenraum

Erneut fielen *Ka* vor Müdigkeit die Augen zu. Automatisch tat er noch zwei Schritte, dann verfehlte er eine Stufe und stolperte. Im letzten Moment fing er sich mit der freien Hand auf der Treppe ab und schaffte es zugleich, den kippenden Infusionsständer von der Wand fern zu halten.

»Bitte warten Sie!«, rief er der Schwester nach und ließ sich erschöpft auf die Treppenstufen sinken. »Ich muss mich ausruhen.«

Die Frau lief noch ein paar Schritte weiter, dann blieb sie abrupt stehen. »Das ist bereits die zweite Pause«, rügte sie ihn. Ihre Stimme ließ keine Spur von Erschöpfung oder Atemnot erkennen.

Ka hob eine Hand zum Zeichen, die unterschwellige Warnung verstanden zu haben. Er hatte sich in der Mitte des Treppenschachtes auf den Stufen ausgestreckt, den Infusionsständer fest an sich gepresst, um nicht mit den unter Strom stehenden Metallwänden in Berührung zu kommen. Die Beutel voller Infusionslösung ruhten schwer auf seiner Brust.

»Wie weit ist es noch?«, wollte er wissen.

»Die Hälfte der Strecke haben wir geschafft.«

Er hielt die Augen geschlossen, doch der Schreck über das Gehörte ließ ihn das Atmen vergessen. Zu Beginn hatte er noch seine Schritte gezählt. Als der Treppenschacht sich nach dreitausend Stufen weiterhin endlos in die Höhe schraubte, hatte er es aufgegeben. Es mussten mittlerweile zwei oder drei Kilometer Höhenunterschied sein, die sie überwunden hatten.

»Ich habe keine Kraft mehr«, erklärte *Ka* müde. »Es ist zu hoch. Die Treppe ist zu steil und der Infusionsständer zu schwer …«

»Hören Sie auf zu jammern«, drang es von oben herab an seine Ohren. »Jesus hat schwerer getragen auf Golgatha. Aber im Gegensatz zu Ihrer diente die Bürde, die er zu schleppen hatte, nicht seiner Genesung. Also reißen Sie sich gefälligst zusammen. Ich habe nicht ewig für Sie Zeit!«

Ka nickte. Zumindest glaubte er, den Kopf zu bewegen. Als das Hämmern seines Herzens und das Rauschen des Blutes in seinen Ohren nachgelassen hatten, hörte er Geräusche, für die er zuvor taub gewesen war. Eines davon klang wie der ferne, gleichmäßige Schlag einer riesigen Glocke. Das andere erinnerte an einen in Interwallen wiederkehrenden Sturm; ein tiefes Rauschen, das weit über ihm seinen Ursprung hatte.

»Was ist das für ein Lärm?«, fragte er, nachdem er sich wieder erhoben hatte.

»Das werden Sie noch früh genug erfahren, Mister *Ka*.«

Als nach quälendem Aufstieg endlich das Ende der Treppe auszumachen war, hatte *Ka* fast die Hälfte der Infusionslösung verbraucht. Der Klang der vermeintliche Glocke war zu einem ohrenbetäubenden Dröhnen angeschwollen, derweil das Rauschen des Sturms sich zu einem anhaltenden Brausen gesteigert hatte. Obwohl es sich anhörte, als tobe über ihnen ein Tornado, fühlte *Ka* nicht den leisesten Lufthauch auf seiner schweißnassen Haut. Stattdessen vibrierte minutenlang der Boden, dann verstummte das Tosen für Augenblicke wieder. Kurz darauf begann es von Neuem, wobei es klang, als sauge etwas Gewaltiges nun all das wieder in sich hinein, was es zuvor herausgeblasen hatte. *Ka* war unmittelbar vor dem Ausgang stehen geblieben, um seine Augen an das Licht zu gewöhnen, das jenseits des Treppenschachtes herrschte. Die

Schwester hatte den über ihm liegenden Raum bereits betreten und war nur noch als irisierender Schemen zu erkennen. Durch den Lärm hindurch glaubte er ihre Stimme zu hören und schleppte sich die letzten Stufen zum Ausgang empor.

Es gab keinen tobenden Wirbelsturm. Im Gegenteil: Als sich *Kas* Augen an die Helligkeit gewöhnt hatten, wirkte die neue Umgebung zuerst leblos und starr – wäre da nicht der infernalische Lärm gewesen, der eine Konversation nahezu unmöglich machte. Dabei bebte der Boden, als habe man einen aktiven Vulkan angezapft, um mit seiner Energie ein überlastetes Kraftwerk zu speisen. Die Halle, die *Ka* betreten hatte, war kreisrund und so hoch, dass ihre Decke im Dunst verschwand. Ihre Wände leuchteten weiß und wirkten, als seien sie aus meterdickem Glas gefertigt. Dahinter waren undeutliche Formen zu erkennen, schleierhafte, wolkenartige Umrisse und Nebel.

Ungläubig nahm *Ka* das gigantische graue Gebilde wahr, das im Zentrum der Halle langsam zur Größe eines Wolkenkratzers emporwuchs. Es war ein Hunderte von Metern hoher Faltenbalg, der schließlich so hoch aufragte, dass seine obersten Lamellen sich im Dunst verloren. Als der Kolben in seinem Inneren ihn zu voller Größe aufgebläht hatte, kehrte für Augenblicke Ruhe ein, jäh unterbrochen von einem ohrenbetäubenden Glockenschlag, in dessen Nachhall das Brausen des sich nun langsam wieder herabsenkenden Balgs mischte.

Ka war bis zur Wand neben dem Eingang zurückgewichen, überwältigt vom Lärm und dem Schauspiel, das sich ihm bot. »Was, um Gottes willen, *ist* das?«, schrie er, als die Schwester neben ihn trat.

»Das Offensichtliche, Mister *Ka*«, antwortete sie. »Ein Frischgasreservoir.« Ihre Stimme schien künstlich verstärkt zu werden.

»Aber – wofür? Das ist Gigantomanie! Belüftet man damit eine Großstadt?«

»Sie betrachten die Wahrheit aus dem falschen Winkel, Mister *Ka«,* erklärte die Schwester. »Diese Anlage dient einzig der endotrachealen Intubation.«

»Intubation? Wessen? Gottes?«

»Hören Sie auf, Ihren Spott mit uns zu treiben, Mister *Ka!«,* rügte ihn die Schwester. »Gehen Sie lieber!«

»Wohin?«

»Immer an der Wand entlang.«

Auf der gegenüberliegenden Seite der Halle öffnete sich ein weiterer klaustrophobisch enger Treppenschacht. Er schraubte sich in weiten Spiralen abwärts, endete aber zu *Kas* Erleichterung bereits in einer Tiefe von kaum fünfhundert Metern. Während das Brausen des Blasebalgs langsam abebbte, wurde nun der in langen Intervallen wiederkehrende Glockenton allmählich lauter, bis *Ka* das Gefühl hatte, jeder der tiefen, melodischen Schläge presse ihm das Gehirn durchs Rückenmark. In dem Raum, den sie schließlich erreichten, schien zunächste völlige Finsternis zu herrschen. Nur langsam nahm *Ka* wahr, dass eine der Seitenwände in einem schwachen Grünton fluoreszierte. Der Raum selbst glich einem tiefen Canyon; kaum fünfzig Meter breit, dafür jedoch so lang und so hoch, dass man seine Decke und das gegenüberliegende Ende nicht ausmachen konnte. Es wirkte, als habe man einen Berg in zwei Hälften gespalten.

Ka legte den Kopf in den Nacken und erkannte in Hunderten von Metern Höhe einen schwachen, grünen Lichtstreif, der horizontal von einem Ende der Wand zum anderen verlief. Als er ihn betrachtete, wurde er auf eine riesige Lichtparabel aufmerksam, die sich vom fernen Ende der Halle rasch näherte. Sie floss auf der Höhe des Leuchtstreifens majestätisch über *Ka* hinweg und verschwand in der Finsternis zu seiner Rechten. Augenblicklich erscholl wieder jener tiefe, melodische, lang nachhallende Glockenschlag, der *Ka* fast die

Besinnung raubte. Es grenzte an ein Wunder, dass sein Kopf und die beiden Infusionsbeutel unter seiner Wucht nicht zerplatzten. Jeder Knochen in *Kas* Körper schien durch die Vibrationen zu feinem Schrot zermahlen zu werden.

»Öffnen Sie vor dem nächsten Pulsschlag Ihren Mund!«, empfahl die Schwester, die seinen drohenden Sturz auffing. »Das macht es erträglicher.«

Ka nickte benommen. »Was war das?«

»Gehen Sie vor zum Bildschirm und blicken Sie hinaus. Dann kommen Sie womöglich von selbst drauf.«

»Bildschirm?«

Die Schwester zog ihn ein paar Schritte weit mit sich, auf die fluoreszierende Wand zu. »Gehen Sie«, forderte Sie ihn auf. »Ich bleibe hinter Ihnen.«

Die Wand schien tatsächlich aus massivem Glas zu bestehen. Es knisterte unter *Kas* Haut, als er mit der Hand über ihre Oberfläche strich. Winzige Funken, die keine Schmerzen bereiteten, glühten unter seinen Fingerspitzen auf und schwärmten über die dunkle Oberfläche.

Als *Ka* seine Stirn an die meterdicke Scheibe legte, konnte er auf der anderen Seite ein riesiges, durch das Glas grünlich gefärbtes Gebilde erkennen, das etwa einhundert Meter entfernt war. Es dauerte Sekunden, ehe *Ka* darin die Kuppe eines riesigen Fingers erkannte; mit Falten, tief wie Ackerfurchen, und einem Fingernagel, der so groß war wie ein Fußballfeld. Als *Ka* begriff, was er sah, fügte sich auch das unscharfe Gebirge im Hintergrund zu einem Bild – dem einer gigantischen menschlichen Hand!

Sie ruhte am Rande einer tiefen Klippe aus weißem Gestein ... Das Gestein selbst besaß auffällig viele Schrunden, wie ein zerknittertes, erstarrtes Stofftuch. Von einem Arm, der einem sanft ansteigenden Bergrücken glich, führten mächtige rote und schwarze Stränge auf *Ka* zu. Sie schienen weit über ihm in den Krankenhauskomplex zu münden. *Ka* ließ den

Infusionsständer los, führte seine Augen noch dichter an die Scheibe und schirmte sie gegen das diffuse grüne Glühen ab. Jenseits der riesigen Hand, so erkannte *Ka* nun, verloren sich die Formen in einem noch zyklopischeren Schemen; einem menschlichen Körper in einem Bett, so groß wie ein Kontinent …

Aus den Augenwinkeln heraus nahm *Ka* über sich eine Veränderung wahr; ein schwaches grünes Flackern. Doch ehe er es einzuordnen wusste und sich von der Glaswand lösen konnte, erschütterte ein weiterer tiefer Glockenschlag seine Glieder. Im selben Augenblick jagte ein Stromstoß durch seine Arme und schleuderte ihn meterweit nach hinten in die Dunkelheit.

Mekropalladium 11

Im ersten Moment war ich nicht sicher, ob ich mir das Geräusch nur einbildete: Ich hörte das Hupen eines Autos. Mein erster schlaftrunkener Gedanke galt Spindarios Taxi. Um das Risiko zu vermeiden, entdeckt zu werden, beschloss ich in meinem Unterschlupf zu bleiben und abzuwarten. Gespannt kiebitzte ich aus der schmalen Öffnung, durch die ich in die Nische gekrochen war, und hoffte, dass sich das Geräusch wiederholte.

Draußen entwickelte sich ein zunehmender Radau, und ich vernahm jetzt deutlich das Quietschen von Autoreifen. Aufmerksam spähte ich auf die vor mir liegende Straße. Viel vermochte ich durch das Rechteck, das gerade breit genug war, um einer Person Durchschlupf zu gewähren, nicht zu sehen. Spurrinnen und tiefe Schlaglöcher durchnarbten die Straßenoberfläche, unzählige Gesteinsbrocken bedeckten den Asphalt. Er glich einer von Kratern übersäten Geröllwüste. Auf der Straße selbst befanden sich verwitterte Fahrbahnmarkierungen.

Plötzlich erschien ein Schatten vor der Öffnung und ließ mich zurückschrecken. Die barfüßige Gestalt trug zerschlissene Hosen, die ihr bis knapp unter die Knie reichten. Über sie fiel ein dreckverschmierter Mantel. Die Waden waren blutverkrustet, als wären sie jüngst von einem Rudel wilder Hunde zerfleischt worden. Ohne zu zögern ließ der Fremde sich auf den Hosenboden fallen und versuchte, mit den Füßen voraus zu mir in die Nische zu kriechen. Ich wich zurück bis an die Wand, doch der Raum, den ich ihm verschaffte, war minimal, sodass mir der Eindringling einen seiner Füße in den Unterleib stieß. Ich gab einen gedämpften Schmerzenslaut von mir.

Der Fremde erstarrte, wobei er einen verhaltenen Fluch ausstieß. Weit aufgerissene Augen schimmerten gelblich in der Dunkelheit, und ich hörte ihn erregt atmen. »*Mi atta?*«, zischte er. »*Maddua' nachbetha mi-thachath?*«[8]

Ich beugte mich vor, um die Gestalt deutlicher erkennen zu können, und sah in das gehetzte Gesicht eines bärtigen jungen Mannes.

»Kommen Sie rein!«, flüsterte ich in der Hoffnung, dass er mich verstand, und machte mich noch kleiner, um ihm den nötigen Platz zu verschaffen. »Ich tue ihnen nichts!«

Der Fremde murmelte etwas Unverständliches. Er blickte verängstigt die Straße empor, dann zwängte er sich zu mir in die Enge. Ehe ich mich versah, hielt er mir ein primitives Messer an die Kehle. »Wer biste?«, fragte er mit unverkennbar jiddischem Akzent. »Un wos suchste hier? Red schon, oder ich schnejd dir de Kehle durch!«

»Hippolyt ...«, krächzte ich unter dem verstärkten Druck der Klinge. »Hippolyt Krispin!«

Der Fremde sah mich finster an, dann glättete sich sein Gesicht, und er ließ das Messer gewandt in den Falten des Mantels verschwinden. »*Baruch ha-schem,*[9] bist a Griner«, stieß er erleichtert hervor. »Dacht schon, du sejst a abtrinniger Landsknecht.« Er legte seine Arme zur Begrüßung um mich und drückte mich an sich, dann musterte er mich von oben bis unten. »Wos machst hier? Hob dich noch nie gesejn in dejse Zon.«

Auf der schmutzigen Haut seines Unterarmes prangte ein *Merkabah*-Symbol; ein Wagenrad, zwischen dessen vier Speichen hebräische Buchstaben tätowiert waren: der Gottesname YHWH. Ich starrte wie hypnotisiert auf das Stigma, dann in sein Gesicht.

---

8 Bibelhebräisch: Wer bist du? (...) Warum versteckst du dich hier unten?

9 Bibelhebräisch: Gepriesen sei der Name

»Ich – bin auf der Flucht«, brachte ich schließlich hervor. »Wie Sie.«

»Dacht ich mir«, grinste er. »Stinkst nach Pech. Bist ihne entwischt, wos?« Er schlug mir anerkennend auf die Schulter, drehte sich um und schien etwas zu suchen. Ich vernahm ein Schleifen, dann hielt er ein massives Gitter in der Hand, das ich in der Dunkelheit übersehen hatte. Es war so groß, dass es den Zugang passgenau schloss. Als der Mann die Öffnung sorgfältig versperrt hatte, kroch er an meine Seite, lehnte sich ebenfalls an die Mauer und starrte angespannt auf die Straße.

»Was geht da draußen vor?«, fragte ich, während mir die wildesten Gedanken durch den Kopf schwirrten. Gott bewahre, dass er nicht das antwortete, was ich befürchtete ...

»Se jagen de Unwejsn«, erklärte der Fremde.

Unter uns begann der Boden zu vibrieren, und ich vernahm ein anschwellendes Rasseln und Dröhnen wie von einer Planierraupe.

Nein, Krispin, das ist ein Panzer! Eindeutig ein Panzer!

Nun hörte ich wieder die Autohupe. Befehle wurden geschrien, auf Französisch, Italienisch oder Deutsch, die meisten jedoch in einer kehligen, unbekannten Sprache, die ich bereits des Öfteren in der Stadt vernommen hatte. Ich verstand einzelne Satzfetzen, ohne zu wissen, wo ich sie aufgeschnappt hatte und wie die Sprache hieß. Sie war wie eine graue, lückenhafte Erinnerung an einen sinnlosen Traum, dessen Bedeutung ich nicht begriff.

»Welche Unwesen?«, erkundigte ich mich. »Die Chroner?«

»De Golems.« Der Mann verfolgte gebannt das Geschehen auf der Straße. »Unsre verfluchte Golems.«

»Und der Lärm? Das sind doch Panzer ...«

»De Soldaten in ihre eiserne Maschejne.« Er warf mir einen kurzen Blick zu, als hätte er aus dem Augenwinkel heraus mein Erschrecken bemerkt. »Sind verdammt, de Unwejsn zu jagen.

Aber se jagen se, ohne se jemals zu erwisch'n. Derwejl jagen de Golems uns. Ist a grausames Spiel. Hett ich net hier un dort a Versteck ...« Er ließ den Rest des Satzes offen.

Ich sah den bärtigen Fremden an. »Wer sind Sie?«

»Ich hejß Meliosch.«

Draußen rasselte der erste Panzer vorbei, gefolgt von rennendem Fußvolk. Ab und zu knallte ein Schuss, doch davon abgesehen hetzte die aus Hunderten, vielleicht Tausenden von Soldaten bestehende Meute an unserem Versteck vorüber, ohne uns zu bemerken. Weitere Panzer tauchten auf, moderne und historische Modelle zahlloser Armeen, gefolgt von Jeeps, schwarz verglasten Limousinen und vereinzelten Krafträdern mit Beiwagen. Dazwischen galoppierten Reiter auf Pferden, sogar Fahrräder kreuzten inmitten der Menschenmasse. Die Soldaten trugen Uniformen unterschiedlichster Nationen. Ich erkannte Engländer, Franzosen, Deutsche und Italiener, Araber, Schwarzafrikaner oder auch Griechen. Sie trugen vorwiegend Monturen beider Weltkriege, viele aber auch Waffenröcke früherer Epochen. Hochdekorierte Offiziere liefen zwischen einfachen Soldaten umher, bellten Befehle und hielten große Faltbögen vor sich.

»Dejse Bastarde sind noch schlimmer als de Chroner«, schimpfte Meliosch. »Kommandiern dejse Meut, solangs de Kerle in de glejenden Metallkutschn net tun.«

»Was tragen sie da für Karten mit sich herum?«, wollte ich wissen.

»Stadtplejn.«

»Stadtpläne?«

»Von Dresden, von Warschau, von Prag, wos wejß ich ...« Meliosch musterte mich erneut. »Du geherest ganz bestimmt nich in dejse Sektor, wenn de solche Fragen stellst.«

»Nein«, sagte ich entschieden. »Ganz bestimmt nicht.«

Mein Leidensgenosse seufzte. »Du sagst, du werest uff der Flucht. Vor wejm?«

»Vor den Chronern.«

»Tjo, des sind de mejsten hier. Un wo willste hin?«

»Egal, nur raus hier.«

Meliosch kicherte verhalten. »Wo raus? Aus dejse Loch? Aus dejse Zon? Aus dejse Sektor?«

»Ganz nach draußen«, erklärte ich. »Raus aus der Stadt.«

Aus Melioschs Kichern wurde ein unterdrückter Lachkrampf. »Raus aus de Stadt«, japste er. »Du willst de Scheol verlassn?«

»Ja.«

»Wie – wie willst det anstelln?«

»Ich werde einen der Ausgänge suchen. Draußen liegt ein Flugzeug im Nebel, das jederzeit starten kann. Ich bräuchte nur noch einen Piloten. Sie können nicht zufällig ein Flugzeug fliegen?«

Melioschs Lachen brach ab. Tränen standen ihm in den Augen, als er seinen Blick wieder erhob. »Wos is det, a Flugzejg?«

Wir sahen einander an. Hatte dieser Mann wirklich noch nie in seinem Leben ein Flugzeug gesehen, oder nahm er mich auf den Arm? »Das ist eine Maschine, mit der man durch den Himmel fliegen kann«, erklärte ich ihm.

»Durch de Himmel!«, prustete Meliosch los. »Oi Gewalt, det is ja noch sindiger als a *Schemhamphorasch!*«

Ich schüttelte verständnislos den Kopf.

»Det gehejme Siegel Gottes, det unsren Golems Lejbe gab«, half mir der Mann auf die Sprünge.

Langsam ging mir ein Licht auf, wen ich hier vor mir hatte, doch mein Verstand weigerte sich, ihn als diese Person zu akzeptieren. Erst das alte Rom, dann die Schiffe in der Bucht, Sahia und Asarhaddons Konkubine Leainti, und nun ... Das alles war falsch, passte einfach nicht zusammen. Dieser Ort, die Kulturen, die Zeit. *Vor allem* die Zeit. Sie spielte mir in dieser Stadt dreckige Streiche.

»Sie sprachen vorhin in der Mehrzahl«, fiel mir ein. »Leben noch weitere Juden in diesem Sektor?«

»Rebbe«, berichtigte mich Meliosch. »Ja, etliche.«

»Sie wirken recht jung für einen Rabbiner.«

Der Mann machte eine abfällige Geste. »Ich gehör zu jejnen, die unsre Herrn bej der Erschaffung der Golems geholfe hebbe.«

»Wer war Ihr Meister?«

»Elijah ba'al Zeira.«

»Dann existieren folglich zwei Golems?«

»Zwoj?« Meliosch lachte freudlos. »Dutzend un Aberdutzend! Sejnerzejt wars unter Rebbe, die jber det gehejme Wissen verfjgte, Usus, a Golem zu erschaffen un sich zudienste zu machen. Nu simmer hier bis in elle Ejwichkejt ihrer Rachsucht ausgeliefert. Oh, 's ist a ejfersichtger Gott, der uns verstieß. Schaus dir an: Tausende von Landsknecht in sinnloser Jagd uff de Golems. Se werden se niemals fangen, dafür sind unsre Geschepfe zu schlau. De Golems hingegen jage uns. Wos mejnste, Hippolyt – ejgentlich mjssten wir de Soldate jage.«

Ich sah gebannt nach draußen, auf trampelnde Stiefel, klappernde Pferdehufe und rasselnde Panzerketten. Der Boden bebte, der Lärm der Motoren schmerzte in den Ohren, und immer wieder erklangen laute Rufe und Befehle.

»Was ist das für eine Sprache?«

»Kobe«, erklärte Meliosch. Sein Blick hing forschend an mir. »De Sprache der Toten. Jeder Bjßer beherrscht se.«

»Ich kann manches von dem, was sie sagen, verstehen, aber ich kann diese Sprache nicht sprechen.«

»Des kennt sejne Grjnde hom. Verzeih mir.« Meliosch nahm meine Hand und presste sie mit der Innenfläche gegen seine Stirn, wobei er die Augen geschlossen hielt. »Ah«, meinte er nach einer Weile, als hätte die Hand ihm eine bedeutungsvolle Anekdote aus meinem Leben enthüllt. »Det hot ich vermutet …«

»Was?«

»Bist wohl a Iretmeth ...«

Ich betrachtete irritiert meinen Handteller. »Das hat mir vor kurzem schon mal jemand gesagt.«

Mein Leidensgenosse musterte mich eindringlich, als suche er an mir einen Beweis für seine Behauptung. Er lächelte dabei, doch seine Miene wirkte eher traurig als ermutigend.

»Was ist ein Iretmeth?«, hakte ich nach.

»Schwer, a andres Wort dafjr zu finden«, gestand Meliosch. »A besondrer Gast viellejcht. A Edler ...« Er zuckte hilflos mit den Schultern. »A *Bachir.*«[10]

»Was hat das mit dieser Sprache zu tun?« Ich schrie, da der Lärm eine normale Unterhaltung inzwischen unmöglich machte.

»Elles. Wehr dich dagejge, se zu verstehn. Bewahr dejne Seejle un her uff mejn Rat: Geh dorthin zurjck, woher de gekomme bist, un begib dich wieder in Obhut. Solltest wahrhaftig a *Bachir* sejn, gelangst hernach ohne Gefahr aussem Scheol!«

»Unmöglich!«, entgegnete ich. »Ich kann nicht dorthin zurück.«

»Noch biste a Tejl dejner Welt, Hippolyt. Ebbes Wertvolleres gibbets hier net. Doch jej lenger du schutzlos umherstrejfst, je mehr dejn Gejst mit der Stadt ejns wird, desto rascher ...«

Kaum zehn Meter von unserer Zuflucht entfernt erschütterte eine Explosion den Jagdtrupp und verschlang Melioschs restliche Worte. Ich duckte mich erschrocken vor dem Staub und den Steinsplittern weg, die durchs Gitter zu uns hereinschossen. Als sich Dampf und Rauch verzogen, offenbarte sich uns auf der Straße ein entsetzliches Schauspiel. Körperteile und Blut bedeckten einen Großteil unseres Sichtfeldes.

---

10 Bibelhebräisch: Auserwählter

Schreckliche Schmerzensschreie aus Kehlen, die eigentlich nicht mehr hätten schreien dürfen, übertönten das Dröhnen der Panzer und Krafträder. Die vorübereilende Meute kümmerte sich jedoch nicht im Geringsten um die Verletzten. Ihr schrilles Wehklagen ließ mich die Hände gegen die Ohren pressen. »Mein Gott«, keuchte ich, »warum hören sie nicht auf zu schreien? Warum, um Himmels willen, hören sie nicht auf?«

»Se kenne net mehr sterben«, rief Meliosch. »Se sin doch scho lang tot.«

»Wer schießt hier überhaupt mit Granaten?«

»De Chroner. Se wachn in de oberen Stockwerken un auf de Hausdächern un werfen Sprengladungen runter. Wjrden de Landsknecht nur de Unwesen jagen, weres der Strafe zu wejnig.«

Ich hatte miterlebt, wie einem blinden Kaiser in den Kopf geschossen wurde und der vermeintlich tödlich Getroffene sich wieder erhoben hatte. Ich hatte zugesehen, wie Kreuzbeißers herausgerissene Zunge in sein Maul zurückgekrochen war. Ich hatte Ben Siras Bestrafung erlebt und den Sturz in den Pechsee überstanden. Doch auf das, was sich nun draußen auf der Straße abspielte, war ich nicht vorbereitet. Von Grauen erfüllt beobachtete ich, wie sich die zerfetzten Körper der Soldaten wieder zusammenzufügen begannen. Gedärme und Innereien schlängelten sich wie fette, blutige Würmer zurück in klaffende Bauchhöhlen und Brustkörbe, die sie aufnahmen und sich langsam wieder schlossen. Abgerissene Gliedmaßen krochen zu den Körpern, von denen sie stammten. Schädel, die in Helmen steckten, rollten quer über die Straße zu den Hälsen ihrer Torsos. Eine in unserer Nähe liegende Hand krabbelte spinnenartig zu einem jungen Soldaten zurück, der ihr seinen blutigen Armstumpf entgegenstreckte. Da der Trupp der Soldaten nicht innehielt, fuhren immer wieder Panzer oder Autos über die zusammenheilenden Körper und zerquetschten sie erneut. Irgendwann begann der jagende Tross sich schließlich zu lichten. Kurze Zeit später war es – von vereinzeltem, schrecklichem Röcheln und Stöhnen abgesehen – draußen wieder ruhig. Nun konnten auch die Unglücklichen, die von den schweren Panzerketten zermalmt und meterweit über dem Asphalt verschmiert waren, wieder Gestalt annehmen. Die Geräusche, die die sich regenerierenden Körper verursachten, waren unbeschreiblich. Ich konnte es nicht länger mit ansehen, legte den Kopf in die Arme, zog die Beine bis an die Brust und blieb in dieser Stellung hocken, bis von draußen kein Geräusch mehr zu hören war.

Meliosch legte mir irgendwann eine Hand auf die Schulter. »'s ist vorbej«, informierte er mich.

»Das ist alles nicht wahr«, flüsterte ich tonlos. »Das kann unmöglich wirklich geschehen …«

»Ich wollt, ich kennt dir zustimmen, Hippolyt.«

»Wieso dürfen sie nicht sterben? Selbst wenn sie einst Gräueltaten begangen haben, muss es ihnen gestattet sein, zu sterben! Nichts rechtfertigt, dass *dies* mit ihnen geschieht!« Ich verstummte, jeder Muskel an mir zitterte.

»Det Recht zu sterben hob'n se schon vor langer Zejt in Anspruch genommen. Moralische Werte besitzen hier kejne Bedeutung mehr. Aus Kriegern sin willenlose Sklaven geworden. Ihre Regenten sin nun de Chroner.«

»Aber womit hat ein Mensch so etwas verdient – wieder und wieder von Bomben zerrissen und zu Brei zerquetscht zu werden, um wieder zu heilen? Zu heilen, nur um *erneut* zerfetzt zu werden? All die Schmerzen, immer und immer wieder?« Ich rang um Worte. »Was haben die Architekten dieses Infernos sich dabei gedacht? Welches kranke Hirn brütet so etwas aus und empfindet so viel Freude an seiner Idee, um sie in die Tat umzusetzen?«

Meliosch sah mich lange an. »A Mensch tracht un Gott lacht«, sprach er schließlich. »Bist noch net lang genug hier, un des is auch net der Ort, der fjr dich bestimmt is. Falls de den Traum hast, flejhen zu kenne, dann trejm ihn, solang de kannst. Herest uff zu trejme, bist verloren – so wie de armen Kreaturen dort draußen, oder die im Pechsee ... oder ich.«

»Niemand ist hier verloren!«

Meliosch schüttelte traurig, aber bestimmt den Kopf. »Kennst det zwejte Gebot?«

»Du sollst den Namen deines Gottes nicht missbrauchen.«

»So stejts geschriben«, nickte der Mann. »Aber jejder von uns hot just det getan, als wir de Golems Lebben ejnhauchten – indem wir de gehejmen Namen des Herrn in ihre Stirnsiegel ritzten: *Emeth*, de Wahrhejt.«

»Und weshalb jagen sie euch?«

»Wejl wir ihnen det Lebben wieder genommen hob'n, als se greßer un greßer wurden un de Sabbath entehrten. Wir leschten det *Aleph* aus de Gottesnamen, un wos blieb, war *Meth* – der Tod.« Meliosch wischte sich mit den Händen übers Gesicht und blickte mich müde an. »Fjnfhundert Meter von hier entfernt steht a Shul am Ende der Straß.«

»Eine was?«

»A Synagog. Du siehst se, sobald de diesen Schlupfwinkel verlesst. Hinter der Shul befindet sich a frejstehendes Stjck Mauer, de diesen Sektor vom nejchsten trennt. Wenn de's schaffst, jber de Mauer zu klettern, gelangst uff de Straß der Temper. Dort wacht zwar auch a Unzahl Chroner, aber solang de dich mit der Masse bewejgst, wirst net auffallen.«

»Was erwartet mich dort?«

»Der Sektor der Gleichgjltigen un der Trejgen. De Verschwender von Lebbe un Zejt wern dort zu ewiger Ejle getrieben, ohne Rast un Verharren. Zejtmessgerejte jberwachen den Fluss, derewejl de Chroner de Bjßer antrejben. Musst nur druff achten, dass de nie stejn bleibst. Glejchmut wird *uff der Stelle* bestraft. Gerejtst jedoch ins Straucheln un stjrzt zu Boden, bist verloren.«

»Und wenn ich wieder aufstehe?«

Meliosch schüttelte den Kopf. »Wer dort fellet, stejt nich mehr uff. Dafjr sorgen de Temper.«

»Gibt es nicht einen etwas freundlicheren Sektor in dieser Stadt?«

Meliosch lachte auf. »Hippolyt, wos erwartest vom Scheol? Wirst hier nirgendwo a Flecken finden, der angenehm is un zum Verwejlen einlejdt. Drej Sektoren grenze ans Ghetto. Im ersten findest den gesamten rejmischem Abschaum: Kejser, Despoten, Gladiatoren, Konsule, Cesaren ... Se werden gehetzt von wilden Tieren – Stieren, Lewen, Allejgatoren, Hjejnen, Tejgern, Welfen – a urbaner Circus Maximus. Wie gefiel dir det?«

»Ich bin begeistert.« Schaudernd erinnerte ich mich an meine Taxifahrt durch das brennende Rom.

»Im zwejten Sektor warst berejts, so wie de stinkst, un de dritten findest hinter der Shulmauer. Doch hjte dich, de Shul zu betreten. Es wimmelt in ihr von Ask'nasim.«

»Was machen *die* in der Synagoge?«

»Se brennen! Un der Schmerz macht se zu Bestien!«

Ich musste schlucken. »Warum kommst du nicht mit mir? Zusammen schaffen wir es vielleicht, einen der Ausgänge zu erreichen.«

Meliosch schüttelte erneut den Kopf.

»Sei verdammt noch mal nicht so starrköpfig.«

»Ada wjrd mich daran hindern.«

»Wer?«

»Unsere Schepfung. Unser Golem!«

»Ada?«

»Den Mejster traf daran kejne Schuld!«, missdeutete Meliosch meinen Blick. »Jahre des Studiums gab der Rebbe unfrejwillig fjr sei Werk, denn vom Gelingen sejnes Tuns hings ab, ob der Kajser ihm fjrderhin Schutz gewehret. Der Mejster schlug sich gut, besser, als man erwarten konnt – nur sejn Gehilfe war übermjdet un unkonzentriert. Werrend der Stunden, da wir de Lehmklumpen umkrejsten, bracht ich a paar Silben durcheinander, un wir mussten wieder a paar Runden zurjck un verbessern. No ja, ich mejn, Jehova braucht schließlich auch zwej Anlejfe.«

»Aber ihr habt das Werk vollendet ...«

»Oh ja, det Experiment gelang wohl, allejn es wurd kejn Golem draus. Det hejßt, kejn mennlicher ...«

»Bitte?«

Meliosch zuckte die Schultern. »Der Mejster war außer sich, denn wieder war a Schepfung misslungen. Oder besser gesagt: anders ausgefallen, als von ihm vorgesehen.«

»Ein weiblicher Golem?!«

»Der vierte Missgriff innerhalb ejnes Monats ...« Meliosch schwieg, und es war ihm anzusehen, wie es in seinem Kopf arbeitete. »Nun, viellejcht hast doch Recht«, entschied er schließlich. »Ich werd dich beglejten, aber nur bis zur Shul. Ich hob a Idee ...«

Die besagte Mauer erwies sich als ein schier unüberwindbares Hindernis von fast zwanzig Metern Höhe, das zudem kilometerlang von Stacheldraht gekrönt wurde. Rechter Hand schloss die mächtige Synagoge an, aus deren Innerem ich furchtbare Schreie zu hören glaubte. Andererseits war die Stadt voll von absonderlichen Geräuschen, sodass ich mich auch täuschen konnte. Die Wand des Gebetshauses war auf den ersten zehn Metern ebenso fugenlos wie die mächtige Mauer zum angrenzenden Sektor. Erst in einer Höhe von sechs Metern verlief ein schmaler Sims, von dem aus ein geschickter Kletterer die Fugen zwischen mächtigen Steinquadern nutzen und bis zu einer Reihe schmaler, hoher Fenster emporklettern konnte. Dort war es möglich, sich auf das Walmdach hinaufzuziehen, von wo aus es ein Leichtes sein musste, bis zum Scheitel der Mauer zu klettern. Es sei denn, es tauchte jenseits meines steilen Blickwinkels noch ein Hindernis auf, das ich von meiner Position aus nicht erkennen konnte.

Linker Hand ragte ein vollkommen fugenloses Gebäude in den grauen Himmel, ohne Simse oder Pfeiler, die man zum Klettern hätte benutzen können. Nicht einmal Fenster wies das Bauwerk an dieser Seite auf. Blieb also nur die Synagoge. Doch wie auf den Sims gelangen?

»Es ist zu hoch«, erkannte ich. »Selbst wenn ich mich auf deine Schultern stelle, erreiche ich den Sims nicht.«

»Net von mejnen Schultern aus ...«, murmelte Meliosch. Es war ihm anzusehen, dass er sich alles andere als wohl fühlte in seiner Haut. Sein Blick war zum Ausgang der Sackgasse gerichtet, als bange er, eine Horde Soldaten könne jeden Moment heranstürmen. »Gott vergelts, wos ich hier tu!«, jammerte er, wie um die Stimmung noch bedrückender zu machen.

»Warum verschwindest du nicht?«, riet ich ihm. »Mir werden sie nichts tun, wenn sie sehen, dass ich nicht hierher gehöre.«

»Es geht gar net um de Landsknecht«, entgegnete Meliosch. »Ich wart uff Ada! Von ihren Schultern aus wirste de Sims errejchen.« Er drehte sich zu mir um. »Falls uns de Bluthunde net wittern un ihr zuvorkemme.«

Ich sah durch die Gasse auf den vor uns liegenden Straßenzug und begann zu schwitzen. Choner säumten die Hausdächer wie Samurai einen Bergkamm vor dem Angriff.

Meliosch hob den Kopf, als lausche er, und verkündete: »Se wird glej hier sejn ...«

Schwere, rasch lauter werdende Schritte erklangen von weit her, als nähere sich uns ein Riese in voller Rüstung, dann erschien ein mächtiger Schatten am Eingang der Gasse und stampfte donnernd und mit klauenartig vorgestreckten Händen zielstrebig auf Meliosch zu. Ich stieß einen Laut des Entsetzens aus, als der über zwei Meter hohe Koloss auf uns zutrampelte. Der Schreck lähmte meine Glieder. Wenige Meter, bevor die mächtigen Pranken des Golems zupacken konnten, hob Meliosch beide Arme und rief mit angsterstickter Stimme: »*Dum wa-limdu chochmah!*«[11]

Es wirkte, als sei die Kreatur gegen eine unsichtbare Wand geprallt. Reglos und im Schritt erstarrt, stand sie eine Armlänge von Meliosch entfernt auf der Stelle. Erst als ich genau hinsah, bemerkte ich, dass der Golem sich noch immer bewegte – unmerklich langsam vollendete er den Schritt, um wie in Zeitlupe weiter auf sein Opfer zuzumarschieren.

Meliosch ließ zögerlich die Arme sinken und sprach mit bebender Stimme: »Nun rat! Lettern zehl ich nejn; viersilbig bin ich. Merk: Von de ersten drej Silben hot zwej der Lettern jejde, aber de vierte hot drej. Fjnf Lettern sind Mitlauts. Bild de Summe der Zahlen – du findest zwejmal achthundert, drejmal drejßig dazu un sieben. Hast mejn Wesen nunmehr erkannt, so hast Teil an gettlicher Wejsheit!«

Der Golem stand nun endgültig still, wirkte wie ein Untergebener, der einen Befehl erwartet.

»Was hat sie?«, fragte ich aus der hintersten Ecke der Sackgasse.

»Se denkt nach«, erklärte Meliosch. »Ada tut elles, um an de Weisheit zu gelangen, die ihr fejlt, um Frieden zu finde. Solang se net uff de Lejsung des Rejtsels kommt, ist se mejne Dienerin. Doch se ist klug, wir hob'n net viel Zejt!«

Das Geschöpf sah aus wie eine monströse, muskelbepackte Pharaonin. Alles an Ada bestand aus grauem Lehm, selbst ihre Kleidung war modelliert. Ihr Haupt bedeckte ein segmentiertes, tuchähnliches Gebilde, das ihren Kopf umschloss wie ein futuristischer Raumfahrerhelm. Es konnte sich aber ebenso um stilisierte Haarlocken handeln, die dem Golem bis fast auf

11 Bibelhebräisch: Steh still und erfahre Weisheit!

die Schultern fielen. Der Oberkörper war nackt gebildet und zeigte ein Paar mächtiger Brüste, die Hüften zierte ein knielanger Lehmrock, der von einem breiten Gürtel gehalten schien. Beine und Füße waren bloß. Auf Adas Stirn prangte eine handtellergroße Lehmscheibe, in die zwei hebräische Buchstaben geritzt waren. Ein dritter war verwischt, als hätte man die Stelle hastig mit den Fingern glatt gestrichen.

»An de Wand!«, befahl Meliosch seiner Kreatur. Der Golem, dessen Lehmhirn nach der Lösung des Rätsels suchte, stapfte folgsam zur Synagogenmauer und lehnte sich mit dem Rücken gegen das Gestein. »Kletter uff ihre Schultern«, wies Meliosch mich an.

»Wird sie das zulassen?«, vergewisserte ich mich beim Anblick des leblosen Gesichtes, dessen Augen keine Pupillen besaßen.

»Solange se nachdenkt, ja.« Als ich mich nicht bewegte, gab mir Meliosch einen Stoß in den Rücken. »Steh nich rum wie a Eljetze, beejl dich!«

Umständlich versuchte ich, an dem Golem emporzusteigen, doch meine Aufregung verhinderte einen Erfolg.

»Hilf ihm uff dejne Schultern!«, befahl Meliosch.

»Was? Moment...!«, rief ich erschrocken, doch da hatte mich die Kreatur schon hochgehoben. Von einem Moment zum anderen hing ich fast vier Meter über dem Boden in Klauen aus Lehm. Einige ungeschickte Versuche später stand ich auf Adas breiten Schultern, streckte mich und bekam den Sims zu fassen. Er war etwa einen halben Meter breit, doch ich hatte nicht genug Kraft, mit meinen Fingerspitzen einen Klimmzug zu machen.

»Heb ihn hoch!«, vernahm ich Melioschs Stimme.

Adas mächtige Lehmpranken umklammerten meine Knöchel und hievten mich so plötzlich in die Höhe, dass ich mit dem Kopf beinahe gegen den Sims knallte. Ich schaffte es, beide Arme darauf abzustützen, quälte mich empor und rollte mich schließlich auf den Vorsprung. Dort blieb ich liegen und verschnaufte einen Augenblick.

»Alles in Ordenung?«, erkundigte sich Meliosch.

Ich hob den Daumen.

»Was soll det bedejten?«, kam es von unten.

Krispin, der Kerl lebte im 16. Jahrhundert!

»Alles in Ordnung!«, bestätigte ich.

Meliosch äußerte ein zufriedenes Grunzen. »Dann werd ich mich jetzt verdrjcken, ehe Ada merkt, dass det Rätsel viele Lejsungen hot. Sieh nur zu, det de uff der anderen Sejte im Fluss blejbst, un verursach nie a Stagnation …«

»Stagnation?«

»A Stillstand. A Verstopfung. Sonst bekommst Scherereje mit de Chronern.«

»Was sind die Temper?«

»Det kann ich dir net sagen. Hob noch kejnen getroffen, der de Begegenung mit ihnen jberlebte. Wejß net, wos se sind, un auch net, wie se aussehen. Ich kann dich nur vor ihnen warnen.«

Ich sah zu ihm herab. »Danke für deine Hilfe. Willst du nicht doch mitkommen?«

»Ich hob hier Glaubensbrjder, die mich ejbenso brauchen, wie ich sie. Lebbe wohl, Hippolyt!« Er hob zum Abschied die Hand, dann drehte er sich um und war im Nu um die Synagogenecke verschwunden.

Ich atmete tief durch und sah auf den Golem hinab. Er rührte sich nicht. Vorsichtig robbte ich vor bis zur Sektormauer und begann, die mächtigen Quader, aus denen das Gebetshaus erbaut war, emporzuklettern. In ungefähr zwölf Metern Höhe erreichte ich die Fenster. Entsetzliche Schreie drangen nun deutlich an meine Ohren. Ich warf nur einen kurzen Blick in das Innere, um sofort weiterzuklettern.

Mein Gott …!

Der Übergang auf das mit Schindeln bedeckte Dach gestaltete sich komplizierter als erwartet, denn es gab keine Regenrinne, die einem Kletterer Halt geboten hätte. Außerdem war es nur ein Vordach, wie ich nun feststellte, über das ich zu einer weiteren, nach hinten versetzten Wand der Synagoge gelangte, in die ebenfalls Fenster eingelassen waren. Es war jedoch verhältnismäßig flach und die Schindeln rau, sodass kein Abrutschen drohte. Ich versuchte, einige der Deckplatten herauszubrechen, um die entstandenen Löcher als Steighilfen zu benutzen. Es ging überraschend leicht, und nach kurzer Zeit war ich über meine Notleiter bis zur oberen Wand geklettert. Der Gestank verbrannten Fleisches quoll aus den Fenstern und machte das Atmen mittlerweile zur Qual. Die Wand, über der das eigentliche Dach begann, war nur unwesentlich höher als die Fenster. Tief unter mir hörte ich ein gleichmäßiges Stampfen, das sich rasch entfernte. Der Golem hatte seine Jagd wieder aufgenommen …

Auf dem Dachfirst angekommen, überblickte ich zum ersten Mal einen Teil des Stadtsektors, in den es mich verschlagen hatte. Die meisten Häuser waren rußverdreckt und zum Teil ausgebrannt. Ein paar Kirchentürme reckten sich in den grauen Dunst, die Straßen sahen von hier oben aus wie eine Mondlandschaft. Auf den Dächern der Häuser entdeckte ich Hunderte von Chronern. Sie standen oder saßen auf den Giebeln und Dachkanten, unterhielten sich oder blickten erwartungsvoll in die Tiefe. Weit entfernt herrschte reges Treiben auf den Dächern, wo die dämonischen Aufseher qualmende Gegenstände in die Tiefe schleuderten. Rauch stieg aus dem darunterliegenden Straßenzug auf und machte deutlich, wo der schicksalhafte Jagdtrupp sich gerade befand. Nun sah ich auch, dass es insgesamt vier Zeppeline waren, die über dem Sektor schwebten. Zwei der Luftschiffe befanden sich unmittelbar über der Stelle, wo ich den Soldatentross vermutete. Während die Chroner dort ihre

Granaten von den Dächern warfen, bombardierten die Insassen der Zeppelingondeln ihrerseits die Aufseher auf den Dächern.

Einige der Chroner auf den umliegenden Häusern erhoben sich, als sie mich auf dem Dach der Synagoge entdeckten, und kamen so weit herübergelaufen, wie es die Abmessungen ihrer Häuser zuließen. Sie heulten und brüllten lästerliche Flüche, fletschten die Zähne und schwangen drohend ihre Rebaschen. Aber sie konnten mir nichts anhaben.

Doch, sie können dir ihre Bomben auf das Dach werfen, widersprach Giza. *Sieh lieber zu, dass du Land gewinnst!*

Ich lief vor bis zur Stacheldrahtbarriere und blickte hinunter in den dahinter liegenden Sektor.

Menschen!

Hunderttausende von Menschen wanderten Schulter an Schulter durch die Straßen wie Pilger bei einer Mekka-Prozession – schweigend, die Köpfe gesenkt, teilnahmslos. Chroner standen auf Podesten entlang der Straßen und ließen Peitschenriemen kreisen. Dutzende von Zyklopen und seltsame Geschöpfe, die aussahen wie Schildkröten mit Objektivköpfen und den Spiegelaufsätzen von Overhead-Projektoren, liefen durch die Menge oder saßen reglos am Straßenrand. Bei Letzteren musste es sich um die von Meliosch erwähnten Zeitmessgeräte handeln. Niemand sah zu mir empor, nicht einmal die Zyklopen. Ich entdeckte Hotels, Bars, die flackernden Neonwerbungen von Nachtlokalen und Spielhallen, doch alle Eingänge waren verschlossen und verbarrikadiert. Unterhalb der Synagoge, genau auf der anderen Seite der Mauer, lag ein kiesbedecktes Flachdach – allerdings gut zehn Meter unterhalb meines jetzigen Standpunkts. Ein seitenverkehrter Reklameschriftzug protzte über seiner der Straße zugekehrten Kante: ›DRAGON ROUGE‹.

Blieb nur die Frage, wie ich durch den Stacheldraht gelangen sollte. Nahm ich einige kleinere Wunden und Schrammen in Kauf, so konnte ich einen Großteil der engliegenden Spiralen einfach auseinander biegen und hindurchschlüpfen. Ganz ohne Blutverlust würde es jedoch nicht zu bewerkstelligen sein. Ich hoffte, dass mich der Overall halbwegs schützen würde, zwängte mein Bein auf die Mauerkrone und teilte das bösartige Hindernis mit den Händen. Dann zwängte ich mich in die Öffnung und stand mitten im Stacheldrahtverhau. Falls ich jetzt ausrutschte, würde es eine sehr schmerzhafte Erfahrung werden.

Unvermittelt ertönte ein Schuss, ein Querschläger jaulte an meinem Kopf vorbei. Mir blieb für eine Sekunde das Herz stehen. Einer der Soldaten musste mich entdeckt haben. Womöglich hatten auch die Chroner ihn auf mich aufmerksam gemacht, da sie selbst ihre Dächer nicht verlassen wollten. Undeutliche Befehle wurden hinter mir laut, dann begann ein Maschinengewehr zu knattern, und die Holzschindeln flogen mir nur so um die Ohren. Der oder die Schützen waren *in* der Synagoge, und nicht davor! Sie mussten auf den Dachstuhl gestiegen sein und befanden sich womöglich direkt unter mir!

Hektisch arbeitete ich mich durch den Stacheldraht, was nicht ohne Folgen blieb. Die Stahldornen rissen mir tief in die Haut, und der Overall ließ große Stofffetzen an den Zinken zurück, doch lieber ein paar Schrammen und Risse, als die Eingeweide voller Projektile. Ich fluchte, zwängte mich voran und hing schließlich, nur am Stacheldraht Halt findend, über dem Temper-Sektor. Zwei weitere Maschinengewehrsalven ließen Schindeln und Betonsplitter durch die Luft spritzen. Querschläger jaulten, dann spürte ich einen heftigen Schlag gegen den rechten Oberschenkel, und das Bein wurde taub. Ich warf einen Blick über die Schulter. Ein beachtliches Loch klaffte hinter mir im Synagogendach, dahinter erkannte ich drei lichterloh brennende Gestalten, die ihre MGs auf mich richteten. Sie schrien vor Schmerzen, doch das sie versengende Feuer hinderte sie nicht daran, mir nachzustellen und auf mich anzulegen. Als die Gewehre erneut begannen, mir ihre tödliche Fracht entgegenzuspucken, ließ ich mich fallen. Mehrere Geschosse durchsiebten meine Arme und drangen in meinen Rücken, dann spürte ich einen ungeheuren Schlag gegen den Hinterkopf und verlor das Bewusstsein.

Lazarium 6 • Ereignisraum I

Langsam verließ die Taubheit *Kas* schmerzende Glieder. Der Stromstoß, den die flureszierende Wand abgegeben hatte, hatte ihn nur für Sekunden außer Gefecht gesetzt. Unangenehmer war, dass er den Infusionsständer mit sich zu Boden gerissen hatte. Nun war bei einem der beiden Beutel die Tropfkammer defekt, und die Menge an Flüssigkeit, die sein Körper aufnehmen sollte, ließ sich nicht mehr regulieren. In Kürze würde *Ka* einen neuen Beutel mit grüner Infusionslösung benötigen.

Gleichgültig beobachtete die Schwester, wie *Ka* sich wieder auf die Beine quälte. »Sie können sich nicht vorstellen, wer das ist?«, erkundigte sie sich in Anspielung auf den riesigen Körper, den er hinter der Glaswand erblickt hatte.

»Ich konnte das Gesicht nicht erkennen ...«

Die Schwester schüttelte vorwurfsvoll den Kopf. »Sie begreifen es einfach nicht ...«

»Verzeihen Sie«, flüsterte *Ka.* »Ich bemühe mich, aber ich habe das Gefühl, als fehle mir eine wichtige Fähigkeit, um es zu verstehen.« Er sah eine Weile gedankenverloren zu Boden. Dann fragte er: »Sagen Sie, als ich hier eingeliefert wurde, hatte ich da eine Gehirnverletzung?« Die Schwester verzog die Mundwinkel und machte sich Notizen. »Werde ich bleibende Schäden davontragen?«, bohrte er weiter.

»Sie sind ein seltsames Exemplar Ihrer Gattung, Mister *Ka«,* befand die Frau. »Keine Sorge, Ihre Hirnfunktionen sind nicht beeinträchtigt. Vielleicht werden wir ja in Raum 24993 fündig. Kommen Sie mit nach nebenan, ich zeige Ihnen unsere Menagerie.«

Der vergleichsweise winzige Raum, in den die Schwester ihn führte, war quadratisch und fast vollkommen leer. Zwei Türen an jeder Wand ermöglichten den Zu- und Ausgang. Über den Querbalken hingen gnomenhafte Figuren, die *Ka* auf den ersten Blick an holzgeschnitzte Wasserspeier erinnerten. Die Schwester blieb schweigend zurück, als er sich einer der Figuren näherte. Zwei, drei Schritte lief er, dann blieb er erschüttert stehen – denn das Geschöpf über der Tür lebte! Aus fiebrig hervorquellenden Augen folgte ihm der Blick der unglücklichen Kreatur. Sie besaß keine spezifischen anatomischen Merkmale; ihr Kopf war haarlos, das Gesicht glatt und ohne individuelle Züge, der Rumpf geschlechtslos. Arme und Beine waren ihr in widernatürlicher Weise hinter den Rücken gebogen worden, lange, durch Hände und Füße getriebene Nägel fixierten ihre Extremitäten am Türsturz. Ein mächtiger Eisenstift drang von unten durch das Kinn in den Schädel, trat zum Hinterkopf wieder aus und verschwand im Holz des Querbalkens, sodass es dem Wesen unmöglich war, sich zu bewegen. Weitere Nägel ragten aus seiner Brust und seinem Unterleib. Insgesamt zählte *Ka* dreizehn Metallstifte, die durch das Fleisch getrieben waren und die Kreatur an ihren Ort bannten. Die sieben übrigen Geschöpfe teilten das gleiche Schicksal.

»Es sind keine Menschen«, banalisierte die Schwester die scheinbaren Qualen der Kreaturen.

»Aber sie leiden!«, erregte sich *Ka.* »Wie kommt es, dass sie noch leben – bei dieser Folter?«

»Sie leben nicht. Was Sie sehen, sind Psychogone; ektoplasmische Behälter für instruktive Energie als Werkzeug eines jeglichen Willens. Sie fühlen keine leiblichen Schmerzen. Ihre Qual ist mehr psychischer Natur, doch sie ist kurz und erträglicher als körperliches Leid. Wenn wir mit ihnen fertig sind und die gewünschten Informationen besitzen, schicken wir sie wieder zurück und rufen neue. Wollen Sie wissen, wie sie funktionieren? Öffnen Sie eine Tür ...«

Ka wandte sich angewidert ab. »Gehen wir zurück nach draußen. Ich brauche frische Luft.«

»Zurück?« Die Schwester blickte ihn ausdruckslos an. »Von hier gibt es kein Zurück, Mister *Ka.* Für Sie geht es nur weiter voran, an Ihren Platz.« Sie machte eine alles umfassende Geste. »Suchen Sie sich eine Tür aus. Jeder Raum birgt Wahrheit.«

»Bei allem Respekt, aber ich möchte denjenigen sprechen, der für diese Abartigkeit verantwortlich ist!«

»Sie werden doch nicht etwa aufsässig, Mister *Ka?*«

»Ich verlange lediglich eine Erklärung«, rechtfertigte er sich. »Es existiert doch hoffentlich so etwas wie ein Direktorium? Ein Chefarzt?«

»Ich fürchte, Doktor 8 hat keine Zeit für einen Dummkopf wie Sie, Mister *Ka.*«

»Lassen Sie ihn das bitte selbst entscheiden.«

Die Schwester schwieg eine Weile. Dann sagte sie: »Ihr glaubt, der Krieg hätte euren Willen befreit, nicht wahr? Ihr bildet euch ein, eure Existenz gerettet zu haben und universelle Entscheidungen treffen zu dürfen. In Wirklichkeit habt ihr alles verloren. Ihr glaubt, wir existieren nicht mehr, aber ihr täuscht euch. Wir sind noch da!«

»Wovon reden Sie?«

»Von denen, die *ihm* treu geblieben sind, und jenen, die fielen, Mister *Ka.* Waren Sie schon einmal im Ministerium für Wahrheit?«

»Nein.«

»Es ist ein Ort der Türen. Hinter diesen Türen befindet sich alles, was wir von euch sehen wollen.« Sie trat ein Schritt an ihn heran, und ihre Stimme wurde bedrohlich leise. »Wir beobachten euch«, flüsterte sie ihm ins Ohr. »Wir geben euch Zeit, eure eigenen Verfehlungen zu erkennen. Wir geben euch Zeichen, wir verwarnen euch. Letztendlich bestrafen wir euch. Das Ministerium für Wahrheit ist das

Ende aller Verfehlungen. Also bitte ...« Sie öffnete die Tür hinter seinem Rücken und machte eine einladende Geste.

Zögernd warf *Ka* einen Blick in den Raum, der sich ihm geöffnet hatte. Drei reglose, weiß gekleidete Gestalten standen wie Wachsfiguren neben einem Krankenbett, zwei dunkelhäutige Männer mit Mundschutz und eine Frau. *Ka* brauchte nicht lange zu rätseln, wer die Frau war, obwohl sie ihm den Rücken zuwandte. Auf dem Bett, über das sie sich beugte, lag besinnungslos eine dick bandagierte Person, bei deren Anblick *Kas* Herz für einen Moment stockte.

»Fürchten Sie sich nicht.« Die Schwester legte ihm auffordernd eine Hand auf die Schulter. »Gehen Sie hinein.«

Langsam trat *Ka* in den Raum, blieb jedoch auf halbem Weg zum Bett stehen, denn im selben Moment, in dem er das Zimmer betrat, erwachte die Szenerie zum Leben. Die beiden Pfleger legten dem Kranken hastig Infusionen und schoben Schläuche in seine Nase, derweil die Frau ihm einen Tubus in den Mund steckte. Der bis zur Unkenntlichkeit von Verbänden umwickelte Körper auf dem Bett war verkabelt, Schläuche führten in Brustkorb und Unterleib. Eine zischende Maschine versorgte den Kranken mit Sauerstoff. Am Kopfende des Bettes erhob sich ein Geräteturm mit Monitoren und Oszillographen, auf denen Zahlen und Herzfrequenzkurven flimmerten; ein computergesteuertes Lebenserhaltungssystem, das den Kranken und das Zimmer beherrschte.

Die Frau unterbrach ihre Arbeit unversehens und sah *Ka* direkt in die Augen. »Wahrheit, Mister *Ka,* ist zumeist ein sehr hässliches Tier«, erklang es gedämpft unter ihrem Mundschutz hervor. »Man bereitet Ihnen statt eines seligen Dahinscheidens einen Horrortrip: Sticht Ihnen Nadeln in die Venen, um Ihrem Blut giftige Katecholamine und Diuretika zuzuführen, schiebt Ihnen Infusionsschläuche durch die

Nase bis hinab in den Magen, obwohl es an Zynismus grenzt, einen Todgeweihten noch mit Nahrung zu versorgen. Man schließt Dutzende elektrischer Sensoren an Ihren Körper an, die ein Kraftfeld um sie herum erzeugen, das Ihre nervlichen Funktionen irritiert und fehlleitet. Aber man hat einen hippokratischen Eid geschworen. Also flickt man Sie wieder zusammen, schiebt Ihnen einen Tubus in den Schlund bis tief in die Luftröhre. Und eine Maschine mit Blasebalg, die nicht fühlt, ob Sie überhaupt noch atmen wollen, pumpt Ihnen – ohne Rücksicht, wie viel Sie nötig haben – pfff, pfff, pfff, die Atemluft zwischen die Rippen.

Sie begreifen es nicht, ertragen es nicht, wollen vielleicht nur sterben. Ihre Arme und Beine sind bereits eiskalt und marmoriert, alles in Ihnen wehrt sich gegen den gnadenlosen Lebenszwang. Doch es ist zwecklos. Sie liegen festgeschnallt, festgezurrt auf dem kalten Gummituch. Auf Sie und Ihre um Erlösung flehenden Augen achtet keiner, weder die Schwestern noch die Ärzte. Alle starren nur auf die Pumpen, die piepsenden Monitore, und darauf, ob die Kanülen fest genug in Ihrem stumm schreienden Fleisch stecken ...«

Wortlos zog sie eine vergilbte Spielkarte aus ihrer Brusttasche und hielt sie so, dass *Ka* das Bild erkennen konnte; einen fetten Körper, auf dessen Schlangenhals ein zu kleiner Kopf saß. Stumm betrachtete *Ka* die Arkana, die Schwingen, das Horn auf der Schnauze des Abbilds und die Schlange, die aus ihrem Bauchnabel gekrochen kam. Dann wirbelte er herum und stürzte aus dem Zimmer.

Jenseits der Pforte war der Raum mit den Türen verschwunden, ein langgezogener Flur hatte seinen Platz eingenommen. *Ka* sah sich gehetzt um, packte den Infusionsständer fester und rannte den Korridor hinab. Hinter ihm ertönten Rufe in arabischer Sprache, dazu hastende Schritte.

»Bleiben Sie stehen!«, schrie jemand in gebrochenem Englisch.

Zweifellos befand er sich in einem ihm noch unbekannten Teil des Krankenhauses. Der Geruch, der Linoleumboden, das Dekor, nichts davon erkannte er während seines Spurts über den Flur.

Unmittelbar vor ihm wurde eine Zimmertür aufgestoßen. *Ka* hob schützend den freien Arm und stieß frontal mit ihr zusammen. Die Person auf der anderen Seite der Tür gab ein absonderliches Geräusch von sich und wurde in ihr Zimmer zurückkatapultiert. *Ka* taumelte, klatschte auf den Boden und rutschte meterweit, ohne den mitgerissenen Infusionsständer loszulassen. Der fast leere Beutel mit der grünen Flüssigkeit löste sich von seiner Halterung und geriet unter seinen Körper. *Ka* spürte einen stechenden Schmerz an seinem Unterarm, als die Plastikkanüle aus der Vene gerissen wurde. Ohne sich um die verlorene Medizin zu kümmern, kam *Ka* wieder auf die Beine und hetzte weiter, noch dichter von seinen Verfolgern bedrängt als zuvor.

»Bleiben Sie doch stehen!«, erscholl es wieder hinter ihm. »Sie laufen in eine Sackgasse!«

Der Unbekannte behielt Recht. Zwanzig Meter vor *Ka* endete der Korridor vor einer Doppeltür. Darüber leuchtete ein gelbes Schild mit der Ziffer 24.993.

Ka beschleunigte seine Schritte, schloss die Augen und warf sich mit der Schulter gegen die Türblätter. Sie flogen zu beiden Seiten auf, und er stolperte in den dahinter liegenden Raum. Von einem aufflammenden Schmerz in der Schulter begleitet, stürzte er erneut zu Boden, mit einer Hand den verbliebenen Infusionsbeutel schützend. Ein Krachen ertönte hinter ihm, als habe ein kräftiger Windstoß die Türflügel wieder zugeschlagen, dann herrschte Stille.

Gehetzt sah *Ka* sich um, doch die Tür blieb geschlossen. Er vernahm nur das Klopfen seines Herzens und das Rauschen des Blutes in seinen Ohren. Langsam entspannte er sich, schaute wieder nach vorne und blickte auf ein Paar weißer Schuhe.

»Respekt, Mister *Ka*«, erklang über ihm die Stimme von Schwester 26. »Ich habe noch nie erlebt, dass ein Patient es so eilig hatte, in Raum 24.993 zurückzukehren.«

Mekropalladium 12

In meinem Mund befand sich ein harter, runder Gegenstand. Ich tastete ihn mit der Zunge ab; es war keine Gewehrkugel, sondern ein Stein. Kraftlos spuckte ich ihn aus, dann bewegte ich vorsichtig Arme und Beine. Als ich die Augen öffnete, erblickte ich eine Ebene aus Kieselsteinen. Ich drehte mich auf den Rücken, sah empor zur Mauerkrone. Fetzen meines Overalls hingen im Stacheldraht und flatterten im Wind.

Zum dritten Mal nach dem Angriff Ben Siras und meinem Sturz in den Pechsee hätte ich tot sein müssen – von Projektilen durchsiebt und die Knochen gebrochen vom Sturz. Doch abermals war ich erwacht …

Vielleicht haben die Soldaten mit Gummiprojektilen geschossen, Krispin.

Als ich meine Arme und Beine untersuchte, konnte ich keine der Wunden, die mir die Stacheldrahtdornen ins Fleisch gerissen hatten, entdecken. Sie waren verheilt, wie auch meine zu hundert Prozent tödliche Schusswunde im Hinterkopf. Welch wundersame Ärzte übten in dieser Stadt ihre Kunst aus? Mischten sie der Luft ein Gas bei, das die Zellen zwang, sich zu regenerieren? Oder beschossen sie die Verletzten mit heilenden Strahlen? War es überhaupt Fleisch und Blut, was das zerstörte Gewebe ersetzte?

War *ich* noch aus Fleisch und Blut?

Womöglich war die Stadt doch kein militärischer, sondern ein wissenschaftlicher Komplex, ein exorbitantes Ratte-im-Labyrinth-Experiment für ethische oder medizinische Forschungen. Was immer es auch war, es musste astronomische Summen an Betriebskosten verschlingen.

Vielleicht ist es aber doch die Hölle, Krispin. Gehinnom. Scheol. Das Inferno des 21. Jahrhunderts. Der Hades der Moderne. Die Betriebskosten zahlt der Teufel.

Ich erhob mich und robbte an den Rand des Daches. Versteckt hinter dem ›DRAGON-ROUGE‹-Schriftzug spähte ich hinunter auf die Straße. Auffällige, überdimensionale Schilder in grellen Signalfarben säumten die Straßenränder. Verwundert überflog ich einige der Schriftzüge, die den Menschenmassen entgegenstarrten:

BLEIBEN SIE NICHT STEHEN!
HALTEN SIE SICH RECHTS!
BEWEGEN SIE SICH MIT DEM FLUSS!
SPAREN SIE ZEIT!
VERMEIDEN SIE STAGNATION!
GEHEN SIE!

In eine menschenleere Sackgasse, ähnlich der jenseits der Synagogenmauer, führte eine Feuerleiter, die ich mich nach einigem Zögern anschickte, hinabzuklettern. Noch immer wusste ich nicht so recht, was mich im Tempersektor erwartete. Viele der Neonschriftzüge und flimmernden Leuchtreklamen waren in arabischer und hieratischer Schrift gehalten, die meisten der Gebäude wiesen zudem einen orientalischen Baustil auf. Alles war rustikal und verspielt, aber dennoch zweckmäßig, ein vollkommender Gegensatz zu dem hinter mir liegenden Stadtsektor. Dennoch täuschte die Masse der blinkenden, opalisierenden Lichter nur darüber hinweg, dass unter den Leuchtreklamen, bunten Schildern und Neonslogans alle Häuserfassaden abweisend kalt und dreckig waren, mit blinden oder verrammelten Fenstern und Hauseingängen.

»He, du!«, brüllte jäh eine Stimme, von der ich instinktiv wusste, dass sie mir galt. »Wer hat dir erlaubt, aus dem Fluss auszuscheren, hä?«

Ich äugte nach unten. Dort stand ein Chroner mit seinem Zyklopen und starrte bärbeißig empor.

»Mach sofort, dass du runterkommst, aber dalli!«, schrie er und schwang drohend seine Rebasche. »Beweg dich, du Tränentier! Beweg dich!«

Ich beschleunigte meinen Abstieg und hatte noch nicht einmal festen Boden unter den Füßen, als der Aufseher mich brutal von der Leiter riss und eigenhändig zu dem Menschenstrom zurücktrug. »Dein Gesicht merk ich mir, Bursche!«, schnauzte er, während ich wie eine Puppe in seinem Arm hing. »Wenn du nicht pünktlich wieder hier am Kontrollpunkt vorbeikommst, dann werde ich eine Karteikarte von dir anlegen, hast du verstanden?!« Er stellte mich unsanft auf die Füße und gab mir einen heftigen Stoß in die Rippen. »Ich werde anordnen, dass die Demogorgen während der nächsten eintausend Runden deine Zeit stoppen!«, brüllte er mir hinterher. »Und wehe ich erhalte eine Meldung, dass du irgendwo unter dem Limit lagst oder die Demogorgen überhaupt nicht passiert hast, dann steck ich dich für zweihundert Runden in die Zentrifuge, klar!? Na los, beweg dich! Geh schon! Beweg dich!«

Du liebe Güte! Ich mischte mich eilig unter das trottende Volk und war bemüht, so wenig Aufmerksamkeit wie nur möglich auf mich zu lenken. Demogorgen – das mussten diese Hybriden aus Riesenschildkröte und *Laterna magica* sein, die in den Häusernischen saßen; die Zeitmessgeräte. Ich grinste freundlich in ihre Objektive, orientierte ich mich mehr in die Mitte des Menschenstroms und hielt den Kopf gesenkt. Dem orientalischen Ambiente zum Trotz bestand die Masse der Läufer aus Individuen aller Kulturen. Es gab kaum Gespräche, und falls doch, dann gedämpft und in Kobe. Die meisten liefen barfuß. Wer noch Kleidung am Leib trug, dem hing sie in Fetzen herunter oder war von Peitschenhieben zerschnitten. Bei anderen sah es aus, als sei die Kleidung durch die endlosen

Bewegungen verschlissen oder im Laufe der Zeit einfach an ihren Körpern verrottet.

Eintausend Runden ... Was zum Kuckuck hatte der Aufseher damit gemeint? Wie lang war eine Runde? Ich sah mich um und fragte schließlich den Läufer, der neben mir einherstapfte. Der Mann sah gelangweilt auf, murmelte mit französischem Akzent etwas von 83.566 Schritten und starrte wieder auf seine Füße. Ich tat es ebenfalls. Er machte wie alle anderen relativ kleine Schritte, mit einer durchschnittlichen Spanne von einem halben Meter.

»83.566 Schritte wofür – für eine Runde?«

Der Angesprochene nickte.

»Für *eine* Runde?«

»Mann, sind Sie schwer von Begriff?«, schnauzte er und sah mich verärgert an. »Natürlich für *eine* Runde. Ich hab sie pausenlos gezählt und meinen Gang stabilisiert. Es sind exakt 83.566 meiner Schritte, seit 8012 Runden.« Er sah wieder auf seine Füße. »Bitte lassen Sie mich jetzt in Ruhe, ich muss im Fluss bleiben ...«

Ich ließ mich ein Stück zurückfallen, was sofort mit halbherzigen Protesten meiner Hinterleute kommentiert wurde. 83.566 Schritte von je einem halben Meter, das ergab eine Strecke von knapp zweiundvierzig Kilometern für eine Runde. Multipliziert mit Eintausend wären das ...

Fast 42.000 Kilometer!

Einmal um die Welt, Krispin!

Ich schluckte. Das konnte der Chroner unmöglich ernst gemeint haben! Für diese Strecke bräuchte ich – falls ich mindestens vier Kilometer in der Stunde lief, was bedeuten würde: sechsundneunzig Kilometer am Tag, sofern ich vierundzwanzig Stunden durchlief – über vierzehn Monate!

»Werft nie Engel weg!«, rief irgendjemand weit vor mir. »Man weiß nie, wozu man sie noch gebrauchen kann!«

Ich reckte den Kopf, legte ein paar Meter zurück, ohne zu sehen, wohin ich trat, und rannte prompt meinem Vordermann in die Hacken. Der kam ins Straucheln und schrie erschrocken auf, was die in der Nähe postierten Aufseher sofort mit grimmigen Blicken quittierten. Ich packte den Mann an den Resten seines Hemdes und hielt in dadurch auf den Beinen. Statt sich zu bedanken, rammte er mir seinen Ellbogen in den Magen und verschwand im Gedränge.

»Im Krieg gegen die Zeit gibt es neue Verluste!«, rief die Stimme, deren Ursprung ich inzwischen wesentlich näher gekommen war. »Entschuldigt, dass ich schreie, aber *meine* Zeit ist kaputt. Ich bin herrenlos!«

Ich wechselte im Zickzack die Straßenseiten und handelte mir dadurch die wildesten Beschimpfungen ein. Interessanterweise trafen mich alle Verwünschungen in der jeweiligen Muttersprache des Nörglers. Offensichtlich eignete sich Kobe nicht zum Fluchen. Wo aber steckte der Sprecher? Lief etwa nur ein Tonband, oder gar ein Radio?

»Jeder Mensch ist ein Abgrund!«, erklang seine Stimme, »und muss überwunden werden!«

Einen Moment lang blieb ich stehen und versuchte, den Redner zu erspähen. Der Schmerz begann verhalten, wurde rasch intensiver, und zu seinem Pulsieren gesellte sich ein unbarmherziger Zwang, der befahl: *Geh weiter!* Ich suchte den Sprecher, derweil der Schmerz meine Eingeweide zu zerreißen drohte. Davor also hatte mich Meliosch gewarnt, als er mir riet, niemals stehen zu bleiben: Zeit als organische Masse, gebildet von Menschen. Zwischen Vergangenheit und Zukunft zu verharren, bedeutet, schneller oder langsamer zu sterben, erinnerte ich mich an eine Inschrift aus dem *Isis*-Tempel in Assuan. Alles um mich herum befand sich in ständigem Fluss, wie ein gigantischer Stoffwechsel, ein fortwährender Strom aus drängenden, kreiselnden Leibern, Architektur und Licht.

»Die Welt ist krank!«, rief der Redner über die Masse. Ich reckte den Hals, suchte seinen Blick. Er musste ganz in meiner Nähe sein. »Sie ist krank, denn sie hat Menschheit!«, fügte er hinzu. »Doch das ist heilbar!« Seine Worte tauchten in den Strom ein, wurden von ihm mitgerissen und unter der Flut der Leiber erstickt. Mein Herz raste, aber ich bekam den Gesuchten nicht zu Gesicht. Der Sauerstoff um mich herum war fast verbraucht. Ich hechelte, ohne genug davon zu bekommen. Alles in mir schrie nach Bewegung, nach einem Schritt nach vorne, um Luft zu schnappen.

»Du, da drüben!« Mit weit ausholenden Schritten näherte sich ein Chroner in gelb-schwarzem Hüftrock und schwang drohend seinen stählernen Sekundenzeiger. »Geh weiter! Beweg dich! Beweg dich!« Er war ein Carnivore, laut Spindario einer der ganz üblen Sorte. Sein Gesicht mit den weit aus ihren Höhlen tretenden Augen, dem klaffenden Mund und den spitz zugefeilten Zähnen erinnerte an einen Piranha. »Geh!«, schrie er mich an. »Beweg dich!«

Um mich herum entstand luftleerer Raum. Alles verschwamm zu einem wirren Formenstrudel, dann war der Chroner heran und schlug zu. Blut spritzte über mein Gesicht, als mich die Klinge seiner Rebasche traf. Ich torkelte im Schock vorwärts, während ein warmer, roter Schleier meinen Blick verdunkelte. Um ein Haar stolperte ich über einen Rollstuhl, der unvermittelt vor mir auftauchte.

Ein Rollstuhl!

Sein Insasse schreckte zusammen, riss sein heiles Auge auf und hob abwehrend einen Arm. Ich fing meinen drohenden Sturz an seinen Schultern ab und stammelte eine Entschuldigung, wobei mir das Blut aus dem Mund quoll. Das Ding im Stuhl quittierte dies mit einem giftigen Blick, überhäufte mich mit Flüchen und fuhr im Slalom davon. Ich lief weiter. Gierig sog ich die wiedergewonnene Luft in meine Lungen, während das Blut in Strömen über mein Gesicht floss.

Nicht stürzen.
Bloß nicht stürzen …

Der Chroner drängte an mir vorbei, bahnte sich schiebend und stoßend seinen Weg durch die Menge und bezog auf einem Podest in ihrer Mitte Posten. Ich wich seinem Blick aus und wischte mir das Blut aus dem Gesicht. In meiner linken Wange klaffte eine tiefe Wunde, die sich über die Nasenwurzel zur Stirn hochzog. Ich konnte mit meinen Fingerspitzen den blanken Knochen ertasten.

»Glaubt ihr denn wirklich, ihr seid Kinder Gottes?«, ertönte die prophetische Stimme des Redners, laut und polternd und mit einem gewissen Akzent; vermutlich Portwein. »Halb Tier, halb Engel, und das Maß aller Dinge?«, pöbelte er. Es ließ sich nicht heraushören, ob er die Menschen oder die Chroner verspottete.

Diesmal lief ich weiter, während ich ihn suchte, bemühte mich jedoch, im Kreis zu laufen. Der Aufseher ragte aus der Menge und beobachtete mein Treiben argwöhnisch. Während ich als blutender Trabant meine Runden um ihn zog, ließ er mich keine Sekunde aus den Augen – ein bösartiges, jähzorniges Gestirn inmitten schweigsamer Subordination.

»He, du!«, maulte er über die Köpfe der Menge hinweg. »Was rennst du ständig im Kreis rum?«

»Ich suche nach dem rechten Fluss«, rief ich zurück.

Er reckte drohend die Rebasche, an der noch mein Blut klebte. »Beeil dich, Sportsfreund. Und beweg dich, beweg dich!«

Linker Hand blitzte die auffällige Leuchtreklame eines Nachtlokals, dessen hoch aufragende Kuppel mit Antennen und Werbeslogans gespickt war. ›TEM-TEM‹ stand glühend über dem Eingangsportal, flackerte, erlosch, flammte erneut auf und leuchtete wieder für ein paar Sekunden. Vor der Kulisse, auf einem Dutzend im Rund aufgestellter Holzkisten, entdeckte ich endlich den Redner, eine kuriose Gestalt, die von Behälter zu Behälter sprang und sich dabei gehetzt nach allen Seiten umblickte. Er trug eine schwere Pharaonenrüstung, die einen Großteil seines Körpers bedeckte. Über die blaue Kriegskrone hatte er eine bizarre Maske gesetzt, deren Auswuchs mich zuerst an den Rüssel eines Ameisenbären erinnerte. Der Kopf des Redners wirkte dadurch um ein Vielfaches größer, als er in Wirklichkeit war. Seine Arme und Beine waren muskulös und von fast schwarzer Hautfarbe, was mich zuerst vermuten ließ, es handele sich um einen verkleideten Chroner. Allerdings sahen seine nackten Füße recht menschlich aus.

Als ich näher kam, entpuppte der vermeintliche Rüssel sich als langer Ibis-Schnabel, der in Stirnhöhe aus der Maske wuchs. Die stilisierten goldenen Flügel des Vogels umgaben den Kopf des Redners wie schulterlanges Haupthaar. Während wir beide unsere Runden drehten, trafen sich unsere Blicke, und der Maskierte änderte abrupt seine Laufrichtung.

»Du!«, erklang seine kräftige Stimme hinter der Maske. »Bist du auch auf der Suche nach einem Schild?«

»Einem Schild? Nein!«, rief ich zurück.

»Was suchst du dann?«

»Sie!«

Der Redner begann drei Runden lang zu lachen. »Mich?«, schnaufte er amüsiert. »Und dafür fast verrecken?«

»Ich lebe ja noch.«

»So, glaubst du?«

Mühsam bahnte ich mir einen Weg zu ihm hinüber, lief neben ihm her und staunte, wie behände er trotz der schweren Rüstung von Kiste zu Kiste sprang. Ein mit dünnen Goldplatten bedeckter Brust- und Rückenpanzer und ein kurzer, geteilter Rock verhüllten seinen Körper. Die Harnische besaßen leuchtende Farben und kunstvolle altägyptische Verzierungen. Zum Schutz der Arme und Unterschenkel trug der Maskierte lederne, mit Metallspangen besetzte Arm- und Beinschienen. Vervollständigt wurde der bizarre Anblick durch große, bewegliche Schwingen, die zum Schutz der Schultern aufgeknüpft waren, und die das Gesicht verhüllende Ibis-Maske. Die gesamte Erscheinung krönte eine geflügelte Chepresch-Krone mit Schlangenornamenten.

»Was glotzt du so?«, fuhr der Kostümierte mich an. »Willst du etwa Sex mit mir?«

»Nein«, antwortete ich schnell. »Mich interessiert nur, wie Sie das vorhin gemeint haben.«

»Was? Ob du ein Schild suchst? Alle rennen doch hier herum und suchen dergleichen. Sie sind ständig auf der Suche nach Schildern, die ihnen sagen, was sie tun sollen ...«

»Nein, das meinte ich nicht.«

Der Redner wirkte erstaunt. »Nein? Oh ... das ist schade.«

»Das mit der Menschheit«, half ich ihm auf die Sprünge.

»Ah, du willst doch Sex?« Seine Augen blitzten unter der Maske.

»Nein, verdammt!«

Der Kostümierte legte seine Hände trichterartig um den Vogelschnabel der Maske und brüllte, so laut er konnte, über die schweigende, wandelnde Masse hinweg: »Hört her, ihr Arschgesichter, er will keinen Sex!«

Ich sah ihn erbost an. »Was soll das?«

»Was das soll?« Er deutete auf die Menge. »Sieh doch hin, es interessiert eh keinen ...«

Ich schüttelte den Kopf. Das geronnene Blut bildete eine lästige Kruste um meinen Mund.

»Hat ganz schön draufgehauen, was?«, erkannte der Redner. Ich beschränkte meine Antwort auf ein Nicken. »Na, sei froh, dass er nur einen Sekundenzeiger hatte. Jüngst hat hier einer mutwillig ein Zeitmessgerät erschlagen, das sich dort drüben im Schatten niedergelassen hatte. Dummerweise war Kreuzbeißer mit seinem Gefolge in der Nähe ...«

Ich hielt erschrocken inne. »Kreuzbeißer? Hier, in diesem Sektor?

»Oh ja, oh ja. Zuerst hatte ich meinen Augen nicht getraut, als er auftauchte. Den Hitzkopf, der den Demogorgen erschlug, hat er mit seinem Stunder entzweigehackt. Hat ganz schön gespritzt, kann ich dir sagen! Ein lecker Fressen für die Temper ...« Er lachte heiser, während ich mich vor Schmerzen zu krümmen begann.

»He, du, verdammt!«, schrie der Chroner, der mich schon die ganze Zeit auf dem Kieker hatte, und stapfte zähnefletschend herbei. »Das ist jetzt das zweite Mal! Ich werde eine Karteikarte von dir anlegen!«

Bevor er mich erreichte, begann ich, schmerzgebeugt und nach Luft schnappend, wieder zu laufen. Trotzdem war er schneller, hielt seine Rebasche wie eine Lanze vor sich und stach zu. Die gusseiserne Spitze bohrte sich in meinen Oberschenkel, der zweite Stoß traf meinen Rücken. Der dritte verfehlte mein Gesicht nur knapp und versank im Schädel eines Passanten. Der Pechvogel stieß einen röchelnden Schrei aus, verdrehte die Augen und sank zu Boden. Der Chroner machte ein dummes Gesicht, sah sich ratlos um und zog sein Instrument wieder aus dem Schädel hervor. Es gab ein trockenes Klacken, als die durchbohrte Stirn des Mannes auf das Kopfsteinpflaster schlug.

Ich indes stieg gepeinigt auf eine der Kisten und begann wie der Kostümierte im Kreis zu laufen. Der Chroner putzte das Blut von seiner Zeigerspitze und blickte grimmig zu mir empor.

»Beweg dich, du destruktives Subjekt, beweg dich!«, bellte er. »Und wage es nicht noch einmal, in meiner Gegenwart zu verharren!«

Aus dem Boden um den Gestürzten quoll eine schwarze,

ölige Brühe. Ich ahnte, was nun folgen würde, und beobachtete ebenso entsetzt wie fasziniert das Geschehen. Dicke, wurmartige Gebilde wuchsen aus dem Sud und begannen den Unglücklichen innerhalb von Sekunden zu zersetzen, das verflüssigte Gewebe aufzusaugen und zu verzehren. Ob Fleisch, Kleidung oder Knochen, alles löste sich unter den Mäulern der schwarzen Würmer auf. Zwölf von ihnen zählte ich. Sie waren augenlos und so dick wie menschliche Unterarme. Jeder von ihnen besaß eine andere Zeichnung auf seinem Leib. Ich erkannte rote Einser, gelbe Zweier, blaue Sechser, grüne Elfer, violette Siebener ... Als hieratische Zahlzeichen glühten sie auf ihren Körperhüllen.

Alles ging blitzschnell, nach wenigen Sekunden war von ihrem Opfer nichts mehr übrig. Ich verfolgte den Vorgang mit Grausen. Unfreiwillig war ich Zeuge der Auflösung einer Stagnation geworden. Nun wusste ich, was die Temper waren.

Die vorbeiziehende Menschenherde warf nur flüchtige Blicke auf die Tragödie. Niemanden schien es zu berühren, dass er selbst eines Tages so enden könnte. Apathisch und gleichgültig trottete das Volk dahin, bemüht, Atemluft zu finden, keine Zeigerhiebe einzustecken und die Zeit am Fließen zu halten.

Meine Wunden machten mir zu schaffen. Ich biss die Zähne zusammen, strauchelte und wäre fast gestürzt, wenn mich der Kostümierte nicht rechtzeitig gestützt hätte. Der Chroner hingegen beobachtete zufrieden die Beseitigung seines Fauxpas und achtete nicht auf das Geschehen hinter sich. Ich dachte fieberhaft nach, während ich im stützenden Griff des Redners hing und bemüht war, einen Fuß vor den anderen zu setzen, ohne neben die Kisten zu treten. Als das ölige Nährsekret der Temper langsam wieder im Boden versickerte, erreichte ich den Aufseher, hielt die Luft an und stieß das gesunde Bein mit aller Kraft in seinen bulligen Rücken. Der Chroner schrie überrascht auf, kippte nach vorn und stürzte in den schwarzen Brei. Sein Zeiger fiel zu Boden und schlitterte über das Kopfsteinpflaster.

Liegend strampelte und zappelte er mit den Beinen, während die wurmartigen Wesen lautlos wieder aus der Tiefe hervorwuchsen und den ihnen servierten Nachtisch zu vertilgen begannen. Nach einer Weile erlahmten die Bewegungen des Chroners. Luftblasen blubberten in Höhe seines Kopfes, dann ging alles sehr schnell. Kurz darauf erinnerte nur noch die am Straßenrand liegende Rebasche an sein Ende.

»Bist du verrückt?«, empörte sich der Kostümierte hinter mir. »Sieh, was du angerichtet hast! Das wird dich teuer zu stehen kommen. Niemand eliminiert straflos einen Chroner!«

»Eliminiert?« Ich schielte den Redner an. »Er ist gestürzt, und die Temper haben ihn beseitigt. Oder haben Sie vielleicht etwas anderes gesehen?«

»Ich vielleicht nicht, aber der dort!« Er deutete auf einen medizinballgroßen Augapfel, der auf acht langen, dürren Käferbeinen keine zehn Schritte entfernt in einer Ecke kauerte und unentwegt zu uns herübersah. »Du wirst nie einen Chroner ohne einen Zyklopen antreffen, der ihn begleitet. Meistens sind es sogar zwei.«

Mein Triumph verwandelte sich in Bestürzung. Vor lauter Bewegungszwang hatte ich völlig vergessen, auf Dinge zu achten, die still saßen. Ich befreite mich aus dem Griff des Redners, humpelte zu der Chronerwaffe, hob sie auf und wog sie abschätzend in den Händen. Sie war recht schwer und zweifellos nicht für menschliche Hände geschmiedet. Der verwaiste Zyklop schien misstrauisch geworden zu sein. Er hatte sich erhoben und tänzelte nervös im Schatten, ohne mich aus den Augen zu lassen. Das Geschöpf sah aus wie ein riesiges, fettes Insekt, seine langen, dürren Spinnenbeine machten es zu einem unberechenbaren Gegner, der sich auf dem Boden ebenso flink bewegen konnte wie an senkrechten Wänden.

»Was immer du vorhast, tu es nicht!«, warnte mich der Kostümierte.

Blitzschnell hob ich die Rebasche über den Kopf, zielte und schleuderte sie auf den Zyklopen. Ich wusste nicht, ob er überwiegend biologischer oder mechanischer Natur war, doch bei einem guten Treffer dürfte sich diese Frage erübrigen.

Der Zyklop machte einen Satz nach links, konnte aber trotz seiner Flinkheit nicht verhindern, dass die Spitze des Zeigers seinen Hinterleib traf und eine tiefe Wunde – besser gesagt: ein Loch riss. Es gab ein Geräusch, als würde eine Bildröhre implodieren, dann stoben Funken aus der Öffnung, begleitet von Dampfschwaden und – Blut! Das Ding erzeugte ein Geräusch zwischen Hundegejaule, Radiostörungen und dem Rasseln eines Weckers, ehe es die Zeigerspitze abschütteln konnte und lamentierend um die Ecke verschwand.

»Bist du denn völlig wahnsinnig geworden?«, zeterte der Redner auf seinen Kisten. »Innerhalb kürzester Zeit wird es hier von Aufsehern wimmeln. Wahrscheinlich werden sie den ganzen Straßenzug absperren!«

»Bis dahin habe ich diesen Sektor verlassen«, entgegnete ich und lief zu der liegen gebliebenen Rebasche. Die Zeigerspitze war mit Blut und einer öligen Substanz verschmiert. Wiederum kümmerte sich kaum jemand aus der dahintrottenden Menschenmenge um den Zwischenfall, die vereinzelten Blicke, die mir zuteil wurden, waren betont desinteressiert und apathisch. Nur nicht auffallen, lautete die Devise. Unterwürfiges Gesindel!

»Besser, du verlässt gleich diese Ebene«, schlug der Kostümierte vor. »Ich frage mich sowieso, was jemand wie du bei den Verschwendern zu suchen hat. Geh zwei Ebenen höher in die oberen Bezirke, dort werden sie dich vielleicht nicht so schnell finden.«

»In die oberen Bezirke?« Ich lachte müde, während ich den Sekundenzeiger putzte.

»Es gibt genügend Schilder, die dir den Weg weisen. Du wärst nicht der Erste, der hinaufsteigt.«

»Überall wimmelt es von Chronern.«

»Na und, dort kennt dich niemand.« Der Redner sah mich schief an. »Oder etwa doch?«

»Das geht Sie nichts an.«

»Hmm ... Diese schwarzen Flecken auf deiner Haut, ist das eine Krankheit?«

Ich sah an mir herab. »Das ist Schmutz ...«

»Du stinkst nach Pech!« Der Kostümierte musterte mich. »Bist du etwa aus dem Pechsee gekrochen? Wie ein Lustknabe kommst du mir auch nicht vor. Welchem Sektor bist du zugewiesen?«

»Sie stellen zu viele Fragen.« Ich drehte mich um und tauchte wieder in die Menge ein.

»He, warte mal!«, rief der Redner mir nach. »Schließlich warst du es, der etwas von mir wollte, klar? Um zu mir zu finden, hast du kräftig was auf die Schnauze gekriegt.« Es sprang von seinen Kisten und kam mir nachgelaufen.

»Lassen Sie mich in Ruhe«, fuhr ich ihn an, als er zu mir aufschloss.

»Das könnte dir so passen, Kamerad«, brauste er auf. »Meine Hilfsbereitschaft ausnutzen, um mal schnell einen Chroner um die Ecke zu bringen, sich seine Rebasche unter den Nagel reißen, danke für den stützenden Arm, und tschüß! Nein, mein Freund, nicht mit dem alten Byron. Wie hast du es geschafft, aus dem Pechsee zu entkommen? Hast du die Chroner bestochen, oder war das eben nicht der erste, den du auf dem Gewissen hast? Bist du vielleicht der, den Kreuzbeißer sucht?«

»Verschwinden Sie!«

»Falls der beschädigte Zyklop den nächsten Chronerposten

noch erreicht, wird er Meldung machen. Und darin wird er mich zweifellos als deinen Komplizen anschwärzen. Du bist mir was schuldig, Kamerad! Wenn sie dann noch dahinterkommen, wer ich bin, und meine Akten einsehen ... Sie werden uns in den kochenden Blutstrom werfen!«

Ich lachte auf. »Verschonen Sie mich bitte mit diesem Inferno-Quatsch.«

»Dort bewachen Minotauren mit Pfeil und Bogen die Ufer und treiben jeden zurück, der es wagt, sich dem Land zu nähern«, schwafelte der Kostümierte.

»Minotauren ...«

»Ja, Minotauren!« Er boxte mit beiden Händen gegen die Hörner an seinem Helm. »Ein verdammt griesgrämiges Völkchen!«

Ich sah meinen zudringlichen Begleiter an. »Wollen Sie allen Ernstes behaupten, irgendwo in dieser Stadt gäbe es einen See aus kochendem Blut?«

»Ob es richtiges Blut ist, weiß ich nicht. Wahrscheinlich ist es synthetisches Blut, das alle Voraussetzungen von genuinem Blut erfüllt – wie das Pech, aus dem du kommst.«

»Das Pech, aus dem ich komme, war echt.«

»Ha!«, triumphierte der Redner. »Das war ein Geständnis!«

Geschrei und Radau wurden hinter uns laut, begleitet von einem anschwellenden Glöckchengeklingel, das sich anhörte wie das Bimmeln einer ganzen Kavalkade von Nikolausschlitten.

»Oh, was habe ich gesagt«, begann der Kostümierte zu jammern. »Das sind mindestens ein halbes Dutzend.« Seine Augen hinter den Sehschlitzen der Maske blitzen vorwurfsvoll. »Du hättest eben besser zielen sollen, Kamerad. Jetzt sitzen wir beide gewaltig in der Scheiße.«

»Ich bin nicht Ihr Kamerad!« Ich lauschte den Schellen, während ich meine Schritte beschleunigte. »Was ist das?«

»Die Chroner, du Pfeife, was sonst. Die Schellen sorgen dafür, dass man ihnen Platz macht. Sie suchen dich!«

»Uns«, verbesserte ich ihn.

Von irgendwo her über der Stadt drang ein tiefer, langsam ansteigender Ton zu uns herab, der den Kerl in der Pharaonenrüstung veranlasste, trotz der uns verfolgenden Chroner für einen Atemzug zu verharren. »Teufel auch!«, entfuhr es ihm. Er blickte sich nervös um.

»Ein Zeppelin«, erklärte ich. »Sie müssen ihn aus dem Nachbarsektor hierher beordert haben, als Luftunterstützung ...«

»Das ist kein Zeppelin!« Der Kostümierte begann eine Kaskade derber Flüche auszustoßen und hüpfte beim Laufen auf und ab, um über die Köpfe der Menschen blicken zu können. Das unheimliche Surren wurde beständig lauter, und an den Gesichtern der Menschen erkannte ich, dass tatsächlich etwas Außergewöhnliches vor sich ging. Die Büßer begannen sich beim Rennen zu ducken und die Köpfe einzuziehen, als wüssten sie, dass jeden Moment Feuer vom Himmel regnen würde. In ihre apathischen Blicke trat Angst.

»Jetzt sind wir am Arsch!«, kommentierte der Redner das Geschehen. Er starrte in die Wolken, fast so, als versuchte er festzustellen, woher das markerschütternde Geräusch auf uns zukam. Linker Hand tauchte ein Haus auf, das nur aus Neonreklamen zu bestehen schien. Neben unzähligen arabischen Schriftzügen entdeckte ich das Wort ›PEEKABOO‹ auf der flimmernden Fassade. Außer einem in die Tiefe führenden Eingang wies das Gebäude keinerlei Öffnungen auf. Es sah aus, als wäre es nur gebaut worden, um Leuchtreklamen zu präsentieren.

»Dort hinein!«, wies der Kostümierte mich an und rannte mit Riesensätzen voraus. »In den Krypten sind wir vor ihnen sicher. Drinnen lässt sich's auch wieder viel besser atmen.«

»Warum sucht dann sonst niemand Zuflucht in der Passage?«

»Weil niemand so blöd ist, freiwillig die Katakomben zu betreten!«

Wir boxten uns den Weg durch die Menge, schubsten und drängten die Leiber beiseite, ohne Rücksicht darauf zu nehmen, ob einer von ihnen stürzte. Das tiefe Surren ließ mittlerweile den Boden vibrieren und verursachte einen unangenehmen Druck auf dem Trommelfell. Von den Schellen der Chroner war nichts mehr zu hören, innerhalb von Sekunden übertönte das Brummen alle Geräusche der Stadt. Als sich der Straßenzug schließlich zu verfinstern begann, konnte ich nicht anders, als emporzublicken.

Über die Häuserschlucht wanderte langsam ein mächtiger, kreisrunder, mattschwarzer Schatten. Der kurze Blick, den ich über meine Schulter warf, genügte, um zu erkennen, dass das Objekt *kein* Zeppelin war. Es sah aus wie ein riesiger Kegelstumpf, der langsam um seine Längsachse rotierte. Der Flugkörper besaß eine ebenmäßige, beinahe unwirklich anmutende Oberfläche ohne Fenster oder Fugen. Seine Außenhaut ähnelte jenem Metall oder Gestein, aus dem die gigantische schwarze Säule geschaffen war, zu der Archon mich nach unserer Landung in der Nebelbank geführt hatte.

»Verdammt!«, fluchte der Kostümierte, als der gesamte Straßenzug in Dunkelheit versank. »Lauf! Lauf so schnell du kannst!«

»Was ist das für ein Ding?«, fragte ich atemlos.

»Quatsch nicht rum, lauf!«

Am Gebäude angekommen, hasteten wir die Treppe zum Eingang hinab, drei, vier Stufen auf einmal nehmend und einen flimmernden Korridor entlang, dann hörten die Lichter abrupt auf, und wir standen nahezu im Dunkeln. Vor uns verlor sich ein schmaler Gang in klaustrophobischer Tiefe.

»Wohin führt der Tunnel?«

»Eine Ebene höher. Durch die Spalte gelangt man in den Sektor der ... na, lass dich überraschen. Je eher wir aus der

Temperzone rauskommen, desto besser, bevor sie den Straßenzug absperren. Wir treffen uns auf der anderen Seite.« Der Kostümierte stürmte voraus.

»Moment!«, rief ich und eilte ihm hinterher. »Wird der Ausgang denn nicht bewacht?«

»Natürlich, alle Verbindungen innerhalb der Hölle werden bewacht. Aber du hast da ja schon Erfahrung. Viel Glück!« Ich bemühte mich, seine Pharaonenrüstung im Auge zu behalten, doch er war zu schnell. Ehe ich die erste Tunnelgabelung erreichte, hatte die Dunkelheit ihn verschluckt.

Die Passage verzweigte sich bald zu einem ausgedehnten Höhlensystem, wurde mal höher, mal niedriger, weitete sich da und dort zu kleineren Hallen und stieg nach kurzem Gefälle beständig an. Die Wände lumineszierten in einem geisterhaften bläulich-grünen Licht, das mir enthüllte, wohin ich lief. Teilweise waren Treppenstufen in den Stein geschlagen, und ab und an begegnete ich sogar einem durch das Labyrinth irrenden Menschen. Ständig mit der Angst belastet, eine Hand voll Chroner im Nacken zu spüren, rannte ich so lange durch den unterirdischen Irrgarten, bis ich vor Erschöpfung stolperte und der Länge nach hinschlug. Ich schloss die Augen, erwartete die Bisse der Temper, doch im Staub unter mir regte sich nichts.

Keine Temper, kein Schmerz, kein Vakuum. Erleichtert drehte ich mich auf den Rücken und blieb ein paar Minuten liegen, ehe ich aufstand und etwas besonnener weitermarschierte. Die Rebasche hielt ich dabei wie eine stoßbereite Hellebarde an meiner Seite, bemüht, anhand von Fußspuren und Geräuschen den Weg zu finden. Als ich die lumineszierenden Höhlenwände aus der Nähe betrachtete, erkannte ich Myriaden winziger, leuchtender Tausendfüßler, die über das Gestein krabbelten. Peinlichst bemüht, die Wände fortan nicht mehr zu berühren, irrte ich weiter durch die Katakomben. Überall saßen reglose Gestalten im Schmutz. Sie blickten teilnahmslos vor sich hin und sahen nicht einmal auf, wenn ich sie versehentlich mit dem Fuß anrempelte. Manche von ihnen leuchteten beinahe schon wie das Gestein, an dem sie lehnten, andere Körper waren gänzlich von spinnwebartigem Geflecht umhüllt oder von bleichem, pelzigem Schwamm überwuchert. Viele trugen noch die Kleidung, in der sie diesen Ort erreicht haben mussten, andere waren splitternackt. Keiner von ihnen schien mich wahrzunehmen, oder die Tausendfüßler und Pilze hatten bereits ihre Gehirne aufgefressen.

Rasch lief ich an den halb nackten und nackten Körpern vorbei. Ihr leichenartiger Geruch schwängerte das gesamte Höhlensystem. Aber sie lebten. Hin und wieder sah ich, wie sie mit den Augen blinzelten, soweit ihre Gesichter nicht vom Schimmel bedeckt waren, oder erkannte ihren Atem, der das Spinnwebgeflecht über den Mündern blähte. Auf Chroner stieß ich selbst nach Stunden des Umherirrens nicht. Stattdessen hatte ich das Gefühl, mich ständig in Kavernen wiederzufinden, die ich bereits durchschritten hatte.

Neben einer Gestalt, die in eine völlig verrottete Uniform gekleidet war und die ich nach meiner Überzeugung bereits zum dritten Mal passierte, blieb ich schließlich frustriert stehen. Nirgendwo war ich auf eine Wegmarkierung gestoßen, die mir die Richtung in den nächsten Sektor wies, und auch der Kerl in der Pharaonenrüstung hatte bei seiner Flucht keinen Orientierungsschnipsel für mich hinterlassen. Wenn ich Pech hatte, würde ich tage- oder sogar wochenlang durch dieses Labyrinth irren, ohne je einen Ausgang zu finden. Und auf meine Konversationsversuche hatte bisher keiner der Katakombenbewohner reagiert.

Ich musterte den Mann vor mir. Seine Uniform war kaum noch zu erkennen, er sah aus wie zugeschneit. Man musste in Kopfhöhe nur noch eine Möhre durch den Schimmel schieben und zwei Kiesel als Knopfaugen in die weiße Schicht drücken ...

Ich ließ mich vor ihm nieder und begann, das Geflecht von seinem Kopf zu entfernen. Darunter kam das Gesicht eines Mannes zum Vorschein, dessen Alter ich auf Mitte dreißig schätzte. Er trug die Montur eines griechischen Freiheitskämpfers, wie er Anfang des 19. Jahrhunderts gegen die Türken ins Feld gezogen war. Seine Lider standen unter der Pilzschicht offen, der Schimmel hatte sich auch über die Augen gelegt. Ich zögerte, dann zupfte ich ihm das Zeug mit spitzen Fingern heraus. Es bedeutete keinen Unterschied, denn der Unglückliche sah mich sowieso nicht. Abwesend und leer war sein Blick in die Ferne gerichtet. Auch in den Nasenhöhlen entdeckte ich die widerspenstige Substanz. In mir keimte ein schrecklicher Verdacht, und als ich mit beiden Daumen vorsichtig seinen Mund öffnete, wurde er zu grausamer Gewissheit: Der Pilz hatte seinen Körper vollständig durchwuchert. Es sah aus, als hätte der arme Kerl den Mund voll weißer Daunen.

Ich schüttelte mich, und hätte ich nicht seit Tagen keinen Bissen gegessen, hätte ich mich in einem spontanen Bedürfnis in den Schoß des Unglücklichen erbrochen. So blieb es lediglich bei schmerzvollen Magenkrämpfen und vorübergehender Atemnot, als ich dem Soldaten ins Gesicht blickte. Vorsichtig klappte ich seinen Mund wieder zu. Der Kiefer ließ sich mühelos schließen, und als ich etwas Druck gegen die Stirn des Mannes ausübte, verformte sie sich nach innen, als wäre der gesamte Körper lediglich eine mit Schaumstoff gefüllte Puppe. Seine Knochen, falls sie überhaupt noch existierten, waren weich wie Gummi.

Doch er lebte!

Als ich meine Hände zurückzog, sah ich, wie er blinzelte. Dann schien er mich wahrzunehmen, und seine Pupillen wanderten empor, bis er mich ansah. Ohne einen Ausdruck in seinen Augen oder eine Gefühlsregung in seinem Gesicht. Ich kroch ein paar Meter zurück und beobachtete erschüttert, wie sein Blick meinen Bewegungen folgte. Ich setzte mich vor ihn hin, verschränkte die Arme vor meinen ans Kinn gezogenen Knien, und starrte ihn an. Stundenlang, so kam es mir vor, kauerte ich vor ihm und leistete ihm schweigend Gesellschaft.

In was für einen Albtraum bist du hier hineingeraten, Krispin? Wer denkt sich etwas derart Abartiges aus? Ist es denn, bei Gott, wirklich die Hölle?

Menschen wurden aus der Blüte ihres Lebens gerissen, um so zu enden wie dieser arme Teufel vor mir. Wie Sahia oder Leainti im Pechsee oder Meliosch. Wie das bemitleidenswerte Bündel Mensch, das als lebende Fackel die Mauern des Pechsees erhellt hatte, oder jene armseligen, willenlosen Kreaturen auf der Temperstraße, die in völliger Unterwürfigkeit um ihr erbärmliches Leben liefen, rastlos, ruhelos, ständig in der Angst, zu stürzen und von den Tempern angefallen zu werden. Und dann? Was passierte mit denen, die von den Tempern gefressen wurden?

Falls es eine Strafe war, dann wofür? *Himmel, wofür?* Oder war es doch ein Experiment des Militärs? Oder das Freizeitvergnügen außerirdischer Misanthropen mit einem Faible für Dantes Visionen? Wer waren die Chroner? Waren sie identisch mit dem schwarzen Volk der Kemahor? Hatten sie dieses mythologische Irrenhaus erschaffen? Und falls nicht, wem unterstanden sie? Wesen wie Meret? Den Agarepth? Wer waren die Agarepth? Und woher kamen sie?

Und wo zum Teufel bist du hier, Krispin? Verschwinde von diesem Ort! Und wenn es das Letzte ist, was du in deinem Leben tust: Verschwinde von hier!

Meine Gliedmaßen schienen Tonnen zu wiegen, jede Bewegung kam mir vor, als rühre sich eine riesige, schwerfällige Maschine. Ich seufzte, schloss die Augen, ließ mich zurücksinken und ruhte mich aus. Der Lehmboden war angenehm kühl. Ich reckte mich, dann blieb ich liegen und versuchte, den Wahnsinn um mich herum für kurze Zeit zu vergessen; ohne die Angst, von den Chronern oder möglichen Spähern Merets entdeckt zu werden. Wer wusste, was diese Schlangenkreatur nicht alles in Bewegung setzte, um mich zurückzugewinnen.

Wer wusste das schon.

Wer wusste …

Lazarium 7 • Ereignisraum II

Zwei kräftige Hände packten *Ka* und hievten ihn in die Höhe. Schwankend blieb er stehen und starrte die Schwester an, dann näherte er sich der geschlossenen Tür und legte seine Handflächen an das Holz.

»Das eben auf dem Tisch«, murmelte er, »war das – ich?«

»Nun kommen wir der Sache endlich näher«, lobte ihn seine Aufseherin.

Kas Blick geisterte über die stummen Wesen über den Querbalken. »War das, was ich gesehen habe, die Gegenwart oder die Zukunft?«

»Was würde das ändern? Bald gibt es für Sie so viele Antworten, dass diese eine Sie gar nicht mehr interessieren wird.« Die Schwester ging zu einer Tür an der gegenüberliegenden Wand, öffnete sie und sagte: »Kommen Sie, sehen Sie.«

Der neue Raum war fensterlos und unmöbliert. Ein Gestank von Exkrementen und Urin verschlug *Ka* den Atem. Das kahle, schmutzige Gewölbe lag teilweise im Dunkeln, einzig das Licht aus dem Korridor ließ erkennen, was sich darin befand. Weit im Hintergrund hing an einem ordinären Metallgalgen eine strangulierte Gestalt, über dem Kopf einen Leinensack, die Hände hinter dem Rücken zusammengebunden. Ihre Füße waren nackt, der Körper jedoch steckte in einem hellgrauen Overall. Unter dem Hingerichteten war ein runder Abfluss in den Boden eingelassen. Urin und dünnflüssiger Stuhl tropften aus den Hosenbeinen des Erhängten und rannen in das kleine Loch. Auf der Brust des Overalls prangte die Zeichenkombination 2005 KH3/22. *Ka* musste nicht erst auf seine eigene Krankenhauskluft blicken, um diese Nummer wiederzuerkennen.

»Warum tun Sie mir das an?«, fragte er heiser. »Was bezwecken Sie damit?«

»Bezeichnen Sie es als visuelle Metapher«, sagte die Schwester. »Irgendwann bleibt selbst uns nichts anderes mehr übrig als die Wahrheit.« Sie musterte *Ka.* »Erinnern Sie sich nun?«

Er betrachtete die erhängte Gestalt.

»Erinnern Sie sich?«

Ka schüttelte fast schon trotzig den Kopf. »Nein ...«

»Früher oder später wirst du es«, erklang eine mächtige, mechanische Stimme.

Hinter *Ka* hatte sich eine weitere Tür geöffnet. Bekleidet mit Turban und schmutzigweißem Dishdascha, stand ein hagerer Mann im Türrahmen und blickte ausdruckslos zur gegenüberliegenden Wand. Der Raum hinter ihm lag in vollkommener Dunkelheit.

»Rahmed?« *Ka* trat zögernd auf die Gestalt zu, studierte ihr verstümmeltes Gesicht. »Rahmed Hanzah. Ja, ich erinnere mich ...«

Der Mann nickte. »Am Ende erinnern sich alle.«

»Aber – du bist tot!«

Auch die übrigen Pforten glitten nun auf, bildeten mit dem finsteren Eingangstor schließlich acht nachtschwarze Rechtecke, die *Ka* drohend umzingelten. Die Augen der gnomenhaften Psychogone über den Türen hatten zu glühen begonnen und badeten den Raum in kaltes Licht.

»Zu Sterben ist jedes Mal aufs Neue ein ziemlich schäbiges Erlebnis, nicht wahr, Hippolyt?«, sprach die Maschinenstimme aus Rahmeds Mund. »Selbst jetzt suchst du Wahrheit, aber finden willst du sie nur dort, wo es dir beliebt.«

»Was hat das zu bedeuten?«, wandte *Ka* sich an die Schwester. Die Frau lächelte kühl, machte sich Notizen und schwieg.

»Bedeutung spielt keine Rolle mehr«, entgegnete stattdessen Rahmed. Obwohl er redete, schien er nichts von seiner Umgebung wahrzunehmen. Sein Blick ging teilnahmslos in die Ferne. *Ka* streckte die Hand aus, um ihn zu berühren, aber seine Finger glitten durch das missgestaltete Gesicht hindurch wie durch eine Projektion.

»Was sind Sie?«

»Ein Aspekt der Wahrheit, Hippolyt. Ich bin jeder Stein dieser Welt, jeder Gedanke, jede Kreatur, jede Zeit, jede Realität. Selbst dein Blut, deine Seele, all deine Gefühle. Du bist *in* mir ...«

»Verschwinde!«

»Oh, erst willst du mit mir sprechen, und kaum schenke ich dir ein wenig Beachtung, soll ich schon wieder gehen. Das ist bedauerlich, wenn auch charakteristisch für deine Spezies. Ihr seid eine schlechte Erfindung. Leider kann ich nicht gehen, Hippolyt. Du bist mit mir verbunden, auf Gedeih und Verderb.«

»Wer ...?« *Ka* suchte vergeblich Blickkontakt zu der Erscheinung. »Wer sind Sie?«

In Rahmeds entstelltem Gesicht erschien ein freudloses Lächeln. »Dein lebenserhaltendes System.«

Eine weitere Person erschien in einer der Türen. Sie trug noch immer den blut- und sekretverschmierten Sack über dem schlaff zur Seite hängenden Kopf. »Wer auch nach dem Tode an ihn glaubt, der lebt«, sprach der Erhängte.

Ka näherte sich ihm mit geballten Fäusten. »Das ist nicht real«, presste er zwischen den Zähnen hervor. »Geh zum Teufel! Geht alle beide zum Teufel!«

Ehe die Schwester einschreiten konnte, hatte er den Infusionsständer emporgerissen und war nach vorne gestürzt, entschlossen, die Gestalt des Gehenkten niederzustrecken – und torkelte durch sie hindurch ins Nichts. Ein verwehendes mechanisches Lachen begleitete seinen Sturz in die Tiefe.

Mekropalladium 13

Ich wusste nicht, wie lange ich auf dem lehmigen Boden gelegen hatte. Geweckt wurde ich durch einen heftigen Schlag gegen die Rippen. Im ersten Moment fühlte ich mich, als hätte man mir mehrere Liter Blut abgezapft. An ein Bewegen der Muskeln war nicht zu denken, so schwer und kraftlos waren sie. Mühsam öffnete ich die Augen und blinzelte in die Höhe. Ein Schleier lag über meinen Pupillen und verzerrte alles in eine kafkaeske Perspektive. Über mir ragte ein bizarrer Schemen auf, der sich in diesem Augenblick zu mir hinabbeugte. Er sah aus wie ein verkleinertes Ungeheuer aus einem japanischen Monsterfilm.

»Glückwunsch, du bist noch halbwegs rein«, sprach das Ungetüm und richtete sich wieder auf. »Hast Glück gehabt, dass du nicht zu weit vom Hauptgang abgekommen bist, sonst hätte ich dich nie gefunden.« Das Wesen bückte sich, packte mich unter den Achseln und setzte mich auf. »Dann hättest du nach gewisser Zeit so ausgesehen wie der dort.« Es deutete auf den Uniformierten, der in der gleichen Haltung an der Wand saß, wie ich ihn in Erinnerung hatte.

»Wieso lassen Sie mich nicht in Ruhe«, beschwerte ich mich. »Ich bin müde.«

»Kamerad, mal davon abgesehen, dass hier die Zeit nicht als solche verstanden wird, kann ich dir sagen, dass du hier fast eine Woche lang gelegen hast.« Das Ungeheuer, das kaum größer sein konnte als ich selbst, befreite mich von einem zarten Spinngewebe, das sich über meinen gesamten Körper gelegt hatte.

»Ich habe doch eben erst die Augen zu gemacht . . .«, murmelte ich.

Ein Schnauben war die Antwort. »Ich wäre schon viel früher gekommen, um nach dir zu sehen, doch ich hatte Angst, die Chroner hätten dich erwischt und würden nun das restliche Labyrinth nach mir absuchen. Wie fühlst du dich?«

»Beschissen.« Ich rieb mir den Schlaf aus den Augen und sah meinen angeblichen Retter an. Es war der Kostümierte aus der Tempersektion. »Was ist denn passiert? Eine Woche, sagen Sie?«

»Mindestens«, nickte er. »Und lass endlich dieses alberne Gesieze. Man könnte meinen, du warst vor deinem Tod Finanzbeamter.« Er half mir, mich auf zwei wackelige Beine zu erheben. »Hast du ihn etwa angefasst?«, erkundigte er sich, als er meine Hände betrachtete.

Ich tat es ebenfalls und erschrak. Sie waren mit weißem Schimmel bedeckt, der an den Fingerspitzen am dichtesten wuchs. Es sah aus, als hätte man Raupenkokons über sie gestülpt. »Was ist das für ein Zeug?«

»Jedenfalls nicht das, für das du es wahrscheinlich hältst. Zum Glück ist es nicht allzu weit bis zum Ausgang.«

Ich stützte mich an seiner Rüstung ab und betrachtete den Körper des Soldaten. Das Pilzgeflecht hatte bereits wieder einen Großteil dessen überwuchert, was ich liebevoll freigelegt hatte.

»Der Schimmel ist in seinem gesamten Körper«, sagte ich leise. »Alles in ihm besteht nur noch aus diesem grauenhaften Pilz.«

»Hmm …«, machte der Kostümierte. »Das ist kein Pilz, mein Freund, das sind Medinen; mikroskopisch kleine Würmer.«

»Würmer?«

»Parasiten. Du solltest deine Hände säubern, ehe wir den nächsten Sektor betreten, sonst hackt man sie dir ab.«

Hastig zupfte ich den Flaum von meinen Fingern, dann rieb ich sie an den Resten meiner Kleidung, bis ich das Gefühl hatte, meine Haut löse sich vom Fleisch. Skeptisch musterte ich schließlich meine Hände.

»Was war das für ein Ding über dem Tempersektor?«

»Das? Ein Parabolid.« Mein Retter nickte vielsagend, als gäbe es nichts Schlimmeres auf dieser Welt, dann senkte er den Blick und wandte sich ab. »Ein Parabolid ...«

Offensichtlich stand ihm nicht der Sinn danach, sein Wissen zu teilen. Es reichte ihm anscheinend, mich gewarnt zu haben. Dass von diesen Flugobjekten eine nicht unerhebliche Bedrohung ausging, hatte ich in den verängstigten Gesichtern der Menschen gelesen ...

»Auf unserer Flucht nannten Sie sich Byron«, erinnerte ich mich. »Ist das Ihr Name?«

Der Kostümierte kratzte sich unter dem Harnisch. »In diesen Gefilden nennt man mich Bruder Maske.«

»Ein recht eigenartiger Name für einen Pharao, finden Sie nicht? Wie heißen Sie wirklich?«

»Das geht dich im Moment noch nichts an.« Er lachte säuerlich. »Du musst wirklich Finanzbeamter gewesen sein. Nenn mich Byron.« Er sah sich um. »Nun, ich merke, die Medinen haben dein Gehirn bis jetzt noch verschont. Wir sollten uns beeilen, damit das auch so bleibt.« Er ging ein paar Schritte zum Hauptgang zurück, blieb jedoch stehen und sah mich über die Schulter hinweg an. »Und mit wem habe *ich* das Vergnügen?«

»Die Kreatur, der ich mein Hiersein zu verdanken habe, nennt mich Kematef.«

Byron zuckte belustigt. »Na, wunderbar.« Er lief um die Ecke und rief: »Komm, sonst sind deine Knochen bald genauso schwammig wie die aller anderen hier ...«

Nach einem langen Marsch, auf dem wir an Hunderten von überwucherten Gestalten vorübergehetzt waren, erklangen vor uns endlich gedämpfte Geräusche menschlichen Lebens.

Ich vernahm Stimmen, Musik und Lachen. Byron hielt inne, dann bedeutete er mir, ihm in einen der Seitengänge zu folgen.

»Wohin wollen Sie?«, erkundigte ich mich verwirrt. »Ich verspüre keine Lust, von diesem Gewürm aufgefressen zu werden. Warum gehen wir nicht dorthin, wo die Musik spielt?«

Byron antwortete nicht. Er suchte sich eine leere Halle, lauschte eine Weile und begann schließlich, mit über dem Kopf verschränkten Armen eigenartige Verrenkungen zu vollführen. »Bleib am Eingang stehen und pass auf, ob jemand kommt«, stöhnte er.

»Was haben Sie vor?« Verwundert beobachtete ich sein Treiben. Byron keuchte und fluchte, dann erfolgte ein Geräusch, als würde etwas gleichzeitig zerbrechen und reißen, und er richtete sich stöhnend auf. Die Chepresch-Krone saß auf seinem Kopf, als hätte er sich soeben das Genick gebrochen.

»Glotz mich nicht so dämlich an«, kam es gedämpft unter der Ledermaske hervor. »Hilf mir lieber.«

Ich starrte ihn an und musste lachen.

»Ich wüsste nicht, was daran so komisch sein soll!«, beschwerte sich Byron, der Probleme zu haben schien, seinen Kopf schmerzfrei zu bewegen. Er hatte die Hände zu Fäusten geballt und atmete schwer.

Ich lief zu ihm hin und betastete den prächtigen Kopfschutz. Nach ein paar Sekunden fühlte ich einen kleinen Metallbügel, der unter einer Pharaonenkrone eigentlich nichts zu suchen hatte. Ich zog daran, worauf ein unappetitliches Geräusch zu hören war. Byron stieß einen langgezogenen, unterdrückten Schmerzensschrei aus. »Jetzt beeil dich!«, zischte er und kniete nieder. Blut strömte mir über die Hände; Byrons Blut! »Na los!«, forderte er. »Kräftig!«

Ich tat es, doch irgendetwas verhinderte immer noch, dass ich ihm Helm und Maske vom Kopf ziehen konnte. Es war, als klebten sie an Byrons Gesicht und Schädel fest. Mittlerweile waren meine Hände und die Rüstung so blutverschmiert, dass ich Mühe hatte, sicher zuzupacken. Der Kostümierte jaulte wie ein Hund, als ich zwei, dreimal an der Krone riss, dann gab der Widerstand nach, und ich hielt den kompletten Kopfputz in den Händen.

Unter der Maske kam das schweißnasse, von tiefen, blutenden Wunden entstellte Gesicht eines Schwarzen zum Vorschein, der mich nach seinen Blicken zu urteilen am liebsten zerfleischt hätte. Er besaß die Physiognomie eines Schwergewichtsboxers; eine fliehende Stirn unter einem kahlen, von klaffenden Schnitten durchzogenen Schädel, eine breite Nase und fleischige, schmerzverzerrte Lippen. Verständnislos musterte ich den Helm. Die gesamte Innenseite von Kopfschutz und Maske waren mit langen, feinen Dornen gespickt, deren klingenartige Widerhaken tief in Byrons Kopf und Gesicht gesteckt haben mussten.

»Warum tun Sie sich so etwas an?«, fragte ich fassungslos.

Byrons Augen funkelten aus seinem dunklen Teint heraus wie zwei bösartige Autoscheinwerfer. »Ich habe diese Rüstung nicht freiwillig angelegt«, erklärte er. »Na los, weiter!«

Ich begutachtete verlegen die Armschienen. »Sind die ebenfalls ...?«

»Nein, nur noch der Brust- und der Rückenpanzer, glaube ich.«

»Glauben Sie?«

Die Kriegsrüstung eines Pharao bestand zum Teil aus purem Gold, dem Fleisch der Götter, wie die alten Ägypter es genannt hatten. Sie bestand vom Unterkleid bis zum Helm aus mindestens sechzehn Einzelteilen, die in mehreren Schichten übereinander lagen. Über einem Oberteil aus weißen Leinen und einem mit Gold bestickten Hüftrock lag ein schwerer lederner Brustpanzer. Darüber wurde das *dedjea* gezogen, eine Art Kettenhemd, das aus kleinen, rechteckigen Goldplatten bestand.

Arm- und Beinschienen schützten die Gliedmaßen vor Schwerthieben. Die königliche Chepresch-Krone war eine haubenartige Kopfbedeckung aus Gold und blau gefärbtem Leder, die den gesamten Hinterkopf einschloss. Der Abschluss des Kronenbauches wurde von einer Art weichem Lappen gebildet, der vorn die Stirn umschloss, durch Rundungen die Ohren einfasste und danach bis in den Nacken verlief. Die Ibis-Maske als Zeichen des Seelengeleiters Dehuti umschloss den Großteil des Kopfes mit ihren goldenen Flügeln und schirmte so den Kopf des Pharao vor Verletzungen ab.

Das Kettenhemd lag tatsächlich nur über dem Harnisch. Als ich jedoch die ersten Schnüre der Lederrüstung löste, begann Byron zu zittern, und seine Haltung veränderte sich.

»Versuchen Sie sich zu entspannen. Wenn ich die Klingen und Widerhaken aus den angespannten Muskeln ziehen muss, ist der Schmerz weitaus größer.«

»Sie stecken in den Knochen«, stöhnte Byron. »In der Wirbelsäule, in den Rippen ...«

Ich schluckte und machte mich weiter an der Rüstung zu schaffen. Obwohl ich hin und wieder die Schneide der Rebasche zu Hilfe nahm oder ihre Spitze als Hebel einsetzte, währte Byrons Martyrium Stunden. Er hatte sich geirrt, was die Anzahl der Haken in seinem Körper betraf. Vielleicht war es auch nur Zweckoptimismus gewesen oder seine Art, mich zum Weitermachen zu animieren. Nahezu jedes einzelne Teil der Rüstung war einst von *irgendjemandem* in seinen Körper verankert worden. Nach dem qualvollen Entfernen des Brust- und Rückenpanzers musste ich feststellen, das auch der Gürtel um den Rock an Byrons Hüfte fixiert worden war. Selbst die goldenen Arm- und Beinschienen besaßen Widerhaken. Was ihn und mich ermutigte, die unmenschliche Tortur zu Ende zu führen, war die Gewissheit, das seine Wunden rasch heilen würden. Als wir endlich fertig waren, fühlte ich mich, als hätte ich Byron bei lebendigem Leib die Haut abgezogen. Es war ein Blutbad.

»Danke«, keuchte der Schwarze, als die letzte Klinge aus seinem Fleisch gezogen war. Er streckte sich auf den Boden aus und stöhnte: »Oh, Scheiße, tut das gut!«

»Wie lange bist du schon in dieser Stadt«, wollte ich wissen.

»Na endlich!« Byron grinste. »Ich dachte schon, du wärst ein hoffnungsloser Fall.«

»Wie lange?«

»Ich weiß es nicht. Viel zu lange jedenfalls.«

Ich untersuchte die einzelnen Teile der Rüstung. »Wer hat dir das angetan?«

»Ist nicht so wichtig.« Byron bewegte seine Beine in der Luft, als fahre er Fahrrad. »War Teil eines Deals.«

»Mit den Chronern?«

»Nein.« Er hielt in seinen Bewegungen inne und sah mich aus zusammengekniffenen Augen an. »Fragen, Fragen, nichts als Fragen. Bist du ein Spitzel?« Auf mein Kopfschütteln erklärte er: »Ich hatte meine Gründe. Camouflage, verstehst du? Verkleide dich im Wald als Busch, und jeder sieht einen Busch. Verkleide dich in der Hölle als Narr, und alle sehen einen Narren.« Byron erhob sich und ging vorsichtig ein paar Schritte. »Bin gleich wieder da«, sagte er und lief davon. Als er nach einigen Minuten zurückkam, steckten seine Füße in einer Mischung aus Lumpen und zusammengebundenen Lederlappen. Unter dem Arm trug er eine alte Uniform, die er kräftig ausschüttelte, bevor er sie anzog.

»Gut«, entschied er schließlich, »komm jetzt.«

»Und die Rüstung?«

»Jene, die den alten Byron suchen, werden ihn jetzt nicht mehr finden. Ein paar Trümpfe sollte man immer in der Hand behalten, da man in der Hölle ständig Gefahr läuft, Verrückten wie dir zu begegnen.« Er lief zum Hauptgang und wartete dort, bis ich zu ihm aufgeschlossen hatte. »Ich werde allein vorausgehen und die Lage sondieren«, entschied er. »Es mag für manche verdächtig erscheinen, wenn wir zusammen auftauchen. Warte hier und zähl meinetwegen bis einhundert, dann folge mir.«

Byron machte auf seinem Lumpenabsatz kehrt, lief um die Ecke und war verschwunden.

Da mir nichts Vernünftigeres einfiel, zählte ich tatsächlich. Bei einhundert nahm ich die Rebasche auf und schlich der Musik entgegen. Nach kurzer Zeit wandelte der höhlenartige Stollen sich zu einem komfortablen Korridor, der mich in ein mit schwarzem Marmor ausgelegtes Foyer brachte. Ich hatte das Gefühl, aus der Steinzeit heraus in ein futuristisches Nachtlokal zu spazieren. An den Wänden leuchteten gerahmte Hologramme antiker Städte, vor deren Kulissen freizügige Mädchen dem Betrachter Küsse entgegenhauchten und ihn nicht mehr aus den Augen ließen. Zwar waren auch hier weder Chroner noch Zyklopen zu sehen, doch unbeobachtet fühlte ich mich keinesfalls. Mit Sicherheit übernahmen die Hologrammschönheiten (oder jene, die *hinter* den Scheiben saßen) die Aufgabe, den Zugang zu überwachen.

Niemand versperrte mir den Weg, sodass ich ungehindert dem Spektakel jenseits der Passage entgegenschreiten konnte. Hinter mehreren Barrieren aus schweren Samtvorhängen öffnete sich schließlich ein weiträumiger, überkuppelter Saal. Angenehme Musik berieselte eine enorme Anzahl von Besuchern – oder Büßern –, überlagert von einem Stimmengewirr aus Kobe und zahllosen weiteren Sprachen. Die Halle besaß einen Durchmesser von über einhundert Metern. Ihre Rundkuppel bestand aus riesigen Monitorwaben, die synchron ein Panorama aus paradiesischem, surrealem Himmel und weitem Meer projizierten, worin der Saal ein bevölkertes Eiland bildete. Schäumende Wogen rollten aus der Weite des mal purpurnen, mal smaragdblauen Ozeans heran und leckten über einen weißen Sandstrand, auf dem sich Palmen im warmen

Wind wiegten. Der von Wolken durchzogene Himmel wechselte ständig seine Farbe, mal zu Saphirgrün, mal zu Rubinrot. Riesenhafte Schmetterlinge in allen Regenbogenfarben flatterten über die Bildschirme. Alles wirkte sehr beruhigend, was wohl beabsichtigt war. Als ich genauer hinsah, entpuppten sich die Schmetterlinge als hüllenlose, geflügelte Schönheiten, bezaubernd lächelnd und sich stets verführerisch zum Flügelschlag bewegend.

Echt waren nur der feine Sand, der den Boden der Halle bedeckte, und der warme Windhauch, der aus verborgenen Ventilatoren strömte. Ein beigeleiteter Duftstoff sorgte dafür, dass es nach Meer und – ich schnupperte betört – Liebe roch? Eine Melange aus Vanille- und Lotosblütenduft schwängerte den Saal. Aber es lag noch ein anderes Aroma in der Luft, das trotz der Intensität der Parfums stets präsent war. Man nahm es wahr, wenn man tief einatmete. Es roch süßlich und nach Kupfer – der Geruch von Blut ...

Hier und da entdeckte ich nun auch Chroner und durch den Sand wieselnde Zyklopen, aber keiner von ihnen sah mich misstrauisch an oder kümmerte sich um mich. Im Gegenteil, ich hatte den Eindruck, als ignoriere hier jeder jeden.

Ich entspannte mich ein wenig und richtete meinen Blick bei meiner Suche nach Byron auf eine ausladende Bar. Hunderte von Tischen ragten aus dem Sand, von denen mindestens die Hälfte besetzt war. Ich bückte mich und ließ eine Hand voll Sandkörner durch meine Finger rieseln. Sie waren tatsächlich echt – im Gegensatz zu der sich durch den halben Saal spannenden Theke aus Palmstammimitaten und dem Dach aus falschen Palmblättern und Bambushölzern. Vieles in diesem eigenartigen Höhlenlokal sah aus wie billige Plastikimporte von der Erde.

Die Erde ...

Ich schüttelte den Kopf. Meine Gedanken hatten sich schon so weit von zu Hause entfernt, dass ich mir vorkam wie auf einem anderen Planeten. Dass ich die reale Welt verlassen hatte, hatte ich mittlerweile akzeptiert – obwohl mich von ihrer Oberfläche möglicherweise nur eintausend Meter Höhenunterschied trennten.

Möglicherweise.

Unentschlossen, wohin mit der Rebasche, schulterte ich sie schließlich wie ein Gewehr, schlenderte über den Sand und ließ weiter meinen Blick schweifen. Mitten im Saal entdeckte ich Byron. Er trug zwei hohe, schmale Gläser mit einer hellgelben Flüssigkeit in seinen Händen und unterhielt sich mit einem wohlbeleibten, vollbärtigen Individuum in Dominikanerkutte. Als er mich sah, bewegte er sich flink zwischen den Tischen hindurch zu mir herüber und hielt mir eines der Gläser entgegen.

»Willkommen in Nimrods Taverne«, rief er übermütig laut, dann beugte er sich vor und raunte: »Trink, sonst gibt's Ärger!«

»Wo sind wir hier?«

»In einem weiteren Büßersektor, bei den Demagogen und falschen Propheten, den Hetzern und Volksverführern. Ein leicht reizbares und sehr fanatisches Volk. Ich führte soeben ein angeregtes Gespräch mit Fra Girolamo Savonarola.«

Ich äugte an Byron vorbei auf den bärtigen Fleischberg, der sich zu einem korpulenten, gelangweilt dreinblickenden Glatzkopf setzte und ihn in ein Gespräch verwickelte. »Ich sehe niemanden büßen«, erklärte ich. »Und aggressiv sehen nicht einmal die Chroner aus.«

»Das ist die Ruhe vor dem Sturm. Wir haben glücklicherweise einen Zeitpunkt der Regeneration erwischt. Siehst du den roten Sand in der Mitte des Saals?«

Ich reckte den Hals und starrte angestrengt zwischen den Anwesenden hindurch. Jetzt erkannte ich, dass der fast vollständig von Tischen und Beinen verdeckte Boden im Zentrum der Taverne dunkler gefärbt war. Es ließ sich kaum als Rot erkennen, da das Kunstlicht der Monitore fast ein Schwarz daraus machte. Man musste schon darauf hingewiesen werden, um es zu bemerken. Zyklopen hatten sich in dem Areal versammelt, leckten den Sand auf oder fraßen kleine, auf dem Boden verteilte Klumpen, die aussahen wie Fleischbrocken …

Ich schluckte unbehaglich und sah Byron an, der mir noch immer das für mich bestimmte Glas entgegenhielt. »Was fressen sie?«

»Das, was übrig geblieben ist.«

»Übrig geblieben wovon?«

»Übrig geblieben *von wem*, lautet die korrekte Frage.« Er wandte sich zur Saalmitte. »Jeder hier wartet nur auf den zündenden Funken, auf geistiges Brandgut. Wenn sie merken, dass wir von Medinen befallen sind, dann muss nur einer dieser Bluthunde anfangen zu brüllen, und um uns herum bricht die Hölle los. Trink jetzt!«, zischte Byron eindringlich. »Und hüte dich, das Gesicht zu verziehen, wenn du es runterschluckst, das könnte für den einen oder anderen hier schon Vorwand genug sein.«

Ich betrachtete die Flüssigkeit. »Was ist das?«

»Etwas, das den Prozess in uns rückgängig macht.«

»Etwas?«

»Ein bekömmlicher Cocktail aus Nervengiften, verschiedenen Säuren, Pflanzenschutzmitteln, Alkohol und einigen exquisiten Beigaben wie Quecksilber, Phosphor und Strontium 90. Geht sofort ins Blut und schadet nicht dem Magen. Trink!« Das letzte Wort klang wie ein Befehl.

Byron leerte sein Glas in einem Zug und presste die Lippen aufeinander. Ich sah, wie seine Augen feucht wurden. Dicke Tränen rollten über seine Wangen. »Ah, köstlich«, krächzte er heiser. Nach wenigen Sekunden konnte ich beobachten, wie sich der zarte Gespinstfilm an seinen Händen und Armen auflöste.

Ich rammte die Rebasche in den Sand, nahm Byron das noch volle Glas ab und hielt es gegen das Licht, um den Inhalt zu studieren. Im selben Moment registrierte ich neben mir eine Bewegung. Bevor ich es verhindern konnte, fiel das Chronerschwert um und traf ein paar Gläser auf einem leeren Tisch. Es klirrte, Scherben stoben funkelnd durch die Luft, dann herrschte wieder Ruhe.

Mein Begleiter sah entsetzt auf die Rebasche, dann auf mich und schließlich in den Saal. Eine erhebliche Anzahl von Personen hatte sich erbost dem Radau zugewandt, funkelte uns grimmig an und beobachtete zwei Chroner und ein bärtiges Individuum mit tiefen Augenringen, die sich von einem Tisch in der Nähe erhoben und zu uns herüberschlenderten.

Ich bückte mich und hob verlegen den Zeiger wieder auf.

»Trink, verdammt noch mal!«, beschwor mich Byron. »Und mach ein freundliches Gesicht! Wenn die Kerle sehen, dass wir infiziert sind, schicken sie uns ins Labyrinth zurück und ketten uns an die Felsen, bis wir vollkommen durchwuchert sind. Oder sie verbannen uns in die Flammengrube.« Byron sah mich durchdringend an. »Ewige Müllverbrennung. Trink!«

Ich kippte die gelbliche Flüssigkeit in mich hinein. Sie schmeckte wie essigversetzter Pferdeurin, den ein Scherzbold mit Kohlensäure angereichert hatte. Die Tinktur brannte wie Feuer in Kehle und Magen. Meine Augen quollen aus den Höhlen, während mir der Atem wegblieb und Tränen über meine Wangen liefen.

»Lächeln, mein Freund, lächeln …«, erinnerte mich Byron, den ich nur noch als nebulösen Schemen wahrnahm. Hinter ihm wuchsen zwei massige Schatten empor und überragten die verschwommene Kontur des Schwarzen noch einmal um die Hälfte. Ich biss die Zähne zusammen, zog die Mundwinkel auseinander und grinste den Ankömmlingen in einer Art und Weise entgegen, die wie Körperverletzung wirken musste.

»Charmant«, murmelte Byron, als er es sah, und drehte sich just in dem Moment zu den drei Gestalten um, als diese uns erreicht hatten.

»Sag, Byron, dein Freund, was grinst er so dämlich?«, raunzte der Typ mit den Augenringen.

»Macht er immer, wenn man ihm einen obszönen Witz erzählt«, gab der Schwarze zurück.

Ich bemühte mich, aufrichtiger zu lachen. Als sich mein Blick klärte, sah ich, dass einer der Chroner seine Waffe überraschend am Tisch zurückgelassen hatte. Sein Intimus trug jedoch einen über drei Meter langen Stunder. Der Fragesteller selbst hatte seine Hände in den Tiefen seines bodenlangen, fast nur aus Flicken bestehenden Mantels vergraben. Womöglich umschloss eine von ihnen den Knauf eines Dolches oder den Griff einer Pistole.

»Sag, Byron, dein Freund ...« Der Bärtige trat einen Schritt vor und schnupperte die Luft in meiner Nähe. »Wie kommt er an die Rebasche?«

»Er ... fand sie in den Katakomben. Ein besitzerloses Stück, das ihm zufiel.«

»So, so ...« Der Kerl betrachtete mich argwöhnisch. Ich stellte fest, dass meine Finger inzwischen frei von Medinengespinst waren, was meine Selbstsicherheit erheblich steigerte, und musterte den Fragesteller. Er war einen halben Kopf größer als ich, unwahrscheinlich hager, um nicht zu sagen: ausgemergelt, und fast kahlköpfig. Die wenigen Haare, die als dünner Saum seinen knochigen Schädel zierten, hingen in wirren Strähnen schulterlang herab. Ein verfilzter Bart wuchs ihm aus dem Gesicht bis über die Brust. Unter dem Mantel trug er ein blutverschmiertes, nachthemdähnliches Gewand, das bis zu seinen in Sandalen steckenden Füßen herabfiel. Der Gestank, der von ihm ausging, war überwältigend.

»Sag, Byron, dein Freund, kann er auch reden?«

Ich hielt meinen Mund an das Ohr des Schwarzen und flüsterte: »Sag, Byron, dein Freund, hat er vielleicht nicht mehr alle in der Pfanne?«

Der Schwarze rammte mir seinen Ellbogen in die Rippen. »Natürlich kann er reden, wie jeder andere.« Er schien nervös zu werden, trat von einem Bein aufs andere.

»Wer ist das?«, murmelte ich.

»Wenn ich dir seinen Namen verrate, beißt er uns die Kehlen durch«, antwortete mein Begleiter gedämpft. »Nietzsche hat ein Buch über ihn geschrieben ...«

Der Bärtige schielte mich über Byrons Schulter hinweg verdrießlich an. »Sag, Byron, dein Freund, wie ist sein Name?«

»Kemufett ... Ke ...« Byron sah Hilfe suchend über seine Schulter. »Wie war doch gleich dieser dämliche Name?«

»Kematef.«

»Ah, ja.« Der Schwarze lächelte entschuldigend. »Sein Name ist Kematef.«

Die beiden Aufseher warfen sich einen vielsagenden Blick zu, blieben jedoch ebenso gelassen wie der Bärtige. Für das, was ich bis jetzt über den Archetypus der Chroner in Erfahrung gebracht hatte, spielte sich in den Mienen der beiden beunruhigend wenig ab. Keine Spur von Jähzorn oder Wut. Entweder standen die beiden unter Drogen, oder sie litten unter irgendeiner Form von Massenhypnose. Das würde auch die syntaktischen Meisterwerke erklären, in welche der Bärtige seine Fragen kleidete.

Modifikation der Grundidee, Variation I-VI ...

»Sag, Byron, dein Freund«, ergriff zum ersten Mal einer der Chroner das Wort. Ich verdrehte die Augen und bewunderte, wie gefasst Byron blieb. »Ist er ein Günstling aus dem Palais der Meret?«

Byron bekam gespenstisch große Glupschaugen und drehte sich mit einem halb bestürzten, halb ungläubigen Gesichtsausdruck zu mir um. Ich machte wahrscheinlich ein ähnliches

Gesicht, wobei sich noch ein dicker Kloß im Hals dazugesellte.

»Du kommst von Meretseger?«, krächzte der Schwarze. »Sag bitte, dass das nicht wahr ist.«

»Das – ist eine lange Geschichte«, erwiderte ich.

»Du Vollidiot!«, brauste Byron auf. »Ich wünschte, ich hätte meine Stimme in dem Augenblick verloren, als ich dir zum ersten Mal begegnet bin. Weißt du eigentlich, was du hier anrichtest? Du Eule zerstörst Stück für Stück meine Anonymität!«

»Ist ja gut, beruhig dich!«, beschwichtigte ich Byron.

Er nahm eine drohende Haltung ein. »Was bist du? Ein Spion? Oder ein Überläufer? Oder einfach nur eine Drohne?«

»Das tut im Moment nichts zur Sache.«

»Das tut es wohl. Ein Protektionskind mischt sich nicht ohne Grund unter die Verdammten.«

»Ein Verdammter verkleidet sich auch nicht ohne Grund als Pharaonenkrieger!«, konterte ich.

Byron schnaubte erbost. »Halt deine verdammte Schnauze!«, zischte er. »Du bist von Meret auf mich angesetzt worden, habe ich Recht?«

»Ich halte meine Schnauze.« Die Antwort kam gelassen, obwohl mir das Herz bis zum Hals schlug.

Der Schwarze packte mich wutentbrannt am Kragen und zischte: »Ich könnte dir im Bruchteil einer Sekunde das Genick brechen!«

Ich hielt die Spitze des Sekundenzeigers an seine Kehle. »Versuch es!«, forderte ich ihn heraus.

Byron funkelte mich an. Unsere Gesichter waren nur noch eine Handbreit voneinander entfernt. »Ich weiß zwar nicht, was sie von dir wollen«, presste er so leise zwischen den Zähnen hervor, dass ich es gerade noch verstehen konnte, »aber wir haben offenbar mehr gemeinsam, als mir lieb sein kann.«

»Byron«, setzte sich der zweite Chroner in Szene, »dein Freund hat sich unlängst des Verrates an Kreuzbeißer, Rabendorn und Marderkralle schuldig gemacht. Sei doch so nett und übergib ihn uns!«

Du heilige Scheiße!

Byron ließ mich los. »Du bist also wirklich der Kerl, den sie suchen.« Er drehte sich zu den Chronern um. »Ist das alles, wessen er bezichtigt wird – Verrat an drei Dummköpfen?«

Der Aufseher setzte ein freundliches Grinsen auf, während seine schwarzen Augen Blitze schossen. »Aber nein, Byron.« Er ließ sich von seinem Artgenossen eine Karteikarte aushändigen. »Mal sehen«, hob er an und überflog das Schriftstück. »Der Gesuchte erschlug bei seiner Flucht aus dem Palais einen Corrigan, stürzte einen Aufseher samt einem Lichtspender in den Pechsee, beschädigte die Laternenaufhängung, verschaffte sich gewaltsam ungebührliche Kleidung, verursachte im Tempersektor zweimal mutwillig eine Stagnation, trägt infolge von Erziehungsmaßnahmen Mitschuld an der Beseitigung einer solchen, führte den für diesen Sektionsabschnitt zuständigen Aufseher argwillig der Stagnationsbeseitigung zu und verletzte seinen Zyklopen so schwer, dass dieser am Kontrollpunkt verendete. Das wären zwei Aufsichtführende, ein Corrigan und zwei Zivilpersonen, ganz zu schweigen vom Sachschaden und diversen anderen Störfällen. Zudem überquerte er illegal fünf Sektorengrenzen. Und nun sei so freundlich und übergib ihn uns, bevor das hier losgeht, sonst müssen wir dich leider als Überläufer betrachten und deine Immunität beschneiden. Das könnte unangenehm für dich werden. Du weißt ja, wo die Verräter landen …«

»Natürlich, Bockschnäpper.«

»Du kollaborierst mit ihnen?«, staunte ich ungläubig. »Und erhältst dafür Immunität?«

»Nun, nenn es einfach Diplomatenfreiheit.« Er sah mir in die Augen und flüsterte: »Sobald ich zur Seite springe, schlägst du auf den Dicken mit dem Stunder ein, derweil ich mich um die beiden anderen Trottel kümmere.«

»Wir riskieren dadurch noch mehr Ärger«, entgegnete ich leise. »Lass mich mit ihnen gehen und rette deine eigene Haut.«

»Du weißt gar nicht, was für Ärger uns erwartet, wenn wir noch länger hier bleiben. Ich weiß, wovon ich rede, und du ...« Er rümpfte in Anspielung auf den mich umgebenden Pechgeruch die Nase. »... hast da ja auch schon deine Erfahrungen gemacht. Der erste Hieb muss also sitzen!«

Ich linste über seine Schulter. »Es halten sich noch mindestens zehn weitere Chroner im Saal auf«, erkannte ich nach einem flüchtigen Rundblick.

»Vierzehn, wenn du die dazuzählst, die hinter den Vorhängen in den Liebesbuchten hocken.«

»Und das soll gut gehen?«

»Nein«, grinste Byron. »Aber gerade das macht es so reizvoll.« Er wandte sich Bockschnäpper zu. »Was soll mit ihm geschehen?«

Der Chroner kam einen Schritt näher. »Auf Anordnung Kreuzbeißers bin ich befugt, ihn in Verwahrung zu nehmen, bis über seine Schuld gegenüber der Dynastie entschieden und ihm eine seinen Vergehen würdige Strafe zugemessen worden ist.«

»Verstehst du so langsam das Prinzip der Hölle?«, fragte mich Byron mit einem zynischen Lächeln auf den Lippen. »Sie dient dazu, ihre eigenen Strafen zu rechtfertigen. Der, dem es hier gefällt, der bleibt, und der, der sich auflehnt, macht sich strafbar ...«

»... und bleibt somit auch«, vollendete ich den Satz. »Als Büßer.«

»Na also, du bist doch nicht so blöd, wie du aussiehst!«

Er sprang zur Seite und riss dabei den Bärtigen mit sich, während ich im gleichen Moment mit der Rebasche ausholte und sie auf den Schädel des zweiten Aufsehers drosch. Sein Kopf wurde von der Wucht der Klinge vom Scheitel bis zum

Kinn gespalten, ohne dass der Chroner seinen Stunder auch nur um einen Zentimeter bewegt hatte. Völlig perplex blickten mich seine Augen links und rechts der klaffenden Wunde an, aus der eine dicke braune Soße lief. Dann sank er lautlos in die Knie und kippte vornüber mit dem Gesicht in den Sand. Die Hirnmasse gluckerte aus seinem Kopf, als laufe eine Flasche Irish Cream aus.

Byron kämpfte wie ein Berserker mit Bockschnäpper und dem Bärtigen, die knurrend und geifernd seinen wie Windmühlenflügel wirbelnden Fäusten Paroli zu bieten versuchten. Der Kerl mit den Augenringen prügelte wie ein Wahnsinniger dagegen und fluchte dabei in irgendeinem Kauderwelsch. Er schlug sich halbwegs frei und brüllte auf Kobe in den Saal: »Seht her, ihr zahllosen Tiere, sie sind über uns gekommen! Wollt ihr denn warten, bis der Himmel brennt ...?«

Für eine Sekunde darüber entsetzt, die Sprache zu verstehen, bohrte ich die Spitze der Rebasche durch seine Kehle und sah angewidert zu, wie der Schreihals trotzdem versuchte, weiterzubrüllen. Byron, eines Gegners ledig, begann mit dem verbleibenden Chroner zu ringen. Er schnappte sich einen in der Nähe stehenden Stuhl und schlug ihn so lange auf Bockschnäppers Schädel, bis dieser blutüberströmt zusammensackte. Für wie lange, konnte niemand sagen, doch es würde hoffentlich ausreichen, um zu fliehen.

Auch Byron hatte einige kräftige Hiebe einstecken müssen. Eines seiner Augen war von einer Chronerkralle ausgestochen, seine Lippen aufgeplatzt, und aus Mund und Nase rann Blut. Er erhob sich schnaufend und fragte mit einem raschen Rundblick: »Alles in Ordnung?«

»Ja.«

Sieben oder acht Aufseher zählte ich, die nun mit erhobenen Waffen auf uns zumarschierten, ganz zu schweigen von den Dutzenden finsterer Gestalten, die sich ihnen mit wutverzerrten Gesichtern anschlossen.

»Höchste Zeit, dass wir Land gewinnen«, erkannte Byron. Er griff nach dem Stunder des überwältigten Chroners und spurtete trotz des immensen Gewichts der Waffe mit Riesenschritten auf den Ausgang an der gegenüberliegenden Seite des Saales zu. Ich zögerte nur einen Augenblick länger, zog meine Rebasche aus der Kehle des Bärtigen und rannte meinem Begleiter hinterher. Der Schwarze jagte durch die Tischreihen und schlug wie toll mit dem Stunder um sich. Einhundert Meter Sprint über Sand, Tische und jammernde Körper mit klaffenden Wunden. Einhundert Schritte Spießrutenlauf durch mordlüsterne, zähnefletschende Gestalten bis zum rettenden Ausgang. Eine lächerliche, doch in Anbetracht der Situation unendlich weite Entfernung.

Ich preschte durch die von Byron freigehackte Schneise und schüttelte eine Unzahl von Händen ab, die sich in meine Kleidung krallten und die Reste des Overalls in Fetzen rissen. Ihre zu Klauen geformten Finger ließen blutige Striemen und Schürfungen auf meiner Haut zurück. Ich stieß mit den Ellbogen, sprang wie ein Kung-Fu-Kämpfer gegen alles, was sich mir in den Weg stellte und ließ die Rebasche Brustkörbe, Kehlen und Gesichter spalten. Einer der Chroner benutzte seine Waffe als Speer, als er erkannte, dass wir zu entwischen drohten, und sofort taten die anderen es ihm gleich. Eine Armada tödlicher Wurfgeschosse zischte hinter uns her. Tische, Stühle, Flaschen und abgetrennte Gliedmaßen flogen durch den Saal, während ein animalisches Geschrei und Geheul aufbrandete. Die Meute hatte Blut geleckt, die Treibjagd hatte begonnen. Wehe uns, wenn sie Byron oder mich in die Finger bekämen. Sie würden uns in ihrem Blutrausch wahrscheinlich mit bloßen Händen in Stücke reißen oder bei lebendigem Leibe auffressen.

Mit einem Mal stand kein Gegner mehr vor mir, und der Weg war frei. Zwanzig Schritte noch bis zur rettenden Pforte. Zwanzig Schritte …

Die Rebasche traf mich in den Rücken. Ich riss den Mund auf, als ich den Schlag spürte, ohne einen Ton zustande zu bringen, und verlor durch die Wucht des Treffers fast das Gleichgewicht. Ich fühlte, wie die Spitze der Waffe meine rechte Lunge durchbohrte, durch meine Laufbewegungen auf und ab wippte und in meinen Organen rührte, ehe sie durch ihr Gewicht wieder aus der Wunde rutschte und abfiel. Eine zweite Rebasche traf meinen linken Arm oberhalb des Ellbogens und zerschmetterte den Knochen. Nun erst schrie ich schmerzgepeinigt auf. Meine Lungen schienen zu explodieren. Ich hustete Fontänen von Blut, während ich mehr stolperte als rannte und mein linker Arm schlaff an meiner Seite pendelte.

Byron hatte den Ausgang erreicht, sah sich um, erkannte, wie es um mich bestellt war und hielt die Tür weit auf.

»Scheiße!«, fluchte er, als ich ihn mit letzter Kraft erreichte und in seine Arme fiel, darum kämpfend, bei Bewusstsein zu bleiben. »Es wird heilen«, versprach er. »In ein paar Stunden haben sich die Wunden wieder geschlossen.«

»Ich weiß«, keuchte ich. Blutiger Schaum rann mir aus dem Mund über das Kinn.

»Scheiße«, wiederholte Byron. »Beiß die Zähne zusammen!«

Hinter uns entwickelte sich ein regelrechtes Kesseltreiben. Das halbe Lokal rannte schreiend und zähnefletschend hinter uns her, während Byron mit mir durch den Ausgang stolperte. Es war ein Martyrium, mit durchbohrter Lunge zu rennen, aber irgendwie, so schien mir, war in dieser Welt alles möglich.

»Kannst du einen Moment lang alleine stehen?«, erkundigte sich der Schwarze, als wir vor der Tür standen.

Ich nickte schwach.

Byron ließ mich los, und ich fiel der Länge nach in den Dreck. Mein Begleiter wirbelte herum, warf die Eingangstüren zu und verbarrikadierte die Türflügel mit dem Stunder. »Das dürfte sie ein paar Minuten aufhalten«, befand er, nachdem er probeweise daran gerüttelt hatte.

Heftiges Gepolter ließ die Türflügel erzittern. Es zeugte davon, dass die ersten Verfolger den Ausgang erreicht hatten und von den Nachkommenden gegen die Pforte gepresst wurden. Schreie erklangen auf der anderen Seite der Tür, gingen in ein grauenhaftes Röcheln und weitaus unappetitlichere Geräusche über, dann sickerte Blut durch die Türritzen. Die, welche den Ausgang zuerst erreicht hatten, wurden von der nachdrängenden Masse in ihrem Blutrausch regelrecht zerquetscht.

»Machen wir, dass wir hier wegkommen«, rief Byron und riss mich in die Höhe. »Sollte die Meute ausbrechen, kann ich nicht garantieren, dass wir nach dem, was sie mit uns anstellen, immer noch heilen werden.«

Das Areal, auf dem wir standen (eigentlich stand nur Byron, während ich kraftlos in seinem Griff hing) erinnerte an Venedigs Piazza San Marco, wobei die uns umgebenden Gebäude das Original an überwältigender Pracht und kunstvoller Geschlossenheit bei weitem übertrafen. Auf mächtigen Rundpfeilern ruhten Kuppelbögen, die teils schmalbrüstigen, teils palastgroßen Häuser wurden verziert von hölzernen Galerien, Balkonen und kunstvollem Schnitzwerk. Wehrhafte Tore versperrten den Zutritt ins Innere, das nur erahnen ließ, was es verbarg.

Während Byron den Himmel nach Paraboliden absuchte, studierte ich unsere Umgebung. Wir waren umringt von schweigenden Menschen. Ihre Aufmerksamkeit galt jedoch einzig der bebenden Tür, die uns vom rasenden Mob trennte. Von Kopf bis Fuß in dunkle Lumpen gehüllt, blieb nur der Bereich ihrer Augen von den verkrusteten Leintüchern unbedeckt. Diese Augen funkelten, erfüllt von beängstigendem

Hass auf die blutgierige Rotte in der Taverne. In den Händen trugen die Vermummten Macheten, Hellebarden, Lanzen und zugespitzte Stangen. Enger und enger zogen sie den Kreis vor den breiten Stufen. Hunderte waren es, die heranschritten und das gesamte Arsenal an todbringenden Klingen und Spitzen auf den Tavernenausgang richteten. Byron und mich beachteten sie kaum, und falls doch, dann nur, um uns auszuweichen. Der Boden des Platzes war knöcheltief mit geronnenem oder bereits getrocknetem Blut bedeckt. Da und dort wateten wir durch dickflüssige rote Pfützen, in denen Fleischklumpen trieben. Blutiger Staub erfüllte die Luft, stach in den Atemwegen und machte das Luftholen mit der verletzten Lunge zu einer zusätzlichen Qual. Der Gestank raubte mir fast den Atem. Wäre mein Magen nicht leerer als ein Fahrstuhlschacht gewesen, so hätte ich mich pausenlos übergeben.

Ich schloss die Augen und versuchte, den Schmerz zu kontrollieren, während mich Byron durch die schweigsame Menge schleppte. Er blieb für einen Moment stehen, um sich zu orientieren. »Schaffst du es?«, erkundigte er sich.

»Ob ich will oder nicht«, krächzte ich. »Wer sind diese Leute?«

»Rebellen, Dissidenten und Meuterer. Sie hindern die Demagogen daran, die Taverne zu verlassen. Sollten sich die Tyrannen befreien, wird sich hier das abscheulichste Gemetzel abspielen, das du dir vorstellen kannst. Bis dahin möchte ich diesen Platz verlassen haben.«

Langsam begannen sich die dichtgedrängten Reihen der Bewaffneten zu lichten. Hinter uns ertönte ein Knall, als der Stunder, der die Pforte blockiert hatte, unter dem Druck der gegen die Flügel drängende Menge barst, und von einem Augenblick zum anderen entstand vor der Taverne ein unfassbares Schlachtgetümmel. Ich sah nur einmal kurz zurück, um zu erkennen, woher all das Blut auf dem Boden rührte. Sie spalteten sich gegenseitig von den Schultern bis zu den

Hüften. Schädel zerplatzten unter der Wucht von Rebaschen, Körper hingen an Speeren und Spießen wie zappelnde Schaschlikstücke. Menschen mit klaffenden Leibern rangen und rissen einander mit bloßen Händen die Eingeweide aus den Körpern. Die schrecklichen Schreie der einander aufschlitzenden, aufspießenden und zerfleischenden Gruppen hallten mir noch in den Ohren nach, als wir das Schlachtfeld längst verlassen hatten und durch schmale Gassen hetzten. Dann standen wir plötzlich an der Promenade eines Flusses, der sich träge durch ein breites Kanalbett wälzte. Köpfe, Münder und Hände tauchten vereinzelt aus den stinkenden Fluten auf, um einen Augenblick später wieder zu versinken.

»Gibt es denn keinen Ort, der nicht von Menschen erfüllt ist?«, fragte ich schaudernd.

»Kommt drauf an«, sagte Byron. »Wenn du die Verdammten nicht sehen willst, wirst du Plätze finden, die leer zu sein scheinen. Jeder Quadratmeter dieser Stadt huldigt der Buße und Strafe. Die Hölle ist ein Zweckgebäude, und es dient weder der Erholung noch der Erbauung. Sieh genau hin, dann wirst du Dinge erkennen, die du dir nicht einmal in deinen schlimmsten Albträumen vorstellen könntest; Stadtteile aus zusammengepressten Leibern, oder Straßenzüge, die nur aus fressenden Mäulern bestehen. Die Büßer in diesem Sektor sind verdammt, ständig verschlungen, verdaut und wieder ausgeschieden zu werden. Frag nicht, sondern öffne deine Augen und stell dich dem Grauen. Oder schließe sie, dann werden die Menschen verschwinden.«

Mein Blick schweifte flussaufwärts, wo ich eine senkrecht aufragende Felswand erkannte, die etliche Kilometer entfernt in die Wolken emporwuchs. Ein Plateau? Seltsam, so riesig es war, hatte ich es zuvor nie wahrgenommen. Vielleicht hatte ich mich bisher zu weit im Zentrum der Stadt befunden, sodass es im allgegenwärtigen Dunst verborgen geblieben war. Die Felswand zog sich in einem weiten Bogen in die Ferne, als wäre sie der Rand eines exorbitanten Kraters, in dessen Caldera die Stadt erbaut worden war. Doch wenn ich seine Kurve weiterverfolgte und zu einem Kreis schloss – wie unermesslich groß war dann die Stadt, die den Kessel ausfüllte?

Vom Plateau stürzte ein Wasserfall in die Tiefe. Ich war sicher, dass er den Fluss speiste, an dessen Ufer wir standen. Etwa zweihundert Meter von unserem Standort entfernt strömten seine Fluten aus einem breiten, verhältnismäßig niedrigen Tunnelbogen hervor, der sich in sanfter Krümmung über das Wasser spannte. Etwas weiter flussabwärts beschrieb der Kanal eine Biegung und entzog sich meinem Blick.

»Der Idu«, klärte mich Byron auf. »Sein Wasser stürzt vom Limbus herab und fließt durch die Stadt oder unter ihr hindurch bis in die Sümpfe.«

»Idu war der altägyptische Name für den Nil«, sinnierte ich und blickte die übermächtige Felswand empor. »Dort oben liegt der Limbus?«

»Das *ist* der Limbus.«

»Leben Menschen auf ihm?«

»Ich weiß es nicht.« Byron sah mich mit einem seltsamen Ausdruck in den Augen an. »Und es interessiert mich auch nicht.« Er schleppte mich die Promenade entlang flussaufwärts. »Wir haben es gleich geschafft.«

»Wohin bringst du mich?«

»Dich?« Der Schwarze lachte auf. »Uns, mein Freund. Ich handle vornehmlich aus Eigennutz. Es ist die einzige Chance, in der Hölle zu bestehen. In erster Linie rette ich mich. Dich nehme ich dabei lediglich mit.«

»Wie edelmütig.«

»Was machen die Wunden?«

Ich holte tief Luft, hustete Blut und krümmte mich vor Schmerzen. »Geht so«, erwiderte ich.

»Wir werden uns eine Weile unten im Tunnel verstecken«, informierte er mich über sein Vorhaben. »Chroner lassen sich sehr selten in den Unterführungen blicken, und falls sie sich hineintrauen, dann nur mit starken Laternen. Überraschen können sie uns somit nicht.«

Hinter einem Geländer oberhalb des Tunneleingangs führte eine verwitterte Steintreppe hinunter zum Wasser. Knapp unterhalb der schmutzigen Fluten sah ich schlickbedeckten Grund, der erst zwei Meter vom Ufer entfernt absank. Es sah aus, als hätte der Fluss vor langer Zeit weniger Wasser geführt und nun das einstige Ufer überflutet. Vielleicht befanden sich inzwischen auch so viele Büßer im Wasser, dass der Fluss langsam über seine einstige Begrenzung trat ...

Byron setzte mich an der Treppe ab und wies mich an, zu warten. Dann nahm er die Rebasche und schritt die verrammelten Häuserfronten ab. Nachdem er an einigen der Türen gerüttelt hatte, verschwand er schließlich hinter einer davon. Lange Zeit hörte ich nur das Schnauben und Prusten der vereinzelt aus dem Wasser auftauchenden Büßer. Sie erinnerten mich an Seehunde, die hin und wieder an die Oberfläche schwammen, um Luft zu holen – doch was hielt sie überhaupt im Wasser?

Aus dem Haus, in dem Byron verschwunden war, ertönte plötzlich lauter Tumult. Knurren und Heulen drang durch die mit Brettern vernagelten Fenster, als hätte der Schwarze eine Horde wilder Hunde aufgescheucht, dann hörte ich Lärm, als ob jemand damit begann, sein Mobiliar zu zerlegen. Byron stolperte mit zwei Laternen aus dem Haus und kam eilig herübergelaufen. Er blutete aus mehreren Bisswunden im Gesicht und an den Armen und war für seine Hautfarbe verhältnismäßig bleich.

»Was war das?«, wollte ich wissen.

Byron wischte sich das Blut aus dem Gesicht und überreichte mir eine der Handlaternen. »Ich weiß es nicht, es war zu dunkel.«

»Ein Hund?«

»Nein, ein Mensch …«

»Wo ist die Rebasche?«

»Musste ich zurücklassen, als mich diese Kreatur anfiel. Es ist nicht gut kämpfen mit nur einem Auge.« Er tippte sich gegen die leere Augenhöhle. »Wenigstens haben wir nun Licht.«

Ich begutachtete meine Laterne. Sie bestand aus einem schützenden Gehäuse aus Glas und Gusseisen, in dem sich eine primitive Kerze befand. Ein langer Bügel diente als Handgriff und verhinderte, dass man sich am Gehäuse die Hand versengte.

»Schön, wir haben Lampen, aber womit sollen wir sie anzünden?«, gab ich zu bedenken.

Byron klopfte auf seine Brusttasche. »Keine Sorge«, grinste er.

Der ehemalige Uferweg war knöcheltief mit Schlick bedeckt. Auf unserem Marsch durch den Tunnel liefen wir mehr als einmal Gefahr, auszurutschen und Byrons hart erkämpfte Laternen zu zertrümmern. Nach ein paar hundert Metern stieg der Boden leicht an, und wir erreichten trockenen, staubigen Grund. Der Kanal war an dieser Stelle vielleicht dreißig Meter breit, die Uferwege noch einmal je vier Meter. Da der Tunnel an sich sehr niedrig war und wir am Rand entlangliefen, mussten wir ständig gebückt gehen, was den Schmerz in meiner Lunge weiter förderte. Ich schlug mir den Schädel so oft an der rauen Gewölbedecke an, dass ich nach ein paar hundert Metern das Gefühl hatte, halbseitig skalpiert zu sein.

»Ich glaube, wir sind tief genug«, entschied Byron endlich und ließ sich erschöpft auf den Boden sinken. Ich stolperte neben ihm in den Staub, streckte mich aus und konzentrierte mich auf den hämmernden, pulsierenden Schmerz in Brustkorb und Oberarm. Als ich endlich wieder frei atmen konnte, wich der Schein der Laternen völliger Dunkelheit.

TEIL VIER

Legion

»Ich kenne ein Universum, das Sie durch seine Ungereimtheit ewig belustigen wird«, sprach Astaroth. »Wohin wird Ihre Suche Sie führen?«

»Zur Wahrheit der Dinge«, rief Braugh.

»Die Wahrheit werden Sie nur in der Hölle finden, Mr Braugh.«

»Warum das?«

»Weil Wahrheit immer die Hölle ist.«

Alfred Bester
Die Hölle ist ewig

Lazarium 8 • Quellraum

Vom eigenen Schwung mitgerissen, kippte *Ka* vornüber und stürzte zu Boden. Der verbliebene Beutel mit Infusionslösung klatschte gegen einen scharfkantigen Felsen und platzte auf. Ehe *Ka* es schaffte, ihn zu packen und das klaffende Loch mit den Händen zu verschließen, war die türkisfarbene Flüssigkeit bereits herausgeströmt und im Erdboden versickert.

Konsterniert starrte *Ka* auf den tropfenden Beutel, dann sah er sich um. Die Schwester und der Raum mit den Psychogonen waren verschwunden. Stattdessen umkreiste ihn eine Anzahl schweigender Gestalten. Zuerst erkannte er sie nur als grauschwarze Schatten, dann gewöhnten seine Augen sich langsam an die Helligkeit. Die Fremden waren mit Streitlanzen bewaffnet und trugen die Reste von Gewändern; zerschlissene Fetzen, über und über bedeckt mit dunklen Flecken. Was nicht von Stoff verhüllt wurde, war ausnahmslos metallisch: mit Edelrost beschlagene Arme und Beine, von Säure zerfressene Gesichter und Gelenke, patinierte Thoraxe und mit Span verkrustete Metallrippen aus stahlblauer Legierung. Nur an wenigen Stellen spannten sich noch schrumpelige Reste synthetischer Haut über die Skelette ...

Eine der Maschinen trug wie Schwester 26 ein Klemmbrett mit Schriftstücken. Sie trat hervor, hob den Infusionsständer auf, zog *Ka* unsanft die Kanüle aus dem Unterarm und schleuderte das Gestell davon.

»Ihnen bleibt nicht viel Zeit«, erklang es durch ihren geschlossenen Mund. »Wissen Sie, wo Sie sich befinden?«

Ka massierte seinen schmerzenden Arm. »Nein.«

»Dies ist der Quellraum.«

Der Lautsprecher musste sich irgendwo in der Mundhöhle befinden, doch *Kas* Gegenüber gab sich keine Mühe, die Kiefer zu bewegen. Wahrscheinlich war dies in Anbetracht seines Zustandes auch gar nicht mehr möglich. Dennoch klang die Stimme entfernt menschlich.

Ka ließ seinen Blick schweifen. Nirgendwo war eine Begrenzung zu sehen, geschweige denn eine Gebäudedecke. Er saß unter grauem Himmel inmitten einer von Obelisken beherrschten Landschaft. Die Pfeiler waren kniehoch und ebenfalls aus Metall. Sie besaßen schriftzeichenartige Gravuren und Leuchtdioden, von denen lediglich ein Bruchteil noch matt glühte. Das Gelände selbst war eben und von niederer, kümmerlicher Vegetation bewachsen. Irritiert sah *Ka* wieder auf die Maschine. »Ich habe niemals von einem Quellraum gehört. Ist das eine weitere Prüfung?«

»Nein. Die letzte Prüfung erfolgte in Raum 24.993. Erinnern Sie sich an Raum 24.993?«

Ka schüttelte den Kopf.

»Sie können sich also nicht vorstellen, warum Sie hier sind?«

»Nein, zum Teufel! Warum stellt mir hier jeder dieselben idiotischen Fragen? Sagen Sie mir doch einfach, warum ich hier bin und was mich in diesem Raum erwartet!«

»Sie benötigen sehr bald wieder verletzungssymptomatische Rekonvaleszenslösung«, bemerkte die Maschine, ohne auf die Ausfälligkeit einzugehen. »Was sind Ihre letzten Erinnerungen?«

Flüchtig schilderte *Ka* die Ereignisse seit seinem Erwachen. Als er zu Ende erzählt hatte, beugte sich eine der umstehenden Maschinen vor und entließ einen Schwall öliger Flüssigkeit aus einem faustgroßen Loch in ihrer Stirn. Die schwarze Brühe ergoss sich direkt vor *Kas* nackte Füße, der es vorzog, dem Vorfall keine größere Beachtung zu schenken.

»Schwester 26 …«, bemerkte das Metallwesen mit dem Stirnloch und enthauptete mit seiner Lanze ein paar Grashalme. »Kompliment, Mister *Ka.* Bis ins Herz ihrer eigenen L. E. M. haben es bisher nur sehr wenige geschafft. Sie sind entweder sehr hartnäckig, sehr gerissen oder sehr dumm.«

Ka starrte auf die pendelnde Klinge, dann wieder über die Landschaft. Je intensiver er sich bemühte, einen Horizont zu erkennen, desto mehr veränderten sich die entfernteren Regionen zu einem sinnverwirrenden Formenbrei.

Wie groß war der Quellraum? Wie weit reichte seine Realität, und wo begann die Illusion?

»Interessant, was?«

Ka zuckte zusammen. Der Maschinenmensch, der ihm die Kanüle aus dem Arm gezogen hatte, hatte gesprochen. »Doktor 8 hat eine Ader für das Zweckmäßige«, drang es hinter seinen geschlossenen Kiefern hervor. »Er ist der Ansicht, solange wir nicht am Horizont leben, brauchen wir auch keinen.«

»Wer ist dieser Doktor 8?«, fragte *Ka.* »Der Direktor dieser Anstalt?«

»Er hat keine Zeit für Sie«, erriet die Maschine *Kas* Gedanken.

»Ich habe Fragen. Bringen Sie mich bitte zu ihm.«

»Das kann ich nicht. Er ist im Garten …«

»Ja, und? Wo ist das Problem?«

»Es ist uns nicht erlaubt, den Garten zu betreten.« Die Metallkreatur reckte sich. »Ich bin Phalet. Kommen Sie!« Er wandte sich um und lief mit den übrigen Maschinen davon.

»Wohin?« *Ka* sah sich nach einem möglichen Ziel ihres Fußmarsches um.

»Ich bringe Sie an den Quell.« Phalet hinkte, da sich das Kniegelenk seines linken Beines offenbar nicht mehr bewegen ließ. Auch seine Gefährten schleppten sich mehr schlecht als recht voran und schienen unter Koordinierungs- und Gleichgewichtsstörungen zu leiden. Sie stapften durch das Obeliskenfeld wie eine Schule rostiger Metallpinguine.

»Zum Quell?« *Ka* erhob sich und war bemüht, mit den Maschinen Schritt zu halten, ohne über die Obelisken zu stolpern. »Was meinen Sie damit?«

»Den Ursprung.«

Ka musterte den grauen Nebel in der Ferne. »Was ist, wenn man darauf zuläuft?«, rief er nach vorne.

Phalet blickte kurz über seine Schulter. »Auf den Horizont?«

»Ja.«

Einige der Maschinen lachten. Es waren Geräusche, die nicht zu ihnen passen wollten.

»Versuchen Sie es!«, rief Phalet.

Für eine Weile zog *Ka* es ernsthaft in Erwägung, doch dann erschien ihm die Entfernung zu groß, und er blieb bei der Gruppe. Nach einigen hundert Metern gelangten sie an eine kreisrunde Bodensenke, die aussah, als habe ein Meteoriteneinschlag sie geschaffen. Am Grund des Kraters stand ein großes, fabrikähnliches Steingebäude, zu dem in engen Serpentinen ein Trampelpfad hinabführte. Unten angekommen, verschwanden die meisten der Maschinen durch verschiedene Türen im Inneren des Bauwerks. Lediglich Phalet blieb vor dem Gebäude stehen und blickte starr über den Kraterkamm.

Unverhohlen studierte *Ka* das Profil der Maschine. Ihr Metallschädel glich einem in halbwegs menschliche Formen gepressten Kampfhelm, den sie sich zu weit über das eigentliche Gesicht gezogen hatte. Es sah aus wie ein eiserner, rostverkrusteter Totenschädel.

»Was ist das für ein Gebäude?«

»Das Ministerium für Endgültigkeit.« Phalet blickte *Ka* aus pupillenlosen Augen an. »Es existiert ewig. Kommen Sie, ich bringe Sie zum Ursprung.«

Zielsicher schleuste Phalet *Ka* durch das Gebäude in eine kreisrunde Halle. In ihrer Mitte sprudelte ein niedriger Brunnen, die Quelle eines flachen Bachlaufes, der durch einen mannsbreiten Spalt in der Hallenwand ins Freie führte. Jedenfalls sah der Schimmer, der durch die Kluft drang, wie Tageslicht aus. *Ka* versuchte jenseits der Spalte etwas zu erkennen, doch das Licht war zu grell. Die Wände der Halle schienen wie die Bewohner des Gebäudes aus Metall zu bestehen, ebenso seine kuppelförmige Decke. *Ka* lief bis vor die leuchtende Passage und blinzelte angestrengt ins Licht.

»Führt der Spalt hinaus in den Garten?«, wollte er wissen.

»Sofern der Garten noch existiert, ja.«

»Werden Sie mich begleiten?«

»Das darf ich nicht«, erklärte Phalet. »Wir sind die Beschützer *dieser* Ebene. Hier, nehmen Sie das.« Er zog die Schriftstücke vom Klemmbrett und reichte sie *Ka.* »Es sichert Ihnen im Zweifelsfall Geleit zu.«

»Im Zweifelsfall?«

»Es ist auch den Menschen untersagt, den Garten zu betreten. Darüber wachen die Erzenen.«

Ka überflog die Akte, konnte die eigenartigen, in Dreierblöcken angeordneten Hieroglyphenkolonnen jedoch nicht entziffern. »Was ist mit meiner Krankheit?«, fiel ihm ein. »Die Infusionen?«

»Sobald Sie Ihre Maschine verlassen haben, bleiben Ihnen exakt drei irdische Tage, um in den Quellraum zurückzukehren«, erklärte Phalet. »Der Verfall schreitet in dieser Zeit ungehindert voran. Sie werden Schmerzen erleiden.«

»Und Schwester 26?«

»Man wird selbstverständlich damit beginnen, Sie zu suchen. Sie sollten sich der Konsequenzen bewusst sein. Wollen Sie noch immer vor jenen treten, den seit Jahrtausenden niemand mehr erblickt hat? Dann gehen Sie jetzt durch den Spalt.«

Sorgsam faltete *Ka* die Schriftstücke zusammen und verstaute sie in seiner Kleidung. Er warf einen letzten Blick auf die schweigende Maschine, dann hielt er den Atem an und schritt in das Licht.

Mekropalladium 14

Ich konnte nicht lange geschlafen haben, denn mein Körper schmerzte noch immer. In der Dunkelheit hörte ich Byrons Stimme. Sie klang unterdrückt, als murmelte er leise Beschwörungen. Er sprach in Kobe, wobei die Art seiner Aussprache einzigartig war und eine sonderbare Phonetik besaß. Seine Worte klangen weniger hart und rau als das Kobe, das ich bisher in der Stadt gehört hatte, sondern weich und ineinander fließend. Zugleich wirkten die Sätze verdreht, wie mittelalterliche Sprache im Vergleich zu moderner.

»Es ist ein Gebet, nicht wahr?«, fragte ich in die Dunkelheit.

Byron verstummte abrupt und schwieg eine Weile, als sei es ihm peinlich, gehört worden zu sein. »Nein«, erklärte er dann auf Englisch. »Eine Art … Mantra. Ein *Dasabee.* Hast du seinen Sinn verstanden?«

»Nur Bruchstücke …«

»Es ist ein Schwur«, erklärte der Schwarze. »So alt wie die Stadt selbst.«

»Zu welchem Zweck?«

»Gegen etwas, das unerreichbar fern geworden ist …« Byron verfiel in tiefes Schweigen, als bete er sein Mantra in Gedanken zu Ende.

»Wie weit führt der Tunnel?«, unterbrach ich die Stille.

»Fast bis zum Limbus. Am anderen Ende liegt ein großer See, der von undurchdringlichem Wald umgeben ist.« Er schwieg wieder, dann entzündete er seine Laterne, stellte sie zwischen uns und fragte: »Welches Datum schrieb man, als du hierher kamst?«

Ich überlegte. »Den 22. März 2005.«

Byron schnaubte durch die Nase. »Wie doch die Zeit vergeht …«

Ich spürte, wie meine Knochen langsam wieder zusammenwuchsen, das Muskelgewebe und die Lunge verheilten und mir das Atmen von Mal zu Mal leichter fiel. »Ich heile«, sagte ich verklärt. »Ich kann es fühlen.«

»Natürlich.«

»Was ist das für eine wahnsinnig gewordene Welt, in der ein Mensch nicht sterben kann?«

Byron lachte leise. »Als ich hierher kam, glaubte ich zuerst, ich sei in irgend so einem riesigen Ding aus dem Weltraum. Lag wohl auch daran, dass wir damals von dieser unglaublichen UFO-Hysterie angesteckt worden waren.«

»Damals? Wann war damals?«

»1956, nachdem die Russen ihren Sputnik gestartet hatten. Im Oktober, kurz nach dem Satellitenstart, wurden der Armee mehr als zwanzig fliegende Untertassen gemeldet, und im November waren es sogar über einhundert. Es war eine Hysterie, die offenbar die ganze Welt ergriff. Invasionen aus dem Weltraum wurden zur greifbaren Bedrohung. Überall sah man fliegende Untertassen, in Amerika, in Europa, in Afrika, sogar in Arabien und Indien. Die Medien waren voll von Berichten über Sichtungen und Landungen. Die Aliens wurden so präsent, dass viele an sie zu glauben begannen. Also war auch ich davon überzeugt, dass dieses Ding hier aus dem Weltraum kam.« Er fischte sich zu meiner Überraschung eine Zigarre aus der Brusttasche seiner Uniform, biss beide Enden ab und steckte sie sich zwischen die Zähne. »Doch jetzt, nach all der Zeit, die ich in diesem Irrenhaus lebe und nichts anderes tue, als Augenblick für Augenblick meine Haut zu retten – nach all der Zeit bin ich überzeugt davon, dass wir in der Hölle sitzen!« Er zündete die Zigarre mit einem goldenen Feuerzeug an, in das ein stilisierter Ibiskopf eingraviert war. Eine Weile betrachtete er die Flamme, klappte das Feuerzeug wieder zu und ließ es in eine der Taschen zurückrutschen. »Ja, mein Freund, wir sitzen in der Hölle. Oder in einer von vielen Höllen, wer weiß das schon.« Nachdenklich paffte er vor sich hin.

»Woher hast du diese Stinker?«

Byron sah mich amüsiert an. »Aus demselben Haus wie die Laternen ...«

Ich griff in seine Jacke, fischte das Feuerzeug wieder hervor und tippte auf die Gravur. »Das ist ein Chons-Symbol«, erklärte ich. »Wer bist du?«

»Dein Beschützer?« Byron lächelte säuerlich, zauberte eine zweite Zigarre hervor und bot sie mir an.

»Danke, ich rauche nicht«, lehnte ich ab.

»Dann tust du es ab jetzt!« Er steckte mir die Tabakrolle in den Mund. »Und glaub mir: Verrecken tust du nicht hieran. Niemand verreckt hier, wenn man ihn in Ruhe lässt. Niemals.« Dann widmete er sich dem Genuss seiner eigenen Zigarre. »Ewiges Leben«, sinnierte er freudlos, »ist's nicht das, wovon alle träumen? Oder womöglich ewiges Leiden?« Er musterte mich. »Nun steck dir das verdammte Ding endlich an!«

Ich entzündete die Zigarre, zog ein paar Mal daran, um die Glut zu entfachen, und bekam einen Hustenanfall.

»Na also«, meinte Byron, »gar nicht so schlecht für den Anfang. Tut vor allem der zerstochenen Lunge gut. Wenn du allerdings das Gefühl hast, kotzen zu müssen, dreh dich bitte in die andere Richtung.«

»Wie kann einem so etwas nur schmecken?«, krächzte ich.

»Lehn dich zurück und schließ die Augen, es ist gar nicht so schwer. Für eine Weile sind wir hier sicher und haben unsere Ruhe.«

Byron löschte seine Lampe wieder, und da es hier sowieso nichts zu sehen gab, folgte ich seinem Rat. Paffend und das erste Mal seit langer Zeit entspannt, lag ich im Halbdunkel und rekapitulierte, was mir seit meiner Ankunft widerfahren war. »Mit dem Gedanken, mich in einem Raumschiff zu befinden, kann ich mich eher anfreunden, als mit der Vorstellung, in der Hölle zu schmoren«, lautete mein Resümee.

»Es ist deine Sache, was du glauben willst. An der Situation ändert es nichts.«

»Hast du dieses Inferno schon einmal von außen gesehen?«

Byron zögerte. »Nein.«

»Es schwebt in einer Wolke über die Welt, in einem riesigen schwarzen Monolithen.«

»Das ist nur die Nordsäule«, erklärte der Schwarze.

»Sagtest du nicht eben ...«

»Man hat mir davon erzählt«, unterbrach mich Byron. »Mehr nicht, okay?«

Ich zuckte die Schultern. »Ich definiere ›Hölle‹ als einen Ort der Unterwelt«, sagte ich. »Als Abgrund, nicht als Wolkenstadt. Womöglich bin ich zu sehr von meinen Beruf geprägt ...«

»Bist du etwa Priester?«

Ich lachte auf und verschluckte mich am Zigarrenqualm.

»Was ist daran so witzig?«, beschwerte sich Byron. Die Glut seiner Zigarre erhellte sein Gesicht im Dunkeln. »Du wärst nicht der erste Priester, der zur Hölle gefahren ist. Bist du's oder bist du's nicht?«

»Ich bin Archäologe.«

Nun war es der Schwarze, der in Gelächter ausbrach. »Archäologe«, japste er. »Ich fasse es nicht. Christliche Archäologie? Mesoamerikanistik?«

»Ägyptologie ...«

Byron bildete mit seinen Händen einen Trichter vor dem Mund und brüllte in den Tunnel: »Hört ihr, ihr Schwanznasen, er ist ein Ägyptologe!« Ich blickte gelassen aufs Wasser, bis er sich wieder beruhigt hatte. »Oh, Mann«, hechelte der

Schwarze, »einem von eurer Sorte wollte ich schon immer mal begegnen.«

»Seit wann bist du hier?«

Byron wurde schlagartig melancholisch und sah mit tränenfeuchten Augen in irgendeine Ferne. »Seit dem 14. Dezember 1956 ...«

Er schwieg, doch ich glaubte zu erkennen, wie es in seinem Gesicht arbeitete. Seine Lippen zuckten, und seine Augen blickten stier in die Dunkelheit. Ich übte mich in Geduld, während Byron längst verdrängte Erinnerungen zu überkommen schienen. Ich wusste nicht, was sich vor seinem geistigen Auge abspielte, doch ich sah die Wut, die Verzweiflung und die Ohnmacht in seinem Blick, sobald er an seiner Zigarre zog und die Glut sein Gesicht aus dem Zwielicht schälte – dem Blick eines wilden Tieres, das in Erwartung seines unabwendbaren Todes noch einmal die Zähne fletschte. Dann entspannte er sich, schloss die Augen und lächelte. »Das Schicksal ist ein Dandy, mein Freund«, sagte er. »Denke immer daran.«

»Erzähl mir, was damals passiert ist«, forderte ich ihn auf.

»Was passiert ist ...«, wiederholte Byron wie ein monotones Echo. Er drehte sich auf die Seite und sah mich an. »Also gut, Ägyptologe. Mein Name« – Er dachte einen Augenblick nach, als müsse er in seinem Gedächtnis kramen – »ist Shabani Ildou Bouraleh. Ich tat seit vierzehn Jahren Dienst bei einer Bergungsgesellschaft der französischen Marine in Djibouti und hatte verdammt viel Erfahrung als Navigator und Taucher.

Wir befanden uns an Bord der *Afar,* einem fünfzig Meter langen Schlepper, und waren auf dem Rückweg von Sokotra nach Djibouti. Die Besatzung bestand aus sechs Mann. Seit drei Tagen durchfuhren wir den Golf von Aden und schleppten einen leeren Kahn, dessen Tanks Petroleumnitrat enthalten hatten. Er war an einem dreihundert Meter langen Schleppseil an der *Afar* befestigt. Wir hatten Abd al Kuri hinter uns gelassen und das Kap Guardafui erreicht. Die Wassertiefe betrug ungefähr dreihundert Faden. Der Himmel war klar und es war nahezu windstill. Am Nachmittag stieg ich ein paar Minuten lang runter in den Maschinenraum, als ich von oben ein großes Geschrei hörte. Also lief ich auf die Brücke, um der Sache auf den Grund zu gehen, und schaute als Erstes auf den Kompass. Die Nadel drehte sich scheinbar völlig grundlos wie ein Kreisel im Uhrzeigersinn. Der einzige Ort, von dem ich je gehört hatte, dass dort so etwas schon einmal geschehen war, befand sich im Webi Shebeli in Somalia, wo ein großes Eisenlager oder vielleicht ein Meteorit auf dem Grund des Flusses die Kompasse durcheinander bringt. Ich wusste nicht, was los war, aber irgendetwas stimmte nicht, das war offensichtlich. Als wir aufs Meer hinaussahen, schien das Wasser aus allen Richtungen zu kommen. Der Horizont verschwand, Wasser, Himmel, alles verschwamm. Wir konnten nicht mehr erkennen, wo wir waren.«

Byron zog nervös an seiner Zigarre. Ich versuchte, mir die Einzelheiten seiner Schilderung bildlich vorzustellen, mich in seine Erzählung hineinzufühlen.

»Was auch immer vor sich ging«, fuhr der Schwarze fort, »es stahl oder verbrauchte die gesamte Energie unserer Generatoren. Sie produzierten einfach keinen Saft mehr. Zwar liefen die Maschinen noch, aber wir bekamen keine Elektrizität. Abdourahman, unser Ingenieur, versuchte, einen Hilfsgenerator in Gang zu bringen, aber er bekam keinen Funken heraus.

Ich sorgte mich unterdessen um den Schleppkahn. Er war in der Nähe, aber ich konnte ihn nicht erkennen. Es sah aus, als sei er von einer Wolke umhüllt. Die Wellen waren dort, wo ich ihn vermutete, höher als woanders. Also drückte ich den Gashebel voll durch, um das Schiff da rauszubekommen. Zwar konnte ich nicht sehen, wohin wir fuhren, aber ich wollte um alles in der Welt nur schnell von dort weg. Es schien, als ob etwas versuchte, uns zurückzuziehen, ohne es ganz zu schaffen. Das Schleppseil war gespannt, aber man konnte am anderen Ende nichts erkennen. Ich rannte auf das Hauptdeck und zerrte am Seil. Es war so straff, als zögen wir eine ganze Insel hinter uns her. Der Schleppkahn befand sich in einer dichten Nebelwand, sonst aber gab es nirgendwo Nebel. Ich konnte meilenweit sehen. Im Dunst, wo der Schleppkahn stecken sollte, war das Wasser aufgewühlt, obwohl kaum Wind ging.« Byron sah mich an. »Hast du je gespürt, wie es ist, wenn zwei Leute in entgegengesetzten Richtungen an deinen Armen ziehen? Es fühlte sich an, als wären wir an einem Ort, den jemand oder etwas für sich beanspruchte, und diese Kraft wollte uns daran hindern, dorthin zu fahren. Schließlich begann uns diese unbekannte Macht in den Nebel zu ziehen, Meter für Meter. Wir beteten, dass das Schleppseil reißen möge, doch es hielt. Als Archon endlich mit einer Axt zur Stelle war, hatte uns dieser verdammte Nebel bereits verschluckt – er zog die *Afar* einfach in sich hinein, als würden die Schiffschrauben stehen.« Byron stockte. »Was ist los?«, fragte er, als er bemerkte, dass ich mich aufgerichtet hatte.

»Sagtest du eben Archon!?«

»Ja«, bestätigte der Schwarze. »Was hast du?«

Ich entzündete meine eigene Laterne. »Der Kerl, dem ich diesen Trip hier zu verdanken habe, nannte sich ebenfalls Archon!«

Byron sah mich mit langem Gesicht an. »So ein pyknischer Kerl mit Vollbart und Stirnglatze, der immer in der falschen Reihenfolge spricht?«

Ich überlegte. »Einen Vollbart trug er nicht, aber davon abgesehen könnte er es sein.« Ausführlich erzählte ich ihm von dem seltsamen Erlebnis, das mich an diesen Ort geführt hatte. Als ich meine Geschichte beendet hatte, beobachtete mein Begleiter eine Weile die Wasseroberfläche. »Donnerwetter!«, entfuhr es ihm schließlich.

»Gehörte der Kerl etwa zu eurer Crew?«, fragte ich.

»Ja…«, antwortete Byron gedehnt und schüttelte dabei den Kopf. »Das heißt, eigentlich nicht direkt; er war der Kapitän des Schleppkahns, den wir geborgen hatten.«

Ich sah Byron an. »Soll das heißen, du kanntest ihn vorher überhaupt nicht?«

»Nein, ich hatte ihn nie zuvor gesehen. Mich wunderte auch, dass er allein auf dem Kahn fuhr, ohne Steuermann und ohne Maschinisten.«

Vor meinen Augen begann sich alles zu drehen, als sich das Puzzle in meinem Kopf zusammenfügte. Nein, es musste Zufall sein. Es *durfte* nur ein Zufall sein. Ich weigerte mich, die Ironie zu akzeptieren, die in Archons Namen steckte.

»Ich glaube, ich muss kotzen!«, informierte ich Byron schließlich. Dann ging ich auf die Knie und suchte den Boden ab. Für den Schwarzen musste es wirken, als hätte ich soeben den Verstand verloren.

»Könntest du mir vielleicht verraten, was du vorhast?«, wollte er wissen. »Suchst du einen Platz zum Kotzen?«

»Warte.« Kurz darauf hatte ich gefunden, wonach ich suchte, und kroch zurück ins Licht. »Weißt du, was ein Anagramm ist?«, fragte ich und strich vor Byrons Füßen den Boden glatt. Dann schrieb ich mit einem aufgelesenen Stein den Namen *Archon* in den Staub. »Schau genau hin«, forderte ich Byron auf. »Siehst du den Namen?«

»Selbstverständlich sehe ich den Namen. Willst du mich verarschen?«

Ich hob beschwichtigend die Hand. »Nicht den, der hier steht; den Namen *im* Namen!«

Der Schwarze starrte auf das Wort zu seinen Füßen. »Archon ist griechisch und bedeutet ›Herrscher‹, glaube ich«, antwortete er nach kurzem Überlegen.

Ich schüttelte den Kopf. »Das meine ich nicht. Ein Anagramm ist eine Versetzung der Buchstaben des ursprünglichen Wortes zu einem völlig neuen.« Ich schrieb einen weiteren Namen unter den ersten.

CHARON

Byrons Augen wurden zu derart dünnen Schlitzen, dass es aussah, als wäre er eingeschlafen. »Das ist ein verdammt mieser Scherz!«, meinte er.

»Vielleicht, vielleicht auch nicht. Charon, der Fährmann der Unterwelt, der die Toten über den Acheron zu den Pforten der Hölle fährt, das würde doch passen. Mich hat er in diesen Orkus geschleppt, und bei dir war er ebenfalls zugegen. Gealtert scheint er in fünfzig Jahren auch nicht zu sein, obwohl er sich in der realen Welt aufhielt. Schlussendlich wäre es noch eine Antwort auf die Frage, weshalb er diesen Ort wieder verlassen konnte. Unser Freund Archon steht in den Diensten der Architekten und Betreiber dieses Infernos!«

Byron ließ sich zurücksinken. »Wenn das wahr sein sollte ...« Er schwieg eine lange Zeit, ehe er sagte: »Seit damals sind neunundvierzig Jahre vergangen, und ich bin keinen Tag gealtert. Wenn das nicht die Hölle ist, was ist es dann?«

»Ein riesiger Forschungskomplex«, schlug ich vor. »Oder womöglich doch ein Raumschiff. Glaubt man den Geschichten von angeblichen CE-IV-Opfern, dann wird der Alterungsprozess während der Entführung aufgehoben. Manche von ihnen berichten sogar über eine Verjüngung.«

»CE IV? Was soll das sein?«

»Die gebräuchliche Abkürzung für *Close Encounter*«, erklärte ich.

»Ach, die Begegnungen der dritten Art ... Damit kommst du wohl ein halbes Jahrhundert zu spät. Den Glauben an diesen Unfug habe ich längst verloren. Hier fliegen nur Fliegen hinter Fliegen her.« Byron spuckte Tabakkrümel neben sich. »Charon ...«, knurrte er. Es klang wie eine Verwünschung.

»Es gibt seit frühester Geschichtsschreibung Berichte über seltsame Nebel und ungewöhnliche Wolkenerscheinungen, wie wir sie erlebt haben«, erklärte ich. »In der biblischen Berufung Hesekiels zum Propheten beispielsweise steht geschrieben, dass ein ungestümer Wind von Mitternacht her mit einer großen Wolke voll Feuer kam, das, wie es heißt, allenthalben umherglänzte und darin gestaltet war wie vier Tiere.«

»Du hättest doch Priester werden sollen«, kommentierte Byron.

»Oder in den Annalen von Thutmosis III., einem Pharao der 18. Dynastie, ist zu lesen, dass im Jahr 22, im dritten Wintermonat und der sechsten Stunde des Tages aus einem hohen Nebel ein Feuerkreis vom Himmel herabstieg. Die Schreiber, die den Nebel sahen, eilten zum Pharao, um über die Erscheinung zu berichten. Thutmosis meditierte über das Ereignis, derweil die Objekte am Himmel immer zahlreicher wurden und dabei heller strahlten als die Sonne. Nach dem Abendmahl stiegen die Feuerkreise im Süden höher auf. Dann folgten die Kreise des Nordens, die des Westens und des Ostens. Als es Nacht war, waren sie allesamt wieder in der Wolke verschwunden und mit ihr zu den Sternen aufgestiegen. Der Pharao ließ Weihrauch verbrennen, um den Frieden im Land wiederherzustellen, und befahl, das Geschehen in den Annalen des Hauses des Lebens zu verzeichnen, damit man dessen immer gedenken möge ...«

»Amen«, machte Byron. »Eine nette Geschichte.« Er sinnierte stumm vor sich hin.

Mittlerweile spürte ich die Rückenwunde kaum noch, und auch der durchbohrte Arm war vollständig genesen. Würde ich meine Unsterblichkeit bewahren, falls es mir gelänge, diesen Ort zu verlassen?

»Warum trugst du diese Pharaonenrüstung?«, fragte ich in die Dunkelheit. »Und was hat es mit dieser Immunität auf sich?«

»Das geht dich wirklich nichts an.« Byron schien meine Neugier nicht sonderlich zu behagen. »Die Immunität ist sowieso zum Teufel, also was soll's. Vergiss sie. Das mit der Rüstung war schon in Ordnung.«

»Und diese Harun-al-Raschid-Nummer?«

»Auch Jesus mischte sich als Mensch verkleidet unters Volk.«

»Sicher, und Zeus als Stier ...«

»Mach ruhig deine Witze. Ich hatte meine Narrenfreiheit – bis du mir über den Weg gelaufen bist.«

»Der Aufseher in der Taverne erwähnte eine Dynastie«, erinnerte ich mich. »Ist sie es, der die Chroner unterstehen; ein Herrschergeschlecht von Wesen wie Meret?«

»Meret?« Byron holte tief Luft. »Nein, Meretseger ist auch nur eine Verdammte, wenn auch eine hochprivilegierte. Die Dynastie, das sind die ... Kommandanten dieses Raumschiffes, das Schiffe und Flugzeuge fängt.« Byron gluckste amüsiert. »Mit keinem von denen ist gut Kirschen essen.«

»Was weißt du über sie?«

»Kaum mehr als du. Ich weiß nicht einmal, ob sie wirklich existieren, denn niemand – *an Bord* – hat jemals einen dieser Typen gesehen. Sie sind sozusagen die grauen Eminenzen im Hintergrund.«

»Ich würde dem einen oder anderen von ihnen wirklich gerne mal ein paar Fragen stellen.«

»Zum Beispiel?«

»Zum Beispiel, was sie mit dieser Stadt bezwecken. Wo befindet sie sich? Woraus besteht ihr Fundament? Was atmen wir, Luft? Oder ist dieses Wasser wirklich Wasser? Und wozu all das Grauen?«

Byron lachte auf. »Du suchst nach einer wissenschaftlichen Erklärung für die Hölle«, stellte er fest. »Hast du denn noch keine Verstorbenen getroffen in diesem Sündenpfuhl?«

»Doch«, gestand ich. »Aber ich halte diese für ebenso makabere Scherze der Stadtarchitekten wie Meret und die Chroner. Oder glaubst du allen Ernstes, dass es je Geschöpfe wie Kreuzbeißer gegeben hat? Irgendeine Macht hat sich verdammt viele Geschichtsbücher unter den Nagel gerissen und als Bauanleitung für dieses exorbitante Irrenhaus benutzt!«

»Denk an all die Dinge, die deine Persönlichkeit betreffen. Dinge, die nur du wissen kannst und die nicht in Geschichtsbüchern stehen – geschweige denn sonst wo.«

Ich schüttelte den Kopf. »Irgendetwas macht sich einen gewaltigen Spaß daraus, mit uns zu experimentieren, Byron. Falls es so etwas wie eine Schaltzentrale für dieses Inferno gibt, wo alles Handeln und Tun koordiniert wird, dann muss es von dort aus möglich sein, auf die Erde zurückzugelangen. Und falls es mir tatsächlich versagt sein sollte, diesen Ort der Verdammnis wieder zu verlassen, dann will ich denen, die für all das Grauen um uns herum verantwortlich sind, zumindest in die Augen blicken! Ich will ihnen ins Gesicht spucken für ihren abartigen Humor!«

Byron äußerte ein Schnauben und drehte sich von mir fort. »Und was hoffst du dort zu finden? Dreckige, fiese, grüne Aliens, oder grinsende japanische Wissenschaftler in abartigem wissenschaftlichem Eifer, oder russische Militärs mit Kalaschnikows im Anschlag?« Obwohl ich sein Gesicht nicht erkennen konnte, konnte ich mir gut vorstellen, wie er da lag und grinste. »Es gibt da jemanden, der dir auf einige deiner Fragen mit Sicherheit eine Antwort geben könnte«, meinte er schließlich.

»Wen?«

»Sein Name ist Elijah.«

»Der Rabbiner?«

»Ah, du kennst ihn.«

»Man hat mir von ihm erzählt ...« Ich starrte einen Augenblick lang in die Dunkelheit. *Suche den Priester der heiligen Erde,* hatte Sahia mir vor meiner Flucht aus Merets Palast geraten.

Hatte sie damit etwa Melioschs Meister gemeint – einen Diener Gottes, der toten Lehmklumpen ketzerisches Leben einhauchen konnte? »Wir sollten diesem Rabbiner unbedingt einen Besuch abstatten«, entschied ich schließlich.

Byron gab einen spöttischen Laut von sich. »Klar doch«, bemerkte er mit einem Blick zum Tunnelausgang. »Wird sowieso langsam Zeit, dass wir einen Unterschlupf finden. Es wird bald Nacht.«

»*Nacht?*«

»Was ist daran so besonderes?«

Ich schüttelte den Kopf. »Wie lange dauert diese Nacht?«

»In Stunden? Tagen? Wochen? Elijah kann es dir genau sagen. Wie zum Teufel heißt du eigentlich?«, versuchte Byron, das Thema zu wechseln. »Kematef ist ja wohl nicht dein bürgerlicher Name.«

»Krispin. Hippolyt Krispin.«

»Na, das klingt zwar bescheuert, aber wesentlich irdischer. Woher dann Kematef?«

»Meret pflegt mich so zu nennen.«

»Einfach so? Die Chroner nannten dich ebenfalls Kematef. War das vielleicht dein Deckname, als du für die Kommunisten gearbeitet hast?« Er lachte dreckig, verstummte dann abrupt und hob den Kopf, als habe er eine Witterung aufgenommen. Einen Herzschlag später vernahm ich unmittelbar vor uns ein Plätschern im Wasser. Es rührte von mehreren Quellen her, fast so, als ob etliche Personen vom gegenüberliegenden Ufer herüberschwammen. Byron ergriff meine Laterne, hielt sie empor und beleuchtete etwas, das ich im ersten Moment für übergroße Rückenflossen von Fächerfischen hielt. Ein halbes Dutzend der Geschöpfe glitt durch das Wasser heran. Als sie das Ufer fast erreicht hatten, entpuppten sich ihre vermeintlichen Rückenflossen als dornenbesetzte Hautkämme, ähnlich den Rückensegeln prähistorischer Wasserechsen. Statt Reptilienköpfen und krallenbewehrten Pranken besaßen die Kreaturen jedoch haarlose, unterentwickelte Menschenschädel und Arme, die in mit Schwimmhäuten versehenen Händen endeten. Eines der Geschöpfe glitt ein Stück weit das Ufer empor, und ich konnte erkennen, dass die Bauchseite seines Körpers unterhalb der Brust in einen monströsen Schneckenfuß überging.

»Verdammt, was sind denn *das* schon wieder für Viecher?«, entfuhr es mir. »Sagtest du nicht, wir seien hier sicher?«

»Beruhig dich«, brummte Byron. »Das sind nur die Kinder ...«

»Kinder?« Ich starrte auf das vorderste Schnecken-Mensch-Dimetrodonmonster. *»Kinder?«*

»Sie sind nur neugierig geworden, sonst nichts. Wahrscheinlich befindet sich irgendwo in unserer Nähe der Eingang eines Nestes.«

Ich musterte die vor Schlamm triefende Kreatur. »Du musst sie mit deinem Gebrüll angelockt haben«, vermutete ich.

Das Geschöpf am Ufer sah abwechselnd zu Byron und zu mir, als erwartete es, eine Leckerei zugeworfen zu bekommen. Zwei weitere dieser Wesen tauchten aus dem Wasser auf, flüsterten mit dem ersten und entfernten sich wieder. Lediglich ihre Rückenflossen schnitten durchs Wasser.

»Sie können sprechen!«, staunte ich. »Sie haben miteinander geredet!«

»Tojachne!«, zischte das Wesen wie zur Bestätigung mit kehliger Stimme. *»Iall bachai meha.«* Dabei starrte es auf meine Füße, als betrachte es zwei fünfzehige Ambrosia.

»Tojachne, Manom«, gab Byron zurück.

»Sie sprechen Kobe!«, erkannte ich.

»Was denn sonst«, sagte der Schwarze.

»Melschaba sil?«, wandte sich das Geschöpf an meinen Begleiter.

»Iva mea«, antwortete Byron. »Ich fürchte, dieses Greenhorn kann dich nicht verstehen.«

»*Aah* …«, machte das Schneckenwesen. »*Se Irdai.*« Es katapultierte seinen Körper aus dem Wasser und tat einen blitzschnellen Satz nach vorn, wobei es Byron die Laterne aus der Hand riss. Ehe ich es verhindern konnte, saß die Kreatur mit ihrem monströsen Schneckenfuß auf meinen Beinen und drückte mich mit ihrer freien Hand gegen die Tunnelwand. Dann hob es die Lampe direkt vor mein Gesicht und sah mich aus riesigen menschlichen Augen forschend an.

»Keine Sorge, Manom ist völlig harmlos«, versicherte Byron. »Er will dich nur mal aus der Nähe betrachten.«

»Ach ja?«, krächzte ich. »Er hätte mich vorher fragen können!«

Ferne Rufe ließen uns verstummen. Am Ausgang des Tunnels waren zu beiden Seiten des Flusses jeweils ein gutes Dutzend massiger Gestalten aufgetaucht. Sie entzündeten lichtstarke Lampen und begannen unverzüglich, sich auf uns zuzubewegen.

»Chroner!« Byron löschte die Laterne in Manoms Hand, deren Flamme glücklicherweise von seinem Körper verdeckt worden war.

»Völlig harmlos, ja?« Ich drückte den schwammigen Leib der Schneckenkreatur von mir fort. »Deine mutierten Kinderfreunde hier haben nichts Besseres zu tun, als uns ans Messer zu liefern!«

»*Mogjaj!*«, bellte Manom und packte mich mit einer Hand an der Kehle.

»*Baschud cada se!*«, gab ich wütend zurück. »*Katotaje pogem!*«

Ich spürte, wie sich im Körper des Wesens alle Muskeln spannten (es schien *nur* aus Muskeln zu bestehen!), derweil Byron tatsächlich aufgehört hatte zu atmen. Ein paar Herzschläge lang schienen sogar Manoms Begleiter im Fluss erstarrt zu sein, dann erklang aus dem Wasser ein vielstimmiges Gemecker, in das nach kurzer Zeit auch Manom mit einfiel. Es hörte sich an, als hätten Tintenfische zu lachen gelernt. Lediglich Byron verharrte weiterhin stumm in der Dunkelheit.

»*Katah*«, gluckerte Manom amüsiert und nahm die Hand von meiner Kehle. »Menschenmann spricht Kobe mit Zunge wie Carnivore!« Er glitt endlich von mir herunter und sah zu der sich rasch nähernden Chronermeute. Das Licht ihrer Laternen blendete beim Hinsehen. »Keine Freunde, richtig?«

Ich massierte meine tauben Beine. »Richtig.«

Manom meckerte aufgeregt. »Jetzt Zeit für Flucht, nicht wahr?«

»Yap«, machte Byron. Er stand auf und hechtete ins Wasser. Aus Richtung der Chroner kamen überraschte Rufe, Kommandos wurden gebellt. Ihre Schatten bewegten sich nun mit schaukelnden Laternen bedrohlich schnell auf uns zu.

Manom glitt zurück und zog mich einfach mit sich in den Fluss.

»Was wird das?«, rief ich.

»Halt einfach nur die Luft an«, empfahl Byron, der wie ich von einem der Kinder gepackt worden war. Ehe ich etwas erwidern konnte, zog Manom mich unter Wasser. Ich spürte seine kräftigen, geschmeidigen Bewegungen, dann begann die Strömung an mir zu zerren. Dumpfe Explosionen waren zu hören, doch sie erklangen ziellos und zu weit entfernt, um uns gefährlich zu werden. Lediglich mein Gehör litt ein wenig unter den Druckwellen.

Es war erstaunlich, wie schnell die Kinder sich mit uns im Schlepp unter Wasser fortbewegen konnten. Dabei benutzten sie zum Schwimmen nicht einmal ihre Arme, mit denen sie Byron und mich eisern unter sich festhielten. Als meine Luft verbraucht war und ich in purer Verzweiflung Brackwasser zu atmen begann, wurde es heller über uns: Wir hatten den Ausgang der Kanalunterführung passiert. Trotzdem machten

Manom und seine Artgenossen keine Anstalten, mit uns aufzutauchen.

Obwohl das Wasser relativ trüb war und uns vor den Blicken der Chroner verbarg, schwammen die Kinder mit uns so dicht über dem Grund, dass ich die Menschen unter uns erkennen konnte; unzählbare nackte, sich windende Körper, die sich vergeblich bemühten, hinauf an die Wasseroberfläche zu gelangen. Was sie festhielt, war ein myriadenarmiges Geflecht aus Tentakeln; mal fingerdünne, mal baumdicke Fangarme, die sofort nach uns zu greifen begannen, sobald wir über sie hinwegglitten. Einzig die Geschwindigkeit, mit der die Kinder sich durchs Wasser bewegten, verhinderte, dass wir ebenfalls gepackt und dem Menschenteppich einverleibt wurden.

Als ich bereits nicht mehr daran glaubte, noch einmal Tageslicht zu sehen, schoss Manom steil nach oben an die Wasseroberfläche. Ich schnappte nach Luft und hustete das Wasser, das ich in meiner Pein minutenlang eingeatmet hatte, wieder aus. Die Kinder schleppten uns zu einem schmalen Flutsims, der am Fuß einer meterhohen Mauer knapp über der Wasserlinie verlief, und warteten geduldig, bis ich mich wieder erholt hatte. Byron schien weniger Probleme mit einer Lunge voll Wasser zu haben. Offenbar hatte er tatsächlich über die gesamte Strecke hinweg die Luft angehalten. Ich sah mich um und fand mich unter einer beunruhigend weit über den Fluss emporragenden Häuserfront wieder. Die Tunnelmündung lag etwa dreihundert Meter von uns entfernt. Chroner tauchten am Eingang auf und begannen, entlang des gegenüberliegenden Flussufers in unsere Richtung zu laufen. Einhundert Meter von uns entfernt versperrte ihnen eine Palisadenwand den Weg. Ich erkannte Marderkralle und Kreuzbeißer, die die Rotte anführten.

»Bald kriege ich dich, Schlangenficker!«, brüllte Letzterer zu uns herüber und hob wie zum Triumph seine Rebasche.

»Dann spieße ich dich hiermit auf wie den alten Ben Sira und paradiere mit dir durch die Straßen!«

»Geh nicht darauf ein«, riet mir Byron, als ich bereits Luft holte, um auf die Drohungen des Chroners etwas Angemessenes zu erwidern.

»Mich würde interessieren, wie sie uns finden konnten. In die Katakomben sind sie uns jedenfalls nicht gefolgt.«

»Warum auch? Es existieren nur zwei Zugänge: Einer im Tempersektor, der andere in Nimrods Taverne. Diese Bestie, aus deren Haus ich die Laternen habe, muss ihnen den entscheidenden Tipp gegeben haben.«

»Vielleicht hättest du die Zigarren nicht mitnehmen sollen.« Ich dachte eine Weile nach, dann fragte ich: »Existiert hier eine Währung?«

»Leid«, schnaubte Byron. »Schmerzen.«

»Es muss doch etwas geben, womit man die Chroner bestechen kann.«

Byron verzog das Gesicht. »Warum musstest du auch ausgerechnet Kreuzbeißer ans Messer liefern? Er ist ein Fanatiker und hat einen hohen Rang unter seinesgleichen. Wenn er sich einmal etwas in den Kopf gesetzt hat, dann bringt er es auch zu Ende. Du kannst nicht ewig vor ihm davonrennen. Früher oder später wirst du dich stellen müssen – oder er wird dich ewig jagen!« Er ließ sich zurück ins Wasser gleiten und wechselte ein paar Worte mit Manom, während ich die in der Ferne herumlungernde Chronermeute im Blick behielt. Einige der Aufseher begannen damit, eine Bresche in die Palisade zu hacken, und lösten damit Unruhe bei jenen aus, die sich innerhalb der Festungsanlage aufhielten. Ich vernahm zunehmenden Tumult vom gegenüberliegenden Ufer her.

»Wir müssen uns beeilen«, sagte Byron. »Bis zum Turm des Rabbiners sind es noch etliche Kilometer. Unsere Chance, ihn über den Fluss zu erreichen, besteht nur, solange es hell ist.«

Elijahs Bastion entpuppte sich als schwarzer, alles überragender Steingigant mit rissiger Fassade und starrenden Fensterhöhlen, der sich auf einer Felsinsel inmitten des Flusses erhob. Er besaß einen ovalen Grundriss und erinnerte an einen ausgebrannten Flakturm. Ich zählte zweiundzwanzig Stockwerke an dem Gebäude, das aussah, als hätte es lange Zeit komplett in Flammen gestanden. Der Abflussschacht, den Byron als Einstiegsluke anvisiert hatte, lag etwa anderthalb Meter über den Felsen und damit noch immer knapp drei Meter unterhalb der Brückenbrüstung.

Ehemals war die Insel durch zwei wuchtige Steinbrücken mit dem Festland verbunden gewesen, doch jene, die den Turm mit der Sektorseite verbunden hatte, aus der wir geflohen waren, war fast komplett in den Fluten versunken. Lediglich ihre Uferfragmente ragten noch auf den Fluss hinaus.

Während ich in Gedanken die Kletterpartie durchspielte, verschwand Byrons Kopf vor mir unter Wasser. Ich sah Flammenschein am Stadtufer lodern, dann gab ich Manom das Zeichen, ebenfalls unterzutauchen. Von Byron hatte ich erfahren, dass die Chroner die eingestürzte Überführung vorsätzlich zerstört hatten, um Elijahs Isolation zu verschärfen – was logischerweise bedeutete, dass die noch bestehende Brücke gut bewacht war.

»He, ihr da!«, erscholl es auch prompt über uns, als wir – vermeintlich im toten Winkel – ein Stück zu weit vom Brückenpfeiler entfernt auftauchten. »Zurück ins Wasser, aber zackig!«

Byron machte sich nicht einmal die Mühe, gleich mir einen Blick über die Schulter zu werfen, sondern kletterte zielstrebig die Felsen empor. Nahe dem gegenüberliegenden Ufer standen zwei Chroner über das Geländer gebeugt und äugten gestikulierend zu uns hinab. Sie kamen ein Stück näher, wobei sie uns Pest und Krätze an den Hals wünschten, gingen jedoch nicht weiter als bis zur Mitte der Überführung. Ihr Zyklop hatte spinnengleich das Geländer erklommen und starrte unverwandt auf uns herab, doch auch er traute sich nicht weiter als seine beiden Herrchen. Was er von unserem Tun aufzeichnete und an Bildinformationen weiterleitete, würde mir einen weiteren Eintrag in meiner Deliktkartei bescheren.

Aus irgendeinem Grund trauten die Aufseher sich nicht näher an den Turm heran. Einer der beiden stocherte mit seiner Rebasche vor sich in der Luft herum, als taste er nach einem unsichtbaren Hindernis, dann folgte ein greller Lichtblitz. Der Chroner ließ den Zeiger fallen, als hätte er einen heftigen Stromschlag erlitten, und vollführte fluchend ein Tänzchen. Sein Artgenosse musste indes tatenlos mit ansehen, wie Byron das Abflussrohr erreichte und ohne zu zögern hineinkroch.

Das hieß: fast tatenlos. Als die beiden Aufseher den Schwarzen im Rohr verschwinden sahen, begannen sie, kleine ovale Gegenstände auf mich herabzuwerfen, die aussahen wie schwarze Hühnereier. Sekunden später zerriss eine kleine Serie von Explosionen die Luft. Gischtsäulen schossen gen Himmel, ein Regen aus Brackwasser und *Dingen*, die aus dem Fluss geschleudert worden waren, prasselte auf mich herab. Ich verlor den Halt und stürzte zurück in die Fluten. Eine weitere Explosion drückte mich unter Wasser hart gegen die Felsen und zerriss meine Trommelfelle. In unwirklicher Stille kämpfte ich mich zurück ans Ufer und hinauf bis zum Abwasserrohr, woraus sich mir eine schwarze Hand entgegenstreckte. Ich packte sie, dann wurde ich von Byron in die Finsternis emporgezogen.

Der Schacht verlief in einem Winkel von gut dreißig Grad aufwärts. Wie weit wir in ihm emporkletterten, konnte ich nicht sagen, da ich ständig abrutschte und es nur Byron zu verdanken hatte, dass ich nicht wieder in den Fluss schlitterte. Ich hörte nicht, ob Byron etwas zu mir sagte, während wir kletterten. Alles spielte sich in vollkommender Dunkelheit und Stille ab. Irgendwann beschrieb das Rohr einen Rechtsknick und verlief horizontal weiter. Ich vernahm dumpfe Laute hinter mir, die sich wiederholten, wie eine Stimme, die immer dasselbe schrie. Im nächsten Augenblick berührten meine Hände direkt vor mir etwas Großes, das sich bewegte. Ich ertastete etwas, das sich wie struppiges Fell anfühlte und eine stahlharte Oberfläche überzog, dann riss mich das in der Dunkelheit verborgene Geschöpf zu Boden. Ein scharfer Schmerz im Bauch ließ mich aufschreien. Kurz darauf war mein gesamter Körper gelähmt. Ich fühlte noch, wie sich ein zäher, klebriger Schleier über mein Gesicht legte, dann nichts mehr.

Lazarium 9 • Freiraum I

Sturm zerrte an *Kas* Kleidung, als er erwachte und das Geräusch vernahm. Es war allgegenwärtig, schien mit dem Wind zu reiten. *Ka* kauerte sich zusammen, um sich vor der Kälte zu schützen und dem Sturm wenig Angriffsfläche zu bieten. Nur langsam gewöhnten sich seine Augen an die Helligkeit und ließen ihn einen finsteren Spalt erkennen, der in einer freistehenden, von Rost überkrusteten Metallmauer klaffte. Das Rinnsal, das im Quellraum seinen Ursprung hatte, plätscherte leise daraus hervor. In einer Lampe, die in die Mauer eingelassen war, flackerte ein rotes Licht. Die faustgroße Scheibe, die es schützte, war dreckverkrustet.

Das unbeschreibliche Geräusch veranlasste *Ka* schließlich, sich umzudrehen. Er lag auf halber Höhe eines Hügels, der in weitem Umkreis die einzige Erhebung bildete, und blickte auf eine Endzeitlandschaft hinab. Unter ihm erstreckte sich eine Ebene aus gepfählten Skeletten; Myriaden von Brustkörben und Schädeln, die sich im Sturm bewegten und unaufhörlich aneinander schlugen wie Knochenxylophone. Die Pfähle überzogen die Ebene von Horizont zu Horizont; menschliche Thoraxe und Schädel so weit das Auge reichte. Lediglich der Bach, der hinter *Ka* aus dem Spalt rann und von einem knietiefen Graben in die Ebene hinabgeleitet wurde, unterbrach den Knochenwald mit seinen Mäandern, die sich bis zum Horizont schlängelten.

Ka erhob sich, lief wie in Trance zwei, drei Schritte vorwärts und starrte in die ockerfarbenen, schwerfällig über die Felder treibenden Wolken. Eine Hand legte sich auf *Kas* Schulter und ließ ihn herumfahren. Hinter ihm standen drei weitere

Menschmaschinen; offenbar ein Wachtrupp jener Erzenen, von denen Phalet gesprochen hatte. Zwei von ihnen waren in einem derart bedenklichen Zustand, dass *Ka* an ihrer Funktionsfähigkeit zweifelte. Sie schienen keinen Schritt mehr gehen zu können, ohne in lose Schrotthaufen zu zerfallen. Über den verrotteten Rückständen synthetischer Haut trugen sie die Reste fremdartiger Uniformen, auf deren linker Brustseite jeweils eine Nummer prangte; im Falle der Maschine, die *Ka* gegenüberstand, lautete sie EL-04. Die Nummern der beiden Übrigen waren EL-77 und EL-1022. Eine von ihnen führte ihren linken Arm und einen zusätzlichen Kopf aus Metall an Stoffleinen geknotet mit sich. Dennoch hatte zumindest die Maschine, die *Ka* am nächsten stand, es vollbracht, sich lautlos zu nähern und ihm eine Metallpranke auf die Schulter zu legen, ohne dass ihr Arm abfiel.

EL-04 trat einen Schritt vor und sah über das Land. »Tod, wo ist dein Stachel?«, sprach er in metallischem Bariton. »Hölle, wo ist dein Sieg?« Seine obsidianschwarzen Kameraaugen fixierten *Ka.* »Deine Maschine schickt dich.«

Ka war nicht sicher, ob sein Gegenüber damit Phalet oder Schwester 26 meine. Er nickte, schüttelte jedoch gleich darauf den Kopf. Was sollte er antworten? Dass er den Chefarzt suche? Was für ein Blödsinn in Anbetracht seiner Situation. Von dem gigantischen Krankenhauskomplex, den er durchwandert hatte, war weit und breit nichts zu sehen. Bis auf das Metalltor und die drei Erzenen war der Hügel leer.

»Du suchst die Antworten«, erkannte EL-04. »Du suchst *ihn* …«

»Ich bin nicht sicher.«

»Immerhin warst du in der Lage, deine Maschine zu verlassen. Dies sind Tetah-El und Arat-El«, stellte der Wortführer seine beiden Begleiter vor. »Mein Name ist Ur-El« Er wies hinab auf die Knochenebene. »Und das ist, was der Krieg von Jaru übrig ließ.«

»Jaru?«

»Der Krieg half zu seinem Verderben, und niemand wehrte ihm«, ergriff Tetah-El laut das Wort. »Schrecken stürzen auf den Garten ein, wie vom Wind verjagt wurde seine Pracht, wie eine Wolke entschwunden ist sein Heil. Das Elend zerfraß seine Seele, durchbohrte sie mit Knochen. Mit Allgewalt verwandelte es alles in Lehm, sodass der Garten Staub und Asche gleicht. Wir schrien zu den Aufsehern, doch sie antworteten uns nicht. Sie wandelten sich zu Feinden gegen uns, hoben Jaru in den Wind, fuhren in seine Flure und säten Sturm. Verbrannt ließen sie den Garten zurück. Vom Lager, auf das es sich gelegt hat, wird es nicht mehr auferstehen. Das Gift, das Jaru trank, trank es für uns ...«

»Es reicht«, maßregelte Ur-El die Maschine mit dem Kopf an der Leine.

»Es ist nie genug«, widersprach diese.

Statt darauf einzugehen, wandte sich Ur-El an *Ka* und fragte: »Hast du Samen dabei? Für Bäume oder für Gräser?«

»Nein, nur das hier.« Er zog die Schriftstücke hervor, die Phalet ihm mitgegeben hatte.

Ur-El beschäftigte sich verschwörerisch damit, als beinhalte die Akte eine geheime Botschaft. »Eines eurer Sprichworte sagt: Ist der Mensch wissend geworden, steht unvermittelt sein Ende bevor«, bemerkte er, ohne aufzusehen. »Vielleicht ist es weiser, unwissend zu bleiben ...«

»Das entspricht nicht meiner Natur«, erwiderte *Ka*.

»Na gut, Bewahrer deiner Natur.« Ur-El faltete die Schriftstücke zusammen und verstaute sie in seinem Inneren. »Dann folge uns auf den Pfad.«

Mekropalladium 15

Als ich die Lider aufschlug, arbeitete sich wenige Zentimeter von meinen Augen entfernt die Klinge einer primitiven Schere durch ein dickes weißes Gespinst. Eine bejahrte Hand fasste durch den entstandenen Schlitz und zog das Gewebe über meinem Gesicht auseinander, worauf ein Hauch frischer, kühler Luft meine schweißnasse Haut traf.

»Ah, ich glaube, Euer Freund wird bereits wieder munter«, vernahm ich die Stimme eines älteren Mannes, dessen Gestalt ich nur unscharf durch die Öffnung im Gewebe erkannte. »Helft mir mal, Bruder Maske!«

Mein Gehör wiedererlangt zu haben, war das Einzige, was mich an der Situation beruhigte. Ich bemerkte, wie sich eine zweite Gestalt näherte, dann schob sich ein Paar dunkelhäutiger Hände, das ich intuitiv Byron zuordnete, durch den Schnitt im Gespinst. Gemeinsam mit der Person, die die Schere benutzt hatte, erweiterten sie die Öffnung, bis ich problemlos hätte hindurchschlüpfen können – wäre ich fähig gewesen, mich zu bewegen. In Wahrheit war ich jedoch nicht einmal in der Lage, einen Finger zu krümmen. Das Einzige, was ich bewegen konnte, war mein Kopf, den ich nun hob, um durch das zerrissene Gespinst einen Blick auf meinen Körper zu werfen.

»Ich bin untröstlich«, sagte der ältere Mann und legte helfend eine Hand unter meinen Nacken, derweil ich mich verstört umsah. Byron stand neben mir und stellte das dreckigste Grinsen zur Schau, das ich je an ihm gesehen hatte. Der Fremde, der ihm gegenüberstand, legte die Schere beiseite und strich sich verlegen durch seinen langen weißen Vollbart, wobei ich auch in seinen Augen ein amüsiertes Glitzern zu erkennen glaubte.

Ich sah an mir herab. Mein gesamter Körper war zentimeterdick mit weißem Gespinst umwoben, lediglich meine Füße schauten aus dem Kokon hervor. Der Mann mit der Schere war alt, relativ hochgewachsen und schmächtig. Sein Haupthaar und sein Vollbart waren schlohweiß, seine Haut ungesund bleich und faltig. Unter seinen breiten Augenwülsten funkelten hellwache Augen, deren Blick flink umherhuschte. Von der Stirn bis zum rechten Wangenknochen zog sich eine feine Narbe über sein Gesicht. Gekleidet war er in einen dunklen Kaftan und einen sandfarbenen, robenähnlichen Mantel.

»Verzeiht«, ergriff er das Wort, »aber Demuarsell ist bisweilen recht ungestüm gegenüber Eindringlingen. Erlaubt mir, mich vorzustellen: Mein Name ist Elijah.«

»Was ist passiert?«, krächzte ich.

»Oh, Ihr habt Euch für ein paar Stunden innerlich verflüssigt, mehr nicht. Aber keine Sorge, Demuarsell hat nicht von Euch genascht ...

»Was?«

»Inzwischen müsste alles wieder beim Alten sein, wie Eure Stimme beweist.« Er drückte mit drei Fingern gegen meine Stirn, dann auf meine Brust, als wollte er meine Konsistenz prüfen. »Ja, ich glaube, wir können Euch auspacken, ohne dass Ihr wie ein Polyp vom Tisch rutscht.«

Während Elijah und Byron mich aus dem Kokon befreiten, machte ich Bekanntschaft mit der Kreatur, der ich diese unwürdige Situation zu verdanken hatte: Demuarsell, ein Spinnenwesen mit einem pechschwarzen, sackartigen Körper, so groß wie ein Kalb. Sie kam auf acht langen Beinen zur Tür hereingekrochen und übergab dem Rabbiner ein Kleidungsbündel, das sie in ihren Fangzangen trug. Nachdem sie ihrem Herrn diesen Dienst erwiesen hatte, richtete sie sich vor mir auf, sodass ihre Giftklauen sich in Höhe meiner Augen befanden, und zischte: »Ich behalte dich im Auge, mein Süßer. Jammerschade, dass wir hier nicht unter uns sind ...«

Dann ließ sie sich wieder auf alle acht Beine nieder, machte kehrt und kroch aus dem Raum.

Beklommen sah ich der Spinnenkreatur nach, dann sondierte ich meine Umgebung. Ich befand mich in einem Raum mit den Ausmaßen einer kleinen Halle, der offensichtlich als Arbeitszimmer, Laboratorium, Bibliothek und Kartenraum zugleich diente. Drei Wände wurden von meterhohen Bücherregalen eingenommen, die vierte von einer Batterie aus Kartenspindeln. Der Bereich, den Elijah als Laboratorium nutzte, schien seit langem nicht mehr in voller Kapazität genutzt worden zu sein. In einem großen Glaskolben brodelte eine dunkelbraune Flüssigkeit und schwängerte den Raum mit einem Geruch, der an verbrannten Lebertran erinnerte.

Auf den Tischen, die frei von Laborutensilien waren, stapelten sich Bücher und Karten. Ich selbst saß auf einem Holztisch, der offenbar hastig von einem Haufen Papiere freigeräumt worden war. Neben mir türmten sich Pergamentbögen voller Skizzen und Schaubilder, die von Anmerkungen, Korrekturen und Formeln umrahmt waren. Ich erkannte Kreisdiagramme, umgeben von Berechnungen zur Raumtransformation, und Zeichnungen, die anscheinend Hohlweltmodelle abbildeten. Als Elijah meinen analysierenden Blick bemerkte, verbarg er die Aufzeichnungen rasch unter nichtssagenden Landkarten.

Auf einem der Nebentische entdeckte ich neben einem altertümlichen Holzmodell des Sonnensystems (das Uranus, Neptun und Pluto vermissen ließ) zum ersten Mal seit meiner Ankunft in dieser Stadt eine Uhr – oder zumindest einen Apparat, den ich für eine solche hielt.

»In der Tat, dies ist ein Chronometer«, erklärte Elijah stolz, nachdem ich endlich vollständig aus dem Gespinst befreit war. »Im Laufe der vergangenen Jahrhunderte konnte ich ihn äußerst exakt justieren, sodass er die Zeit recht genau anzeigt. Plus minus ein Viertel Quent, würde ich sagen.«

Ich schlüpfte in die Kleidung, die Demuarsell gebracht hatte: Ein schlichtes, löchriges Hemd, eine dünne Hose, die man um die Hüfte zusammenschnüren musste, und eine einfache, knopflose Jacke. Sämtliche Kleidungsstücke waren von dunkler, blaugrauer Farbe und wirkten an mir wie eine Sträflingstracht.

»Heißt das, diese Uhr misst die Zeit *dieser* Welt?«, staunte ich.

»Was würde mir die irdische Zeit hier nutzen?« Der Rabbiner schüttelte den Kopf. »Natürlich misst er Stadtzeit. Oder besser« – er grinste freudlos – »Höllenzeit.«

Laut seinem Chronometer besaß ein Stadttag siebenundneunzig Quenten, eine Nacht sechsundzwanzig Quenten. Wobei ein Quent eine Zeitspanne von ziemlich genau fünfeinhalb Stunden umfasste. Wie er zu diesem genauen Vergleichswert gekommen war, verriet Elijah nicht. Ein Stadttag dauerte somit 533,5 irdische Stunden, also gut zweiundzwanzig Erdentage, eine Stadtnacht 143 irdische Stunden, knapp sechs Tage. Womöglich lag diese Nekropole in der Polarregion eines sehr langsam um seine Achse rotierenden Planeten. Allerdings existierten keine Jahreszeiten, ebenso wenig eine zeitliche Verschiebung der Tag-Nacht-Intervalle. Diese Welt kreiste also entweder um einen Doppelstern, oder sie eierte auf einer sehr exzentrischen Bahn in einem Affentempo dicht um einen weißen Zwerg. Wobei mir Gizas innere Stimme einflüsterte, dass wahrscheinlich weder das eine noch das andere der Fall war.

»Nein, das kann ich Euch leider nicht beantworten«, bedauerte Elijah, nachdem ich ihn darauf angesprochen hatte. »Mal wird es dunkel, mal wird es hell. Mehr über die kosmischen Hintergründe weiß ich nicht. Vielleicht sind es die Paraboliden, die das Licht regulieren, vielleicht aber auch nur ein einziger Lichtspender, der über der Stadt steht und sie mit seinem unerträglichen Strahlen übergießt, so, wie die alten Schriften Luzifer beschreiben; als schrecklichen Stern, der über das Firmament der Hölle hinzieht.«

Mittlerweile fühlte ich mich wieder erholt genug, um auf meinen eigenen Beinen zu stehen. Das Einzige, was nicht so recht heilen wollte, war die von Demuarsell zugefügte Bisswunde am Bauch.

»Das ist nicht verwunderlich«, erklärte Elijah. »Sie ist eine Kreatur dieser Stadt, ein Dämon. Hätte ich Euch nicht einen Liter Antiseptikum ins Blut gepumpt, besäße Euer Körper immer noch die Konsistenz einer Amöbe. Das fühlt sich nicht gut an, glaubt mir.« Er nickte wie zur Bestätigung. »Vor allem dann nicht, wenn man auf dem Boden zerplatzt und in alle erdenklichen Richtungen fließt, dabei aber bei vollem Bewusstsein bleibt. Ich spreche aus Erfahrung. Demuarsells Gift behält seine Wirkung sehr lange. Zum Glück hatte ich damals in weiser Voraussicht alle Abflüsse verstopft ...« Er setzte sich mit einem tiefen Seufzer auf einen Schemel, strich sich den Bart glatt und sah Byron und mich an. Dann fragte er mit fester Stimme: »Und nun verratet mir bitte, was Euch zu mir führt. Ich hoffe, es ist nicht allein jene törichte Neugier in Bezug auf diesen Ort, die Millionen verlorener Seelen mit Euch teilen!«

Schweigend lauschte der Rabbiner meiner Geschichte, wobei sich bereits bei der Erwähnung der Ausgrabung in Ägypten ein interessiertes Funkeln in seine Augen stahl. Er folgte der Schilderung meiner Odyssee mit großer Aufmerksamkeit. Nur ein einziges Mal trat ein Ausdruck von Unwohlsein, wie von einer unangenehmen Erinnerung, in sein Gesicht.

»So, so, Ihr begegnetet also Meliosch, diesem Taugenichts«, brummte er, nachdem meine Erzählung mit meiner Befreiung aus Demuarsells Spinnenkokon geendet hatte. »Nun, was hatte mein hasenfüßiger Famulus zu berichten?«

»Er ist enttäuscht und wütend darüber, dass Sie ihn und die anderen in Stich gelassen haben.«

»Die anderen? Ha!« Elijah sprang von seinem Schemel auf und begann gestikulierend durch den Raum zu laufen. »Feiges, verleumderisches Pack! Rannten ständig nur davon, von einem Schlupfloch ins andere, vor den Golems, vor den Soldaten, vor sich selbst und vor ihrer Schande gegenüber dem Herrn! Ich bot ihnen an, gemeinsam zu fliehen, beschwor sie regelrecht, mich zu begleiten, aber sie glaubten wohl, wenn sie allesamt den Schwanz einzögen, würde ich ebenfalls den Mut verlieren ... Falsch gedacht hatten sie, diese Duckmäuser!«

»Meliosch gibt Ihnen die Schuld an seinem Schicksal.«

»Papperlapapp! Schimpft er mich etwa einen Mörder? Bin ich denn schuld, dass er im entscheidenden Moment versagt hat? Es war reine Fingerfertigkeit, den *Schemhamphorasch* zu manipulieren, und er hat es vermasselt.« Elijah hielt für einen Augenblick im Schritt inne, ließ seinen Blick über den Arbeitstisch wandern, an dem er gerade stand, und nahm ein Gerät an sich, das aussah wie eine Mischung aus einem handtellergroßen Kompass und einem altertümlichen Haarfön. »Ihr müsst wissen, an den Wochentagen hatte der Golem zu arbeiten«, erklärte er. »Doch er ruhte am Sabbat. Als Meliosch eines Tages vergaß, den Schöpfernamen für den Ruhetag zu löschen, geriet der Golem außer sich.«

»Was ist geschehen?«

»Erschlagen hat er diesen Gimpel, und danach die anderen Golems um sich geschart. Das ganze Stadtviertel hatten sie in ihrem unheiligen Zorn verwüstet, ehe ich den meinen bändigen konnte ...« Er verzog das Gesicht zur Grimasse, als er hinzufügte: »Und dabei selbst zum Opfer wurde.«

»War besagter Golem in Wirklichkeit nicht eine Sie?«

Elijah hob beschwörend die Hände. »Oh, ich wünschte, dieser undankbare Famulus wäre so stumm geboren worden wie unsere Kreaturen«, rief er zur Zimmerdecke empor. »Ja, einer dieser Golems war eine Sie, aber reden wir jetzt nicht mehr darüber. Ein guter Engel weint, wenn er zur Verdammung eines bösen Engels Amen sagen muss.« Er kam mit dem seltsamen Gerät auf mich zu und forderte: »Haltet bitte still!«

»Was haben Sie vor?«

Elijah justierte den Apparat, indem er mehrere winzige Metallrädchen und Hebel einstellte und mit Rändelschrauben arretierte. »Ich gedenke, Eure Feldstärke zu messen ...«

»Feldstärke?«

»Euren *magnetismus animalis.*«

Ich hielt dem Blick des Rabbis eine Weile stand, dann wandte ich mich kopfschüttelnd ab. »Das ist doch völliger Unfug.«

»Es steht Euch jederzeit frei, diese schützenden Mauern zu verlassen«, äußerte Elijah hörbar verstimmt.

Byron machte eine Geste, die zu verstehen gab, dass es allein meine Entscheidung sei. Ich atmete tief durch und ging zur Tür. Ein Schleier aus frischem Spinnweb wehte mir ins Gesicht, als ich sie öffnete. Entnervt zog ich mir das klebrige Zeug vom Körper, stapfte zwei Schritte hinaus auf den Gang – und stand vor Demuarsell. Im ersten Moment schockiert über ihre Anwesenheit, versuchte ich rasch an ihr vorbeizuschlüpfen, doch sie versperrte mir den Weg.

»Gottverflucht!«, stieß ich aus, was dem Spinnendämon ein gurrendes Lachen entlockte.

»Fürwahr«, zischte Demuarsell. »Komm ruhig näher, Menschlein. Mein Gift ist ein süßes Aphrodisiakum ...« Sie hob ein haariges Bein und strich mir damit über das Geschlecht.

Ich ging rückwärts, bis ich wieder in den Lichtschein von Elijahs Labor trat, dann warf ich die Tür so laut zu, dass sämtliche Reagenzgläser klirrten.

»Na schön«, sagte ich und trat vor den Rabbiner. »Aber wozu um alles in der Welt benötigen Sie meine Feldstärke?«

»Ich würde einfach gerne wissen, mit wem ich es zu tun habe«, erklärte Elijah.

»Mit diesem Steinzeit-Squirt?«

»Fluidum«, korrigierte der Rabbiner.

»Oh, sicher, Entschuldigung.«

»Wenn Ihr nun erlauben würdet ...« Er hielt das Gerät vor mich und sah konzentriert auf die Anzeige. Sein mürrischer Gesichtsausdruck klärte sich langsam und wich offensichtlicher Verblüffung. »Ah«, stieß er hervor, klopfte mehrmals gegen das Gerät und wiederholte der Vorgang. »Das ist bemerkenswert«, befand er schließlich. »Wirklich bemerkenswert.«

»Was?«

»Ihr seid ein Iretmeth!« Ohne weitere Erklärung machte er auf dem Absatz kehrt und marschierte auf Byron zu. »Habt Ihr das etwa die ganze Zeit gewusst?«, fragte er den Schwarzen.

»Geahnt.« Byron verschränkte die Arme vor der Brust und bedachte Elijah, der den Apparat vor seiner Nase hin und her schwenkte, mit einem finsteren Blick.

»Oh«, machte der Rabbiner nach einer Weile. Erneut klopfte er gegen das Gerät, das offenbar just in diesem Moment den Geist aufgegeben hatte. »Keine Anzeige mehr«, seufzte er.

»Kein Wunder bei solch liebevoller Behandlung«, brummte Byron.

»Hm, ja, hm ...« Elijah legte den Apparat beiseite. »Aber Euer Freund hier ...« Er knetete seine Unterlippe und kam mit geneigtem Kopf heran, als suche er eine neue Betrachtungsperspektive. »Sein Fluidum ist eigenartig, selbst für einen Iretmethen. Als wäre er nicht vollständig. Als wäre er zu viel oder zu wenig – fast, als ob ...« Er sprach den Satz nicht zu Ende, sondern sah auf, als hätte er eine Heiligenerscheinung. Dann kam er langsam näher, wobei er mich aus kindlich staunenden Augen musterte. »Nein«, hauchte er. »Nein ...«

»Was soll das«, murmelte ich und tat einen Schritt rückwärts.

»Lass ihn«, forderte Byron.

Elijah hob eine Hand und berührte mich so vorsichtig, als könne er nicht glauben, was er sah. »Kann das denn wirklich möglich sein?«, flüsterte er. »Hier? *Hier?«* Seine Hand strich über mein Gesicht wie die eines Blinden, der die Gesichtszüge seines Gegenübers zu ertasten versuchte. »Er lebt noch! *Er lebt!«*

Die Art und Weise, wie Byron mich in diesem Moment anstarrte, schnürte mir für einen Augenblick die Kehle zu. Zum ersten Mal wurde mir bewusst, dass so etwas wie eine suggestive Kraft von ihm ausging.

Natürlich, meldete Giza sich zurück. *Warum sonst hättest du ihm bis hierher folgen sollen?*

Entsprang unser Aufenthalt in Elijahs Turm letztlich gar nicht der Willkür unserer Flucht? Hatte Byron mich absichtlich an diesen Ort geführt? Ich löste mich aus dem Bann seines Blickes und sah zu Boden. Byron nickte, als wüsste er, was mir durch den Kopf ging, dann drehte er sich um und schlenderte zu einem Sessel an der Wand. *Deine Show,* schienen seine Augen zu sagen, nachdem er sich gesetzt hatte. *Deine Suche, dein Aufstand, dein Schicksal* ...

Elijah wollte gar nicht mehr aufhören, den Kopf zu schütteln, nachdem ich ihm von meinem Vorhaben erzählt hatte, einen Weg zurück zur Erde zu finden. »Diese Stadt ist riesig, junger Freund!«, sagte er. »Und ihre Herren wahrlich mächtig. Wie riesig und wie mächtig, das weiß vermutlich niemand außer ihnen selbst ...« Er kramte in Stapeln von Aufzeichnungen, wobei er fragte: »Sagt Euch der Name *Sarara* etwas?«

Pulsierende Bäume aus Knochen und Blutbahnen, bebender Boden aus Nervensträngen ...

Ich krümmte mich wie unter Schmerzen, doch die psychische Qual währte nur Sekunden. »Ich glaube, ich habe diesen Begriff schon einmal gehört«, presste ich hervor, als ich mich wieder im Griff hatte. »Aber ich kann mich nicht erinnern, in welchem Zusammenhang.«

»Diese Stadt befindet sich auf einer ihrer fünf Ebenen; auf der mittleren, um genau zu sein. Der Name dieser Ebene ist *Dawat.*« Der Rabbiner akzentuierte das Wort, als entstamme es dem Hebräischen. »Hier, werft einen Blick auf diese Darstellung.« Er entfaltete ein Pergament und reichte es mir. Darauf zu sehen war ein verschmierter, scheinbar in großer Hast gezeichneter Kreis aus dicker, brauner Tusche, der in halbwegs gleichmäßigen Abständen von fünf horizontalen Linien durchzogen wurde. Die Darstellung wirkte, als hätte ihr Urheber keinen Federkiel, sondern einen angespitzten Ast benutzt.

»Das ist keine Tinte, sondern Blut«, erklärte Elijah mit einem sarkastischen Lächeln. »Und das Zeichenwerkzeug war der vom Fleisch befreite, angespitzte Zeigefingerknochen einer menschlichen Hand.« Er schob seine Unterlippe vor, legte sein Kinn an die Brust und schwieg sich darüber aus, ob es sein eigener Fingerknochen gewesen war ...

Nahezu jede freie Stelle auf dem Pergament war mit kruden, handschriftlichen Anmerkungen bedeckt, sodass der von Linien unterteilte Kreis unter all den Schriftzeichen kaum noch zu sehen war.

»Das ist Aramäisch«, erkannte ich.

»Ihr seid fürwahr sehr gebildet«, erkannte der Rabbiner an. »Wenn Ihr nun auch noch in der Lage seid zu bestimmen, *wessen* Handschrift dies ist, bin ich geneigt, Euch sogar für einen Boten Gottes zu halten.«

»Tut mir Leid«, erwiderte ich.

»Oh, keine Ursache«, winkte der Rabbiner ab. »Ich bin nicht im Geringsten enttäuscht darüber. Im Gegenteil.«

»Was stellt die Zeichnung dar?«

»*Sarara*«, bestätigte Elijah meine Vermutung. »Die Urhölle.«

Ich schüttelte den Kopf. »Wenn es eine Urhölle gibt, dann die der Ägypter.«

»Diesen Trugschluss muss ich Euch leider aberkennen«, widersprach der Rabbiner. »Nur weil die Kemet-Kultur die älteste war, die Ihr zu Lebzeiten kanntet, repräsentiert ihre Unterwelt keinesfalls den Archetyp der Hölle. *Sarara* ist älter als Ägypten, junger Freund. Viel älter. Nicht wahr, Bruder Maske?«

»Du musst es wissen, alter Mann«, knurrte Byron.

Für einen Moment beobachtete Elijah den Schwarzen dabei, wie dieser das Labor auskundschaftete, dann widmete er sich wieder dem Papyrus in meiner Hand. »*Sarara* ist eine Sphäre, in ihrem Inneren unterteilt in fünf Ebenen, genannt die Tiefen Welten«, erklärte er. »Ihre sechste Ebene bildet ihre Oberfläche, eine unerreichbare siebente den Raum, der sie umgibt.«

»Eine Hohlwelt ...«

»Mitnichten«, widersprach Elijah. »Eine Hohlwelt ist nicht in Ebenen unterteilt wie ein Kartenschrank und besitzt zudem eine winzige Sonne in ihrem Zentrum. *Sarara* besteht aus sieben verschienen Ebenen, aus sieben Zeitaltern und Regionen.«

»Dante beschrieb die Hölle als gigantischen Landschaftstrichter, der terrassenartig in neun Stufen abwärts führt, hinab zu Luzifer, der im ewigen Eis der Tiefe gefangen ist. Was befindet sich im Zentrum von *Sarara,* oder *Dawat,* oder wie auch immer Sie diese Stadt nennen wollen. Was verkörpert sie? Die Hölle des 21. Jahrhunderts? Einen endlosen Stadtmoloch, der unsere irdische Dummheit widerspiegeln soll? Auf wie vielen Stufen wurde *Dawat* errichtet?«

»Hm – was glaubt Ihr?«, reichte Elijah die Frage an Byron weiter, der zum wachsenden Missfallen des Rabbiners mal dies und mal jenes begutachtete, als schlendere er durch ein Antiquitätengeschäft.

»Auf wie vielen Hügeln steht Rom?«, gab Byron ungerührt zurück, während er einen Mondglobus betrachtete. »Fragt doch Eure Spinne. Sie ist eine Ausgeburt dieser Nekropole.«

Der Rabbiner zog eine Grimasse. »Hier«, sagte er und deutete auf die Linie, welche die Kreiszeichnungen in der Mitte teilte. »Das ist die Region, über welche sich die Stadt erstreckt. Was sich in ihrem Zentrum befindet, verrät dieses Schriftstück leider auch nicht. Man munkelt jedoch, die Stadt versinke dort in einem endlosen Sumpf, den vier Flüsse mit Wasser, Fäkalien, Tränen und Blut speisen.«

»Styx, Phlegeton, Lethe und Archeron.«

»Ach, Alighieri ...«, winkte Eliah ab. »Der alte Kauz ließ sich von Vergils *Aeneis* beirren. Ihr Christen habt seine Hölle wohl aus religiöser Bequemlichkeit übernommen, Dante die des Vergil sicherlich aus Bewunderung, und Vergil die der Duat aufgrund der kulturellen Nähe zwischen Römern, Griechen und Ägyptern. Doch Dantes Inferno ist ein kulturell eher begrenztes Areal, eine römische Hölle, so wie Vergils Aeneas in eine durchweg hellenistische Hölle hinabstieg und die Duat einst den Ägyptern vorbehalten blieb. *Sarara* dagegen vereint alles in sich.

Ursprünglich sollen es drei Himmel und drei Höllen gewesen sein, die unwahrnehmbar und unerreichbar für die Lebenden die irdische Welt umgaben. Stellt es Euch vor wie eine unsichtbare Kugel, die zur Hälfte im Erdball steckt und zur Hälfte aus ihm herauswächst. Eine Sphäre von derart enormer Größe, dass sie den gesamten Orient und Okzident in sich barg. *Dawat* entsprach einst jener Oberfläche der irdischen Welt, die von dieser Sphäre umgrenzt wurde, woher sehr wahrscheinlich auch der Glaube rührte, die Welt sei eine Scheibe. Hier, seht ...« Er klappte das Papyrus ein weiteres Mal auf und enthüllte dadurch eine noch ältere, dafür aber weitaus akkurater gezeichnete Darstellung einer Art Doppelsphäre, die veranschaulichte, was er zu erklären versucht hatte. Einer Kugel, die zweifellos den Erdball darstellen sollte, entwuchs eine Hemisphäre von der annähernden Größe des Mars.

»Wollen Sie anhand dieser vorsintflutlichen Darstellung etwa behaupten, die Stadt habe sich ehemals auf der Erde befunden?«

»Seht Ihr, jetzt kommt Ihr der Sache langsam auf den Grund«, bestätigte Elijah. »Die vereinten Sphären, das göttliche Urkonstrukt der Schöpfung, des Werdens und Vergehens, des Lebens und des Todes, des Geistes und des Körpers, der Verheißung und der Verdammung. Zu damaliger Zeit gab es noch keine Inschrift über dem Höllentor, die verkündete: *Du, der du hier eingehst, lass alle Hoffnung fahren!* Damals gewährten die Sphären noch jenen Zyklus, den die Inder Samasra nennen. Den Kreislauf aus Geburt, Leben, Tod, Sündenreinigung und Wiedergeburt. Aber dann, vor Tausenden von Jahren, geschah etwas, das alles verändert hat. Etwas Unaussprechliches, das die jenseitigen Ebenen für ewig von der Erde trennte. Seit diesem Tag ist *Sarara* der Boden des Trichters, in dem sich alles sammelt, was auf Erden vergeht. Von hier gibt es keinen Weg zurück. Jede Religion, die in törichter Hoffnung ein Paradies, eine Auferstehung oder gar eine Wiedergeburt auf Erden lehrt, ist seither nicht mehr als eine fromme Chimäre.«

»Bei allem Respekt, aber in meinen Ohren klingt das nach Sophismus«, erklärte ich.

»Wirklich? Nun, dann verratet mir, junger Freund: Was ist das letzte vermeintlich irdische Erlebnis, an das Ihr Euch zu erinnern vermögt?«

»Meine Abreise aus Kairo.«

»Mhm ... Fanden Eure Abreise und Eure Ankunft an diesem Ort zufällig am selben Tag statt?«

»Ja.«

»Ah, seht Ihr, dann hab Ihr sie nur nicht wahrgenommen.«

»Was meinen Sie?«

»Die vierte Ebene; *Schetit.* Sie ist eine Scheinwelt, eine Blendung, so unvollkommen wie vergänglich und einzig erschaffen aus Eurer Erinnerung an sie.« Er hatte seine Hand über den Papyrus ausgestreckt und tippte auf die Sphäre; auf jene Linie, die unter der Stadtebene gezogen war. »Doch je weiter die Erinnerung verblasst, desto weiter verblasst auch die *Schetit,* bis sie letztlich in Dunst und Nebel verschwindet. War es nicht so, junger Freund ...?« Elijahs Wieselblick lag lauernd auf mir.

Ich hatte plötzlich wieder die endlos erscheinende Wolkenbank vor Augen, die während meines Fluges ab Kairo beharrlich näher gerückt war, sich immer enger um mich herum geschlossen hatte, bis sie Archons Flugzeug ...

»Nein«, flüsterte ich und schüttelte den Kopf. »Ich kann seit meinem Erwachen vor dem Hotel unmöglich Tausende von Kilometern in einer Sinnestäuschung herumgereist sein. Dazu war alles viel zu real!«

Elijah tat so, als gebe er sich für den Augenblick geschlagen. Dabei musterte er mich, als wäge er ab, aus welcher Richtung er seinen nächsten Überzeugungsangriff am effektivsten führen sollte. »Sagt, was geschah eigentlich *vor* Eurer Abreise aus Kairo?«, fragte er schließlich. »Ihr hattet eine Ausgrabung erwähnt. Erzählt mir mehr davon.«

»Wir hatten eine sechseckige Pyramide entdeckt«, murmelte ich. »Fernab von den alten ägyptischen Kulturzentren ... Da war ein Schacht ... ein tiefer Schlot ... eine Grabstätte ...«

Der Rabbiner klopfte sich gegen den Mund, als applaudiere er meinen Lippen für die wenigen Worte, die sich von ihnen gelöst hatten. *Weiter,* forderte sein Blick. *Erzählt weiter!*

»Am Boden dieses Schachts befand sich ein abgedeckter Torus, eine Art Ringsarkophag. Wir hatten ihn geöffnet ...«

»Und, was geschah dann?«

Ein lodernder Schmerz in meiner Brust ließ mir für Sekunden schwarz vor Augen werden. Ich rang nach Luft, starrte dabei unentwegt Elijah an, als könne ich meine Vergangenheit in seinen Augen als Film ablaufen sehen, dann schüttelte ich resigniert den Kopf. »Ich weiß es nicht mehr«, gestand ich. »Jene Kreatur, die mich in diese Stadt verschleppen ließ, hat Sorge dafür getragen, dass bedeutende Erinnerungen in mir unterdrückt werden.«

»Meretseger ...«, brummte Elijah und spie auf den staubigen Boden.

»Es ist, als würden sie von etwas Mächtigem fortgerissen, sobald ich im Geiste danach greife – von ihrem *Ka* ...« Ich strich mir über die noch immer schmerzende Brust. »Können Sie mich von diesem verdammten *Ding* befreien?«

»Was auch immer Euch und Euren Verstand quält, es befindet sich in Eurem irdischen Körper«, erklärte der Rabbiner. »Hier in *Sarara* seid Ihr dieser Macht der Vergessenheit gänzlich ausgeliefert. Woran könnt Ihr Euch noch am deutlichsten erinnern?«

»Dass ich blutüberströmt auf dem Rasen vor meinem Hotel aufgewacht bin ...«

»Blutüberströmt?«

»Von oben bis unten. Aber ich war nicht verletzt. Keine Schramme, nichts.«

»Ah, es war also nicht Euer Blut ...« Der Rabbiner schürzte die Lippen. »Wessen Blut dann?«

Meine Kehle wurde staubtrocken. »Das – ist unmöglich.«

»Der Talmud sagt: Wer ein Leben zerstört, zerstört die ganze Welt«, bemerkte Elijah, wobei er mich prüfend musterte. »Eure Erinnerung setzt also in dem Moment aus, als Ihr den Sarkophag geöffnet habt und beginnt erst wieder, als Ihr blutüberströmt vor dem Hotel erwachtet ...«

Ich musste schlucken. »Ja.«

»Klingt nach posttraumatischem Verdrängungssyndrom«, kam es aus der Laborecke.

»Das ist nicht witzig, Byron.«

»Dr. Jekyll und Mr. Hyde, hm?«, grinste der Schwarze. Es sollte ironisch klingen, doch Byron traf mit seiner Bemerkung meinen neuralgischen Punkt. Das fremde Blut, über das ich mir damals kaum Gedanken gemacht hatte, öffnete langsam eine Wunde. Und tief unten lauerte Giza …

»Wie viel Zeit ist Eurer Schätzung nach zwischen den beiden Ereignissen vergangen?«, wollte Elijah wissen und riss mich in die Realität zurück.

Ich dachte eine Weile nach. »Sechs oder sieben Tage …«

»Hm, aha …« Er rieb nachdenklich seinen Bart. »Und jetzt verratet mir bitte, was befand sich in diesem Sarkophag?«

»Er war leer.«

»Leer?« Elijah stieß ein bellendes Lachen aus und ging ein paar unentschlossene Schritte auf Byron zu. »Habt Ihr das gehört, Bruder Maske? Kommt frisch von der Erde und will *mir* weismachen, er hätte einen leeren Raum entdeckt.« Und wieder an mich gewandt: »Bei allem Respekt, aber dass er leer war, bezweifle ich. *Natura abhorret vakuum, horror vakui!* Nichts ist leer, junger Freund. Nichts!« Er schlurfte heran und baute sich vor mir auf. »Also, was befand sich in dem Sarkophag?«

»Nur Staub …«

»Staub!« Der Rabbiner riss triumphierend die Arme hoch. »Also, ist das etwa *nichts?* Und wie sah dieser Staub aus? War er schwer, glatt wie Wasser, sodass man ihn nicht in den Händen halten konnte?«

»Woher wissen Sie das?«

Erneut gab Elijah einen Triumphlaut von sich. Er lief zu einem Wandschrank, entnahm ihm einen Glaskolben, zog den Korken ab und schüttete einen Teil seines Inhalts über den Arbeitstisch. »Sah der Staub etwa so aus wie dieser hier?«, rief er aus.

Nun schien auch Byrons Interesse wieder geweckt zu sein. In der Hand einen Blumentopf, worin eine hässliche, dornenbewehrte Pflanze wuchs, kam er heran, um den Staub ebenfalls näher in Augenschein zu nehmen. Seine Körperhaltung drückte zugleich Neugier und Abscheu aus, sodass er sich zwar zu uns stellte, jedoch respektvollen Abstand zu der schwarzen Masse wahrte.

»Hier«, rief Elijah und ergriff eine Hand voll Staub, die ihm sofort zwischen den Fingern hindurchrann. »Seht Ihr, metafluid! Überzeugt Euch!« Er hielt Byron seine Faust entgegen.

»Danke, ich sehe es«, wehrte der Schwarze ab und trat einen Schritt zurück. Fast schien es, als fürchte er sich vor der dunklen Substanz.

»Woher haben Sie das?«, fragte ich den Rabbiner.

»Ha ...« Elijah schüttelte den Kopf. »Lasst mich Euch etwas zeigen. Gleich hier drüben, kommt!« Er führte mich zu einer plumpen, fernrohrartigen Konstruktion, die jedoch nicht in den Himmel, sondern auf den Tisch gerichtet war; genauer gesagt: Auf eine matt geschliffene Glasscheibe, unter der ein Spiegel angebracht war. »Eine Vergrößerungsröhre«, erklärte er und verteilte eine Fingerspitze voll Staub auf dem Glas.

»Ein Mikroskop?«

Elijah unterbrach seine Arbeit und sah mich an. Dann nickte er. »Wir sprechen von der gleichen Apparatur«, bestätigte er.

»Wie waren Sie in der Lage, die Linsen dafür zu schleifen?«

»Oh, sie sind geschmolzen, nicht geschliffen.« Er entzündete eine Kerze, die über zwei Spiegel gelenkt ein Gegenlicht unter den Objektträger warf. »Bitte«, forderte er und machte mir Platz.

Das Bild, das mir das Okular vermittelte, war teilweise verschwommen und am Außenrand ziemlich unscharf, doch die

Bereiche, in denen das primitive Mikroskop den Staub um das Zwanzig- oder Dreißigfache vergrößerte, genügten, um mich zu schockieren.

Was ausgesehen hatte wie schwarze Staubkörnchen, entpuppte sich als winzige, pyramidenförmige Objekte, die mit sechs starren Gliedmaßen versehen waren. Jeweils ein Bein ragte aus jeder Kante des Pyramidenbodens, ein weiteres aus ihrer Spitze. Das Sechste wuchs als doppelt so langer, antennenähnlicher Fortsatz aus der Mitte ihrer quadratischen Grundfläche. Obwohl die Objekte mikroskopisch klein waren, reichte die Vergrößerung, um ihren zweifellos künstlichen Ursprung zu enthüllen. Ihre glatte Außenhaut glänzte metallisch matt, und ihr Anblick erinnerte mich wieder an das gigantische Bauwerk im Nebel, zu dem Archon mich geführt hatte. Seine Oberfläche hatte sich rau angefühlt wie sehr feines Sandpapier ...

Die Objekte, die ich durch das Mikroskop betrachtete, waren nichts Geringeres als inaktive Nanoroboter; eine Heerschar mikroskopisch kleiner Maschinen.

»*Mēchos*«, lächelte Elijah, als ich entgeistert vom Mikroskop aufsah. »*Materia prima.* Aktiv kann sie jedwede Form annehmen, in die man sie zwingt.«

»Programmiert«, murmelte ich geistesabwesend.

»Wie auch immer«, winkte der Rabbiner ab, wobei er mit der Hand in der Luft herumfuchtelte, als vertreibe er lästige Fliegen. »Aus toter Materie wird lebendige, aus Lehm ein Mensch ...«

»Oder aus Blei Gold, nicht wahr?« Byron lächelte mitleidig amüsiert. »Der Stein der Weisen.«

»Tja, leider ist er uns hier im ewigen Tod nicht mehr von Nutzen«, gab der Rabbiner zu. Dann trat er an mich heran und fragte mit vor Aufregung zitternder Stimme. »Aber verratet mir bitte: Wo genau in Ägypten habt Ihr diesen Staub gefunden?«

»Am Djebel Uweinat«, antwortete ich, noch immer erschüttert über die unerwartete Offenbarung.

»Uweinat?«, wiederholte Elijah unsicher. »Was ist das?«

»Ein Bergmassiv in der Libyschen Wüste ...«

»Ah, *Deschert*...« Der Rabbiner leckte sich über die Lippen und sah sich aufgeregt um, fast so, als müsse er sich in seinem eigenen Refugium erst wieder neu orientierten. »Ja, das Zentrum«, murmelte er. »Dort muss es gewesen sein ...« Flink eilte er zu einem Kartenständer und suchte unter Dutzenden von Pergamentrollen eine armlange Spindel aus. Mit ihr kam er herbeigeeilt, wobei er sie bereits im Laufen öffnete, um einen Blick darauf zu werfen. »Bitte!«, forderte er mich auf und breitete die Rolle auf einem halbwegs freien Tisch aus. »Bitte sehr!«

Ich trat neben ihn und beugte mich über die Karte. Dort, wo sich der Djebel Uweinat befinden sollte, zeigte sie erwartungsgemäß nichts. Leere. *Terra incognita.* Das Einzige, was den Freiraum füllte, war ein großer, umrahmter Schriftzug, der lautete: *Libyae interioris pars.* Die übrige Landschaft wurde dominiert von langgestreckten Bergrücken, die kreuz und quer durch die Sahara verliefen, und zahllosen Flussläufen, die in große kreisrunde Seen mündeten. Offensichtlich war alles, was westlich des Nils im Landesinneren abgebildet war, der blühenden Phantasie des Kartographen entsprungen. Ich hätte mich weit weniger über die Landkarte gewundert, wenn Mordor darauf gestanden hätte, Avalon, Atlantis oder Oz.

Hilflos schüttelte ich den Kopf und massierte mir die Augen.

»Ja, aber wisst Ihr es denn nicht mehr?«, entfuhr es Elijah beinahe schon entsetzt.

»Doch«, beruhigte ich ihn, »aber – bei allem Respekt – mit dieser Karte kann ich nichts anfangen.«

»Oh ...« Elijah starrte konsterniert auf den Tisch. »Ist sie nicht vollständig?«

»Sie ist zu alt«, erklärte ich. »Das ist eine Karte von Nordafrika – nach Ptolemäus!«

»In der Tat«, zeigte sich der Rabbiner begeistert. »Vollendet 1541. Eine wundervolle Arbeit, findet Ihr nicht?«

»Sicher, aber leider nicht wirklichkeitsgetreu. Die Küstenlinie ist zu schlampig wiedergegeben, das Landesinnere ein einziges Phantasien. Der Nil ist viel zu linear, und diese beiden Gebirgszüge, die sich an seinen Ufern erstrecken, existieren nicht ...«

»Oh, sie stilisieren nur das Flusstal.«

»Haben Sie keine modernen Karten? Atlanten, die auf Satellitenaufzeichnungen basieren?«

»Satelliten?« Elijah sah verwirrt drein. »Ihr meint Sternenkarten?«

Ich warf einen Hilfe suchenden Blick zu Byron, der unserem Kommunikationsproblem ein gewisses Maß an Belustigung abzugewinnen schien.

»Bringt ihm die neuzeitlichste Karte von Ägypten, die Ihr besitzt«, bat er den Rabbiner. »Und lasst Euch gesagt sein, dass mein Freund *Anno Domini* 2005 hierher verschlagen wurde ...«

»Gütiger Himmel«, seufzte Elijah und ging zurück zum Kartenständer. »Die Zeit vergeht, und der Mensch bleibt ihr unterlegen ... Hier, *L'Égypte et la Cyrenaïque* von Dufour«, verkündete er, als er wieder zurückkam. »Datiert auf 1836.« Er entrollte die Karte und machte mir erwartungsvoll Platz.

»Viel besser«, erkannte ich. »Wenn auch nicht optimal ...«

»Etwas Neueres besitze ich nicht«, verteidigte sich der Rabbiner. »Dieser Stich zeigt mir bereits eine Welt, wie sie fast dreihundert Jahre nach jener beschaffen war, die ich verlassen habe. Für mich zeigt sie ein fernes Utopia!«

»Tut mir Leid«, entschuldigte ich mich. »Ich wollte Sie nicht schon wieder beleidigen.«

»Schon gut, schon gut.« Er sah mir über die Schulter. »Könnt Ihr zufällig zeichnen?«, fragte er scheinheilig.

»Keine Landkarten.«

»Das ist bedauerlich ...« Er schlurfte zu einem Stuhl, zog ihn heran und ließ sich seufzend neben mir nieder.

Zweifellos hatte der Stich, der vor mir lag, seinerzeit als Seekarte gedient. Am getreuesten dargestellt waren die ägyptische Küste, das Nildelta und der Flusslauf bis zum dritten Katarakt. Leider gab auch sie die Küstenlinie nicht so detailgetreu wieder, wie ich es mir gewünscht hätte. Die Libysche Wüste war eine einzige leere Fläche, die der Künstler lediglich mit einen geschwungenen Schriftzug gefüllt hatte: *Al wâdî al jadîd.*

Ich studierte die alten französischen Namen der Küstenorte. Die Bezeichnung *Selinunté* schien für das heutige As Sallûm zu stehen, eine Hafenstadt an der Grenze zu Libyen.

Ich bat Elijah um Metermaß und Graphitstift und zog unter seinen aufmerksamen Blicken eine senkrechte Gerade bis hinab ins Gebiet des heutigen Sudan. Dann folgte ich mit dem Finger dem halbwegs originalgetreu übertragenen Verlauf des Nils flussaufwärts, bis ich auf eine Markierung stieß, die den Horus von Buhên abbildete, eine Tempelstadt gegenüber dem heutigen Wadi Halfa. Von hier aus zog ich eine weitere Gerade nach Westen, bis diese die senkrechte Markierungslinie schnitt.

»Hier«, erklärte ich und deutete auf die Stelle, wo sich die beiden Linien trafen. »Der Djebel Uweinat.«

»Aah«, machte Elijah. Dann war er auch schon wieder unterwegs zum Kartenständer. Diesmal schleppte er eine großformatige Rolle heran, die über zwei Meter lang sein musste. Während er sie auf dem Tisch deponierte, leuchteten seine Augen voll aufgeregten Tatendrangs.

»Wartet«, sagte ich und unterbrach ihn in seinem Tun. »Ihr schuldet mir noch ein paar Antworten.«

»Antworten? Worauf?«

»Auf die Wahrheit. Auf diesen Staub aus Nano-Robotern. Und auf diese Stadt.«

Elijah leckte sich wieder über die Lippen und tauschte einen Blick mit Byron. »Glaubt Ihr denn, Ihr seid schon bereit für die Wahrheit?«

»Mehr als je zuvor.«

»Der Talmud sagt: Ein Mensch bleibt weise, solange er die Weisheit sucht; sobald er sie gefunden zu haben wähnt, wird er ein Narr.«

»Zum Teufel mit dem Talmud«, brauste ich auf. »Ich bin zu Fuß durch die Hölle gegangen, Rabbiner! Ich bin gestorben und trotzdem immer wieder aufgewacht. Und ich habe Dinge gesehen, die niemals existieren dürften. Ich habe in Gottes Namen ein Recht auf die Wahrheit!«

Byron massierte mit Daumen und Zeigefinger seine Nasenwurzel, dann schlug er sich dreimal mit der Faust gegen die Stirn, als wolle er auf diese Weise einen unerwünschten Gedanken vertreiben. Auf meinen fragenden Blick reagierte er mit abweisendem Schweigen.

»Habt Ihr ein Problem mit Gott, Bruder Maske?«, interessierte sich Elijah.

»Wen fragt du das, alter Mann?« Der Schwarze starrte demonstrativ gegen die Laborwand. »Jeder in dieser Stadt hat ein Problem mit ihm ...«

Der Rabbiner hob mitleidig die Augenbrauen und murmelte etwas auf Hebräisch. Dann fuhr er an mich gewandt fort: »Ich fürchte, was Ihr sucht, existiert nicht. Gäbe es nur eine Wahrheit, wären die Sterne niemals erloschen. Ich kann Euch nur Aspekte *Eurer* Wahrheit anbieten. Fragmente. Bruchstücke.« Und mit einem Seitenblick zu Byron: »Denn Gott wohnt hier nicht.«

Langsam aber sicher ging mir der Kerl auf die Nerven. Gastfreundschaft hin, Respekt her, ich verspürte mittlerweile große Lust, sein Wissen einfach aus ihm herauszuprügeln.

»Nun gut«, gab Elijah seinen Widerstand auf, als sich unsere Blicke trafen und er die Entschlossenheit in meinen Augen sah. Er ging schweigend zu seinem Mikroskop, blies die beiden Kerzen aus, verstaute das Gerät vorsichtig in einem Rucksack und schulterte ihn. Dann rief er: »Folgt mir, Ihr Herren Narren. Aber sagt nicht, ich hätte Euch nicht gewarnt!«

Gefolgt von einer Obszönitäten in mein Ohr murmelnden Demuarsell, ließen wir uns von dem Rabbiner zwei Stockwerke tiefer bis zu einer Tür führen, die so schmal war, dass der Spinnendämon mit seinem fetten Lasterleib kaum hindurchpassen würde. Ich fragte mich, womit sich Demuarsell eigentlich beschäftigte, solange sie mit Elijah allein war. Kroch sie – in lästerliche Selbstgespräche versunken – über die Flure, turmauf, turmab? Oder wohnten außer dem Rabbiner noch andere Büßer in den Tiefen des Turms, denen sie auf die Nerven gehen konnte?

Hinter der Tür führte eine schmale Steintreppe in die Tiefe, aus deren Schwärze ein kalter Luftzug emporwehte. Wasser spritzte unter meinen Füßen auf, als ich dem Rabbiner folgte, tropfte vereinzelt von der in der Dunkelheit verborgenen Decke oder rann gurgelnd in bodenlose Spalten.

»Was befindet sich dort unten?«, wollte ich wissen. »Ein See?«

»Wahrheit«, antwortete Elijah, ohne seinen Schritt zu verlangsamen. »Wo meint Ihr wohl, führe ich Euch hin?«

»Vielleicht in die Arme einer Horde Chroner.«

»Nicht so viel Argwohn«, mahnte der Rabbiner im Dunkeln.

Ich breitete die Arme aus, um nicht gegen die Wände oder Deckenvorsprünge zu stoßen, während Byron eine Hand auf meiner Schulter liegen hatte und sich einfach führen ließ. Plötzlich leuchtete ein blaues Licht auf, das mich für Sekunden blendete. Schützend hielt ich mir eine Hand vors Gesicht, bis Elijah die entfachte Laterne so weit abgeschirmt hatte, dass ihr Strahlen erträglich war. Als meine Augen sich an die Lichtquelle gewöhnt hatten, offenbarte sich mir eine hohe, sehr enge Felsspalte, die vor dem Rabbiner in eine ungewisse Finsternis führte. Der Boden der Höhle, die wir nach Durchschreiten der Spalte erreichten, war lehmig und von unzähligen Schritten glatt getreten.

»Seht Ihr«, lächelte Elijah, »keine Chronerarmee.«

Nachdem wir der unterirdischen Kluft etwa fünfzig Meter weit gefolgt waren, erreichten wir ein massives Portal aus rötlich-patiniertem Metall, das an dieser Stelle reichlich deplatziert wirkte. Der Rabbiner fischte einen Schlüsselbund aus seinem Mantel und entfernte das massive Vorhängeschloss von den Türflügeln. Auf der anderen Seite der Pforte wandelte die Höhle sich zu einem breiten Korridor, dessen Boden von massiven Steinplatten bedeckt war. Er endete vor einer weiteren mächtigen Tür. Dahinter lag ein großes, rundes Gewölbe, das offenbar als Krypta diente. Der Rabbiner trat ein und befestigte die Laterne mit einer langen Holzangel an einem Metallhaken, der von einer Kette gehalten unter der Gewölbedecke hing. Anschließend zog er das Mikroskop aus seinem Rucksack und platzierte es am Rand des Gewölbes behutsam auf dem Boden.

Die Deckenlampe erleuchtete einen einzelnen altarähnlichen Steinblock in der Gewölbemitte, auf dem eine teils mit Tuchfetzen bedeckte Gestalt lag. Ein pulsierendes blaues Glühen drang in Höhe der Brust durch den grobmaschigen Stoff, und ein tiefer, einförmiger Summton ging von ihr aus. Der gesamte Raum war erfüllt von diesem Ton, der intensiver wurde, je näher wir dem Altar kamen. Nach und nach erkannte ich, dass es sich bei dem Stück Stoff um ein zerschlissenes Gewand handelte. Es war von der gleichen Art, wie Meliosch es getragen hatte, nur war dieses hier verkrustet von Blut, übersät von Brandlöchern und zerfetzt von den Hieben zahlloser Klingen. Es zeugte von den Qualen und den körperlichen Strapazen, die dessen einstiger Träger erlitten haben musste. Es war mehr als nur eine bloße Vermutung meinerseits, dass es Elijah gewesen war, der diesen Mantel vor langer Zeit auf seiner Flucht hierher getragen hatte. Als wir schließlich vor dem Steinquader standen und der Rabbiner die Stofffetzen beiseite geschlagen hatte, klang das Summen aus der Brust der Gestalt fast wie der Antrieb eines Paraboliden.

Auf dem Altar lag ein blank gefressenes Skelett. Teile seines Brustkorbs waren durch Metallrippen ersetzt, die Wirbelsäule, der linke Arm und beide Oberschenkelknochen bestanden gänzlich aus einer silbrigen Legierung. Eine große Metallplatte, in die Form eines menschlichen Gesichts gepresst, bedeckte die Hälfte des Schädels. In den leeren Augenhöhlen erkannte ich eine erstarrte Masse, die aussah wie verschmortes Plastik. Der gesamte Brustkorb der Kreatur war erfüllt von verrotteten Schläuchen, Kabeln und patinierten Metallteilen. Inmitten des Thorax arbeitete träge eine dreckverschmierte Maschine, und anstelle des Herzens glühte ein Kristall zwischen den Rippenbögen hindurch.

Während Elijah mich lauernd vom Kopfende des Tisches an beobachtete, hing mein Blick wie gebannt an dem *Ding*, das auf dem Steinblock ruhte.

»Was ist das?«, fragte ich, obwohl ich die Antwort längst ahnte.

»Mein treuester Qdem«, erklärte Elijah in einem Tonfall, als läge vor ihm lediglich ein sezierter Frosch. »Sein Name war Barot.«

»Aber – das ist unmöglich!«

»Tatsächlich?« Elijah lachte und sah zu Byron. »Unmöglich sei es, behauptet er, Euer Freund. Hier, an diesem Ort!« Und wieder an mich gewandt: »Was habt Ihr geglaubt, sei dies? Ein Chroner?«

»Ich weiß es nicht.«

»Diese Worte höre ich von Euch andauernd«, bemerkte der Rabbiner.

»Ist das während Eurer Flucht mit ihr geschehen?«, wollte ich wissen. »Das unvollendete Werk von Tempern?«

»Nein.« Elijah starrte hasserfüllt in das blaue Glühen, das unter den Metallrippen pulsierte. »Dazu wurde sie erst hier, als ich ihr den Gottesnamen von der Stirn löschte; zu diesem Gerippe aus Schmutz und Schrott. Ich wollte ihr einen Sabbat-Tag schenken, ein wenig Frieden. Aber ich vergaß wohl für kurze Zeit, wo wir uns befanden...« Er schwieg einen Moment, ehe er fortfuhr: »Diese Welt ist tot, junger Freund, seit einer Ewigkeit schon. Unter ihrer Oberfläche sieht alles so aus wie dieser seelenlose Golem, mit dem man mich betrog. Und ich bin sicher, dass auch Meliosch, die Soldaten, die Chroner und alle restlichen Höllengeschöpfe unter ihrer Fleischschale so aussehen wie sie. Darum berührt mich ihr Schicksal nicht.«

»Meliosch wirkte äußert lebendig, als ich mit ihm sprach.«

Elijahs Augen funkelten. »Nicht alles, was spricht, lebt unweigerlich.«

»Ich habe miterlebt, wie ein Chroner von den Tempern ausgelöscht wurde«, hielt ich dagegen. »Da war kein Metall unter seiner Haut. Die Würmer haben ihn vollkommen aufgefressen.«

»Aufgelöst«, berichtigte mich Elijah. »Aufgelöst, nicht aufgefressen. Fragmentiert. So wie Säure den Kalkstein zersetzt. Und jetzt hebt Eure Hand.«

»Wie bitte?«

»Eure Hand!« Der Rabbiner hatte ein Messer gezückt und hielt vor sich eine nierenförmige Schüssel, wie sie für einen Aderlass gebräuchlich war.

Ich sah ihn misstrauisch an. »Was haben Sie vor?«

Statt zu antworten, setzte Elijah blitzschnell einen Schnitt in meinen Daumen, packte meine Hand und sammelte das Blut in der Schüssel.

»Ihr wolltet wissen, woher ich den metallischen Staub habe«, erinnerte er mich, während er einen Tropfen meines Blutes auf einer Glasplatte zu einem dünnen Film verrieb und diese unter das Mikroskop legte. »Hier, bitte«, forderte er mich auf, nachdem er den Objektträger erleuchtet hatte.

Ich ließ mich auf die Knie nieder und beugte mich über das Gerät. Auf alles wäre ich vorbereitet gewesen, nur nicht auf das, was ich durch die unscharfen Linsen der Röhre sah. Auf den ersten Blick glichen die winzigen, pyramidenförmigen Objekte unter dem Mikroskop jenen, die ich kurz zuvor in Elijahs Labor betrachtet hatte. Der wesentliche Unterschied bestand darin, dass diese hier nicht grau oder schwarz waren, sondern metallisch rot. Davon abgesehen war ihre Form mit der ihrer dunklen Gegenstücke bis aufs kleinste Detail identisch. Und noch etwas unterschied sie von jenen: Sie waren aktiv! Scheinbar aufgeregt schwärmten und drängelten sie auf der Glasplatte umher, als suchten sie die Wunde, aus der sie gequollen waren, die Kapillaren, aus denen Elijah sie gepresst hatte. Sie bildeten Gruppen und bewegten sich in breiten Kolonnen, als zwinge sie ihre Programmierung weiterhin, den Blutfluss im Körper zu imitieren, bis sie nach kurzer Zeit wieder auseinander strebten. Ich starrte in das Mikroskop, bis mir die Augen tränten, ungläubig, entsetzt, fasziniert und erschüttert. Schließlich legte ich meinen Daumen auf die Glasplatte, sodass seine Kuppe wie eine monströse Wand unter der Linse auftauchte. Schon konnte ich beobachten, wie die winzigen Maschinen auf die langsam heilende Wunde zuströmten, an deren Schnitträndern sich weitere Hundertschaften von Nanorobotern gruppiert hatten, um die Verletzung zu schließen und das Gewebe zu erneuern. Erst als sich unter dem Mikroskop nichts mehr regte und meine Augen von der Wärme der Gegenlichtflamme so ausgetrocknet waren, dass das Blinzeln wehtat, sah ich auf. Wohin ich blickte konnte ich nicht sagen. Irgendwohin, durch den Fußboden hindurch,

durch das gesamte Stadtfundament hinab in einen bodenlosen, schwarzen Schlund der Erkenntnis, dass alles um mich herum eine Lüge war.

»Es übersteigt meine Fähigkeiten, die Zahl dieser *mēchos* pro Körper zu bestimmen«, drang Elijahs Stimme wie aus weiter Ferne an mein Gehör. »Sie sind Legion. Setzen wir als Wert vielleicht die Anzahl der Zellen voraus, aus denen ein lebender Mensch besteht. Euer Körper hier setzt sich also aus rund einhundert Billionen dieser *mēchos* zusammen. Autonom arbeitende ... äh, Roboter, wie Ihr sie nennt, die in der Lage sind, sich in enormer Geschwindigkeit selbst zu reproduzieren. Verliert ein Körper durch eine Verletzung zehn Milliarden von ihnen, reproduzieren die restlichen sich so lange, bis die ursprüngliche Anzahl wiederhergestellt ist.«

»Und ebenso die ursprüngliche Form«, ergänzte Byron von irgendwo her. »Was den Heilungsprozess der vermeintlich sogar tödlich Verletzten erklärt.«

Ob die beiden zu mir sprachen oder sich miteinander unterhielten, erkannte ich nicht.

»Wir leben unter *mēchos*«, vernahm ich die Stimme des Rabbiners. »Wir werden von ihnen regiert und beten zu einer Entität, die sich ihrer künstlichen Natur womöglich nicht einmal bewusst ist. Was diese Welt einst war, ist seit Äonen dahin. Sie ist nur noch ein staubbedecktes Skelett mit einer künstlichen Zivilisation aus Schindern und Gequälten, angeführt von einem gigantischen Tyrannocephalus!«

Ich blinzelte, schaute nach Elijah aus und entdeckte ihn neben den Überresten seines Golems. Fast wehmütig streichelte er den Skelettschädel, als wische er ihm Tränen aus den toten Augenwinkeln, dann steckte er seine Hand in den Brustkorb. Er riss etwas heraus, das den Kristall mit der Maschine verband, und ließ es in seiner Manteltasche verschwinden. Das blaue Glühen erlosch, gleichzeitig verstummte der tiefe, summende Ton in der Brust des Golemgerippes. Der Kristall wurde erst milchig, dann porös und zersprang schließlich mit einem dumpfen Klirren in tausend Stücke. Rauchschlieren tanzten durch den Raum.

Ich blickte wie versteinert auf den Thorax. Zu unbegreiflich war der Abgrund, der sich hinter meinem Glaubenshorizont auftat, so gewaltig, dass ich ihn mit meinen rotierenden Gedanken gar nicht auszufüllen vermochte.

»Nun, ich hatte Euch gewarnt«, flüsterte mir Elijah ins Ohr, als er an mir vorbeischritt. »Ihr habt dem Schein dieser Welt vertraut, ohne ihr Sein zu erkennen. Nichts lebt hier, Hippolyt Krispin. Nichts!«

Ich starrte Byron an, der spöttisch lächelnd zu mir herübersah – dann sprang ich auf und stürzte aus dem Gewölbe.

Lazarium 10 • Freiraum II

»Gelobt sei der Erhalter«, verkündete Tetah-El. »Vollkommen ist, was er tut, denn alle seine Strafen sind recht. Doch ein falsches, verdrehtes Geschlecht fiel von ihm ab, Verkrüppelte, die nicht mehr seine Söhne waren. Sie wohnten in den Tiefen, in den Abgründen, auf den Ebenen, wo wildes Getier heulte. Sie verstießen die Aufseher, die sie geformt hatten, und verachteten den Fels, der sie gerettet hatte. Sie weckten ihre Eifersucht, reizten ihren Zorn durch eigene Schöpfungen. Sie entfachten ein Feuer, das bis in die unterste Totenwelt loderte; das die Erde verzehrte und alles, was auf ihr wuchs. Ein Feuer, das die Fundamente der Türme schmolz.«

Ka verdrehte entnervt die Augen. Seit geraumer Zeit lief er allein hinter Tetah-El her, da Ur-El und Arat-El es vorzogen, sich ständig in ihre Einzelteile aufzulösen. Alle paar Kilometer fielen sie auseinander und benötigten eine endlose Zeit, um ihre Gliedmaßen und künstlichen Innereien wieder zusammenzusammeln und zur Gruppe aufzuschließen. Ohne die Autorität von Ur-El blieb *Ka* Tetah-Els nervtötendes Geschwätz über den Alten Krieg nicht erspart. Die altersschwache Maschine redete und redete ohne Unterlass, ganz im Gegensatz zu Arat-El, dessen Einsilbigkeit *Ka* mittlerweile herbeisehnte. War Arat-El nicht gerade mit Reparaturarbeiten an sich selbst beschäftigt, begnügte er sich damit, in wenigen Sätzen zu schildern, was ihm durch den rostigen Kopf ging, um anschließend wieder für Stunden in Schweigen zu verfallen. Tetah-El hingegen gefiel sich in der Rolle des langatmigen Chronisten.

»Hier sind sie aufgereiht, die Vergangenen«, salbaderte er

und deutete über die Felder. »Sie sind am Himmel schlafen gegangen, sprechen keine Urteile mehr. Der Richter der Wahrheit hat sich verschleiert, die heiligen Orte sind ruhig und dunkel ...«

Tetah-Els künstliche Unterlippe glich einer fetten Raupe, rot und runzlig, mit schwarzen Punkten getrockneten Öls auf ihrem dicken Leib. Sie war in seinen Mundwinkeln faltig, während ihr breiiger Körper fettig glänzte. *Ka* stellte sich vor, wie sie sich von Tetah-Els Mund löste und ihm übers Gesicht kroch auf der Suche nach Nahrung für seine pathetischen Reden.

»Wehe dir, der du allezeit zerstörst und selbst nie zerstört worden bist«, rief die Maschine in die Wolken, während sie ihren Ersatzkopf und den Arm an den Schnüren, die sie sich aus Streifen ihres Uniform-Umhangs geknotet haben musste, hinter sich herzog. »Dies war das Heer der Heere, das dich entzweit hat über deinem Volk! Wehe dir, du Empörer, gegen den sich äonenlang niemand mehr empört hat. Die Aufseher leben nicht mehr, mit all dem Herrschen hat es ein Ende. Doch an deinem Palast ranken sich Dornen empor, in deiner Burg wachsen Nesseln und Disteln. Dein Turm wird zu einem Ort für Schakale, zu einem Platz für Ungeziefer. Spinnen und Würmer treffen sich dort, die Toten begegnen einander. Für immer sollen sie ihn besitzen, von Generation zu Generation darin wohnen. Es gibt keinen Thron mehr für dich! Ihr Tore, hebt euch empor! Hebt euch, ihr uralten Pforten!«

Ka schielte erwartungsvoll gen Himmel, doch in den Wolken tat sich nichts. Schließlich beobachtete er wieder Tetah-Els auf und ab hüpfenden Zweitschädel. Er fand es lustig anzusehen, wie der Kopf über die Steine geschleift wurde und ab und zu mit dem Gesicht im Dreck pflügte, um mit dem halb offenen Mund kleine Knochen aufzusammeln. Sie verschwanden hinter seinen Metallzähnen. Tetah-Els abgefallener linker Arm, den er an eine zweite Schnur gebunden hatte, griff im

Vorbeirutschen sporadisch faustgroße Kiesel auf und warf sie in den Bach, an dessen Ufer sie entlangliefen.

Etwas in der Strömung folgte beständig ihrem Weg. Es wühlte die Wasseroberfläche auf, wenn es sich bewegte und nach den Steinen schnappte, sobald sie eintauchten. *Ka* hörte das dumpfe Knallen, wenn die Kreatur sie mit den Kiefern zermalmte, als wären es Nüsse. Um das Geschöpf zu provozieren, trat er einen mächtigen Stein in den Bach. Das Wasser begann zu brodeln und zu gischten, und einige Augenblicke lang sah *Ka* den Kopf des Wesens, das ihnen folgte. Es glotzte ihn an, während es seine vier stählernen Kiefer öffnete, um sie mit einem lauten Krachen wieder zu schließen. Dann tauchte es unter. Erschrocken starrte *Ka* auf die sich langsam beruhigende Wasseroberfläche, dann wanderte sein Blick über die Felder, und er erkannte, dass zumindest Arat-El fast wieder zur Gruppe aufgeschlossen hatte. Er humpelte kaum zwanzig Schritte hinter ihnen her.

»Das ist der Frevler Anteil bei den Aufsehern«, sprach Tetah-El. »Der Gewalttätigen Erbe. Sie bauten sich wie Spinnen ihre Häuser, doch der Schrecken holte sie ein wie eine Wasserflut, der Sturmwind trug sie fort bei Nacht. Er stürzte sich schonungslos auf sie, verflucht ist ihr Anteil auf der Welt. Dürre und Hitze rafften die Lebendigen fort. Gewürm labt sich nun an ihrem Fleisch, nie mehr wird ihrer gedacht. Die Aufseher rissen die Frevler hinweg mit ihrer Macht. Ihre Türme gaben ihnen Sicherheit, sie vertrauten darauf; doch *seine* Augen überwachen ihre Wege. Sie kamen heraus für kurze Zeit, dann war es aus. Alle wurde sie von seiner Faust gepackt und wie Ährenspitzen abgeschnitten.« Er wandte sich um, als Arat-El ihn scheppernd erreicht hatte, und fragte: »War es nicht so, Bruder? Wer straft mich Lügen und bringt mich zum Schweigen?«

»Ich werde es tun, wenn du nicht endlich dein Maul hältst!«, knurrte Arat-El. »Sieh lieber zu, wo du hintrittst, damit du nicht so endest wie die Kiesel.«

Tetah-Els abgetrennter Arm warf einen faustgroßen Stein in Arat-Els Richtung, der diese Reaktion offensichtlich erwartet hatte und dem Geschoss flink auswich. Im Gegenzug gab Arat-El dem Kopf an der Schnur einen Tritt. Der Schädel entledigte sich eines Großteils seiner eingesammelten Knochen, als er über die Felsen polterte. Tetah-El selbst verlor das Gleichgewicht, als ihm der Kopf zwischen die Füße rollte. Bemüht, nicht darauf zu treten, stolperte er in die Felder und riss zwei Thoraxe mit sich, die krachend mit ihm zu Boden gingen.

»Du Bastard!«, ächzte Tetah-El, während er wütend die Rippen beiseite wischte und unbeholfen wieder auf die Beine kam. »Du verdammter Bastard!« Er spuckte verächtlich einen Schwall Öl aus, wobei die Substanz fast seinen zweiten Schädel traf, der auf dem Boden lag und mit seinem Mund Bewegungen machte wie ein hungriger Karpfen. »Ich werde *ihm* über diesen Vorfall Bericht erstatten!«

Arat-El winkte ab. »Nur zu, aber gib Acht, dass du zuvor auch all das nach Hause schleppst, was dir gehört.«

Tetah-El verschluckte seine Erwiderung, wandte sich ruckartig um und stakste davon. Arat-El machte gegenüber *Ka* eine entschuldigende Geste, zu der nur eine ramponierte Maschine fähig war, und humpelte seinem Artgenossen hinterher. *Ka* ließ sich Zeit, den beiden zu folgen. Er hielt eine Weile nach Ur-El Ausschau in der Hoffnung, dieser hätte sich wieder so weit zusammengeklaubt, um seinen Marsch fortzusetzen, aber sein Blick wurde enttäuscht. Nichts bewegte sich in den Feldern.

Für einen Moment hielt *Ka* inne und studierte die schwerfälligen Bewegungen der Wolken, die sich über die Ebene wälzten. Die Sonne hing wie ein grimmiges Auge über dem Horizont. *Ka* starrte eine Weile in das tiefrote, unheilvolle Glühen hinter dem Schleier aus Rauch und Knochenstaub, dann nahm er eine unheilvolle Veränderung des Himmels wahr. Er legte den Kopf in den Nacken und wurde auf einen riesigen

Schatten aufmerksam, der unmittelbar über ihm die Wolken verdunkelte. Es sah aus, als ob der Mond auf die Erde stürzte. Zwei, drei Herzschläge lang stockte *Ka* der Atem, dann durchbrach das herabstürzende Objekt die Wolkendecke und hielt in seinem Sturz inne.

Ka machte ein paar lächerlich anmutende Schritte rückwärts, verlor das Gleichgewicht und fiel hilflos zu Boden. Mit weit aufgerissenen Augen starrte er in den Himmel, aus dem ihn ein riesiges Gesicht aus Stein ansah. Gelähmt vor Entsetzen ließ *Ka* seinen Blick über die hohe, gewölbte Stirn wandern, die von riesigen Steinlocken umrahmt wurde; über die buschigen Augenbrauen, unter denen raubvogelartige Augen glühten, über die schmale, gekrümmte Nase und den breiten Mund mit den scharf geschnittenen Lippen – alles aus Stein.

Das Gesicht musterte *Ka* schweigend, dann blinzelte es, und der riesige Mund verzog sich zu einem herrisch-spöttischen Lächeln. Einen Augenblick später stieg es wieder empor und wurde von den Wolken verschluckt.

Obwohl die Erscheinung längst wieder verschwunden war, blieb *Ka* reglos liegen, die Hände tief in den verbrannten Boden gekrallt und starr vor Angst.

Was, in aller Welt, hatte er da eben gesehen?

Mekropalladium 16

Es wurde tatsächlich dunkler ...

Der Himmel verfinsterte sich jedoch nicht, wie ich es von der Erde gewohnt war, sondern gleichmäßig, als würden sich nur noch mehr Wolken über der Stadt zusammenballen und das Sonnenlicht schlucken. Nach wie vor rätselte ich, ob tatsächlich eine Sonne über den Wolken stand oder das Licht nicht doch von Milliarden von Scheinwerfern erzeugt wurde, die über ein Kuppeldach verteilt waren. Das langsame Heranziehen der Nacht wirkte, als reguliere jemand die Helligkeit mit einem Dimmer.

Falls diese Stadt sich auf einem fernen Planeten befand, der sich nur quälend langsam um seine Achse drehte, musste die Dunkelheit trotz der dichten Wolkendecke von einem Horizont zum anderen wandern. Sollte dies aber tatsächlich das Inferno, die Duat, der Scheol oder weiß Gott was für ein verdammter Ort sein, durfte ich annehmen, dass astronomische Abläufe, wie ich sie von der Erde kannte, nur bedingt stattfanden. Vielleicht existierte keine Sonne. Vielleicht gab es außer dieser Welt überhaupt keine Sterne oder Planeten; keinen Mond, der Gezeiten verursachte, keinen Asteroidengürtel und keinen kosmischen Staub, der sich als Sternschnuppen in die Atmosphäre verirrte. Ein leeres, ewig finsteres Paralleluniversum, in dem nur ein einsamer düsterer Planet trieb. Eine Welt, deren Herrscher sich nach der Vielfalt eines lebendigen Universums sehnten und alles taten, um das Leben zu kopieren. Unsterbliche Kreaturen, die nicht in der Lage waren, diese Dimension zu verlassen; denen die äonenlange Einsamkeit und Leere ihres Universums nach und nach den

Verstand geraubt hatten, und für die die Pein ihrer künstlichen Schöpfungen mittlerweile das einzige Vergnügen darstellte, das sie noch zu empfinden vermochten ...

Elijah und Byron hatten mich den inneren Konflikt, aus einem Gewimmel winziger Maschinen zu bestehen, auf meinen ausdrücklichen Wunsch hin mit mir selbst ausfechten lassen. In Situationen, in denen anderen nach menschlicher Nähe und analytischen Gesprächen zumute war, suchte ich mein Heil in Abgeschiedenheit und Stille. Dann unterhielt ich mich in Gedanken mit Giza. Er ordnete meine Gedanken zuverlässiger als quasselnde Populärpsychologen, die sich nicht abschalten ließen.

Bei meinem ziellosen Umherwandern hatte ich das Treppenhaus des Turms als eine einzige Bibliothek kennen gelernt. Ich war stundenlang die Etagen auf und ab geschlendert, in einer fast schon neurotischen Form von Selbstfindung, auf der Suche nach Ruhe und Ordnung und innerer Kontrolle. Dabei hatte ich da und dort einen Folianten oder Papyrus herausgegriffen und ohne besonderes Interesse hineingelesen. Viele waren in antiken Sprachen verfasst; Altgriechisch, Hieratisch, Sumerisch oder sogar in Kobe. Eine Reihe von Büchern, scheinbar eine Art Stadtchronik, hatten schließlich doch noch meinen Wissensdurst geweckt. Ich hatte die drei schweren Bände mitgenommen und mich weiter oben im Turm in ein bescheiden ausgestattetes Zimmer zurückgezogen, aus dessen Fenster ich eine gute Sicht auf den Fluss hatte, mit Blick auf die zerstörte Brücke. Elijah hatte mich eindringlich davor gewarnt, die obersten Stockwerke des Turms zu betreten. Die Geräusche, die durchs Treppenhaus herabdrangen, hätten allerdings von selbst ausgereicht, um mich vom Mezzanin fern zu halten. Was man hörte, wenn man an der Galerie im achten oder neunten Stock stand, klang, als befände sich unter dem Turmdach ein Insektarium für mutierte Ungeziefer. Der Gedanke, dass auch Demuarsell hin und wieder dort oben verkehrte, um zu fressen oder sich zu amüsieren, lag nahe.

Das Besondere an der vermeintlichen Stadtchronik war, dass einiges, was darin beschrieben wurde, sich auf das alte Ägypten bezog, und zwar auf eine Epoche, die weit vor den ersten geschichtlichen Überlieferungen angesiedelt war: dem legendären Tep-Zepi-Zeitalter.

Sowohl das Turiner Königspapyrus als auch der Priester Mantheo bezeichnen das Tep Zepi als die vom Gott Ptah begründete ›Regierungszeit der Götter‹. Dieser soll neuntausend Jahre über Ägypten geherrscht haben, ehe er sich den Legenden zufolge wieder auf eine Welt zurückzog, die Sopdet genannt wurde; der ägyptische Name für den Sirius. Nach Ptah wurde das Land fast fünftausend Jahre lang nacheinander von sieben weiteren Göttern regiert: Ra, Schu, Geb, Osiris, Seth, Horus und Thot. Letzterer gilt als Gott der Wissenschaft. Mit ihm, so steht geschrieben, endete die Herrschaft der tellurischen Achtheit. Insofern, spekulierte ich, dürfte *er* für alles verantwortlich gewesen sein …

Ich verbrachte geraume Zeit damit, die in *Soth* und *Abed* gehaltenen *Sarara*-Zeitangaben in irdische Stunden, Tage und Jahre umzurechnen, um greifbare Daten zu erlangen, und kam zu dem Ergebnis, dass die Chronik um das Jahr 18.000 vor Christus begann und kurz vor Beginn der 19. Pharaonendynastie abrupt endete; etwa 1300 Jahre vor der Zeitenwende. Dies konnte die Epoche gewesen sein, zu der sich die von Sahia erwähnte Katastrophe ereignet haben musste.

Was mir auffiel, waren die in der Chronik spärlich vorhandenen Abbildungen besagter Götter. Sie wirkten relativ menschlich, mit langen schlanken Gliedern und langen Köpfen, wie es im alten Ägypten nach dem Abbinden des wachsenden Schädels ab frühester Kindheit als vornehmes Schönheitsideal galt. Ich betrachtete lange ein Bild von Osiris, den man in späterer Zeit zum Herrn über das Totenreich gemacht hatte. Zwar wirkte er nicht viel größer als der Priester, der auf der Zeichnung vor ihm kniete, doch seine Haut war wie auch die der übrigen Götter abgrundtief schwarz, sodass sein Gesicht auf der Abbildung aussah, als hätte sich in seiner Dunkelheit ein strahlend weißes Auge geöffnet.

Der Schwerpunkt der kryptischen Texte lag jedoch auf der menschlichen Evolution; der Schöpfung, ihrer Entfaltung und Ausbreitung und ihrer Fort- und Rückschritte. Angesichts dieser teils akribischen Aufzeichnungen machte sich nicht selten ein mulmiges Gefühl in mir breit – denn falls ich den Zeilen Glauben schenken durfte, waren wir keinesfalls ein Zufallsprodukt der Natur, sondern das Resultat gezielter Hominisation. Kapitelweise wurden Evolutionseigenschaften abgehandelt; Genomgröße, Hirngröße, Lern- und Lehrvermögen, Sprache, Kultur, Schrift, Erfindungen, angesammeltes Wissen … Stellenweise las die Chronik sich wie ein Fachbuch für die Aufzucht und Pflege von Frühmenschen bis hin zur dynastischen Hochkultur.

Offenbar hatte *Sarara* einst wie ein gigantisches, Kontinente überspannendes Terrarium funktioniert. Eine Dimension von der Größe eines Mondes, die auf unbegreifliche Weise unsichtbar mit unserer Welt verschmolzen war. Sobald die Zeit (oder besser gesagt: die Menschheit) reif gewesen wäre, hatten unsere Züchter bildlich gesprochen einfach den Deckel angehoben und uns, ihre Kultur, auf die Welt losgelassen, um sich still und heimlich zum nächsten geeigneten Planeten davonzuschleichen und dort über zahllose Generationen hinweg das Gleiche zu praktizieren.

So wäre es wohl auch geschehen, wenn – ja, wenn nicht kurz vor Ende des Projekts um das Jahr 3100 vor Christus irgendetwas gewaltig schief gelaufen wäre. Eine außer Kontrolle geratene Entartung, in deren apokalyptischem Resultat ich nun, Jahrtausende später, gefangen war und welche jene, die dafür Verantwortlich waren, dazu bewogen hatte, die gesamte verseuchte Sphäre aus dem uns bekannten Universum zu verstoßen – auf eine Art kosmische Müllhalde.

Die einzelnen Ebenen von *Sarara* hatten demnach ursprünglich nicht als diverse Himmel und Höllen funktioniert, wie es aus heutiger Sicht erscheinen mochte, sondern als Gehege der Menschen in verschiedenen Stadien der Entwicklung. Einige Textabschnitte schienen zu besagen, dass man den idealen Homunkulus dabei aus sechs verschiedenen Ingredienzien zusammengesetzt hatte, deren Namen mir aus der ägyptischen Totenlehre nur zu geläufig waren: *Ach, Ka, Ba, Schut, Chet* und *Ren;* die Leib- und Seelenwesen des Menschen.

Jene namenlosen Fremden, die gegen Ende der Altsteinzeit gekommen waren, um uns nach ihren Vorstellungen und Plänen zu formen, hatten dies folglich nicht aus religiösen, sondern aus rein wissenschaftlichen Motiven getan. Um uns am Ende als modifizierte Spezies auf unseren Planeten loszulassen oder einfach nur aufzufressen, blieb dahingestellt.

Ob die Menschheit durch das Hinauskatapultieren der *Sarara*-Sphäre aus dem bekannten Kosmos die letzte Spezies in einer langen Reihe von kosmischen Zuchtprojekten gewesen war, ging aus den Büchern nicht hervor. Vielleicht gab es irgendwo in Elijahs Bibliothek andere Schriftzeugnisse, die Aufschluss darüber gaben. Rätselhaft blieb für mich jedoch die Zeit, die zwischen dem Auftauchen der Kemahor und ihrer unkontrollierten, folgenschweren Ausbreitung innerhalb der *Sarara*-Grenzen bis zu jener Katastrophe vergangen war, die die Sphäre und alles Abnorme aus dem bekannten Kosmos geschleudert hatte. Hatten die einstigen Betreiber die Entartung also nicht überlebt? War daher für nahezu zweitausend Jahre alles aus dem Ruder gelaufen? Mussten von irgendwo her aus dem Universum erst andere ›Schöpfer‹ herbeieilen, um den Misserfolg ihrer Kollegen samt Aufzuchtstation zu beseitigen? Von einer Welt, von der aus sie fast zwei Jahrtausende unterwegs waren?

Was mir während der Lektüre der Chronik ebenfalls auffiel, war die ständige Erwähnung eines Ortes namens *tahid mehagath,* für den ich keine brauchbarere Übersetzung aus der Kobe-Sprache fand als ›unterirdischer Himmel‹. Anhand der spärlichen Angaben über Zweck und Lage dieses offenbar geheimen Ortes vermutete ich jedoch, dass es sich um eine Art unterirdischer Fabrik gehandelt haben musste.

Über jene unbeschreibliche Katastrophe, von der Sahia gesprochen und die sowohl *Sarara* als auch die irdische Welt erschüttert hatte, fand ich am Ende des letzten der drei Bücher einen kurzen Abschnitt, der einen Brückenschlag zur mir bekannten ägyptischen Geschichte bildete; eine Beschreibung von Ereignissen, die ich so ähnlich auch von Wandreliefs kannte. Sie handelte von einem ›furchtbaren Geräusch, das sich forterben würde bis zum Ende der Tage‹: Das Geräusch zusammenstürzender Tempel und Götterbildnisse – die Folge eines gewaltigen Erdbebens, wie ich vermutete. Weiter war zu lesen: *Die strahlenden Städte entlang des Idu gingen in Flammen auf. Sie wurden dein Opfer, Vater des Schreckens, die Tempel, in denen die wollüstigen Mischlinge hausten, aus den unergründlichen Bergen der Quelle, des Urlandes der Götter. Der Abgrund, der die Kemahor einst gebar, öffnete sich zweitausend Soth, nachdem sie das Land erobert hatten und verschlang sie allesamt. Denn Sein waren sie und blieben es auf ewig.*

Dennoch schienen jene, die *Sarara* verbannt hatten, in ihrer Eile nachlässig gewesen zu sein, denn die beiden Dimensionen lagen keinesfalls so unerreichbar weit voneinander entfernt, wie es ursprünglich geplant war – was nicht allein meine Gegenwart bewies. Alle neunundvierzig Jahre, so beschrieb es die Chronik, ereignete sich für kurze Zeit so etwas wie eine Überlappung, eine ephemere Berührung der Welten, zu flüchtig für feststoffliche Körper – aber nicht für Gespenster ...

Ich musste plötzlich an das Aphonnon-Fest denken. Eigentlich war es für jene Menschen, die keine entsprechend geschulten Priester waren, kein Festtag, sondern das genaue Gegenteil: ein lähmender Zustand der Angst vor den *Ach*-Geistern, die für eine Nacht die Welt heimsuchten. Ursprünglich Lichtwesen, die sich im Kosmos frei bewegen konnten, genossen die *Ach*-Geister im Alten Reich noch hohen Respekt. Sie begleiteten das göttliche *Ba* und wohnten im Jenseits unter den Seligen.

Seit dem Neuen Reich war der *Ach* jedoch plötzlich als Totengeist betrachtet worden, eine Art Unheil bringendes Gespenst, das die Lebenden plagte. Die Bedrohung durch die *Ach*-Geister erschien den Ägyptern damals so groß, dass in der *Lehre des Ani* sogar vor ihnen gewarnt wurde. Was den Menschen heilig gewesen war, wurde nach der Katastrophe plötzlich gefürchtet. Man hatte Angst, dass die *Ach*-Geister rachsüchtig und verbittert emporsteigen würden aus der verbannten Sphäre *Sarara*. Ein weiteres Fragment, das meine Entartungs-Theorie nährte.

Es war die Geburtsstunde der Hölle ...

Ich schloss das Buch, da es zum konzentrierten Lesen inzwischen zu dunkel geworden war, und stellte alle drei Folianten auf ein schiefes Wandregal. Für eine Weile lauschte ich in mich hinein, bildete mir ein, Millionen von Nano-Robotern in mir krabbeln zu hören.

Nachdenklich lehnte ich mich ans Fenster. Mit der Dämmerung verließen auch die Kinder ihr unterirdisches Reich. Zu Hunderten strömten sie aus den Kanälen, deren Mündungen über Kilometer hinweg das Ufer säumten. Auf der anderen Flussseite, im Haus gegenüber, tauchte ebenfalls eine schattenhafte Gestalt am Fenster auf und beobachtete die nackten Körper, die lärmend ins Wasser sprangen. Die Breite des Flusses betrug an dieser Stelle vielleicht fünfzig Meter. Vom Fundament des Turms bis zum Felsufer der Insel waren es etwa vier Meter.

Die Kinder trieben mit ihren Dimetrodon-Rückenflossen wie bizarre Segelboote durchs Wasser, während sie einander mit Algen und Schlamm bewarfen. Eine der Kreaturen näherte sich der Insel und kletterte ans Ufer. Sie hatte den haarlosen Kopf in den Nacken gelegt und sah zu mir empor, dann kroch sie auf die Hauswand zu, griff mit den dicken kleinen Händen in die Mauerfugen und kletterte langsam zu mir herauf. Als Manom das Fenster erreicht hatte, lächelte er und inspizierte das Innere des Zimmers.

»*Tivisre ech nehen saal?*«, fragte er gespannt.

Ich schüttelte den Kopf. »Du machst nur den Boden schmutzig.«

»*Lan deleiac?*« Manom machte Anstalten, ins Zimmer zu kriechen. Ich schaute ihn mahnend an, worauf er sich wieder auf dem Sims niederließ. Seine wässrigen Augen sahen mich aufmerksam an.

»Was ist los?«, wollte ich wissen.

»*Jass vertuhe gejn?*«

»Keine Sorge, mir geht es gut. Ich komme schon klar.«

Ich hatte gewisse Bedenken, Manoms badendes Gefolge könnte ebenfalls heraufgekrochen kommen, und warf argwöhnisch einen Blick aus dem Fenster. Die anderen Kinder waren jedoch mit sich selbst beschäftigt und nahmen keine Notiz von uns.

»Du solltest auch wieder baden gehen«, riet ich Manom und setzte mich neben ihn. »Dein Geruch verpestet das ganze Zimmer.«

Der Junge blickte überrascht auf. »*Ech faset benokka daj!*«, empörte er sich und roch zur Probe an seinem Bauch. »*Bjooka!*«, stellte er fest.

»Dann solltet ihr euch nicht mit Schlamm waschen, sondern mit Wasser.«

Manom lachte amüsiert. »*Onach derselvet basay merridem*«, war alles, was ihm dazu einfiel. Ich verzog gequält das Gesicht und erhob mich übertrieben langsam, als ob mir das Aufstehen sehr schwer falle.

»*Qas punechet somril?*«

»Kerzen?« Ich blieb überrascht stehen. »Wofür Kerzen? Bist du raufgekommen, um zu plündern?«

»*Noon antar fahacey.*« Der Junge blickte betreten in eine Ecke des Zimmers und rutschte nervös auf dem Fenstersims herum. Ich schaute ihn betroffen an, räusperte mich und sah mich ratlos um.

»*Daj!*« Manom lächelte schief. »*Harrae ellea veihn avei*«, versprach er mir.

»Das will ich auch hoffen, mein Freund.« Ich durchsuchte die Nachbarräume, fand tatsächlich zwei Kerzen und wickelte sie in ein Leintuch. Manom nahm es vorsichtig entgegen, als wolle er dadurch seine Absicht bekunden, nichts zu beschädigen.

»*Akoma.*«

»Nicht der Rede wert.« Ich sah zu, wie der Junge den Halt des Bündels überprüfte. Nachdem er sich vergewissert hatte, dass es sicher verschnürt war, schaute er mich aufmunternd an.

»*Tautar as miope kalsa?*«

»Ein Gebet?«

»*Maech gorand?*«

»Ich glaube nicht, dass ein Gebet an diesem Ort viel Sinn hat.«

»*Anako meschad.*«

Ich zuckte die Achseln. »Na schön, aber warte hier!« Ich lief vor zur Galerie und blätterte ein gutes Dutzend Bücher nach einem passenden Text durch. Die meisten Werke befassten sich mit Wissenschaft und ließen in den Regalen daher wenig Platz für Frömmigkeit. Wozu auch? Ein Mann, der vier Jahrhunderte nach seinem Tod noch immer keinen Himmelsboten, dafür aber unsägliches Leid erblickt hatte, legte mit Sicherheit keinen Wert mehr auf Gottesfurcht. Nach langem

Suchen fiel mir ein Buch in die Hände, das sich mit den Geheimlehren der Essäer über Engel und Sterne befasste. Damit lief ich zurück zu Manom, der ungeduldig auf dem Sims ausgeharrt hatte, zog einen Stuhl herbei und setzte mich neben den Jungen ans Fenster. Dann packte ich das Buch auf meinen Schoß, schlug es in der Mitte auf und blätterte es in beide Richtungen gleichzeitig durch, in der Hoffnung, eine passende Textpassage zu finden. Dabei stieß ich zufällig auf eine handschriftliche Notiz, die mich elektrisierte. Ich markierte die Stelle und blätterte ein wenig zerstreut weiter. Manom schwieg gespannt, wobei er den Kopf verdrehte, um vom Fenstersims her einen Blick auf einige der Zeichnungen im Buch zu erhaschen.

»Ich schreibe es dir auf ein Blatt Papier«, erklärte ich, als ich eine passende Litanei gefunden hatte. »Aber du darfst es nicht fallen lassen! Gebete, die ins Wasser fallen, werden nicht mehr erhört ...«

Manom murmelte etwas Unverständliches, als ich ihm den Zettel gab. Er las den Text schweigend durch, faltete das Papier und steckte es zu den Kerzen. Dann hob er in altem Stolz sein kahles Haupt, lächelte und sagte: »*Caleo.*«

»Bis bald.«

Der Junge drehte sich um und kroch die Hauswand wieder hinab. Ich beobachtete ihn, wie er ins Wasser glitt und das Leinenbündel dabei hoch erhoben hielt. Er beriet sich kurz mit den anderen Kindern, dann schwammen sie gemeinsam ans gegenüberliegende Ufer und verschwanden in einem der Schächte. Die schattenhafte Person im Haus gegenüber stand noch immer reglos am Fenster. Erst nachdem die letzte Rückenflosse abgetaucht war, trat sie zurück und schob einen Bretterverschlag vor die Öffnung.

Die Zeitspanne, während derer es vollkommen dunkel wurde, schien kaum zwei Stunden zu umfassen. Mit dem Einbruch der

Nacht veränderten sich auch die Geräusche der Stadt. Im Grunde wurde es leiser, doch die Laute, die dafür einsetzten, waren umso Furcht erregender. Wehe jenen, die bisher kein Versteck gefunden hatten …

Zum ersten Mal bemerkte ich nun, dass die gesamte Stadt glühte. Es waren nicht die Wohnungen der Häuser oder gar das Gestein, das leuchtete, sondern die Zwischenräume. Die Stadt glühte wie eine Neonmetropole im Dunst, flackernd und blitzend, fast so, als hätten ihre Bewohner überall auf den Straßen riesige Feuer entfacht, um Autodafés zu zelebrieren …

Gesang war zu hören. Er klang dumpf und weit entfernt. Ich trat ans Fenster, um ein paar Brocken davon zu verstehen, und wurde auf die Lichtfinger aufmerksam. Patrouillenboote kreuzten lautlos auf dem Fluss, grauschwarze Schatten, die ihre Suchscheinwerfer über das nachtschwarze Wasser, die Häuserfronten und die Öffnungen der Schächte wandern ließen. Über den Verlauf der Wasserstraße hinweg blickend, erkannte ich Dutzende von Lichtsäulen.

Ein tiefes, rhythmisches Surren brachte die Mauern zum Vibrieren und ließ mich aufschauen. Über den Turm schob sich der Schatten eines Paraboliden. Ein innerer Instinkt riet mir, mich zu ducken, um keine Aufmerksamkeit auf mich zu lenken. Über den Fenstersims hinweg beobachtete ich das monströse Flugobjekt. Es ähnelte in seiner Form einem an der Spitze abgerundeten Kegel mit einem Bodendurchmesser von über fünfzig Metern und war völlig unbeleuchtet. Seine Besatzung brauchte dennoch keine unerwartete Kollision zu befürchten, denn außer den Paraboliden war es Elijah zufolge keinem anderen Flugobjekt erlaubt, den Luftraum über der Stadt während der Dunkelphase zu verletzen. Wer es dennoch tat, wurde ohne Vorwarnung abgeschossen.

Ich hob meinen Kopf, fasziniert von dem Geschehen, das sich am Nachthimmel abspielte. Dutzende der wuchtigen

Schiffe sanken aus den Wolken herab, wachsame Giganten, deren Kameras unablässig das Geschehen in den Straßen und Gassen, den Kanälen und Hinterhöfen beobachteten und das Treiben der Menschen observierten. Wenn ich Elijahs Worten Glauben schenken durfte, wurden selbst die unmittelbar unter den Hausdächern gelegenen Wohnungen von den Kameras der Unsichtbarkeit entrissen. Büßer, die in Ungnade fielen, wurden daher mit Vorliebe in die Dachwohnungen einquartiert.

»Es existiert eine Maxime in dieser Stadt«, hatte Elijah erklärt. »Privilegierte und Diener der Herrschenden genießen Immunität und Privatsphäre in den Untergeschossen – mit schalldichten Wänden und Türen und strahlenisolierten, nach außen verspiegelten Fenstern. Bürger mit geringfügigem Strafregister werden der Schallisolierung und Verspiegelung beraubt. Wiederholungstäter und mittelschwere Fälle werden zur eindeutigen Warnung in die oberen Geschosse verlegt – in Wohnungen, die unmittelbar unter den gefürchteten Dachwohnungen liegen, mit Fenstern ohne Scheiben, um den Paraboliden uneingeschränkte Einsicht zu gewähren. Die Unverbesserlichen steckt man in die Mansarden – oder verfrachtet sie sofort in die Bußsektoren.«

»Das bedeutet, dass nicht die gesamte Stadt der Strafe dient«, hatte ich daraus geschlossen.

»Strafe ist ein dehnbarer Terminus«, hatte Elijahs Antwort gelautet. »Ob man bis in alle Ewigkeit von anderen gepeinigt wird oder einen Hoffnungslosigkeit und Langeweile quälen, bleibt sich letzten Endes gleich.«

»Wer steuert die Paraboliden? Die Chroner?«

»Ich kenne niemanden, der bisher das Innere eines solchen Luftschiffes erblickt hat«, hatte der Rabbiner zugegeben.

»Vielleicht steuern sie sich selbst«, hatte Byron eingeworfen. »Wie fette, schwarze Drohnen. Sie sind nicht auf Licht und Suchscheinwerfer angewiesen wie die Patrouillenboote auf dem Fluss oder in der Lagune. Den Kameras unter ihren Metallbäuchen entgeht kaum eine Bodenbewegung, ganz zu schweigen von ihren Strahlenkanonen.«

Ich sah dem gigantischen Schatten über dem Turm hinterher. Das bedächtig um seine Längsachse rotierende Schiff schwebte langsam über den Fluss und verschwand schließlich im Dunst. Erst als die schwarze Masse kaum noch zu sehen und ihr Surren eins geworden war mit den Geräuschen der Stadt, trat ich von meinem Beobachtungsposten an der Fensteröffnung zurück.

Du bestehst aus derselben Materie wie sie, raunte Giza in meinem Kopf. *Warum stehst du noch hier rum und hältst Maulaffen feil? Du trägst die Antwort in dir. Alle Antworten …*

Ich blätterte das Essäer-Buch an der markierten Stelle auf und las die handschriftliche Bemerkung und den dazugehörigen Textabschnitt aufmerksam durch. Er beschäftigte sich mit den Bene-Elohim-Stämmen und ihrem Treiben unter den Menschen. Irgendein emotional engagierter Leser hatte mit einem spitzen Federkiel auf den Text eingehackt und dabei mehrere Buchseiten durchlöchert. In schlampiger Handschrift hatte er am Seitenrand zwei bedeutungsschwangere Notizen hinterlassen. Die erste lautete: *dominus super coronas.* Die zweite: *ianua in exitum.*[12]

Der unbekannte Verfasser dieser Vermerke hatte offenbar einen Ausgang aus diesem Inferno gefunden!

Auf der Suche nach Elijah durchkämmte ich den halben Turm. Die meisten Räume, die ich kontrollierte, waren leer oder verschlossen, wobei hinter einigen der Türen Geräusche zu hören waren, als halte der Rabbiner sehr exotische Haustiere darin gefangen. Hinter einer hatte es geklungen wie in einer Fledermauskolonie, hinter einer anderen, als würde

---

12 Der Herrscher über den Kronen, (…) Eingang in den Ausgang.

man schwere, nasse Säcke über Boden und Wände schleifen.

Schließlich vernahm ich die gedämpften Stimmen von Elijah und Byron aus einer der obersten Etagen. Auf dem letzten Treppenabschnitt hinauf zur Galerie wartete natürlich Demuarsell und trieb das übliche Spiel mit mir: Machte ich einen Ausfallschritt nach links, folgte sie sofort meiner Bewegung. Wich ich nach rechts aus, tat sie es ebenfalls.

»Geh mir aus dem Weg!«, fuhr ich sie an.

»Soll ich dir den Schwanz lutschen?«, gurrte die Spinne.

»Lass ihn vorbei, Demuarsell!« Elijah balancierte hoch über der Galerie auf einer Leiter und war dabei, Bücherregale von fingerdicken Teppichen aus Spinngewebe zu befreien. Das weißgraue Knäuel um seinen Besen sah aus wie eine riesige Portion schimmliger Zuckerwatte.

Demuarsell und ich erdolchten einander mit Blicken. Sie blieb jedoch auf ihrer Seite der Treppe hocken, während ich mich an ihr vorbeizwängte. Natürlich kam sie mir nachgekrochen.

»Wirklich ein Herz und eine Seele«, bemerkte Byron, der in einem Sessel lümmelte und die Beine auf das Geländer gelegt hatte.

»War mir klar, dass ihr Schwarzen am selben Strang zieht«, gab ich zurück.

»Ihr beiden solltet mal zusammen Essen gehen«, schlug Byron vor. »Ein Candle-Light-Dinner unter zehn Augen …« Er gackerte über seinen dämlichen Witz und blätterte weiter in dem Buch auf seinem Schoß.

»Wusste gar nicht, dass du lesen kannst«, stichelte ich.

»Hab's mal auf der Erde gelernt.« Grinsend hob er das Buch an, sodass ich den Einband erkennen konnte.

»De Sade?«

»*Die 120 Tage von Sodom*«, bestätigte Byron. »Äußerst fruchtbar.«

»Mit diesen verfluchten Dichtungen ist es wie mit den Büßern«, jammerte Elijah, dem Byrons Lektüre offensichtlich peinlich war. »Man kann sie in tausend Stücke zerreißen, am Ende fügt sich alles wieder zusammen. Man verbrennt sie, und aus ihrer Asche ersteht das ganze sündige Zeug wieder auf. Verfluchtes pornografisches Teufelswerk, seine anrüchigen Seiten kriechen in meinen Regalen umher und mischen sich unter meine wissenschaftlichen Abhandlungen. Hier!« Er zog ein unscheinbares Büchlein zwischen den Folianten hervor. »*Les Chants de Maldoror* ... Hat sich heimlich hier eingenistet und wuchert still und leise vor sich hin. Schund, Schund, Schund!« Er schmiss es hinab in den Treppenhausschacht, worauf Demuarsell ein klägliches Heulen ausstieß und dem in der Tiefe verschwindenden Band hinterherrannte.

Elijah blinzelte verschwörerisch. »Dafür wird sie mir wieder sämtliche Türen verweben«, fügte er wehleidig hinzu.

Ich beugte mich über die Brüstung und sah gerade noch, wie das Buch mit flatternden Seiten in der Finsternis des Treppenhausschachts verschwand.

»Wie tief geht es da hinab?«

»Über das Souterrain hinaus?« Elijah beugte sich auf seiner Leiter ein Stück vor und sah Demuarsell nach. »Oh, das weiß ich wirklich nicht. Vielleicht bis zum Mittelpunkt der Hölle. Ich habe einen Pakt mit der Finsternis geschlossen: Ich gehe nicht hinab zu ihr, und sie kommt nicht zu mir herauf. Demuarsell ist die Einzige, die in der Lage ist, bis hinunter auf den Grund zu gelangen – und heil wieder nach oben.«

»Müsste der Schacht denn nicht unter Wasser stehen?«

Der Rabbiner zuckte die Achseln. »Bisher war noch keines der Bücher, die sie zurückbrachte, nass ...«

Ich schnaubte durch die Nase und sah in die Tiefe. Zumindest kannte ich nun eine Möglichkeit, diesen lästigen Spinnendämon loszuwerden.

»Ihr wirkt unstet«, bemerkte Elijah. »Ist es noch immer das Wissen um Eure Beschaffenheit, das Euch quält?«

»Nein. Sagt Ihnen der Ausdruck *dominus super coronas* etwas?«

Byron stieß ein Grunzen aus, Elijah stockte mitten in der Bewegung. »Das ist Latein«, meinte der Rabbiner überflüssigerweise. »Frei übersetzt bedeutet es: Der Herrscher über den Kronen.«

»Wie kommst du auf diesen Namen?«, wollte Byron wissen.

»Meret hatte ihn erwähnt«, erinnerte ich mich. »Sie drohte Kreuzbeißer mit jenem, der über den Kronen herrscht.« Byron verzog das Gesicht und tat so, als lese er weiter. »In einem Buch stieß ich vorhin auf den lateinischen Namen …«

»Ja, und?« Der Schwarze sah lauernd herüber.

»Sagtest du neulich nicht, am Fuße des Limbus befände sich ein Wald?«

»Ein wahrer Dschungel«, korrigierte Elijah.

»Der Herrscher über den Kronen«, nickte ich. »Ich glaube, *coronas* ist eine versteckte Anspielung auf Baumkronen, Byron!«

»Suchst du immer noch deinen Inferno-Kontrollraum?«

»Ob Kontrollraum oder Ausgang, eines von beiden muss über den Bäumen zu finden sein …«

»*Über* den Bäumen?«

»Auf dem Limbus.«

»Oh, ihr Könige, habt Erbarmen.« Byron schüttelte mitleidig lächelnd den Kopf. »Du willst allen Ernstes auf den Limbus?«

»Hast du eine bessere Idee?«

»Nicht, solange es dunkel ist«, erklärte der Schwarze bestimmt. »Und das bleibt es noch eine ganze Weile. Also schieb entweder irgendwo eine ruhige Kugel, oder spring den Chronern gleich mit dem Arsch ins Gesicht. Lass mich dabei jedenfalls aus dem Spiel.«

»Sagen Sie, existiert hier im Turm oder in unmittelbarer Nähe davon eine versteckte Tür?«, wandte ich mich an Elijah.

»Es gibt hier Hunderte Türen, von denen ich viele noch nie …

»Sie wissen, von welcher Art Tür ich rede«, unterbrach ich ihn. »Und Sie wissen auch, wo sie bestenfalls hinführen soll.« Der Rabbiner griff sich wahllos Bücher aus dem Regal, ohne hinzusehen, und schüttelte störrisch den Kopf. »Können Sie es nicht sagen, oder wollen Sie es nicht sagen?«, bohrte ich.

»Ich kannte ein solches Portal, doch ich habe bitter dafür bezahlt bei dem Versuch, es zu benutzen.«

»Wo finde ich es? Hier im Turm?«

»Es existiert nicht mehr. Die Chroner haben es vernichtet, als sie die Brücke sprengten. Mein Versuch, diesem Ort zu entfliehen, hat mir meine Isolation in diesem Turm eingebrockt; und diese achtbeinige Aufpasserin dort unten. Im Umkreis von zwanzig Kilometern existiert kein solches Portal mehr.«

Ich erkannte, dass es sinnlos war, ihn weiter über das lästige Thema auszuhorchen. Stattdessen fragte ich: »Was wissen Sie über Meretseger?«

Elijah stieß die Luft aus wie ein Dekompressionsventil. »Nichts!« Er ordnete noch eine Weile unmotiviert seinen Bücherstapel, dann schob er die Bände ins Regal und kletterte langsam die Leiter herab. »Warum fragt Ihr all das?«, wollte er wissen, nachdem er wieder festen Boden unter den Füßen hatte.

»Was wäre es Ihnen wert, etwas über sie zu erfahren? Über ihre Beschaffenheit, ihr Wesen, ihre Spezies.«

»Hmm …« Der Rabbiner betrachtete mich lauernd und befingerte dabei wieder seine Unterlippe. »Habt Ihr miteinander … Ich meine, sie und Ihr …?«

Ich nickte.

»Puh ... ja, also ... Ja, das wäre durchaus interessant. Sie ist kein Mensch, müsst Ihr wissen, sondern ein reines *Sarara*-Geschöpf ...«

»Das weiß ich.«

»Gut, gut, lasst mich überlegen. Speichelrückstände in Mundhöhle und Rachen, vom Körper aufgenommen. Schweiß auf der Haut, durch die Poren eingedrungen. Sekretrückstände an ... nun ja, Ihr wisst schon ... Das ist, ehrlich gesagt, nicht viel, und ich bin nicht sicher, ob Eure *materia prima* die ihre inzwischen nicht assimiliert hat.«

»Gibt es eine Möglichkeit, Informationen aus der Materie zu gewinnen, aus der ich bestehe?«

»Sie zu entschlüsseln, meint Ihr?«

»Genauer gesagt: die gespeicherten Daten dieser Maschinen abzurufen.«

»Ich fürchte, ich kann Euch nicht ganz folgen«, gestand der Rabbiner.

»Okay, versuchen wir es mal so: Welche Möglichkeiten haben Sie, verdrängte Erinnerungen wachzurufen?«

»Keine. Ich bin Philosoph, Mathematiker, Astronom – aber kein Geistheiler.« Wir maßen uns mit Blicken, dann schnitt er eine Grimasse, kramte in seinen Manteltaschen und zog widerstrebend eine kleine Phiole aus seinem Gewand. Sie sah aus wie ein Flakon für ein Duftwässerchen, ihr Inhalt bestand jedoch aus einem gelblichen Pulver.

»Eine Arznei?«, riet ich.

»Oh, man kann alles Mögliche damit heilen«, wich Elijah aus.

»Also gut, was ist es?«

»Im Grunde auch nur Staub aus – wie nanntet Ihr es doch gleich?«

»Nano-Robotern.«

»Nano, richtig ...« Er rang eine Weile mit sich, ehe er fragte: »Sagt bitte, was bedeutet dieses Wort?«

»Es bezeichnet eine Technologie, die Dinge auf der Ebene von Molekülen oder Atomen manipuliert.«

»Atomen?«

»Nano steht für die Größenordnung 10^{-9}. Ein Nanometer entspricht einem Milliardstel Meter.«

»Aber diese winzigen *mēchos*, aus denen unsere Körper bestehen, sind weitaus größer als solch ein Nanometer«, konterte Elijah. »Mein bescheidenes Vergrößerungsgerät kann uns ihre Form offenbaren!«

»Die der Roboter schon«, bestätigte ich, »aber nicht die Technologie, die in ihnen steckt und sie antreibt; die winzigen Speicherchips, die Prozessoren und die Mechanik.«

Elijah klappte den Mund auf und zu, dann schüttelte er überfordert den Kopf. »Das göttliche Wissen und das des Teufels entziehen sich meinem Verstand«, räumte er mit einem Blick auf die Phiole ein.

»Es ist ihr intellektueller Vorteil, euch Würmern eine Million Jahre voraus zu sein«, giftete Demuarsell, die mit dem von Elijah verstoßenen Büchlein in den Fangzangen die letzten Stufen emporgekrochen kam. Bei mir angelangt, richtete sie ihren Vorderleib auf und legte zwei ihrer Spinnenbeine wie zur Umarmung auf meine Schultern. »Du solltest auch mal ein Buch lesen, mein Schatz«, säuselte sie und wob mit einem Paar ihrer Hinterbeine flink einige dicke Spinnenfäden um meine Lenden. »Ich empfehle als Thema die Morologie.«

»Sex zwischen Menschen und Monstern?«, riet ich.

Demuarsell zischte belustigt. »Die Wissenschaft von der Dummheit.«

Ich zog ihr das Buch aus den Fangzangen. »Seid nicht ihr es, die vom Unverstand der anderen leben wie intellektuelle Aasfresser?«

»Wir ruhen als Mittelpunkt selbstgeschaffener Kreise und verlassen uns auf den Zufall, der uns nährt. Ihr Menschen seid es, die stets so verzweifelt das Nutzlose jagen.«

»Ach, wirklich?« Ich warf Lautréamonts Werk über meine Schulter, sodass es in einem weiten Bogen über das Geländer flatterte.

»Du verfluchter Hundsfott!«, kreischte die Spinne, stieß mich zu Boden, wirbelte herum und begann erneut, dem fallenden Buch hinterherzuhetzen. »Dafür wirst du bezahlen!«, schrie sie. »Bezahlen ...!«

»Das solltet Ihr Euch zu Herzen nehmen«, empfahl Elijah und half mir wieder auf die Beine. »Sie ist nachtragend und hinterlistig. Hier, nehmt das.« Er drückte mir einen kleinen, bogenförmigen Metallbügel in die Hand, dessen eines Ende einen schwach glühenden Kristall aufwies.

»Das stammt aus dem Golem«, erkannte ich.

»Nur für den Fall der Fälle«, nickte der Rabbiner und machte eine Geste in Richtung Treppenhausschacht. »Aber seid auf der Hut, es funktioniert auf derselben zersetzenden Basis wie die Mäuler der Temper ...«

Ich ließ die vermeintliche Waffe in meine Hosentasche gleiten. »Zurück zu Meret«, erinnerte ich Elijah. »Ich muss versuchen, die physische Sperre zu umgehen, die sie in meinem Kopf errichtet hat. Vielleicht erfahre ich mittels der Nanopartikel, die unsere Liebesspiele in mir hinterlassen haben, etwas über diese Welt, was Ihnen bisher verborgen geblieben ist; über ihre Betreiber, die Ein- und Ausgänge, die Paraboliden ...«

Elijah nickte und betrachtete lange die Phiole in seiner Hand. »Diese Maschinen hier wirken im Körper auf die gleiche Weise wie Anhalonium.«

»Nie gehört«, gestand ich.

»Peyote«, kam es überraschend von Byron. »Der Kaktus der Götter. Das Zeug schießt dich zum Zen hinter dem Regenbogen, wenn du's richtig anstellst.«

»Meskalin?« Ich nahm Elijah das Gefäß ab und betrachtete staunend den gelben Staub. »Nanopartikel auf Peyote-Basis ...«

Byron kam zu uns herüber und nahm mir seinerseits die Phiole aus der Hand. »Eine Art synthetisches Meskalin«, murmelte er. In seinem Blick lag etwas Verträumtes, Begieriges.

»Sagen wir: vollautomatisches Meskalin«, dämpfte ich seine unverhohlene Vorfreude. »Die Nanos müssen so programmiert sein, dass sie dieselbe bewusstseinsverändernde Wirkung entfalten.«

»Man sagt diesem Zeug eine entheogene Wirkung nach«, meinte Byron. »Göttliche Visionen und das Einswerden mit der Natur.«

»Auf der Erde.« Ich nahm die Phiole wieder an mich, ehe Byron auf die Idee kam, sich ihren Inhalt pur in den Rachen zu kippen. »Aber was bewirkt es *hier?*«

»Oh«, meinte Elijah, »vielleicht ein Einswerden mit dem Turm. Oder mit ...« Seine Augen weiteten sich, als sehe er im Geiste etwas Furchterregendes auf sich zukommen. »Ich weiß es nicht«, wehrte er die Vision ab. »Ich habe es nie in entsprechend hoher Dosis probiert.«

»Bestimmt mit Demuarsell«, grinste Byron an mich gewandt und klopfte mit der flachen Hand auf seine hohle Faust.

»Hier gibt es keine göttlichen Visionen«, sagte Elijah. »Und auf das Gegenteil kann ich getrost verzichten. Es ist nicht gut, an einem Ort wie diesem seine Vernunft auszuschalten. Das, was die Hölle zur Hölle macht, ist immer und überall präsent, junger Freund; selbst in der Luft, die Ihr atmet. Daran solltet Ihr denken, bevor Ihr der Droge erlaubt, Euch zu besitzen.«

»Sie soll mich nicht besitzen, sondern mir einen Weg aus diesem Irrgarten weisen. Mir helfen, etwas Offensichtliches zu erkennen, für das ich blind bin, weil es von einer höheren Macht unterdrückt wird. Verlorene Bilder, Erinnerungen, eine Struktur, einen Zusammenhang ...«

»Nun gut, Ihr wisst, woraus Euer Gehirn derzeit besteht«, zügelte Elijah meine Erwartungen. »Oberflächlich gesehen funktioniert es wie ein biologisches Organ, aber in Wirklichkeit ist es nur eine Ansammlung von metallischem Schmutz. Wenn Ihr tatsächlich glaubt, in diesem Partikelschwamm noch so etwas wie einen Rest Eures wahren Selbst, ein Unterbewusstsein mit Erinnerung zu besitzen, dann will ich diesem Glauben nicht im Wege stehen. Ich kann Euch allerdings nicht versprechen, dass Ihr Visionen haben werdet, junger Freund. Viele Menschen sehen nichts. Selbst dann nicht, wenn sie echtes Peyote probieren.«

»Aber da ich kein Mensch bin ...«

Elijah seufzte und gab seinen Widerstand auf. »Versucht es. Doch gebt mir nicht die Schuld, wenn Ihr dadurch Schaden erleidet!«

Mekropalladium 17

Die Hand saß auf meiner nackten Brust.

Grelles Licht drang durchs Fenster und erhellte das Zimmer. Die Wände, das Regal, selbst Elijahs Bücher glühten unter seinem Schein. Ich hatte die Augen aufgeschlagen und starrte die Hand an. Als sie meinen Blick bemerkte, sprang sie von meiner Brust auf den Boden und krabbelte flink durchs Zimmer wie eine fette fünfbeinige Spinne. Ich richtete mich auf und sah ihr nach. Sie huschte durch den Raum, mal nach hier, mal nach dort wie ein aufgescheuchtes Kriechtier auf der Suche nach einem Durchschlupf. Dann war sie plötzlich verschwunden. An der Unterkante der Zimmertür klaffte ein kopfgroßes, schwelendes Brandloch.

Ich erhob mich vollends und trat ans Fenster. Das grelle Licht verschlang alles; die gegenüberliegende Häuserzeile, den Fluss, und was sich auf ihm bewegen mochte. Kein Geräusch erfüllte die Luft. Es schien, als wäre die Zeit stehen geblieben und staue das Licht wie ein gewaltiger Damm. Es stand schon so hoch, dass es die Häuser überschwemmte. Bald würde sich eine Flut aus Licht über die Stadt ergießen und ihre gottverdammte Dunkelheit hinwegfegen …

Ich wandte mich ab und ging zur Tür. Ein paar Atemzüge lang lauschte ich nach Geräuschen, dann trat ich nackt wie ich war auf den Flur. Alles um mich herum schimmerte weiß und silbern, verwandelte das Treppenhaus in das Zentrum einer Supernova, die strahlte, ohne die Materie ringsum zu verglühen. Undeutlich, wie hinter dichtem Nebel verborgen, erkannte ich Treppenfluchten, Geländer und den Boden des Korridors. Ich versuchte, die entfleuchte Hand zu erspähen, konnte sie aber nirgends entdecken. Nicht das leiseste Geräusch wehte durchs Treppenhaus, fast so, als sei mit der Zeit auch der Schall erstarrt. Die Flure führten radialstrahlig aus dem Zentrum der einzelnen Stockwerke in die Außenbereiche des Turmes; acht Korridore pro Stockwerk, wie die Beine einer Spinne. Als ich die Galerie erreicht hatte, warf ich einen Blick in die Tiefe. Weit unten bewegte sich etwas in der Dunkelheit, doch ich konnte nicht erkennen, was es war. Seine Masse füllte die gesamte Breite des Treppenhausschachtes aus.

Das ferne Läuten einer Glocke geisterte durch den Turm. Ich lauschte ihrem Klang nach, dann schlich ich die Treppe hinab. Etliche Stockwerke tiefer umgab mich vollkommene Dunkelheit. Nur mit äußerster Mühe konnte ich noch einzelne Stufen erkennen. In einem der finsteren Korridore nahm ich einen schwachen Lichtschein wahr. Eine Tür hatte sich geöffnet, milde Helligkeit drang auf den Flur. Ich ging auf das Licht zu und gelangte in einen großen, von Menschen erfüllten Saal. Alle Anwesenden trugen schlichte weiße Hemden und Hosen, die von Blut und Erbrochenem bedeckt waren. Sanftes Lächeln lag auf ihren Gesichtern, als sie den Kreis um mich herum schlossen. Ich versuchte sie wegzudrängen, schlug wütend um mich, doch meine Hiebe blieben ohne Wirkung. Meine Gegenwehr erlahmte, meine Schreie verebbten in einem verzweifelten Ringen nach Luft. Dann stand ich still wie sie, und sie ließen wieder von mir ab. Kraftlos sank ich auf weißen Fliesenboden. Zahlreiche Hände ergriffen mich und zogen mich wieder auf die Beine. Ich wurde vorwärts gestoßen, spürte die Tritte von Knien und Füßen in meinem Rücken und torkelte gegen ein mächtiges, steinernes Tischrund. Scharen von Ameisen stoben vor meinen Händen auseinander, als ich meinen drohenden Sturz abfing. Hinter den Tischen standen neun gesichtslose Wesen in Arztkitteln und überreichten den Anwesenden mit pastoralem Gleichmut bizarre Objekte, die auf den ersten Blick keinen Zweck zu erfüllen schienen. Die Menschen nahmen sie begierig entgegen, wobei sie erfreut oder entsetzt reagierten. Einer Person, die von Narben und Geschwulsten überwuchert war, wurde eine unscheinbare Holzkiste ausgehändigt. Der Beschenkte lief damit ein paar Schritte durch den Saal, öffnete sie und wurde augenblicklich von einem der Truhe entströmenden rotbraunen Nebel umhüllt. Er schrie auf und rannte gepeinigt davon, doch seine Flucht währte nur kurz. Er erreichte den Ausgang nie, einzig der Nebel entfloh gesättigt in die Dunkelheit ...

Eines der gesichtslosen Wesen hob etwas Großes, Längliches empor und überreichte es mir. Das Bündel ähnelte einer menschlichen Mumie, besaß Arme und Beine und einen Kopf. Erst als ich den in gespinstartiges, weißes Tuch gehüllten Körper in meine Arme nahm, erkannte ich das Gesicht. Ich fühlte mich, als hielte ich gefrorenen Stickstoff in den Händen, der langsam schmolz und durch meine Haut in mein Blut strömte. Das Bündel begann unter meinen Händen zu leben, zuckte, pulsierte und verformte sich. Durch den dünnen, transparenten Stoff, der wie ein Brautschleier über dem Kopf lag, schimmerte Sahias Gesicht. Es war feuerrot, als wäre es verbrüht, die Haut war aufgeplatzt und von Blasen übersät. Sie blickte mich an. Es waren keine menschlichen Augen, die mich musterten. Merets Reptilienaugen ruhten auf mir. Ich wollte sie fallen lassen, ihren feuerroten Kopf zertreten, ihr die anklagenden Augen aus dem Schädel stampfen, doch ich vermochte es nicht. Ihr Körper schien mit meinem verwachsen zu sein, seine Kälte lähmte meine Muskeln.

Meret hob einen ihrer schwarz verkrusteten Arme aus dem verhüllenden Tuch und strich mir zärtlich über die Wange. »*Sha'al bajach shawi*«, hauchte sie. »Wie lange willst du noch davonrennen, Kematef? Du kannst dich nicht ewig vor mir verstecken.« Dann zog sie mich zu sich heran und presste ihre eiskalten Lippen auf die meinen. Ich schleuderte sie von mir. Sie riss Haut- und Fleischfetzen aus meinen Händen und Armen mit sich. Ihr Körper berührte den Boden nie, das gespinstartige, weiße Tuch war alles, was den mich umgebenden Personen vor die Füße fiel. Einzig ihr Parfum hing noch in der Luft, ein Hauch von Oleander und verbranntem Horn.

Ich warf mich gegen die Menschen, drängte mich durch den Kordon aus Leibern und rannte hinaus auf den Korridor. Blindlings hetzte ich durch die Finsternis, bis ich gegen die Brüstung der Galerie prallte. Vom eigenen Schwung getragen kippte ich vornüber und stürzte in die Tiefe ...

Dunkelheit. Mein Gesicht strich über kaltes, feuchtes Gestein. Ich starrte eine Weile in die Schwärze, konnte mich an keinen Aufprall erinnern. Mein Körper musste auf dem Grund des Treppenhausschachts zerschmettert worden sein. Wie lange hatte ich hier gelegen, ehe sich die gebrochenen Knochen zusammengefügt hatten und das zerplatzte Fleisch wieder verheilt war? Stunden? Tage?

Vorsichtig erhob ich mich und irrte durch die Finsternis, bis ich auf eine Wand stieß. Ich schritt sie ab, ertastete keine Ritzen, keine Türen und keine Stufen. Meine suchenden Finger wanderten über nacktes, raues Gestein. So lief ich im Kreis herum, eine Ewigkeit lang. Am Ende hielt ich inne und ließ mich am Gestein zu Boden sinken.

Über mir, in unüberwindbarer Höhe, schimmerte diffuses Licht. Als ich emporsah, bildete ich mir ein, Hunderte von Gestalten an der kreisförmigen Balustrade stehen zu sehen. Schweigend blickten sie zu mir herab, reglos, geduldig.

Ich kroch von der Wand weg, tastete den Boden ab, suchte, scharrte, doch meine Finger gruben nur durch feuchten Dreck und Insektenkadaver. In unmittelbarer Nähe erklang ein verdächtiges Geräusch. Ich verharrte und versuchte mit weit aufgerissenen Augen, die Dunkelheit zu durchdringen, doch sie blieb ohne Konturen. Etwas schnarrte, dann folgten Laute, als trommle ein gewaltiges Insekt mit den Beinen gegen eine Wand aus Chitin.

Etwas Großes starrte mich an, und das rote Glühen seiner Augen tauchte seine Umgebung in dämonischen Glanz. Licht genug, um es zu erkennen …

»Hallo, Süßer«, hauchte die Kreatur.

»Demuarsell!«

Der Schatten der Spinne verharrte unheilvoll vor mir. »Fürchtest du dich?«

Ich ließ meinen Blick über ihren monströsen Körper wandern. »Würdest du dich denn vor dir fürchten, wenn du an meiner Stelle wärst?«

Die Kreatur bäumte sich auf. Ich duckte mich in Erwartung ihrer Klaue, aber der vermeintliche Hieb blieb aus. Demuarsell stellte sich auf ihre hinteren beiden Beinpaare, fuhr sich mit den vorderen Gliedmaßen fast zärtlich über ihren Körper und sah aus beinahe drei Metern Höhe auf mich herab. »Es gab eine Zeit«, flüsterte sie, »in der du keinen größeren Wunsch verspürt hättest, als mich an dich zu pressen und dich von mir umschließen zu lassen.« Ihr unheimlicher Schatten glitt näher heran. »Doch Athene, diese Hure, war eine schlechte Verliererin …« Das Knacken, das ihr Körper bei jeder Bewegung verursachte, klang in der Stille wie Schüsse. »Nun verrate mir, Kematef, warum bist du hier?«

Ich kroch von ihr fort. »Wie meinst du das?«

»Wäre es nicht weiser, den Tod zu ergründen, bevor man ihn erleidet?«

»Dies kann niemals der Tod sein«, antwortete ich. »Was ich erfahre, ist die blanke Ironie jeglichen irdischen Strebens, das Paradoxon all dessen, was Menschen sich vom Tod erhoffen.«

»Die Erlösung?« Demuarsells Lachen klang wie das Brodeln eines Geysirs. »Jetzt weißt du, dass das Leben nur eine Prämisse für die Hölle ist – für die einzig wahre Existenz, die euch auferlegt wurde. Doch nicht einmal jetzt akzeptierst du den Tod. Nicht einmal jetzt ...«

»Was willst du?«

Demuarsell hob eines ihrer dornengespickten Beine und legte es auf meinen Schenkel, während sie ihren massigen Körper näher schob. »Alles, was du verkörperst, kleiner Kematef!« Das krallenbewehrte Ende ihres Beines strich über meinen Unterleib, während ihr Kopf an einem langen Hals aus ihrem Körper herauswuchs und sich über meinen Schoß senkte. Mein Glied verschwand in ihrem Maul, Dutzende von Fühlern tasteten mich ab. Als Demuarsell ihren schwarzen Leib gänzlich über den meinen schob, war mein Stöhnen eine Mischung aus Schmerz, Ekel und Grauen. Ich drohte zu ersticken, als mich ihre Spinnenbeine umfingen, während ihr mit warmen Eingeweiden gefüllter Hinterleib rhyhthmisch zu zucken begann.

»So viele Sünden du auf Erden begangen hast, kleiner Kematef, so viele Heuschrecken werden über dich kommen!« Ihre Stimme schien aus allen Öffnungen ihres Körpers zu dringen, als sie sprach. Ich wandte mich von ihr ab, doch sie verstärkte ihre Umarmung nur, und ich fühlte, wie ihr Hinterleib mein Glied in sich aufnahm. Ihr Duft berauschte mich. Sie roch nach Weihrauch, nach Palmöl und nach Kot.

»Bitte geh!« Meine Stimme bebte, während Demuarsells Bewegungen heftiger und verlangender wurden.

»Sieh empor, Kematef«, zischte sie. »Sieh die Heuschrecken, die auf dich warten. Noch haben sie keine Flügel, doch das wird sich ändern! Die Angst des Lebens ist stark.« Ihr Körper erschauerte. »Was in unseren Herzen versteckt ist, befreit uns von allen Plagen, denn unser Schicksal liegt nicht in unseren Händen!«

Ihre Giftklauen legten sich um meinen Hals, wanderte meine Brust hinab und gruben sich schließlich tief in meinen

Unterleib. Alles um mich herum versank in einem abscheulichen, unbändigen, lustvollen Strudel. Mein Atem schien aus ihrem Körper zu dringen, ihr schwarzes Herz in meiner Brust zu schlagen. Ihre Laute waren die meinen, mein Blut das ihre. Ihre Klaue riss im selben Moment etwas aus mir heraus, als sie zur Erfüllung kam, und ich fühlte ein tiefes Loch in meinem Leib, in das der kalte Wind wehte.

Nur zögerlich wich der Druck, die Intensität ihres Geruches, die Haare und Fühler, die harten, tief in mein Fleisch schneidenden Beine und der weiche, schwammige Leib.

»Fürchte dich weiterhin, Kematef«, drang ihre sich entfernende Stimme an mein Ohr. »Die Furcht ist der Anfang allen Wissens, so wie das Feuer der Anfang des Lichts ist.« Dann erlosch das Glühen ihrer Augen, und Dunkelheit erfüllte wieder das Verlies.

Weit über mir begannen sich die Schatten zu bewegen, und ich vernahm das Flattern von Flügeln. Es klang wie ein aufstiebender Schwarm Tauben. Als ich emporblickte, sah ich sie kreisen, fetten Fliegen gleich und in ehrfürchtigen Spiralen nieder sinkend; ein Schwarm missgestalteter Leiber, die nahten, um mich zu verschlingen ...

Jemand schlug mir mit der flachen Hand ins Gesicht. Als ich mich zwang, die Augen zu öffnen, erkannte ich mein Gegenüber zuerst nur als verschwommenen Schemen.

»Was seid Ihr doch für ein Kretin«, fuhr er mich an.

»Elijah?« Ich blinzelte die sich allmählich deutlicher abzeichnende Gestalt an.

»Natürlich!«, bestätigte der Rabbiner. In einer Hand hielt er eine Spritze mit einer Kanüle, so dick, dass er damit Mauerritzen hätte verfugen können. Benommen blinzelte ich auf meinen Arm. In das Einstichloch, das im Fleisch klaffte, hätte ich meinen kleinen Finger schieben können. Mein Blick fiel auf die leere Phiole und die rostige Tasse, die neben mir lagen.

Ich hatte nahezu das gesamte Meskalin in Wasser gelöst und getrunken.

»Macht mir nur keine Vorwürfe, junger Freund!«, drohte Elijah. »Ich hatte Euch vor der Droge gewarnt. Ihr habt endlos geschrien und getobt. Wie konntet Ihr so töricht sein und den gesamten Inhalt aufbrauchen?«

»Ein Versehen ...«, log ich.

»Oh, sicher doch. Wart Ihr in Eurem irdischen Leben womöglich rauschgiftsüchtig?«

Bohrender Kopfschmerz machte sich bemerkbar, die Umgebung waberte und schwankte. Mein Blick fiel auf Demuarsell, die im Türrahmen kauerte und mich beobachtete. Ich zuckte zurück, doch Elijah drückte mich auf den Boden.

»Die Wirkung der Droge wird durch die Injektion nur vorübergehend gehemmt«, erklärte er. »Aber ich habe kein anderes Mittel, um sie zu neutralisieren. Früher oder später werdet Ihr also wieder dem Rausch verfallen, bis die Wirkung der Droge von allein nachlässt.«

»Das klingt wunderbar«, sagte ich mit einem Blick auf den Spinnendämon.

»Gebt nicht ihr die Schuld an Eurer Einfalt«, tadelte mich Elijah. »Das Gegenmittel, das ich Euch injiziert habe, gewann ich einst aus einem Sekret ihrer Drüsen.«

»Ach, ist das so?!« Ich schob den Rabbiner beiseite. »Das nächste Mal lassen Sie mich gefälligst in Ruhe!«

»Nun«, meinte Elijah und verstaute seine Elefantenspritze, »die Gelegenheit, Euer Gezeter zu ignorieren, wird sich in Kürze von selbst ergeben.« Er stand auf, ergriff eine Kartenspindel, die neben dem Eingang an der Wand gelehnt hatte, und schickte sich an, den Raum zu verlassen.

»Warten Sie!«, rief ich, als er bereits um die Ecke gebogen war. »Verzeihen Sie, aber ...«

»Aber Ihr wisst nicht, ob Ihr noch immer im Rausch seid

oder bereits wach.« Elijah schlenderte gemächlich ins Zimmer zurück und sah schweigend aus dem Fenster.

»Und – bin ich wach?«

»Vom psychischen Standpunkt gesehen: ja. Physisch betrachtet: nein.«

»Was soll das heißen?«

Der Rabbiner wandte sich zu mir um. »Ihr seid ein Iretmeth! Ich kann lediglich für Eure *Sarara*-Seele sprechen, nicht aber für Euren wahren Körper. Doch falls es Euch beruhigt: Ihr steht im Augenblick nicht unter dem Einfluss der Droge.« Seine Finger trommelten ungeduldig gegen die Kartenrolle. »Darf ich erfahren, was Ihr gesehen habt?«

Ich erzählte ihm die wirren Visionen, die ich erlebt hatte, wobei der Rabbiner unentwegt den Kopf schüttelte. »Die Droge zwang mich, an allem teilzunehmen«, erklärte ich. »Zu beobachten, zu sehen und zu fühlen. Jedes Entsetzen verharrte um mich herum, bis ich aufgab, ihm zu entgehen. Jede Wunde blieb offen, ehe ich nicht willig war, dem Wuchern des toten Fleisches beizuwohnen. Jede Erinnerung an das Grauen klammerte sich an mich, bis in mir der Widerstand erstarb, ihr zu trotzen.«

»Ich hatte Euch gewarnt«, wiederholte Elijah. »Diese Visionen stellen Euren Konflikt dar, an diesem Ort gefangen zu sein. Ihr zweifelt.«

»Woran? Ob es noch Hoffnung gibt oder nicht?«

»Vermutlich.«

»Nun, es gibt nur vier Möglichkeiten: Ich bin tot, ich bin am Leben, ich bin keines von beidem oder beides zugleich.«

»Letzteres dürfte es wohl am ehesten treffen.«

»Sie haben mich doch nicht aufgesucht, um mich von meinen Albträumen zu befreien?«

»In der Tat.« Demuarsell gab ein enttäuschtes Zischen von sich, als Elijah die Tür schloss. Der Rabbiner wartete, bis die Schritte der Spinne sich in der Ferne des Korridors verloren hatten, dann schürzte er die Lippen. »Ich fürchte, Euer Freund Byron führt etwas im Schilde«, sagte er ernst. »Ich konnte ihn unlängst dabei beobachten, wie er den Turm im Schutz der Dunkelheit verlassen hat.«

»Allein? Was treibt er dort draußen?«

»Das weiß ich nicht. Die Chroner ließen ihn unbehelligt passieren.«

»Ich werde ihn darauf ansprechen, sobald er zurück ist«, versprach ich.

»Ha!«, machte Elijah. »Falls er überhaupt zurückkommt.«

Mein Blick verschwamm für einen Moment, was jedoch nicht an Elijahs Offenbarung lag. Das Gegenserum verlor spürbar an Wirkung, die Betäubung der Pejote-Überdosis gewann unaufhaltsam wieder Gewalt über mein Bewusstsein.

»Gibt's sonst noch etwas?«, fragte ich, nachdem Elijah immer noch keine Anstalten machte, zu gehen.

»Ich möchte Euch etwas zeigen.« Er rollte die Karte auf und breitete sie auf dem Boden aus. »Dank Eurer Schilderungen und Ortsangaben habe ich die Lage der vier Himmelssäulen und die daraus resultierende Größe der alten Sphäre *Sarara* errechnet«, erklärte er. »Ihr Zentrum bildete zweifelsfrei jene Bergregion, die Ihr Djebel Uweinat nennt.«

Ich richtete mich auf, doch ein plötzlicher Schwindel hinderte mich daran, auf die Beine zu kommen. Also kroch ich hinüber zu Elijah und studierte die Karte. Sie zeigte Europa, Afrika und den Westen Asiens. Was der Rabbiner darauf eingezeichnet hatte, glich auf den ersten Blick dem Modell eines Papierdrachen. Das Djebel-Uweinat-Massiv als Zentrum nehmend, hatte er ein Kontinente überspannendes Kreuz gezeichnet und dessen Enden mit diagonalen Linien verbunden. Das Ergebnis war eine Raute, deren südliche Spitze auf die Nilquelle und deren nördliche auf das Gebiet der Südkarpaten wies. Die Ostspitze der Raute traf das Gebiet der heutigen Arabischen Emirate, und die westliche eine Region in der

Sahara, die auf dem Gebiet des heutigen Mali lag, nahe der Stadt Araouane.

»Wie Ihr wisst, wurde der Himmel im Glauben der alten Ägypter von vier mächtigen Säulen getragen«, erklärte Elijah.

»Von vier Pilastern«, bestätigte ich. »Sie erhoben sich an den Eckpunkten ihrer Welt: Sonnenaufgang, Sonnenuntergang, Polarstern und Nilquelle …« Ich blinzelte, als Elijahs Gestalt sich plötzlich verdreifachte. Die wiederkehrende Wirkung des Pejote wurde stärker.

»Hier, seht Ihr diese Gesteinsformationen?« Der Rabbiner umfuhr die Kapaten und die westlich davon gelegenen Apusen mit dem Finger. »Ein Gebirge, das fast aussieht wie ein Ringwall. Es umschließt Siebenbürgen, ein viel flacheres Gebiet von fast zweihundert Kilometern Durchmesser. Oder hier.« Er deutete auf den Victoria-See. »Ein Gewässer, das in Form und Größe nahezu identisch ist mit der Gebirgsregion im Norden. Sehen diese geologischen Formationen denn nicht aus, als seien riesige Säulen aus dem Erdboden gerissen worden? Oder besser formuliert: vier Stützstreben einer riesigen, künstlichen Hemisphäre?«

»Unsinn!«, dämpfte ich Elijahs Begeisterung. »Wer soll in grauer Vorzeit in der Lage gewesen sein, derart gigantische Bauwerke zu errichten? Und vor allem: Wodurch sind sie wieder verschwunden?«

»Durch dieselben Mächte, die auch diese Stadt erschaffen haben«, konterte der Rabbiner. *»Und der Herr sprach: Es werde eine Feste zwischen den Wassern«,* rezitierte er laut. *»Und Gott schuf die Feste und schied das Wasser unter der Feste von dem Wasser über der Feste.* So beschreibt das Buch Genesis die Schöpfung *Sararas.»*

»Bringen Sie da nicht etwas durcheinander?«

»Mitnichten, denn die Bibel erzählt auch über die Abspaltung der Sphäre von der Erde: *Gott, der du uns verstoßen und zer-*

streut hast, tröste uns wieder, heißt es im 20. Psalm. *Der du die Erde bewegt und zerrissen hast, heile ihre Brüche, die so zerschellt ist.* «

»Amen.«

»Besonders auffällig ist der in allen alten Überlieferungen ständig wiederkehrende Ausdruck ›Im Inneren des Himmels‹. Babylonische Texte besagen, dass Götter verehrt wurden, die in diesen unerreichbaren Gefilden ihre Wohnung hatten. Eine Stelle des babylonischen Abendliedes lautet: *Schamach, wenn du in das Innere des Himmels eintrittst, mögen die glänzenden Riegel dir Gruß zurufen, mögen die Türflügel des Himmels dir huldigen!* Fast wörtlich dieselbe Überlieferung teilt Plato in seinem *Kritias* mit. Laut ihm versammelte der Schöpfergott alle Götter in ihrem ehrwürdigsten Wohnsitz, der in der Mitte der Welt lag und einen Blick über alles gewährte, was je des Entstehens teilhaftig wurde. Es war die Fixsternkugel, der Himmel der Bibel, in deren Inneren Gott wohnt.«

Ich betrachtete die Weltkarte. »Falls die Standorte der Duat-Säulen korrekt eingezeichnet sind, würde das bedeuten, dass *Sarara* einen Durchmesser von über fünftausend Kilometern besitzt.«

»Laut meinen Berechnungen exakt 5555 Kilometer.«

Ich kroch müde in die mit verrottetem Stoff gepolsterte Ecke zurück. »Lassen Sie mich jetzt allein«, bat ich.

»Die Wahrheit zu begreifen, bedeutet, die Mysterien aufzulösen«, quasselte Elijah, während er die Karte wieder zusammenrollte. »Und das Mysterium des ewigen Todes zu erkennen, bedeutet, diese Stadt zu begreifen. Als *Sarara* noch mit der irdischen Welt verbunden war, bestand sie aus sechs Lebens- und Bewusstseinsebenen. Diese müssen auch heute noch existieren.«

Ich kicherte albern und schüttelte den Kopf, was den Schwindel noch verstärkte. »Warum sollten die Betreiber dieses Terrariums weiterhin in Ebenen unterteilen? Das Projekt ist bereits vor Jahrtausenden gescheitert.«

»Um das, was geschaffen wurde, zu beobachten. Um die Menschen zu kontrollieren. Um uns zu hegen und unserer Entwicklung beizuwohnen, wie alle Gelehrten es tun, die Leben erschaffen haben. Und damit wir nicht wie die Fliegen starben, entwickelten sie die *materia prima.* Die Bibel sagt, Methusalem lebte 969 Jahre, ehe er dahinschied, Adam 930 Jahre und Seth 912 …«

»Mondmonate«, dämpfte ich seinen Eifer. »Man übersetzte die Mondmonate als Jahre. Bei 969 Monden wurde Methusalem gerade mal 75 Jahre alt.«

»Woher wollt Ihr das wissen? Wart Ihr dabei, um es zu bezeugen?«

»Schluss damit!«, entschied ich, als mir vor Schmerz und Götter-Phantastereien der Schädel zu platzen drohte. »Gehen Sie, oder wollen Sie mir dabei zusehen, wie mich die Droge wieder zum Affen macht?«

»Mitnichten«, wehrte Elijah ab. »Ich hoffe nur, Ihr findet diesmal mehr Weisheit in Euren Visionen und kommt Eurem Ziel ebenfalls ein wenig näher. Glückliche Reise.«

Mekropalladium 18

Ich fand mich wieder vor einer hell erleuchteten Zelle, wie ich sie in den Tiefen des Turms nie zu finden erwartet hätte: Es war die Kabine eines Fahrstuhls. Die Tür des Lifts stand offen, als ob er auf mich gewartet hätte. Ich trat ein, lehnte mich mit dem Rücken gegen die kühle Metallwand und betrachtete meine Beine. Sie existierten lediglich bis zu den Knien. Erst als ich mich konzentrierte, wurden auch meine Waden und Füße sichtbar.

Nachdem ich die Tür geschlossen hatte, setzte der Aufzug sich in Bewegung; leise erst, dann immer lauter. Eigenartigerweise konnte ich nicht bestimmen, ob er sich auf- oder abwärts bewegte. Die Schwerkraft in der Kabine blieb konstant. Falls der Lift nach oben fuhr, musste er bei seiner gegenwärtigen Geschwindigkeit das Turmdach durchschlagen. Dann würde es nur einen Lidschlag dauern, bis die Strahlen der Paraboliden die Kabine trafen und mich darin rösteten. Ich schloss die Augen, erwartete den großen Knall. Nichts passierte. Mein Atem setzte wieder ein: Der Aufzug fuhr also nach unten.

Endlos schien die Fahrt zu gehen; Erdgeschoss, Erdreich, Erdinneres, Erdmittelpunkt ... Als die Kabine schließlich stoppte und sich die Lifttüren lautlos teilten, empfing mich ein finsterer Korridor. Ein süßlicher, metallischer Gestank schwebte mir entgegen, den ich nicht mehr gerochen hatte, seit wir Rahmeds Leiche aus der Pyramide am Djebel Uweinat geborgen hatten; der Atem *Kupferrots.* Tief sog ich die warme, von seinem Duft geschwängerte Luft in die Lungen, dann verließ ich den Lift und stand im Halbdunkel. Das Licht aus der Fahrstuhlkabine warf meinen Schatten zwanzig Meter lang in den Korridor. Er besaß keine Beine, zu erkennen waren lediglich der in groteske Länge verzerrte Oberkörper mit dem weit entfernten Kopf, und zwei Arme, die wie Lianen an ihm hingen. Ich sah an mir herab. Unterhalb der Hüfte verblasste mein Körper zu transparenten Schlieren. Dennoch fühlte ich deutlich meine Füße, die Ferse an Ferse auf dem Boden standen.

Die Lifttüren schlossen sich, und der Aufzug fuhr wieder nach oben. Dunkelheit umfing mich. Der gesamte Komplex bestand für einen unerträglich langen Moment nur noch aus entstellter Wahrscheinlichkeit und ungebundener Materie. Ich tastete die Wand ab, stieß auf eine Leiste von Schaltern und drückte sie der Reihe nach. Augenblicklich wurde der Korridor von blendender Helligkeit durchflutet. Nur in der Ferne verschwommen weiterhin die Formen. Ich folgte dem grau gekachelten Gang. Alles war grau, Wände wie Decke, und der Fußboden war mit poliertem, grauem Marmor gefliest. Lediglich *Kupferrots* Spur, die in regelmäßigen Abständen den Boden befleckte, bot einen Kontrast zur bleifarbenen Eintönigkeit.

Ich überlegte, wo ich mich befinden mochte. Vermutlich zwischen den Fundamenten der Stadt, oder irgendwo in ferner Vergangenheit, an einem namenlosen Ort aus Merets Erinnerung.

Hinter einer Biegung wäre ich um ein Haar gegen einen mächtigen Glaskasten gelaufen, der von starken Ketten gehalten mitten im Korridor hing. Ein enger Schlitz, unter dem eine schmale Schreibplatte befestigt war, bildete die einzig sichtbare Öffnung. Das Geschöpf im Inneren des Gehäuses hob ruckartig den Kopf und musterte mich misstrauisch. Meine Verblüffung war groß, denn vor mir hockte kein Geringerer als Okabur, der Corrigan!

»Einen Moment!«, schnarrte er, als ich Anstalten machte, an dem Glaskasten vorbeizuschlüpfen. »Die reguläre Besuchszeit ist vorüber. Sie gehören nicht zum Wachpersonal und sind auch keine Reinigungsmaschine. Bitte identifizieren Sie sich!«

Unter meinem Gesicht begann sich etwas zu bewegen; zaghaft erst, dann immer intensiver, bis es sich schließlich aufrichtete und meinen Kopf um das Dreifache aufblähte. Ich schlug mir mit der flachen Hand gegen die Stirn, worauf das Wachstum abrupt endete. Zögernd sanken meine Gesichtszüge wieder in sich zusammen und erstarrten.

Der Corrigan nickte zufrieden. »In Ordnung«, knurrte er, »Ordnung muss sein, Sie wissen ja. Hier noch eine Paraphe, bitte!« Er schob mir ein Blatt mit einem maschinengeschriebenen Text durch den Spalt entgegen, dazu einen Stempel.

Ich beugte mich über das Formular und las:

`Ich, Kematef, gehorsamer Diener der Mächtigen des Raumes, der ich hier an der Schwelle zwischen dem angenehmen Land und dem schrecklichen des fernen Raumes stehe, gelobe, keine Kobolde bei mir zu tragen; weder von roter Farbe, noch von graubrauner oder von schwarzer. Des Weiteren beteuere ich, dass meine eigenen Waffen sich gegen mich selbst kehren werden, falls ich diesen Eid breche.`

Ich nahm den Stempel und drückte ihn unter den Text.

IN ORDNUNG !

prangte daraufhin in dicken, roten Lettern auf dem Schriftstück. Papier und Stempel schob ich zurück durch den Spalt.

»Alles in Ordnung«, bestätigte der Corrigan zufrieden, nachdem er das Formular überprüft hatte. »Sie können passieren. Gehen Sie! *Gehen Sie!*«

Ich nickte ihm stumm zu und ging weiter. *Kupferrots* Spur führte mich zu einer geschlossenen Tür. Wieder geriet mein Gesicht in Bewegung, ein Wallen, das im Bereich zwischen

Haaransatz und Nasenwurzel stattfand. Mein Blick wanderte hinauf zu einem gelben Kasten mit einer leuchtenden Aufschrift in Kobe: SIHR. Dann zu der in die Wand integrierten Wählscheibe eines antiken Telefons. Offenbar mischte sich meine Erinnerung nicht nur mit derjenigen Merets, sondern auch mit Gedankenfragmenten aller Personen, mit denen ich auf meiner Flucht etwas heftiger aneinander geraten war.

Ich strich mit den Fingern über die Löcher der Scheibe und wählte schließlich blind eine Nummer. Augenblicke später vernahm ich das Zurückgleiten schwerer Bolzen, worauf die massive Tür geräuschlos nach innen aufschwang. Ein grausam-süßlicher Geruch sprang mich an wie ein unbegreifliches Tier, das jenseits der Pforte gelauert hatte. *Kupferrots* Geist flutete über mich hinweg und entwich in die Freiheit des Korridors …

Nachdem ich den Raum betreten hatte, schloss die Tür sich automatisch hinter mir. Riegel schnappten, elektromagnetische Schlösser summten. Sofort erweckte ich das Interesse einer Kamera, die meinen Bewegungen folgte wie ein riesiges metallisches Schneckenauge. Drei hinter Chirurgenmasken verborgene, negroide Gesichter wandten sich mir zu. Ihre Träger besaßen kräftige, hochgewachsene Körper, die in verschlisse Uniformen gekleidet waren. Ich begrüßte sie mit einem knappen Nicken und ließ meinen Blick durch den zunehmend an Details gewinnenden Raum schweifen. Einer der Uniformierten streifte sich die Maske über das Kinn und präsentierte seine perlweißen Zähne.

»Mister Krispin?« Es war mehr Feststellung als Frage. »Ich bin Shabani Ildou Bouraleh I.« Er wies auf die restlichen Anwesenden. »Zu meiner Rechten Shabani Ildou Bouraleh II, und zu meiner Linken Shabani Ildou Bouraleh IV.« Seine maskierten Klone hoben zur Begrüßung jeder eine Hand.

Ich nickte erneut.

»Nicht sehr gesprächig heute, was?«, bemerkte das Original.

Ich tastete nach meinem Mund. Er war nicht vorhanden. Ob nicht mehr oder noch nicht würde sich zeigen ...

Der Uniformierte zuckte die Achseln, als begegnete er diesem Phänomen häufiger. »Keine Sorge, Mister Krispin, das gibt sich mit der Zeit«, erklärte er. Ich überlegte, ob er dies auf meinen fehlenden Mund oder meine daraus resultierende Schweigsamkeit bezog. »Jeder, der zum ersten Mal bei uns ist, durchlebt eine – wie soll ich sagen – temporäre Depression ...« Bouraleh I lächelte hintergründig und studierte mich von Kopf bis Fuß. Dann zog er süffisant eine Augenbraue in die Höhe. »Wissen Sie, dass Sie ein Glückspilz sind? Unser Geschäft ist nämlich nichts für die lebende Masse.« Er kicherte verhalten. »Ich hoffe, Sie wissen das zu schätzen.«

Er tauschte einen Blick mit seinen Klonen. Schließlich traten alle gemeinsam zur Seite und sahen kollektiv durch ein Fenster, hinter dem sich etwas Monströses, Furcht erregendes bewegte. Seine Gesamtheit blieb mir wegen des begrenzten Fensterausschnittes und des fast undurchdringlichen Brodems, der die Kreatur umgab, verborgen. Das Geschöpf war schwarz, aufgedunsen und vollkommen haarlos, und bei längerem Hinsehen bildete ich mir ein, kein Tier zu sehen, sondern ein riesiges Gesicht inmitten einer amorphen Masse. Hin und wieder tauchte ein fahles, faustgroßes Auge am Fenster auf und verharrte für einen Moment. Es starrte mich und die Uniformierten an, dann verschwand es wieder in dem ockerfarbenen Nebel.

Bouraleh IV zog sich ebenfalls seine Maske vom Kopf und nickte in eine bestimmte Richtung. »Dort steht Ihr Vergnügen, Mister Krispin.« Seine Stimme war von der seines Originals nicht zu unterscheiden. »Das Waschbecken ist im Nebenraum, falls Ihnen nach Erleichterung zumute wird ...« Er grinste, mit einer Spur Boshaftigkeit in den Zügen.

Ich warf einen Blick in die Runde, dann konzentrierte ich mich auf den Bereich, den die Bouraleh-Gemeinschaft freigegeben hatte. Es war ein massiver, gekachelter Seziertisch, der an einen Opferaltar erinnerte. Die darauf liegende Person war von einer hauchdünnen Silberfolie bedeckt, die den gesamten Körper verbarg. Auf einem in Plastikfolie eingeschweißten Etikett, das am Fuß der Liege angebracht war, stand die Bezeichnung: S 4.2005/z. S. f. 21.3.

Kupferrot rann unter der Silberfolie hervor und kroch am Tisch herab, um auf den Fliesen eine schimmernde, rotschwarze Lache zu bilden. Wie gebannt hing mein Blick an *Kupferrots* zähflüssigem Körper. Er besaß bald so viel Volumen, dass er der sanften Neigung des Fußbodens zu folgen begann. Meterweit schlängelte er sich durch den Saal und strömte in ein kreisrundes Loch in der Raummitte. Ich verfolgte den Vorgang mit starrem Blick. Dann trat ich an den Tisch, vergrub meine Hand in der Silberfolie, zog sie behutsam fort und ließ sie zu Boden gleiten.

Es waren zwei Körper, die in trauter Eintracht auf dem Seziertisch ruhten. Der erste gehörte Sahia, ein schwarzes Haarband im rotverkrusteten Haar, das ihr in wirren Strähnen im Gesicht klebte. Der zweite Körper gehörte *Kupferrot*. Träge rann er aus ihren zahllosen Wunden, befreite sich aus ihrem aufgerissenen Fleisch und tränkte ihre Haare und das schwarze, goldbestickte Galabiya. Minutenlang blickte ich die junge Frau an, studierte ihre melancholisch wirkenden Gesichtszüge und die violetten Lippen. Es sah aus, als wäre ihr Fleisch im Schlaf zu Bronze erstarrt; als würde sie *Kupferrot*, das sich fast zärtlich um sie schmiegte und sie unter seinem schmierigen, halbgeronnenen Körper warm zu halten suchte, wie einen schleimigen Fetisch an sich pressen.

Ich wischte die Haarsträhnen aus ihrem Gesicht, ließ meine Finger über die klaffende Kopfwunde wandern, über den aufgeschlitzten Hals und die Brüste bis hinab zu den Wunden, die ihren Körper überzogen, als wäre sie von gewaltigen Klauen niedergestreckt worden. Erneut strebte mein Blick hinüber zu der Kreatur hinter dem Fenster.

Bouraleh IV räusperte sich: »Ist sie es?«

Ich nickte kaum merklich, den Blick weiterhin auf den Leichnam gerichtet. Meine Lippen waren noch immer nicht vorhanden, was sollte ich also sagen?

»Kematef ...« Sahias Stimme war ein scheußliches Krächzen. Ein Schwall *Kupferrot* entfloh ihrem Mund und der Halswunde. Die junge Frau schlug die Augen auf und sah mich an. Ich erwiderte ihren Blick, studierte das Blau ihrer Augen und versuchte zu lächeln.

Wie lächelt man ohne Lippen? Ich fragte mich, ob mein mundloses Lächeln oder jenes, das sich nun im Gesicht des Leichnams bildete, das Hässlichere war. Mein Atem bebte, als Sahia einen Arm hob, mich zu sich heranzog und ihre kalten, blutverklebten Lippen auf die glatte Stelle unter meiner Nase presste. In den spiegelnden Kacheln des Seziertisches, die nicht von *Kupferrot* befleckt waren, erkannte ich mein verzerrtes Konterfei. Der schiefe rote Kussmund, der auf meiner Haut zurückblieb, entstellte mein Gesicht zu einer grotesken Clownsgrimasse.

»Bist du bereit, Kematef?«, drang es heiser aus ihrer zerfetzten Kehle.

Bereit wofür?, fragte ich in Gedanken.

»Dich mir zu erfüllen.«

Ich schüttelte den Kopf. *Warum hast du mich hierher gebracht?*

»Um zu leben, Kematef. Um die unüberwindbare Grenze zu überschreiten.«

Hilf mir, es zu verstehen.

»Sie hätten sie nicht öffnen sollen ...« Sahias Stimme war ein tonloses Flüstern. »Sie niemals befreien dürfen ... Sie hielten sie für etwas Göttliches, doch sie waren ein Fluch ... Ein Fluch ...!«

Wen?, fragten meine Augen. *Was?*

»Die Legionen. Unsere hungrigen Legionen.«

Gibt es eine Möglichkeit, Sarara zu verlassen?

»Ein Sprichwort sagt: Der Tag der geht, ist besser als der, der kommt …«

Wie finde ich wieder zurück?

»Indem du dem begegnest, das du fürchtest.«

Was bedeutet das?

Sahia lächelte. »Du musst zusammenführen, was entzweit wurde, und zerstören, was vereint ist.« Ihre verstümmelte Hand ließ von mir ab und fuhr unter ihr Gewand, hinein in die klaffende Wunde in ihrem Bauch, so tief, dass ihr gesamter Unterarm im Fleisch verschwand. Ihre Finger gruben sich durch ihren Körper, dann zog sie den Arm wieder aus sich heraus, und mit ihm ein metallisch glänzendes Objekt, das sie mir reichte.

»Für das Leben, Kematef.«

Als ich den Gegenstand in den Händen hielt, fühlte ich *Kupferrots* Macht, die durch meine Finger in meinen Arm floss, bis sie meinen gesamten Körper erfüllte. Der Ausdruck auf Bouralehs Gesicht verwandelte sich in Bestürzung, als ich die Waffe schweigend auf seinen Kopf richtete.

»Was zum …?«, entfuhr es ihm, während er fassungslos in die fingerdicke Mündung starrte.

Der Hahn erzeugte einen abgehackten Ton, als ich ihn spannte, wie eine zerplatzende Glühbirne, dann betätigte ich den Abzug und zersprengte Bouralehs Kopf in tausend Stücke. Pulvergeruch erfüllte die Luft. Ohne zu zögern schwenkte ich die Waffe auf die verbliebenen Klone und drückte ab. Ohrenbetäubend verließen die Geschosse den Lauf, trafen die fassungslosen Uniformierten und streckten sie nieder. Verkrümmt blieben sie liegen und gaben ihrerseits *Kupferrot* frei.

Ich richtete die Waffe gegen die riesenhafte Kreatur, doch das Fenster war leer. Nichts regte sich jenseits der Scheibe, nur ockerfarbenes, konturloses Wogen …

Ungläubig starrte ich durch das Glas, dann wandte ich mich wie in Zeitlupe erneut Sahia zu. Ihr Körper ruhte wieder so starr und entseelt auf dem Tisch wie zuvor. Das einzige außer mir noch lebende Wesen innerhalb dieser Wände war *Kupferrot,* dessen mäandernder, strömender Leib den größten Teil des Saalbodens für sich beanspruchte. Sein süßer, beißender Atem berauschte mich. Ich musterte die Waffe. Es war eine Perkussionspistole mit einem Holzgriff und eisernem Schloss und Beschlag. Sie musste mindestens zweihundert Jahre alt sein. Seltsam war, dass ich vier Schüsse in Folge abgegeben hatte, ohne sie ein einziges Mal nachzuladen.

Ich zielte auf die Kamera. Mit der Detonation erlosch ihre Funktionsanzeige, und das Gerät sank wie eine verwelkende Blume mit dem Objektiv gen Boden. Zufrieden verstaute ich die Waffe wieder in Sahias Körper. Dann legte ich zärtlich eine Hand auf ihr Gesicht und zog vorsichtig die Haut ab. Darunter kam ein grün schillerndes Reptiliengesicht zum Vorschein, das von einem Geflecht violetter Schuppen bedeckt war. Achtlos warf ich das menschliche Protogesicht in eine Ecke des Saales, während es unter meinen eigenen Zügen pulsierte, als ob ein riesenhafter Mund unter ihnen herumkroch auf der Suche nach seiner korrekten anatomischen Position. Ein letzter Rundblick, dann hob ich Sahias sterbliche Hülle aus der *Kupferrot*-Lache, ging damit zurück zur Tür und drückte auf eine Taste mit der Aufschrift PATEFACERE.

Nichts tat sich.

Wieder und wieder senkte ich meine Hand auf den elektronischen Fühler, aber die Pforte blieb verschlossen. Ich hielt in meinen Bemühungen inne, dann wandte ich mich um und legte Sahias Leichnam vorsichtig ab.

Ich packte Bouraleh I, um ihn zur Tür zu schleifen, doch sein Körper ließ sich keinen Zentimeter weit bewegen. Wie festgewachsen klebte er auf den Fliesen. Verärgert gab ich es auf, den Leichnam von *Kupferrot* zu trennen, und durchsuchte stattdessen die Taschen der drei Uniformierten. Einen Augenblick später hielt ich ein Skalpell in der Hand. Ich entsicherte es und setzte dessen Spitze ans Handgelenk von Bouraleh I. Beherzt stach ich zu, drückte die Klinge tief ins Fleisch und schnitt das Gelenk zur Hälfte entzwei. *Kupferrot* erschien in der Wunde und tropfte auf meine Hände. Erneut zog ich das Skalpell durch Sehnen und Knorpel. Es knirschte und knackte, dann war die Hand abgetrennt. Warm und leicht lag sie zwischen meinen Fingern. Mit dem Körperteil lief ich zurück zur Tür. Als ich die toten Finger auf die Sensoren presste, ertönte der Öffnungsmechanismus. Die Pforte schwang auf und gewährte Durchlass auf den bleigrauen Korridor.

Achtlos warf ich die abgetrennte Hand zurück in den Raum, doch sie sprang sofort wieder auf. Flink krabbelte sie durch die offene Tür und verschwand Richtung Aufzug. Ich hob Sahia vom Boden auf und schlüpfte ebenfalls hinaus auf den Flur. Ihren Körper an mich pressend, lief ich in den Nebel am Ende des Korridors. Hinter dem Dunst lag ein gewaltiger, unendlich hoher Saal, wie das Innere eines riesigen Turmes. Zwielicht, Kälte und Lautlosigkeit herrschten vor, und weit entfernt, auf einem Podest am Fuße einer riesenhaften Maschine, wartete etwas Unaussprechliches auf mich …

»Halli, hallo, wen haben wir denn da?«, vernahm ich direkt vor mir eine tiefe, heisere Stimme.

Ich blinzelte, zweimal, dreimal, und starrte ungläubig die beiden Chroner an, auf die ich wie in Trance zuschlenderte, dann hielt ich abrupt im Schritt inne. Begriffsstutzig betrachtete ich den zusammengerollten, mit Spinngewebe verklebten Teppich, den ich in meinen Armen trug. Es dauerte eine gewisse Zeit, bis mir bewusst wurde, wo ich mich befand: Auf dem Scheitelpunkt der Brücke, die von Elijahs Turm über den Fluss führte. Kaum fünf Schritte von mir entfernt grinsten die Aufseher mir erwartungsvoll entgegen. Einer von ihnen hatte sich in der Mitte der Brücke postiert und versperrte mir den Weg, der zweite lehnte lässig an der Brüstung, in der Klaue eine Laterne, die wie ein perverser Sankt-Martins-Lampion aussah: Ein Metallkäfig an einem langen Stock, in dem lichterloh ein abgeschlagener menschlicher Kopf brannte. Und wie einst der Büßer über dem Pechsee regte auch dieser Kopf sich noch in seinem glühenden Gefängnis. Seine Kiefer bewegten sich lautlos, das verkohlte Gesicht zuckte in unbeschreiblicher Agonie.

Hinter den beiden Aufsehern tänzelte ein Zyklop über das Gestein, sein riesiges Auge unentwegt auf mich gerichtet und beinahe schon triumphierend ob des lächerlichen Bildes, das ich bot. Über dem gegenüberliegenden Ende der Brücke, in einer Höhe von kaum fünfzig Metern, kreiste majestätisch langsam ein Parabolid.

»Komm doch näher, Bübchen«, säuselte der Chroner, der mit hoch aufgerichteter Rebasche vor mir stand. »Nur noch zwei winzige Schrittlein.« Eine Pranke hatte er drohend in die Hüfte gestemmt, mit der anderen übte er Fingerspiele an seiner Waffe. »Zeig uns doch mal, was du da hast...«

Ich ließ den Teppich fallen und machte ein paar Schritte rückwärts, was die Chroner mit einem enttäuschten Heulen quittierten. Als ich sah, dass sie keine Anstalten machten, sich dem eigenartigen Kraftfeld noch weiter zu nähern und aus dem Leib des Paraboliden kein Strahl in meine Richtung schoss, beeilte ich mich, zurück in den Turm zu gelangen. Das Portal stand einen Spalt weit offen, Spinngewebe hatte sich dort verfangen, wo ich mich mit dem Teppich hindurchgezwängt hatte. Während die Chroner mir übelste Flüche nachriefen und in pikanten Details ausmalten, was sie mit mir anstellen würden, sobald sie mich in die Klauen bekämen, schlüpfte ich durch das Portal – und rannte mit dem Unterleib direkt in Demuarsells erhobene Fangzangen. Ihre Scheren schlossen sich um mein Glied und drückten zu.

»Jammerschade«, säuselte der Spinnendämon. »Was meinst du: Wird dein gutes Stück wieder so prächtig nachwachsen, oder sind die Nanomaschinen deines Schwanzes nicht so genau über seine Länge informiert?«

»Was soll das?«, keuchte ich. Meine Hand wanderte in meine rechte Hosentasche.

»Elijah hat mir aufgetragen, auf dich aufzupassen, solange du im Delirium durch den Turm irrst. Interessant zu beobachten wie schwachgeistig ihr Menschen doch seid ...«

»Ich wäre auf der Brücke beinahe den Chronern in die Rebaschen gelaufen ...«

»Ja, und?«, entgegnete Demuarsell. »Mir wär's recht gewesen. Schließlich warst du ja nicht mehr im Turm. Und jetzt geh schön brav wieder raus und hol den Teppich zurück!«

»Zum Teufel mit dir!« Ich riss den kleinen Metallbügel aus der Tasche und drückte das Kristallende gegen Demuarsells Kieferklauen. Die Waffe drang durch den Chitinpanzer wie ein Drillbohrer in eine alte Matratze. Die Spinne stieß einen schmerzvollen Pfiff aus, öffnete die Kiefer und machte einen Satz nach hinten. Dann ergriff sie die verletzte Klaue und riss sie sich kurzerhand aus dem Kiefer. Die Fangzange klackerte über den Boden und löste sich dort restlos auf. Für einen Augenblick abgelenkt, nahm ich Demuarsells heranzuckendes Bein zu spät wahr. Ein harter Schlag traf meine rechte Hand, dann sah ich Elijahs Waffe und zwei meiner Finger davonfliegen. Während mich der Schmerz überwältigte, fing die Spinne den tödlichen Metallbügel noch im Flug auf. »*Pashak,* das hättest du niemals tun dürfen!« Sie schnellte nach vorn und stieß mich zurück gegen die Eingangstür, dann wirbelte sie herum und verschwand in der Dunkelheit der Korridore.

TEIL FÜNF

Lotos

Kein Tun, noch Berechnung, noch Erkenntnis,
noch Weisheit ist im Scheol.
Die Toten aber, sie erkennen nichts, und kein Lohn ist
ihnen noch weiterhin,
denn vergessen ist ihr Gedenken.

Aus der Thora

Mekropalladium 19

Ich fand Elijah wenige Etagen oberhalb des Eingangsbereiches beim Aufräumen eines Schlachtfeldes aus Büchern. Der Rabbiner wirkte verärgert, denn das Spazierentragen des Teppichs war offenbar nicht meine einzige Kapriole gewesen. Anscheinend hatte ich mich während meines Pejote-Trips im gesamten Turm herumgetrieben. Mein Gebaren war schließlich dermaßen ausgeufert, dass Elijah sich genötigt sah, mir Demuarsell als Aufpasserin an die Fersen zu heften. Ein zweifelhaftes Vergnügen.

»Das wird sie niemals auf sich sitzen lassen«, prophezeite er, nachdem ich ihm unsere gewaltsame Auseinandersetzung geschildert hatte. »Ihr solltet Euch fortan vor ihr in Acht nehmen. Besitzt Ihr noch den Energiezylinder?«

»Sie hat ihn mir abgenommen.« Ich zeigte ihm die Handwunde mit den abgerissenen Fingern.

»Bedauerlich«, erklärte der Rabbiner. »Aber so ist sie nun mal. Da ich es war, der Euch die Waffe gab, wird sie mich dafür wohl zur Rechenschaft ziehen. Dürfte ich in Anbetracht dieses Chaos vielleicht erfahren, welche Phantasmagorien Euch heimgesucht haben?«

Ich schilderte ihm meine Fahrt hinab in die Tiefe. Den drei Byron-Klonen und der bizarren Kreatur hinter dem Fenster maß Elijah keine besondere Bedeutung bei. Erst meine gespenstische Begegnung mit Meret ließ ihn aufhorchen.

»*Sie hätten sie nicht öffnen sollen*«, wiederholte der Rabbiner nachdenklich ihre Worte. »*Sie niemals befreien, ihre hungrigen Legionen …*« Er strich sich durch den Bart und flüsterte: »Ja, die Legionen, die Legionen …« Seine Augen huschten über die Bücher, als verfolgte er mit Blicken ein flinkes, unsichtbares Insekt. »Sehr kryptisch, fürwahr, aber ... ja, da könnte etwas dran sein ...« Er eilte zu einer Leiter und trug sie ein paar Meter weiter. Kaum war er hinaufgeklettert und hatte das gesuchte Buch an der richtigen Stelle aufgeschlagen, erhob er seine Stimme und las: »*Aber das Weib hob jezo den mächtigen Deckel, rüttelte dann, dass den Menschen hervorging Jammer und Trübsal. Zahllos fuhr zu ihnen der Leiden Gewimmel.*« Er kletterte von der Leiter herab und fuhr fort: »*Voll wurd' rings vom Bösen die Erd', und voll auch die Meerflut. Auch Krankheiten genug, bei Tage sowohl wie bei Nacht, nah'n ungeraten von selbst, und bringen den Sterblichen Böses. So war keinem vergönnt, zu entflieh'n Zeus' waltender Vorsicht.*«

»Das war ein Ausschnitt aus Hesiods *Werke und Tage*«, erkannte ich. »Die Büchse der Pandora.«

»Wohl wahr«, bestätigte der Rabbiner und schloss das Buch. »Allerdings ist diese Bezeichnung auf einen Übersetzungsfehler zurückzuführen. Pandoras Gefäß war keinesfalls eine Büchse, sondern ein ›pithos‹; ein irdener Vorratskrug. Er wurde erst zur Büchse, als Erasmus von Rotterdam irrtümlich ›pithos‹ ins lateinische ›pyxis‹ übersetzte.«

»Woher wollen Sie das wissen?«, gab ich zu bedenken. »Vielleicht hatte Pandora den Inhalt lediglich in einen Krug umgefüllt, da besagte Büchse zu schwer war, um von einem Menschen getragen zu werden. Und vielleicht hatte sie dabei einen Teil des Inhalts verschüttet ...«

Elijah reckte herausfordernd das Kinn vor, nickte jedoch. »Manchmal schafft Ihr es wirklich mich zu überraschen, junger Freund«, gestand er. »Und auch zu erschrecken ...«

»Es heißt, Hephaistos erschuf Pandora auf Befehl des Zeus«, erklärte ich. »Und zwar aus Erde.«

»Aus *materia prima.*« Elijah lächelte freudlos. »Ein Golem der Götter! Ironischerweise ebenfalls ein weiblicher. Der Legende nach wurde sie auf die Erde geschickt, um den Feuerräuber Prometheus zu bestrafen. Doch stattdessen brachte sie Krankheit und Verderben über die Welt, als sie aus purer Neugier jenes unheilvolle Gefäß öffnete, dessen Inhalt, wie es heißt, sofort entwich.« Er warf mir einen grimmigen Blick zu. »Einzig die Hoffnung blieb darin zurück ...«

»Wollen Sie damit behaupten, Meret und Pandora seien ein und dasselbe Wesen?«

»Irgendwo besitzt alles seinen Ursprung.«

»Das ist absurd«, urteilte ich. »Völlig inkonsistent. Wie soll das geschichtlich zusammenpassen?«

»Ebenso, wie die Wurzeln und die Blätter eines mächtigen alten Baumes zueinander passen«, philosophierte der Rabbiner. »Wie viele Schreiber vor ihm ließ auch Hesiod sich von alten ägyptischen Texten inspirieren. Der letzte Satz jedoch ist es, der des Rätsels Lösung in sich zu bergen scheint: *So war keinem vergönnt, zu entfliehn Zeus' waltender Vorsicht.«* Er hob die Arme, drehte sich im Kreis und rief: »*Et voilà!«*

»Verbannung«, dämmerte es mir.

»Quarantäne«, präzisierte Elijah. »Isolierung. Absonderung. Verdammung! Eine Fläche von der Größe eines Kontinents, einfach aus dem Universum getilgt.«

»Ein unheilvolles Gefäß, dessen Inhalt sofort entwich«, grübelte ich. »Ein Gas womöglich? Oder ein Virus?«

»Angenommen, dies war ebenfalls ein Übersetzungsfehler des Erasmus von Rotterdam«, gab der Rabbiner zu bedenken. »Angenommen, es heißt im Original nicht ›sofort‹, sondern ›von selbst‹ ...«

»Von selbst ...« Langsam dämmerte mir, worauf Elijah hinauswollte. »Nano-Roboter«, begriff ich. »Hesiod schrieb: *Zahllos fuhr zu ihnen, den Menschen, der Leiden Gewimmel.* Das beschreibt womöglich winzige Maschinen. Einen Behälter mit Nano-Robotern, die sich – aus Unaufmerksamkeit verschüttet – explosionsartig zu reproduzieren begannen! Die Quelle allen Unheils ...« Ich schüttelte den Kopf, überwältigt von der

Vision, die sich vor meinem geistigen Auge auftat. »Und jene, die Schuld daran trugen, sahen keine andere Wahl, als das kontaminierte Gebiet zu isolieren und in eine Art Paralleluniversum zu versetzen. In ein winziges Kontinuum, das einzig zu dem Zweck existiert, das Übel auszusperren. Unmittelbar neben unserem Kosmos, und doch so unerreichbar fern.«

»Fern von Gott«, nickte der Rabbiner.

»Das besagte Gefäß konnte somit kein Tonkrug gewesen sein, sondern ein für die damalige Zeit sehr ungewöhnlich aussehender Behälter«, schlussfolgerte ich, nachdem wir eine Weile geschwiegen hatten. »Womöglich aus Kunststoff oder Metall. Ein fremdartiges Objekt, dessen Inhalt Neugier weckt, ähnlich einem tragbaren Transportbehälter für radioaktives Material. Mit zentimeterdicken Metallwänden.« Während Elijah meinem Selbstgespräch mit ratloser Miene folgte, versuchte ich mir vorzustellen, wie ein massiver Zylinder aus Aluminium oder Edelstahl auf Menschen gewirkt haben musste, für die das brüchige Eisen eines Meteoriten das wertvollste Metall auf Erden darstellte. Dann sagte ich: »Was allerdings bedeuten würde, dass jene, die dieses Gefäß vor Jahrtausenden füllten, über eine sehr fortschrittliche Technologie verfügt haben mussten.«

»Dann hatte ich ja richtig vermutet«, drang es laut von der Treppe her zu uns empor. »Dieses fliegende Inferno stammt tatsächlich aus dem Weltraum ...«

Byron kam bedächtig die Stufen emporgestiegen. Ein hintergründiges Lächeln umspielte seine Mundwinkel, als er zu uns heraufsah. Über seiner rechten Schulter hing schlaff ein Lederrucksack.

Ich trat vor den Treppenabsatz und versperrte ihm den Weg. »Wo warst du?«

»Oho, ein kleiner Anflug von Überheblichkeit?«, schmunzelte Byron.

»Antworte!«

»Ich hatte ein Stelldichein mit unserem Freund Archon.«

»Sehr witzig.«

Byron zog den Rucksack von der Schulter und ließ ihn vor meiner Brust hin und her pendeln. »Erkennst du ihn?«

»Was treibst du für ein Spiel?«

»Ich wollte wissen, ob du tatsächlich ein Iretmeth bist«, erklärte der Schwarze. »Tja, du bist es. Hier drin steckt der Beweis.«

»Und Archon hat ihn dir bereitwillig überlassen.«

»Nein, eigentlich nicht. Ich musste ihn dazu überreden ...« Er hob vielsagend die Augenbrauen.

»Wie kommt Archon überhaupt hierher?«

»Kreuzbeißer hat unser Treffen ... wie soll ich sagen? Arrangiert.«

»Kreuzbeißer?«

»Die Aufseher machen mobil«, verkündete Byron. »Der Zyklop auf der Brücke hat dich gefilmt. Jeder Chroner der Stadt weiß nun, dass du dich hier im Turm versteckst.«

»Du meinst wohl, dass *wir* uns hier verstecken.«

»Oh, ich bin inzwischen aus dem Schneider.« Der Schwarze lächelte kühl. »Es geht einzig und allein um dich.«

Ich verzog abfällig die Lippen. »Sehr gewieft, Seemann. Und was erhältst du für deinen Judaskuss? Ein neues Kostüm?«

»Freies Geleit.« Byron kam ein paar Stufen höher. »Sorry, mein Freund, aber ich spiele dieses verdammte Spiel schon ein wenig länger als du. Es nennt sich: fressen oder gefressen werden. Und ich bin bereits viel zu oft gefressen worden. Irgendwann habe ich Prioritäten gesetzt. Wie ich schon sagte, ich handele vornehmlich aus Eigennutz. Aber du hörst ja nie zu. Du hast mir von Anfang an nicht zugehört!«

»Und da besitzt du tatsächlich den Schneid und tauchst noch einmal hier auf?«

»Ich gebe dir die Chance, deinen Ägyptologenarsch zu retten.«

»Und er?« Ich deutete auf den Rabbiner.

»Das ist Angelegenheit der Chroner«, entschied Byron. »Er ist ein Deserteur, wie du. Aber er ist kein Iretmeth.«

Ich schüttelte widerstrebend den Kopf. »Womit willst du dich freikaufen? Mit Archons Wegezoll?«

Byron lachte auf. »Nein, dieses Kleinod hier ist eigentlich für dich bestimmt.« Er warf sich den Lederbeutel wieder über die Schulter, hob die Arme, machte eine entschuldigende Geste und sagte: »Damit.«

»Der Turm?« Ich tauschte einen bestürzten Blick mit Elijah. »Du willst ihnen den Turm öffnen?«

»Es geht um weitaus mehr als diesen Turm und das Archiv«, erklärte Byron. »Es geht um die Fabrik.«

»Für die Existenz dieses Ortes gibt es keinerlei Beweise«, rief Elijah von der Balustrade herab.

»Meinst du, alter Mann?« Byron wandte sich dem Rabbiner zu. »Woher rührt dann das Kraftfeld, das Eure Zuflucht umgibt?« Und wieder an mich gerichtet: »Kein Stadtwesen würde es je wagen, auch nur einen Zeh hinab in die Fabrik zu strecken. Dort unten wärst du sicher, bis die Chroner davon überzeugt sind, dass du dich nicht mehr im Turm versteckst.«

»Moment, langsam«, sagte ich. »Woher weißt du von der Fabrik?«

»Ich habe nachgeforscht. Oder glaubst du, ich hätte meine Zeit einzig damit verplempert, die Ergüsse von de Sade zu lesen? Dieser hässliche, verkohlte Turm ist eines der ältesten Gebäude der Stadt, vielleicht sogar das älteste überhaupt. Vor Jahrtausenden erhob er sich über einer unterirdischen Anlage, in der versucht wurde, Gott zu spielen – mit fragwürdigem Erfolg, wie du siehst. Wir stehen über der Stätte, an der alles begann. Dein Freund Elijah hat für seine Zwecke den einzigen Ort entweiht, der den Kreaturen dieser Stadt heilig ist: die Wiege ihrer Schöpfung.«

»Ist das wahr?«, fragte ich Elijah. »Die Nano-Fabrik befindet sich direkt unter unseren Füßen?«

Der Rabbiner schwieg grimmig, dann wandelte sich seine Unmut in Resignation. »Ich ahnte von Anfang an, dass Ihr nicht allein des Unterschlupfs wegen gekommen seid, Bruder Maske«, brummte er.

»So verfolgt doch jeder seine eigenen Ziele, nicht wahr?«, gab Byron zurück.

»Du verkaufst unsere Haut für einen Chronertempel«, warf ich ihm vor.

»Die Grundlage meiner Existenz«, konterte der Schwarze.

»Verrat?«

»Wissen.« Byron blickte mich herausfordernd an. »Und die Macht, die damit einhergeht. Das hat unser alter Freund Elijah trotz seines langen Aufenthaltes in diesem Turm leider bis heute nicht begriffen.« Und mit einem knappen Blick auf den Rabbiner fügte er hinzu: »Besser gesagt: Man hat dafür gesorgt, dass er seine Nase nicht zu tief in die Geheimnisse der Stadt steckt – und einen Golem erschafft, der alles wieder von vorne beginnen lässt ...«

Elijah zuckte ebenso zusammen wie ich, als heftige Schläge das Turmportal erzittern ließen. Byron warf lediglich einen gelassenen Blick über seine Schulter »Ihr bekommt Besuch«, kommentierte er das Donnern gegen die Eingangspforte.

»Das kann nicht sein«, rief Elijah. »Das ist unmöglich!«

»Unmöglich?«, lachte Byron. »Hier? In dieser Stadt?«

»Was ist mit dem Kraftfeld?«, fragte ich. »Hält es die Aufseher nicht davon ab, in den Turm einzudringen?«

»Das tut es«, bestätigte Byron. »Zumindest so lange, bis du es abschaltest ...«

»Was?«

»Ich biete dir einen Tauschhandel an«, erklärte Byron und tätschelte den Rucksack. »Du unternimmst einen kleinen Ausflug hinab in die Fabrik und deaktivierst das Feld. Dafür erhältst du die Rückfahrkarte in dein wirkliches Leben.«

»Und falls ich nicht mitspiele?«

»Nun ja, ich denke, du weißt inzwischen, wie es auf Erden um dich bestellt ist. Ohne dies hier« – er hielt den Rucksack hoch – »wird dein Körper im Koma liegen, bis er verrottet ist. Dir bleibt nicht mehr viel Zeit, dich zu retten, Iretmeth!« In seinen Augen funkelte es, als wüsste er genau, dass er am längeren Hebel saß.

»Wieso sollte ich dir noch vertrauen?«

Byron wedelte mit dem Beutel. »Vertrau der Katze im Sack ...«

»Und was sollte mich daran hindern, ihn dir einfach abzunehmen?«

»Ich!«, säuselte es über unseren Köpfen.

Demuarsell kauerte ein Stockwerk weiter oben sprungbereit auf dem Geländer. »Und glaub mir, diesmal sauge ich dich aus bis auf den letzten Tropfen!«

Die Spinne und ich taxierten uns mit Blicken. Ich stieß wütend die Luft aus. »Was befindet sich in dem Rucksack?«, fragte ich Byron.

»Etwas, auf das auch Kreuzbeißer ziemlich scharf ist, das kannst du mir glauben. Also, Hopp oder Top?«

Ich blickte von Byron zu Demuarsell. »Wusste ich's doch, dass ihr beiden am selben Strang zieht«, sagte ich.

»Sag nein, und ich lehre dich Kadavergehorsam«, zischte die Spinne.

Tja, Krispin, kapitulierte Giza, *Schach dem König.*

»Existiert hier im Turm ein Eingang?«, wandte ich mich an Elijah.

»In die Fabrik?« Der Rabbiner sah erschrocken drein. »Ihr wollt Euch wirklich zum Handlanger machen lassen?«

»Ich will das nicht, alter Mann«, knurrte ich. »Aber es bleiben leider nicht viele Alternativen. Es sei denn, die Legenden, die man sich in meiner Zeit über Sie erzählt, sind wahr, und Sie beherrschen ein paar sehr effektive kabbalistische Zaubersprüche ...«

»Macht Euch nicht über mein irdisches Leben lustig!«, empörte sich Elijah.

»Dann antworten Sie!«

Der Rabbiner starrte eine Zeit lang erbittert hinauf zum Turmdach, dann sank er langsam in sich zusammen. »Nur eine Art Notausgang«, bekannte er schließlich. »Glaube ich zumindest.«

»Sie glauben?«

»Er war bis heute zu feige, das zu erkunden«, erklärte Byron. »Hat sich lieber jahrhundertelang im Turm verkrochen.«

»Kein halbwegs vernünftiger Mensch würde *dort* hinabsteigen!«, brauste der Rabbiner auf. »Zu einer Höllenmaschine, vor der sich selbst die mächtigsten Kreaturen dieser Stadt fürchten. Keiner weiß, ob dieser Ort noch existiert und was dort unten vor sich geht ...«

»Dann wird es Zeit, dass jemand geht und nachsieht, findet Ihr nicht?«

»Ihr seid eine Schlange, Bruder Maske.«

»Warum begleitet Ihr meinen Freund Hippolyt nicht?«, gab Byron ungerührt zurück. »Die Chroner ließen im Erfolgsfall vielleicht mit sich handeln. Wissen für Freiheit.«

»Solange das Kraftfeld besteht, kriegt mich keine Legion Dybbuks dort hinunter!«, rief der Rabbiner.

»Dieses Kraftfeld war nur ein vergeblicher Versuch der einstigen Betreiber, das Verderben in Grenzen zu halten. Es wurde aktiviert, doch nie wieder ausgeschaltet. Zwar hält es die Chroner auf, aber nicht die Strahlen der Paraboliden oder mächtigere Kreaturen der Stadt ...«

»Geschöpfe wie Demuarsell?«, fragte ich.

»Weitaus schlimmere Gesellen«, prophezeite Byron. »Dort draußen treibt alles sein Unwesen, was in den Mythen und

Legenden der Menschheit die Nacht unsicher macht. Das Einzige, was dich retten kann, befindet sich in diesem Beutel.«

Erneut dröhnten Schläge gegen das Portal, und eine tiefe, krächzende Stimme rief etwas Drohendes auf Kobe.

»Klingt, als hätten sie einen Gargoyle geschickt«, deutete Byron den Dialekt.

Ich sah abwechselnd vom Eingangsportal zu Byron. »Wer garantiert mir, dass du noch da bist, wenn ich zurückkomme?«

»Ich kann dir nicht einmal die Gewissheit geben, *dass* du je wieder zurückkommst«, grinste der Schwarze. »Aber falls du es tatsächlich schaffst, bürge ich für deinen Schutz und bringe dich persönlich zu einem Ausgang aus diesem Inferno.«

»Ist das eine weitere deiner selbstgerechten Lügen?«

»Nein, ein Versprechen.« Er umfasste den etwa faustgroßen Gegenstand im Rucksack mit der Hand und sagte: »Mich interessiert nämlich brennend, wie dieses Ding hier funktioniert.«

Ich starrte den Beutel an. Er konnte alles enthalten; einen Stein, ein widerliches kleines Untier oder tatsächlich den Schlüssel, der mir den Weg zurück in mein altes Leben öffnete. »Okay«, sagte ich. »Du hast gewonnen.« Ich stieg ein paar Stufen zu ihm hinab, bis ich mich mit ihm auf Augenhöhe befand. »Aber sollte ich zurückkommen und dich nicht mehr im Turm antreffen, werde *ich* dich durch die Stadt jagen!«, sagte ich. »Selbst wenn es bis zum Ende aller Tage dauern sollte. Das ist *mein* Versprechen!«

»Klingt reizvoll«, grinste Byron mit einem Augenzwinkern. »Fast schon zu reizvoll. Der Mensch bleibt wohl ewig des Menschen Wolf.« Er machte auf dem Absatz kehrt und tänzelte die Stufen hinab. »Du hast Zeit bis es hell wird, Ägyptologe. Solltest du nicht rechtzeitig zurück sein, kann ich leider für nichts garantieren.« Und an die über uns lauernde Demuarsell gerichtet: »Begleite die beiden hinab zum Eingang. Ich kümmere mich solange um den Gargoyle.«

Kurze Zeit später kauerte ich mit Elijah über einem quadratischen Loch, aus dem ein faulig stinkender Luftzug emporquoll. Wir befanden uns im Fundament des Turms, in einem winzigen, stickigen Raum weit unterhalb der Wasserlinie. Unter einer fußhohen Schicht aus Gesteinsstaub, der wirkte, als sei er absichtlich hier unten ausgestreut worden, war eine schwere, gusseiserne Metallplatte verborgen gewesen, die wir nur mit Hilfe von Demuarsells übermenschlichen Kräften anzuheben vermocht hatten. Darunter führte ein kaminartiger Schacht etwa acht Meter senkrecht hinab in einen diffus erleuchteten Raum, von dessen Boden man durch die Öffnung nur einen kleinen Ausschnitt erkennen konnte.

»Sie haben sich die ganze Zeit über nicht dort hinuntergetraut?«, fragte ich den Rabbiner verblüfft.

»Ha, *dort* hinunter schon! Das ist keine Kunst, junger Freund. Dort hinunter schon!«

»Wo liegt dann das Problem?«

»Klettert hinab, macht Euch ein eigenes Bild ...«

Der Plan, den wir kurze Zeit später ersonnen hatten, war recht simpel: Ich würde an einem Seil aus Spinngewebe, das Demuarsell erzeugte und meine Knöchel umschloss, kopfüber in den Schacht hinabsinken, während der Spinnendämon den Strang Meter um Meter verlängerte. Besser gesagt: verlängern sollte. Kaum war ich zwei Meter tief gesunken, erklang über mir ein Geräusch, als reiße Sackleinen. Einen Herzschlag später befand ich mich im freien Fall.

»Verzeihung, Süßer!«, vernahm ich noch Demuarsells spöttische Stimme, dann schlug ich auf.

Lazarium 2 • Erkenntnisraum I

Es dauerte lange, bis Ur-El zu *Ka* aufgeschlossen hatte. Die beiden anderen Maschinen waren inzwischen so weit voraus, dass sie nicht mehr zu sehen waren. Ur-El hingegen war weitaus mehr in Mitleidenschaft gezogen, als *Ka* befürchtet hatte. Sein Schädel und die Regionen seines Körpers, an denen das blanke Metall durch die Kleidung schimmerte, sahen aus, als wären sie von Säure zerfressen worden.

»Was ist passiert?«, fragte *Ka.*

»Ein Schwarm der Schmetterlinge hat mich angegriffen.«

Ka sah sich um, konnte aber weit und breit kein einziges Insekt entdecken. »Schmetterlinge?«, wiederholte er zweifelnd. Und als Ur-El nicht antwortete: »Und sie fressen Metall?«

»Kein Metall«, entgegnete die Maschine. »*Paseth.* Sie absorbieren es, formen es zu ihresgleichen, um sich zu reproduzieren ...«

»Das verstehe ich nicht.«

»Aus diesem Grund hat deine Maschine dich auf den Pfad geschickt«, teilte Ur-El mit. »Weil du in deinem Unverstand gegen sie ankämpfst. Du siehst Jaru mit eigenen Augen. Du akzeptierst sogar was du siehst. Aber du glaubst nicht daran.«

Ka schüttelte heftig den Kopf. »Ich verstehe nicht, wieso das vermeintliche Paradies von Maschinen bevölkert wird. Das ergibt keinen Sinn. Diese Welt verspottet jeden Glauben an Gott.«

Ur-El nickte kaum merklich, als hätte er Angst, eine zu heftige Bewegung könne ihm den Kopf von den Schultern reißen.

»Der Erkenntnisraum wird es dir offenbaren«, sagte er und setzte sich schwerfällig in Bewegung. *Ka* blieb noch einige Zeit stehen und beobachtete die Steine fressende Kreatur, die ihn unterhalb der Wasseroberfläche musterte, dann folgte er dem Erzenen.

In der Ferne verdunkelten sich die Wolken, ein sanfter Nebel aus Gelb, Orange, Rot und Braun senkte sich auf die Felder und verschleierte den Horizont.

»Es regnet«, stellte *Ka* fest, beeindruckt von dem farbenprächtigen Schauspiel. »Ist das Rost oder Sand?«

»Blut«, klärte Ur-El ihn auf. »Das Blut, das auf Erden von euch vergossen wird. Es regnet in den Garten, und der Wind treibt Stürme aus seinem Staub über das Land. Wolken aus Blut verhüllen *sein* Antlitz und trüben *seinen* Blick ...«

Angewidert betrachtete *Ka* die Umgebung. Wo noch keine Schritte den Boden berührt hatten, bedeckte die Schicht aus getrocknetem Blut die Felder knöchelhoch. Während *Ka* seinen Blick schweifen ließ, brach Ur-Els rechtes Knie mit einem hässlichen Geräusch, worauf die Maschine stumm vornüberkippte. Bei dem Versuch, den Sturz mit den Armen abzufangen, riss ihr das linke Schultergelenk ab. Mit einem dumpfen Schlag schlug Ur-El auf dem Boden auf und zermalmte einen der gepfählten Thoraxe unter sich – wie schon so oft während dieses Marsches.

Ka beugte sich über den Erzenen, um ihm zu helfen. In dem Moment, als er seine Muskeln spannte, um Ur-El auf den Rücken zu drehen, platzte die Haut über seinem Handrücken und das Fleisch über seinem rechten Arm fast bis auf die Knochen auf. *Ka* zuckte erschrocken zurück, irritiert darüber, keinen Schmerz zu spüren. Zähes, fast schwarzes Blut sickerte wie dickflüssiger Sirup aus der Wunde. Das offene Fleisch sah ungesund aus und wirkte ledrig, fast so, als sei *Kas* Körper völlig ausgetrocknet.

Mühsam wälzte Ur-El sich auf den Rücken, griff nach seinem Arm und begann, die abgetrennte Extremität wieder an seiner Schulter zu befestigen.

»Was geschieht mit mir?« *Kas* Stimme war tonlos. Mit den Fingerspitzen befühlte er die tiefen Risse in seiner Haut. Sein Fleisch fühlte sich an, als wäre es aus Wachs.

»Die Wirkung der Rekonvaleszens-Lösungen lässt nach«, erklärte Ur-El.

Ka betrachtete seine Hände. »Und das bedeutet?«

»Ohne Infusionen wird dein Körper degenerieren – und du wirst dich erinnern.«

»Woran?«

»An die Realität. Und du wirst die Schmerzen erfahren, die sich in dir angesammelt haben ...« Die Maschine hatte ihren Arm provisorisch wieder anmontiert. Wie um seine Funktion zu testen, griff sie in ihren Brustkorb, zog *Kas* Akte hervor und überflog noch einmal ihren Inhalt.

Etwas unangenehm Feuchtes rann *Ka* über das Gesicht. Er wischte es mit der Hand fort, doch es strömte weiter. Als er seine Stirn abtastete, erfühlte er ein fingerdickes Narbengeschwulst, aus dem weißlich-rote Flüssigkeit rann. An *Kas* Fingern klebte ein Haarbüschel.

»Wir sollten uns beeilen«, sagte Ur-El. Er verstaute die Schriftstücke wieder in seinem Körper, um sich seinem Kniegelenk zu widmen. »Es wird bald dunkel, und der Erkenntnisraum ist noch fern.«

Kaum war die Sonne hinter dem Horizont verschwunden, nahm die Lufttemperatur rapide ab. Innerhalb weniger Minuten wurde es dunkel, und *Ka* musste sich am Umriss von Ur-Els Rücken orientieren, um nicht vom Weg abzukommen und womöglich ins Wasser zu stürzen. Er bewunderte die Hartnäckigkeit der Maschine, die ihn mit schweren, steifen Schritten führte. Dennoch schalt er sich einen Narren, Ur-El bis hierher gefolgt zu sein. Mit zunehmendem Unbehagen beobachtete er den Zerfall seines Körpers. Das Narbengeschwulst auf seinem Kopf wurde größer, die Haut spannte sich wie sprödes Pergament über sein wachsartiges Fleisch. Nicht selten in dieser Nacht verspürte er den Wunsch, einfach kehrtzumachen und zu versuchen, zurück ins Sanatorium zu gelangen. Doch die Gewissheit, es niemals alleine zu schaffen, entmutigte ihn. Es war zu weit, und dann waren da offenbar noch diese Schmetterlinge …

Der Bach, dem sie nach wie vor folgten, wandelte sich im Laufe der Stunden zu einem kleinen Fluss, obwohl ihn keinerlei Nebenbäche speisten. Vielleicht, so überlegte *Ka*, mündeten zahllose Quellen direkt ins Flussbett und ließen das Wasser unbemerkt anschwellen.

Als der Morgen graute und Nebel die Landschaft verhüllte, bog Ur-El auf die Felder ein, um einem unscheinbaren Trampelpfad durch die blank gefressenen Schädel und Rippenkäfige zu folgen. Kurz nach Sonnenaufgang erreichten er und *Ka* schließlich eine große, trichterförmige Bodensenke, von deren Rand eine Steintreppe hinab zum Eingang eines Stollens führte. Im seinem Inneren war es angenehm kühl, und nachdem Ur-El eine Kette primitiver Wandlampen eingeschaltet hatte, offenbarte sich *Ka* ein breiter, kerzengerader Durchbruch, der aussah wie ein stillgelegter Eisenbahntunnel. Sein Boden war mit schweren, glatt getretenen Steinplatten gepflastert. Nach etwa dreihundert Metern endete der Stollen an einer massiven Mauer, in die eine gedrungene Metalltür eingelassen war.

Ur-El klopfte mit einem aufgelesenen Stein einen Rhythmus gegen die Pforte. Augenblicke später öffnete sich das Portal, und Licht flutete von der anderen Seite in den Tunnel. Die imponierenden Silhouetten von Tetah-El und Arat-El versperrten den Durchgang. *Ka* fühlte sich unbehaglich und versteckte sich hinter Ur-El. Die Maschine sprach etwas Unverständliches, worauf die beiden Erzenen wortlos zur Seite traten.

Auf der anderen Seite angelangt, wandelte der Tunnel sich zu einem breiten Korridor. Wandteppiche bedeckten die hohen, von elektrischen Lampen beleuchteten Wände, unterbrochen von kostbar anmutenden Landschaftsgemälden mit eigenartiger Linien- und Flächenornamentik. Manche Bilder zeigten schneebedeckte Berge von unglaublicher Höhe, oder Meere, an deren Ufer Wüsten grenzten.

»Wo sind wir hier?«, fragte *Ka*.

»In den Katakomben von Jaru«, antwortete Ur-El. »Das ist alles, was die Paraboliden übrig gelassen haben. Zwanzigtausend Jahre Geschichte, ausradiert in sechs Tagen – *mors more geometrico*...« Ur-El ging zu einer großen Tür am Ende des Flurs, öffnete sie mit einer ungelenken Bewegung und winkte *Ka* heran. »Geh hinein«, forderte er ihn auf.

Ka blickte in kosmische Schwärze. In unbestimmbarer Höhe klaffte eine große, kreisrunde Öffnung, durch die er einen Sternenhimmel erkennen konnte.

»Der Erkenntnisraum«, erklärte Ur-El. »*Seine* letzte Zuflucht. Alles Erdenkliche kann darin passieren; selbst das Unerdenkliche ist vorstellbar und durchführbar.«

»Was erwartet mich?«

»Wahrheit. Schmerz. Bewusstsein.«

Für einen Moment schloss *Ka* die Augen, um sich der Bedeutung dieser Worte bewusst zu werden, dann nickte er und trat in die Dunkelheit.

Mekropalladium 20

Ich lag auf dem Bauch, mit dem Gesicht in etwas Flüssigem, Warmem. Es herrschte gespenstische Stille und ein widerwärtiger Gestank. Beide Arme waren offenbar gebrochen, die Muskeln wollten mir nicht gehorchen. Ich drehte mich auf den Rücken und blieb ein paar Minuten lang mit geschlossenen Augen liegen, dann richtete ich mich umständlich auf und sah mich um.

Ich befand mich in einem geräumigen, quadratischen Gelass ohne Fenster oder Türen. Die einzige weitere Öffnung war ein großer, runder Schacht in der Bodenmitte. Über seine Ränder wucherten Pilze und Schwämme, die den gesamten Boden wie Geschwüre überzogen. Kaltes Licht erfüllte den Raum. Auf den ersten Blick schien es direkt aus den Wänden zu dringen, erzeugt von verborgenen elektrischen Quellen, die dicht unter ihrer transparenten Oberfläche lagen. Erst auf den zweiten Blick erkannte ich, dass es von den Myzeten ausging. Es phosphoreszierte aus ihren Körpern und den von ihnen abgesonderten Sekreten, die den Boden und die Wände bedeckten. Selbst ich hatte bereits an sämtlichen Körperstellen, die mit der Substanz in Berührung gekommen waren, zu leuchten begonnen. Mit gemischten Gefühlen erinnerte ich mich an die leuchtenden Medinen, die meinen Körper in den Katakomben befallen hatten …

»Elijah?«, rief ich in den Schacht hinauf, durch den ich gestürzt war. »Rabbiner!?« Ich erhielt keine Antwort. Nicht einmal der Spinnendämon ließ sein falsches Antlitz über der Öffnung blicken, woraufhin mich ein ungutes Gefühl erfasste.

Wie, um alles in der Welt, sollte ich ohne fremde Hilfe rechtzeitig wieder zurück in den Turm gelangen?

Als ich die Arme wieder bewegen konnte, riss ich mir die Reste von Demuarsells Gespinst von den Füßen. Kaum hatte ich begonnen, mich zu regen, glitten die Schwämme in alle Richtungen davon und dünsteten dabei verstärkt jenen üblen Geruch aus, der den Raum schwängerte. Nachdem wieder Ruhe eingekehrt war, kroch ich vorsichtig zu der Schachtöffnung und blickte hinab in einen scheinbar bodenlosen Abgrund. Eine von dickem Schimmel überwucherte Metallleiter führte senkrecht in die Tiefe.

Ich setzte mich zurück in eine freie Ecke und beobachtete die umhergleitenden Organismen. Erst nach langem Zögern schickte ich mich an, endlich einen Fuß auf die oberste Leitersprosse zu setzen. Die Pilze zerplatzten unter meinen Fingern und Füßen, ihre übelriechenden Säfte rannen mir an Händen und Armen entlang über den gesamten Körper. Ich fluchte und hoffte, dass es dort, wohin ich kletterte, Wasser gab, um das klebrige, stinkende Zeug wieder abwaschen zu können.

Wohin der Schacht führte, versuchte ich gar nicht erst zu erahnen. Die Stadt wuchs, unaufhörlich und grenzenlos. Seit Urzeiten breitete sie sich auf dieser Welt aus – und das womöglich nicht nur an der Oberfläche, sondern auch in die Tiefe, wie ein Pilzgeflecht, dessen tatsächlicher Lebensraum im Verborgenen lag. Seit Tausenden von Jahren mutierte die Stadt, und seit ebenso langer Zeit hatte offenbar niemand mehr den Ort, zu dem ich unterwegs war, betreten.

Angestrengt bemühte ich mich, in der Tiefe unter mir etwas zu erkennen, aber da war nichts, nur bodenlose Leere. Ein paar Atemzüge lang lehnte ich mich mit dem Rücken gegen die Schachtwand. Dann zwang ich mich weiter hinab, Sprosse für Sprosse. Nach etwa einhundert Metern Abstieg waren meine Bewegungen gleichmäßig und das Klettern zum automatisierten Prozess geworden. Ich versuchte an Dinge zu denken, die mir vertraut waren, doch das Nachdenken bereitete mir Kopfschmerzen, und die Sprossen und Parasiten verschwammen vor meinen Augen zu bunten Streifen. Aus einem kopfgroßen Loch im Gemäuer schlüpfte plötzlich ein Geschöpf, das aussah wie eine fette, durchsichtige Muräne und riss mich aus meiner Lethargie. Ich wäre vor Schreck fast von der Leiter gerutscht, als es gegen meine Brust prallte. Das Tier – Schlange, Wurm oder Schnecke – fauchte drohend und entblößte dabei zahllose nadeldünne Zähne, dann verschwand es mit beachtlichem Tempo in der Tiefe. Den Grund für seine überstürzte Flucht lernte ich schneller kennen, als mir lieb war. Unmittelbar hinter dem Schneckengeschöpf zwängte sich eine zweite Kreatur aus dem Loch, die aussah, als sei sie Hieronymus Boschs *Versuchung des Johannes* entflohen. Ich rang nach Luft und hatte Mühe, den Halt an der Leiter zu wahren.

In aller Gemütsruhe entfaltete das Ding nahezu zwanzig dürre, armlange Spinnenbeine über die gesamte Schachtbreite und musterte mich aus einer Unzahl wahllos auf dem Schädel platzierter Augen. Transparente Flügel vibrierten auf dem länglichen, oberschenkeldicken Leib. Ich lehnte mich langsam nach hinten, bis ich die rückwärtige Schachtwand berührte und einige Schwämme zerquetschte. Das Wesen legte keine besondere Eile an den Tag, schien vielmehr abzuwägen, ob es sich der Mühe lohnte, das flinke Schneckentier zu jagen, wenn doch in Gestalt meiner selbst viel trägere und sättigendere Beute greifbar war. Schließlich stieß es einen drohenden Pfiff aus und nahm die Verfolgung der Monstermolluske wieder auf. Dabei erzeugte es Geräusche, die klangen, als falle eine Metallplatte den Schacht hinab. Als das Klappern verstummt war und ich mich wieder gefasst hatte, kletterte ich in gemäßigtem Tempo weiter. Langsam ahnte ich, woher Elijahs Angst vor der Fabrik rührte. Ich war inzwischen selbst nicht mehr sicher, ob ich wirklich noch dorthin wollte, wohin ich gerade unterwegs war.

Unter und über mir verlor der Schacht sich in schwindelerregenden Entfernungen. Als ich es längst aufgegeben hatte, mir über seine Tiefe Gedanken zu machen, vernahm ich von weit unten ein leises Rauschen. Während ich gespannt weiterkletterte, traten die Schachtwände unvermittelt zurück, indes die Leiter ihren Weg in die Tiefe fortsetzte.

Gebannt hielt ich den Atem an. Unter mir öffnete sich eine Halle, die so gigantisch war, dass ihr Boden und ihr fernes Ende sich im Nebel verloren. Die Leiter, an der ich hing, führte an der Hallenwand hinab in feuchtwarme Dunstwolken. Es kostete mich größte Überwindung, weiterzuklettern, wobei ich mich krampfhaft an die Sprossen klammerte. Der Abstieg entlang der Felswand führte mich schließlich auf einen von herabgefallenen Trümmern gebildeten Schuttkegel, der wie eine kleine Halbinsel von brackigem Wasser umgeben war. Am Ende meiner Kräfte angelangt, ließ ich mich schweißüberströmt auf einen großen Felsblock sinken, um meine zitternden Muskeln zu entspannen.

Ich musste eingeschlafen sein. Jeder einzelne Knochen tat mir vom langen Liegen auf dem harten Untergrund weh. Ich setzte mich auf, sah an mir herab – und erschrak: Vor mir hockte eine alte Bekannte und nestelte an meinen Füßen herum. Dass ich nichts davon gespürt hatte, lag daran, dass beide Füße von meiner vielbeinigen Besucherin in glänzend weiße Kokons gesponnen worden waren. Ich wollte mich losreißen und von ihr wegkriechen, doch ebenso gut hätte ich versuchen können, mich aus einer Betonwand zu befreien.

Das Spinnenmonster saß auf den Kokons und putzte ausgiebig seine Flügel. Als es damit fertig war, quoll ein schlaffes, weißes Gebilde aus einer Öffnung unterhalb seines Kopfes und wuchs bis auf Handlänge heraus. Das Organ schwoll an, als blase das Wesen einen Ballon auf. Als dieser schließlich so groß war, dass ich mühelos darin Platz gefunden hätte, hob er das Geschöpf in die Höhe. Es stieg rasch empor, korrigierte mit seinen Flügeln die Richtung und schwebte davon.

Ich beugte mich vor und betastete die Kokons. Sie fühlten sich warm an, gaben unter dem Druck meiner Fingerspitzen aber keinen Millimeter nach. Die Spinne hatte meine Füße regelrecht einzementiert. Ich riss und zerrte an der Fessel und gab erst dann erschöpft auf, als Blut über meine Waden rann. Als ich mich umsah, entdeckte ich in Griffweite eine rostige, daumendicke Eisenstange, die aus der Seite des Felsblocks herausragte. Ich streckte mich, um sie zu erfassen, rüttelte an ihr und hielt sie prompt in der Hand. Sie war an der Stelle, wo sie im Fels gesteckt hatte, vollkommen durchgerostet, sonst jedoch stabil. Ich schlug sie ein paar Mal gegen das Gestein. Rostsplitter platzten ab und wirbelten durch die Luft. Das Dröhnen der Schläge irrte gespenstisch durch die Halle und brach in der Ferne ab, als hätte es jemand verschluckt. Als ich sicher war, dass die Stange eine Reihe wuchtiger Hiebe aushalten würde, hob ich sie über den Kopf, zählte bis drei, schloss die Augen und schlug zu.

Der Aufprall war so heftig, dass ich das Gefühl hatte, er reiße mir die Finger ab. Ich ließ die Stange los und drückte die taub gewordenen Hände mit schmerzverzerrtem Gesicht in den Schoß. Der Schlag hatte jedoch seine Wirkung nicht verfehlt. Der linke Kokon war aufgeplatzt wie eine Gipsschale. Außer meinen Zehen hatte er jedoch noch etwas anderes befreit, das ich ungläubig anstarrte. Von Panik und Ekel überwältigt schlug ich es mit der Stange zu einem bräunlich-weißen Brei, der zäh über den Kokon troff. Dann drosch ich wie ein Berserker auf die zweite Hülle ein und schlug dabei einmal zu viel und zu fest zu. Den Schmerz in meinen Zehen kaum wahrnehmend, riss ich den Fuß aus den Überresten des kristallinen Gebildes und rutschte ein Stück nach hinten. Nur langsam beruhigten sich meine Nerven und das Hämmern in meiner Brust. Das Ding, das in den Trümmern des Kokons zuckte und pulsierte, war eine zwanzig Zentimeter große Larve!

Mit zwei Hieben tötete ich das sich windende Scheusal, kroch zum Rand des Felsens und ließ mich zu Boden sinken. An meiner Wade entdeckte ich eine angeschwollene Bisswunde, die darauf schließen ließ, dass mich das Spinnenwesen im Schlaf betäubt hatte. Nicht auszudenken, was mich erwartet hätte, wäre ich nicht rechtzeitig erwacht. Womöglich wäre ich mit Kokons übersät gewesen …

Ich humpelte zum Ufer und wusch mir Blut, Larvenbrei und die Reste der Eihüllen von den Füßen. Bis über die Knie versank ich dabei in stinkendem Wasser. Irgendetwas Weiches berührte meine Waden, und ich hoffte und betete, dass es lediglich Algen oder sonstige Pflanzen, nur nichts Lebendiges war, das frei umherschwamm. Der Gedanke an Quallen oder meterlange Pantoffeltierchen ließ mich unruhig auf der Stelle treten.

Gute dreihundert Meter ragten die Wände der Halle empor. Der kilometerlange Komplex erinnerte mich an eine versunkene, der Phantasie eines Megalomanen entsprungene Basilika. In den nackten Fels geschlagene, fast einhundert Meter hohe Nischen waren in die Wände eingelassen, arkadenverzierte Lanzettfenster ohne sichtbares Dahinter, wie Felshöhlungen für riesige Buddhas. Auf dem überschwemmten Hallenboden türmten sich wahllos riesige, aus dem Deckengewölbe gebrochene Trümmer, die zusammen mit Schutt und Staub Inseln im Wasser bildeten. Hier und dort bewegten sich flinke Geschöpfe zwischen den Felsen. Unaufhörliches Flüstern, Zirpen und Plätschern produzierte neben Feuchtigkeit, die von der Decke tropfte, und Gasblasen, die vom Grund aufstiegen, eine unbeschreibliche Geräuschkulisse. Alles, was nicht vom Wasser bedeckt wurde, überwucherten auch hier unten die Pilze und Schwämme; kriechend, pulsierend, sich gegenseitig einverleibend und wieder ausscheidend. Die Luft war warm und stickig. Ein Nebel aus Dampfschwaden, der über dem Wasser lag, verzerrte die Ausmaße der Halle ins Unermessliche.

Inmitten dieses Szenarios, etwa vier Kilometer von mir entfernt, erhob sich ein gewaltiger Steinkubus aus dem Wasser, der durch einen Mast oder eine Säule mit der Decke verbunden war. Was aus der Entfernung wie ein schlankes Lüftungsrohr aussah, musste in Wirklichkeit die Dimensionen eines Großraum-Fahrstuhlschachtes besitzen. Ich suchte die Wasseroberfläche nach einer geeigneten Marschroute ab und schritt – die Eisenstange schlagbereit – in Richtung des Bauwerks. Da ich unter der Wasseroberfläche Untiefen fürchtete, bewegte ich mich vorsichtig auf die nächste große Felsinsel zu, die zwischen mir und meinem Ziel lag. Unterwegs wusch ich mir den klebrigen, zähflüssigen Brei der Pilze vom Körper, doch der Geruch blieb der Gleiche. Meine Waden und Zehen trafen gelegentlich auf nachgiebigen Widerstand und ließen mich an monströse Blutegel und Schnecken denken, die unterhalb des Wasserspiegels umherkrochen.

Die Insel, auf die ich zuhielt, maß etwa fünfzehn Meter in der Höhe und gut vierzig Meter im Durchmesser. Kleine Lebewesen hüpften wie Frösche vom Ufer ins Wasser, als ich an Land trat. Ich stieg über schlüpfrige Felsen zu einem hoch emporragenden Felsbrocken und lauschte dem unbeschreiblichen Lautkonzert.

Auf der gegenüberliegenden Seite der Insel ging ein Felsrutsch nieder. Ich suchte mit Blicken den Trümmergrat ab, als plötzlich der Kopf einer alten, nackten Frau hinter der Inselkuppe auftauchte. Ihr Haar hing ihr in wirren Strähnen über das fette Gesicht und die noch voluminöseren Brüste. Alles an ihrem Körper war unablässig in Bewegung. Sie fluchte und zeterte und spie immerfort zu mir herunter. Ich war über ihr Auftauchen viel zu überrascht, um sofort zu reagieren.

»Bastard!«, schrie die Frau und kam ein paar Schritte näher. »Bassstard, du da unten!« Sie bückte sich und warf kreischend einen faustgroßen Stein nach mir, der mich zum Glück um mehrere Meter verfehlte.

Ich stieß einen lauten Schrei aus, stemmte drohend die Eisenstange über meinen Kopf und fuchtelte damit in der Luft herum. Die Frau gab einen erschrockenen Laut von sich, und so überraschend wie sie aufgetaucht war, war sie auch wieder verschwunden. Kurz darauf hörte ich sie jenseits der Insel durchs Brackwasser schlurfen. Hastig kletterte ich über den Grat, dann schlitterte ich – vorsichtig auf den glitschigen Pilzteppichen balancierend – den Hang auf der anderen Seite der Insel wieder hinab. Dreißig Meter vor mir watete die Alte durchs Wasser davon. Ich holte sie schnell ein und hielt sie am Arm fest, der sich fast so kalt und schwammig anfühlte wie die Pilze. Die Frau schrie auf, wand sich, spuckte, ließ Wasser aufspritzen und fluchte zusammenhangloses Zeug. Ihr Blick aus ihren verquollenen Augen glitt irr umher, ein dicker Speichelfaden rann ihr aus dem Mund. Ich schätzte ihr physisches Alter auf sechzig oder siebzig Jahre. Im ersten Augenblick war ich über ihren Anblick und ihr Gebaren ziemlich bestürzt.

»Lassen! Lass! Loslassen, eh!« Sie wehrte sich weiterhin. Ich schlug ihr ins Gesicht. Der Treffer setzte sich auf ihrem speckigen Körper fort wie eine Welle. Augenblicklich verstummte ihr Geschrei, und sie fing an zu greinen. Ich herrschte sie an, still zu sein, erzielte jedoch erst einen Erfolg, als ich ihr zusätzliche Schläge androhte. Ihr Gesichtsausdruck wurde apathisch, und sie stierte durch mich hindurch.

»Wer bist du?« Die Frau gab keine Antwort. Ich schüttelte sie und wiederholte die Frage.

»Eeh! Nicht. Bin Vana, V-a-a-n-n-a-a...!« Sie verzog den Mund zu einem Grinsen.

»Warum bin ich ein Bastard?«

»Basssstarrrtt...!« Wieder trat dieser wilde, dämonische

Ausdruck in ihr Gesicht. »Keiner holt Vana gute Sachen zum Riechen, darum. Schöne, feine Sachen. Keiner holt sie Vana ...!«

Sie begann wieder zu heulen. Ich ließ sie gewähren und fragte mich, ob ich eine durch jahrtausendelange Einsamkeit degenerierte Büßerin vor mir hatte, oder eine der Stadtkreaturen, vor denen Elijah sich fürchtete. War sie die einzige ihrer Art, oder hauste hier unten womöglich ein ganzer Stamm fettleibiger Furien?

»Was für Sachen?«, fragte ich und sah mich verstohlen um.

Die Frau packte meine Arme und hielt mich so fest, dass ich vor Schmerz aufschrie. »Du holen?«, quäkte sie. »Ich zeige dir schöne Riechsachen, du holst sie mir, ja?« Eine armlange Zunge schoss aus ihrem Maul. Sie leckte über meinen Körper, schlang sich um meinen Hals und drückte zu.

»Also gut, zeig mir die Sachen«, presste ich hervor.

Vana quiekte vor Freude. Sie ließ ihre Zunge liebkosend über mein Gesicht gleiten, ehe sie sie wieder in ihren Rachen zurückzog. Dann gaben auch ihre Hände mich wieder frei. Sie wirbelte herum und lief mit lächerlichen, kurzen Schritten platschend, prustend und einen Schaumschwall hinter sich herziehend durchs Wasser. Ich massierte meine schmerzenden Oberarme und folgte ihr argwöhnisch. Kein Büßer also, sondern ein Stadtgeschöpf. Ihr Verstand mochte dem einer Drei- oder Vierjährigen entsprechen, doch ihre Körperkraft machte sie trotz ihrer scheinbaren Desorientiertheit gefährlich. Wahrscheinlich hatte sie etwas zu essen gefunden, kam aber nicht an die Beute heran, da sie nicht klettern konnte, ständig abrutschte oder zu fett war, um irgendwo hineinzukriechen.

»Dort Sachen sein!«, rief Vana nach einigen hundert Metern und deutete auf eine ausgedehnte Schlammbank. Auf ihrer höchsten Stelle lag ein Haufen undefinierbaren Zeugs, das ich aus der Entfernung nicht eindeutig erkennen konnte.

Ein sonderbarer Geruch schwängerte die Luft in der Umgebung der Insel. Kein Wunder, dass Vana das Ziel ihrer Wünsche nicht erreichte; sie würde glatt im Schlamm versinken. Wahrscheinlich hatte sie es schon diverse Male versucht, war aber nach wenigen Metern gescheitert.

»Holen, holen, holen …«, sang Vana und hüpfte vor mir im Wasser auf und ab.

Ich schloss zu ihr auf. »Bevor ich dir etwas davon hole, musst du mir ein paar Sachen sagen«, verlangte ich, nachdem ich beschlossen hatte, im Gespräch mit ihr den Begriff ›Sachen‹ als Universalumschreibung einzusetzen. Es dürfte Vanas beschränktem Auffassungsvermögen entgegenkommen.

»Sachen sagen?«, echote sie.

»Hast du mich verstanden?«

»Sachen erst holen, dann Sachen sagen!« Sie hüpfte freudig erregt weiter durchs Wasser.

Ich hielt sie an der Schulter fest. »Nein! Hörst du? Erst sagen, dann holen!«

Vana begann wieder zu heulen, verstummte jedoch nach einer Weile, als sie einsah, dass es ihr nichts nutzte. Die zwiespältigsten Gefühle entstellten ihr Gesicht zu absonderlichen Grimassen, dann wurden ihre Züge von tiefer Ausdruckslosigkeit überschwemmt, und sie gahnte bedrohlich intensiv.

»Gut«, nuschelte sie schließlich. »Sachen sagen!«

Ich erfuhr von ihr, dass sie diesen Ort *Thasal Mehe* nannte; ›Himmelswiege‹. Abschätzend betrachtete ich die riesigen Lanzettfenster. War dieser Halle ursprünglich ein geweihter Ort gewesen?

Innerhalb des ›Geräusches‹, erzählte Vana weiter, lebten zudem gewisse *Tuol,* zwölf an der Zahl, denen sie allerdings lange nicht mehr begegnet war. Vana schien sie bereits seit einer Ewigkeit zu vermissen. Als sie mich entdeckt hatte, war sie zu der Überzeugung gelangt, ich hätte alle *Tuol* aufgefressen.

Vanas Erinnerungsvermögen schien Jahrzehntausende zurückzureichen. Mich beschlich der Verdacht, dass sie nach jedem Schlaf, aus dem sie erwachte, ein Jahr zu ihrer Lebensspanne hinzurechnete. Dies würde zumindest ihr selbstzugemessenes Alter und die Zeiträume erklären, in denen sie dachte. Aber wo hauste diese Frau, und wie maß sie ihre Zeit? Besaß sie einen Kalender? Kratzte sie Kerben in Felsblöcke?

Ich vermutete, dass Vana das besagte ›Geräusch‹ jenem riesigen, würfelförmigen Gebäude zuordnete, das keine zwei Kilometer von uns entfernt aufragte. Demzufolge könnte es einen Eingang in den Komplex geben. Als ich die Frau darauf ansprach, entnahm ich ihren Gebärden, dass ein solcher für sie bisher unauffindbar gewesen war. Also beschloss ich, den Kubus zu untersuchen, sobald ich Vanas Wunsch erfüllt hatte.

Mit diesen mühsam gewonnenen Informationen gab ich mich vorerst zufrieden und schritt aus, um auf die Insel zu klettern. Ihr Boden senkte sich unter meinen Füßen wie eine dicke Rahmschicht auf warmer Milch. Es furzte und schmatzte, als Faulgas durch unzählige Poren der trügerischen Oberfläche aus Schlamm, toten Pflanzen und darmartigen Gebilden gepresst wurde. Die Insel rumorte wie ein riesiger Verdauungstrakt, ihr Bodengeflecht federte zäh auf und ab. Ich fand kaum sicheren Stand und befürchtete, die Oberfläche könne jeden Moment aufreißen. Akrobatisch tänzelte ich zu zwei großen Wurzeln, die mir stabil genug erschienen, um für einen Moment zu verweilen und einen Überblick zu gewinnen. Inzwischen hatte ich das Ufer etwa zehn Meter weit zurückgelassen. Der seltsame Hügel, bei dem ich noch immer nicht erkennen konnte, woraus er bestand, lag noch etwa doppelt so weit entfernt, wobei der charakteristische Geruch an Intensität zugenommen hatte.

Die Wulste, auf denen ich kauerte, liefen rechts und links von mir nach etwa anderthalb Metern ineinander und vereinten sich. Vielleicht lag es an dem leicht berauschenden Duft, der die Luft schwängerte, aber etwas unterdrückte mein Verlangen, weiterzulaufen. Ich starrte auf meine Füße und die Gasblasen, die zwischen den Wurzeln hervordrangen.

Alles ging viel zu schnell, um zu reagieren. Der Boden unter mir tat sich plötzlich auf und ließ mich in feuchte Wärme rutschen. Sprachlos vor Schreck, versank ich bis zur Brust in der neu entstandenen Bodenspalte. Ein Gestank, der selbst den penetranten Geruch des Wassers übertraf, schlug mir entgegen. Etwas schlang sich um meinen Körper, presste mir die letzte Luft aus den Lungen und zog mich in die Tiefe. Ich fand keinen Halt, versank in Schleim und Gallert, stieß mich mit den Füßen wieder heraus, um erneut bis fast zum Hals hineinzurutschen.

Würgend und fluchend schaffte es schließlich, meine Arme zu befreien und aus der Öffnung zu strecken. Beiderseits der Wulste stützte ich mich ab und versuchte, meinen Körper herauszustemmen. Ein Blasenschwall stieg aus der Tiefe empor und explodierte direkt vor meinem Gesicht. Ich schnappte nach Luft und blickte mich verzweifelt nach Vana um. Sie saß breitbeinig im Wasser und planschte, eine Melodie trällernd, darin herum, als wäre es das Belangloseste der Welt, jemanden um sein Leben kämpfen zu sehen.

»Vana!«

Ich öffnete den Mund etwas zu weit, und ein Schwall des mich umgebenden Schleims strömte hinein. Würgend spie ich ihn wieder aus. Tränen schossen mir in die Augen und verschleierten meine Sicht.

»Vana, zum Teufel …«

Endlich reagierte die Frau und schaute in meine Richtung.

»Hilf mir, verdammt!«, schrie ich mit sich überschlagender Stimme.

»Kann nicht. Nein, nein, neinneinnein …«, rief sie und schüttelte ihren runden Kopf. »*Hehu* hungrig. *Hehu* essen …«

Neben mir öffnete sich ein riesiges, fahlweißes Auge und glotzte mich aus einer geschlitzten Pupille an, als wollte sein Besitzer herausfinden, was sich da so energisch gegen das Gefressenwerden wehrte. Ich rang nach Luft. Das war keine Schlammbank, sondern ein Lebewesen, das im Wasser ruhte wie eine monströse Proteus-Amöbe!

Mit dem Ellbogen führte ich einen wuchtigen Hieb gegen das geöffnete Auge, worauf die gesamte Insel wie unter Schmerzen erbebte. Aus der Tiefe erklang ein dumpfes Grollen, im nächsten Moment wurde ich von einer Fontäne aus stinkendem Gallert emporgeschleudert. Meterhoch wirbelte ich durch die Luft und schlug weit entfernt von der Todesfalle wieder auf. Hinter mir zischte der Schleimgeysir, fiel schließlich in sich zusammen und wurde wieder still, nachdem sich sein Schlund geschlossen hatte. Zäh rann die Brühe in Richtung Ufer davon.

Benommen spähte ich über den Boden, entdeckte jedoch kein weiteres dieser Mäuler in meiner Nähe. Ein Blick zu Vana bestätigte mir, dass sie das Ende dieses Zwischenfalls wohl nicht miterlebt hatte. Sie lag am Ufer und schlief.

Immerhin wusste ich nun, worauf ich zu achten hatte. Den Mäulern ausweichend, erreichte ich schließlich den Haufen auf der Mitte des Wesens. Er sah aus wie getrockneter Kot, roch jedoch aromatisch und süß. Ich wühlte darin herum. In seiner unmittelbaren Nähe war der Geruch betäubend intensiv. Meine Umgebung begann um mich zu kreisen, das Blut in meinen Ohren zu rauschen. Kriechend entfernte ich mich wieder von dem Haufen und legte mich auf den Boden, um einen klaren Kopf zu bekommen. Beim zweiten Mal ging ich besonnener vor, atmete flach und inhalierte so wenig wie möglich von dem benebelnden Duft. Kein Wunder, dass Vana so danach gierte; dieses Zeug – womöglich nur Exkremente dieses Monsterorganismus – wirkte wie eine Rauschdroge. Unter feindseliger Beobachtung einer Vielzahl monströser Augen kehrte ich mit vollen Armen zu Vana zurück.

»Hier, deine Sachen«, begrüßte ich sie. Das fette Geschöpf rührte sich nicht. Vorsichtig legte ich meine Beute auf den Boden und betrachtete ihren nackten Körper. Sie schnarchte. Ich setzte mich eine Weile neben sie und wartete, bis die Wirkung der berauschenden Substanz in mir nachgelassen hatte. Dann nahm ich die zurückgelassene Eisenstange wieder an mich und machte mich auf den Weg, den riesigen Kubus zu inspizieren. Vana würde schlafen, vielleicht für ein weiteres Jahr …

Nachdem ich einen halben Kilometer zurückgelegt hatte, wurde ein unangenehmes Brummen hörbar. Es ging unzweifelhaft von dem Kubus aus und ähnelte dem tiefen Surren der Paraboliden. Ich blieb stehen und starrte das Bauwerk mit gemischten Gefühlen an. Handelte es sich womöglich um ein äonenaltes Kraftwerk; hier unten, in dieser Welt aus Degeneration und Verfall?

Je näher ich dem Kubus kam, desto lauter wurde das Geräusch. Es ließ den Boden ringsum vibrieren und versetzte das Wasser in Schwingung. Myriaden winziger Wellen huschten über seine Oberfläche. Als ich an einer der Gebäudewände anlangte, war das Beben so stark, dass es das Wasser zum Gischten und Kochen brachte. Mein gesamtes Bewusstsein wurde von diesem betäubend tiefen, aus dem Fels dringenden Ton erfüllt.

Aufmerksam schritt ich zwei Seiten des Kubus ab auf der Suche nach einem Eingang. Die Außenfläche des Bauwerks war bis zu einer Höhe von fast zwanzig Metern mit Pilzen und Schwämmen bewachsen, die mancherorts so üppig gediehen, dass sie ein metergroßes Tor hätten verbergen können. Mit der Metallstange stocherte ich in den größeren Pilzhaufen herum, traf darunter jedoch nur auf blankes Gestein und verlor alsbald meine Zuversicht. Als ich die dritte Gebäudeseite erreichte, stieß ich auf Ansammlungen von Pilzen, die in auffallend regelmäßigen Abständen an der Wand emporwuchsen. Nachdem ich ein Stück weit von ihr zurückgetreten war, erspähte ich in gut dreißig Metern Höhe eine kluftartige Öffnung im Fels.

Ich bohrte die Stange in den untersten Pilzhaufen. Als sie fast völlig in den weichen Organismen versunken war, traf ich auf Widerstand. Ich legte die Stange beiseite. Mit bloßen Händen entfernte ich den Bewuchs und legte den Anfang einer verkrusteten Stiege frei. Wie schon bei der Leiter im Schacht war ihr Metall zwar vom Zahn der Zeit angefressen, jedoch nicht durchgerostet. Es musste sich um eine unbekannte Legierung handeln, oder um ein Edelmetall. Nach einigen prüfenden Tritten war ich überzeugt davon, dass das Material meinem Gewicht standhalten würde. Mühsam befreite ich die untersten Sprossen von Pilzen, hieb und zerrte, wischte und riss den schleimigen Bewuchs von der Stiege, während ich mich langsam in die Höhe arbeitete.

Als ich die letzte Sprosse erklommen hatte, konnte ich in einen mannshohen, sehr engen Stollen blicken. Er führte fünfzehn oder zwanzig Meter von mir weg und schien in einem bläulichen Glühen zu enden. Nur auf den ersten Metern wurde sein Boden von Pilzen bedeckt, dann zeigte sich blankes Gestein. Es vibrierte unangenehm unter meinen Füßen, während ich ins Innere des Kubus vordrang. Als ich das Glühen erreichte, blieb ich stehen.

Vor mir weitete sich der Stollen und stieg leicht an, gleichzeitig beschrieb er eine Krümmung nach links. Die Biegung sah eigenartig aus, und wenn ich sie mit dem hinter mir liegenden Abschnitt des Ganges verglich, wirkte es, er wäre dieser einst schnurgerade weiterverlaufen und erst im Nachhinein von einer unfassbaren Macht deformiert worden.

Vorsichtig folgte ich dem Anstieg. Hinter der Biegung knickte der Gang ab, führte zwei Meter steil nach unten und wurde dabei so niedrig, dass ich mich auf den Bauch legen musste, um die Engstelle zu passieren. Beständig auf- und abführend, wand der Gang sich daraufhin weiter ins Gestein. Seine klaustrophobische Enge machte mir zu schaffen. Solange ich jedoch weiterhin das Gefühl hatte, genug Spielraum zwischen mir und den nasskalten Wänden zu haben, um gegebenenfalls kehrtmachen zu können, ließ die Enge sich halbwegs ertragen.

Dann stieß ich auf den Toten.

Er war vollkommen skelettiert, und ich vermutete, einen der von Vana vermissten *Tuol* gefunden zu haben. Was mich beunruhigte, war die Beschaffenheit seiner Überreste. Das Skelett wies kein einziges Metallimplantat auf, weder als Ersatz für zerstörte Knochen noch als Behelfsorgan. Was hier vor mir lag, war einst ein lebendiges Geschöpf gewesen, ohne synthetisches Fleisch, Prothesen und künstliche Organe. Die Kleidung hatte sich weitgehend zersetzt. Der Schädel jedoch wies Charakteristika auf, die mich staunen ließen: Der Unterkiefer des Fremden war in einer Weise verlängert, die an die künstlichen Kinnbärte der Pharaonen erinnerte. Der Schädel selbst war außergewöhnlich lang, aber erschien nicht deformiert, was darauf schließen ließ, dass er von Natur aus so gewachsen und nicht von Geburt an künstlich in diese Form gezwungen worden war, wie es die alten Ägypter oder einige Andenvölker als Zeichen adliger Herkunft praktiziert hatten. Ich kauerte neben dem Skelett eines Wesens, dessen Aussehen die Menschen der Pharaonenzeit über Jahrtausende hinweg imitiert hatten.

Fraglich war, was dem Unglücklichen den Garaus gemacht hatte. War er womöglich aufgrund seines Körperumfangs zwischen den Wänden des Stollens stecken geblieben und verhungert? Oder hauste hier noch etwas anderes, das ihn angegriffen und tödlich verletzt hatte? Hatte er womöglich noch versucht, den rettenden Ausgang zu erreichen?

Mit einem flauen Gefühl im Magen dachte ich an die geflügelte Tausendfüßlerspinne. Blieb die Frage: Wo befand sich der offizielle Eingang in den Kubus? Beherbergte die Säule, die hinauf zur Decke führte, tatsächlich einen Lift, und führte dieser in ein weiteres ominöses Gebäude der Stadt?

Mochten die Halle und dieses Bauwerk ihren Betreibern einst zweckdienlich gewesen sein, sie waren seit einer Ewigkeit aufgegeben und verlassen; allerdings aus einem Grund, der es nicht einmal erlaubte hatte, den Toten zu bergen …

War der Kubus tatsächlich ein Kraftwerk aus der Gründerzeit der Stadt? Und war ich gerade dabei, ins Herz des Reaktors zu kriechen? *Unmöglich,* hämmerte es in mir. *Er kann nicht mehr aktiv sein.* Niemals konnte eine Maschine über Jahrtausende hinweg dem Verfall, den Pilzen und Schwämmen und der Feuchtigkeit dieses Ortes trotzen.

Glaubst du?, äußerte Giza seine Zweifel. *Was vibriert dann um dich herum? Ein prähistorischer Dieselmotor? Dieses Licht kann genauso gut durch intensive Strahlung entstehen, die aus einem ungeschützten Atommeiler dringt …*

Ich dachte an Vana und an die mutierten Kinder und betrachtete meine leuchtenden Hände. Kauerte ich inmitten der Maschine, die für all die Mutationen verantwortlich war? Fraß dieses Glühen sich nicht schon Millimeter für Millimeter in mein Fleisch? In meinen Kopf? Durch meine Augen ins Gehirn? In meine Gedanken …?

Ich schlug mit den Fäusten gegen das Gestein, bis der Schmerz mich ernüchtert hatte, dann blieb ich schwer atmend sitzen und musterte das Skelett. Die Knochen sahen seltsam gekrümmt und verbogen aus. Ihrer Stellung zufolge war der Tote aus dem Inneren der Anlage gekommen, bevor er starb, hatte sich demnach auf dem Weg – oder auf der Flucht – in die Halle befunden. War der Stollen also ehemals linear verlaufen? Ich konnte mir nicht vorstellen, wieso seine Konstrukteure einen so unzweckmäßigen, absurd verlaufenden Gang hätten anlegen sollen. Somit musste es tatsächlich einen unvorhergesehenen Unfall gegeben haben, eine Art Raumverschiebung, die den gesamten inneren Kubus erfasst hatte – und womöglich sogar den Fliehenden. Als ich versuchte, mich an den sterblichen Überresten vorbeizuzwängen, zerfiel das Skelett zu Staub.

Jenseits der Knochenfundstelle setzte sich der lumineszierende Stollen fort, und je tiefer ich in ihn vordrang, desto schwächer wurde das unangenehme Vibrieren des Gesteins. Meter für Meter quälte ich mich weiter, kroch und rutschte über klammen Boden und verrenkte meine Glieder. Der Gang verjüngte sich stellenweise derart, dass ich Mühe hatte, vorwärts zu kommen. Andernorts wuchs er ins Grottenhafte aus und war brusthoch mit fauligem Wasser gefüllt, auf dessen Oberfläche seltsame Pflanzen trieben. Ich robbte über schmierigen Grund und durchwatete stinkende Tümpel, ehe der Stollen wieder in einen mannshohen, waagerechten Korridor überging, wie er es zu Anfang gewesen war. Die Felswände jedoch schlugen jetzt Blasen wie verbrühte Haut. Schließlich stand ich vor einer massiven Tür. Ich ging in die Hocke und lauschte am Metall. Auf der anderen Seite war außer dem alles beherrschenden Brummen nichts zu hören.

Ich lehnte mich gegen die Tür und schaffte es, sie ein Stück weit nach innen aufzudrücken. Mühsam zwängte ich mich durch den Spalt – und stand in einer Art Kontrollraum. Mich umgab ein Lichterspiel aus flackernden Monitoren, blinkenden Lämpchen und Leuchtanzeigen. Der Raum war verhältnismäßig groß und auf den ersten Blick leer. Erst als sich meine Augen an das hektische Flimmern der defekten Bildschirme gewöhnt hatten, erkannte ich die über den Boden verstreuten sterblichen Überreste. Sie waren größtenteils skelettiert, abgesehen von einigen Händen und Schädeln, an denen verkohltes Fleisch hing. Acht Tote zählte ich. Eine Explosion musste sie umgebracht und den Raum verwüstet haben, oder ein kurzes, aber sehr intensives Feuer. Viele der Monitore waren erloschen oder implodiert, und die gesamte Einrichtung sah aus, als hätte jemand mit einem Flammenwerfer darüber geleckt. Ein Wunder, dass überhaupt noch das eine oder andere Gerät funktionierte, ganz abgesehen von der Zeit, die seit dem Unglück verstrichen sein musste. Falls das Kraftfeld computergesteuert wurde – und sich daher nur mittels Kommando wieder deaktivieren ließ – stand ich vor einem ernsthaften Problem.

Beim Herumstöbern stieß ich auf eigenartige goldene Zylinder, die aussahen wie Lippenstifthülsen. Unter einer Rußschicht entdeckte ich schließlich Dokumente, die in einer Art Kobe-Maschinenschrift verfasst waren; eingraviert in metallisch schimmerndes Material, so dünn wie Papier. Die Ähnlichkeit mit den in Kolonnen angelegten Reliefwänden, auf die Károly und ich am Djebel Uweinat gestoßen waren, war verblüffend. Obwohl ich die Sprache der Toten inzwischen besser beherrschte, als mir lieb sein konnte, war ich nicht fähig, die Dokumente zu lesen. Schaffte ich es dennoch einige der Wörter zu entziffern, wusste ich nichts mit ihren womöglich wissenschaftlichen Bedeutungen anzufangen. In fast allen Texten fand ich jedoch einen Begriff, der zumeist aus den Hieroglyphenblöcken hervorgehoben war: *Paseth.*

Eine Weile betrachtete ich die Toten, dann deponierte ich die Dokumente auf einem der Paneele und begann, die Steuerkonsolen nach Datenträgern und Leseeinheiten abzusuchen. Zweiundzwanzig Monitore zählte ich, doch Lesegeräte gab es offenbar nur sechs, allesamt gruppiert unter einem mächtigen flackernden Bildschirm. Ein weiterer, noch größerer Monitor in der Wand gegenüber war teils zersprungen, teils geschmolzen, als hätte jemand mit einer Strahlenkanone darauf geschossen.

Ich sammelte eine Hand voll der goldenen, zylinderartigen Objekte und versuchte, sie in die kleinen runden Löcher zu schieben, die sich in den vermeintlichen Lesegeräten öffneten. Die ersten beiden Vertiefungen waren unter der Hitzeeinwirkung derart verformt, dass ich mich gar nicht erst darum zu bemühen brauchte. Bei der dritten stieß ich auf unnachgiebigen Widerstand. Die vierte nahm eines der goldenen Objekte summend in sich auf. Sekundenlang geschah nichts, dann änderte das Flackern des Monitors seine Farbe. Mit zusammengekniffenen Augen glaubte ich hinter der Bildstörung Bewegungen zu erkennen, fast so, als laufe ein miserabel zu empfangendes Fernsehprogramm. Ich schlug gegen die Mattscheibe, doch an der Qualität der Wiedergabe änderte sich nichts. Aus verborgenen Lautsprechern erklang eine verzerrte Stimme, sprach etwas in einer fremdartigen, abgehackten Sprache und verstummte in einem Rauschen. Nach einigen Sekunden erklang die verstümmelte Ansage erneut. Es hörte sich an, als ob eine erhebliche Anzahl von Lauten verschluckt wurde. Planlos hantierte ich an den Geräten, bis sich der Klang der Stimme glättete und um ein Vielfaches an Lautstärke gewann.

»... geschafft!«, drang das Ende der geheimnisvollen Botschaft aus den Lautsprechern. Ich lauschte, hoffend, dass die gespeicherte Nachricht von dem defekten Gerät in einer Endlosschleife abgespielt wurde. Nach erdrückender Stille sprach eine tiefe Stimme in Kobe: »Nach sechs *basah* und elf gescheiterten Versuchen mit dem *repth* haben wir die *mehet-berataph* verdreifacht. Der ... (es folgte ein unverständliches Wort) ... Quotient stieg proportional zum *gaph* der *Paseth*-Einheiten an, was auf lernfähige ... (es folgte eine weitere unverständliche Passage) ... vollständige Regeneration eines achtzehn *seol* schweren *Paseth*-Verbands geschafft!«

Ich atmete tief durch. Also war dieses Gebäude tatsächlich das, was Byron prophezeit hatte: Der Ort, an dem alles begonnen hatte. Eine mystische Nanozellen-Fabrik. Eine Pseudolebensmaschine.

Ich vermutete, dass der goldene Zylinder noch weitaus mehr Material enthielt, doch das defekte Lesegerät gab nur diese einzelne kurze Botschaft in Endlosschleife wider. Bei den drei nächsten Datenträgern erschienen auf dem Monitor lediglich verzerrte, unkenntliche Bilder ohne Ton, die ich nicht zu deuten wusste. Einzig beim Abspielen des letzten Zylinders wurde ein Bild auf dem Schirm sichtbar, wenn auch nur als flimmerndes Standmotiv, das von einem unangenehmen Brummton untermalt war. Zu erkennen war eine Art sterile, durch ein dickes, zersprungenes Schutzfenster einsehbare Kammer, in der sich so etwas wie eine Metalltruhe befand. Die Truhe ruhte auf einem massiven Tisch und schien geöffnet zu sein, wobei der Raum von sanftem, rostrotem Nebel erfüllt schien, der sich über dem Behälter verdichtete. Im Vordergrund des Bildes war der unscharfe Ausschnitt einer Person (mit langem Kinn!) zu erkennen, aus deren Mund, Nase und Augen dicker, rostroter Schaum quoll. Das eigentliche Grauen offenbarte sich jedoch jenseits der kaputten Glasscheibe, halb verdeckt durch die Gestalt im Vordergrund. Es war eine organische Masse, eine Form, die aus der Truhe wuchs und alles in einem zu sein schien. Ich erkannte mehrere Köpfe, Augen, Nasen, Zähne, den Teil eines Flügels, Fühler und verzerrte Gliedmaßen, die aussahen, als hätte man ein riesiges Insekt mit einer Seeanemone gekreuzt. Das gesamte *Ding*, das sich aus der Truhe stemmte (oder aus ihr geboren wurde?), erweckte den Eindruck, als versuchte es sich zu einem Organismus zu bilden – ohne Konzept, zu welchem. Der Schaum im Gesicht der Person im Vordergrund zeugte davon, dass die Substanz, aus der es bestand, freigesetzt wurde und sich im Körper des Unglücklichen offenbar unkontrolliert zu vermehren begannen.

Was ich auf dem Monitor sah, war die geöffnete Büchse der Pandora …

Lange betrachtete ich das flimmernde Standbild, versuchte mir dabei auszumalen, in welch überirdischem Kraftakt die verseuchte *Sarara*-Sphäre vor Urzeiten von der Welt abgekapselt worden sein musste. Wie man sie aus dem Universum geschleudert hatte, weil das, was die Verantwortlichen heraufbeschworen hatten, unaufhaltsam war. Die Vision, die sich langsam vor meinem geistigen Auge auftat, überstieg meine Vorstellungskraft …

Ich identifizierte den Ausschnitt auf dem Bildschirm schließlich als Teil des Kontrollraums und das zerstörte Schutzfenster, hinter dem die Truhe stand, als jene Trennwand, die ich für einen großen defekten Wandbildschirm gehalten hatte. Mit gemischten Gefühlen ging ich hinüber und blickte durch das große Schmelzloch, das in seinem Glas klaffte, bemüht, meine Augen mit den Händen gegen die Helligkeit der Leuchtanzeigen abzuschirmen. Nur langsam durchdrang mein Blick die Dunkelheit des dahinter liegenden Raums. Ich entdeckte die altarartige Erhebung, doch was zu sehen ich erhofft hatte, fand ich nicht. Der Tisch war leer, die Truhe, aus der das Unheil entwichen war, verschwunden. Jemand – oder etwas – musste sie *nach* dem Unfall geborgen haben …

Das Brummen aus den Lautsprechern übertönte beinahe sämtliche Geräusche innerhalb des Kontrollraums. So kam der wuchtige Schlag, der mich in den Nacken traf und meinen Kopf gegen die Scheibe schleuderte, mehr als überraschend. Benommen sackte ich zu Boden, wobei ich eines der Skelette unter mir zermalmte. Das Zwielicht enthüllte mir eine bärtige Gestalt in einem langen, zerschlissenen Mantel, der vor Feuchtigkeit nur so triefte.

»Tut mir aufrichtig Leid, junger Freund«, drang eine vertraute Stimme an meine Ohren.

Ich massierte mir den schmerzenden Nacken und starrte den Eindringling an. »Elijah?«

Es war tatsächlich der Rabbiner. Die von mir am Fuß des

Kubus zurückgelassene Metallstange in den Händen, sah er sich ebenso interessiert wie angewidert um. »Die Geburt des Teufels«, knurrte er, als er das Standbild auf dem Wandmonitor erkannte. Er holte aus und drosch die Stange in den Bildschirm, der mit einem lauten, dumpfen Knall implodierte. Aus dem Inneren des Geräts stob ein Funkenregen, begleitet von einer stinkenden Qualmwolke. Elijah wischte sich den Schweiß aus dem Gesicht. In seinen Augen glomm ein beunruhigendes Feuer der Angst, der Entschlossenheit und eines aufkeimenden Wahnsinns.

»Warum sind Sie mir gefolgt?«, fragte ich, in der Hoffnung, er werde zur Vernunft kommen und die Metallstange beiseite legen.

»Mir blieb keine andere Wahl.«

»Was ist mit Byron?«

»Was ist mit Byron?«, äffte der Rabbiner mich nach und schlug die Stange erneut gegen den toten Monitor. »Was ist mit Byron, was ist mit Byron ...?« Er schlug auf die Konsolen ein. »Das ist mit ihm!«, keuchte er. »Das hier! All das!«

Ich hob die Arme, um mein Gesicht vor den umherschwirrenden Splittern zu schützen. Offenbar hatte Byrons Verrat, der Verlust des Turms und die Flucht hierher Elijah dermaßen erschüttert, dass er den Verstand zu verlieren drohte. Ein überschnappender Büßer – womöglich ein ebenso aufschlussreiches wie bedrohliches Schauspiel. Was wohl mit dem streng organisierten Verband aus Nano-Robotern geschehen mochte, aus dem er bestand, falls das von ihnen gebildete Gehirn außer Kontrolle geriet? Würde der Rabbiner explodieren? Oder sich einfach auflösen und zu Staub zerfallen wie ein Vampir im Sonnenlicht?

»Muckst Euch nicht!«, drohte er, als ich Anstalten machte, mich aufzurappeln. Dann begann er, wie wild an den Konsolen zu hantieren. Planlos drückte er jeden funktionierenden Knopf, wischte über Sensortasten, schob Regler vor und zurück und werkelte blindlings an den Instrumenten. Dabei verharrte er hin und wieder schwer atmend, sah sich um und lauschte, ob er irgendeine Reaktion verursacht hatte.

»Was haben Sie vor?«

Der Rabbiner warf mir einen kurzen Blick zu. »Diese Fabrik war der Anfang allen Übels, und sie wird auch dessen Ende sein.«

»Sie ist außer Funktion«, versuchte ich ihn zu beruhigen. »Was Sie zu erreichen erhoffen, wird nicht passieren, sonst wäre es schon längst geschehen.«

»Papperlapapp«, knurrte Elijah.

»Sie begreifen doch nicht einmal annähernd, womit Sie es hier zu tun haben«, warf ich ihm vor, als ein beunruhigendes Knistern laut wurde und winzige elektrische Entladungen sowohl über die Decke als auch den Boden zu geistern begannen.

»Mit einer Höllenmaschine, junger Freund!«, ereiferte sich der Rabbiner, als auch er die Funken bemerkte.

»Hören Sie damit auf!«, überschrie ich das anschwellende Heulen der Anlage. »Sie wissen ja nicht was Sie tun!«

»Gottes Werk!«, rief Elijah. »Höre, höre das Toben der Maschine, welch ein Grollen ihrem Maul entfährt! Unter der ganzen Stadt lässt sie es los, und ihre Blitze auf ihre eigenen Stämme niederfahren. Wer bereitet ihr Nahrung, wenn ihre Schöpfungen zu den Himmeln schreien und umherirren ohne Licht? Steig hernieder, verfluchter Geist, der du diese Mauern schützt! Steig hernieder und lass mich dein wahres Angesicht erblicken!« Er drehte sich mit schlagbereiter Metallstange im Kreis, starrte empor zur flimmernden Decke und schrie: »Ich bin der Tag des Verderbens, wo immer ich stehe. Ich bin es, der tötet und lebendig macht. Du hast diese Welt verwundet, nun werde ich sie heilen. Glaubst du, du kannst es verhindern, du seelenlose Maschine? Hast du geglaubt, dein Käfig vermag mich zu halten? Hast du geglaubt, dein Grimm vermag mich zu brechen? *Hast du das geglaubt?*«

Ein greller, kalter Blitz erfüllte den Raum. Ich fühlte mich für einen Augenblick schwerelos, versuchte, nach irgendetwas zu greifen, um mich daran festzuhalten – und landete im nächsten Augenblick auf hartem, warmem Untergrund. Metallisches Poltern erklang, fast so, als wäre Elijahs Stange zu Boden gefallen. Der Rabbiner stürzte schwer auf mich und blieb stöhnend liegen, während eine Wolke aus Knochenstaub und mumifizierten menschlichen Überresten auf uns herabregnete.

Noch bevor sich der Staub gelegt hatte, hatte ich Elijah von mir heruntergestoßen und war aufgesprungen. Ehe ich jedoch aufrecht stand, krachte ich mit dem Kopf gegen eine niedrige Metalldecke. Was auch immer geschehen war, wir befanden uns nicht mehr im Kontrollraum der Fabrik. Ein unangenehmes Brummen und Vibrieren beherrschte den Raum. Er lag zu einem Großteil im Dunkeln, lediglich an einer Stelle gruppierte sich eine enorme Anzahl winziger blauweißer Lichter. Das Paneel, das mit ihnen bestückt war, bedeckte einen hüfthohen, sechseckigen Pyramidenstumpf, der in der Mitte der Kammer aus dem Boden wuchs. Davon abgesehen war der kaum fünf Meter breite, ebenfalls hexagonal geschnittene Raum, in den es uns überraschend verschlagen hatte, leer.

Während Elijah noch durch den Knochenstaub kroch und mit seiner Benommenheit kämpfte, trat ich rasch über ihn hinweg und packte die Eisenstange. Ehe der Rabbiner den leuchtenden Pyramidenstumpf erreichen konnte, versetzte ich ihm einen Schlag ins Genick. Elijah gab ein abgehacktes Geräusch von sich, sackte in sich zusammen und rührte sich nicht mehr.

Im selben Moment verspürte ich ein flaues Gefühl in der Magengegend, fast so, als sänke der Raum, in dem wir uns aufhielten, abrupt in die Tiefe. Kurz darauf fiel der Boden seitwärts ab, sodass wir durch die gesamte Kammer rutschten. Dann kippte unser Gefängnis wieder in die Waagerechte – oder besser gesagt: Es gewann wieder eine stabile Fluglage!

Irgendwie musste Elijah es mit seinem gedankenlosen Hantieren geschafft haben, ein uraltes Transportsystem zu aktivieren. Dass es uns ausgerechnet ins Innere eines Paraboliden befördert hatte, machte die Sache nicht gerade einfacher. Falls diese Fluggeräte wie alle anderen Maschinen der Stadt miteinander kommunizierten oder ähnlich wie die Nano-Roboter, aus denen die Büßer bestanden, als Verband funktionierten, mussten sie recht bald feststellen, dass einer von ihnen ›infiziert‹ war.

Blieben folgende Fragen: Wo genau befanden wir uns? Hunderte von Kilometern von Elijahs Turm entfernt, oder unmittelbar über der Region, unter der die Fabrik lag? Was hatte Elijah in seinem Wahn ausgelöst und angerichtet? Existierte die Fabrik noch? Existierte die Stadt noch? Und falls ja: Wohin würde die Reise gehen, sobald es Tag wurde?

Immerhin wusste ich nun, was sich *nicht* im Inneren der Paraboliden aufhielt: Chroner.

Woher willst du wissen, dass dies der einzige Raum an Bord ist?, meldete sich Giza. *Womöglich gibt es Dutzende von Räumen, jeder belegt von einem Carnivore.*

Vielleicht hatte der von Elijah aktivierte Transporter wie eine Art Transfersystem funktioniert. Das, was sich bis vor wenigen Augenblicken noch an Bord des Paraboliden befunden hatte, war in die Fabrik transportiert worden, während alles Pseudo-Organische – sogar der Knochenstaub – aus dem Kontrollraum hierher befördert worden war. Falls dies zutraf, könnte über kurz oder lang etwas an Bord zurückkehren, das sehr schlechte Laune mitbrachte.

Ich untersuchte den Raum auf verborgene Zugänge, konnte jedoch keinen entdecken. Daher beugte ich mich über den leuchtenden Pyramidenstumpf und studierte die Lichtanzeigen. Es gab keine Leuchtdioden, keine Lämpchen und keine glimmenden Sensoren oder Tasten. Die blauen und weißen Lichter wanderten zeitlupenhaft über das schwarze Metall wie winzige Kugelblitze. Was ich sah, konnte alles sein: Eine Positionsanzeige aller übrigen Paraboliden über der Stadt, eine Übersicht einzelner Stadtsektoren oder verschiedener Landeplätze, oder auch eine Lokalisierung der Lebewesen an Bord dieses Schiffes. Ich warf einen prüfenden Blick auf den Rabbiner, dann berührte ich eines der Lichter. Aus der Tiefe des Paneels wuchs ein silberner Metallstift heraus. Er war etwa eine Handspanne lang und so dick wie ein menschlicher Finger. Ich umklammerte ihn, da ich ihn für eine Art Steuerknüppel hielt – und hatte ihn prompt in der Hand. Augenblicklich stürzte der Parabolid so rasant in die Tiefe ab, dass sowohl der bewusstlose Elijah als auch ich für Sekunden an der Decke klebten. Ebenso spontan wie das Schiff weggesunken war, endete sein Sturz. Zugleich schien sich der Boden des Paraboliden in Luft aufzulösen. Ich schrie, als ich mich auf ein finsteres, von vereinzelten Feuern erleuchtetes Häusermeer zustürzen sah – und prallte mit voller Wucht zurück auf den unsichtbar gewordenen Boden des Schiffes.

Während meine gebrochenen Knochen heilten und ich allmählich wieder schmerzfrei atmen konnte, starrte ich in die Tiefe. Ich konnte nicht bestimmen, ob die Unterseite des Paraboliden tatsächlich transparent geworden war oder lediglich ich als Passagier hinausblicken konnte, während das Schiff von außen gesehen weiterhin massiv und schwarz erschien. Wir glitten dicht über den Dächern dahin, ohne dass ich ausmachen konnte, wo genau über der Stadt der Parabolid kreuzte. Unter uns tauchte ein Flussufer auf, woraufhin das Schiff wieder leicht anstieg. Ich erkannte eine teilweise eingestürzte Brücke, dann wurde mein gesamtes Sichtfeld vom rußgeschwärzten Dach eines mächtigen Gebäudes ausgefüllt: Elijahs Turm!

Ich verfolgte gebannt, wie die schwarze, poröse Fläche unter mir entlangzog. Hinter meinem Rücken erklang ein verdächtiges metallisches Geräusch, und eine mechanische Stimme sprach etwas Unverständliches auf Kobe. Ich warf einen Blick über die Schulter. Dort erhob sich etwas, das zuvor nicht da gewesen war; ein großes, metallisches Gerippe, an dem die Reste einer schwarzen Uniform hingen. Etwas, das eine Hand zu sein schien, huschte flink über die Lichter auf dem Pyramidenstumpf. Gleichzeitig schnellte eine Art Greifarm aus dem Maschinenwesen heran und entriss mir den silbernen Stift.

Während ich unverwandt auf das riesige Metallding starrte, gab plötzlich der Boden unter mir nach, und ich stürzte kopfüber in die Tiefe. Von außen sah der Parabolid immer noch schwarz und massiv aus. Das war das Letzte, was ich erkannte, bevor ich auf dem Turmdach aufschlug.

Lazarium 12 • T-Raum

Leicht schwebte *Ka* durch die Nacht, glitt über eine sanft abfallende Wiese dahin, dann hinein in eine Häuserschlucht, einem immer greller werdenden Licht entgegen. Er hörte ein Hupen, lauter und lauter, dann das Quietschen der über den Asphalt radierenden Reifen und das laute Bersten von Blech. Ein unbarmherziger Schlag erschütterte seinen Körper, schleuderte ihn durch die schwülwarme Luft ...

Schreiend und mit abwehrend ausgestreckten Händen schreckte *Ka* auf. Seine Finger spreizten sich im Krampf, das Fleisch zwischen ihnen platzte wie mürber Gummi und hinterließ tiefe Risse in der Haut. Er schlug sich mit den Fäusten gegen die Schläfen, worauf die Schädelwunde noch weiter aufklaffte. Eine breiige, farblose Substanz verteilte sich auf seinen Handknöcheln. Angstvoll starrte *Ka* in die Dunkelheit. Seine Hände zitterten, wanderten wie hungrige Asseln über den staubigen Boden. Seine Finger ertasteten die Scherbe eines Spiegels, zogen das Bruchstück heran und hoben es vor sein Gesicht. Er starrte in seine Augen. Ein düsteres rotes Glühen glomm in ihnen. *Ka* kippte die Scherbe und folgte der Landschaft seines Gesichts. Seine Finger krallten sich um den Glassplitter, bis die scharfen Kanten tief in sein Fleisch schnitten. Kein Tropfen Blut trat aus den Wunden. *Kas* Blick wanderte über seine Stirn und verharrte auf der Narbengeschwulst, die sich von der Schläfe aus über die gesamte rechte Kopfhälfte zog. Vereinzelte Büschel borstigen Haares sprossen in dem verwachsenen Gewebe, und wenn er seinen Kopf zu weit nach vorn neigte, quoll bläulich-weiße Gehirnmasse aus den Öffnungen.

Wieder sah er die Scheinwerfer auf sich zurasen, dann folgte der unbarmherzige Aufprall. Die Scherbe barst mit einem trockenen Knirschen, und *Kas* Spiegelbild explodierte zu Dutzenden von Splittern, die sich in seiner Hand und auf dem Boden verteilten. Die Schnitte in *Kas* Fingern reichten bis zu den Knochen. Er ballte die Hand zur Faust und hielt sie zitternd vor sein Gesicht, dann entspannte er sich wieder. Als er die Hand öffnete, waren die Wunden verschwunden und hässliche Narben an ihre Stellen getreten.

Lange starrte *Ka* seine Finger an – durch sie hindurch, bis er sich einbildete, ihre Knochen zu sehen. Er konnte nicht sagen, ob Stunden, Tage oder Wochen vergangen waren, seit er den Raum nicht mehr verlassen hatte. Was aus ihm geworden war, wusste er nicht, und er vermied es, darüber nachzudenken. Er konnte sich bewegen, konnte denken und reden, trotz der Verletzungen seines Körpers. Er atmete und fühlte Schmerzen – unvorstellbare, *seelische* Schmerzen. Und er empfand eine erbärmliche Angst um seine Existenz, die ihn in diesem Raum gefangen hielt.

Diese elende Angst vor der Wahrheit.

Die Erinnerungen an seine letzte Nacht in Kairo waren nach und nach zurückgekehrt, zuerst langsam, dann immer mächtiger und ungestümer. *Tot!*, hämmerte es schließlich hinter seiner Stirn. *Du bist tot! Die Scharade ist endlich vorbei, willkommen ist der Wirklichkeit; deiner Wirklichkeit! Ankh en mitak, für immer und ewig!*

Lediglich eine letzte persönliche Erkenntnis blieb *Ka* weiterhin verwehrt: das Wissen um seine Identität. Um seinen wirklichen Namen. Er hatte die Stimme in den Sternen angefleht, doch sie hatte sich in Schweigen gehüllt.

Warum hast du deine Maschine verlassen?, hatte sie ihn gefragt. *War nicht sie es, die dich am Leben erhielt? War sie dir nicht Erzeuger genug? Warum hast du sie verlassen?*

»Es war keine Absicht.«

Nein? Aus dem Sternenhimmel geisterte ein Lachen herab. *Das behauptet ihr Menschen immer.*

»Bringen Sie mich zu ihr zurück«, rief *Ka* empor.

Das kann ich nicht. Sie ist zu fern.

»Sind Sie nicht allmächtig?«

Die Maschine ist ein Ort der Heilung, Ka. Der letzte, der übrig geblieben ist. Der einzige, den du hattest.

»Heilung?« Er spuckte zu Boden. »Ein Tollhaus! Ein Ort der Folter und des Wahnsinns. Ein Siechenhaus, das das menschliche Leben verspottet.«

Der Garten ist den Menschen fern geworden. Es hat verlernt, wie sie fühlen ...

»Und dafür muss mein Körper büßen?«, erboste sich *Ka.* »Um diesem wandelnden Schrott wieder beizubringen, wie Menschen empfinden?«

Du bist kein Mensch, Ka, entgegnete die Stimme.

»Ach nein? Was bin ich dann?«

Jener Bestandteil deiner Seele, in dem die Wahrheit vor sich selbst geschützt bleibt. Das Ka, das den Schmerz in sich aufnimmt. Die Wunden des Geistes. Die unheilbaren Narben. Hörst du auf zu existieren, senkt sich die Dunkelheit über dich und alle anderen Elemente deiner Seele.

»Welche anderen Elemente?«, rief *Ka.* »Heißt das, irgendwo existiert noch ein weiteres Individuum, das mich verkörpert?«

Kein Individuum, erklärte die Stimme. *Ein Ba-Körper.*

»Wo?«

Am Ende der Zeit. Vergehst du, findet er niemals zurück.

Ka betrachtete das Firmament, versuchte in der Konstellation der Sterne ein verborgenes Gesicht zu erkennen, ein Auge oder einen Mund. »Wer bist du?«, fragte er, als es hingestreute Sterne blieben.

Ich bin der Name und die Form, die du mir gibst.

»Gott?«

Das ist eine Abstraktion.

»Oder nur eine weitere Maschine? Ein Maschinengott?« Die Stimme schwieg. »Warum antwortest du nicht?«, rief *Ka.* »Bin ich zu nah an der Wahrheit?«

Lange Zeit blieb es still, dann sagte die Stimme: *Ich bin nur ein Aspekt davon, das sagte ich dir bereits. Etwas, das ebenso erschaffen wurde, wie es sich erschaffen hat. Das aus euch kommt und doch aus sich selbst wuchs. Das lebt und doch nicht lebt. Das euch so nah ist und doch so unerreichbar fern. Das eins ist und doch Legion. Ich bin der Staub, aus dem du geschaffen wurdest und zu dem du wieder vergehen wirst. Ich kann dir alle Antworten geben – und doch nicht die endgültige Antwort, nach der du dich sehnst.*

»Zeig dich!«

Du hast mich bereits gesehen.

»Das war nicht mehr als ein riesiges Gesicht aus Stein«, rief *Ka.* »Eine Maskerade. Mummenschanz!«

Du hast mich gesehen, aber nicht begriffen, erklärte die Stimme. *Du bist in mir, Ka. Ich bin alles um dich herum. Du riechst mich, du atmest mich – du bestehst aus mir... Geh und folge dem Wasser, um zu erkennen, wonach du suchst. Doch hüte dich davor, die Grenze zu überschreiten und jene Ferne zu betreten, die mir ein Gräuel ist.«*

»Wozu?«

Um deinen Ba-Körper zu retten. Und um zu begreifen.

»Dass ich tot bin?« *Ka* lachte bitter. »Dazu muss ich nicht bis ans Ende dieser Welt pilgern. Das habe ich längst begriffen.«

Nein, Ka. Noch bist du nicht tot – nur fern von mir.

»Schick mir einen deiner verrosteten Engel, der mich wieder ins Sanatorium bringt«, rief *Ka* hinauf zu den Sternen. »Ich habe Schmerzen. Ich verfaule bei lebendigem Leib. Ich verrecke!«

Geh, forderte die Stimme. *Jeder Ort ist wie ein Ort. Ich werde auf dich warten ...«*

Dann erloschen die Sterne und ließen *Ka* in Finsternis zurück.

Mekropalladium 21

Das Dach des Turms war leicht gewölbt, wie eine riesige Heliometerkuppel. Fast wirkte es, als läge ich auf einem winzigen, schwarzen Mond, dessen Horizont sich kaum zehn Schritte von mir entfernt krümmte. Ich richtete mich vorsichtig auf, in der absurden Angst, durch eine zu hastige Bewegung vom Dach zu rutschen.

Die Nacht war ruhig geworden, das Geräusch der Paraboliden kaum noch zu vernehmen. Ich vermeinte, wieder einen schwachen Schimmer Tageslicht über den Dächern zu erkennen. Kein Chronerkommando wartete auf mich, und auch die Luftschiffe nahmen offenbar keine Notiz von mir. Von Elijah war weit und breit nichts zu sehen. Entweder hatte er vor mir das Bewusstsein wiedererlangt und sich entfernt, oder er befand sich noch immer an Bord des Paraboliden, irgendwo über der Stadt.

Wenige Meter neben mir erblickte ich die Eisenstange. In der Gewissheit, dass sie mir noch nützlich sein würde, nahm ich sie an mich, dann ging ich zu einem der drei kaminartigen Aufbauten, die aus dem Dach ragten. In ihm öffnete sich ein finsterer Abgang mit einer Treppe, die zurück ins Turminnere führte.

Als ich das oberste Stockwerk erreicht hatte, verharrte ich eine Weile und lauschte. Aus den Tiefen des Gebäudes drangen Stimmen und entferntes Rumoren durch das Treppenhaus herauf, das klang, als stellte eine Horde von Chronern die unteren Stockwerke auf den Kopf. Was auch immer Elijah in den Tiefen der Fabrik ausgelöst hatte, es hatte das Kraftfeld, das den Turm umgeben hatte, kollabieren lassen. Womöglich war der Reaktor explodiert, und ein unzähmbares Feuer fraß sich nun seinen Weg durch die Eingeweide der Stadt. Vielleicht hatte das Maschinenwesen, das kurzfristig aus dem Paraboliden hinab in den alten Kontrollraum teleportiert worden war, auch just *dies* verhindert, und sein vorübergehendes Verlassen des Schiffes war gar kein unbeabsichtigter Transfer gewesen.

Die Treppe, die vom Dach herabführte, hatte in eine große, verschachtelte Zimmerflucht gemündet, deren Fenster mit Brettern und Bohlen verrammelt waren, so wie auch der Ausgang zum Korridor. In dieser Höhe des Turms regierte mehr unappetitliches Leben als in jedem mir bekannten Sektor der Stadt. Am abscheulichsten waren die zahllosen Insekten, die jeden Winkel der Räume beherrschten. Da ich in meiner Umgebung keine bedrohlichen Kreaturen vorfand und ich nicht wusste, was unten im Turm vor sich ging, beschloss ich, mich bis Tagesanbruch hier oben zu verschanzen. Vielleicht würden die Chroner – oder was auch immer sich sonst noch im Turm aufhielt und offenbar nach mir suchte – irgendwann wieder verschwinden.

So saß ich nun hier, in dieser verdammten Sackgasse des Universums, schlief, verzweifelte, kämpfte im Geiste gegen all das Grauen der Stadt, beobachtete die Insekten oder kauerte still in einer der Ecken. Ich ließ die Geschehnisse der letzten Wochen vor meinem inneren Auge Revue passieren, grübelte über mich, diese Welt, ihre Bewohner, ihren Sinn und Irrsinn – und in unverwüstlichem Optimismus natürlich auch weiterhin über einen Ausweg aus der Sphäre, zurück in mein so fern gewordenes irdisches Leben.

Was aus Byron geworden war, wusste ich nicht. Gewiss hatte er sich auf seine alten Tugenden besonnen, tanzte in einem neuen Kostüm an irgendeiner Straßenecke und machte wieder gemeinsame Sache mit den Chronern.

Wie lange ich letztlich in meiner Zuflucht ausgeharrt hatte, wusste ich nicht. Nach irdischen Maßstäben mochten es vielleicht zwei Tage gewesen sein. Die meiste Zeit verbrachte ich in einem irrealen Dämmerzustand zwischen Traum und Realität. Wenn ich träumte, war es, als konzentrierten die Myriaden von Nano-Robotern meines Körpers sich gemeinsam auf eine einzige beängstigende Paradoxie einer Vision: Ich starrte auf den Kreisel eines Roulette-Tisches, einen immer träger rotierenden Strudel aus Rot und Schwarz, worin eine weiße Elfenbeinkugel umhersprang und auf der schwarzen Fünfzehn zu liegen kam. Die mich umringenden Menschen verschwammen im Zwielicht, nur *sie* war deutlich zu sehen. Merets Augen leuchteten, und ich erkannte in ihnen eine unbändige Glut, die Nahrung suchte. Sie lächelte, doch ihre Konturen verblichen. Arme legten sich um sie, zogen sie hinüber auf die andere Seite, zu den Schatten.

Lustlos verließ ich das Traum-Casino. Draußen herrschte Stille. Regen verwandelte den Asphalt der Straßen in Spiegelflächen. Über ihnen schwebten Engel, glänzende Erscheinungen, selbst im Untergang. Drinnen rollte die Kugel wieder. Für einen, für zehn oder für tausend. Und immer stand ein Engel bereit, um dem Licht entgegenzufliegen, das am hellsten brannte.

Ich sah mich verstohlen um. Irgendwo in den Straßenschluchten kläffte ein Hund, Tanzmusik drang gedämpft durch die sich hinter mir schließende Tür. Es war ein angenehmes Gefühl, einfach zu kommen und zu gehen. Niemand erwartete mich, niemand vermisste mich. Ich war ein Schatten, der sich am Leben beteiligte. Irgendwo in dieser Sphäre zwischen Morgenrot und Abenddämmerung lauerte *sie*, verborgen und unnahbar.

Mein Gang wirkte hölzern, meine Bewegungen automatisch. Ich achtete nicht darauf, wohin mich meine Schritte führten. Dann breitete ich meine Schwingen aus und flog. Als sich der Boden vor mir öffnete und ich in sein Leuchten sank, wehte engelsgleich *ihre* Stimme zu mir herab. Ich besaß nicht die Kraft, dem Strudel zu widerstehen. Es ging hinab, tiefer und tiefer. Das Licht nahm mich auf. Unter mir schimmerte Metall, erstreckte sich als stählernes Band, wie ein funkelnder Wasserlauf. Ich stürzte hinein, begann durch rote Flüssigkeit zu treiben. Aus der Ferne näherten sich formlose, verschwommene Gestalten. Sie kamen näher, flossen, quollen, übereinander, untereinander. Schoben sich ewig voran. Dann umhüllten mich ihre kalten Körper, und ich versank mit ihnen in Schmutz und Gewürm …

Mit einem stummen Schrei auf den Lippen schreckte ich auf. Noch immer fühlte ich die Berührungen zahlloser kalter Hände auf mir, schlug meinen Kopf gegen die Wand, fester und fester, bis ich das Gefühl hatte, den Traum aus meinem Unterbewusstsein geschmettert zu haben. Nur widerwillig verging der Schmerz, verkroch sich hinter der Realität und wich düsterem Zwielicht. Am Ende kauerte ich mich in einer Ecke des Zimmers zusammen und lauerte auf Schritte und Stimmen.

Lange war außer dem immerwährenden Heulen des Windes nichts zu hören, dann drangen dumpfe Schläge an meine Ohren. Ich packte die Eisenstange, die ich griffbereit neben mich gelegt hatte, zog mich in die hinterste Ecke meiner Zuflucht zurück und starrte auf den mit dicken Brettern verrammelten Eingang. Jenseits der Barrikade erklang ein Schleifen, als gleite etwas langsam an ihr herab. Ein Schnauben war zu vernehmen, laut und stockend, dann klang es, als kratze jemand mit Metallklingen über das Holz.

Meine Hand krampfte sich um die provisorische Waffe. Ich wusste nicht, was sich dort draußen an der Barriere zu schaffen machte, doch es hörte sich weder nach Chronern noch nach Demuarsell an.

Dicht über dem Boden ertönte nun ein Hecheln und Knurren, fast so, als hätte die Kreatur meine Witterung aufgenommen, gefolgt von einem Scharren, das klang, als wolle sie sich durch das Gestein graben. Erneut zitterte die Barrikade unter einem donnernden Schlag, dann vernahm ich sich rasch entfernende Schritte wie von einem riesigen Insekt. Ich entspannte mich ein wenig und wartete. Als ich sicher war, dass das Wesen sich nicht mehr in der Nähe der Tür aufhielt, schlich ich bis auf Armlänge an sie heran. Auf dem Korridor war nichts zu hören.

Vorsichtig setzte ich die Eisenstange an, hebelte einen der massiven Balken aus der Barriere und sah durch die neu entstandene Öffnung. Ein Stück von mir entfernt schimmerte ein metallischer Gegenstand auf dem Fußboden. Mein Herz übersprang einen Schlag, denn auf den ersten Blick glaubte ich, das geheimnisvolle Kleinod aus Archons Rucksack vor mir liegen zu sehen. Allerdings hatte der Gegenstand, den Byron durch das Leder umfasst hatte, deutlich kompakter gewirkt. Das Ding auf dem Korridor war zu lang und zu schlank. Unschlüssig, ob es sich um ein Geschenk oder einen Köder handelte, streckte ich meine Hand aus und riss es blitzschnell zu mir herein.

Das Objekt sah entfernt aus wie eine dicke, zusammengeschobene Radioantenne. Ein Ende des Zylinders war flach, das andere konisch verjüngt und ließ mehrere teleskopartig ineinander versenkte Hülsen erkennen. Ihre Mitte bildete ein transparenter Stab vom Durchmesser einer Kugelschreibermine. Trotz aller Bemühungen schaffte ich es nicht, das Objekt zu öffnen. Anscheinend funktionierte es nur in Verbindung mit einem anderen Gerät. Dennoch: Irgendetwas stimmte nicht mit ihm. Es wog schwer in der Hand, viel schwerer, als seine Größe rechtfertigte. Ich ließ den Zylinder auf den Boden fallen, wieder und wieder. Sein Aufschlag klang zu dumpf. Er besaß viel zu viel Masse.

Ohne zu wissen, wozu das Instrument gut war, steckte ich es ein und spähte wieder hinaus auf den Flur. Er schien verlassen zu sein. Behutsam vergrößerte ich das Loch in der Tür und kroch vorsichtig nach draußen. Dort verharrte ich und lauschte. Durch den Turm heulte der Wind, sonst herrschte Stille. Der rußbedeckte Korridor verlor sich in einer weiten Biegung. Ich orientierte mich und schlug die Richtung ein, in der das Treppenhaus liegen musste. Alle fünfzehn Schritte klafften Türöffnungen in den Wänden. An jeder hielt ich inne, doch die dahinter liegenden Räume waren leer. Lediglich bizarre Insekten bevölkerten die Böden, Decken und Wände, krochen, glitten, hüpften oder flogen davon, wenn ich in die Eingänge trat. Unablässig waren sie damit beschäftigt, sich zu vermehren und gegenseitig aufzufressen, sich immer weiter zu vermehren und zu fressen und zu fressen, nur um ihrerseits von den allgegenwärtigen Schwämmen gefressen zu werden, hüfthohen, unförmigen Klumpen, die wie Industriestaubsauger durch die Flure des Turmes krochen und alles absorbierten, was unter ihre aufgedunsenen Leiber geriet. Die Insekten reproduzierten sich jedoch ebenso schnell, wie sie dezimiert wurden. Alles war erfüllt vom Knistern und Schwirren ihrer Myriaden von Beinen und Flügeln.

Meine Schritte waren nahezu unhörbar; der weiche, feuchte Schimmelteppich auf dem Boden des Korridors schluckte jeglichen Laut. Ein verstohlenes Geräusch, das wenige Meter weiter hinter einer scharfen Biegung erklang, ließ mich innehalten. Nach einigen Sekunden glaubte ich bereits, mich getäuscht zu haben, und ließ den angehaltenen Atem lautlos aus den Lungen strömen. Im gleichen Moment ertönte das Geräusch erneut – ein träges, gleichförmiges Scharren, bald begleitet von einem Keuchen und Knurren, das an die Laute erinnerte, die der geheimnisvolle Überbringer des Metallzylinders ausgestoßen hatte. Meine

Handknöchel traten weiß hervor, als ich die Eisenstange fester umklammerte. Das Metall in meiner Faust fühlte sich heiß an. Ich holte tief Luft und näherte mich langsam der Korridorbiegung. Allerdings achtete ich dabei nicht auf den Boden – und auf das handgroße Insekt, das dort kauerte. Knirschend zerplatzte die Kreatur unter meiner Fußsohle.

Augenblicklich erstarb das Knurren hinter der Kurve. Ich schrie auf, holte mit der Stange aus und schlug sie hart gegen die Mauer, dreimal, viermal, bis sie mir durch die Wucht der Aufschläge schier aus den Händen gerissen wurde. Ihr metallisches Dröhnen schallte verräterisch laut durch die Flure. Ehe der letzte Ton verklungen war, hob ich die Waffe mit beiden Händen weit über den Kopf und stürzte nach vorn, bereit, alles zu zerschmettern, was sich mir entgegenstellte.

Der Gang hinter der Biegung führte zur Galerie. Schwere Bronzelüster hingen wie erstarrte Klauen von der Decke herab, an den Wänden vergammelten die Überreste von Gemälden und Gobelins. Von den Insekten und Schwämmen blank genagt, lagen Fragmente menschlicher Skelette auf dem Boden verstreut; Handknochen, Rippenkäfige, Becken, Wirbelsäulen, Schädel …

Flüchtig erkannte ich ein unförmiges, dunkles Etwas, das auf einer Vielzahl von Armen und Beinen davonrannte; ein Gebilde aus Käfer- und Spinnenbeinen, das einen sackartigen, pelzbedeckten Körper hinter sich herschleifte. Ein widerlicher Gestank wehte durchs Treppenhaus, abgesondert aus zahllosen Drüsen seines schwarzen, unförmigen Leibes. Heulend hetzte das Wesen abwärts und erzeugte einen Lärm, als poltere eine schwere Kiste die Treppe hinab. Es sah sich nur einmal um, warf mir einen unergründlichen Blick zu und war einen Lidschlag später verschwunden. Als sich das letzte Echo seiner Flucht in der Tiefe verloren hatte, senkte ich meine Waffe und lehnte mich mit hämmerndem Herzen gegen die

Wand. Etwas nässte meinen Rücken, warm und klebrig, und zwang mich, mich umzudrehen.

Von der Mauer troff breiiges, dunkelrotes Blut, formte ein vertrautes Symbol, bei dessen Anblick sich ein stechender Schmerz in meiner Brust ausbreitete. An der Wand prangte das langsam zerfließende Bild einer Schlange, die sich selbst in den Schwanz biss: Uroboros.

Auf meinem Weg hinab in die unteren Stockwerke verschmolz ich förmlich mit den Schatten der Korridore. Hin und wieder sah ich einen Chroner oder einen Zyklopen, der mehrere Etagen tiefer die Galerie durchmaß, und einmal bildete ich mir sogar ein, Byron im Dämmerlicht erkannt zu haben. Allerdings konnte ich seine Stimme nicht heraushören und hielt es letztlich für eine Täuschung.

Als ich die Mitte des Turms erreicht hatte, schaffte ich es gerade noch, in die Dunkelheit eines Flurs zu schlüpfen, bevor eine Gruppe von Chronern mit ihren Zyklopen die Stelle passierte und zu den oberen Stockwerken hinaufstieg. Ihnen folgte ein riesiges Geschöpf, das aussah wie ein fetter, degenerierter Verwandter Demuarsells.

Als ich das Zimmer erreicht hatte, in dem ich zu Beginn meines Aufenthalts im Turm Unterschlupf gefunden hatte, fand ich es vor, als hätte ein Wirbelsturm gewütet. Die Tür war aus den Angeln gehoben und lag mitten im Raum, die Trümmer der restlichen Einrichtung gruppierte sich als chaotisches Stillleben um sie herum. Die Chroner waren bei ihrer Suche nach mir mehr als gründlich vorgegangen. Lediglich das Regal hing noch an der Wand. Die Bücher lagen wie gefallene Tiere auf den Brettern.

Immerhin konnte ich davon ausgehen, das die Chroner hier oben nicht mehr nach mir suchen würden. Ich schlich in die Nebenkammer, deren Mobiliar sich ebenfalls in der Mitte des Raumes häufte, ließ mich auf den Boden sinken und legte die

Eisenstange und den seltsamen Zylinder neben mich. Dann verhielt mich still und lauschte auf den Lärm, der nun in den oberen Stockwerken begann.

»*Tojachne!*«, erklang plötzlich eine Stimme vom Fenster her.

Ich sprang auf und stieß dabei lärmend einen umgekippten Stuhl zur Seite. Für einen Moment setzte mein Herz aus. Als ich Manoms Silhouette auf dem Fenstersims entdeckte, schlug es dafür umso heftiger weiter.

»Bist du verrückt, Kind?«, zischte ich. »Mach, dass du wieder runter in den Fluss kommst! Im Turm wimmelt es von Chronern!«

Manom betrachtete das Durcheinander im Zimmer. In seinen Augen spiegelte sich eine Mischung aus Erwartung und Enttäuschung. »*Aip sensana tallion*«, murmelte er gekränkt.

»Natürlich bin ich dein Freund.« Ich lief zum Fenster und warf einen Blick nach draußen. Von seinen Artgenossen war nichts zu sehen oder zu hören, und auch der Himmel wirkte friedlich. »Aber wenn dich einer der Paraboliden hier oben ortet, wird man misstrauisch werden und nach dem Rechten sehen. Danke, dass du dich um mich sorgst, aber nun tu mir den Gefallen und verschwinde ...«

»*Skasch!*«, unterbrach mich Manom, als er den Metallzylinder auf dem Boden erspähte. »*Denia geam!*« Seine Rückenflosse zitterte aufgeregt, und seine Augen fixierten das Objekt, als versuche er, es mit Blicken zum Leben zu erwecken.

Mein Blick wanderte zwischen Manom und dem Zylinder hin und her. »Ist etwas nicht in Ordnung damit?«

»*Kunson jottoka. Caniem as Meretseger!*«

»Meret?« Ich schnappte nach Luft. »Meret schickt dich?«

Der Junge schob mich mit einer seiner kleinen, kräftigen Hände beiseite, und ehe ich es verhindern konnte, war er über den Sims ins Zimmer geschlüpft. Ich versuchte ihn zurückzuhalten, fing mir stattdessen einen unbeabsichtigten Schlag seiner Rückenflosse ein und torkelte mit blutender Nase gegen die Wand. Das Bücherregal ging krachend zu Boden und zerbrach. Manom kroch durch den Raum, ergriff den Zylinder und musterte ihn neugierig von allen Seiten, derweil ich mir einbildete, angesichts unseres Lärms bereits einen Trupp Chroner das Treppenhaus heraufpoltern zu hören.

»*Das vallema ti olan*«, sagte Manom vorwurfsvoll.

»Was geht's dich auch an.« Ich sammelte ein paar Lumpen zusammen und wischte das feucht glänzende Fensterbrett sauber.

»*Ser zabera Meret morkut, alna tanabech.*«

»Dieses Ding?« Ich sah den Jungen verärgert an. »Was soll mir das nützen?«

»*Kieel entien.*« Manom warf mir den Zylinder zu, und ich schaffte es gerade noch, ihn mit der linken Hand aufzufangen, ehe er aus dem Fenster flog.

»Bist du verrückt geworden?«, brauste ich auf. »Was soll das?«

Der Junge glitt heran, richtete sich unvermittelt vor mir auf und packte mich an den Oberarmen. Sein Gesicht schwebte genau vor meinem, und ich spürte seinen erregten Atem auf meiner Haut. »*Kieel entien!*« Manoms Finger umklammerten meine Arme wie Schraubstöcke. Zum ersten Mal spürte ich die übermenschliche Kraft, die in seinen Muskeln schlummerte. »*Tes itona pan Aered Saia!*«, erklärte er langsam, beinahe beschwörend.

Ich sah ihm verwirrt in seine Augen, tiefe, geschliffene Kristalle, die so groß waren wie Kinderfäuste. »Ein Schlüssel?«

Manom schüttelte stumm den Kopf.

Ich blickte durchs Fenster. In einem der Häuser gegenüber stand wieder jene schattenhafte Person am Fenster, die mir bereits bei Manoms erstem Besuch aufgefallen war. Aus dem Konflikt heraus musste ich lachen. »Geh rüber zu Meret und richte ihr aus, dass ich durchaus in der Lage bin, allein auf mich aufzupassen.«

In Manoms Augen blitzte für einen Moment eine Spur von Ärger auf. »*Irida ten saina Saia*«, sprach er leise und ließ mich wieder los. Er hob einen Arm, schloss die Hand zur Faust und vollführte mit ihr eine Stoßbewegung. »*Aered Saia!*«, flüsterte er eindringlich.

Ich folgte der Geste mit meinem Blick und bekam eine Gänsehaut, als ich endlich die Bedeutung der Worte begriff. Manom redete keinesfalls von einem Schlüssel, sondern von einer Waffe!

Ich starrte den Jungen an, in sein Gesicht und durch es hindurch. Minutenlang stand ich auf der Stelle, unfähig mich zu rühren und von der heillosen Angst befallen, bei der geringsten verdächtigen Bewegung würde mich die Kamera eines Paraboliden erfassen, mich der Scheinwerfer eines Patrouillenbootes, ein Mikrophon oder eine Laserkanone anvisieren. Ich befürchtete, die empfindlichen Sensoren der Paraboliden könnten meine Angst sichtbar machen, die Hitze- und Kältewallungen meines Körpers messen, mein Zittern registrieren, letztendlich meine Gedanken lesen, mein Wissen, das Wissen über die Natur dieser Welt… *Renn!*, schrie Giza in meinem Kopf. *Die Chroner stehen doch bereits vor der Tür, zehn, fünfzehn, mit einem größeren, einem viel größeren Käfig für ihre Fackel. Sie werden dir alle Knochen brechen, ehe sie dich anzünden, und Manom wird dieses Zimmer nie mehr verlassen…!*

Der Junge war es, der mich wieder in die Realität zurückriss. Blitzschnell griff er nach dem Zylinder, zog ihn mir aus der Hand und kroch mit ihm zur Tür heraus. Ich betrachtete die feuchte Schleimspur, die er hinterließ. Falls jetzt ein Chronerkommando auftauchte, war es um uns geschehen. Ich warf einen Blick über den Fluss. Die Gestalt im gegenüberliegenden Haus hatte sich vom Fenster zurückgezogen. Etwa einen halben Kilometer entfernt schwebte ein Parabolid, aber sein Kurs führte ihn von Elijahs Domizil fort. Direkt unter uns jedoch lag ein Patrouillenboot in der Dunkelheit, und mit einem eisigen Schauer glaubte ich zu erkennen, dass die Chroner an Bord zu meinem Fenster emporblickten!

Offensichtlich hatte es nicht ausgereicht, nur das Fensterbrett von Manoms Spuren zu säubern. Ich hätte an seine Kriechspur auf der Fassade denken müssen. Für die Kameras eines Paraboliden musste sie glühen wie eine Neonleuchtreklame. Die Besatzung musste eine Patrouillenbarke verständigt haben, und schon ...

Ich wischte mir den kalten Schweiß von der Stirn, dann wirbelte ich herum und suchte Manom. Er war auf der Suche nach irgendeiner Art von Werkzeug in eines der angrenzenden Zimmer gekrochen. Nun stocherte er mit einem rostigen Nagel an dem Zylinder herum. Der Anblick, der sich mir bot, als ich ihn fand, ließ mich verzweifelt nach vorn stürzen, doch es war bereits zu spät. Fassungslos musste ich mit ansehen, wie sich Manoms Gesicht aufhellte und der Zylinder plötzlich ausfuhr wie eine Teleskopantenne. An seiner Spitze glühte ein helles blaues Licht auf. Stolz hielt Manom den strahlenden Stab in die Höhe, dann stieß er ihn nach vorne, mit der Spitze gegen die Zimmerwand. Er gab einen lauten Knall, gefolgt von Grollen und Poltern, und in der Wand klaffte ein türgroßes Loch. Eine Wolke aus Gesteinsstaub quoll durch das Fenster ins Freie.

»*Itona pan Aered Saia!*«, rief Manom triumphierend.

Was sollte ich in diesem Augenblick tun? Den Jungen aus dem Fenster werfen? Ihn dafür erschlagen, dass er die Waffe zum Leben erweckt hatte? Ich befürchtete, mein ungebetener Gast war für all das zu kräftig und würde sich zu wehren wissen. Sollte ich Manom vielleicht bitten – anflehen – zu gehen und den Stab an der tiefsten Stelle des Flusses zu versenken? Wie sollte ich ihm beibringen, dass es sich nur noch um Augenblicke handeln konnte, ehe die Chroner die Tür einrennen, ihn unverzüglich exekutieren und mich in Gewahrsam nehmen würden?

Wie in Trance starrte ich auf die strahlende Spitze der Waffe und klopfte mir dabei den Staub aus den Kleidern. Waren mittlerweile sämtliche Antennen und Mikrophone der Patrouillenboote auf dieses Zimmer gerichtet? Schwebte über dem Turm bereits ein Vollzugs-Parabolid? Wurden da nicht schon Schritte im Treppenhaus laut, weit unten zwar, doch unaufhaltsam näher kommend? Besaß ich in dieser Sekunde überhaupt noch eine Existenz?

»*Goona tar.*« Manom zupfte an meinem Ärmel. »*Basa ekkone sesal!*« Er ließ den Metallstab zur Demonstration wieder zu seiner ursprünglichen Größe zusammenschrumpfen und reichte ihn mir. Geistesabwesend nahm ich ihm das Objekt ab und steckte es ein.

»Nichts ist los«, erwiderte ich. Die Mauern begannen zu schwingen, vibrierten zu dem unglaublich tiefen Ton, der über den Turm hinzog. Licht schoss zum Fenster herein, erfüllte die Wohnung und verwandelte Manom und mich in Schatten. Ich stürzte vor, schloss die Tür und verbarrikadierte sie mit allem, was sich durchs Zimmer schieben ließ. »Nun ist überhaupt nichts mehr los, mein Freund, weder mit mir, noch mit dir ...«

Zahlreiche Schritte erklangen auf dem Flur, entfernten sich in Richtung des Zimmers, durch das Manom in den Turm gelangt war, näherten sich erneut und verstummten. Für eine Weile herrschte trügerische Stille, dann wurde die Zimmertür mit lautem Donnerschlag in den Raum katapultiert. Drei Chroner drangen ein, Omnivoren in dunkelroten Hüftröcken, gefolgt von einem Zyklopen. Eine vierte Kreatur spähte linkisch ins Zimmer, und ich erkannte Demuarsell. Sie sah mich, gurrte verschlagen und war wieder verschwunden. Ich brauchte nicht lange zu vermuten, dass sie den Chronern den Weg gewiesen hatte. In Sekundenschnelle sicherten diese das Zimmer, dann bauten sie sich vor Manom und mir auf.

»Was hat das zu bedeuten?«, fragte ich und trat schützend vor den Jungen.

Hinter mir erklang ein verdächtiges Gleiten. Einer der Chroner stieß mich beiseite und stürmte an mir vorbei, doch er kam zu spät. Manom war blitzartig zum Fenster zurückgewichen und hinausgestürzt. Im selben Moment, als der Junge jenseits der Fensterbrüstung verschwand, hatte der Parabolid über dem Turm auch schon das Feuer eröffnet. Der erste Schuss traf versehentlich den Chroner am Fenster, worauf dieser durchs gesamte Zimmer geschleudert wurde und qualmend auf dem Korridor liegen blieb. Lediglich sein Kopf, seine Arme und seine Beine waren noch intakt, der übrige Rumpf war unter der Hitze des Treffers verschmort. Das hieß: fast verschmort. Hinter glühenden Metallrippen dampften die Überreste verbrannter Maschinenorgane ...

Vor dem Fenster hörte man eine Strahlengarbe, die offenbar Manoms fallendem Körper folgte. Die Erschütterungen der Treffer, die sich in die Turmwand fraßen, ließen die Mauern erzittern. Ich vernahm den Aufprall eines schweren Körpers im Wasser, dann herrschte Stille. Der Parabolid schwebte ein Stück weit über den Fluss, beißender Rauch und der Gestank von verbranntem Gestein drang durchs Fenster in den Raum.

Die beiden übrig gebliebenen Chroner betrachteten unentschlossen die Überreste ihres Artgenossen, wobei sie darüber debattierten, ob sie sich nun an ihre Instruktionen halten oder mich als Vergeltung für den zerstörten Aufseher mundtot machen sollten. Nachdem einer der beiden das Zimmer verlassen hatte, ergriff der andere einen Stuhl, platzierte ihn in der Zimmermitte und stieß mich darauf. Der zweite kam wenig später mit einem käfigähnlichen Behälter zurück, worin eine handschellenartige Vorrichtung befestigt war. Ich begann zu schwitzen, denn ich ahnte, was nun folgen würde.

»So, Bübchen«, brummte der Wortführer, »kommen wir also zur Sache.«

Er gab dem Zyklopen ein Zeichen und postierte sich abwartend neben mir. Die Kreatur krabbelte heran, und irgendwoher aus ihrem Leib erklang eine monoton schnarrende, mechanische Stimme: »Büßer, du wirst des wiederholten gesellschaftlichen Umgangs mit einem dysmorphen Individuum – in Klammern: Abîme-Mutation, Klassifikation △II – beschuldigt.«

Zum ersten Mal wurde ich Zeuge, dass diese Kreaturen in der Lage waren zu sprechen.

»Na wenn's weiter nichts ist«, murmelte ich, beinahe schon erleichtert darüber, dass der Zyklop kein Wort über die jüngst aktivierte Waffe verloren hatte.

Der Chroner an meiner Seite holte mit seiner Rebasche aus und drosch sie mir mit der flachen Seite auf die Oberschenkel. Ich schrie auf und krümmte mich zusammen, doch der Aufseher riss mir den Kopf nach hinten und drückte mich gegen die Stuhllehne.

»Du Saftsack gestehst also!« Er stieß einen Ton aus, der eher zu einem Geysir passte als zu einem Menschen.

»Dieses *dysmorphe Individuum* war ein Kind«, erklärte ich betont langsam.

Sekundenlang herrschte Schweigen, untermalt von einem leisen Surren, das von dem Zyklopen ausging. Es klang wie eine laufende Kamera. Wohin dieses Standgericht übertragen wurde, wusste ich nicht. In die Prozessarchive *Sararas* vielleicht, oder in die Paraboliden, oder an alle übrigen Zyklopen zur Unterhaltung der Chroner.

Der Aufseher reckte sich empor. »Vollstreckung!«, kommandierte er. »In Liebe«, fügte er mit bedeutungsvollem Blick auf mich hinzu. Er packte meinen Kopf und riss ihn nach vorne, sodass mein blanker Nacken freilag. Der zweite Chroner hatte den Käfig abgestellt und postierte sich mit schlagbereiter Rebasche neben mir. Alles ging so rasch, dass mir der Atem stockte. Meine Beine zitterten, mein gesamter Körper zitterte, doch am schlimmsten bebte meine Stimme, als ich schrie: »Ihr könnt mich nicht richten! Ich bin ein Iretmeth!«

»Aber das wissen wir doch längst, Schlangenficker«, erklang es von der Tür her. »Deshalb sind wir ja hier.« Es war ein tiefes, grollendes Organ von erschreckender Vertrautheit, die jeden Muskel in mir zum Erstarren brachte: die Stimme Kreuzbeißers.

»Lass ihn los!«, befahl er dem Chroner, der mich festhielt. Und hinsichtlich der schwelenden Überreste auf dem Korridor: »Räumt lieber den Dreck weg!«

Das gnadenlose Zerren an meinen Haaren verschwand, und ich richtete mich langsam wieder auf.

»Kuckuck«, grinste Kreuzbeißer. »Haben wir dich etwa erschreckt?« Er kam feixend heran und ging vor mir in die Hocke. »Erkennst du das?« Er schwenkte einen gammeligen Lederbeutel vor meinem Gesicht, in dem sich etwas Kleines, aber sehr Schweres befand. Ich brauchte nur einen kurzen Blick darauf zu werfen, um zu wissen, dass es Archons Rucksack war. »Ah, ich sehe, du bist im Bilde«, nickte der Chroner.

»Wo ist Byron?«

»Ach, so nennt er sich also gerade ... Nun, ich fürchte, der hat sich verdrückt.« Die Aufseher lachten vergnügt, was mich vermuten ließ, dass sie zumindest ›mitgedrückt‹ hatten.

Kreuzbeißer öffnete den Beutel und zog einen würfelförmigen schwarzen Stein hervor, dessen Seiten mit eingravierten Hieroglyphen bedeckt waren. Sie glichen den verschlungenen, maschinenartig organisierten Schriftzeichen, die ich auf den Dokumenten im Kontrollzentrum gesehen hatte.

»Das wäre eigentlich deine Fahrkarte zurück in die Welt der Lebenden gewesen«, sinnierte Kreuzbeißer und betrachtete den Stein von allen Seiten. »Bedauerlicherweise ist die Person, die ihn verwahrte, für geraume Zeit unpässlich.«

»Was ist das?«, fragte ich mit belegter Stimme.

»Das hier?« Kreuzbeißer betrachtete den Würfel, als suche er die Antwort auf meine Frage in den Hieroglyphen. »Ein Seelenhexonnox, glaube ich. Genauer gesagt: *dein* Seelenhexonnox.« Er schüttelte es und hob es an sein Ohr. »Hallo?«, spöttelte er. »Ist der kleine Hippolyt zu Hause?« In sein gehässiges Lachen fielen auch die Chroner auf dem Korridor mit ein. »Ist schon ein Ewigkeit her, seit ich zum letzten Mal eines in den Fingern hatte. Zu allem Überfluss kannst nur du es öffnen, weshalb es im Grunde nutzlos für mich ist.« Kreuzbeißer verstaute den Stein wieder im Rucksack. »Aber es gefällt mir irgendwie. Wie es das Schicksal will, werde ich es wohl einfach für die nächsten tausend Jahre behalten ...«

Meine gesamte aufgestaute Wut und Verzweiflung entluden sich in einem unkontrollierten Ausfall. Ich schrie auf und stürzte mich auf Kreuzbeißer, riss ihn zu Boden und drosch ihm meine Fäuste ins Gesicht. Augenblicklich ergriffen mich kräftige Hände und zerrten mich von meinem überraschten Gegner fort. Ich erhielt Schläge und Tritte in die Rippen und in den Unterleib und blieb hustend auf dem Boden liegen, bis die Schmerzen nachließen. Mit verschleiertem Blick sah ich in die Runde. Vier weitere Chroner standen im Halbkreis um mich herum und betrachteten mich argwöhnisch. Einer von ihnen – Rabendorn, wie ich glaubte – urinierte mir ins Gesicht, worauf meine Haut wie Feuer zu brennen begann. Dann packten mich zahlreiche Pranken und hoben mich auf die Beine. Schwankend blieb ich in der Mitte meiner Bezwinger stehen.

»Ich hoffe, dein Mütchen ist nun gekühlt.« Rabendorn trat heran. Etwas Langes, Dunkles schimmerte vor mir, dann spürte ich die Spitze seiner Rebasche auf meiner Brust. »Falls nicht, so sag es mir.« Er grinste bösartig.

»Zum Teufel mit dir«, krächzte ich.

»Zwei Schritte hinter dir geht der Tod, Menschlein.« Rabendorn setzte seine Klinge an meine Kehle. »Also nütze deinen Vorsprung und lebe!«

»Es reicht, verschon uns mit deinen Zitaten.« Kreuzbeißer hatte gesprochen und stellte sich zwischen den Chroner und mich. »Wir brauchen ihn für die Entschlüsselung der Noxen.«

Rabendorn stieß ein unwilliges Knurren aus und ließ die Rebasche sinken. »Gut, du musst wissen, was du tust. Aber wir bleiben in der Nähe.« Er sah Kreuzbeißer an. »Ich halte es noch immer für keine gute Idee.«

»Hast du eine bessere?«

»Schneiden wir ihn in Stücke, ehe er uns ein zweites Mal verrät ...«

»Dann verrät er sich selbst.«

Rabendorn schnaubte verächtlich. »Wir warten vor der Tür.« Er wandte sich ruckartig um und verließ mit den anderen den Raum.

Ich sah Kreuzbeißer aus geschwollenen Augen an. »Du bist – nur eine Maschine.«

»Nicht in eurem Sinne, wie du mittlerweile weißt.«

»Ein aus Nanodreck zusammengebackener Untoter. Ein Roboter, den man in Stücke hacken kann, und der sich dennoch immer wieder erheben wird, bis in alle Ewigkeit. Ihr seid seelenloser Schrott, der die abgeschlagenen Schädel der Büßer in Flammen setzt und wie Trophäen mit sich herumträgt. Ihr seid der Abschaum der Schöpfung!«

Kreuzbeißer fuhr sich mit einer Pranke übers Gesicht. »Wie auch immer ...« Er legte den Rucksack mit dem Hexonnox neben dem Fackelkäfig auf den Boden. »Du hast von diesem senilen Rabbiner dummerweise mehr erfahren, als uns lieb sein kann. Ach, bevor ich's vergesse: Du weißt nicht zufällig, wo sich diese larmoyante Ratte verkrochen hat?« Ich schüttelte den Kopf. »Nun, wie dem auch sei«, kommentierte Kreuzbeißer mein Schweigen. Er wandte sich halb zu Tür um und rief: »Demuarsell!«

Auf dem Korridor wurde ein flinkes Trippeln laut, dann erschien der Spinnendämon in der Tür.

»Ja, Herr?«

»Geh und finde diesen Frevler Elijah! Es wird höchste Zeit, dass er wieder in sein Gehege kommt.«

»Ja, Herr ...«

»Ordnung muss sein«, grinste Kreuzbeißer, als Demuarsell davongeeilt war. »Im Großen wie im Kleinen. Womit wir beim Thema wären ...« Er wandte sich um, fütterte den gehorsam wartenden Zyklopen mit einer Art Karteikarte und rieb sich in stiller Vorfreude die Hände.

»Erweiterte Anklage«, begann die Kreatur die neuen Informationen zu rezitieren. »Krispin, Hippolyt. Folgeverweis auf Fußnote 477: Sterbeort: Unbekannt. Todeszeitpunkt: Unbekannt. Todesursache: Unbekannt. Erklärung: Iretmeth.« Dann zählte sie meine Delikte auf; vom Angriff auf den Corrigan in Merets Palais bis zu den ›schweren Verfehlungen‹ am Pechsee, auf der Temperstraße und besonders in Nimrods Taverne. Dazu alle idiotischen Bagatellen wie Stagnationen, Unruhestiftung, Sachbeschädigung, Diebstahl, illegales Überqueren von mittlerweile siebzehn Sektorengrenzen, Kontakt zu Deserteuren und Mutanten und die Aneignung streng vertraulicher Informationen. Schließlich noch das verabscheuungswürdigste Vergehen: Ich war ein Iretmeth. Eine Anomalie. Ich hatte eine Welt betreten, die einzig den Toten bestimmt war.

»Aufgrund der sich aus der Summe aller Delikte ergebenden Schwere der Schuld«, schnarrte der Zyklop weiter, »und seiner Obstination bezüglich laufender Strafmaßnahmen wird die Sühne verschärft.«

»Schuldig im Sinne der Anklage«, spottete Kreuzbeißer und tätschelte den Rucksack mit dem Hexonnox. »Ich hoffe, das Strafmaß ist akzeptabel.«

»Habe ich eine Wahl?«

Ein Prankenschlag schleuderte meinen Kopf zur Seite, und ich schmeckte warmes Blut. »Keine Wahl«, bestätigte Kreuzbeißer.

»Darf ich diese Anklage zumindest mal sehen?«

Kreuzbeißer sah mich an und lächelte. »Sie existiert nicht.« Er zog die Karte aus dem Zyklopen und warf sie mir auf den Schoß. Ehe ich sie lesen konnte, entzündete sie sich von selbst und verbrannte sekundenschnell zu feiner grauer Asche. Der Stoff meiner Hosenbeine hatte sich nicht einmal merklich erhitzt. Ein Geruch verbrannten Papiers und etwas Undefinierbarem schwängerten das Zimmer.

»Willst du mir etwa weismachen, du hättest sie gesehen?«, fragte der Chroner lauernd und hielt mir seine Rebasche an die Kehle.

»Nein«, antwortete ich, als ich einsah, dass ein Aufbegehren keinen Sinn hatte.

»Nein?« Kreuzbeißer verstärkte den Druck seines Zeigers. »Was meinst du mit ›nein‹?«

»Ich – habe keine Karte gesehen ...«, presste ich hervor.

Das Instrument zuckte zur Seite, dann explodierte ein schrecklicher Schmerz auf meinen Lippen. Blut klebte an der Klinge, als der Chroner sie wieder gegen meine Kehle drückte.

»Von welcher Karte redest du, Schleimscheißer?«

»Ich habe nichts gesehen«, bekundete ich kaum verständlich. »Das Strafmaß ist akzeptabel.«

Meine Lippen waren aufgeplatzt und schwollen langsam zu unförmigen Klumpen an, ein paar Tropfen meines Blutes spritzten beim Sprechen in Kreuzbeißers Gesicht. Der Chroner ignorierte sie. Wahrscheinlich spürte er sie überhaupt nicht. Womöglich vereinigten sie sich früher oder später einfach mit der prothetischen Haut seines Gesichts.

»Und wie soll es nun weitergehen?« Meine Worte klangen wegen der verletzten Lippen, als redete ich mit einem Kieselstein im Mund.

»Ich schätze, ich zeige dir in den kommenden einhundert Jahren erst einmal die Stadt«, antwortete Kreuzbeißer. »Sektor für Sektor. Es gibt so viele raffinierte Arten zu sterben, und ich habe die meisten davon selbst noch nicht gesehen. Du darfst sie erfahren und wirst mir fortan berichten, wie sich jede einzelne von ihnen anfühlt. Man muss schließlich mitreden können, nicht wahr?«

Er und die Chroner auf dem Korridor brachen in lautes Lachen aus.

Ich schielte auf den Rucksack, der weiterhin neben dem Käfig lag. »Wenn ich einen anderen Vorschlag machen dürfte ...«, sagte ich, nachdem sie sich wieder gefangen hatten.

Kreuzbeißer richtete sich zu voller Größe auf und grinste amüsiert. »Und der wäre?«

»Fahr zur Hölle!«

Ich griff in die Hosentasche, sprang gleichzeitig auf und riss den Zylinder hervor. Als Kreuzbeißer endlich reagierte, hatte ich die Waffe längst auf ihn gerichtet. Aktiviert war sie etwa einen Meter lang. Das Erste, was die glühende Spitze traf, war Kreuzbeißers Hand. Der Aufseher griff einfach nach dem Silberstab, immer noch überheblich grinsend, ohne zu wissen, womit er es zu tun hatte. Es folgte ein dumpfer Knall, und Kreuzbeißers Arm hatte sich in seine Bestandteile aufgelöst. Der Chroner schrie auf, ließ seine Rebasche fallen und umkrallte den Armstummel, der von einem grellen, hungrigen Glühen umgeben war. Auch die Hand, mit der er die leuchtende Schulter berührte, begann nun zu glühen und sich aufzulösen.

Ich tat einen Schritt nach vorne und las den Rucksack auf, dann richtete ich die Waffe auf Kreuzbeißers verdutztes, von Wut und Schmerz verzerrtes Gesicht.

»Sayonara, Hummerfuß!«, zischte ich und stieß ihm die glühende Stockspitze in den Brustkorb. Mit Kreuzbeißer geschah das Gleiche wie zuvor mit der Wand – mit dem Unterschied, dass die wenigen Brocken, die von ihm in den Raum gesprengt wurden, weiterglühten, bis das Feuer sie vollkommen verzehrt hatte. Einer der vom Korridor verblüfft ins Zimmer starrenden Chroner war von umherfliegenden Fetzen Kreuzbeißers getroffen worden und hatte ebenfalls zu brennen begonnen. Kreischend und jaulend begann er auf die unersättlichen Flammen einzuschlagen und rannte schließlich brüllend den Korridor hinab. Hoffentlich stolperte er dabei über Demuarsell!

Ich war mir eines Triumphs über Kreuzbeißer noch nicht gänzlich bewusst geworden, als ein gleißender Lichtfinger durchs Fenster schoss und meinen rechten Arm mitsamt der Waffe in eine stinkende Molekülwolke verwandelte. Zwei, drei Sekunden lang starrte ich auf die Stelle, wo mein Arm gewesen war, dann stürzte ich zur Tür heraus und hetzte über den Flur. Den aufbrandenden Schmerz an meiner Schulter ignorierend, rannte ich zum Treppenhaus, wo ich ein unförmiges glühendes Bündel vorfand: die Überreste des zweiten Chroners. Ich machte einen respektvollen Bogen um das zuckende Etwas, rannte zur gegenüberliegenden Turmseite, dann blind durch einen finsteren Korridor, auf das schwach leuchtende Rechteck eines Fensters zu. Das Treppenhaus hallte von gebrüllten Kommandos der Chroner wider, trampelnde Schritte erschollen hinter mir. Ich umklammerte den Rucksack so fest ich konnte und hechtete kopfüber zum Fenster hinaus. Mein Schwung, so hoffte ich, würde mich bis zum Wasser tragen. Ich hätte es wohl auch geschafft, wäre da nicht der Parabolid gewesen, der auf der anderen Seite des Turms über dem Fluss lauerte. Im Fallen nahm ich noch den Blitz wahr, dann traf mich etwas sengend Heißes und schnitt mich einfach in zwei Teile. Die eine Hälfte mit dem Rucksack in der Hand löste sich von mir und prallte auf die Felsen am Fuß des Turms. ›Meine‹ Hälfte – die mit dem Kopf, aber ohne Arme – klatschte ins Wasser und versank ...

Lazarium 13 • Erkenntnisraum II

Ur-El musste *Ka* dabei helfen, wieder auf die Beine zu kommen. Der gebrechliche Zustand seines Körpers war *Ka* peinlich, doch die Maschine tat so, als falle ihr sein Siechtum gar nicht auf. Schweigend führte sie ihn zum Ausgang und begleitete ihn den langen Weg zurück zum Fluss. »Nun liegt es an dir, die Stimme zu wählen, der du gehorchen wirst«, erklärte Ur-El. »Du kannst flussabwärts gehen, um weise zu sterben …«

»Oder flussaufwärts, um dumpf vor mich hin zu vegetieren«, schlussfolgerte *Ka.* Er folgte mit dem Auge dem Lauf des Wassers. »All diese Skelette, waren das einst Engel?«

»Nein«, sagte Ur-El. »Es sind die Seelen der Menschen, die nicht gerettet werden konnten. Jaru ist *seinem* Plan fern geworden …«

»In einfachen Worten: Das Paradies ist erloschen, es gibt keine Erlösung nach dem Tod.«

»Eine Simplifikation der Wahrheit, aber im Grunde zutreffend.«

»Was treibt ihr dann hier?«, wunderte sich *Ka.* »Wenn Gott, seine Heerscharen, der Himmel und die Erlösung sinnlos geworden sind, warum zum Teufel existiert ihr dann noch? An was klammert sich diese absurde Realität?«

»An den Plan.«

»An *welchen* verdammten Plan?«, schrie *Ka.* »An die große Verarschung?«

Die Spannkraft seiner zu Fäusten geballten Hände ließ Haut und Fleisch aufplatzen und entblößte bläulich schimmernde Knochen. *Ka* setzte sich erschöpft auf einen Felsen, betrachtete seine rissigen Hände und das starre Geflecht der Adern auf seinen Unterarmen, dann den ihm am nächsten stehenden Pfahl. »Ich werde bald dazugehören«, seufzte er.

»Vertraue deinem *Chet«,* ermutigte ihn Ur-El.

Ka gab ein Schnauben von sich. »Der liegt im Koma ...«

»Bezeichnet dieses Wort in deiner Welt nicht einen Zustand der Empfindungslosigkeit? Der Besinnungslosigkeit, sogar Leblosigkeit?«

Grübelnd streckte *Ka* seine Hände empor. Das Licht der Sonne schien durch sie hindurch wie durch altes Pergament. »Seit wann bin ich ...?«

»In der Obhut deiner Maschine? Seit 54 irdischen Tagen.«

Ka ließ sein Auge über die Gepfählten wandern. »Falls ich mich zuvor tatsächlich als – was auch immer – in einer lebenserhalten Maschine aufgehalten habe«, sinnierte er, »wo sind wir dann jetzt? Auf dem Fußboden eines Krankenzimmers?«

»Du bist ein *Ka*-Körper«, erklärte Ur-El. »Und dies ist Jaru.«

»Natürlich, der Garten Eden befindet sich gleich auf der anderen Seite der Steckdose ...«

»Es existiert nicht nur eine Realität«, ignorierte Ur-El *Kas* Spott. »Und somit auch nicht *die* Realität.«

»Dann ist Jaru folglich nicht der einzige Himmel, sondern nur einer von vielen ...«

»Darauf darf ich dir keine Antwort geben«, erklärte der Erzene. »Das Problem von euch Menschen ist: Ihr alle nehmt die Welt um euch herum auf unterschiedliche, oft irrationale Art und Weise wahr, betrachtet sie durch wissenschaftliche und religiöse Filter und interpretiert die Realität aus Milliarden unterschiedlicher Perspektiven.«

»Aber das hier ist nicht wirklich!«, erregte sich *Ka.*

»Du bist dir dieser Welt bewusst«, konterte Ur-El. »Du handelst und fühlst. Steht das nicht in Widerspruch zu dem, was du Koma nennst? Alle erdenkbaren Quantenzustände existieren hier gleichzeitig. Dasselbe gilt für den Geist. Ein Gedanke ist nicht vorhanden, solange ihn niemand denkt. Dennoch existiert er. Jaru ist ebenso real wie deine Welt. Wir sind eingebunden in ein kosmisches Geschehen.«

Ka schüttelte den Kopf. »Ich werde flussabwärts gehen«, sagte er bestimmt. »Wenn einzig der Strom einer Maschine meinen Körper noch am Leben erhält, dann will ich wissen, wohin er fließt.«

»Trinke hin und wieder davon«, empfahl ihm Ur-El. »Dann erreichst du vielleicht dein Ziel . . .«

Mekropalladium 22

Wasser schlug in der Ferne satt und träge gegen Gestein, überlagert vom leisen Klingen zahlloser Glockenspiele. Ich blinzelte mehrmals, worauf das unscharfe grüne Flimmern über mir sich langsam in ein Baldachin aus Blättern und Ranken verwandelte.

Ich lag auf nassem Kiesboden, splitternackt – und vollkommen regeneriert. Nur eine fingerdicke rote Linie, die vom Hals abwärts über die Brust bis zur linken Hüfte verlief, ließ vermuten, dass mich vor nicht allzu langer Zeit der Strahl eines Paraboliden in zwei Hälften geschnitten hatte. Um mich herum erhoben sich die dichtgewachsenen Hecken eines Laubengangs. Das Blattwerk bewegte sich leise im Wind und erzeugte dabei jene metallische Musik, die nach Glockenspielen klang.

Neben mir lagen drei menschliche Köpfe und sahen mich aufmerksam an. Ich starrte schweigend von einem zum anderen. Es waren zwei Männerköpfe und der einer Frau. Letztere hatte die Zähne gefletscht, ihr Mund und ihr Kinn waren blutverschmiert. Der am weitesten von mir entfernte Kopf war der eines älteren Mannes mit schlohweißen Haaren und sorgfältig gestutztem Vollbart. Eigenartig an ihm war, dass er einen Teil der langen blonden Haare des Frauenkopfes zwischen den Zähnen hielt und dabei sehr angestrengt wirkte. Der mir am nächsten gelegene Kopf wirkte jugendlicher, wenn auch seine kurzen schwarzen Haare an den Schläfen bereits ergraut waren.

Eigentlich ›lagen‹ die Köpfe nicht. Alle drei standen aufrecht auf dem Boden, fast so, als seien ihre dazugehörigen Körper bis zum Hals im Erdreich vergraben.

»*Bonjour*«, krächzte der vorderste, als ich beharrlich schwieg. Er vollführte eine Vorwärtsrolle, wobei die blutige Halswunde eines Geköpften sichtbar wurde, und kam keine Handspanne von mir entfernt auf seinem Halsstumpf wieder zum Stehen. »Seid Ihr wieder im Vollbesitz Eurer geistigen Kräfte?«

Ich konnte nicht anders, als ihn weiterhin verblüfft anzustarren. »Wer …?« Ein Hustenanfall raubte mir die Stimme. Ich holte tief Luft, krümmte mich zusammen und rollte zur Seite, worauf sich ein Schwall Wasser aus meiner Lunge ergoss. Der Kopf der Frau begann zu knurren und zu zerren, und ihr Bändiger hatte alle Zähne voll zu tun, um sie von mir zurückzuhalten. Ungewollt spie ich Wasser in das Gesicht des Kopfes vor mir, der jedoch ausgesprochen gelassen blieb. Mit geschlossenen Augen und verkniffenem Gesicht wartete er, bis ich wieder bei Atem war.

»Verzeihen Sie«, bat ich.

»*C'est d'accord.*«

Ich sah mich um. Die Hecken waren über drei Meter hoch, ihre Ranken undurchdringlich miteinander verwachsen. Vor und hinter mir endete der Laubengang nach etwa zehn Metern an einer Hecke. Erst bei genauerem Hinsehen erkannte ich, dass er vor beiden Barrieren eine scharfe Biegungen beschrieb.

»Es ist ein Irrgarten«, bestätigte der Kopf vor mir.

»Gibt es einen Ausgang?«

Der Kopf der Frau lachte wild auf. Es klang fast wie das Wiehern eines Pferdes.

»Was Marie damit sagen will«, kommentierte der Kopf des jüngeren Mannes, »ist: Ja, es gibt Ausgänge. Allerdings werden sie von den Blutgerüsten bewacht. Das Labyrinth erstreckt sich über ungezählte Hektar Land. In seinem Zentrum erhebt sich die Bastille, doch ich würde Euch nicht empfehlen, sie zu betreten. Die einzige Begrenzung, die auf dieser Seite des Sektors nicht von einer der Hecken gebildet wird, ist der Fluss.«

»Ich habe Ihr Gesicht schon einmal gesehen«, sagte ich. »Und auch das Ihre.«

Der Frauenkopf knurrte angriffslustig und zerrte mit den Haaren wie ein Hund an der Leine.

»Wer sind Sie?«, wandte ich mich an den schwarzhaarigen Kopf.

»Nennt mich Max.«

»Ist das alles?«

Der Schädel verzog unwillig die Mundwinkel. »Maximilien Marie Isidore de Robespierre, zu Euren Diensten, Monsieur. Ich würde mich ja gerne noch vor Euch verbeugen, aber es ist mir leider nicht vergönnt. Ihr seht ja ... Zu meiner Rechten: Antoine Laurent de Lavoisier. Des Weiteren noch in seiner Gewalt: Unsere verehrteste, dem höllischen Wahnsinn verfallene Königin Marie Antoinette. Leider hat Euer Schneckenfreund es vorgezogen, uns nicht miteinander bekannt zu machen, nachdem er Euch aus dem Fluss gefischt und hierher gebracht hat. Also, bitte schön, mit wem haben wir die Ehre?«

Ich betrachtete die Köpfe der Enthaupteten. »Hippolyt Krispin.«

»Krispin, aha ... Seid Ihr der Nachfahre eines Ledermachers?«

»Das – weiß ich nicht.«

»Ihr kennt Euren Stammbaum nicht? Als ob es nichts Schlimmeres gäbe. Nun sagt, wäret Ihr vielleicht so freundlich, uns einen Gefallen zu tun?« Er hob verschwörerisch die Augenbrauen. »In Eurem eigenen Interesse, wohlgemerkt.«

»Das kommt auf den Gefallen an ...«

»Nehmt meinem Freund Antoine bitte diese Plage zwischen seinen Zähnen ab – Aber seid vorsichtig!«, mahnte er, als ich meine Hand nach dem Kopf der Frau ausstreckte. »Schleudert Maries Schädel besser über die Hecken, so weit Ihr es vermögt, ehe sie sich losreißt und ihre fauligen Zähne erneut in Euer Fleisch schlägt. Das Blut in ihrem Gesicht ist nämlich das Eure.«

Der Kopf der Frau stieß einen irren Wutschrei aus. Im nächsten Augenblick hatte Antoine nur noch ein Bündel Haarsträhnen im Mund, an dem Fetzen blutiger Kopfhaut hingen. Ehe ich zurückweichen konnte, war der Frauenkopf herangerollt und hatte sich in meinem Bein verbissen. Nun war ich es, der aufschrie. Knurrend zerrte Marie an meinem Fleisch, und ich benötigte all meine Kraft, sie wieder von mir loszureißen. Eine beachtliche Bisswunde klaffte in meinem Oberschenkel. Der Frauenkopf zappelte wild in meinen Händen, den Happen aus meinem Bein zwischen den Zähnen. Ich warf das königliche Haupt von mir fort, so gut es mir im Sitzen möglich war. Es flog ein paar Meter weit gegen eine Hecke, worauf es schmerzgepeinigt aufschrie und ein vielfaches Klingeln aus dem Gesträuch ertönte. Aus zahllosen Wunden blutend, kollerte der Kopf schließlich über den Kiesweg. Kaum war er zur Ruhe gekommen, begann er auch schon wieder auf mich zuzurollen. Hastig kämpfte ich mich auf die Beine und fing ihn ab, lief unter dem Blätterdach hindurch, holte Schwung und schleuderte ihn über die Hecken. Schrill kreischend flog er davon, während ich kraftlos zu Boden sackte. In dem Moment, als es in der Ferne laut und deutlich ›Plock!‹ machte, berührte mein Arm im Fallen die Hecke, worauf ein schneidender Schmerz durch mein Fleisch schoss.

»Oh, *mon dieu!*«, entfuhr es dem älteren der beiden übrig gebliebenen Köpfe. »Er hat ein Schafott getroffen!«

Ich betrachtete meinen Arm. Ein halbes Dutzend tiefer, langer Schnitte klaffe in meinem Fleisch. Als ich mir die Hecke genauer ansah, erkannte ich auch, woher sie rührten: Ihre Blätter besaßen die Form von rostigen Miniaturfallbeilen mit rasiermesserscharfen Rändern; Klingen aus Metall, die beim Aneinanderschlagen jene glockenspielartigen Laute hervorbrachten, die ich nach meinem Erwachen vernommen hatte. In einiger Entfernung, etwa dort, wo Maries Kopf zu Boden gegangen sein musste, wurden Schritte laut, schwer und stampfend, als nähere sich uns durch das Labyrinth ein gewaltiger Körper.

Max entfuhr eine Kaskade französischer Flüche. »Hört auf, Euren Arm so wehleidig anzustarren«, rief er in meine Richtung. »Folgt uns zur Mole!«

»Welch ein Missgeschick!«, jammerte Antoines Kopf und rollte um die Ecke. »Welch dummes Missgeschick!«

»Was hat er?«, wollte ich von Max wissen, während ich ihm durch das Heckenlabyrinth folgte.

»Ihr habt mit Maries Schädel ausgerechnet ein Schafott getroffen!«, klagte er.

»Sie ließ mir keine Wahl.«

»Es ist nun auf dem Weg hierher.«

»Wer? Das Schafott?«

»*Précisément!*« Er blieb ruckartig liegen, sodass ich beinahe über ihn gestolpert wäre. »Würde es Euch allzu sehr inkommodieren, mich zu tragen?«, fragte er. »Es tut höllisch weh, ständig über diese Wunde zu rollen.«

»Wieso wächst euch kein neuer Körper?«, fragte ich, nachdem ich ihn vom Boden aufgehoben hatte.

»Aus demselben Grund, weshalb unseren Körpern kein neuer Kopf wächst«, giftete Max. »Man hat beide Körperteile nach der Vollstreckung getrennt voneinander begraben. Und nun nehmt Eure Beine in die Hand! Geradeaus weiter und den nächsten Quergang rechts, bis zum Wasser!« Ich konnte mir lebhaft vorstellen, wie er in diesem Kommando-Ton einst seine Jakobiner befehligt hatte. »Duckt Euch beim Laufen«, empfahl er. »Ich glaube, dass Ihr es seid, nach dem die Luftschiffe suchen …«

Ich warf einen erschrockenen Blick in Richtung Himmel, doch er war leer. Unter dem tausendfältigen Glockenspiel der Fallbeil-Blätter lag bei genauerem Hinhören jedoch tatsächlich das tiefe, entfernte Brummen eines Paraboliden.

»Euer Schneckenfreund war gar nicht dumm, Euch in einem *Berceau* abzulegen«, meinte Max. »Das spiegelnde Metall der Klingen reflektiert das Licht ihrer Scheinwerfer und verwehrt ihnen die Sicht. Ihr wart dort unten relativ sicher. Zumindest vor den Luftschiffen ...«

Der Labyrinthgang führte fast bis ans Flussufer. Wir erreichten eine fünf Schritte breite, langgestreckte Mole, die etwa drei Meter tief bis zum Wasser abfiel.

Antoine warte bereits am Ufer und rief: »Kommt nicht heraus!«

Ich spähte vorsichtig um die Ecken und sah, was ihn beunruhigte. Etwa fünfzig Meter flussabwärts bewegten sich zwei groteske, kopflose Gestalten auf uns zu. Die Hände ausgestreckt wie Schlafwandler, schlurften sie langsam heran, wobei jede von ihnen eine mehr als drei Meter hohe Guillotine auf ihrem Rücken balancierte. Die beiden massiven hölzernen Führungsschienen und der Querbalken mit dem mindestens fünfzig Pfund schweren Fallbeil waren ihnen jedoch nicht aufgebunden, sondern entwuchsen ihren Schultern. Nahe dem Ufer erkannte ich die Mastspitze eines Chroner-Patrouillenbootes. Es folgte den beiden Guillotinenwesen, wobei einer der an Bord befindlichen Aufseher sie mit einer langen Holzstande über das Ufer in unsere Richtung dirigierte. Ein zweites Boot patrouillierte auf der gegenüberliegenden Flussseite. Der Lichtkegel seines Suchscheinwerfers leckte über Häuserfassaden und wanderte schließlich über einen weitläufigen, menschenleeren Platz, der sich gegenüber dem Labyrinth öffnete. Die Fenster der Häuser waren leer oder verbarrikadiert, kein Mensch ließ sich sehen.

Den beiden Patrouillenbooten folgte in geringem Abstand der riesige, finstere Kegel eines Paraboliden. Er schwebte etwa dreißig Meter über dem Fluss, doch selbst aus dieser Höhe schlugen die Vibrationen seines Antriebs Wellen auf dem Wasser.

Bestürzt schlüpfte ich wieder hinter die Hecke und setzte Maximiliens Kopf auf dem Boden ab.

»Ihr müsst ganz schön was auf dem Kerbholz haben, dass man einen derartigen Aufwand betreibt, Euch zu finden«, vermutete Antoine. »Was habt Ihr angestellt? In Eurem Sektor eine Revolution angezettelt?«

Dezentes Plätschern im Fluss erregte unsere Aufmerksamkeit. Ein Körper tauchte an der Uferkante auf, glitt blitzschnell über die Mole heran und schob sich zu uns zwischen die Hecken. Ich bedachte Manom mit einem prüfenden Blick, dann sah ich wieder hinaus zu den Booten. Kein Scheinwerfer zuckte herüber, und auch der Parabolid zeigte kein auffälliges Flugverhalten. Offenbar war Manoms Landgang unbemerkt geblieben, oder man zollte einem Wasserbewohner wie ihm keine Beachtung.

»Ich hielt dich für tot«, begrüßte ich den Jungen.

»*Baja tema*«, gab Manom zurück und zwinkerte Max zu. »Tot wir alle.« Er drückte mir ein tropfend nasses Kleiderbündel in die Hand.

Als ich die Kleidung auswickelte, fand ich darin einen auf den ersten Blick unscheinbaren Gegenstand. Verdutzt betrachtete ich das Objekt. Es war eine kleine, schwarze Steinpyramide, deren Bodenseite von eingravierten Hieroglyphen bedeckt war. Kein Zweifel, es handelte sich um ein Bruchteil des Hexonnox. Offensichtlich setzte der Würfel sich aus sechs einzelnen Pyramiden zusammen. Blieb die Frage: Wie sollte ich an die verlorenen fünf Bruchstücke gelangen?

»Eine Noxe!«, entfuhr es Max, als er das Fragment in meiner Hand erkannte. »Nun wird mir einiges klar.«

Ich zog mir die nassen Sachen über; eine Art locker sitzender, grauer Overall, in dem ich aussah wie ein begossener Klempner. »Einzeln ist sie wahrscheinlich nutzlos«, erklärte ich.

»Sagt so etwas nicht«, widersprach Max. »Zeigt her das Stück!«

Ich hielt ihm den Splitter vors Gesicht. »Hm, schwierig, fürwahr«, befand er, nachdem er die Hieroglyphen studiert hatte. »Ich glaube, es ist eine Noxe für die Türen ...«

Manom zupfte nervös an meinem Arm. »*Kayetwe apa*«, zischelte er und deutete zum gegenüberliegenden Ufer.

Ich kniff die Augen zusammen und suchte die Häuserfronten ab, die das freie Areal umsäumten. Aus dem Schatten einer Quergasse trat eine hochgewachsene, in ein dunkles Tuch gehüllte Gestalt. Sie stahl sich ein paar Schritte weit an einer Hauswand entlang, zog sich schließlich die Kapuze vom Kopf und sah direkt zu uns herüber. Es war Byron! Der Schwarze winkte kurz, dann trat er wieder zurück in den Schatten.

»Wo kommt *der* denn her?«, wunderte ich mich.

»*Buchat mej*«, erklärte Manom.

Ich staunte. Der Junge war ein hervorragender Schwimmer. Byron musste zu Fuß schier Unmögliches geleistet haben, um ihm an Land folgen zu können. Ganz zu schweigen von den Sektorengrenzen, die er dabei hatte überqueren müssen. Aber vielleicht war seine Präsenz vor Ort ja gar kein Wunder an Ausdauer, List und Glück ...

»Sind Chroner bei ihm?«, fragte ich Manom.

Der Junge schüttelte den Kopf. Ich spähte um die Ecke, zu den Patrouillenbooten und dem sich unaufhaltsam nähernden Paraboliden. Womöglich hatte Byron die Strecke ja gar nicht zu Fuß zurückgelegt ...

Hinter uns wurden rasch näher kommende Schritte laut. Aus dem Labyrinth fand etwas den Ausgang zum Ufer, das ich im ersten Augenblick, als ich es sah, für einen schlechten Scherz hielt. Dort taumelte – blind wie sie war – eine korpulente, kopflose Gestalt in Pumphosen um die Ecke. Ihr fetter, nackter Wanst und ihre Arme waren über und über von Schnitten übersät, die ihr zahllose Blattklingen auf ihrem Weg durch das Labyrinth zugefügt hatten. Auf ihren Schultern trug sie wie die beiden Kreaturen, die die Chroner am Ufer entlangtrieben, eine mächtige Guillotine.

Blutüberströmt und mit klauenartig ausgestreckten Händen stampfte sie auf uns zu, wobei ihre Aufmerksamkeit in erster Linie Maximilien zu gelten schien, der mit einem Aufschrei Reißaus nahm, dicht gefolgt von seinem Kompagnon Antoine.

»Verzeiht!«, rief Max im Davonrollen. »Es war anregend, Euch kennen zu lernen.« Dann schlüpften die beiden unter den Hecken hindurch zurück ins Labyrinth.

Das Guillotinen-Wesen stürmte auf seiner Jagd nach den Köpfen achtlos an Manom und mir vorbei, wobei es vom eigenen Schwung getragen fast die Balance verlor und in den Fluss stürzte. Bevor die Lichtkegel der Patrouillenboote dem Radau folgen konnten und Manom und mich erfassten, hatte der Junge mich mit beiden Händen gepackt. Ohne recht zu wissen, wie mir geschah, befand ich mich plötzlich im freien Fall, dann schlug auch schon das Wasser über uns zusammen. Manom tauchte mit mir tief unter die Oberfläche, bis ich die Hände der Unglücklichen fühlte, die das Tentakelgeflecht am Grund des Flusses gefangen hielt. Ich spürte ihre fahrigen Berührungen im Vorübergleiten. Zwar hatte ich vor dem Eintauchen instinktiv Luft geholt, doch diese war schnell aufgebraucht. So gab ich mich wieder der Qual des Ertrinkens hin, ohne zu sterben.

Kaum hatte ich den letzten Atem verbraucht, begann die Flussoberfläche zu schillern. Sämtliche Scheinwerfer der Boote konzentrierten sich auf die Eintauchstelle. Zugleich begann das Wasser unangenehm zu vibrieren, was darauf schließen ließ, dass der Parabolid sich genau über uns befand.

Manom kümmerte sich nicht um meine verzweifelten Bemühungen, freizukommen, sondern zog mich erbarmungslos mit sich. Der Strömung nach zu urteilen bewegten wir uns auf das gegenüberliegende Ufer zu. Irgendwann fühlte ich Gestein, dann ließ Manom sich langsam an der Ufermauer nach oben treiben; gerade mal so weit, dass meine Augen die Wasseroberfläche durchbrachen. Der Wunsch, den Kopf gänzlich hinauszustrecken, um endlich wieder Luft holen zu können, wurde dabei unerträglich. Doch jedes Mal, wenn ich ein Stück zu weit aus dem Wasser stieg, zog Manom mich wieder nach unten. So schluckte und spie ich fortwährend Wasser, im sinnlosen Bemühen, etwas Luft schnappen und meine Erstickungsqual beenden zu können. Erst als die Boote und der Parabolid sich über einen Kilometer weit von uns entfernt hatten, lockerte Manom seinen Griff und ließ mich an die Oberfläche strampeln.

Byron tauchte an der Mole auf und zog mich aus dem Wasser. Nachdem ich mir die Lunge freigehustet hatte und wieder halbwegs bei Atem war, sah ich hinüber zum anderen Ufer und entdeckte dort die reglosen Köpfe von Max und Antoine. Sie beobachteten uns noch eine Weile, dann rollten sie wieder zwischen die Hecken. Als ich meinen Blick über das Labyrinth schweifen ließ, erkannte ich die Enden zahlloser Fallbeile, die sich auf den Schultern der Geköpften durch den Irrgarten bewegten. Die Hecken bedeckten einen sanft ansteigenden Hügel von der Ausdehnung einer Kleinstadt. Auf seiner Kuppe thronte eine finstere, qualmende Festung, die aussah wie ein riesiger Kaminstumpf: die Bastille.

»Ein verhältnismäßig beschauliches Fleckchen Hölle«, bemerkte Byron, der hinter mich getreten war. »Während der französischen Revolution wurden über siebzehntausend Menschen auf der Guillotine hingerichtet. Ihre Köpfe kullern allesamt in diesem Labyrinth herum ...«

»Egal ob schuldig oder nicht?«

»Die Gesetze der Hölle sind nicht auf meinem Mist gewachsen. Steckt der Rabbiner auch dort drüben?«

»Nein.« Ich erzählte flüchtig von den Geschehnissen in der Fabrik.

»In einem Paraboliden?«, staunte Byron und suchte den Himmel mit Blicken ab. »Beeindruckend. Wie hat der alte Trottel *das* geschafft?«

»Vernehme ich da einen Anflug von Missgunst?« Ich schenkte Byron einen abfälligen Seitenblick. »Zumindest an mir scheinst du einen Narren gefressen zu haben.«

Der Schwarze hob die Schultern. »Ich hatte dir versprochen, persönlich für deinen Schutz zu bürgen, falls du es heil aus der Fabrik zurück schaffen solltest. Hier bin ich also, um mein Versprechen einzulösen. Ich stehe zu meinem Wort. Kreuzbeißer tat es dummerweise nicht. Aber wie heißt es doch gleich so treffend: Staub war er, und zum Staub musste er zurück.«

»Du weißt, dass er tot ist?«

Byron grinste geringschätzig und beobachtete Manoms Rückenflosse, die im Zickzack durchs Wasser schnitt. »Wie ich bereits sagte: Wissen ist mein Job.«

»Und das Hexonnox?«

»Sag du es mir.« Er rieb sich den Bauch wie nach einem üppigen Mahl. Erst jetzt fiel mir auf, das seine Kleidung im Bereich des Unterleibs blutgetränkt war. »Kleiner Liebesdienst von Kreuzbeißer«, kommentierte Byron meinen Blick. »Hat mich auf seine Rebasche gespießt und aus dem Fenster geworfen.«

»Wie hast du mich hier gefunden?«

Der Schwarze lachte. »Wäre Manom nicht gewesen, hätte

ich dich nie gefunden.« Er warf dem Jungen, der in Ufernähe im Wasser trieb, einen finsteren Blick zu. »Nun ja, zumindest nicht so schnell ... Nachdem diese schlitzohrige Schnecke dort unten mir jedoch die Noxe abgeluchst hatte, bin ich ihr natürlich gefolgt.«

»Abgeluchst? *Dir?«*

»Ja, und? Eine Zeit lang hatte es so ausgesehen, als sei der Iretmethen-Spuk, der die halbe Stadt auf den Kopf gestellt hat, wieder vorbei. Kreuzbeißer hatte das Zeitliche gesegnet, das Hexonnox war durch den Aufprall zerbrochen, und von dir war schließlich kaum noch etwas übrig. In wessen Schuld hätte ich noch stehen sollen? Während der Rucksack auf den Felsen lag, schwammen deine Einzelteile bereits kilometerweit den Fluss hinab. Manom hat zusammengesammelt, was der Parabolid von dir übrig gelassen hatte, und es dort drüben ins Labyrinth geschafft. Ich fand einen Splitter des Hexonnox auf den Felsen unter Elijahs Turm, den Rest haben sich wahrscheinlich Rabendorn und seine Kumpanen unter den Nagel gerissen. Noxen sind ein kostbares Handelsgut in dieser Stadt ...«

»*Tanache!«*, rief Manom.

Byron klaubte einen Stein vom Boden auf und warf ihn nach Manom. »Verschwinde, du Mollusk!«

»*Naza!«*, rief der Junge, der dem Geschoss mühelos auswich, und an mich gerichtet: »Trau ihm nicht!«

Erneut bückte sich der Schwarze nach einem Stein. Als er den Brocken mit den Fingern umschloss, begann dieser zu meiner Verblüffung plötzlich hell zu glühen. »Verschwinde endlich!«, befahl Byron dem Jungen. »Oder ich erteile dir eine Lektion in Sachen Loyalität!« Er warf den glühenden Stein in den Fluss, worauf eine gewaltige Explosion die Wasseroberfläche zerriss. Eine Gischtfontäne stob in die Höhe und ließ mich von der Mole zurückweichen. Als die Fluten sich wieder beruhigt hatten, war von Manom nichts mehr zu sehen.

»Keine Sorge, der hat ein dickes Fell«, knurrte Byron.

»Wie hast du das gemacht?«

Der Schwarze grinste schief. »Im Laufe der Zeit lernt man in dieser Stadt eine Menge Tricks.«

»Zum Beispiel, wie man gute Freunde verrät? Was hattest du mit dem Hexonnox wirklich vor? Auf meine Kosten allein einen Ausgang suchen?«

In Byrons Augen trat ein unheilvolles Leuchten. »Ich wurde ebenso um mein Leben betrogen wie du!«, fuhr er mich an, wobei er sich drohend näherte. »Und ich hätte es schaffen können! *Shatta vaja bej,* du verdammter kleiner Kematef, ich hätte es geschafft!«

»Aber nun haben wir beide den Kürzeren gezogen«, erkannte ich. »Also reg dich wieder ab.« Meine Stimme war dünn, doch Byron blieb tatsächlich stehen. Er sah mich schweigend an, dann schloss er für einen Moment die Augen und entspannte sich.

»Ich muss gestehen, du hast deine Chance im Turm nicht gerade optimal genutzt«, erklärte er wesentlich ruhiger. »Ich hätte dir mehr zugetraut. Mit der Waffe, die Meret dir zugespielt hat, hättest du die ganze Chronerhorde ausschalten können. Nun herrscht Demuarsell über den Turm. In Zukunft solltest du einen großen Bogen um die Insel machen.«

Ich zog die Noxe aus der Tasche und sagte: »Ich werde in Zukunft einen großen Bogen um die gesamte Hölle machen!«

Byron blickte die Pyramide beinahe wehmütig an. »Und wie soll es nun weitergehen?«

»Der Limbus wartet.«

»Du willst immer noch dort hoch? Mit nur einer Noxe?«

»Einer der Geköpften im Labyrinth war der Ansicht, dies hier sei womöglich das Segment, das die Türen öffnet...«

Byron hob skeptisch die Augenbrauen und sah flussaufwärts. Rauch und Dunst verwehrten den Blick auf den Limbus. »Wir sollten dieses Areal verlassen«, schlug er schließlich vor. »Hier stehen wir für die Paraboliden wie auf einem Präsentierteller.« Er wandte sich um und führte mich in eine schmale, überdachte Gasse. »Zwischen uns und dem Limbus liegen über ein Dutzend Sektoren«, erklärte er, als ich zu ihm aufgeschlossen hatte. »Wenn es nicht an blanke Ironie grenzen würde, würde ich behaupten, das sei reiner Selbstmord. Zu Fuß wirst du das nicht schaffen.«

»Dann eben über den Fluss ...«

»Frag doch gleich die Chroner, ob sie dich in einer Sänfte bis zum Katarakt tragen. Oder mach einen der Paraboliden auf dich aufmerksam, vielleicht fliegt man dich ja auf den Limbus ...«

Ich verlangsamte meinen Schritt und ließ mich zurückfallen, bis Byron seufzend stehen blieb. »Na schön«, sagte er, »gib mir die Noxe.« Als ich nicht reagierte, zog er eine Grimasse. »Keine Sorge, ich mache mich schon nicht damit aus dem Staub. Aber wenn du tatsächlich leben willst, musst du mir wieder ein wenig vertrauen. Schon allein im Hinblick auf die netten Leute, die diesen Sektor bevölkern und mit zunehmender Helligkeit wieder ihre Häuser verlassen werden ...«

Ich warf einen raschen Blick in die Runde. Noch war nichts zu hören und niemand auf den Straßen zu sehen. Widerwillig reichte ich Byron schließlich die Noxe. »Was hast du vor?«

Der Schwarze drehte das Artefakt prüfend mit den Fingern. »Ich habe eine Idee, wie wir hier wegkommen ...«

Die Unterseite der Noxe im Blick, eilte Byron eine verlassene Straße entlang. Dabei strich er mit beiden Daumen über die Hieroglyphen und studierte die Gravuren, als könne er anhand ihrer unsere Position bestimmen. Ich folgte ihm im

Zickzack durch trügerisch leere Straßenschluchten. Aus manchen Häusern, an denen wir vorübereilten, drangen Laute und Geräusche, zu denen ich mir jedoch lieber kein Bild machte. Schließlich blieb Byron abrupt stehen, schwenkte die Pyramide im Kreis und ging langsam wieder ein paar Schritte zurück.

»Ah, hier«, murmelte er. Mit der flachen Hand befühlte er die Oberfläche einer Hauswand, dann presste er die Noxe an einer bestimmten Stelle gegen das Gestein. Zwischen dem Objekt und der Mauer blitzte es kurz auf, woraufhin Byron die Pyramide sinken ließ und an mich zurückreichte.

»War das alles?«, fragte ich verblüfft.

»Yap«, machte der Schwarze. »Das war alles.«

Ich sah mich um. »Und was jetzt?«

»Wir warten.«

Ich starrte die Noxe in meiner Hand ratlos an. Manche der Hieroglyphen auf ihrer Unterseite hatten ihre Form verändert und sich neu gruppiert. Als ich Byron fragend ansah, blinzelte dieser nur verschwörerisch.

Es dauerte keine zehn Minuten, da tauchte drei Querstraßen weiter lautlos ein cadmiumgelber Kontrastpunkt auf. Der gedrungene Wagen bog gemächlich um die Ecke, beschleunigte plötzlich, als hätte er uns gesehen, und raste heran: Es war Spindarios Taxi! Bereits auf die Entfernung hin konnte ich erkennen, dass niemand hinter dem Steuer saß. Das Fahrzeug war leer.

»Du weiß sicher, was das bedeutet?«, grinste Byron, als der Wagen auf unserer Straßenseite zum Stehen kam.

»Ärger«, brummte ich.

Der Schwarze umrundete das Fahrzeug und strich mit einer Hand über die Karosserie, als beruhigte er ein wildes Tier. »Der Wagen wird uns bis an die Stadtgrenze bringen.«

»Da wäre ich mir nicht so sicher.«

Wie um mich zu verhöhnen, schwangen Fahrer- und Beifahrertür auf. Eingeleitet von einem einzelnen Klingelton, begann das Taxiemblem auf dem Wagendach zu leuchten. Der Motor röhrte fordernd, als könne es der Citroën gar nicht mehr erwarten, wieder zu starten. Ich sah mich verstohlen um, glaubte hinter Bretterverschlägen und leeren Fensterhöhlen entstellte Gesichter zu sehen. Gierige Augen hefteten sich auf uns und den gelben Fremdkörper auf der Straße.

Ich betrachtete die Noxe in einem völlig anderen Licht. »Was lässt sich damit noch herbeirufen?«, fragte ich, als ich neben Byron stand und skeptisch in den Innenraum des Wagens sah. »Ein Schnellzug ins Paradies? Eine Rakete zur Erde?«

»*Rigor mortis!«*, bellte eine rauchige Stimme hinter uns und ließ mich herumwirbeln. »Und zwar gratis!«

Keine zwei Schritte entfernt hatte sich dort, wo Byron die Noxe gegen die Wand gedrückt hatte, eine der geheimen Türen in der Hauswand geöffnet. Im Türrahmen stand ein völlig abgehetzter Mittdreißiger, der aussah, als wäre er einst in einem Güterzug zur Welt gekommen – und zwar genau in dem Moment, als dieser entgleiste: Spindario.

»Pfoten weg von dem Wagen!«, schnauzte er und deutete drohend mit dem Finger auf Byron. Offensichtlich hatte er den Schwarzen, der fast schon amüsiert auf der Motorhaube Platz genommen hatte, als den Störenfried identifiziert. Mich schien er dabei nur am Rande wahrzunehmen. »Dieses Husarenstückchen kostet dich was, du Nonnenfurz!«, beschimpfte er Byron weiter. »Du hast gar keine Ahnung, was du da verbockt hast!«

Statt auf die Straße zu treten und die Tür hinter sich zu schließen, hielt Spindario sie weiterhin offen und goss seinen Ärger über uns aus. In diesem Augenblick sah ich weniger den tobenden Taxifahrer, sondern nur den riesigen, hell erleuchteten Raum, vor dem er stand – und die zahllosen Pforten im Hintergrund …

Anscheinend war Spindarios Terminplan durch Byrons Taxinummer gehörig durcheinander geraten. Die Tür, von der aus er uns Pest und Krätze an den Hals wünschte, war offensichtlich nicht die, hinter der das Fahrzeug hätte warten sollen. Umso mehr wunderte es mich, dass das Licht im Zentrum des Megaron den Fahrer nicht längst außer Gefecht gesetzt hatte.

Ich reagierte innerhalb von Sekunden. Ehe Spindario die Tür von innen wieder zustoßen konnte, sprang ich auf ihn zu. Erst jetzt schien die Taxifahrer mich zu erkennen. Er zuckte zurück, doch da hatte ich ihn bereits erreicht. Mit der freien Hand packte ich Spindario am Mantelrevers und riss ihn mit aller Kraft ins Freie. Er stolperte kopfüber in Byron hinein und drückte ihn auf die Kühlerhaube, derweil ich ins Megaron stürzte, die Klinke der Tür packte und diese hinter mir zuwarf.

»Nein, Sie Schwachkopf, *nicht . . . !«*, vernahm ich Spindarios Aufschrei, begleitet von einem Kobe-Fluch Byrons, dann knallte die Tür ins Schloss – und öffnete sich nicht mehr.

Minutenlang starrte ich auf die geschlossene Pforte, in der Befürchtung, Spindario besäße eine Möglichkeit, sie auch von der anderen Seite aus zu öffnen; ein Universalschlüssel für alle hunderttausend Türen der Stadt . . . Der Zugang, vor dem ich stand, trug die Nummer 4098. Ich bewegte mich unmerklich rückwärts, bis ich das Geländer in meinem Rücken spürte. Erst jetzt wurde ich mir in vollem Maße bewusst, wo ich war – und was hinter meinem Rücken lauerte. Langsam wandte ich mich um und sah hinauf in das unheilvolle Glühen des Sterns, der im Zentrum des Megarons strahlte. *Die Noxe für die Türen,* gingen mir Maximiliens Worte durch den Kopf. *Die Türen . . .*

Unterstehen Sie sich, eine von ihnen zu öffnen, rief ich mir Spindarios Warnung vom Tag meiner Ankunft in Erinnerung. *Eine falsche Tür, durch die Sie schreiten oder zu der Sie herauskommen, und Sie erhalten eine gewischt!*

Ich schielte nach links und rechts. Kein Energiestrahl zuckte heran, um mein Nervensystem zu grillen, selbst dann nicht, als ich mich wieder bewegte und langsam den Korridor entlang ging.

Misstrauisch taxierte ich das Licht. Womöglich setzte es mich nur deshalb nicht schachmatt, weil die Tür, durch die ich das Treppenhaus betreten hatte, bereits von einer autorisierten Person geöffnet worden war. Das würde allerdings bedeuten, dass der Stern nicht zwischen einzelnen Individuen zu unterscheiden vermochte – und mich anscheinend für Spindario hielt. Ich entspannte mich ein wenig und sah mich um. Diesmal befand ich mich wesentlich tiefer im Megaron als dereinst mit Spindario. 4182 lautete die Nummer der Tür, die ich soeben passierte. Ich blieb stehen und warf einen Blick über das Geländer. Bis hinab zum Boden – einem quadratischen Areal von der Größe eines Boxrings – mochten es zwar immer noch über zweihundert Meter sein, doch dies war nichts im Vergleich zu den achthundert Metern, die sich das Treppenhaus noch über mir ausdehnte; so hoch, das sein oberes Ende im gleißenden Licht der über mir strahlenden Minisonne kaum noch zu erkennen war.

Ich ließ meinen Blick über die Korridore wandern und zählte grob dreihundert Etagen. Dann, ein paar hundert Meter über mir, erkannte ich einen winzigen dunklen Umriss: einen Menschen!

Mein Herzschlag beschleunigte sich. Wenn ich unverschämtes Glück hatte, hockte der Kerl, der sich an das Geländer zu klammern schien, direkt vor der Tür, die in den riesigen Wolkenmonolithen führte.

In einen von vier Monolithen, erinnerte mich Giza. *Du weißt doch, es sind vier Säulen … Woher willst du wissen, ob die Tür dort oben in die Säule des Nordens führt?*

»Hey!«, rief ich so laut ich konnte empor. »Bleiben Sie wo Sie sind! Bewegen Sie sich nicht!«

Ich konnte auf die große Entfernung keine Reaktion auf meine Worte erkennen. Die Gestalt regte sich nicht, rief aber auch keine Antwort herab. Entweder war sie nicht bei Bewusstsein, oder sie verstand meine Sprache nicht. Vielleicht hatte Spindario auch dafür gesorgt, dass der Kerl keine Dummheiten machte, solange er sein verschwundenes Taxi suchte. Womöglich hatte er das Licht im Zentrum dazu gebracht, den Neuankömmling zu paralysieren, solange er die Türen abklapperte.

Auch auf mein Gebrüll hin zeigte der Stern im Zentrum keine Reaktion. Die Spracherkennungssoftware der Inferno-Architekten schien ebenso veraltet zu sein wie das Personen-Identifikationsprogramm. Jede irdische Tankstelle war besser gegen unerwünschte Eindringlinge abgesichert als die Zubringerstation der Hölle.

So schnell ich konnte, hetzte ich die Treppen empor, ständig mit einem Ohr nach verdächtigen Geräuschen lauschend. Ich konnte mir nicht vorstellen, dass Spindario keinen Trumpf im Ärmel hatte, falls er aus dem Megaron ausgesperrt wurde. Schließlich musste er aus der Stadt auch wieder hierher zurückkehren, um weitere Neuankömmlinge abzuholen, die Archon in den Nebel gelotst hatte. Ich musste folglich jeden Moment damit rechnen, dass eine Tür in meiner Nähe aufflog und einen zähnefletschenden Taxifahrer ausspuckte …

Als ich zwei Drittel der Etagen erklommen hatte, konnte ich den Neuankömmling deutlicher erkennen. Er hockte – furchtsam ans Geländer geklammert – auf der mir gegenüberliegenden Seite des Treppenhauses und blickte zu mir herab. Ich winkte ihm, doch er reagierte auch diesmal nicht. Irgendwie kam es mir vor, als hätte er Angst, das Geländer loszulassen. Meine Ahnung bestätigte sich, als ich ihn schließlich erreichte. Es war tatsächlich ein Mann, schlank und sonnengebräunt, der vor mir hockte und mich aus weit ausgerissenen

Augen anstarrte. Eine Spur von Wahnsinn glomm in seinen Pupillen. Er hatte eine Halbglatze und trug staubige, beigefarbige Trekking-Kleidung.

»Keine Angst«, beruhigte ich ihn, nachdem ich den Ausdruck in seinen Augen analysiert hatte. »Ich tue Ihnen nichts.«

»Gehen Sie weg von mir!«, bellte er in gebrochenem Englisch, als ich ihm zu nahe kam. »Rühren Sie mich nicht an!«

»Okay, okay, ich werde mich nur hier hinsetzen.« Ich warf einen prüfenden Blick in die Tiefe. Nichts regte sich, kein Laut war zu hören. »Sind sie Deutscher?« Ein Schnauben war die einzige Antwort. »Wie heißen Sie?«

»Beck. Albert Beck.« Er fuhr sich mit einer Hand hektisch durch den kurzgeschorenen Haarkranz. »Wo bin ich hier?«

»Das ... ähm, ist ziemlich kompliziert zu erklären. Das entsprechende Fachpersonal wird Sie früher oder später einweisen. Ich heiße übrigens Hippolyt Krispin. Ist das dort hinter Ihnen die Tür, durch die Sie das Treppenhaus betreten haben?« Beck blinzelte mich begriffsstutzig an, dann blickte er, statt zu besagter Tür, zur Spitze des Megarons empor. »Die Tür!«, erinnerte ich ihn.

»Eine davon, ja«, flüsterte der Mann. »Ich hab mich nicht bewegt. Ich bin keinen Schritt gegangen. Wir müssen dort runter, hat er gesagt, aber das ist viel zu tief ... viel zu tief ...«

»Keine Sorge, ich zwinge Sie keinen Meter weiter«, versicherte ich ihm und schielte hinüber zum Licht. Offenbar litt mein Gegenüber unter extremer Höhenangst. »Sagen Sie, wollen Sie hier wieder raus?«

»Ja!« Beck zog sich am Geländer näher an mich heran. »Unbedingt!«

»Dann sollten Sie jetzt das Geländer loslassen und auf die andere Seite des Korridors kriechen. Sehen Sie zu den Türen hin.« Er starrte unverwandt in die Höhe. »Na los, blicken Sie zur Wand, dann ist alles nur noch halb so schlimm!«

Als drehte eine unsichtbare Macht seinen Kopf ruckartig im Uhrzeigersinn, glotzte Beck die Türen an, eine nach der anderen. Ehe er einen Panikanfall erlitt, tauchte ich in seinem Gesichtsfeld auf.

»Okay …« Ich trat an die Tür, vor der er gekauert hatte. Sie trug die Nummer 51071. »Ich gehe voraus, und Sie bleiben dicht hinter mir, verstanden?«

»Aber dort drüben ist nichts«, jammerte er. »Nur eine riesige, finstere Halle. Das Tor hat sich geschlossen.«

Ich lächelte. Zumindest diese Schilderung Becks klang schon mal sehr vertraut nach dem Inneren der Nordsäule. »Wo sind Sie …« *Gestorben,* hätte ich fast gesagt. »… in den Nebel geraten?«, vollendete ich den Satz.

»Sie – Sie wissen davon?« Er ließ tatsächlich das Geländer los und richtete sich halb auf. »Sie kennen das?«

»Wäre ich sonst hier?«

»Ja. Nein. Verflucht!« Er stand auf und lehnte sich mit beiden Händen gegen die Tür. »Azbine …«

»Bitte?«

»Aïr-Gebirge. Niger. Ich dachte … ich dachte, ich sei …« Er schüttelte heftig den Kopf, als wollte er eine unangenehme Erinnerung verscheuchen, dann stierte er auf die Nummer, die in Augenhöhe auf dem Türblatt prangte. »Eine Primzahl«, murmelte er kaum hörbar. Er warf mir einen verstörten Blick zu und sagte: »Ein Mann in einem Helikopter hat mich in Iferouâne abgeholt. Ich dachte, Durand hätte ihn geschickt, aber er kam nicht von Durand. Sein Name war Ticher.«

»Nicht Archon?«

»Nein, nein, Ticher!« Beck tastete seine Hemdtaschen ab, ohne zu finden, wonach er suchte. »Er sagte, meine Arbeit sei beendet, und er habe den Auftrag, mich nach Hause zu fliegen.«

»Nach Deutschland?«

»Nein. Doch. Mann, unterbrechen Sie mich nicht dauernd!« Beck erstarrte schwer atmend, dann erzählte er in wesentlich ruhigerem Ton weiter: »Wir flogen vom Militärstützpunkt in Iferouâne aus über die gesamte Nordsahara; über Al-Uwaynat, Tripolis und das Tyrrhenische Meer bis Rom. Zweieinhalbtausend Kilometer in einem Bell 47, ohne aufzutanken, in einem Affentempo. Ist das nicht irre?« Er kicherte hysterisch.

Ich rief mir Elijahs Karte der vier Duatsäulen in Erinnerung und fragte: »Wieso hat man Sie nicht nach Westen geflogen?« Beck sah mich verständnislos an. »Vergessen Sie's«, winkte ich ab. »Was ist nach Rom passiert?«

»Als wir Perugia erreicht hatten, änderte dieser Ticher plötzlich die Route und flog in Richtung Balkan ...«

Ich lachte innerlich auf. Den Rest der Geschichte hätte genauso gut ich ihm erzählen können. Statt Beck zuzuhören, bildete ich in Gedanken Anagramme von Ticher. Die augenscheinlichste Kombination war der Name eines altägyptischen Fährmanns: Cherti. Ich schüttelte grimmig den Kopf, was Beck wieder zu irritieren schien. Blieb die Frage, was aus Archon geworden war. Kreuzbeißer hatte in Elijahs Turm die hämische Bemerkung geäußert, der Pilot sei *für geraume Zeit unpässlich* – was auch immer das bedeuten mochte.

»Na schön, Mister Beck«, sagte ich, als er zu Ende erzählt hatte und wieder zu lamentieren anfing. »Es gibt sicher einen Grund dafür, weshalb man Sie hierher gebracht hat, aber er interessiert mich nicht. Ich werde jetzt diese Tür öffnen. Bleiben Sie dicht hinter mir, und blicken Sie auf keinen Fall zurück ins Licht.« *Und geben Sie mir Deckung,* fügte ich in Gedanken an.

Ich drückte die Klinke nieder und schob die Tür einen Spalt weit auf. Der Stern im Zentrum verhielt sich friedlich, Beck stand weiterhin auf seinen zwei Beinen. Von der anderen Seite der Pforte war kein Geräusch zu hören. Stattdessen strich der Geruch von Ammoniak um meine Nase.

»Bereit?«, flüsterte ich.

»Ja.«

Ich holte tief Luft, stieß die Tür vollends auf und stürzte voran in die Schwärze. Für einen Sekundenbruchteil nahm ich einen Blitz wahr, gefolgt von einem irren Schrei, dann folgte ein Donnerschlag, und ich befand mich in absoluter Finsternis.

Ich lauschte, hörte nur meinen Atem. Ich war bei Bewusstsein, lag in feuchtem Gras und fühlte keinerlei Schmerzen.

»Beck?«, rief ich gedämpft. »Albert? Sind Sie hier?«

Keine Antwort. Stattdessen ertönte weit über mir ein Brausen und Wehen, das schnell wieder verstummte. Im Dunkeln kroch ich in die Richtung, in der sich die geschlossene Tür befinden musste, stieß jedoch auf keinerlei Widerstand. Sie war verschwunden, und Beck auf der anderen Seite geblieben. Das Unbehagen, ihn als lebenden Schutzschild benutzt zu haben, verflog rasch wieder. Ich hatte mittlerweile zu viel Grauen erlebt, um von einem schlechtes Gewissen geplagt zu werden. Nicht hier. Nicht an diesem irrealen Ort.

Geschätzte sechs Stunden später irrte ich noch immer durch die Dunkelheit, ohne auf einen Weg nach draußen gestoßen zu sein. Ich hatte zwar das Tor gefunden, doch nachdem ich die Innenseiten des Monolithen abgewandert hatte, zählte ich insgesamt vier dieser Portale. In der Mitte jeder Wandseite befand sich ein verschlossener Ausgang. Vier Tore, vier Himmelsrichtungen. Verkörperte der Monolith jede Säule der Duat zugleich? Gab es nur dieses eine gigantische Bauwerk, das man an vier verschiedenen, Tausende von Kilometern voneinander entfernten Orten gleichzeitig betreten konnte? War dieser Komplex eine ebenso unbegreifliche Dimensionsspielerei wie das Megaron?

Jede Innenseite des Monolithen maß geschätzte vier Kilometer, plus minus fünfhundert Meter, da ich aufgrund der Finsternis keine ausgreifenden Schritte gemacht hatte. Interessiert hätte mich, auf welche Weise Archon und Okkabur einst die Halle verlassen hatten. Gab es vielleicht versteckte Lifte, Hebebühnen oder Falltüren? Als ich wieder am Nordausgang angelangt war, tastete ich die Wand mit den Handflächen nach einem Öffnungsmechanismus ab. Dabei lastete auf mir das unbehagliche Gefühl, nicht allein zu sein. In meiner Paranoia bildete ich mir irgendwann sogar ein, eine Horde grinsender Corrigans hocke in einiger Entfernung beisammen und beobachtete mit Nachtsichtgeräten mein Tun. Die Dunkelheit und Ausweglosigkeit machten mich wahnsinnig.

Meine tastenden Finger erspürten in einer Höhe von vielleicht zwei Metern über dem Boden schließlich eine Folge quadratischer Vertiefungen, die sich über mehrere Meter hinweg in Abständen von ungefähr fünfzig Zentimetern in der Wand aneinander reihten. Sie waren so groß wie die Unterseite der Noxe, die ich bei mir trug, was darauf schließen ließ, dass sie eigentlich für ein vollständiges Hexonnox gedacht waren. Blieb die Frage: Benötigte ich tatsächlich alle sechs Teile, um das Megaron und die Sphäre zu verlassen, oder eröffnete mir auch ein einzelnes Segment den Weg nach draußen?

Zehn Vertiefungen zählte ich, die ich der Reihe nach durchprobierte. Der Pyramidenfuß passte in alle, doch das Resultat war gleich null. Dann kam mir die Idee, dass jede Einbuchtung für eine Zahl stehen mochte. Der Schlüssel nach draußen konnte also in der richtigen Zahlenkombination bestehen.

Wunderbar, begeisterte sich Giza. *Die korrekte Kombination ist folglich eine von lediglich zehn Milliarden Möglichkeiten.*

Eine Weile rätselte ich darüber, ob sich die Null am Anfang oder am Ende der Reihe befinden mochte. Schließlich probierte ich beide Varianten mit der Zahl, die ich auf der Tür, vor der Beck kauerte, gelesen hatte: 51071. Nichts geschah. Mutlos stand ich vor der Wand, dann erinnerte ich mich an das Kuvert, das Archon mir bei meiner Ankunft überreicht hatte. Es hatte eine Karte mit einer Zahl enthalten, die der Pilot als Chiffrenummer bezeichnet hatte. Und er hatte gesagt, ich solle sie nicht verlieren, sie sei wichtig. Spindario hatte mir den Umschlag mit der Ziffer damals zwar nicht mehr ausgehändigt …

Ich wühlte in meinem Gedächtnis, dann führte ich die Noxe in jene Vertiefungen ein, die ich als Kontaktbuchten für die Zahlen 6 3 9 0 2 vermutete. *Keine Primzahl,* schoss es mir durch den Kopf, als ich die Pyramide aus der letzten Vertiefung zog. Das Geräusch, das nach Sekunden gespannter Stille ertönte, klang wie Musik in meinen Ohren: Ein raues Schaben, als rieben zwei riesige Mühlsteine gegeneinander. Im nächsten Augenblick explodierte vor meinen Augen ein vertikaler Lichtstreif, der breiter und breiter wurde, bis ein Mensch mühelos hindurchschlüpfen konnte. Ich blickte hinaus in ein grelles, weißes, formloses Glühen.

Ehe ich den Mut fand, einen ersten zaghaften Schritt in das Leuchten zu tun, erfasste mich ein kräftiger Sturm. Er fuhr mir in den Rücken, trieb mich auf das offene Lichttor zu und fegte mich hinaus in das weiße Nichts. Ich landete auf weichem, nachgiebigem Boden, die Noxe fest an mich gepresst. Hinter mir krachte das Portal mit einem ohrenbetäubenden Schlag zurück ins Schloss.

Dichter Wolkendunst umgab mich. Im ersten Moment konnte ich nicht glauben, den Komplex verlassen zu haben. Mit dem langsam aufkeimenden Bewusstsein, der Finsternis des Monolithen entkommen zu sein, erhob ich mich und stolperte in die Leere. Bald hatte der Dunst den Schatten des riesigen Gebäudes verschluckt. Mit jedem Schritt wurde die Luft kühler, was bedeutete, dass ich mich vom Zentrum des

Nebels entfernte. Aber was erwartete mich, wenn ich die Grenze der Wolke erreichte? Was lag unter mir? Jene *Schetit*-Scheinwelt, die aus meinen verblassenden Erinnerungen erschaffen wurde? Das Inferno? Die Realität? Das menschenleere Zerrbild meiner eigenen Welt, die ich in Bukarest zurückgelassen hatte? Das Nichts?

Ein gedrungener Schatten tauchte vor mir auf, verwaschen erst, dann immer deutlicher: Archons Flugzeug! Ich glaubte meinen Augen nicht zu trauen, lief schneller, rannte schließlich auf die vermeintliche Illusion zu, bis ich mit voller Wucht gegen sie prallte. Blut schoss mir aus der Nase und aus den aufgeplatzten Lippen. Meine Hände strichen über das kühle Metall, über die Flügel, über das Glas der Kanzel; alles war real! Die Luke stand noch immer offen, als hätten wir die Maschine erst vor kurzem verlassen. Ich kletterte an Bord und warf einen Blick ins Cockpit: Es war leer.

Und nun, Krispin? Willst du das Ding etwa alleine fliegen? Und falls ja, wohin soll die Reise gehen – in den Himmel?

Ich lief zurück in den Laderaum und schloss die Luke, dann ließ ich mich auf dem Pilotensitz nieder und studierte die Avionik. Im Grunde gab es keine. Jeder Dieseltraktor besaß ein reichhaltigeres Instrumentenbord als Archons Flugvehikel. Vor mir befanden sich das Steuerhorn, ein blauer und ein roter Knopf (für den Himmel und für die Hölle?), ein halbes Dutzend verschiedenfarbiger Lämpchen und der Geschwindigkeitsregler. Es sah aus wie ein Hi-Fi-Verstärker mit Lenkung.

Ich drückte auf den blauen Knopf. Nichts passierte. Genauso wenig bewirkte der rote Knopf. Archon schien der Einzige zu sein, der in der Lage war, diesen geflügelten Schrotthaufen in Bewegung zu setzen. Alle meine Versuche, dem Motor auch nur ein Räuspern zu entlocken, waren vergebens.

Tja, Krispin, spottete Giza in meinen Gedanken, *du hast das Zauberwort vergessen.*

Der sinnvollste Weg, der Duat zu entkommen, erschien mir, wieder auszusteigen und so lange geradeaus zu rennen, bis ich die Grenze der Wolke erreichte und in die Tiefe stürzte. In einem Anflug naiver Zuversicht zog ich schließlich die Noxe aus der Tasche. Planlos betrachtete ich die eingravierten Schriftzeichen, dann platzierte ich das Artefakt wie einen heiligen Fetisch auf dem Armaturenbrett. Das Ergebnis war gleich null. Ich hätte genauso gut ein Duftbäumchen aufhängen können.

»Zum Teufel damit!«, entfuhr es mir. In meiner Wut und Enttäuschung schlug und trat ich gegen die Steuerkonsole, bis meine Fäuste bluteten und meine Füße schmerzten. Mutlos steckte ich die Noxe wieder ein, dann sank ich resignierend über dem Steuer zusammen.

»Kematef…!«

Wie aus weiter Ferne drang der Ruf an meine Ohren und ließ mich aufschrecken. Angestrengt lauschend blickte ich in das formlose Weiß jenseits des Frontfensters. Ein riesiger Kopf wuchs vor ihm empor, spähte aus bläulich glühenden Augen zu mir ins Cockpit. Ich schrie auf, als das Monstrum näher kam, hob schützend die Arme und versank fast im Fußraum.

Der Kopf der schlangenartigen Kreatur mochte den Umfang eines Jumbojets besitzen. Zahllose armlange Hörner und Stachel entsprossen ihrem blauschwarz glänzenden Antlitz. Ein lippenloser, mit Hunderten von Zähnen bewehrter Schlund, in dem sich fünf, sechs fette Zungen ringelten, klaffte in seiner Mitte wie eine Garageneinfahrt, und statt einer Nase öffneten und schlossen sich ein halbes Dutzend länglicher Atemspalten. Der sich im Nebel ringelnde Leib des Geschöpfs, der an die einhundert Meter lang sein mochte, wirkte eigenartig transparent. Auswüchse wie Fangarme entsprossen dem Kopf, umschlangen das Dach des Cockpits und rissen es vom Rumpf der Maschine, als säße ich in einem Papierflugzeug.

»Nein!«, schrie ich. »Um Gottes willen!«

Mein Atem stockte, als die Tentakel sich in die Kanzel schlängelten und das Ungeheuer sich dem offenen Cockpit näherte. »*Gottes Wille ist fern*«, dröhnte es in meinen Ohren. Die Gewalt der Stimme ließ das Flugzeug erzittern. Es war die Kreatur, die gesprochen hatte. »*Du enttäuschst mich*«, raunte sie. »*Trotz allem, was du weißt, strebst du gleichwohl nach dem Licht.*«

»Bitte ...!«, flehte ich.

»*Der Iretmeth Jehosch kam einst als Auferstandener zu seinem Tempel in der Wüste, um sich mit seinem Ka zu vereinen. Er sah seine geheime Gestalt an ihren Platz gemalt und seinen geheimen Namen auf die Mauer graviert. Da trat er ein in seinen Tempel und ließ sich nieder auf seinem Abbild. Doch Wind und Sand rieben seine Pracht hinfort und verstreuten sie in der Wüste, und Regen wusch seine Würde davon und verteilte sie im Boden. Was von seinem Abbild blieb, war ein bloßes Stück Mauer, so blank, dass es nicht mehr zu unterscheiden war von allen anderen Mauern.*« Die Kreatur blickte auf mich nieder. »*Eine traurige Geschichte, findest du nicht?*«

»Ja, traurig.«

»*Du willst zurück in die Welt der Lebenden, obwohl du nicht bist wie ihresgleichen?*«

»Ich gehöre nicht hierher!«

»*Dies ist ein Ort für die Ewigkeit, Kematef. Keine verstoßene Seele hat ihn je wieder verlassen!*«

Einer der Tentakel berührte mein Bein. Ich hatte das Gefühl, als hätte mir jemand eine Hochspannungsleitung in den Schoß geworfen. Dann schlangen sich die übrigen Fangarme um meinen Leib und rissen mich mit unbarmherziger Gewalt aus dem Pilotensitz. Als ich über die Cockpitverstrebung gezogen wurde, schlitzten die scharfen Bruchkanten meine Beine von der Hüfte bis zu den Füßen auf. Meine Knochen brachen, Fetzen meines Fleisches blieben am Metall hängen. Ich wollte aufschreien, doch die Tentakel pressten mir die Luft aus den Lungen. Eine Blutfontäne schoss aus meinem Mund, als der unbarmherzige Druck der Greifarme meinen Brustkorb zerquetschte. Die Zungen des aufgerissenen Maules peitschten mir entgegen, dann schlugen Hunderte von Zähnen in meinen Leib, und alles explodierte in einem überwältigenden Schmerz. Fast widerstrebend öffnete sich das Maul wieder. Die Zähne verschwanden aus meinem Fleisch, und ich fühlte mich weit emporgehoben. Dann schleuderten mich die Fangarme fort, und ich fiel ...

Blind, taub und stumm, ohne einen einzigen zerstörten Muskel bewegen zu können, stürzte ich in die Tiefe – hinab in den Abgrund, aus dem es keine Wiederkehr gab. Hinab in die Verdammnis *Sararas.*

Tiefer ...

Tiefer ...

Lazarium 14 • Luftraum

Ein Blitz zuckte durch die Wolken, gefolgt von einem einzelnen Donnerschlag. *Ka* hielt im Schritt inne und sah hinauf zum Himmel, in Erwartung eines Platzregens aus Blut, doch was stattdessen aus den Wolken hervorbrach, ließ ihn erschrocken in Deckung gehen. Ein riesiges, brennendes Objekt, das wie ein elliptischer Kegelstumpf geformt war, sank – dröhnend und einen schwarzen Rauchschweif hinter sich herziehend – gen Boden. Es schien über den Wolken mit etwas kollidiert zu sein, denn während es um seine Längsachse rotierte, war immer wieder eine riesige Bruchstelle zu erkennen.

Das nachtschwarze Metallungetüm neigte sich schwerfällig zur Seite und stürzte schließlich in einem weiten Bogen in die Felder. Ein weiß glühender Feuerball stob auf, dessen Hitze die tiefhängenden Wolken verdrängte. Tausende von Pfählen wurden von der Druckwelle erfasst und umgerissen. Für kurze Zeit herrschte einen Kilometer von *Ka* entfernt unvorstellbares Chaos. Durch die Wucht des Absturzes und die nachfolgenden Explosionen zerbarst das Schiff in mehrere Teile. Qualmend wie entflammte Ölpipelines brannten die Bruchstücke aus.

Ka war so gefesselt von dem Anblick, dass er die Gestalt erst wahrnahm, als sie ihn an der Schulter berührte. Instinktiv schlug er ihr den Ellbogen ins Gesicht, worauf ein erstickter Laut ertönte. Einen Augenblick später lag der Fremde auf dem Boden und hustete in den Staub. Soweit *Ka* es auf den ersten Blick feststellen konnte, trug sein Gegner – ein bärtiger Mann mit schulterlangem schlohweißem Haar – keine Waffen.

Er brauchte nur sein Knie in das Kreuz des Fremden zu stemmen, und dieser war am Boden festgenagelt.

»Wartet!«, keuchte der Bärtige atemlos. »Ich tue Euch nichts!«

Ka zuckte beim Klang der hastig ausgestoßenen Worte zusammen, denn der Stimme des Fremden fehlte jeglicher metallische Widerhall. Einen Augenblick lang wusste *Ka* nicht, wie er reagieren sollte, dann drehte er den Mann auf den Rücken; allerdings mit der ihm nötig erscheinenden Vorsichtsmaßnahme, ihm die Spitze eines zersplitterten Knochens an die Kehle zu drücken.

Der Fremde war alt, relativ hochgewachsen und für eine Maschine viel zu schmächtig. Seine Haare und sein Vollbart waren verdreckt, seine Haut – ganz im Kontrast zur lederartigen Kunsthaut der Erzenen – hell und faltig. Unter seinen breiten Augenwülsten funkelten hellwache Augen, die flink umherhuschten. Eine feine Narbe zog sich von der Stirn des Mannes hinab bis zum Wangenknochen. Gekleidet war er in einen ehemals sandfarbenen, robenähnlichen Mantel, der zwar kaum Anzeichen von Verschleiß erkennen ließ, dafür aber mit allerlei getrockneten Substanzen verkrustet war und erbärmlich stank. Alles am Äußeren des Fremden stand in krassem Gegensatz zu dem Aussehen der Maschinen, die diese Knochenwüste bewohnten.

Der Mann blinzelte, dann starrte er *Ka* verdutzt an und fragte: »Wie kommt *Ihr* denn hierher?« Erst jetzt schien ihm *Kas* entstelltes Gesicht und seine riesige Kopfwunde aufzufallen. »Und was in Gottes Namen ist Euch widerfahren?«, stöhnte er. »Warum heilt Ihr nicht?«

»Ich – habe keine Infusionen mehr.«

»Was?« Der Mann wirkte schockiert. »Euer Körper regeneriert sich nicht mehr von allein?« Er hob eine Hand und fuhr sich prüfend über das Gesicht.

»Wovon reden Sie?«, fragte *Ka*.

»Nun, ich dachte ...« Der Fremde entspannte sich, spuckte Staub aus und starrte *Ka* aus seiner misslichen Position herauf an. »Sagt, wo gibt es diese Infusionen, die Euch heilen?«

»Im Sanatorium.« *Ka* betastete seine Kopfwunde, dann deutete er flussaufwärts. »Es liegt in dieser Richtung, ein paar Tagesmärsche entfernt.«

»Ah, ich verstehe. Ich glaube, ich verstehe ...« Der Mann verdrehte die Augen und starrte auf die gepfählten Skelette. »Dann sind wir hier im Elysium, nicht wahr?«

»Was meinen Sie?«

»Na, Eden! Die zweite Ebene! Die Gefilde der Seligen!«

Ka runzelte die Stirn. »Nun, zumindest, was von ihnen übrig ist«, nickte er.

Der Bärtige ließ sich in den Staub zurücksinken. Sein anfangs verhaltenes Kichern steigerte sich zu einem schallenden Lachen. Er bäumte sich auf und schrie: »Ein Bürger des Himmels! *Hannache-ho! Hannache-ho!* Das ist das Paradies!«

»Woher kommen Sie«, fragte *Ka,* nachdem der Fremde sich wieder beruhigt hatte.

»Aus der Stadt ...« Er deutete in den Nebel flussabwärts. »Ich, ähm – bin gewissermaßen vom Himmel gefallen.« Der Mann grinste, und *Ka* sah Blut auf seinen Zähnen schimmern. »Oder besser gesagt: *in* den Himmel. Verzeiht, aber ich bin ein wenig durcheinander.« Er verdrehte die Augen in Richtung des verglühenden Wracks.

»Sie sind aus dem Schiff gesprungen?«

»In der Tat. Hat mir das Leben gerettet ...«

Ka beobachtete, wie der Fremde erneut in Gelächter ausbrach. An dem Mann, der offenbar zu hart auf den Kopf gefallen war, vermisste er jenen beißenden Metallgestank, der den verrotteten Maschinen um Ur-El anhaftete. Hatte er tatsächlich einen lebenden Menschen vor sich? Falls ja, was trieb er dann hier in den Feldern? Und von welcher Stadt sprach er?

»Was ist das doch für ein seliger Ort ...«, keuchte der Bärtige mit Tränen in den Augen.

»Warum haben Sie sich angeschlichen?«

»Oh, das habe ich nicht. Ihr wart nur unaufmerksam. Ihr habt jedoch nichts vor mir zu befürchten.«

Ka richtete sich langsam auf. Eine Weile hielt er die Knochenspitze noch auf den Mann gerichtet, dann warf er sie ins Feld und reichte dem Verrückten die Hand. Ein halb überraschter, halb amüsierter Ausdruck trat in dessen Gesicht. Der Fremde zögerte einen Moment, dann ergriff er *Kas* Hand und zog sich an ihr auf die Beine. Es gab ein unappetitliches Geräusch, als das Fleisch an *Kas* Arm durch die abrupte Beanspruchung wieder bis auf die Knochen aufriss.

»Oi!«, entfuhr es dem Bärtigen, als er sah, was er angerichtet hatte.

Ka betrachtete die Wunde, aus der wie gewohnt kein Blut sickerte, und raffte die Haut wieder zusammen. Es schmerzte, doch ebenso wie bei den übrigen Verletzungen war es kein wirklich körperlicher Schmerz.

»Warum sind Sie abgestürzt?«, wollte *Ka* wissen. »Ist das Schiff mit irgendetwas zusammengestoßen?«

»Ich glaube ja. Es gab einen fürchterlichen Schlag, dann brach es auseinander, und ich fiel. Ich hatte zuerst geglaubt, ein anderer Parabolid hätte das Feuer eröffnet, aber ...« Er stockte, duckte sich und sah erschrocken in die Wolken. »Gibt es hier Paraboliden?«, fragte er in einem plötzlichen Anfall von Furcht.

»Nein, ich glaube nicht. Wie heißen Sie?«

»Elijah.«

»Sind Sie – ein Mensch?«

»Ihr meint: Bin ich ein lebendiges Wesen oder eine Maschine? Nun, das kommt ganz auf den Blickwinkel an. Ich bin alles und nichts von allem zugleich.« Er beugte sich heran und schnupperte an *Kas* Kleidung. »Und Ihr müsst ein

Ka-Körper sein«, erkannte er. »Schutzbedürftige, schwindende Lebensenergie von geringer Beständigkeit ...«

»Wie bitte?«

Elijah schüttelte den Kopf und sah sich in alle Richtungen um. »Sagt, wo ist Euer persönlicher ... ähm, Priester?«

»Sie meinen Schwester 26?«

Elijahs Züge hellten sich auf. Er nickte erregt, den Blick unablässig auf *Kas* entstelltes Gesicht geheftet.

»Was starren Sie mich so an?«

»Oh, nichts, nichts«, beschwichtigte ihn Elijah. »Ihr erinnert mich nur an jemanden, den ich gut kannte ... Leider wurden wir getrennt.« Er sah sich wieder um, als suchte er in der Ferne einen Punkt, an dem er sich orientieren konnte. »Wo sind sie denn?«

»Wo ist wer?«

»Na, die Glückseligen. Und die Engel.«

»Folgen Sie dem Fluss, dann wird Ihnen vielleicht der eine oder andere begegnen.«

»Und Ihr? Wohin führt Euer Weg?«

»Flussabwärts.« *Ka* deutete in den Nebel. »Mir bleibt nicht mehr viel Zeit, wie Sie sehen. Ich muss weiter. Wollen Sie mich begleiten? Ich könnte womöglich Hilfe gebrauchen.«

»Oh, nein, nein! Sie werden mich suchen, wisst Ihr. Ich muss zuvor einen Ausgang finden ...« Elijah machte ein paar Schritte auf das brennende Wrack zu, überlegte es sich dann anders und ging in die Richtung, aus der *Ka* gekommen war. »Einen Ausgang, versteht Ihr?«

»Nein«, gab *Ka* zu.

Er beobachtete, wie Elijah schneller und schneller ging und schließlich über den Pfad zu rennen begann. »Meiden Sie das Wasser!«, rief er ihm hinterher, dann wandte er sich um und schritt auf den Nebel zu.

TEIL SECHS

LIMBUS

Seht, ich trete ein in die Welt, aus der ich hervorgegangen bin,
ich werde zum Öffner der Duat!
Ich bin es, der sie abgetrennt hat bei der Schöpfung,
als ich mich selbst gegründet habe.
Ich bin der Einzige, der für euch Sorge trägt.
Ich erleuchte euch, ich vertreibe eure Dunkelheit!

Aus dem ägyptischen Jenseitstext *Livre des Querets* (Höhlenbuch)
Zweiter Abschnitt

Mekropalladium 23

Kälte umfing mich, als ich erwachte. Schmutzig graue Wolken zogen über mich hinweg, mitunter erhellt von zuckenden Blitzen und Wetterleuchten. Dann glühten sie Augenblicke lang, rot, blau, violett. Ferner Donner grollte unablässig, doch kein Regen fiel. Ich lag auf dem Rücken und sah in den Himmel. Schneidend kalter Wind fegte durch Schluchten aus gedrungenen, rußgeschwärzten Häusern, die um mich herum aufragten wie zu Stein erstarrte Dämonen einer archaischen Zivilisation. Von allen Seiten neigten sich ihre Fassaden gierig über mich, als wollten sie mich mit ihren starrenden Fensterhöhlen verschlingen. Der Wind wurde schneidender, schien unter meine Haut zu dringen und mein Fleisch mit sich reißen zu wollen.

Glutäugige Kreaturen traten in mein Gesichtsfeld, näherten sich schweigend und kreisten mich ein. Ich sah zu ihnen empor, unfähig, mich zu bewegen. Sie waren nackt, geschunden, überwuchert von Wundmalen. Ihre Körper schienen erobert von Adenomen, die ihnen wie zusätzliche Gliedmaßen entsprossen – ihren Köpfen, Leibern, Genitalien. Dennoch wirkte ihre Haut spröde, staubig und trocken. Aus den tiefen Rissen ihrer Körper quoll kein Blut, sickerte kein Wundwasser. Sie erweckten den Eindruck von Gottes unfertigen Kindern, Monstren aus getrocknetem Lehm und Modder.

Eine weibliche Gestalt näherte sich und streckte ihre Hand nach mir aus. »Willkommen in der Stadt, die für dich auserwählt wurde«, krächzte sie und entblößte dabei ein Furcht erregendes Gebiss. »Willkommen, der du gesandt wurdest, uns zu laben!« Ihre Haare loderten im Wind, ihre glühenden Augen badeten ihr Gesicht in dämonisches Feuer. Ich wollte von ihr wegkriechen, als das Flackern der Blitze mit dem Leuchten ihrer Augen zu einem grellen Licht verschmolz, doch die Hände ihrer Sippschaft hielten mich fest.

Ein Schuss ertönte und ließ die gesamte Rotte zusammenschrecken. Einige der Gestalten sahen sich gehetzt um und liefen wild durcheinander. In kurzer Folge peitschten zwei weitere Schüsse, worauf die Entstellten heulend und jammernd in alle Richtungen davonstoben. Statt ihrer tauchte nun ein einzelner dunkler Schatten über mir auf.

»Hi«, knurrte er. »Ich hoffe, du hattest einen angenehmen Flug.«

»Byron?« Ich blinzelte verdutzt.

»Na, hat man dich aus deinen hochfliegenden Träumen gerissen?« Der Schwarze ging neben mir in die Hocke, tastete meine Kleidung ab und nahm die Noxe an sich. Meine fahrigen Bemühungen, ihn daran zu hindern, wehrte er mühelos ab. »Messer, Gabel, Schere, Licht, sind für kleine Kinder nicht«, murmelte er und steckte die Steinpyramide ein. »Ab jetzt nehme ich das Ding, ehe du noch mehr Unheil damit anrichtest.«

»Ich hätte es fast geschafft!«, keuchte ich.

Byron stieß einen bellenden Laut aus. »Ja, dieser Spruch kommt mir bekannt vor. *Doch du, der du hier eintrittst, lass alle Hoffnung fahren* ... Schon vergessen?«

»Wo sind wir?«

»Keine zweihundert Meter von der Stelle entfernt, an der du durch die Tür verschwunden bist«, erklärte Byron und erhob sich. »Spar deinen Atem«, unterband er meinen Ansatz, ihm das Erlebte zu erzählen. »Man hat mir schon viel zu oft von Fluchtversuchen durch das Megaron berichtet. Die Pointe war immer dieselbe. Hier herrscht Ordnung, Amigo. Alles wandert schnurstracks zurück an seinen Platz.«

»He, ihr beiden!«, rief jemand aus dem Hintergrund. »Hört endlich auf zu quatschen und kommt gefälligst her. Ich hab nur noch vier Schuss Munition!«

Ich hob den Kopf und erkannte Spindario, der mit der Pistole im Anschlag an seinem Taxi lehnte und die Umgebung sondierte.

»Wie ...« Ich musste husten. »Wie hat er das geschafft?«

»Was geschafft«, erkundigte sich Byron, während er versuchte, mich auf die Beine zu ziehen. Meine Muskeln waren weich wie Pudding.

»Den Wagen anzuhalten.« Ich stand nur für wenige Sekunden, dann schoss ein stechender Schmerz durch meinen linken Oberschenkel, und ich knickte wieder ein. Als ich nach der schmerzenden Stelle griff, erfühlte ich so etwas wie einen zentimeterdicken, runden Bolzen, der tief im Fleisch steckte.

Byron warf einen Blick darauf und verzog belustigt die Lippen. »Halt still!«, wies er mich an, dann packte er den Fremdkörper und riss ihn mit einem kräftigen Ruck aus meinem Schenkel. »Visitenkarte«, grinste der Schwarze und wog das ellenlange, blutverschmierte Objekt in der Hand. Es war ein abgebrochener Zahn, so spitz wie eine Lanze. Ohne ihn weiter zu beachten, reichte Byron ihn an Spindario weiter.

»Glückwunsch«, meinte der Taxifahrer und hielt den Hauer wie eine Trophäe vor sich hin. »Hast Apep kennen gelernt. Hat's wehgetan?«

Ich ließ mich zurück auf das Kopfsteinpflaster sinken. *Wunderbar, Krispin. Zwei Witzbolde auf einem Haufen.*

Die Gegenwart Byrons schien bei Spindario einen Testosteronschub ausgelöst zu haben, der ihn im wahrsten Sinne des Wortes Amok fahren ließ. Vielleicht hatten die beiden sich während meiner Abwesenheit geprügelt und er hatte den Kürzeren gezogen. Womöglich war er aber auch nur wütend wegen unserer Unverfrorenheit, sein Taxi für unsere Interessen zweckzuentfremden, und nicht zuletzt auch aufgrund meines Coups, ihn aus dem Megaron ausgesperrt und um seine Kundschaft betrogen zu haben. Ohne auf Sektorengrenzen, Chronerkontrollpunkte oder über die Fahrbahn laufende Büßer zu achten, raste er mit uns durch die Straßen, der Stadtgrenze entgegen. Meist konnte ich nur erahnen, welche Art von Sektor wir durchquerten. Altertümliche Stadtviertel, die sich durch katastrophale Straßenverhältnisse auszeichneten, wechselten sich ab mit modernen, in denen uns die Menschen scharenweise über die Kühlerhaube flogen. Interessanterweise blieb das Taxi dabei weitgehend unbeschädigt, äußerte aber seinen Unmut über die außerordentliche Spritztour Richtung Limbus durch böse Kommentare auf der Frontscheibe. Die Aufseher taten gut daran, vor dem heranrasenden Wagen zur Seite zu springen, während die meisten Büßer nicht so reaktionsschnell waren. Zerschmetterte Körper pflasterten unseren Weg.

Während ich im Fond hin und her geschleudert wurde, saß Byron provokativ lässig auf dem Beifahrersitz, ließ die Noxe durch die Finger kreisen, sah aus dem Fenster und lächelte dabei amüsiert. Ihm bereitete die Fahrt offenbar einen Heidenspaß. Ab und an warf ich einen Blick aus dem Rückfenster, um nach Paraboliden Ausschau zu halten, doch keines der Fluggeräte schien uns zu verfolgen.

Spindario stritt die meiste Zeit mit seinem Auto, das in derben, glühenden Formulierungen deutlich machte, was es von uns und unserem Ausflug hielt. Erst als Byron drohte, die Frontscheibe einzuschlagen, hörten die Beschimpfungen des Taxis auf. Stattdessen versuchte es durch absichtliches Rammen von Bord- und Grenzsteinen und schlagartiges Einbiegen in Kurven die Fahrt für uns so unangenehm wie möglich zu machen. Während dies Spindario noch mehr Flüche entlockte, johlte Byron bei jedem Hakenschlag und jedem Hindernis, über das wir schanzten, übermütig auf. Ich selbst fühlte mich irgendwann, als hätte man mich zusammen mit zwei Mühlsteinen in einen rotierenden Betonmischer gesteckt.

Nach etwa einer Stunde Himmelfahrt endete die schmale, schlecht gepflasterte Ausfallstraße, die wir seit einer Weile einsam entlanggerast waren, an einer Barriere aus mächtigen Bäumen. Dichtwucherndes Efeu und meterlange Ranken aus Bartfarn bildete eine undurchdringlich wirkende Wand, die den Wald von ungebetenen Besuchern abzuschirmen schien.

Spindario brachte den Wagen mit einer Vollbremsung zum Stehen. »Raus!«, befahl er. »Hier ist Endstation!« Er würdigte uns keines Blickes, starrte nur durch die Frontscheibe auf den Dschungel und behielt die Hände um das Lenkrad gekrampft. Zur Bestätigung klappten alle Türen auf und ließen feuchtwarme Luft ins Wageninnere schwappen. »Na, wird's bald!?«, schnauzte der Fahrer, als ich nicht sofort aus dem Wagen hechtete.

Ich kletterte mit schmerzenden Gliedern nach draußen. Ehe ich aufrecht stand, drehten die Reifen des Citroën durch. Der Wagen vollführte in einer Staubwolke eine Kehrtwende und katapultierte Byron und mich mit dem ausschwenkenden Heck von der Straße in ein hüfthohes Feld aus klebrigen, stachligen Pflanzen. »Und lasst Euch nie wieder einfallen, den Wagen zu rufen!«, überschrie Spindario das Röhren des Motors aus dem Seitenfenster heraus. »Nie wieder, ihr Pappnasen, kapiert!?« Dann schoss das Taxi davon.

»Man muss ihm seinen Abgang gönnen«, grinste Byron, als er sich wieder aufgerappelt hatte. Wir befreiten uns von den Dornenranken, wobei die meisten Dornen abrissen und in der Haut stecken blieben. Ich blickte mich besorgt um, in Erwartung eines Trupps Chroner, die uns hier aufgelauert haben könnten. Nachdem auch nach endlosen Minuten niemand am Boden oder in der Luft zu sehen war, wurde ich ein wenig ruhiger. Die Stadt war in der Ferne nur noch zu erahnen. Ich erkannte Rauchschwaden und da und dort eine Turmspitze. Da es inzwischen heller Tag geworden war, hatten sich die meisten Paraboliden in die Wolken zurückgezogen. Es war fast, als wären wir hinaus aufs Land gefahren; in ein trügerisch friedliches Land, das ungekannte Schrecken und Gefahren verbergen mochte ...

»Ein Königreich für eine Rebasche«, sagte ich, als wir schließlich vor dem schier undurchdringlichen Pflanzenvorhang standen.

»Ich würde lieber zwei Königreiche gegen Flügel eintauschen«, bekannte Byron.

Nachdem wir uns durch das äußerst widerspenstige Rankengeflecht gezwängt und ein kurzes, dichtbewachsenes Waldstück durchquert hatten, gelangten wir wieder auf offenes Gelände. Kein Anzeichen menschlicher Zivilisation entstellte die archaische Landschaft, es herrschte nur noch die ungezähmte Natur. Hinter dem natürlichen Schutzgürtel aus Dickicht offenbarte sich uns nun ein Panorama, das alles Menschenwerk unscheinbar werden ließ: Vor uns lag ein gewaltiger, dampfender See, der an seinen Ufern von sanft ansteigenden Wiesen umgeben war. Sein Wasser brodelte unheilvoll, die Luft war schwüler als im tiefsten Regenwald. Nach etwa fünfzig Metern umschlossen dichtwachsende Baumriesen die Wasserfläche und ließen den undurchdringlichen Wald hinter sich erahnen. Ich hatte den Eindruck, am Rande eines gigantischen Geysirs zu stehen, hinter dem eine zweitausend Meter hohe Felswand senkrecht emporwuchs. Von ihr stürzten die zu Gischt gewordenen Wassermassen des Kataraktes in die Tiefe und hüllten einen Großteil des Sees in Dunst. Die Flanke des Limbus begann ohne Übergang, fast so, als hätte man den Erdboden einfach um neunzig Grad gekippt. Übermächtig und alles unter sich demütigend ragte die Felswand vor uns auf. Nein, dies war kein Gipfel, der sich erklimmen ließ – es war das unanzweifelbare Ende dieses Infernos!

Bereits nach kürzester Zeit war unsere Kleidung durch die Luftfeuchtigkeit und die über den See wehende Gischt vollkommen durchweicht. Ich bückte mich und griff ins Wasser, zog die Hand jedoch mit einem Schmerzenslaut wieder heraus.

»Brühwarm!«, stieß ich hervor. »Der See muss von einer heißen Quelle aus dem Erdinneren gespeist werden.«

»Wenn du das glaubst«, sagte Byron. »Ein recht interessantes geologisches Phänomen im Inneren eines Raumschiffes, findest du nicht?«

»Werden uns die Chroner bis hierher folgen?«

Byron starrte unverwandt ins Wasser und schüttelte gedankenverloren den Kopf. »Das bezweifle ich. Sie verschmähen die Außenbezirke.«

»Warum?«

Der Schwarze warf einen knappen Blick über die Baumwipfel. »Wegen der Bene Elohim ...«

»Ja, ich habe darüber gelesen«, erinnerte ich mich.

»Hat dein Schmöker dir auch verraten, was sie sind?«

»Die Halbgötter der biblischen Genesis. Gefallene Gottessöhne, die Menschenfrauen jagten und ...«

»Es sind Riesen«, unterbrach mich Byron. »Gesellen wie Polyphem oder Geryonéus. Sie streifen durch die Wälder und bewachen die Aufgänge zum Limbus.«

Ich glaubte, mich verhört zu haben. »*Riesen?*«

»Die Nephilim, die Gewaltigen. Die Anakim, die Langhalsigen. Die Emim, die Schrecklichen. Und die Awwim, die Verwüster. Selbst für eine Chroner-Armee sind sie eine Nummer zu groß.«

»Hättest du mir das nicht etwas früher verraten können?«

Mein Begleiter pumpte die Backen auf, blies die Luft durch die gespitzten Lippen aus und starrte wieder ins Wasser. Ich folgte seinem Blick, dann sah ich, was Byron so bannte: Dutzende von Augen blickten aus der Tiefe zu uns empor! Menschliche Gesichter über nackten Leibern. Zwei, drei Meter unter der Wasseroberfläche hatten sie sich versammelt wie ein hungriger Schwarm Karpfen, die darauf warteten, Brotbrocken zugeworfen zu bekommen.

»Sie sind im kochenden Wasser!« Ich sah hinab in ihre schmerzerfüllten, sehnsüchtigen, verzweifelten Augen. »Warum kommen sie nicht heraus?«

»Sie können nicht.«

»Aber sie bräuchten nur an Land zu klettern.«

»Ja, das bräuchten sie«, bestätigte Byron. »Aber dann würden sie ewig ersticken. Eine besonders humorvolle Macht hat dafür gesorgt, dass ihnen Kiemen gewachsen sind. Es sind Selbstmörder. Ihr Los war es einst, in den Bäumen gefangen zu sein. Doch Selbstmord ist wohl immer populärer geworden, und irgendwann waren die Wälder so zugewachsen, dass es gar keinen Platz mehr für neue Büßerbäume gab. Daraufhin wurden alle neuen Selbstmörder in die Seen verbannt. Die Kiemen zwingen sie, das siedende Wasser einzuatmen, wollen sie nicht ersticken.« Er wandte sich ab und lief durch brusthohes Schilf den Hügel hinauf. Ich folgte ihm auf dem Fuß, weg von den erbarmungswürdigen Gesichtern im Wasser.

Wir wanderten entlang des schmalen, abschüssigen Wiesenstreifens mehrere Kilometer weit in Richtung Limbus, bis ein schlankes, pfeilerartiges Gebilde zu erkennen war, das wie eine Zierleiste an der Felswand angebracht war. Es sah aus wie der Fallschacht für eine Wasserturbine.

»Könnte ein Aufzug sein«, überlegte Byron. »Nur verdammt weit weg.« Er blieb stehen und schien abzuwägen, ob es der Mühe lohnte, dann sagte er: »Wenn wir erst im Wald sind, könnten wir leicht die Orientierung verlieren. Die Baumkronen bilden ein geschlossenes Dach, durch das wir den Limbus nicht mehr sehen werden. Einer von uns müsste ständig auf einen Baum klettern, um die Richtung festzustellen ...«

»Das wäre machbar.«

»Natürlich, aber die Verdammten mögen es gar nicht, wenn man auf ihren Baumkörpern herumklettert. Könnte passieren, dass du dir vom einen oder anderen Ast einen heftigen Schwinger fängst.«

Der Wald erwies sich zu Beginn als weniger undurchdringlich als zunächst befürchtet, doch dafür machte uns der Boden zu schaffen. Nur mühsam fanden wir unseren Weg über schlüpfrige, von Moder verborgene Felsen. Bei jedem Schritt legten sich Lianen und Luftwurzeln wie Fesseln um unsere Beine, und immer wieder rutschte ich auf armlangen, wurmartigen Kreaturen aus, die dick wie Schläuche waren und wie Perlmutt schillerten.

»Idyllisch hier«, entfuhr es mir, nachdem zum wiederholten Mal ein glitschiger Leib unter meinen Sohlen schmatzte und in wilder Agonie zu peitschen begann.

»Für viele in der Stadt wäre das hier der Himmel«, entgegnete Byron. »Aber sieh dich vor: Hier gibt es fleischfressende Käfer, die so groß sind wie dein Oberschenkel, und Ameisen, die ihnen um nichts nachstehen. Alles, was der Mensch aus tiefster Seele hasst und fürchtet, ist in diesem Wald vereint. Wir müssen auf der Hut sein.«

Ich fröstelte trotz der Schwüle. Byron – seine umfassende Ortskenntnis in Ehren – hatte ein erschreckend zynisches Gespür für ›Annehmlichkeiten‹. Ich lief vorsichtiger, studierte aufmerksam meine Umgebung und bemühte mich, nichts mehr zu zertreten.

»Ernsthaft zu fürchten haben wir nur die Riesen«, erklärte Byron, der sich an meiner Befangenheit ergötzte. »Sie reagieren äußerst ungehalten, wenn man ihr Territorium betritt.« Er stakste wie ein Storch über ein Rudel zahnbewehrter Nacktschnecken hinweg. »Und wenn das in der Ferne tatsächlich ein Aufzug sein sollte, dann kannst du sicher sein, dass zumindest einer der Giganten ihn bewacht.«

Eine der Schnecken verbiss sich im Stoff meiner Hose. Ich musste einen Veitstanz aufführen, um sie abzuschütteln, ehe sie mein Bein umschlingen und ihre Zähne höher gelegene Regionen erreichen konnten.

Aus der Rinde der Bäume schien ein stetes Raunen und Wispern zu dringen, ein Säuseln und Murmeln, Klagen und Lamentieren. Es klang wie das ehrfurchtsvoll gedämpfte Geflüster in einer Kirche vor dem Beginn der Predigt. Ab einem gewissen Zeitpunkt verfluchte ich unsere Entscheidung, den Wald betreten zu haben, und wünschte mir eine Machete, mit der ich um mich schlagen konnte. So musste ich mit einem dicken, morschen Knüppel vorlieb nehmen, den ich misstrauisch vom Boden auflas.

»Warum verteidigen die Bene Elohim die Liftanlagen?«, fragte ich.

»Damit niemand auf den Limbus gelangt, nehme ich an.«

»Spräche das nicht für meine Vermutung, dass die Ausgänge dort oben sind?«

Byron zuckte mit den Schultern. »Wir werden sehen.«

Von den mit Blüten überwucherten Ästen hingen die Bartflechten wie Vorhänge herab. Die Baumriesen, die uns umgaben, waren eingepackt in kubikmetergroße, kugelförmige rote, gelbe und grüne Moospolster, in denen wiederum zahlreiche Farne, Flechten und fleischfressende Pflanzen wurzelten. Der ganze Wald war wie ein Schwamm, voll gesogen mit Feuchtigkeit. Auf den wenigen Lichtungen, die unter dem Baumkronendach noch geblieben waren, wuchsen monströse Blumen, deren Blütenköpfe unseren Bewegungen folgten, sobald wir unter ihnen vorüberschritten. Wespen, groß wie Enten, umschwirrten uns, ließen sich auf den Blumen nieder oder verschwanden brummend im Dickicht. Mancherorts hatten sich haushoch Pflanzenleichen übereinander gestapelt, und zwischen Wurzeln und moosüberwucherten Felsen taten sich tiefe Klüfte auf. Alles war so riesig und unirdisch, dass ich mich wie ein Käfer fühlte, der durch die Grassavanne krabbelte. Stellenweise kämpften wir uns auf allen vieren über umgestürzte, verfaulende Blumenstengel, immer in Gefahr, abzurutschen und im Moder zu versinken. Wir krochen durch ein Labyrinth aus niedergebrochenen Stämmen und Ästen, über Wurzeln und mit Moos bedeckte Felstrümmer und schließlich über federnden Morast. Mannshohe Grasbüschel wölbten sich über einem Meer farbiger Thalluspflanzen, unter denen sich bodenloser Schlamm verbarg. Zunächst versuchten wir von Buckel zu Buckel zu springen, doch vergebens. Von unsichtbaren Fußangeln gepackt, blieben wir immer wieder bis über die Knie im Morast stecken. Ich hatte irgendwann das Gefühl, in Moosen zu ertrinken, eingeschlossen von Pflanzenmasse, die mich absorbierte.

Nachdem wir einen von Hunderten kleiner Wasserfälle überströmten Steilhang bezwungen und den Marsch durch zweieinhalb Meter hohe Strohblumenwiesen fortgesetzt hatten, erreichten wir – am Ende unserer Kräfte, in völlig zerfetzter Kleidung und von blutigen Striemen bedeckt – eine ausgedehnte Lichtung, die von kniehohem Gras bewachsen war. Wir stolperten bis zu ihrer Mitte vor, ließen uns zu Boden fallen und ruhten uns schweigend aus.

Nach einer Ewigkeit hatten wir wieder den freien Pseudohimmel über uns, grau in grau, aber zumindest existent. Endlich konnte ich auch den Limbus wieder sehen. Zwar waren wir ihm nicht bedeutend näher gekommen, doch das seltsame Artefakt an der Felswand erschien nun fast schon greifbar. Zwei bis drei Kilometer, so schätzte ich, waren es noch, die uns von dem vermeintlichen Aufzugsschacht trennten.

Nachdem sich unsere geschundenen Körper regeneriert hatten und frische Haut unsere Wunden bedeckte, beschlossen wir, direkt auf den Limbus zuzulaufen und das letzte Stück an seiner Flanke entlangzumarschieren. Doch kaum hatten wir uns erhoben, drang unvermittelt ein heftiges, rasch näher kommendes Bersten und Brechen vor uns aus dem Dschungel. Es klang, als bahne sich etwas Kolossales seinen Weg durch den Wald und walze alles nieder, was ihm unterkam. Dann, nachdem es die letzten Bäume beiseite gebogen hatte, als durchquere es ein Maisfeld, erschien es am Rande der Lichtung und blieb abrupt stehen.

»Haa, Ammoniter!«, dröhnte aus seiner Kehle eine Stimme, die den Boden erbeben ließ. »Hat mich meine Nase doch nicht getäuscht!«

An der baumhohen Gestalt, die auf uns zustampfte, war alles massig. Sie besaß einen runden Wanst, über den sich eine mächtige Brust wölbte. All das steckte in einem unförmigen braunen Etwas aus vernähten Fellen, das der Kreatur als Kleidungsstück diente. Aus den Ärmeln sahen Oberarme vom Umfang eines Tanklastzuges hervor. Ihre Hände waren plumpe Pranken, die beim Gehen schwerfällig herunterhingen. Der Körper stand auf kurzen fleischigen Beinen von bronzener Farbe. Um seine Hüften trug der Gigant ein rotes Lendentuch, darunter verborgen pendelte ein Penis von der Größe einer Litfasssäule. Ein Baumstamm, wohl die Keule des Riesen, steckte seitlich im Hüfttuch. Das Gesicht des Bene Elohim besaß gemeine Züge, und die Augen, die aussahen wie zwei rot glühende Bowlingkugeln, wurden von einem Dickicht von Augenbrauen überschattet. Die Nase war lang und gekrümmt, die Mundwinkel der fleischigen Lippen zu einem gehässigen Grinsen gespreizt, das eine Reihe langer, weißer Zähne wie Klaviertasten entblößte. Die kurzgeschorenen, feuerroten Haare auf dem runden Kopf erinnerten mich an ein Feld mit Mohnblumen.

»Das musste ja kommen«, entfuhr es Byron, der stocksteif stehen geblieben war, während ich langsam zurückwich. »Glaubst du noch immer, ich mache Scherze?«

Ich überschlug, aus wie vielen Nano-Partikeln sich dieser Koloss zusammensetzte – und kam zu dem Schluss, dass er hohl sein musste, um nicht unter seinem Eigengewicht zusammenzubrechen oder einfach im Dschungelboden zu versinken. »Welcher von denen ist das?«, fragte ich mit belegter Stimme.

»Ich weiß es nicht«, gestand Byron. »Den sehe ich zum ersten Mal. Wenn uns wenigstens Burmoror oder Yakk Zerphon über den Weg gelaufen wären, mit denen hätte ich vielleicht noch verhandeln können ...« Er sah besorgt auf den Giganten. »Aber *diesen* hier kenne ich nicht.«

Der Riese baute sich vor uns auf und beugte sich mit unheilvollem Blick herab. »Zwei Ammoniter auf einmal«, grölte er, »und einer sogar aus Schokolade! Guten Morgen, Fraß!«

Byron stemmte trotzig seine Hände in die Hüften. Scheinbar war er zu der Ansicht gelangt, Angriff sei die beste Verteidigung. »Wer bist du, dass du hier so protzig herumtönst?«, rief er in die Höhe. Ich verharrte hinter ihm und sah furchtsam auf den Koloss, der mit Vergnügen jeden Tyrannus Rex im Dreieck herumgeprügelt hätte.

Der Bene Elohim wirkte überrascht. »Wer ich bin?«, polterte er. »Wer *ich* bin?« Er hob eines seiner mächtigen Beine und begann auf der Lichtung herumzutanzen, dass die Bäume wankten. Dazu sang er mit einer Stimme, die mir fast das Trommelfell zerriss:

Asaba ist meine Macht,
Merodach mein Fürst,
meinen Fuß stelle ich auf König Og!
Rabba ward Asche,
Jearim ward Rauch,
mein ist das Land Ammon!

Der Riese hörte auf zu tanzen und äugte bärbeißig auf uns herab. »Ich – *ich* bin Baal Anak, zwölfter der Emim!« Dann fuhr seine Pranke blitzschnell herunter und packte sich Byron. »Und du bist ein Ammoniter, haaa!«

»Nein!«, schrie der Schwarze erstickt, als ihn der Gigant auf sein weit geöffnetes Maul zuschob. »Ich bin somalischer Staatsbürger, ich stamme aus Französisch Somaliland! Zum Teufel, ich gehöre zum Stamm der Issa!«

Baal Anak hielt inne. »Wirklich?«

»Ehrenwort!«, keuchte Byron in der riesigen Faust. »Und ich hasse Ammoniter!«

»Ach, wirklich?«

»Bei allem, was mir heilig ist!«

»Hmm …« Der Riese zog eine enttäuschte Grimasse. »Na schön.« Er öffnete die Faust und ließ den Schwarzen aus zwanzig Metern Höhe zu Boden fallen. Es gab einen dumpfen Aufschlag, als Byrons Körper ins Gras fiel. Er federte auf dem nachgiebigen Untergrund noch einmal einen halben Meter ab, bevor er reglos liegen blieb. »Oh«, machte Baal Anak. »Runtergefallen!« Er grinste und sah aus wie ein dreißig Meter großer Lausbub, der nun allerdings mich ins Visier nahm. »Und du, kleiner Mann«, donnerte er. »Kommst du auch aus diesem Somaliland?«

»Nein«, antwortete ich mit belegter Stimme. »Aus Alexandria.«

»Aahaa!« Die Pranke schoss herab, packte zu und riss mich in die Höhe. Ich hatte das Gefühl, in einer Schrottpresse zu klemmen. »Das liegt doch in Ammon!«, grölte Baal Anak. »Ja, ich weiß es ganz genau, das liegt am Jabbok-Fluss! Du bist Ammoniter, das hab ich doch gleich gesehen, du Lämmerfresser! Haaa …!«

Der Gigant riss seinen Mund auf, und ich sah mich auf eine zahnbewehrte Höhle von der Größe eines Scheunentores zuschweben.

»Nein!«, schrie ich entsetzt. »Das liegt in Ägypten … Ich meine, in Schottland … *In Schottland!«*

Einen Meter vor dem klaffenden Maul endete mein Flug. Aus der Tiefe des Rachens wehte mir ein Odem entgegen, der schlimmer roch als eine Wagenladung toter Hunde. Baal Anak hob mich vor sein Gesicht und sah mich schief an.

»Ja, wo denn jetzt?«, fragte er. »Ägypten oder Schottland?«

»Schottland …« Mir rann der Schweiß in Strömen über den Körper.

Der Riese sah mich frustriert an. »Kein Ammoniter? Auch keine ammonitischen Vorfahren?«

Ich schüttelte den Kopf.

»Nicht mal ein kleiner Zweig auf der Ahnentafel?«

»Nein.«

Baal Anak zog einen Flunsch. »Was sucht ihr dann hier?«

»Wir wollen auf den Limbus.«

Der Gigant brach in homerisches Gelächter aus. »Ihr wollt auf den Limbus«, japste er, als er sich wieder etwas beruhigt hatte. »Und *wie* wollt ihr dort hinaufgelangen?«

»Mit Hilfe des Aufzuges dort drüben.« Ich nickte mit dem Kopf in Richtung des Artefaktes an der Steilwand.

»So? Da wird mein Freund Gomagog wohl etwas dagegen haben.« Baal Anak grinste sein Klaviertastenlächeln. »Aber da ihr Kriechlinge keine Ammoniter seid, habe ich euch etwas Besseres anzubieten. Je schneller ihr aus meinen Augen verschwindet, desto eher finde ich mich damit ab, um meinen Schmaus betrogen worden zu sein.«

Der Koloss stapfte mit mir in der Rechten zum Waldrand, riss mit der freien Hand zwei dicke Ranken von den Bäumen, steckte sich eine davon in den Mund und begann zu meinem Entsetzen, mich mit der anderen zu umwickeln, bis ich aussah wie eine fransige, menschliche Kanonenkugel. An Atmen war nicht mehr zu denken, beide Beine, ein Arm und eine größere

Anzahl Rippen schienen gebrochen zu sein. Baal Anak legte mich mehr oder weniger behutsam auf dem Boden ab, schnappte sich Byron, der inzwischen das Bewusstsein wiedererlangt hatte, und vollführte mit ihm die gleiche Prozedur. Alles Schreien und Jammern war vergebens, am Ende lagen wir nebeneinander im Gras wie zwei Wollknäuel.

»Ho, ho!«, freute sich der Gigant und klatschte so heftig in die Hände, dass die Druckwelle das Gras platt drückte. Gewandt zückte er den Baumstamm, der in seinem Lendentuch steckte, und hielt ihn stolz in die Höhe. Jeglicher Rest Blut, der in meinem verschnürten Körper noch zirkulierte, gerann mir in den Adern, als ich erkannte, um was es sich bei dem vermeintlichen Knüppel wirklich handelte: Baal Anak hielt eine riesige Steinschleuder in seiner Pranke!

»Das habe ich seit der großen Schlacht in Ashteroth-Karnaïm nicht mehr gemacht!«, rief der Riese begeistert. Er packte mich und verstaute mich in einer gegerbten Stierhaut, die mit einem Tau, so dick wie eine Ankertrosse, am Baumstamm befestigt war. Dann begann er langsam die Schleuder zu schwingen, während er erwartungsvoll vor sich hinkicherte.

Dieses Ungeheuer hatte tatsächlich vor, mich über eine zweitausend Meter hohe Steilwand zu katapultieren! Da ich mit dem Rücken im Leder lag, sah ich, wie die Umgebung immer rasanter an mir vorbeizog. Abgesehen davon, dass mich die Zentrifugalkraft fast zerquetschte, durchlebte ich in diesen Augenblicken die schlimmsten Sekunden meines bisherigen Aufenthaltes in diesem Inferno. Am Ende verschwammen jegliche Formen zu einem rasenden Wirbel aus Dschungel, Limbus und dem grauen Dunst des Himmels.

Es wird heilen, Krispin, schrie eine verzweifelte Stimme in meinem Kopf. *Du wirst heilen, egal was passiert!*

Sie war ein schwacher Trost, wenn ich bedachte, dass Baal Anak den Flugwinkel falsch berechnen könnte. Dann würde ich womöglich mit einer Geschwindigkeit von fünfhundert Stundenkilometern zehn Meter zu tief gegen die Felswand knallen, um anschließend noch zweitausend Meter tief zu stürzen – hilflos verschnürt zu einer lebenden Kanonenkugel.

Alles wird heilen ...

Der Gigant hielt den Atem an, dann verschwand der Druck auf meinen Körper, und ich schoss mit wahnwitziger Geschwindigkeit in den Himmel. Es hätte mich nicht gewundert, wenn ich durch die Reibungshitze der Atmosphäre in Flammen aufgegangen wäre. Aus Sekunden wurden Minuten, aus Minuten eine Ewigkeit. Land und Himmel rotierten um mich herum, und ich spürte mich bereits gegen die Felswand prallen, als ich endlich mit einem ungeheuren Schlag auf den Boden traf, wie eine Murmel noch eine beachtliche Strecke weiterrollte und letztlich mit weit aufgerissenen Augen liegen blieb.

Ich lag im Gras, und kein einziges Organ in meinem Körper schien noch an seinem gewohnten Platz. Ein dunkler, wirbelnder Ball schoss über den nahen Horizont hinaus, stieg rasch zum Zenit empor und war verschwunden. Dann vernahm ich ein Brausen, und das fransige Knäuel schlug einhundert Meter von mir entfernt auf dem Boden auf. Es rollte an mir vorbei, wurde langsamer und kam schließlich in fünfzig Metern Entfernung zum Stillstand. Auch in Byrons Körper schien kein einziger Knochen heil geblieben zu sein. Er öffnete die Augen, entdeckte mich und brachte ein deformiertes Grinsen zustande.

»Geronimo!«, rief er röchelnd. »Was für ein Flug!«

Ich ließ den Kopf sinken und begann atemlos zu heulen.

Die Stadt lag unter uns – wir befanden uns auf dem Limbus!

Byron schaffte es als Erster, seinen Körper aus den ihn umschlingenden Ranken zu befreien. Die Qualen, die er dabei durchlitt, mussten unvorstellbar sein. Anstatt jedoch zu warten, bis er sich erholt hatte, robbte er zu mir herüber und half mir, das Rankengeflecht von meinem eigenen Leib zu zerren. Wir gebärdeten uns wie Tiere, zerbissen die Fesseln sogar mit den Zähnen, und mich beschlich dabei das Gefühl, als fände Byron sogar einen perversen Spaß daran. Meine Arme und Beine lösten sich aus der Lianenumklammerung wie kraftlose Palolowürmer. Wir wälzten uns so lange über den Boden, bis alle gebrochenen Gliedmaßen halbwegs gerade lagen, dann überließen wir unsere Körper dem Prozess der Heilung.

Ich behielt die Augen geschlossen und konzentrierte mich auf den allgegenwärtigen Schmerz. Es knirschte und knackte in meinem Leib, als die Knochen wieder zusammenwuchsen. Alles in mir schien zu pulsieren und zu wandern, seinen richtigen Platz in dem schwammigen Etwas zu suchen, das mein Körper war. Gerissene Sehnen krochen durch mein Fleisch wie flink wachsende Wurzeln, Venen und Arterien schienen innere Blutungen aufzusaugen wie Schwämme, Arme und Beine wurden wieder gerade, die Wirbelsäule und gebrochenen Rippen wieder eins. Ich kam mir vor wie ein ins Leben zurückgerufener Vampir in einem billigen Gruselfilm. Schließlich ebbte der Schmerz ab, und ich hob vorsichtig meinen Kopf.

Byron, der sich eher hatte befreien können, saß im Gras und kaute auf einem Pflanzenhalm. Als er merkte, dass ich mich bewegte, sah er zu mir herüber und grinste sein breites Grinsen.

»Weißt du, was ich glaube?«, fragte er, verschränkte seine Arme hinter dem Kopf und ließ sich ins Gras zurücksinken. »Ich glaube, heute ist Sonntag!« Ein Stöhnen war die einzige Reaktion, derer ich fähig war. »Nein, im Ernst!« Er spuckte den Grashalm aus und starrte in den grauen Wolkenbrei über uns. »Heute ist Sonntag. Ich bin in die Berge gefahren, raus

aus der Großstadt, weg vom Smog und vom Lärm, von den Menschenmassen und der Frustration – raus aus den alles erdrückenden, alles zerstörenden Slums. Ich konnte mich davonschleichen und habe einen dieser geheimen Plätze gefunden, irgendwo an den Hängen eines menschenleeren Hochtales, wo mich kein Schwein bei meinen Tagträumen stört. Um mich herum nur Einsamkeit, Stille und Natur ...« Byron warf einen Blick in meine Richtung. »Was meinst du?«

»Ich bin sicher, heute ist Montag. Der Himmel ist grau, und es wird bald regnen ...« Ich sah in die Wolken. Sie hingen so greifbar nah und erdrückend über uns wie nie zuvor, doch selbst jetzt konnte ich keine Bewegung in ihnen ausmachen. »Du hast Baal Anak nicht die Wahrheit gesagt«, erinnerte ich mich. »Es gibt Französisch Somaliland nicht mehr. Das Land wurde wieder unabhängig. Es heißt jetzt Djibouti.«

Byron zuckte nur die Schultern.

»Ich vermisse den Regen«, gestand ich.

»Oh, es gibt Sektoren, in denen es pausenlos regnet; Flammen, Schwefel, Feuerameisen.«

Ich schüttelte angewidert den Kopf. »Diese Biester gehören zu den giftigsten Tieren der Welt ...«

»Dementsprechend unangenehm ist der Aufenthalt in diesem Sektor.«

»Ich würde alles geben für eine Stunde echten Regens.«

»Wirklich?« Byron richtete sich auf und sah mich erwartungsvoll an. »Selbst deine Seele?«

»Mein Glaube an eine Seele wurde jüngst von einer Myriade Nanoroboter ausgerottet.« Ich schloss die Augen wieder. »Mein Vater«, brach ich nach einiger Zeit das Schweigen, »sagte einmal zu mir, das Leben sei ein Kampf gegen einen unsichtbaren Feind, den man nicht besiegen könne. Wer dieser Feind sei, dem wir vergeblich die Stirn geboten hätten, erführen wir erst nach unserem Tod. Nachdem meine Mutter und er bei einem Schiffsunglück ums Leben gekommen waren, habe ich versucht, Löcher in die Welt zu schlagen, um die andere Seite zu sehen – aber es gab nur Schmutz und Dunkelheit. Ich habe niemals an ein Leben nach dem Tod geglaubt, niemals an die Wiederauferstehung eines Jesus Christus oder an eine Hölle, in der die Sündigen bestraft werden. Ich war Wissenschaftler. Mein Leben bestand aus Fakten.«

Byron sah mich für einen Moment mit großen Augen an, dann verengte er sie wieder zu den gewohnten schmalen Schlitzen und schüttelte traurig den Kopf. »Du bist ein hoffnungsloser Fall, Hippolyt.« Er erhob sich vorsichtig, als traue er seinen regenerierten Gliedern noch nicht. »Kannst du bereits laufen?«, wollte er wissen und sah sich dabei um, als versuche er, sich zu orientieren.

»Was hast du vor?«

Byron blickte in die Ferne. »Bevor wir deinen Fluchtgespenstern nachjagen und irgendwelche Ausgänge suchen, werden wir uns ein Bad gönnen. Der Fluss ist nur ein paar Kilometer entfernt.« Er lief ein paar Schritte und rief über die Schulter: »Na los, komm schon!«

»Aber das Wasser ist brühend heiß«, entgegnete ich, während ich mich auf die Beine mühte.

»Nein, ich glaube nicht, dass es schon hier oben kocht. Die heißen Quellen sind unten, bei den Selbstmördern.«

Die Kante des Limbus war nur knapp einhundert Meter entfernt, doch die darunterliegende Stadt war von unserer Marschroute aus nicht zu erkennen. Hinter der Klippe befanden sich nur ihre Dunstglocke aus Smog und Rauch, das allgegenwärtige Grau und eigenartige kleine Objekte, die ich zuvor vom Boden aus nicht wahrgenommen hatte, da sie über der Dunstschicht flogen. Sie sahen aus wie ein riesiger Schwarm Mücken, der über der Stadt schwebte. Unzählige von ihnen kreisten zwischen Smogschicht und Pseudohimmel, aber sie waren viel zu weit entfernt, als dass ich hätte sagen können, um was es sich handelte.

Nachdem ich mein Misstrauen gegenüber den verheilten Muskeln und Knochen überwunden hatte, schloss ich zu Byron auf. Vor uns erstreckte sich kilometerweit eine ebene Grassteppe, die nur vereinzelt von Gestrüpp oder einem einsamen Baum unterbrochen wurde. Es gab weder Schluchten noch Hügel, fast so, als sei diese Welt bereits seit undenklichen Zeiten geologisch tot. Alles war plan, und der kolossale Kessel, den der Limbus umschloss, wirkte, als sei ein unermesslicher Hohlraum eingestürzt. In gegenüberliegender Richtung verlor die Ebene sich nach wenigen Kilometern in dichtem Nebel, der den Horizont verschluckte.

»Was hast du hier oben erwartet?«, rief Byron, als ich eine Bemerkung über die Einöde fallen ließ. »Ein riesiges leuchtendes Schild mit der Aufschrift: EXIT?«

»Dante beschrieb den Limbus als wesentlich belebter«, kam mir der literarische Vergleich in den Sinn, »bevölkert von ungetauft Gestorbenen und vorchristlichen Gerechten.«

»Das ist siebenhundert Jahre her.«

»Klingt beinahe, als käme jedes Jahrhundert ein neues Modell des Infernos auf den Markt.«

»Die Hölle ist immer auf dem neuesten Stand.« In der Ferne war ein silbernes Band sichtbar geworden, fast so, als hätte man eine breite Bahn aus Aluminiumfolie über die Landschaft gelegt. »Ah, da vorne, siehst du?« Byron beschleunigte seine Schritte und lief ungeduldig voraus, ehe ich auf seine Behauptung etwas erwidern konnte.

Der Fluss war fast einhundert Meter breit, an seiner tiefsten Stelle aber gerade mal kniehoch. Erfreulicherweise hatte Byron Recht behalten: Das Wasser war in der Tat angenehm kühl und erfrischend. Allerdings besaß es keinerlei Geschmack, weder den von Süßwasser noch den von Salzwasser, und es roch auch nicht nach Algen oder Fisch. Man konnte meinen, in einem destillierten Gewässer zu baden. Im Grunde war es mir völlig egal. Endlich gab es eine Möglichkeit, den Leichengeruch, der mir mittlerweile anhaftete, abzuwaschen. Der Schweiß, die fauligen Pflanzensäfte, der Rauch – alles wurde hinfortgespült. Am Ende fühlte ich mich wie neugeboren.

Während sich Byron ans Ufer lümmelte, watete ich durchs Wasser zu einer schmalen Sandbank, die den Fluss in der Mitte teilte und sich bis hin zur Klippe erstreckte. Es war ein unbeschreibliches Gefühl, Schritt für Schritt auf das Nichts zuzulaufen, um schließlich wenige Fußbreit vor dem Abgrund zu verharren.

Dort unten lag die Stadt, die alle versunkenen Städte der Welt verkörperte. Zum ersten Mal sah ich den Ort, an den es mich verschlagen hatte, aus der Vogelperspektive, und doch konnte ich sein Ende nicht erkennen. Straßen und Häuser, verschachtelte Brücken, Giebel und Türme, Pagoden und Tempel, Kathedralen und trutzige Burgen, Wolkenkratzer und vorchristliche Siedlungen, nirgendwo ergänzten sich so viele Gegensätze wie in dieser Nekropole zu meinen Füßen. Sie war Totenstadt und Neonmetropole zugleich, ein seelenfressender Moloch, der das Universum zu erdrücken drohte.

Durch mich geht man ein in die Stadt der Klage, verkündete die Inschrift über dem Portal zur Höllenstadt Dis, vor deren Pforte Dante bei seinem Weg durch das Inferno verweilte. *Durch mich dahin, wo ewig Schmerz nur wohnt. Durch mich zum Volk, das ich verloren sage!*

Nein, dies konnte unmöglich das Innere eines Flugobjektes sein. Zu gewaltig waren die Ausmaße der Stadt, zu gigantisch der Kessel, in dem sie lag. Hunderte und Aberhunderte von Kilometern weit schweifte mein Blick über sie hinweg, und dennoch blieb der gegenüberliegende Kraterrand im Brodem verborgen. Eines wusste ich nun mit Sicherheit: Ich befand mich nicht in einem über die Wolken schwebenden Monolithen. Diese Stadt, die sich über die Fläche eines kleinen Kontinents erstreckte, hätte niemals auch nur eine Sekunde lang in der Luft gehalten werden können.

Eine Hand legte sich auf meine Schulter und schreckte mich aus meinen Gedanken. Byron stand mit ernster Miene hinter mir. Ich hatte nicht gehört, wie er sich auf dem weichen Sand genähert hatte. Zu laut war das Rauschen des Wassers, das über zwei Kilometer tief in den Abgrund stürzte, um den See der Selbstmörder zu speisen.

»Das ist der falsche Ort, um zu grübeln«, rief er gegen das Tosen des Katarakts an. Er zog mich von der Klippe fort und ließ erst los, als der Wasserfall ein Stück hinter uns lag.

»Was soll das?«, schnappte ich. »Hast du Angst, ich würde hinunterspringen?«

Byron blieb ernst. »Vielleicht. Schließlich hast du so etwas schon einmal getan.«

»Ich bin kein Suizident.«

»Natürlich nicht«, versicherte der Schwarze.

Missgestimmt watete ich zurück ans Ufer, sah mich kurz um und wanderte schließlich flussaufwärts, auf den Nebel zu. Byron schloss alsbald zu mir auf, überholte mich und lief seinerseits voraus. Ich sah ihm nach, doch nicht lange genug, um die Veränderung sofort zu bemerken. Stattdessen ließ ich meinen Blick über die Landschaft schweifen und dachte über den Sinn seiner Worte nach. Womöglich war ich Byron gegenüber zu überheblich, oder ich hatte, seit ich hier war, einfach nichts verstanden. Denkbar war beides. Vielleicht war weit mehr als ein Menschenleben nötig, um *es* zu begreifen.

Das Grauen …

Die Wahrheit …

Doch was war dies für eine Hölle, die sich an den Lebenden mästete?

Glaubst du denn wirklich, du seiest noch am Leben, Krispin, höhnte Giza in meinem Kopf. *Nach allem, was passiert ist? Könnte nicht einer deiner Tode real gewesen sein?*

Die Landschaft blieb trist; geometrisch plan und verlassen. Keine einzige Erhebung verlieh der Steppe einen Hauch von Kontur, nicht einmal ein Maulwurfshügel durchbrach ihre Monotonie. Die Tatsache, dass der Limbus durch Lifte mit der Stadtebene verbunden war, hatte meine Hoffnung genährt, hier oben Anzeichen der Inferno-Architekten zu finden; Forschungs- und Beobachtungsstationen, Fabriken, womöglich sogar eine weitere Stadt. Doch weder Häuser noch Menschen oder Tiere waren zu sehen – und erst recht keine perversen Aliens. Es sei denn, das, was ich suchte, verbarg sich im Nebel am Horizont ...

Ich kniff die Augen zusammen und ging langsamer. Jetzt erst fiel mir auf, dass mit dem Horizont etwas nicht stimmte. Vor mir lief Byron auf ein verschwommenes, einförmiges Grau zu, aus dem der Fluss ohne perspektivische Flucht herausströmte. Ich wandte mich um und blickte zurück zum Stadtkessel. Der Katarakt lag inzwischen schätzungsweise einen Kilometer entfernt, doch die Dimensionen stimmten nicht. Ich hatte das Gefühl, in einer Landschaft zu stehen, die zwar Höhe und Breite, jedoch keine Tiefe besaß. Es wirkte, als könne man die Klippe trotz der Entfernung mit einem Steinwurf erreichen.

Byron war unbeirrt weitergelaufen. Mit gesenktem Haupt stapfte er in den Dunst hinein, erschien aber noch immer so nah, als würde er direkt vor mir laufen. Ich rief ihn beim Namen, worauf er den Kopf hob, als lausche er nach etwas. Dann blieb er stehen und drehte sich um. Ich sah sein überraschtes Gesicht, als er das Phänomen ebenfalls zu bemerken schien. Wir blickten einander an, und ich bildete mir ein, seinen Atem in meinem Gesicht zu spüren. Mir kam ein verrückter Gedanke, also hob ich einen Arm und streckte ihn nach Byron aus. Meine Hand berührte seine Brust, wanderte empor und ruhte schließlich auf seiner Schulter – und das, obwohl er sich viel zu weit von mit entfernt haben *musste!*

Völlig perplex betrachtete der Schwarze die Hand auf seiner Schulter, als hätte sich statt ihrer soeben ein Zitterrochen darauf niedergelassen.

»Eine vertikale Ebene ...«, staunte Byron. Seine Worte erreichten mich nicht synchron zu den Bewegungen seiner Lippen. Er befand sich dort, wo er stand, in einer anderen Zeit – eine Sekunde früher vielleicht, oder zwei ... Ich rang nach Worten, fand jedoch keine und beließ es bei einem Kopfschütteln.

Du hast bewiesen, dass die Sphäre endlich ist!, triumphierte Giza. *Welche Grenze könnte endgültiger sein als die der Hölle? Ist in ihr nicht jedes ›Hoch hinaus‹ nur ein ›Tiefer hinab‹?*

Mit einem Mal erschienen mir jeglicher Ehrgeiz und alles Streben, *Sarara* zu verlassen, unglaublich absurd und dumm. Hatte ich wirklich geglaubt, jene menschenverachtenden Architekten überlisten zu können, die diesen Ort erschaffen hatten? Zweifellos, das hatte ich. Hier oben jedoch gab es keine Distanz mehr, die sich bezwingen ließ. Wir hätten eine Ewigkeit in diese Richtung weiter marschieren können, ohne einen einzigen Meter voranzukommen.

Du stehst am Anfang und am Ende zugleich, Krispin. Es ist wahrscheinlicher, dass du dir in tausend Jahren selbst begegnest, als dass du dich der Quelle des Flusses und der Grenze dieses Albtraums auch nur einen Schritt näherst. Du würdest laufen und laufen, ohne vom Fleck zu kommen. Zeit ist geduldig. Niemand verlässt die Hölle einfach so zu Fuß, Krispin!

Niemand!

Es musste eine Grenze geben! Es musste!

Aber du hast sie doch schon längst überschritten, Krispin. Und du hast sie trotzdem nicht erreicht ...

Ich nahm die Hand von Byrons Schulter und wirbelte herum. Er sollte es nicht sehen, mein Grauen. Meine Tränen der Enttäuschung, der Resignation und der Wut. Ich begann zu rennen, hinab in den Fluss und auf den Katarakt zu, ohne innezuhalten.

Ich war ohnehin schon dort ...

... stand bereits an seiner Klippe ...

... sprang längst in die Tiefe, bevor der Boden unter mir der Leere wich.

»Nein!«, erscholl Byrons Stimme hinter mir. »Tu es nicht!«

»Ich habe es doch schon getan!«, rief ich mit schriller Stimme zurück. »Du siehst es nur noch nicht. Nichts ist wie es scheint. Der Limbus ist eine Lüge, Byron! Diese ganze Welt ist eine Lüge!«

Ich hörte, wie er hinter mir durch die Fluten pflügte. Noch dreißig Schritte, zwanzig ... Ich fühlte mich wie ein Albatros, der zum Start ansetzte. Würde ich aufsteigen, die Hölle einfach unter mir zurücklassen? Oder würde ich stürzen, ihre Grundfeste durchschlagen und zurück in die Wirklichkeit tauchen?

Du wirst auf dem See zerschmettern, Krispin. Du wirst platzen wie eine reife Tomate, und deine Eingeweide werden meterweit über das Wasser spritzen. Jeder einzelne Knochen in deinem armseligen Nanopartikelkörper wird bersten und sich durch dein Protofleisch bohren. Und dann wirst du im kochenden Wasser wieder zusammenheilen! Stundenlang. Tagelang.

Du bist tot, Krispin! Du kannst nicht mehr sterben!

»Nein! Nein, ich lebe! ICH LEBE!«

Zwei Arme schlangen sich um mich, und eine unbarmherzige Kraft riss mich wenige Meter vor dem Katarakt zur Seite. Verzweifelt bäumte ich mich gegen den Griff auf, trat, schrie und wand mich in der Umklammerung. Byron schleuderte mich herum und schüttelte mich durch. Ich begann, auf ihn einzuschlagen, gebärdete mich wie ein Wahnsinniger. Der Schwarze stöhnte unter meinen unkontrollierten Schlägen auf, dann traf mich seine Faust wie ein Rammbock mitten ins Gesicht. Der Sauhund schlug zu, unbarmherzig und mit aller Kraft, mir in den Magen, ins Gesicht, und wieder in den Magen. Schließlich erlahmte mein Toben, und ich sank in seinem Griff zusammen. Als die Fluten des Flusses über mir zusammenschwappten, betete ich, dass mich die Strömung erfassen und in den Abgrund reißen möge. Dann verlor ich das Bewusstsein.

Lazarium 15 • Grenzraum

Kaum hatte *Ka* den Nebel erreicht, wurde der Wald aus Skelettpfählen lichter, und das Flussufer begann anzusteigen. *Ka* blieb an Land, bis die Böschung so hoch war, dass er das Wasser im Dunst nicht mehr sehen konnte. Dann lief er ein Stück zurück und kletterte vorsichtig den Hang hinab. Eine Zeit lang suchte er den Fluss nach dem Tier mit den Metallkiefern ab, das ihn seit Verlassen des Quellraums begleitet hatte, konnte jedoch keine Bewegung unter der Oberfläche wahrnehmen. Entweder war dem Geschöpf der Wasserpegel zu niedrig geworden, oder es war fortan damit beschäftigt, dem seltsamen Fremden aus dem havarierten Luftschiff flussaufwärts zu folgen.

Ka ging so lange am Ufer entlang, bis der Hang zu steil wurde, dann watete er in die Mitte des Flusses. Das Wasser reichte ihm nicht einmal bis an die Knie und floss zunehmend ruhiger. Fast schien es, als scheue der Fluss den Nebel. Er duckte sich in sein Bett, als hätte er Angst vor der Schlucht. Vielleicht, überlegte *Ka*, bewegte das Wasser sich auf eine Staumauer zu. Elijah hatte von einer Stadt gesprochen. Womöglich lag weiter flussabwärts ein Kraftwerk, für dessen Betrieb das Wasser gestaut wurde.

Die Uferböschung wandelte sich langsam zu einer Schlucht, mit steilen, fast senkrecht aufragenden Wänden. *Ka* fielen die zahllosen Augen, die ihn aufmerksam beobachteten, nicht sofort auf. Er konzentrierte sich darauf, gewaltige Felsbrocken zu umgehen, die aussahen, als wären sie erst vor kurzem in den Fluss gestürzt. Erst als er seinen Blick suchend über die nebelverhangenen Steilwände wandern ließ und gewahrte, dass einige der ›Felsen‹ sich unmerklich bewegten, erkannte er die gedrungenen Schatten, die sich auf Stöcke oder Speere stützten. Sie kauerten auf den Felsen wie Geister gefallener Kreuzritter, schienen dabei eins zu werden mit den Klippen. Lediglich anhand der emporragenden Lanzenspitzen vermochte *Ka* abzuschätzen, wie viele es waren.

»Hier kommt noch einer«, raunte es von den Felsen herab. »Aus der anderen Richtung.«

»Heute ist die Hölle los«, tönte es von der gegenüberliegenden Uferseite.

Einer der Schatten erhob sich und sprang fast zehn Meter tief hinab zu *Ka* in den Fluss, wo er mit einem gewaltigen Klatschen beidbeinig im Wasser aufkam. Es war eine Maschine wie Ur-El, allerdings robuster gebaut und bewaffnet. Sie lief auf *Ka* zu und versperrte ihm mit vorgestreckter Lanze den Weg.

»Wohin willst du?«

»Flussabwärts«, erwiderte *Ka.* »Es soll dort eine Stadt geben.«

»Ein Umnachteter«, kommentierte einer der Schatten auf den Felsen. »Fliegt wie eine Motte ins Feuer.«

»Du hast dich doch nicht etwa in dem Paraboliden versteckt gehabt und schleichst dich nun zurück, weil dich die Reue gepackt hat?«

»Ich komme aus dem Sanatorium«, erwiderte *Ka.*

»Tatsächlich? Wer erzählte dir dann von der Stadt?«

»Ein alter Mann namens Elijah«, antwortete *Ka.* »Er behauptete, er sei aus dem Luftschiff gesprungen.«

»Ein Städter?!«, orgelte die Maschine. »Ein Städter in Jaru?«

»Ich sag doch, heute ist die Hölle los«, kam es wieder vom anderen Ufer.

»Er kann passieren!«, ertönte eine Stimme, die das Geraune in den Steilwänden zum Verstummen brachte. Hinter einem der Felsen, die in den Fluss gestürzt waren, trat eine weitere Maschine hervor. »Ich bin Ra-El«, verkündete sie, als sie *Ka* erreicht hatte. »Uns wurde prophezeit, dass du kommen würdest. Wisse, dass wir dich nicht daran hindern dürfen, die andere Seite zu betreten. Hast du die Grenze einmal überquert, gibt es für dich kein Zurück mehr. Überlege dir also gut, was du tust.«

»Was ist mit dem Luftschiff, das in den Feldern abgestürzt ist?« *Ka* deutete flussabwärts. »Kam es nicht auch von dort?«

»Das tat es.«

»Warum habt ihr es nicht aufgehalten?«

»Es gab Wichtigeres zu tun.«

»Das sind nicht die Antworten, die mir die Stimme in den Sternen versprochen hat«, sagte *Ka*.

»Dies hier wird deinen Wissensdurst befriedigen.« Ra-El reichte *Ka* ein schwarzes, würfelförmiges Objekt, das ringsum mit Hieroglyphen verziert war.

»Was ist das?«

»Ein Hexonnox«, erklärte Ra-El. »Erkenne, begreife und wäge das, was es dir schenkt, gut ab. Dann geh und handele nach eigenem Ermessen. Rette dich oder besiegle dein Verderben. Der Weg steht dir offen.«

Ka zögerte, der Maschine das Objekt aus der Metallklaue zu nehmen. Im selben Moment, in dem sich seine Finger um den Steinwürfel schlossen, überwältigte ihn eine ungeheuerliche Flut von Bildern, Tönen und Empfindungen. *Ka* schrie gepeinigt auf, als seine Umgebung sich im Strudel der mentalen Übertragung aufzulösen drohte. Es war Ra-El, dessen Reaktion verhinderte, dass *Ka* kraftlos vornüberkippte und ins Wasser sank.

»Ich glaube, da kommt schon wieder einer«, drang eine Stimme wie durch Watte an sein Gehör. »Jetzt wieder von drüben.«

Und von der anderen Uferseite tönte es herüber: »Heute ist wirklich die Hölle los.«

Mekropalladium 24

Ich lag auf festem Boden. Zuerst war mir nicht bewusst, dass ich wirklich wach war. Dann drang Byrons monotone Stimme an mein Ohr. Er murmelte leise vor sich hin und hielt sich anscheinend in unmittelbarer Nähe auf. Ich öffnete die Augen und blinzelte in das hässliche graue Wallen der Wolken. Ob es über dem Dunst ein Firmament geben mochte – mit Sternen und einer Sonne?

Ich sah mich im Liegen um. Wir befanden uns vor einer leeren Liftstation, bis zu der Byron mich getragen (oder hinter sich hergeschleift) haben musste. Sie sah aus wie die überdachte Gipfelstation einer primitiven Seilbahn. Byron selbst saß ein paar Meter von mir entfernt auf dem Boden. Als er merkte, dass ich wach war, brach er sein Gemurmel ab und sah mich ausdruckslos an. Nichts regte sich in seinem Gesicht, er blinzelte nicht einmal. Seine Kleidung war in Höhe seines Bauches von frischem Blut durchtränkt. Ich richtete mich auf und bereute die Bewegung im selben Augenblick. Stöhnend sank ich zurück ins Gras und presste mir die Hände gegen den Kopf.

»Was ist passiert?«, flüsterte ich.

»Du warst ziemlich lange weg«, erklärte Byron.

Ich sah auf seine blutige Kleidung. »War ich das?«

»Nein.«

Der Schwarze starrte zu Boden, riss geistesabwesend Grashalme aus und ließ sie gleich wieder fallen. Dies musste er bereits seit einer ganzen Weile getan haben, denn der Rasen um ihn herum war ziemlich ausgedünnt. Ich ignorierte den dumpfen Schmerz in meinem Kopf und rappelte mich langsam auf. Der Fluss, so erkannte ich nun, befand sich einige hundert Meter weit entfernt.

»Sag nur, dein Gemütszustand hat etwas mit Sorge zu tun?« Ich lächelte schief. »Ich bin wieder okay, denke ich.« Byrons Gesicht blieb versteinert. »Willst du hören, dass es mir Leid tut?«, bohrte ich nach. »Ja, es tut mir Leid. Du hattest von Anfang an Recht.«

»Das ist es nicht«, antwortete der Schwarze ruhig. Er blickte mir in die Augen und quälte sich ein Grinsen ab, das jedoch mehr als bescheiden ausfiel. »Wir hätten niemals versuchen sollen, hier heraufzukommen, Hippolyt!« Er rang mit sich, als suche er nach den richtigen Worten. Man sah ihm deutlich an, dass während meiner Ohnmacht etwas geschehen sein musste, das ihn ziemlich aus der Fassung gebracht hatte. Sein Selbstbewusstsein schien einen gewaltigen Knacks erlitten zu haben.

Ich sah mich besorgt um, doch meine Befürchtung, wir wären nicht mehr allein, bestätigte sich nicht. Der Limbus war leer und verlassen wie zuvor. Fünfzig Schritte entfernt fiel seine Flanke in die Tiefe ab, zur anderen Seite hin verlor sich die brettebene Landschaft nach etwa zwei Kilometern im Nebel.

»Ich war dort«, sagte Byron. Es klang wie das Geständnis eines kleinen Jungen, dem man ausdrücklich verboten hatte, nach *dort* zu gehen.

»Wo?«

»Am Horizont. Der Trick ist, den Fluss nicht zu verlassen ...«

Ich sah in den fernen Dunst, dann wieder zu Byron.

»Na, und?«

»Du warst wirklich lange weg.« Er betrachte seine Hände, während ihm das Reden nach wie vor schwer zu fallen schien. »Nun ja, ich habe dafür gesorgt, dass du nicht so schnell wieder wach wurdest. Entschuldige daher die Kopfschmerzen.

Vielleicht hätte ich deinen Schädel über die Klippe werfen sollen, anstatt ihn nur zu Mus zu schlagen. Ich wollte wissen, ob es wirklich einen Ausgang aus dem Inferno gibt, und ich wollte ihn finden. Für mich, allein ...«

»Das wundert mich nicht mehr. Und? Hast du ihn gefunden?«

Byron nickte, schüttelte im gleichen Moment den Kopf, dann schluckte er schwer. »Ich habe etwas gefunden, ja.«

»Warum bist du dann zurückgekehrt? Hat dich das schlechte Gewissen überwältigt?«

»Ohne Hexonnox gibt es kein Weiterkommen.«

Ich glaubte, mich verhört zu haben. »Du hast die Noxe verloren?«

»Sie muss während unserer Prügelei ins Wasser gefallen sein. Wahrscheinlich hat die Strömung sie über die Klippe gespült ...«

Ich schloss für einen Moment die Augen. Byron wandte sich ab und begann damit, eine noch grüne Rasenstelle von Grashalmen zu befreien. Ich sah ihm zu, wie er wie eine stumpfsinnige Maschine die Wiese rodete, dann wandte ich meinen Blick ratlos ab und musterte den Horizont. Wieso war er dann trotzdem in den Nebel gelaufen? Und was in aller Welt hatte Byron dort entdeckt, das ihn dermaßen resignieren ließ? Ihn, einen Kerl wie einen Baum, der hier so vielen Schrecken begegnet war, dass ihn doch eigentlich nichts mehr erschüttern sollte. Nun hockte er vor mir wie ein ungezogener Junge, der seine Strafe dafür erhalten hatte, dass er *dort* gewesen war.

Lag es vielleicht doch nicht am Wasser, wie Byron behauptet hatte? Hatte er erfahren müssen, dass er mich umsonst vor dem Sprung in die Tiefe bewahrt hatte? Dass alles, was wir unternommen hatten, sinnlos gewesen und der Limbus nur eine Farce war, eine endgültige Barriere, die lediglich in sich selbst verschwand?

»Was befindet sich im Nebel?«, fragte ich. »Gibt es einen Ausgang, oder dürfen wir nun beide von der Klippe springen?«

»Geh und sieh selbst«, murmelte Byron. »Folge dem Wasser zum Horizont, ich warte hier auf dich.«

Byron sah mir nicht nach, als ich aufbrach. Ich ging zurück bis zum Fluss, folgte der Sandbank und begann schließlich durch die knietiefen Fluten flussaufwärts zu waten. Ab und zu warf ich dabei einen Blick zurück, um die Perspektive zu kontrollieren, doch die Naturgesetze schienen innerhalb des Gewässers tatsächlich Geltung zu behalten. Byron wurde kleiner und kleiner und war schließlich nur noch ein unscheinbarer Punkt in der Ferne.

Ich schritt zügig voran, einerseits erleichtert, nicht in eine weitere Täuschung hineinzumarschieren, andererseits beunruhigt darüber, was mich am Horizont erwarten mochte. Der Flusslauf wurde unmerklich schmaler, indes die Uferböschung auf beiden Seiten beständig steiler wurde und zu einer Schlucht von etwa zwanzig Metern Höhe anwuchs. Felsen und Geröll hatten das Grasland verdrängt, und der immer dichter werdende Nebel lag kalt und klamm auf der Haut. Bald reichte mein Blick kaum mehr fünf Schritte weit. Ein bizarrer Schatten tauchte aus dem Dunst auf, aber es war nur ein knorriger Baum, der auf einer winzigen Insel inmitten des Flusses stand. Irgendwann war der Nebel so dicht geworden, dass ich mir vorkam wie in einer chinesischen Wäscherei. Ein weiterer Schatten erschien vor mir, doch diesmal gehörte er nicht zu einem Baum, sondern zu einem Menschen, der sich bedächtig näherte. Ich blieb wie festgewachsen stehen, als ich ihn sah, vorauf der Schemen ebenfalls verharrte. Er mochte gerade mal zehn oder fünfzehn Schritte von mir entfernt sein, doch ich konnte im Nebel sein Gesicht nicht erkennen. Er war nur ein verwaschener grauer

Umriss, der regungslos auf der Stelle stand. Vorsichtig näherte ich mich dem Fremden, worauf sich auch dieser sich wieder zu bewegen begann.

»Hallo?«, rief ich. Meine Stimme klang, als spräche ich mit einem dicken Sack über dem Kopf. »Wer sind Sie?«

Der Schatten antwortete nicht. Schweigend schritt er ebenso zögerlich auf mich zu wie ich mich auf ihn. Als ich der Erscheinung schließlich gegenüberstand, stockte mir fast das Herz – denn der gespenstische Fremde trug meine Gesichtszüge! Allerdings hatte ich das Gefühl, als blickte ich in einen Zerrspiegel. Das Antlitz meines Gegenübers glich einer furchtbaren Karikatur meines eigenen Gesichtes, einer grässlichen Fratze, die mich ausdruckslos anstarrte. Mein Blick wanderte über seine Stirn und verharrte auf einer Narbengeschwulst, die sich von der Schläfe über die gesamte rechte Kopfhälfte zog. Vereinzelte Büschel borstigen Haares entsprossen dem verwachsenen Gewebe, und bläulich-weiße Gehirnmasse quoll aus verkrusteten Wunden. Schlecht verheilte Narben entstellten seinen Mund und ließen gebrochene Zahnstümpfe erkennen. Die Hände meines Alter Egos waren von riefen Rissen durchzogen, so als klaffe seine Haut auf, wann immer es die Finger spreizte. Sein Körper war noch schlimmer versehrt. Alles an und in ihm wirkte eigenartig verschoben und verkrümmt. Gekleidet war mein Gegenüber in eine zerschlissene, verdreckte Krankenhauskluft.

Ein unvermittelt auftretender Schmerz lähmte mich. Ich hatte das Gefühl, als ströme kochende Rückenmarksflüssigkeit durch meine Wirbelsäule, ergieße sich in meine Bauchhöhle und zerreiße mir die Eingeweide. Schwer atmend musterte ich mein schweigendes Ebenbild, das mich ebenso aufmerksam betrachtete.

»Wer sind Sie?«, wiederholte ich meine Frage.

»Weißt du das denn nicht?« Die Stimme meines Alter Ego klang heiser und trocken, als hätte es seit einer Ewigkeit nicht mehr gesprochen. »Sieh mich an. Erinnerst du dich nicht an mich?«

Ich schüttelte beklommen den Kopf. »Mein wahres Ich? Das, was von mir noch übrig ist?«

»Wir waren einmal *zusammen!*«

»Sie meinen – Partner?«

»Ja, sozusagen. Das letzte Mal im Sheraton in Kairo, bevor der *Aphoes* mich verdrängte ...«

Erneut zwang mich rasender Schmerz in die Knie. Ich hörte das Quietschen von Reifen, das Splittern von Glas, das Knirschen sich verformenden Blechs. Und ich sah Blut, überall Blut ... Mein Gegenüber verschwamm in roten Schlieren, nur zögernd klärte sich mein Blick. Gebückt und zitternd kämpfte ich um mein Gleichgewicht.

»Wie lautet mein Name?«, fragte mein Ebenbild.

Ich blickte es lange an. »Krispin, vermute ich. Hippolyt Krispin.«

Mein Gegenüber schloss die Augen, neigte den Kopf nach vorn und nickte unmerklich, wodurch noch mehr Gehirnmasse aus seinem Schädel quoll. »K für Krispin, natürlich ...«

»Woher kommen Sie?«

»Man sagte mir, dass du diese Frage stellen würdest. Die Antwort, die ich dir darauf geben soll, lautet: Von einem Ort, geschaffen, den Schmerz aufzunehmen.«

»Sie – du bist mein *Ka* ...!« Ich trat einen Schritt näher und betrachtete die schrecklichen Kopfverletzungen meines Selbst. Als ich die Hand nach ihm ausstreckte, wich es sofort zurück.

»Du darfst mich niemals berühren«, erklärte es. »Solange du die goldene *Ka*-Schlange in dir trägst, ist unsere Vereinigung in dieser Welt unmöglich. Im schlimmsten Fall würden wir uns gegenseitig vernichten.« Flussaufwärts ertönte ein Ton wie von einer Glocke, worauf mein Alter Ego sich erschrocken umsah. »Es tut mir Leid, aber wir dürfen nicht länger miteinander reden.« Es entfernte sich langsam, ohne sich abzuwenden. »Ich folgte dem Fluss ab der Quelle, aus der er entspringt. Folge du ihm dorthin, wo er versiegt. Es ist der einzige Weg, uns zu retten.«

»Warte!«, rief ich und lief ihm nach. »Was ist damals in Kairo geschehen?«

»Du hattest einen Unfall.«

»Das heißt, ich bin tatsächlich …«

»Tot?« Mein *Ka* lachte röchelnd. »Nein, noch nicht.«

Und eine tiefe, metallisch dröhnende Stimme aus dem Nebel fügte hinzu: »Aber du siehst ja, es fehlt nicht mehr viel …«

Ich blieb abrupt stehen und starrte in den Dunst, konnte aber niemanden erkennen. »Wer spricht dort?«, rief ich.

»Kehre um!«, donnerte die Stimme. »Dies ist nicht dein Weg!«

»Widersetze dich nicht«, bat mein Ebenbild. »Deine Flucht hat die Dinge außer Kontrolle geraten lassen. Hier, nimm das!« Es warf mir einen dunklen, faustgroßen Gegenstand zu. Ich fing das Objekt auf und betrachtete es überrascht: Was ich in den Händen hielt, war das verloren geglaubte Hexonnox! Keines seiner Pyramidenfragmente fehlte, der Korpus wirkte massiv wie aus einem Guss. Halb getrocknetes Blut klebte auf dem Artefakt.

»Woher hast du das?«, staunte ich.

»Dein Begleiter trug es bei sich – und er hat es benutzt. Trau ihm nicht, denn er ist nicht das, wofür du ihn hältst. Seit jeher sucht er nach einen Ausweg aus der Sphäre. Dieses Hexonnox hätte niemals in seine Hände fallen dürfen. Hüte es von jetzt an wie deine Seele. Sollte es ihm gelingen, von unserem irdischen Körper Besitz zu ergreifen, gibt es für uns kein Zurück mehr!«

Ich starrte in den Nebel, dann auf mein *Ka*. Es lächelte,

worauf seine Lippen aufplatzten, ohne zu bluten. »Ich habe keine Infusionen mehr«, erklärte es beinahe entschuldigend. »Und ich fürchte, ich schaffe es nicht mehr rechtzeitig zurück ins Sanatorium. Falls ich aufhören sollte zu existieren, wird der Schmerz dich finden ...«

»Ein Sanatorium?« Ich starrte mein Ebenbild überrascht an, blickte dann über seine Schulter hinweg. Waren da nicht weit entfernte Geräusche, wie das Heulen eines Sturmes und Stimmen? Flackerte es dort nicht, als tobe in der Ferne ein Gewitter? »Woher kommst du wirklich?«, fragte ich. »Was befindet sich am anderen Ende der Schlucht? Die Schaltzentrale?«

»Nein. Die Ewigkeit ...«

Ich spähte angestrengt in den Nebel. Als ich abermals ein paar Schritte vorwärts ging, tauchten hinter meinem *Ka* massige Schatten aus dem Dunst auf. Sie trugen lanzenartige Gebilde bei sich und waren annähernd so groß wie Chroner, besaßen jedoch menschlichere Umrisse. Drei, vier ... ein halbes Dutzend von ihnen schälte sich aus dem Nebel.

»Du darfst diese Grenze nicht passieren!«, erklärte mir die vorderste Gestalt. Ihre tiefe Stimme klang eindeutig wie die einer Maschine.

»Wer sind Sie?«

»Ein Hüter *seines* Gartens.« Die Schatten hoben ihre Lanzen und näherten sich so weit, dass ich Gesichter erkennen konnte: unvollkommene, fleischlose Metallgesichter, in deren Augenhöhlen ein düsteres Feuer glomm.

»Kehr um!«, befahl der Vorderste. Als ich nicht reagierte, stampfte die Maschine auf mich zu und stieß mich mit der unbewaffneten Hand zurück. Ihre Kraft riss mich von den Beinen und warf mich meterweit durchs Wasser. Das Glühen der Maschinenaugen war tiefrot geworden, die Stimme des Metallwesens klang nun drohend und gefährlich. »In *seinem* Garten gibt es für dich nichts, das du finden kannst, außer dem Grauen! Geh, Städter! *Geh!*«

Ich stolperte rückwärts durchs Wasser und fiel hin, worauf mir das Hexonnox aus der Hand rutschte und in den Fluten versank. Panisch suchte ich den Grund des Flusses ab, bekam es irgendwie zu fassen, rappelte mich wieder auf, warf mich herum und rannte flussabwärts. Fort, nur fort, hämmerte es in meinem Kopf. Hinter mir erklang ein menschlicher Schrei, übertönt von metallischem Geheule, dann hörte ich das Waten mächtiger Füße, die mir durchs Wasser folgten. Ich beschleunigte meine Flucht, hetzte in der Gischt meiner Schritte durch die lichter werdenden Nebelschwaden und prallte schier gegen den Baum, den ich zuvor passiert hatte. Das Waten hinter mir wurde leiser und verebbte schließlich, doch ich hielt erst inne, als der Nebel weit hinter mir lag.

Warum hast du Todesangst, Krispin?, verlangte Giza zu wissen. *Du kannst doch nicht mehr sterben ...*

Als ich die Liftstation und Byrons ferne Gestalt vor der Klippe erkannte, ging ich erschöpft ans Ufer und ruhte mich eine Weile aus, die Blicke angespannt in den Nebel gerichtet und meine Verfolger erwartend.

Sie kamen nicht.

Mekropalladium 25

Byron hockte im Gras und starrte Löcher in den Boden. Als er meine Schritte hörte, schreckte er kurz auf, sank jedoch bei meinem Anblick wieder in sich zusammen. Ich setzte mich neben ihn und blickte über den Abgrund hinweg.

»Ich habe dich rennen sehen, Hippolyt!«, ergriff er das Wort. »Wovor bist du davongerannt – vor einer Wahrheit, die sich nicht mit deiner Erwartung gedeckt hat?«

Ich warf ihm einen flüchtigen Blick zu. Was sollte ich ihm erzählen? Dass ich mir selbst begegnet war und bewaffnete Maschinenmenschen im Nebel lauerten? Letzteren war er mit Sicherheit ebenfalls begegnet. Byron schien mit seinen Gedanken weit weg zu sein, irgendwo in einem unwirklichen Reich zwischen Vergangenheit und Gegenwart, Realität und Wahnsinn.

»Mich würde in erster Linie interessieren, was du *dazu* zu sagen hast«, brummte ich und legte das Hexonnox neben mich ins Gras.

Byron warf einen kurzen Blick drauf und zog amüsiert die Stirn kraus. »Haben sie es dir also tatsächlich wieder anvertraut, diese einfältigen Paradieswächter ...«

»Wo hattest du die übrigen Noxen versteckt?«

Byron hob sein Hemd ein Stück an, sodass ich die große, mittlerweile fast verheilte Bauchwunde sehen konnte. »Demuarsell half mir beim Verstauen«, erklärte er. »Hat ihr einen Heidenspaß bereitet, mich aufzuschlitzen.«

»Du hast es verändert ...«

»Genützt hat es nichts. Es ist *dein* Hexonnox.«

»Mich ließen die Maschinen ebenfalls nicht vorbei.«

Byron stieß ein tiefes Lachen aus, das nicht zu ihm passen wollte. »Tja, die zweite Sackgasse ...«

»Und du wusstest es.«

»Ich könnte dich noch auf tausend weitere Irrwege führen, kleiner Kematef.« Byron stützte sich auf einem Arm ab, legte den Kopf auf die Schulter und grinste mich an. »Aber irgendwann werden deine Lebensjahre verstrichen sein, und du wirst einsehen, dass eine Rückkehr in deine irdische Existenz nicht mehr möglich ist. Dann verlierst du deinen Ehrgeiz und das Spiel seinen Reiz, und ich muss mir einen neuen Partner suchen, dessen Streben noch von Hoffnung und törichtem Zukunftsglauben genährt wird.«

Im ersten Moment war ich so perplex, dass ich Byron nur anstarren konnte.

»Vivat!«, erklang stattdessen eine spöttische Stimme aus dem Hintergrund und ließ uns herumwirbeln. »Eine tiefgründige Erkenntnis.«

Auf den ersten Blick glich die Fremde, die sich uns lautlos bis auf wenige Schritte genähert hatte, Sahias Zwillingsschwester. Allerdings war ihre Haut schneeweiß und stand in völligem Kontrast zu deren bronzenem Teint. An der zierlichen jungen Frau, die uns mit leicht geneigtem Kopf abschätzend musterte, war im Grunde alles weiß. Sie trug eine Art Arztkleidung; weiße Bluse, weiße Hosen, weiße Schuhe und einen weißen Kittel. Lediglich ihr langes, zum Zopf geflochtenes Haar war schwarz wie das Sahias. Im Hintergrund vermisste ich nur den Krankenwagen, der mich mit Blaulicht und Martinshorn aus diesem Albtraum retten würde. Und einen hilfsbereiten Sanitäter, der mir versprach, dass nach einer kleinen Spritze alles wieder gut werde ...

Byron war beim Anblick der Frau blitzartig aufgesprungen und hatte eine ungewohnt despotische Haltung eingenommen. Die Weißgekleidete fixierte ihn wie etwas, das man sehr tief begraben sollte, dann sah sie zu mir her, und zu dem zynischen Funkeln in ihren Augen gesellte sich ein Ausdruck, der mir überhaupt nicht behagte und mich verblüffend an Meret erinnerte. Ich erhob mich ebenfalls und brachte einen Sicherheitsabstand zwischen mich und die Frau.

»Wie kommst du hierher?«, wollte ich wissen.

»Oh, ich bin einfach den Spuren gefolgt.« Ihr Mund verzog sich zu einem listigen Lächeln.

»Durch die gesamte Stadt bis hier herauf?«

»Aber nein. Von dort ...« Sie wies mit einer grazilen Bewegung in den Nebel, aus dem ich gerade erst geflohen war.

»Doch nicht etwa aus diesem Sanatorium?«

»Es ist ein weiter Weg von Ihrer L.E.M. bis hierher.«

»Das ist nicht Meret«, mischte Byron sich ein. »Nur eine Jaru-Maschine.«

Die Frau trat einen Schritt näher. »Halt deinen vorlauten Mund!«

»Du hast auf dieser Ebene nichts zu suchen!«, knurrte der Schwarze.

»Du ebenso wenig.«

Und wie um das Durcheinander zu vervollständigen, erklang von der Klippe her eine weitere, fast identische Frauenstimme und konstatierte: »Na, das trifft sich ja hervorragend!«

Eine hölzerne Aufzugskabine war in die Liftstation eingefahren. In der Kabinentür stand – wie gewohnt barfuß und in ein schwarzes, goldbesticktes Galabiya gekleidet – Meret in der Gestalt Sahias. Ihr geflochtenes Haar wehte im Wind, ihre Hände hatte sie, die Fingerspitzen zu uns gerichtet, vor der Brust gefaltet.

»Jetzt wird es interessant«, bemerkte Byron. »Die Herrin der Nekropole trifft die Behüterin der Seligen.«

»Vier Wesen aus vier Welten«, bestätigte die Weißgekleidete. »Eine bemerkenswerte Zusammenkunft.«

»Den Tod zum Gruß«, zischte Meret ihr Ebenbild an. »Gibt es keine Seelen mehr zu pflegen in Jaru?«

»Jener, den du in unsere Obhut gegeben hast, hat seine Maschine verlassen.« Die Weißgekleidete bedachte mich mit einem kalten Blick. »Und sein *Ba*-Körper hier scheint ebenfalls eigene Wege zu gehen. Ich fürchte, dein Vorhaben wird fehlschlagen, Meretseger.«

»Solange seine übrigen Wesenselemente in den anderen Ebenen still ruhen, ist der Plan nicht gefährdet.«

Byron stieß ein verächtliches Lachen aus. »Die alte Hure Hoffnung«, knurrte er. »Schlägt man ihr einen Kopf ab, wachsen zwei nach.«

Meret blieb von Byrons Worten unbeeindruckt. »Was hast du hier zu suchen, Isis?«, fragte sie ihr weißhäutiges Ebenbild.

»Ein Parabolid ist in den Feldern abgestürzt und hat eine Katastrophe verursacht«, erklärte sie. »An Bord fanden wir Rückstände zweier Städter. Einer davon ist er hier!« Sie deutete auf mich.

»Du warst an Bord eines Paraboliden?«, staunte Byron. »Doch nicht etwa mit diesem Tagedieb Elijah?«

»Wir hatten dich gewarnt, einen Iretmethen nach *Sarara* zu bringen«, tadelte die Weisgekleidete Meret. »Solange sie einen eigenen Willen besitzen, bereiten sie nur Ärger.«

»So wie der, den ihr vor zweitausend Jahren hofiert habt?«, spottete Meret. »Der bereits beim Eintreffen das Tor Rosetau zerschlug? Der Feuer von Jarus Himmel fallen ließ und *sein* Gesicht verbrannte?«

»*Sein* Gesicht ist durch die Kollision mit dem Paraboliden zerborsten!«, erhob Isis die Stimme, wobei ein drohender mechanischer Unterton hörbar wurde. »Durch die Mitschuld *dieses* Iretmethen!«

Während Byron die Unterhaltung mit einem bemüht gleichgültigen Geschichtsausdruck verfolgte, stockte mir der

Atem. Nicht allein, dass der mir angelastete Sach- und Personenschaden inzwischen ins Unermessliche zu wachsen schien, meine Reise in dieses Inferno war anscheinend von Beginn an ein abgekartetes Spiel gewesen, mit Isis auf der einen und ihrem Schattenbild Meretseger auf der anderen Seite. Sogar für die Unterbringung meiner restlichen Seelenelemente hatten diese Kreaturen gesorgt.

Vollpension, kommentierte Giza. *Reserviert und im Voraus bezahlt.*

Als hielte ich etwas auf dieser Welt streng Verbotenes in der Hand (was wahrscheinlich sogar zutraf), versuchte ich das Hexonnox hinter meinem Rücken zu verbergen. Stattdessen hätte wohl eher *ich* mich im Inneren des Würfels verstecken sollen.

»Du bist zu weit gegangen, Meret«, erklärte Isis wie zur Bestätigung. »Ich werde dafür sorgen, dass *seinem* Plan entsprochen wird.« Sie deutete auf mich und sagte: »Er darf das Wissen um *Sarara* nicht an seine Welt weitergeben. Sein *Ka* wird gerichtet, um die Ordnung zu wahren. Keine Erinnerung, das ist *sein* Wille!«

»Aber nicht der meine!«, zischte Meret. Innerhalb eines Augenaufschlags verwandelte sich ihr Unterleib in einen schillernden Schlangenkörper, dessen Ende mit dem ellenlangen Dorn pfeilschnell auf ihr weißhäutiges Ebenbild zuschoss. Doch bevor der Stachel dieses erreicht hatte, explodierte Isis' Körper in einem grellen Blitz. Sekundenlang schwebte ein unerträglich helles Licht über der Stelle, wo sie gestanden hatte. Meret zog ihre Schwanzspitze rasch zurück und brachte respektvollen Abstand zwischen sich und die Erscheinung.

»Der Plan wird erfüllt!«, schmetterte eine mechanische Stimme aus dem Licht heraus, dann schoss es über den Limbus davon, in den Nebel am Horizont.

»Beruhigend zu wissen, dass die Dämonen sich immer noch

vor den Engeln fürchten«, kommentierte Byron den Zwischenfall.

»Wie kann eine Maschine sich in reines Licht verwandeln?«, wunderte ich mich, als ich meine Stimme wiedergefunden hatte.

»Auf die gleiche Weise wie ein Mensch sich in eine Schlange verwandelt«, antwortete Byron provozierend.

»Jeder besitzt sein eigenes Versteck, nicht wahr?«, gab Meret zurück.

Ich taxierte die Hybride. »Du gehörst zu *ihnen,* nicht wahr?«

Meret schürzte die Lippen. »Zu wem denn, Kematef?«

»Zu den Architekten dieses Infernos, wie diese Isis-Maschine.« Ich stieß die Worte heftiger hervor, als ich beabsichtigt hatte, doch die Aufregung ließ mich schlottern. Ich hatte das Gefühl, dass mein von Nanorobotern gesättigtes Blut in den letzten Sekunden bedeutend an Temperatur verloren hatte.

»Architekten ... Ein interessanter Terminus.« Merets Lächeln schwand. »Nein«, sagte sie mit einem bedeutungsvollen Blick auf Byron. »*Ich* nicht.«

Der Schwarze behielt seine gleichgültige Miene bei und trat langsam an mich heran. »Gib mir das Hexonnox«, forderte er. »Dann zeige ich dir, wie wir diese Missgeburt ein für alle Mal loswerden.«

»Das wünscht er sich bereits seit über fünftausend Jahren«, bemerkte Meret. »Nicht wahr, Thot?«

Die gesamte Szenerie gefror für Sekunden. Jeder belauerte in atemloser Stille jeden, dann stieß Byron plötzlich mit donnernder Stimme hervor: »Ihr seid eine Seuche der Kultur!« Schlagartig trat wieder dieses unirdische rote Glühen in seine Augen. Er fletschte die Zähne und rannte mit klauenartig vorgestreckten Händen auf mich zu. »Gib es her!«, knurrte er. »Ich ertrage diese ganze Dekadenz nicht mehr!«

Wie von einer Sprungfeder getrieben schnellte Merets Schwanzspitze heran und bohrte ihren Dorn tief in Byrons Rücken. Nur zwei Schritte von mir entfernt erstarrte der Schwarze. Er riss den Mund auf und blickte mich fassungslos an, dann quoll ihm ein Schwall blasigen roten Schaumes aus Mund und Nase, und er sank – die Hände noch immer wie zwei Klauen vorgestreckt – lautlos zu Boden. Verkrümmt blieb er liegen und rührte sich nicht mehr.

Im nächsten Augenblick löste sich etwas Dunkles aus Byron, brach aus ihm hervor wie dichter, schwarzer Qualm, der mir die Sicht und für einen Moment den Atem raubte. Ich fühlte mich wie von einem Druckluftstrahl emporgehoben und meterweit hinfortgeschleudert. Als ich auf dem Boden aufschlug, schwebte der formlose Schatten, aus dem mich ein halbes Dutzend leuchtend roter Minisonnen anstarrten, bereits über mich hinweg.

»Behüte das Hexonnox!«, vernahm ich Merets Ruf, doch da war es bereits zu spät. Aus dem Schatten, der eine unbeschreibliche Kälte verströmte, zuckte etwas Unsichtbares zu mir herab und presste mich zu Boden. Gleichzeitig fühlte ich, wie mir der Würfel aus den Händen gerissen wurde. Im nächsten Moment stieg das schwarze Etwas steil empor und schoss über die Stadt hinweg davon.

»Verflucht!«, stöhnte ich und rappelte mich unter Schmerzen wieder auf. »Was war *das* denn?«

»Sein *Ach*-Geist.« Meret blickte dem Schatten nach, bis er von den Wolken verschluckt wurde, dann zog sie den Dorn aus Byrons leblosem Körper und bedachte ihr Opfer mit einem geringschätzigen Blick. »Thot wird nie lernen, wann er aufhören muss!«

»Welche Rolle spielt er in *Sarara*?«

Meret stieß einen Luftschwall aus. »Er ist der Former. Im Grunde ist er unser aller Erzeuger, und genau dafür hasst er uns.«

Ich betrachtete Byron. »Ist er tot?«

»Natürlich. Aber er wird sich bald erholt haben. Dann wird er sich an nichts von dem erinnern, was ihm wiederfahren ist, wie alle Besessenen.« Merets schlangenhafter Hinterleib bildete sich zurück und nahm die Gestalt zweier schlanker Frauenbeine an. »Und er wird feststellen, dass er der einzige Mensch auf dem Limbus ist, denn du wirst mit mir kommen.« Sie sah mir in die Augen. »Diesmal trägst du kein Schwert in deinen Händen, Kematef …«

»Wie hast du uns gefunden?«

»Ich musste dich niemals suchen.« Sie kam heran und strich mir mit der Handfläche über die Brust. »Ich habe dir Manom geschickt, als Kreuzbeißer sich eurem Versteck in der Unterführung genähert hatte. Ich habe dich aus einem Haus am gegenüberliegenden Ufer beobachtet, während du in Elijahs Turm Unterschlupf gefunden hattest. Mir hast du es zu verdanken, dass Apep dich wieder ausgespuckt hatte. Doch zugegeben, du hast es mir nicht immer einfach gemacht, deinem Weg zu folgen. Einzig Thots Anwesenheit hat mich davon abgehalten, mich dir früher zu offenbaren. Dieser besessene Kerl wollte einfach nicht mehr von deiner Seite weichen. Eure Begegnung auf der Straße der Temper war kein Zufall. Er hatte auf dich gewartet. Ich weiß zwar nicht, wie er von dir erfahren konnte, doch ich wusste, dass er dir nichts antun würde, solange du ihm nützlich bist. Nun allerdings besitzt er, was er durch dich zu finden gehofft hat. Sollte es ihm gelingen, das Hexonnox für seine Zwecke umzukonfigurieren, könnte es ihm einen Weg in deine Welt öffnen. Besser gesagt: in deinen irdischen Körper.«

»Ist das nicht auch dein sehnlichster Wunsch?«

»Von deinem komatösen *Chet* Besitz zu ergreifen?« Meret ließ ihre Hand sinken. »Keinesfalls. Ich weiß, dass Sahia dich eingeweiht und zur Flucht gedrängt hat. Ich habe sie nicht dafür bestraft. Es ist jedoch keinesfalls mein Wunsch, die Menschen zu unterjochen und mich über sie zu erheben, wie Thot es für sein Anrecht hält. Ich will als Mensch auf deiner Welt leben, er jedoch als Gott. Sein einziges Streben zielt darauf, endlich das Erbe anzutreten, um das er sich seit Jahrtausenden betrogen fühlt. Er wird deine Welt verändern, Kematef.« Sie legte ihre Arme um meinen Hals und hauchte mir einen Kuss auf die Lippen. »Betrachte mich als das wahrhaft geringere Übel.«

Ich versuchte vergeblich, meinen Blick von Meret zu wenden. Wie hypnotisiert starrte ich sie an, verlor mich in ihren gottverfluchten, den Willen verschlingenden Augen. In einem letzten Aufbäumen wollte ich mich ihrem Bann entwinden, doch vergebens.

»Es ist an der Zeit, deine Vergangenheit freizugeben«, flüsterte sie, während sie das Galabiya abstreifte. »Lass mich den *Aphoes* wissen, dass ich bei dir bin. Lass ihn meine Nähe spüren ...«

Ein Hauch von Lavendel betäubte meine Sinne. Ich begann, ihre weiche, warme Haut zu streicheln, bedeckte auf der Suche nach dem Duft ihren gesamten Körper mit meinen Küssen. Er schien irgendwo aus ihrer Mitte zu entströmen und wurde intensiver, je tiefer ich sank. Meret erschauerte unter meinen Berührungen. Ihre jahrtausendealten Augen, die Königreiche und Völker untergehen sahen, waren geschlossen. Ich suchte ihren Duft mit der Spitze meiner Zunge; in ihrem Nacken, in ihrem Mund, unter ihren Achseln, auf ihren Brüsten und zwischen ihren Schenkeln ...

Danach lagen wir im Gras. Stunden mochten vergangen sein, Tage oder Wochen. Ich wusste es nicht. Ich ließ die wiedergewonnene Erinnerung an meine letzte Nacht in Kairo vor meinem geistigen Auge ablaufen; an das Aphonnon und Merets Botenschlange, die mich ins Casino gelockt hatte, an den Roulette-Gewinn und mein Versprechen, an ihre Liebkosungen und ihre Andeutungen über die Duat, und an den Uroboros, den sie in meiner Brust hatte verschwinden lassen. Ein zweites Mal durchlebte ich die furchtbare Veränderung der Welt um mich herum und den Albtraum, in dem Meret mich zurückgelassen hatte – und erinnerte mich an das Fahrzeug, das mich erfasst hatte, nachdem ich, geblendet durch den Einfluss des *Aphoes,* über die Straße getorkelt war ...

Ich blickte in den Himmel. Er leuchtete blau, vereinzelte Wolken zogen schwerfällig über uns hinweg. Die Landschaft um uns herum blühte und duftete, und über dem Stadtkessel kreisten Schwärme von Vögeln.

»So war es früher«, flüsterte Meret neben mir. »Bevor *es* begann.«

In die paradiesische Idylle mischte sich ein schmerzhafter Missklang. Es war, als blende sich ein Film über den anderen. Aus den Vögeln wurden Schwärme riesiger, blutgieriger Fliegen, ihr Zwitschern verzerrte sich zum Summen ihrer tausendzähligen Flügel. Die Wolken, die über den Himmel zogen, quollen auf und verschmolzen zu einem formlosen, grauen Brodem. Jeglicher Duft, der uns umgab, wich einem stechenden, süßlichen Gestank, den ich noch nie zuvor so bewusst gerochen hatte wie in diesem Augenblick, als er den alten Duft ersetzte. Das Gras roch nach Fäulnis, die Erde ebenso, und in der Luft hielt sich der penetrante Geruch von Verbranntem. Ich stemmte mich hoch und sah mich um. Drei Meter von uns entfernt lag der zusammengekrümmte Leib Byrons.

Verstört sah ich zu Meret, die meinen Blick erwiderte. Ein wissendes Lächeln umspielte ihre Lippen. Sie räkelte und streckte sich auf dem Gras und verschränkte schließlich ihre Arme hinter dem Kopf.

»Ich bin überzeugt, du hast inzwischen einiges über die wahre Natur *Sararas* herausgefunden.«

»Natur?!« Ich spuckte das Wort förmlich aus. »In dieser abnormen Welt gibt es nichts Natürliches!«

»Was du in *Sarara* siehst, sind fünftausend Jahre Menschheitsgeschichte.«

»Aber woher kommen die Informationen? Woher das Wissen um die Epochen nach der Katastrophe, wenn die Welten voneinander getrennt sind?«

»Hast du es denn noch immer nicht begriffen?« Merets Stimme klang spröde. »Hat dein zeitloser Freund Giza es dir nicht verraten? Es ist das Lebendige, das das Tote nährt.«

»Lebendig ist hier nichts. Allenfalls ›in Betrieb‹ und ›aktiv‹.«

»Kannst du dir nicht vorstellen, dass wir eure Art der Existenz womöglich ebenso unnatürlich finden?«

»Das dort unten ist kein Leben!«

»Wer von uns beiden hat wohl Recht?«, lächelte Meret. »Ich, die ich seit Tausenden von Jahren existiere, oder du, der du kaum einen Wimpernschlag davon durchlitten hast?«

»Mein wirkliches Leben wartet jenseits dieses Infernos«, sagte ich. »Und ich werde es wiedererlangen!«

»Das kannst du nicht.«

»Und warum nicht?«

Meret lachte mit Sahias glockenheller Stimme. »Weil Thot es dir geraubt hat. Ohne dein Hexonnox bist du ebenso an diesen Ort gebunden wie ich. Für dich gibt es keine Existenz mehr außerhalb *Sararas.* Das ist der Preis für deine Aufsässigkeit. Akzeptiere nun die Schlange, und das Grauen wird weichen. Viele dort unten wünschen, sie trügen in sich, was du in dir birgst, und wären frei.«

»Frei in der Hölle?« Ich lachte bitter und tastete meine Brust ab.

»Die Verdammten in der Stadt sind es nicht. Sie fanden die Duat, an die sie ihr Leben lang geglaubt und vor der sie sich gefürchtet hatten. Sie wollen es nicht anders ...«

Ich richtete mich auf und packte Meret an der Schulter. »Und womit habe ich dieses Schicksal verdient?«

Sie zuckte unter meinem plötzlichen Zugriff zusammen. »Es war dir vorherbestimmt.« Ihr Lächeln erstarb, Schmerz verfinsterte ihr Gesicht. »Du tust mir weh!«

»Ach, tatsächlich? Warum wehrst du dich dann nicht?« Ich studierte ihr Gesicht. »Du kannst es nicht, habe ich Recht? Ist es ...« – Ich tippte mir gegen die Brust – »wegen des Uroboros in meinem irdischen Körper?« Merets Blick flackerte, doch sie schwieg. »Du würdest dir selbst Leid zufügen, sobald du mich angreifst, habe ich Recht?« Dann, in einer plötzlichen Erkenntnis: »Und ebenso Freude und Entzücken, wenn wir uns lieben ...«

»Ich fühle die Schmerzen des *Aphoes,* seit du so dumm warst, hinab in den Pechsee zu springen!«, entgegnete Meret. »Er ist mein *Ka.*«

»Warum erlöst du mich dann nicht endlich davon?«

»Weil er das Einzige ist, was mich ...« Sie biss sich in einer recht menschlichen Art auf die Lippe.

Ich hob die Augenbrauen. »Schützt?«

»Mit dir verbindet.«

Ich verdrehte die Augen. »Das darf einfach nicht wahr sein. Wer gab dir das Recht, in mein Leben einzudringen?«

»Du bist in *mein* Leben eingedrungen, Kematef, hast du dies schon wieder vergessen?« Merets Blick hing an meinen Augen, schien tief in meinem Inneren etwas zu suchen. »Am Fuße jenes Bergmassivs, das ihr Djebel Uweinat nennt. Du hast meinen Tempel entweiht und mein *Ka* an dich genommen und mich damit erst aus *Sarara* in deine Welt gelockt.« Sie stöhnte auf, als ich wütend zupackte. »Dein Griff schmerzt!«

»Das soll er auch, und er wird es so lange, bis ich weiß, wie ich aus diesem Irrenhaus herauskomme.«

»Zwinge den *Aphoes* nicht, dich zu verlassen!«

»Nur damit du auf meine Kosten endlich einmal Freude und Lust verspüren kannst?«, schrie ich sie an. »Ich kann dir nicht geben, wonach du suchst! Ich bin ein Mensch!« Meine eigene Stimme betäubte meine Ohren. Jedes Wort von dem, was ich sagte, stieß ich einzeln hervor.

Merets Blick flackerte. »Das weiß ich.« Sie löste sich mit einem energischen Ruck aus meinem Griff und kroch ein Stück zurück. »Und du täuscht dich. Meine Liebe gehört dem *Aphoes*, nicht dir. Und was eure Nachkommen betrifft: Gäbe es keine Wesen, die ewig existieren, dann würden eure Frauen nur tote Fleischklumpen gebären. Sie würden seelenlose, zuckende Bündel aus ihren Schößen pressen, die es nicht einmal wert wären, an wilde Hunde verfüttert zu werden. Wie weit wärt ihr ohne die Geister, die Jahrtausend um Jahrtausend während des Aphonnon zu euch zurückkehren? Wie weit wärt ihr ohne uns gekommen? Gelehrte wurden wiedergeboren, Diktatoren und Heilige. Ermordete kamen wieder zur Welt und überführten ihre Mörder.«

»Du redest, als wärst du menschlich, aber das bist du nicht. Du bist kein Fleisch und Blut, und du warst es nie. Das wirkliche Leben ist für dich ein unerreichbar ferner Traum. Was bist du – ein Dämon? Eine Agarepth? Eine Chronerhure, die ihre Seele für das Privileg verkauft hat, sich frei bewegen zu dürfen?«

Merets Blick war traurig und wütend, doch nicht weniger stolz. Schließlich senkte sie die Lider und sah in eine andere Richtung. »Ich bin nicht jene, welche die Truhe geöffnet hat, Kematef. Ich gehöre zu dem, was aus ihr geboren wurde. *Sarara* wurde einst geschaffen, um Leben hervorzubringen. Eine Kultur. Eine Zivilisation. Heute dient sie dem Zweck, das Geschaffene nicht in Vergessenheit geraten zu lassen. Jedwede Zerstörung in deiner Welt dient der Erneuerung der Form in der Duat.« Sie erhob sich, ging vor zur Klippe und deutete in die Tiefe. »Sieh dir die Stadt an!«, rief sie. »Sieh all die toten Städte deiner Welt, die sich in ihr vereinen; Ninive und Karakorum, Pompeji und Abydos, Pergamon, Konka Uta, Wadelai und Karthago. Alle Ruinen der alten Welt sind hier zusammengebracht. Alles, was innerhalb der Grenzen *Sararas* je ausgelöscht wurde, unterging oder verfiel, hat sich hier wieder erhoben. Und warum? Weil unsere Schöpfer in ihrem Wissensdurst etwas erschufen, das im Universum seinesgleichen sucht! Und weil es befreit wurde!«

»Nano-Roboter ...«, bemerkte ich abfällig.

Meret schüttelte den Kopf. »*Paseth.* Winzige Maschinen, deren einziges Bestreben es war, sich zu vermehren; zu formen und zu gestalten und Leben zu imitieren.«

Auch ich stand auf, trat neben sie an den Rand der Klippe und blickte hinab auf die Stadt. In Merets Augen glomm ein dämonisches Feuer voll unermesslicher Wut und Bitterkeit zugleich. Ihr ausgestreckter Arm wies noch immer wie ein Dorn in die Weite über dem endlosen Häusermeer. Der Turm von Babylon, die Mauern von Jericho, Troja, Korinth, Delphi, alles war wie ein endlos gewuchertes architektonisches Krebsgeschwür dort unten vereint.

Ich schwieg lange, dann sagte ich: »Ich will ihn sehen!«

Meret wirkte für einen Moment verunsichert. »Wen sehen?« Ihre Augen verrieten mir jedoch, dass sie sehr wohl begriffen hatte, wen ich meinte.

»Ich will dem in die Augen blicken, der dieses Inferno geschaffen hat. Ich will ihm von Angesicht zu Angesicht gegenüberstehen, in seinem heiligen Tempel! Und du, meine Teuerste, wirst mich zu ihm bringen!«

»Das kann ich nicht!«

»Dann zeig mir den Weg.«

»Er wird es niemals zulassen, dass du ihn erreichst.« In Merets Stimme mischte sich eine Spur von Besorgnis. »Warum ziehst du das Grauen dem Segen vor?«

Ich richtete meinen Blick fest entschlossen hinab in den Abgrund. »Wo finde ich ihn?«

Meret wandte sich ab und schlenderte eine Weile an der Klippe entlang, dann schien sie zu resignieren. Ich hatte erwartet, sie würde auf einen fernen Punkt der Nekropole deuten oder sich dem Nebel am Horizont des Limbus zukehren, um mir die Richtung zu weisen, doch zu meiner Überraschung deutete sie hinauf in den grauen Pseudohimmel, auf einen Punkt irgendwo weit über der Stadt.

»Dort oben? Ist das dein Ernst?«

Meret schwieg.

Fantastisch, Krispin. Jetzt bräuchtest du diesen Archon mit seiner fliegenden Schrottmühle.

Ich kniff die Augen zusammen und beobachtete die hoch über den Dächern schwärmenden Insekten. Offenbar handelte es sich dabei um die gleichen Monster, die ich bereits auf meiner Taxifahrt durch das antike Babylon gesehen hatte. »Was ist mit den Fliegen?«, fragte ich Meret. »Können sie einen Menschen tragen?«

»Die Nasu unterstehen Hath. Ich bezweifle, dass sie auf mich hören werden.«

»Kannst du einen Paraboliden rufen?«

»Warum kletterst du nicht gleich ins Maul eines Drachen?«

Ich sah in die Ferne, auf den Schwarm fetter schwarzer Leiber, der über der Stadt kreiste. Die Sache behagte mir ganz und gar nicht, aber es war immerhin eine Möglichkeit.

»Ruf die Nasu.«

»Alle?« Meret lächelte säuerlich.

»Eines dieser Monstren genügt.«

»Überleg es dir gut«, warnte sie. »Was die Chroner innerhalb der Stadt sind, sind die Nasu über ihr.«

»Ruf sie!«

Merets Blick flackerte. »Du bist ein Narr, Hippolyt Krispin!«, bescheinigte sie mir leise. Dann wandte sie sich um und starrte konzentriert in die Ferne. Wenn sie einen Ruf äußerte, so war er für meine Ohren nicht wahrnehmbar.

Ultraschall, Krispin. So machen es auch die Fledermäuse. Oder Telepathie . . .

Wie sie es auch anstellte, es zeigte Wirkung. Drei der fliegenartigen Kreaturen waren es, die sich aus dem Schwarm lösten, gedrungene, schwarze Ungetüme. Sie näherten sich mit enormer Geschwindigkeit, und ich bemerkte schnell, dass ich mich in Babylon verschätzt hatte, was ihre Größe betraf: Sie waren weitaus größer als Kühe. Der Umfang ihrer fetten Leiber musste an den von Elefanten heranreichen. Das ohrenbetäubende Brummen ihrer Flügel ließ den Boden vibrieren, als sie schließlich wie Helikopter über uns kreisten. Was mich nun mit weitaus größerem Grauen erfüllte, waren ihre Köpfe – Menschenköpfe mit riesigen hervorquellenden Augen, um das fünffache aufgebläht und in die grotesken Umrisse von Fliegenköpfen gezwungen. Ihre Stimmen, falls sie überhaupt als solche zu bezeichnen waren, formten eine Mischung aus menschlicher Sprache, Schnarren und missklingendem Zirpen.

»Was willst du, Meret?«, rief eine der Kreaturen. Ihr Organ schnitt schmerzhaft schrill durch das ohrenbetäubende Brummen ihrer Flügel. »Uns füttern?«

»Nein, Sfraahn.« Der Sturm, den die drei Flügelpaare über uns erzeugten, drückte mich fast zu Boden. »Ich wünsche, dass ihr meinen Begleiter ins Zentrum bringt!«

»*Du* wünschst?« Die drei Fliegenmonster lachten; Geräusche, die klangen wie drei simultan gestartete Racing-Trucks. »Du hast zu bitten, Meret!«

Die Hybride ballte die Fäuste, derweil ich es vorzog, in Anbetracht der dornenbewehrten Klauenfüße den Mund zu halten.

»Dann – bitte ich dich darum, Sfraahn«, rief sie, »ihn trockenen Fußes im Zentrum abzusetzen.«

»Trockenen Fußes? Seit wann behalten die Verdammten in den Sümpfen trockene Füße?« Wieder erscholl das blecherne, dröhnende Lachen der Nasu. »Und seit wann bestimmst du über das Schicksal der Verdammten, Agarepth?«

»Er ist ein Iretmeth!«, gab Meret zurück.

»So?« Das Ungetüm neigte den Kopf. »Und welcher der beiden soll das sein – jener, der dort liegt, oder jener, der neben dir schlottert?«

»Dieser.« Meret deutete auf mich.

»Der da? Ist der Kriecher etwa entwischt?« Das Fliegengeschöpf sank ruckartig tiefer. »Du!«, herrschte sie mich an. »Was hast du auf dem Limbus zu suchen?«

Ich blickte wie versteinert in die Fliegenfratze. Ansätze von Fühlern wuchsen aus dieser Karikatur eines Gesichtes.

»Antworte!«, schrillte die Nasu und schlug mit einem ihrer dornenbewehrten Vorderbeine zu. Es war, als hätte mich ein Morgenstern getroffen. Die Wucht des Hiebes wirbelte mich meterweit durch die Luft, und noch bevor ich auf dem Boden aufschlug, legte sich ein blutiger Schleier über meine Augen. Ich blieb zusammengekrümmt liegen, überwältigt vom Schock des Hiebes und dem alles beherrschenden Schmerz, der sich in meiner Brust und in meinem Gesicht ausbreitete. Ich bekam keine Luft mehr, und als ich auf meine Brust blickte, erkannte ich auch, warum: Mein Körper war zerfetzt, der gesamte Brustkorb aufgerissen. Er sah aus, als wäre in meiner rechten Lunge ein Sprengsatz explodiert. Gebrochene Rippen ragten aus der klaffenden Wunde wie Marterpfähle, und ich sah einen Teil meines schlagenden Herzens und die Reste meiner Lungenflügel. Die Wunde verlief über meinen aufgerissenen Hals bis zu meinem erblindeten rechten Auge. Fetzen meiner Kleidung und meines Brustkorbes hingen an den Dornen des Fliegenbeines.

»Schluss damit!«, rief Meret. Ihr Hinterleib verwandelte sich blitzartig, die Schwanzspitze mit dem Giftstachel schoss in die Höhe wie eine Harpune. Mit einem dumpfen Krachen durchbohrte sie den chitingepanzerten Unterleib meines Angreifers, ehe dieser an Höhe gewinnen konnte. Die Nasu gab ein schrilles Pfeifen von sich, das in ein erbärmliches Gurgeln überging, dann plumpste sie zu Boden. Ihre riesigen Flügel schwirrten in wilder Agonie, wirbelten Gras, Erde und Steine durch die Luft. Schließlich erlahmten ihre Bewegungen, und sie lag still. Aus dem gesamten Leib des Ungetüms quoll ätzender, zischender Schaum, unter dem das Gras zusammenschrumpfte.

Die beiden übrig gebliebenden Nasu zogen es vor, Abstand zu Merets peitschendem Dornenschwanz zu gewinnen, wobei sie finster auf uns herabblickten.

»Das wird Folgen haben, Meret!«, zirpte eine von ihnen.

Die Hybride bildete mit ihrem Schlangenleib einen schützenden Wall um mich, indes ich verzweifelt nach Luft rang. Der Schmerz der Wunde und die Erstickungsqual ließen die Welt um mich herum zu bunten Kreisen zerplatzen. »Es wird heilen«, versprach Meret, deren Gesicht ebenfalls von mühsam beherrschtem Schmerz gezeichnet war. »Ich habe dich vor ihnen gewarnt. Sie unterstehen Hath. Wenn du immer noch vorhast, dem ... *Architekten* der Duat gegenüberzutreten, dann wirst du auch ihm begegnen ...«

Ich wollte etwas erwidern, aber wie sollte ich ohne Kehlkopf? Obwohl der Schmerz immer grausamer wurde, blieb mir eine gnädige Ohnmacht verwehrt. Was konnte ich tun? – Meret durch stumme Gesten bitten, mir ihren Stachel ins Hirn zu bohren?

Leide, Kematef!, spottete Giza. *Schenke der Hölle ihren Sinn!*

Ich erkannte hinter dem Schmerz in Merets Augen so etwas wie Anteilnahme. Mitleid für jenes *Aphoes*-Wesen, das in der realen Welt mit mir vereint war und das sie liebte. Aber auch etwas anderes: Den Vorwurf, dass es mir nur recht geschähe, zerfetzt vor ihr zu liegen.

»Bist du sicher, dass es die Qual wert ist, noch einmal vor Thots Augen zu treten?«, fragte Meret. »Was dir angetan wurde, war nur das Werk eines seiner Geschöpfe. Glaubst du wirklich, an dem Ort, an den du gelangen willst, herrscht Barmherzigkeit? Wie, glaubst du, wird Thot wohl Gericht über dich halten für die Dreistigkeit, ihm unter die Augen zu treten?«

In der blutigen Fleischmasse, die mein Gesicht war, öffnete und schloss sich nur ein stummer Schlund, dem die Stimmbänder fehlten. So blieb mir nichts anderes übrig, als zu nicken, während in meinem heilen Auge ein entschlossenes Feuer erglomm, zu dem sich die Wut und der Schmerz gesellten.

Merets Schlangenleib bebte, während die beiden Fliegenmonster das Geschehen aus sicherer Entfernung verfolgten. Sie hatten sich an der Klippe des Limbus niedergelassen und beobachteten uns. »Du hast mir etwas versprochen, als wir uns in deiner Welt trafen«, erinnerte mich Meret »Nicht *ich* habe *dich* auserwählt, Kematef, sondern *du mich!* Waren es denn nicht schon genug Qualen, die du ertragen musstest? Willst du all das, was ich dir geben kann, gegen die endlose Verdammung eintauschen und mich mit dir reißen? Was damals in Kairo passiert ist, wäre ohnehin passiert. Ich bin nicht als Dämon zu dir gekommen, um dich in die Finsternis zu zerren, sondern um dich davor zu retten. Sechs irdische Nächte hätten genügt. Begreifst du es denn noch immer nicht? Thot missgönnt uns allen, wozu er nie fähig sein wird: *Sarara* wenigstens für die kurze Zeitspanne eines Menschenlebens wieder zu entkommen. Musst du denn erst seine Grausamkeit und seinen Hass erfahren, um dies zu erkennen?«

Ich starrte sie an. Selbst der übermächtige Schmerz war bei

Merets Worten in den Hintergrund getreten. Einen Augenblick lang kreuzte mein Blick den starren Augenausdruck Byrons, der nach wie vor leblos im Gras lag. Seine Augenfarbe hatte sich verändert. Waren seine Pupillen zuvor stahlblau und von orangeroten Sprenkeln durchsetzt gewesen, schimmerten sie nun in einem tiefen Braun, das auf gelblichen Augäpfeln schwamm; mit Sicherheit die wahren Augen Shabani Ildou Bouralehs …

Ich streckte meinen Arm nach Meret aus, während ich mit der anderen Hand meine klaffende Wunde zusammenhielt. Es würde etliche Stunden dauern, bis sie sich schließen würde und ich die ersehnte Luft in eine verheilte Lunge saugen durfte.

Zum ersten Mal, seit ich an diesem Ort war, wünschte ich mir, ich könne sterben …

Ich tat es nicht.

Qualvoll langsam schloss sich mein Brustkorb. Die Rippen sanken zurück ins Fleisch wie eine sich zeitlupenhaft schließende Venusfliegenfalle, und irgendwann begann ein neuer Augapfel meine leere rechte Augenhöhle auszufüllen. Mit dem ersten Licht, das durch die nachgewachsene Pupille fiel, gelang mir auch der erste mühevolle Atemzug. Irgendwann zeugte von der schrecklichen Verletzung nur noch zartes hellrotes Fleisch, das vom Bauchnabel über den Hals bis zur Stirn reichte.

Ich setzte mich vorsichtig auf und sog die herrlich stinkende Luft literweise in meine Lungen. Der Leib der getöteten Nasu hatte sich völlig zersetzt. Nur eine dünne Chitinhülle war von ihr übrig geblieben und raschelte wie Papier, während sie in sich zusammensank. Byron war noch immer jenseits von Gut und Böse. Wenn ich bedachte, dass das gleiche Säure-Giftgemisch, welches dem Fliegenmonster den Garaus gemacht hatte, auch seinen Körper erfüllte, beschlich mich das

Grauen. Wahrscheinlich war er sogar bei Bewusstsein, derweil sein Körper sich innerlich unentwegt zersetzte und wieder regenerierte, solange die Wirkung der Substanz anhielt. Er musste unvorstellbare Qualen leiden. Oder auch nicht, falls sein Gehirn in den Vorgang miteinbezogen war. Ich wünschte ihm Letzteres.

Meret hatte sich wieder in den Sahia-Körper zurückverwandelt und saß neben mir im Gras. Ihr Blick war erschreckend leer.

»Sie warten auf dich«, sagte sie. Ich sah hinüber zu den übrig gebliebenen Nasu, die immer noch geduldig auf der Klippe hockten und auf Kobe miteinander stritten. »Sie werden dich ins Zentrum der Duat bringen. Ich hoffe für dich, dass sie ihr Versprechen einhalten. Es gibt hier keinen Gott, der dir Gnade gewährt, falls sie es nicht tun.«

Ich blickte in die düstere Ferne, wo die Sümpfe liegen mussten. »Du wirst mich nicht begleiten?«

Meret lachte krampfhaft auf. »Ich werde immer bei dir sein«, flüsterte sie. »Auch wenn du *ihm* gegenübertrittst.«

Ihre Lippen zuckten, sie bemühte sich, meinem Blick auszuweichen. Diese äonenalte Kreatur in der Gestalt eines wunderschönen ägyptischen Mädchens kauerte vor mir im Gras wie ein Harianopfer, das sich seines Schicksals nicht erwehren konnte. Ich sprang über meinen Schatten, nahm ihren Kopf und küsste sie auf die Stirn, auf ihre Augen und auf den Mund. Alles fühlte sich an wie bei einem Menschen. Wenn ich es nur nicht besser gewusst hätte ...

Meret schenkte mir einen unergründlich tiefen Blick, in dem so viel lag, dass es mir unmöglich war, ihm standzuhalten.

»Was wird aus Byron?«, fragte ich.

»Um den werde ich mich kümmern«, versprach Meret. »Aber du wirst ihn niemals wiedersehen.«

Ich nickte. Dann erhob ich mich und lief auf die beiden riesigen Fliegen zu. »Wie soll das funktionieren, ohne dass ich mich verletze?«, fragte ich und betrachtete argwöhnisch die dornenbewehrten Beine, die so dick waren wie Laternenpfähle.

»Ein bisschen Spaß muss sein«, zirpte die Nasu, der ich am nächsten stand.

»Wenn du nicht zappelst, dann gibt's nur ein paar Löcher«, versprach die andere.

Ich sah über die Klippe hinweg. »Wie weit ist es bis ins Zentrum?«

»In Kilometern oder Meilen?«, fragte eines der Fliegenmonster.

»In Statute-Meilen oder geographischen Meilen?«, das andere.

»Ersteres genügt.«

»Weit über zweitausend Kilometer. Und noch einmal fast dreihundert bis zur Axis«, erläuterte die Nasu rechts von mir. »Aber diese Strecke wirst du zu Fuß bewältigen müssen, denn wir bringen dich nur bis ans Ufer der Sümpfe.«

Allmächtiger! Das würde bedeuten, dass Elijah Recht gehabt hatte und die Stadt tatsächlich einen Durchmesser von über fünftausend Kilometern besaß – mit einem sechshundert Kilometer breiten Sumpf in ihrer Mitte!

Nach kurzem Zögern lag ich auf den zusammengefalteten Beinen einer der beiden Nasu wie ein Fakir auf einem Nagelbrett. Glücklicherweise wuchsen ihr die Dornen in einem für mich günstigen Winkel aus dem Bein, der nur die wenigsten von ihnen in mein Fleisch dringen ließ. Dennoch ruhte ich äußerst unbequem. Die Dornen waren so lang wie Dolchklingen, und ich fühlte mich wie auf riesige Rosenstengel gebettet. Der Fliegenleib stank widerwärtig, ich sehnte mich nach dem erlösenden Wind des Fluges.

»Kematef …«

Ich verdrehte den Hals und spähte zurück. Meret trat neben die Nasu. »Solltest du dein Ziel tatsächlich erreichen, wirst du der Achtheit begegnen …« Täuschte ich mich, oder flackerte in Merets Augen Furcht? »Egal, was sie zu dir sagen werden, höre nicht auf sie!«, beschwor sie mich. »Gehe niemals auf ihre Worte ein. Niemals!« Dann wandte sie sich abrupt um und schritt davon, in Richtung Horizont.

»Wohin gehst du?«, rief ich ihr nach.

»In den Garten Jaru.« Sie verharrte für einen Moment, dann sagte sie: »Ich möchte auf dein Versagen vorbereitet sein, um zumindest den *Aphoes* retten zu können. Solltest nicht du, sondern Thot deinen irdischen Körper in Besitz nehmen, werde ich zur Stelle sein.«

»Du willst Thot entgegentreten?«

»Nein«, widersprach Meret. »Dich töten!«

Der Leib der Nasu begann zu vibrieren, gleichzeitig ertönte wieder das dröhnende Brummen ihrer Flügel. Ohne Vorwarnung stieg das Ungetüm in die Höhe. Ich krallte mich an die Dornen, als es die Klippe überflog und sich unvermittelt zweitausend Meter Leere unter mir befanden. Die Nasu flog unglaublich schnell, und der mir entgegenwehende Sturm raubte mir fast den Atem. Im Nu hatten wir eine Strecke zurückgelegt, für die ich zu Fuß Tage benötigt hätte. Bereits nach kurzer Zeit durchquerten wir den Schwarm ihrer Artgenossen, und ich fühlte mich unvermittelt wie in einer Luftschlacht. Hunderte von Nasu kreisten um uns herum, ihr Flügelschwirren steigerte sich zu infernalischem Getöse. Schrille Stimmen wurden laut, als wir zwischen ihnen hindurchflogen, und verstummten ebenso schnell wieder.

»Wen hast du denn da, Smeersth?« – »Hast du eine Wette verloren, Smeersth?« – »Du hast da was Ekliges an den Beinen hängen, Smeersth!« – »Bist du auf Hochzeitsreise,

Smeersth?« – »Wohin willst du denn mit dem Kriecher, Smeersth?« – »Hurtig, hurtig, Smeersth!« Und so weiter.

Die Nasu schwieg tapfer, und der Schwarm ihrer Artgenossen blieb alsbald hinter uns zurück. Unter mir zogen die Sektoren vorüber, durch die ich mich – wie auch immer – hindurchgeschlagen hatte; Babylon, der Tempersektor, das brennende Rom, die Demagogen-Paläste, Elijahs Turm ... Das feuerspuckende Ungetüm auf dem Dach des Wolkenkratzers, das ich anfangs für die Attraktion eines Vergnügungsparks gehalten hatte, war tatsächlich ein Drache! In der Ferne sah ich die Flammen des Branntweinsees, und ich glaubte sogar, Merets Palais zu erspähen, von dem aus meine Odyssee begonnen hatte. Weitere, bislang unbekannte Abschnitte tauchten auf; Gebäude aus wuchtigen Felsen, Stadtviertel, die Slums ähnelten, trutzige Burgen, Sektoren, die kreisrund angelegt waren, solche, deren Gebäude aussahen, als seien sie aus Knochen errichtet, und andere, die sich zu bewegen schienen und über den Boden glitten wie riesige Schnecken. Stadtteile, deren Häuser und Türme aus Fleisch zu bestehen und zu bluten schienen, brennende Sektoren, rot glühende oder pechschwarze, als seien sie aus Kohle, Schlacke und Verbranntem errichtet. Ich entdeckte weitflächige Industriegebiete mit qualmenden Schloten, Kraftwerke, Bahnhöfe und Kathedralen. Durch alles hindurch schlängelte sich der Fluss, dem die Nasu folgte, mit seinem zunehmend dreckiger und ungesünder aussehenden Wasser, verschwand ab und zu in unterirdischen Kanälen und verlor sich weit vor uns im Dunst.

Je näher wir dem Zentrum kamen, desto finsterer wurde es. Die Nasu flog knapp unter der Wolkendecke, einem stinkenden, ätzenden Brodem aus Asche, Rauch, Nebel und Smog. Es roch nach Ammoniak und Schwefel, verbranntem Horn und Fleisch, nach Chlor, Brom und Verfaultem. Unsere Geschwindigkeit war enorm. Ich konnte im Flugwind kaum den Kopf gerade halten. Meine Haut schlug Wellen wie eine Flagge im Sturm, und meine Wangen flatterten, dass ich fürchtete, sie könnten sich von meinen Jochbeinen lösen. Von meiner ohnehin ramponierten Kleidung wehten irgendwann nur noch Fetzen an mir.

Nach einigen Stunden bildete ich mir ein, in der Ferne keine Häuser mehr zu sehen, doch das konnte auch an der mittlerweile herrschenden Dunkelheit liegen. Dann, als die Finsternis fast greifbar war, wandelte sich der Fluss zu einem weiten Delta, während die Stadt in Sumpf und Moor zu versinken schien. Unter uns lagen die Sümpfe, bedeckt von Dunst und einem alles verschleiernden Teppich aus Dampf. Weit vor uns befand sich eine Art Turm, eine riesige Säule oder ein Kamin, der bis in die Wolkendecke hinaufragte. Er sah aus, als würde er von Scheinwerfern angestrahlt oder besäße eine Aureole, die ihn erst sichtbar werden ließ. Ich kniff die Augen zusammen, aber das Bauwerk war zu weit entfernt und zu schemenhaft, um zu erkennen, worum es sich handelte.

»Die Sümpfe!«, zirpte in diesem Augenblick die Nasu. »*Au revoir!*«

Plötzlich öffneten sich die Fliegenbeine unter mir, und ich befand mich im freien Fall. Mein Herz setzte zwei Schläge aus, indes meine gesamten Innereien in meinen Kopf zu schießen schienen. Ich schrie in Panik auf, ruderte mit Armen und Beinen, um irgendeinen Halt zu fassen, doch da war nichts. Die Nasu hatte mich fallen gelassen! Dieses gottverdammte Scheusal hatte mich einfach fallen gelassen!

Der Sumpfboden stürzte mir viel zu schnell entgegen, als dass ich begreifen konnte, was überhaupt geschah. Sollte ich mit den Füßen voran aufschlagen, würde ich höchstwahrscheinlich wie ein Spargel im Moor stecken bleiben. Tat ich es mit meiner Breitseite, dann würde ich vermutlich nur einen Meter tief einsinken, aber über die zehnfache Fläche verteilt werden.

Also zusammenrollen, die Knie zwischen die Arme klemmen, die Luft anhalten und hoffen, dass es so richtig schön klatscht!

In welcher Körperhaltung mein Bodenkontakt letztlich zustande kam, konnte ich im Nachhinein nicht mehr genau sagen. Ich vernahm ein Geräusch, das sich anhörte, als bräche man eine Hand voll dünner Äste in der Mitte entzwei, und wusste, dass es mindestens die Hälfte meiner Knochen gewesen waren.

Lazarium 16 • Vollzugsraum

»Wachen Sie auf, Mister *Ka!*«

Er öffnete mühsam die Augen und blickte an eine Zimmerdecke, ohne im ersten Moment zu begreifen, dass es nicht der Himmel war, dann sah er sich benommen um. Keine Felder mehr, keine schwer dahinziehenden Wolken, kein Regen aus Rost und Blut, keine Erzenen. Sie hatten ihn in der Nebelschlucht aufgegriffen und wieder ins Sanatorium zurückgebracht. Seine Arme schmerzten von den Stichen der Injektionsnadeln, sein gesamter Körper schien äußerlich wie innerlich eine einzige Wunde zu sein. Das Gesicht von Schwester 26 tauchte in seinem Sichtfeld auf. Sie beugte sich heran, warf kurz einen Blick über ihre Schulter und musterte schließlich *Ka*.

»Wissen Sie, wo Sie sich befinden?«

»In der Hölle«, antwortete er schwach.

»Ganz und gar nicht. Zumindest noch nicht.« Die Schwester wandte sich dem Mann im weißen Kittel zu, der ihr bereits vor *Kas* Flucht aus dem Sanatorium assistiert hatte. *Ka* wollte den Kopf heben, spürte zu spät die Halsschelle und drückte sich die Kehle ein. Hustend sank er zurück und schluckte widerlich schmeckenden Speichel herunter.

»Ich möchte nicht, dass der Patient während seines Aufenthalts noch einmal den Sicherheitsbereich verlässt, haben Sie verstanden, 87155?«, herrschte die Frau den dickgesichtigen Assistenten an. Der Weißkittel murmelte eine leise Antwort. Die Schwester sah wieder auf *Ka* herab. »Wie geht es Ihnen?«

»Ich habe Durst«, flüsterte er. »Bitte geben Sie mir einen Schluck Wasser.«

»Wie geht es Ihnen?«, wiederholte die Frau ihre Frage.

Ka schloss resigniert die Augen. »Es geht mir gut.« Seine Stimme war nur ein Flüstern. »Ich bin ein schutz- und pflegebedürftiges *Ka*-Fragment. Die Aura des Sanatoriums erfüllt mich mit Liebe und Wärme ...« Ihm war bewusst, dass jedes seiner Worte protokolliert, jede Lippenbewegung gefilmt, jede Temperaturschwankung seines Körpers analysiert wurde. Jeder Schweißausbruch wurde aufgezeichnet, jede Pupillenbewegung dokumentiert, jede Herzfrequenzschwankung gespeichert.

Die Schwester sah ihn an, und er erwartete bereits das Handzeichen für einen Stromstoß, doch sie sagte nur: »Mister *Ka,* Mister *Ka*...«, und fuhr sich mit der Hand über die Augen. Ein seltsames Verhalten für eine Maschine, wie *Ka* fand. »So Leid es mir tut, aber Sie gefährden den Plan.«

»Dieser Plan ist ein ebenso leeres Gebilde wie diese lebenserhaltende Maschine und der Jaru-Garten«, murmelte *Ka.* »Er hat noch niemanden gerettet. Das Sanatorium ist voll von verlorenen Seelen, die vor toten Monitoren hocken und stumpfsinnig auf ihr verblasstes Leben starren. Alle, die bisher an diese Maschine angeschlossen waren, sind dahingeschieden. Alle!«

»Darum gibt es innerhalb dieser Mauern auch keine Hoffnung mehr für Sie, Mister *Ka*«, sagte die Schwester und betätigte einen verborgenen Mechanismus, der die Schellen um seinen Hals und seine Gelenke aufschnappen ließ. Mühelos schob sie die Arme unter seinen Körper und hob ihn von der Liege. *Ka* bäumte sich auf, war jedoch viel zu schwach, um sich erfolgreich zu wehren. Die verabreichten Infusionen hatten gerade mal ausgereicht, um ihn ›am Leben‹ zu halten.

»Wohin bringen Sie mich?«, fragte er beunruhigt, nachdem die Schwester den Raum verlassen hatte und ihn durch endlos wirkende Korridore trug.

»An Ihren Platz, Mister *Ka.*«

Die Tür nach draußen öffnete sich so abrupt, dass *Ka* – geblendet von der plötzliche Helligkeit und dem heißen Sturmwind, der an ihm zerrte – alarmiert aufstöhnte. Davon unbeeindruckt behielt die Schwester ihn im Griff und schritt über unebenes Gelände zügig bergab. Das ferne Aneinanderschlagen unzähliger Knochen verriet *Ka,* wo sie waren: wieder über den Feldern.

Noch bevor sich seine Augen gänzlich an das Licht der tiefstehenden Sonne gewöhnt hatten, ließ die Schwester ihn unsanft zu Boden fallen. *Ka* war sich sicher, mehrere seiner spröden Knochen gebrochen zu haben. Seine Rippen waren eingeknickt wie dünne Kerzenstiele.

Ka wollte aufschreien, doch ein zufälliger Blick bergauf verschlug ihm die Sprache. Zum ersten Mal sah er das Sanatorium von außen – und sein Anblick erdrückte ihn fast durch seine Wucht. Auf dem Grat eines sich sanft wölbenden Bergrückens erhob sich in kilometerweitem Halbrund eine kolossale Maschine, ein gigantischer Gerätekomplex aus Metall, Glas und Kunststoff; Monitore, die Blutdruck, Gehirnströme und Herzrhythmusfrequenzen wiedergaben, Anzeigen für Pulsoxymetrie und den CO_2-Gehalt des Hämoglobins, für Körpertemperatur und Beatmungsdruck. Diagramme erleuchteten die Landschaft wie grüne und blaue Blitze, kilometerlange Kabel und Plastikschläuche, so dick wie Eisenbahntunnels, führten in die Wolken hinauf. Die gigantische Maschine wurde gekrönt von einem altmodischen, gläsernen Beatmungsgerät.

Die Augen der Schwester blitzten im Abendrot. »Sie waren ein schwieriger Fall, Mister *Ka*«, erklärte sie. »Vielleicht der schwierigste, den wir je hatten. Jener, auf dessen Wiederkehr viele Menschen so sehnsüchtig warten, war ebenfalls ein Iretmeth. Zwar sorgte auch er seiner Natur entsprechend für Unruhe, aber sein *Ka* zu betreuen war ein Kinderspiel gegen die Mühen, die Sie uns bereiteten. Wissen Sie noch, was das ist – ein Kinderspiel?«

Ka sah die Frau an, unfähig zu antworten.

»Himmel und Hölle ist ein Kinderspiel, Mister *Ka*«, fuhr die Schwester in ihrem Monolog fort, »Sehen Sie sich um. Jaru ist ebenfalls ein Kinderspiel. Die *Sarara*-Sphäre ist ein intelligentes, vielschichtiges System. Doch je komplexer der Geist, desto größer wird der Wunsch, ihn zu befreien. Und das ist dem Plan ein Gräuel.«

Ehe *Ka* es verhindern konnte, stieß sie die Finger ihrer rechten Hand wie eine Fangkralle in seinen Brustkorb. Der seinen Körper lähmende Strom ließ *Ka* zusammensacken. Gleichzeitig zwang der explodierende Schmerz ihn zu einem Schrei, der sich als heiseres Pfeifen Bahn brach.

»Gehen wir, Mister *Ka*«, sagte die Schwester. »Die Liebe des Schöpfers wartet auf Sie ...«

Sie riss ihn herum und zerrte ihn wie ein erlegtes Tier den Hügel hinauf. *Ka* spürte ihre um sein Brustbein geklammerten Finger zwischen den Rippen, unfähig, einen einzigen Muskel zu bewegen oder gegen den Schmerz des Stromes und der Wunde anzuschreien. Seine kraftlosen Arme und Beine schleiften über den Boden, während sein Oberkörper vom Griff der Schwester in der Luft gehalten wurde. *Kas* Kopf war nach hinten gesunken, und er konnte bergan blicken, auf eine Metallkonstruktion, die – einem Sendemast ähnlich – gen Himmel wuchs; ein gedrungener Turm aus Gittern und Streben, dekoriert mit wild im Sturm pendelnden Skeletten. Die gesamte Szenerie stand Kopf, schwankte und schaukelte mit *Kas* kraftlos pendelnden Haupt, verzerrt durch die Tränen in seinen Augen.

Am Mast angekommen, ließ die Schwester *Ka* zu Boden fallen und drehte ihn mit ihrem Fuß auf den Rücken, sodass er über die Felder blicken konnte.

»Hören Sie ihn?«, fragte sie.

Ka schüttelte mühsam den Kopf. »Nein«, presste er unter Schmerzen hervor. »Was meinen Sie?«

Die Frau sah auf ihn herab. »Das ist das Los der Toten: Taubheit und Blindheit.«

»Ich lebe noch.«

»Sind Sie sicher?« Sie zog *Ka* in eine sitzende Stellung und deutete in die Wolken. »Wohnen Sie dem Schisma bei, das sie zu verantworten haben, Mister *Ka.* Es ist ein Schauspiel für die Ewigkeit, einer letzten Erinnerung würdig. Kein Iretmeth hat je solch ein Verbrechen gegen *ihn* begangen wie Sie. Und wofür? Für etwas so Ephemeres wie Erkenntnis. Hören Sie genau hin, Mister *Ka.* Gott jubelt für die Toten!«

Zuerst sah er nur Schatten, vier an der Zahl, die die Wolken verdunkelten. Sie bewegten sich mit ungeheurer Geschwindigkeit und erzeugten ein unheimliches Singen, das sich mit ihrem Näherkommen zu einem ohrenbetäubenden Heulen steigerte. Als sie schließlich aus den brodelnden Wolken hervorbrachen und im Licht des Sonnenuntergangs erglühten, stockte *Ka* der Atem. Er erkannte ein finster blickendes Auge, den Teil eines Mundes, ein Ohr, eine abgebrochene Nasenpartie, den Stumpf eines Horns ...

Mit unvorstellbarem Getöse stürzten die Trümmer des riesigen Steingesichts auf die Ebenen nieder, um – sich überschlagend und wie waidwunde Tiere durch die Atmosphäre torkelnd – in gigantischen Fontänen aus Knochenstaub und verbrannter Erde wieder in den Himmel aufzusteigen. Schwerfällig bahnten sie sich ihren Weg zurück durch die Wolken und wurden schließlich wieder von ihnen verschluckt.

Im selben Augenblick erschütterte ein heftiges Beben den Untergrund. *Ka* krallte seine Finger in den zitternden Boden. Wenige Meter vor ihm brach der Fels auf, ein tiefer, meterlanger Spalt klaffte innerhalb kurzer Zeit im Gestein.

»Warum bleiben die Trümmer nicht liegen?«, rief *Ka* erstickt.

»Weil der Plan noch immer Gültigkeit besitzt. An jedem Ort des Gartens können *seine* Bruchstücke fortan fallen und alles unter sich zermalmen, wieder und wieder. Nie wird es *ihm* gegönnt sein, auf den Ebenen seine Ruhestätte zu finden, bis die Maschine zerstört ist und *seine* Trümmer selbst zu Staub zermahlen sind. Welch ein Delikt gegenüber dem Plan, Mister *Ka!* Welch ein Delikt!«

Sie packte *Ka* und schleifte ihn hinüber zum Sendemast. Dort angekommen, lehnte sie ihn gegen eines der Turmbeine. Mit der freien Hand ergriff sie eine massive, von einem Ausleger herabhängende Kette und schlang sie *Ka* mehrfach um Oberkörper und Arme.

»Was – haben Sie vor …?«, keuchte er.

»Ich bringe Sie an Ihren Platz.« Die Schwester beugte sich heran und hauchte ihm einen stahlkalten Kuss auf die Lippen. »Es ist aufrichtiger, für den Plan zu sterben als für die Erkenntnis zu leben, Mister *Ka!*« Mit unmenschlicher Kraft zog sie die Kette an. *Ka* schrie auf, wurde von einer Art Seilzug in die Höhe gerissen und schoss der Turmspitze entgegen, bis er zwanzig Meter über dem Boden schwang. Dann hielt die Schwester inne und befestigte die Kette an einer Strebe des Mastes. Halb besinnungslos vor Schmerzen, hing *Ka* in Eisen geschlagen und sah in die Tiefe. Seine Schultergelenke waren gebrochen, dickes Blut quoll ihm aus der Brustwunde und der Nase.

Der Körper der Schwester flackerte wie eine Bildstörung, während sie bedächtig rückwärts schritt und ihr Werk zu begutachten schien. Dann löste sich in ein strahlend grelles Licht auf, das dem Flusslauf folgte und am Horizont verschwand.

Mekropalladium 26

Der Prozess der Heilung war langwierig und qualvoll, doch ich konnte zumindest nach kurzer Zeit wieder atmen. Glücklicherweise war ich nicht ins Wasser gestürzt, sondern auf nachgiebigen, mit Moos und Sumpfgras bewachsenen Grund. Neben und unter meinem zerschmetterten Körper gurgelte und blubberte es, als die Mulde, die ich geschlagen hatte, sich langsam mit brackigem Sumpfwasser füllte. Glücklicherweise war sie nicht so tief, dass es mich überschwemmte. Als die Schmerzen erträglich genug waren, um mich bewegen zu können, kroch ich rückwärts aus dem Tümpel und erlebte die restliche Genesung auf einer breiten Sumpfgrasinsel.

Als ich wieder laufen konnte, riss ich ein paar von den Fetzen ab, in die sich meine Kleidung während des Flugs mit der Nasu verwandelt hatte, und wickelte sie provisorisch um meine Füße. Dann begann ich auf einem schmalen Trampelpfad – höchstwahrscheinlich ein Weg, auf dem Chroner patrouillierten – auf das turmartige Bauwerk zuzulaufen.

Hier, im Zentrum der Duat, herrschte die Nacht, das Böse in seiner ästhetischsten Form. Vereinzelt hörte ich Flüche, Wimmern, Schreien oder kräftiges Plantschen und Würgen, als ob an unzähligen Stellen Menschen ertränken. Da und dort reckte sich ein Kopf oder ein Arm aus dem stinkenden Wasser, und in der Ferne entdeckte ich sogar einen Trupp von Chronern, die auf einem ähnlichen Pfad wie dem meinen angehalten hatten und auf etwas unterhalb der Wasseroberfläche einstachen. Als sie mich entdeckten, schwenkten sie wütend ihre Rebaschen. Ich vernahm herüberwehende Flüche und Drohungen. Zwischen uns lag jedoch bodenloser

Sumpf, wobei ich hoffte, dass die beiden Pfade, auf denen die Chroner und ich uns befanden, nicht ein paar Kilometer weiter ineinander mündeten. Gelegentlich blickte ich mich nach den Aufsehern um, doch sie trotteten in die entgegengesetzte Richtung davon.

Etliche Kilometer weit wanderte ich auf das monumentale Bauwerk zu, das die Mitte der Hölle zu markieren schien. Trotzdem hatte ich den Eindruck, mich meinem Ziel keinen Schritt zu nähern, so enorm war die Strecke, die ich noch zu bewältigen hatte. Annähernd dreihundert Kilometer wären es bis zur Axis, hatte die Nasu behauptet. Hatte sie damit auf die *Axis mundi* angespielt; jene legendäre Weltenachse, um die sich das Firmament dreht?

Ab und zu sah ich einen nackten Körper sich dicht unter der Sumpfoberfläche emporwinden, um einen Blick auf mich zu erhaschen und sofort wieder zu versinken. Einer der schlickverschmierten Köpfe tauchte in meiner unmittelbaren Nähe aus dem Brackwasser auf. Er ging jedoch nicht wieder unter, sondern bewegte sich langsam auf das Ufer zu, ohne mich aus den Augen zu lassen. Unschlüssig, ob der Verdammte nur neugierig war oder etwas im Schilde führte, blieb ich stehen und beobachtete ihn. Möglicherweise hatten die Chroner ihn geschickt, um mich in die stinkende Brühe zu zerren. Wer wusste schon, was er unter Wasser in den Händen hielt – vielleicht einen Dolch, oder einen Strick, um mich zu fesseln? Der Büßer machte jedoch keine Anstalten, mich anzufallen oder auch nur an Land zu klettern. Schweigend blieb er bis zum Hals im Wasser und belauerte mich. Aus seinen Haaren troff übelriechender Schlick und rann zäh über das dickliche, aufgedunsene Gesicht. Er mochte siebzig oder achtzig Jahre alt sein, besaß eine Stirnglatze und hatte den Mund abfällig verzogen.

»Was wollen Sie?«, fragte ich, als er weiterhin tatenlos vor dem Ufer herumschwamm. Sein Gesichtsausdruck wurde lediglich eine Spur grimmiger. Ich riss ein paar Büschel Sumpfgras aus. »Hier, halten Sie sich daran fest«, bot ich ihm an und hielt ihm die Garbe hin, um ihm aus dem Sumpf zu helfen. Er zuckte hoch und schnappte mit den Zähnen nach meinen Fingern wie ein tollwütiger Hund. Ich zog die Grasgarbe zurück. »Was soll das?«, regte ich mich auf. »Warum wollen Sie sich nicht helfen lassen? Bereitet es Ihnen Freude, sich im Dreck zu suhlen?«

»Wer bist du, dass man dich ungehindert durch die Hölle ziehen lässt?«, fuhr mich der Mann an. »Ein Heiliger?« Er sprach Kobe, sein Dialekt ließ jedoch auf eine italienische oder spanische Herkunft schließen.

»Nein. Und Sie? Was haben Sie verbrochen, dass Ihnen die Brühe nun bis zum Halse steht?«

Der Kopf versank für einen Augenblick im Schlick, tauchte wieder auf und spie mir einen Schwall stinkenden braunen Wassers ins Gesicht.

»Warum tun Sie das?«, fragte ich ungerührt.

»Damit du nicht glaubst, ich schwämme in Bouillon!«

»Ich habe Sie etwas gefragt«, beharrte ich.

Der Kopf knurrte wütend. »Sag mir zuerst deinen Namen!«

»Ich heiße Hippolyt.«

Der Kopf brummte etwas Unverständliches, schnaubte durch die Nase und versank wieder bis zu den Augen im Wasser. Es gluckerte vor seinem Gesicht, und ich bereitete mich schon auf einen weiteren Schwall Sumpfwasser vor, doch diesmal war der Mund des Verdammten leer, als er sich wieder emporreckte. »Ich warne dich«, zischte er schließlich. »Hier sind viele ehrenwerte Damen und Herren vorbeigekommen, auf ihren Lippen dieses mitleidige, schiefe Lächeln, das viel besser zu dressierten Hunden passt. Hunde, die in den Gärten ihrer sich selbstauferlegten Banalität dahinsiechen, umzingelt von Mauern aus Aufgeblasenheit, Selbstgefälligkeit und Ignoranz ...«

Er begann zu kreischen und zu jaulen, dann tauchte er unter und blieb für einige Zeit verschwunden. Schließlich schoss er etwas weiter entfernt wie ein Korken aus dem Wasser und rief mit schmerzerfüllter Stimme: »Lass dir gesagt sein, Hippolyt: Sie wussten nicht, was dort oben lauert, ich jedoch sah es! Es sind die alten Götter, und der Schlaf ihrer Vernunft gebar Ungeheuer!«

Der Kopf entfernte sich ruckartig und schoss weiter auf den Sumpf hinaus, als reiße etwas Großes, Kräftiges seinen Körper mit sich.

»Geh wieder zurück, du Tor!«, schrie er aus der Ferne. »Geh zurück . . . !«

Dann versank er und tauchte nicht mehr auf.

Nachdem ich über verschlungene Pfade nahezu pausenlos auf den Turm zumarschiert war, hatte er beträchtlich an Größe gewonnen. Tage mussten es gewesen sein, die ich gewandert war, und ich erschauerte beim Anblick dieses archaischen Bauwerks, von Ehrfurcht ergriffen ob seiner Gewaltigkeit. Höher und mächtiger als alles auf Erden ragte er im Zentrum der Duat empor, eingehüllt in die methangesättigten Dampfschwaden der Sümpfe.

Knöcheltief versanken meine Füße in nassen Moos- und Pilzteppichen. Wie Abszesse überzogen sie die schmalen Pfade, die sich zur Axis schlängelten. Dann hatte ich mich dem Bauwerk endlich weit genug genähert, um zu erkennen, was es wirklich war: keinesfalls ein Turm oder die Weltenachse, sondern eine Wendeltreppe!

Greifbar nah schien sie in den Nachtnebel emporzuwachsen, so, als müsste ich lediglich meine Hand ausstrecken, um sie zu berühren. Über den Sumpf wehten hier nur noch vereinzelt ferne Schreie und Klagen heran. Vorsichtig einen Schritt vor den anderen setzend und immer bedacht, mich in der Mitte des Pfades zu halten, näherte ich mich dem Fuß der

Treppe. Mit jedem Schritt wuchs sie nun höher und höher empor, dann stand ich überwältigt vor der untersten Stufe. Als ich meine Hand nach ihr ausstreckte, sprang eine haarfeine Energieentladung in meine Fingerspitzen über und ließ mich den Arm abrupt zurückreißen. Ein taubes Gefühl lähmte meine Hand, verflüchtigte sich aber nach wenigen Augenblicken. Als ich meine Finger wieder bewegen konnte und sie vorsichtig ein zweites Mal an die Stufe legte, wiederholte sich der Vorfall nicht mehr.

Das Gestein war warm, als wäre Leben in ihm. Die gesamte Treppe schien aus massivem Fels geschlagen worden zu sein, so als hätte man einen Berg, der sich zu Urzeiten hier erhoben hatte, abgetragen, um dieses Bauwerk herauszuschälen. Ich fühlte keine einzige Fuge, keinen noch so winzigen Zwischenraum in dem Gestein. Jede einzelne Stufe bot genug Platz, um ein Mehrfamilienhaus auf ihr zu errichten. Die Stufenkanten reichten mir bis zum Kinn, und ich musste mich mit beiden Armen emporstemmen, um den ersten Treppenabsatz zu erklimmen. Als ich es geschafft hatte, benötigte ich entlang der annähernd fünf Meter hohen Brüstung achtzehn große Schritte, um die nächste Stufe zu erreichen.

Ich zwang mich, mir kein Bild von jenen Wesen zu machen, die dieses Bauwerk geschaffen hatten, um zwischen der Stadt und dem unbekannten Mysterium über dem Pseudohimmel wandeln zu können. Von der Treppe ging eine Energie aus, die mir unangenehm auf der Haut brannte, wenn ich mit dem Fels in Berührung kam. Solange ich frei auf einer Stufe stand und meine in Lumpen gehüllten Füße den Boden nicht direkt berührten, war es angenehm, doch sobald ich in unmittelbaren Körperkontakt zum Gestein kam, begann mich ein Schwindelgefühl zu befallen. Es war, als fasste ich mit beiden Händen an den Elektrozaun einer Pferdekoppel. Ich starrte gegen die von grünen und braunen Kristallschlieren durchzogene Säulenwand, um die sich Wendeltreppe empor schraubte, und verharrte einige Sekunden, bis der Schwindel sich wieder gelegt hatte. Übrig blieb ein Unwohlsein, das mich trotz der Wärme des Gesteins frösteln ließ.

Du hast erst drei Stufen geschafft, Krispin! Hast du das Maul vielleicht zu voll genommen? Sagtest du nicht, du wollest die Sterne sehen?

Wie in Trance setzte ich mich wieder in Bewegung, erkletterte Stufe um Stufe und schaute dabei gelegentlich hinab auf den dampfenden Sumpf, der immer mehr im eigenen Dunst zurückblieb. Ein direkter Blick über die Brüstung blieb mir verwehrt. Unmerklich langsam kam ich dem nachtnebelverhangenen Pseudohimmel näher, und es wurde zusehends kühler. Schließlich drang ich in die Wolken ein, deren Feuchtigkeit sich unangenehm auf die Haut legte. Sie sogen das letzte Erg Wärme aus meinem Körper und begrenzten die Sicht auf nur noch wenige Meter, sodass sich die Winkel und Kurven des Artefaktes in unwirkliche Dimensionen verzerrten.

Dann hörte ich die Musik.

Es waren Melodien, wie sie nie zuvor an meine Ohren gedrungen waren, und sie spotteten jeden Versuchs, sie zu umschreiben oder in begreifliche Worte zu kleiden. Die Musik verschmolz mit den Wolken und der Nacht zu einer lebendigen Wesenheit, die durch die Sphären trieb und sich am Widerhall von der Oberfläche des Sumpfes sättigte. Ich verharrte, schloss gebannt die Augen und lauschte. Dann begann ich die Stufen in gieriger Hast zu erklimmen, wie ein gejagtes Tier – bis ich in meiner Unbesonnenheit auf dem feuchten Untergrund ausglitt. Rücklings stürzte ich, schlug mit dem Kopf gegen den massiven Fels und verlor für einen Augenblick die Besinnung. Benommen richtete ich mich wieder auf und torkelte gegen die Brüstung, die einen weiteren Sturz verhinderte. Lange saß ich zusammengekauert in einer Ecke, verfluchte meine Achtlosigkeit und bemühte mich, das Schwindelgefühl zu beherrschen, das mein Denken lähmte.

Irgendetwas hatte sich verändert. Zuerst war ich nicht fähig, zu bestimmen, was es war, dann fiel mir die Stille auf. Kein einziger Ton jener verzückenden Musik war seit meiner kurzen Ohnmacht aus den Wolken herabgeklungen. Lautlosigkeit und Dunkelheit lasteten auf den Stufen. Es war, als hätte man der Treppe ihre Magie genommen. Die übernatürlich wirkende Kraft, die ihr entströmt war, war versiegt.

Ein kolossaler Schatten schoss durch die Wolken herab, so nah, dass ich für einen Moment fledermausartige Schwingen und ein riesiges Auge erkannte, in dem eine sichelförmige Pupille schwamm. Ein herber Geruch wehte dem Schatten nach, der lautlos wieder im Brodem verschwand. Entsetzt starrte ich in die Wolken, dann zog ich mich bis an die Wand der Brüstung zurück. Wer wusste, ob dieses Ding wiederkam. Seine Kiefer hatten ausgesehen, als könnten sie mühelos einen Fernsehturm zerbeißen.

Aus großer Höhe erschollen kreischende Laute. Sie erinnerten an Vogelschreie, nur waren sie lauter und differenzierter und gemahnten mehr an eine artikulierte Sprache als an die Rufe irgendeines Tiers. Nach wenigen Augenblicken verstummten sie, und die Stille begann wieder auf allem zu lasten. Allerdings nicht lange, denn nachdem ich fünf weitere Stufen erklettert hatte, durchschnitt ein langgezogener, schwerer Ton die Luft. Und bevor sich sein Nachhall in den Wolken verlor, fielen weitere wundervolle Klänge ein und begannen erneut dieses zarte Gespinst aus Melodien zu weben.

Weit über mir nahm ich einen unruhigen Schimmer wahr, der flirrend umhersprang, als würde er zum Spiel der Musik tanzen. Tagelang glaubte ich durch die Wolken gestiegen zu sein, ehe die oberste Stufe der Treppe in einen sanft ansteigenden Weg mündete. Frierend und erschöpft wähnte ich mich endlich kurz vor dem Ziel meiner Odyssee. Vor mir erstreckte sich ein aus mächtigen Steinquadern gepflasterter Weg, der bald so breit wurde wie eine vierspurige Fernstraße. Es war, als würde ich eine Brücke beschreiten, deren Bogen das gesamte Inferno überspannte, unablässig auf das Licht zu, das am Ende der Straße tanzte wie ein riesiges Elmsfeuer.

Obwohl ich der Musik entgegenstrebte, wurde sie leiser und leiser, je näher ich ihr kam, und war zuletzt für meine Ohren nicht mehr wahrnehmbar. Der unirdische Glanz hingegen schien nun den gesamten Himmel auszufüllen. Dann durchbrach ich die immer lichter werdenden Wolken und fand mich am Rande einer windgepeitschten Ebene wieder. Schneebedeckte Gipfel einer Bergkette umschlossen ein weites, kreisrundes Plateau, in dessen Zentrum ein monströses architektonisches Gebilde aufragte. Seine unzähligen Kuppeln und Türme verloren sich in den zeitrafferartig um sie kreisenden, schmutzig gelben Wolken. Die Schwärze darüber wurde von keinem einzigen Stern erhellt. Der Himmel war dunkel und leer. Die Düsternis einer längst entschwundenen Vorzeit beherrschte das Plateau und seine unbezwingbaren Gebirgszüge. Am meisten in Bann schlug mich allerdings das monumentale Bauwerk, auf das der Weg zuführte. Es besaß im entferntesten Sinne die Form einer kilometerhohen Pyramide. Auf ihr mischten sich Kuppeln, Terrassen und Kolonnaden mit Tausenden von Türmen und aberwitzigen Gebilden, die aussahen wie dämonische Wasserspeier. Die Gebäudemasse wirkte aufgebläht, einem unbegreiflichen, aus dem Stein der Hochebene herausgequollenen Tier gleich, das im Geltungsbereich normaler Naturgesetze unter seinem eigenen Gewicht hätte zusammenbrechen müssen. Das Licht, das mich leitete, ging von der Spitze der monumentalen Pyramide aus, welche kaum mehr als einen Stundenmarsch voraus lag. Es strahlte in einem kosmisch kalten Glanz und war so hell, dass ich nur unter Schmerzen meine Augen darauf richten konnte. Der künstliche Stern erinnerte mich an das geheimnisvolle Gleißen, welches das Herz des Megarons beherrscht hatte. Nur war es um ein Vielfaches heller und gewaltiger als jenes.

Bewacht wurde die Pyramide von acht riesenhaften Statuen, welche die Straße flankierten, vier auf jeder Seite. Sie erinnerten mich zunächst an Bäume, besaßen aber auch eine gewisse Ähnlichkeit mit Insekten, halb abstrakten Skulpturen oder in aberwitzige Proportionen verzerrten Baukränen. Ich konnte mich des Gefühles nicht erwehren, als wäre die gesamte Szenerie mir zugewandt und nur vorübergehend erstarrt. Die turmhohen Statuen verharrten wie Gottesanbeterinnen in der Landschaft, geduldig und schweigend. Dann bewegten sich einige von ihnen, hoben *Dinge* in die Höhe und hefteten sie an ihre Körper. Ein melodischer Ton schwoll an, und ehe er sich über der Landschaft verlor, setzten weitere Töne ein, begannen zaghaft jenes hauchdünne Netz aus Melodien zu weben, das ich während meines Aufstiegs durch die Wolken vernommen hatte ...

Ohne Zweifel hatte mir meine Phantasie wundersame Visionen der Achtheit vorgegaukelt, doch nie hätte ich sie mir auch nur annähernd so vorstellen können, wie sie sich mir nun offenbarte; als Maschinengötter, die über den Klüften der Zeit und ihren Abgründen thronten. Ich sah ihre Köpfe, die keine Köpfe waren, und fand den Blick ihrer Augen, die menschlicher Augen spotteten. Eine Statue nach der anderen verstummte schließlich, setzte ihr Instrument wieder ab und sah schweigend zu mir herüber. Die vorderste Maschine hob würdevoll ein absonderliches Gebilde, eine erschreckend anmutende Extremität, wie eine auffordernde, einladende Hand.

»Willkommen, Kematef!«, raunte sie aus der Ferne. »Der Wille zum Überleben ist der Tyrann aller Tyrannen!«

Ich stand wie erstarrt auf der Stelle und blickte zu ihnen hinüber, dann folgte ich weiter der Straße, Schritt um Schritt, auf ein riesiges geschlossenes Tor zu, das die Flanke der Pyramide als spitzes Dreieck zierte.

»Der Tod ist vollkommen, Kematef«, wehte es aus gut zwanzig Metern Höhe zu mir herab, als ich die künstlichen Kolosse erreichte. »Er kann nicht verbessert werden. Wer ihn verbessern will, verdirbt ihn. Wer ihn besitzen will, verliert ihn. Um was wirst du den Former bitten, wenn du vor seinem Thron stehst?«

Ich schenkte der Maschine einen knappen Blick, dann konzentrierte ich mich wieder auf den Weg.

»Wohin willst du, furchtvolles Kind der Goldenen?«, erklang es über mir. »Zu jenem, dessen Land in Finsternis liegt, dessen Felder verödet sind, dessen Gräber dem Schweigen dienen und dessen Rufe ungehört verhallen? Der da ruht, ohne sich erheben zu können, und dessen Stimme in Stille erstirbt?«

Ich schwieg und lief nackt und dreckig wie ich war durch ihre Reihen.

»Du musst die Fehler, die du nicht ablegen kannst, in Tugenden verwandeln, Kematef«, sprach die Maschine weiter.

»Sieh ihn dir an, Nuneth«, erklang eine neue Stimme. »Unter seinen unnützen Tugenden steht die Bescheidenheit obenan.«

»Weißt du nicht, dass alles Falsche nur entsteht, weil man es herausfordert, Kematef?«, raunte die mit Nuneth angesprochene Maschine. »Bleibt nicht das Erklärbare der Feind aller Wunder? Wahrheit bringt Licht in eure selige Dunkelheit und zerstört euren Glauben. Entblößt es so nicht die Ordnung, die ihr fürchtet? Was, glaubst du, wird am Ende wohl siegen, Kematef: das Mysterium oder die Erleuchtung?«

Sie verspotteten mich. Ich versuchte nicht hinzuhören, aber ihre Stimmen drangen wie glühende Nadeln in mein Bewusstsein.

Gott, lass mich diesen Weg bewältigen …!

»Hört ihr das? Der Wurm aus der Tiefe denkt an Gott!«, amüsierte sich die fünfte Maschine, unter der ich vorüberging. »An den einzigen Herrscher, der weniger zu sagen hat als seine Diener …«

Du liebe Güte, sie lasen meine Gedanken!

Ein Brausen erfüllte die Luft, dann krachte ein riesiger Metallfuß zwei Meter vor mir auf den Weg, dass die Erde bebte. »Verweile doch ein wenig bei uns, Ebenbild Gottes!«

Ich erstarrte vor Schreck. Der turmhohe Koloss beugte sich neugierig herab und starrte mich aus Dutzenden von glimmenden Kameralinsen an. Alles an seinem Kopf – falls sich das, was oben auf dem riesigen Metallkörper saß, überhaupt als Kopf bezeichnen ließ – war in irgendeiner Art und Weise unablässig in Bewegung. Nur mit größter Willensanstrengung schaffte ich es, meine Augen von dem unbeschreiblichen Etwas abzuwenden und meine Füße anzustarren.

»Was hast du?«, fragte die Maschine. »Gefalle ich dir nicht?«

»Deine Schönheit stürzt ihn in Verlegenheit, Amaunet«, höhnte der Gigant auf der gegenüberliegenden Straßenseite.

»Wahrhaftig?« Amaunet beugte sich tiefer herab und streckte etwas nach mir aus, das ein Finger hätte sein können. »Stimmt das, was Hath sagt? Küss mir die Hand, mein kleiner Verehrer!«

Hath!

Ich wich dem herabsinkenden Gebilde aus, das genauso gut ein geschlossenes Metallmaul sein konnte. Wer wusste, was geschah, wenn mir einer von Amaunets Fingern zu nahe kam. Womöglich würde er mich mit einem Biss verschlingen …

»Warum bist du so von Argwohn erfüllt, Kematef?«, dröhnte es über mir. »Furchtlosigkeit ist eine der drei großen Tugenden. Wer sie besitzt, hat einen bedeutenden Schritt zur Weisheit getan.«

Ich wirbelte herum und sah hinauf zu Hath, dem ich mich bei meinem Zurückweichen unwillkürlich genähert hatte. Eine für diese riesenhafte Maschine blitzschnelle Bewegung entstand erst über mir, dann um mich herum, dann fühlte ich mich plötzlich von einer monumentalen Metallklaue umschlossen und in die Höhe gerissen. Jeglicher Befreiungsversuch war zum Scheitern verurteilt. Mein Körper lag in Haths Faust, als wäre er in eine Schrottpresse geraten. Lediglich meinen Kopf konnte ich bewegen, aus dem meine Augen angsterfüllt zu dem Ungetüm emporblickten.

So, Krispin, Endstation! Bis hierher und nicht weiter. Du warst anmaßend genug für einen Menschen!

Zahllose Gebilde an Haths Schädel richteten sich fokussierend auf mich, vereinten sich zu einem Konglomerat metallener Missgebilde und formten ein sich immerfort transformierendes Antigesicht. »Du bist also der Günstling Merets, der die Frondienste meiner treuen Nasu in Anspruch nahm«, riefen die Maschinenfratzen im Chor. »Du überraschst uns, kleiner Homunkulus. Bis hierher hat es noch nie einer von euch geschafft.«

Ich versuchte vergeblich, meinen Blick von Hath abzuwenden.

»Beiß ihm seinen kleinen, runden Kopf ab!«, raunte die Maschine, die der Pyramide am nächsten stand. »Es heißt, ein Menschenhirn schmeckt wie Honig!«

»Nein, Amun«, entgegnete Hath. »Ich will ihn mir nur ansehen, den kleinen Heros.«

Ich hing in seiner Faust wie ein gefangener Frosch vor einem riesigen Kameraauge. Auf den Schultern des Kolosses bewegte sich träge ein Paar metallener Fledermausflügel. War er es gewesen, dessen Schatten durch die Wolken gestürzt war?

»Der Held braucht Verhängnis und Unglück, um sich beweisen zu können«, erklärte Hath. »Sag, Kematef, der du deine Zeit vollendet hast, glaubst du wirklich, du seiest Held genug, um gegen das Endgültige anzutreten? Glaubst du wirklich noch, die Schlange in deiner Brust sei stärker als der Drache?«

Was sollte ich tun? Etwas erwidern? Die Strategie des Schweigens war wohl überholt, wollte ich der Gewalt dieser mechanischen Ungetüme entrinnen.

»Es heißt, erst gebeugt zeigt der Bogen seine Kraft!«, antwortete ich leise.

Hath neigte seinen Kopf. »So, heißt es das? Du solltest lieber an deiner Existenz zweifeln, anstatt irdische Dichter zu rezitieren!«

»Ich glaube an meine Existenz«, entgegnete ich.

»Oh, dann bist du aus *seinem* verlorenen Volk der Einzige.«

»Meines Wissens nach gehört ihr alle zu *seinem* verlorenen Volk.«

»Kematef, kleiner Kematef«, raunte Hath, »was weiß deinesgleichen denn schon über die Zeit, als diese Welt noch Teil der euren war ...«

Ich senkte den Blick.

Himmel, Krispin, willst du jetzt mit diesem Ungetüm eine Grundsatzdiskussion beginnen? Es hält nicht nur alle Trümpfe in der Hand, sondern dummerweise auch deinen zerbrechlichen Leib!

»Du willst zum Former.« Hath strich mit einem feinen Metalltentakel fast zärtlich über mein Gesicht. »Glaubst du, gegenüber ihm bestehen zu können? Ist es denn so schwer, die Wahrheit zu ertragen?« Er setzte mich wieder auf den Boden zurück und erhob sich. »Geh, Kematef. Die Duat ist das Haus, in dem du für das Leben lernst! Geh!«

Ich stolperte rückwärts, dann wirbelte ich herum und rannte zwischen den letzten beiden Kolossen hindurch, bis meine Lungen brannten und ich mich kurz vor den Toren der Pyramide befand. Die Maschinengötter machten keine Anstalten, mir zu folgen. Sie sahen mir nur schweigend hinterher, um kurze Zeit später ihren Instrumenten wieder diese wundersamen, verzaubernden Melodien zu entlocken. Während ich in gemäßigtem Tempo die letzten Meter bis zu dem geschlossenen Doppeltor zurücklegte, überlegte ich, welchen Zweck die Klänge wohl erfüllen sollten …

Wie von Geisterhand bewegt öffneten sich die Torflügel vor mir zu einem mächtigen dreieckigen Durchlass, hinter dem absolute Finsternis herrschte. Unbeschreiblich kalte Luft wehte mir aus dem Inneren entgegen. Als ich das Gebäude betrat, hatte ich das Gefühl, über einen See aus gefrorenem Stickstoff zu laufen. Mir kam es vor, als verdichte die Pyramide alle Kälte dieser Welt; als wäre sie einzig und allein zu diesem Zweck errichtet worden.

Vielleicht ist es nur ein Kühlhaus, bemerkte Giza. *Dazu geschaffen, das, was es beherbergt, über Jahrtausende hinweg zu konservieren …*

Ich versuchte angestrengt, mich in der Finsternis zu orientieren. »Wo bist du?«, rief ich, in der Gewissheit, das mich irgendwo jemand – *etwas* – beobachtete. »Willst du mich denn nicht willkommen heißen?« Meine Zähne klapperten beim Sprechen.

»Ich bin, wo ich bin«, antwortete eine tiefe, weinerliche Stimme, die aus der Dunkelheit selbst zu dringen schien. »Komm näher.«

Ich fluchte leise und lief ziellos in die Schwärze, wobei ich mich vergewisserte, dass das offene Tor in meinem Rücken lag. Irgendwo vor mir bewegte sich etwas, glühte unmerklich aus sich selbst heraus wie ein Mensch, der schwach fluoreszierende Kleidung trug. Ich kniff die Augen zusammen, bohrte meinen Blick durch die Dunkelheit. Die Gestalt war zu weit entfernt und zu verschwommen. Ich konnte nicht sagen, ob es eine Frau oder ein Mann war, der dort stand – oder schwebte. Ich konnte nicht einmal feststellen, ob es überhaupt ein Lebewesen war. Vorsichtig ging ich auf das lumineszierende Etwas zu, bis ich mich ihm so weit genähert hatte, dass ich es erkennen konnte.

»Nur keine falsche Bescheidenheit«, sagte die Erscheinung. »Komm ruhig näher.« Jedes ihrer Worte schien die Finsternis zu verdichten und bedrückender zu machen. Das Wesen war doppelt so groß wie ein Mensch, ganz und gar in Tücher gehüllt und der Stimme nach männlich. Sein Kopf glich dem einer Kobra, und dort, wo eigentlich die Hände aus der Kleidung hätten herausragen müssen, ringelten sich Dutzende von Schlangen. Ein weiterer Agarepth?

Während ich langsam auf ihn zuging, überlegte ich, wo ich ein derartiges Geschöpf schon einmal gesehen hatte. Auf Papyri oder antiken Basreliefs? Als Skulptur in irgendeinem Museum? Als ich meine Nähe zu dem Wesen für ausreichend befand, blieb ich stehen und studierte fasziniert zwei Serafen; geflügelte Schlangen, die rechts und links neben seinem Haupt in der Luft flatterten und mich aus schwarzen Nadelaugen fixierten.

»Hallo, Byron«, fand ich meine Stimme wieder. »Oder soll ich dich Thot nennen?«

»Nenne mich, wie es dir beliebt. Jedes Volk besitzt einen anderen Namen für mich. Die Kultur nannte mich Dehuti. Die Araber fanden Abu Hol angemessen …«

»Ich hätte dich bereits auf der Temperstraße erkennen müssen«, sagte ich. »An deiner Ibis-Maske. Aber es war wohl noch zu früh für derartige Erkenntnisse.«

»Vielleicht machte dich Merets *Aphoes* auch nur blind dafür, Hippolyt.«

»Du bist es, den die Kemahor auf der Siegelplatte ihres Tempels dargestellt hatten, habe ich Recht?« Meine Stimme klang, als wäre ich selbst eine seelenlose Maschine. »In der sechsseitigen Pyramide am Djebel Uweinat, zusammen mit dem Behälter, den wir die Truhe der Pandora nennen.«

»Zu Beginn besaßen sie noch Respekt vor ihrem Schöpfer und der Wiege ihrer Existenz«, bestätigte Thot. »Und sie bezeigten ihn mit Stolz.«

Fasziniert studierte ich den Schlangenkopf. Mein Gegenüber hingegen betrachtete mich, als blicke er auf einen Haufen Unflat herab. Je länger ich ihm in die Augen sah, desto mehr hatte ich das Gefühl, mein Blut verwandle sich in Eiswasser. Es war kalt hier drinnen, lausig kalt. Meine Glieder schlotterten, doch der Frost um mich herum war nichts gegen die Kälte, die diesem Wesen entströmte.

Blickte ich endlich in die Augen jener Kreatur, das die Verantwortung für all das Grauen trug, dem ich begegnet war? Für die zahllosen Schrecken, die ich erlitten hatte? Oder gab es noch etwas Höheres, Unfassbareres, das über dieses Inferno herrschte? Mein Gegenüber besaß ein nicht halb so furchterregendes Äußeres wie jene, die vor den Toren dieser Pyramide wachten. Dennoch umgab ihn eine Aura, die selbst die Achtheit in die Knie zu zwingen vermochte. War das, was ich zu sehen glaubte, womöglich nur der äußere Anschein von etwas viel Komplexerem, eine visuelle Simplifikation des Unbegreiflichen?

»Hippolyt, du staunst, du sagst nichts?« Thot verbarg seine Schlangenarme hinter seinem Rücken.

Mein Blick verlor sich in seinen Augen, aus denen all die Dunkelheit herauszuquellen schien, die uns umgab. »Hat es Spaß gemacht?«, brachte ich schließlich hervor.

»Ich bin alt, Hippolyt«, gab das Wesen wie zur Entschuldigung zurück. »Ich war bereits alt, als ich einst eure Obhut übernahm. Seit Äonen bin ich an diesen Ort gebannt.«

»Weil du einen Fehler begangen hattest ...«

»Weil ich ehrgeiziger war als alle anderen vor mir!«

»Also mischst du dich verkleidet unter die Verdammten.«

»Überdruss ist die schlimmste aller Höllen, mein Freund.«

»Zu welchem Zweck? Um dich zu amüsieren? Dich zu unterhalten?«

»Um zu lernen, Hippolyt. Jede neue Seele bringt neues Wissen über deine Welt nach *Sarara*. Über die Welt, die ich mit erschaffen hatte, und über die Menschen, die sie bevölkern – allumfassendes Wissen, das weit über die einstigen Grenzen der Sphäre hinausreicht.«

»Du hast deine Rolle sehr überzeugend gespielt. Fast schon menschlich.«

»Oh, vielen Dank. Ich hatte gleichwohl Jahrtausende, um zu üben.«

»Wozu? Um uns zu verspotten, so wie du es auf der Straße der Temper getan hast?«

»Nein, Hippolyt. Du hättest meiner Proklamation vor unserer ersten Begegnung mehr Aufmerksamkeit zollen sollen. Ich lerne, um mein Erbe anzutreten. Glaubst du, ich bin inzwischen Mensch genug geworden, um mich unter Euresgleichen zu mischen – so, wie es einst Jesus tat?« Aus der Maulspitze des Wesens züngelte eine armlange gespaltene Zunge. Ich fuhr erschrocken zurück, entspannte mich jedoch sofort wieder und ermahnte mich, weniger schreckhaft zu sein.

»Du wirst nie Mensch genug sein«, urteilte ich. »Du bist und bleibst ein Epigone.«

Thot lachte, ein eigenartiges Geräusch, das mich erschaudern ließ. »Das warf mir bereits der Nazarener vor, als ich ihn damals in der Wüste aufsuchte. Ihr Iretmethen seid voller Vorurteile. Aber vielleicht hast du Recht. Nun, wolltest du mir nicht ins Gesicht spucken für meinen makabren, grausamen Humor, der sich mit falschem wissenschaftlichem Tatendrang paart? Bist du nicht hierher gekommen, um Erkenntnis zu finden und die Hölle zu begreifen? Bin ich dir nicht Personifikation genug, um deinen Hass und deine Wut auf mich zu vereinen? Oder bringt dich mein Äußeres aus der Fassung? Was hast du erhofft, zu finden; einen bocksfüßigen Gehörnten mit dem Gesicht einer schwarzen Ziege? Dantes hilflos im Eis gefangenen Koloss, der in den Mäulern seiner drei Gesichter Judas, Brutus und Cassius zerkaut?«

Ich schüttelte schwerfällig den Kopf. »Dazu fehlt mir der rechte Glaube.«

»Oh, Glaube ...« Das Wesen neigte bedeutungsschwer sein Reptilienhaupt. »*Sarara* verkörpert inzwischen mehr davon, als du dir vorstellen kannst.«

»So viel, dass es die Grenze zum Irrsinn längst überschritten hat«, erwiderte ich äußerlich unbeeindruckt. »Was ich gesehen habe, folgt keinerlei Konzept. Eine Hölle, die zahllose irdische Höllen in sich vereint, planlos und bar jeder Logik. Eine Unterwelt, bestehend aus Maschinen, die Leben kopieren, beherrscht von Maschinen und kontrolliert von künstlichen Teufeln. Wie konnte es dazu kommen?«

Thot schwieg eine geraume Zeit, dann sagte er: »Ich kann dir nur Letzteres beantworten, Hippolyt. Was *Sarara* einst war, hast du bereits bei Elijah gelernt. Wir sind Architekten des Lebens, und unsere Rasse ist so alt, dass wir selbst nicht mehr wissen, woher wir stammen. Seit unvordenklichen Zeiten reisen wir durch das Universum, von Stern zu Stern, von Galaxie zu Galaxie, um das Leben auf Planeten zu analysieren, die dominierende Spezies zu ermitteln und ihre Entwicklung zu beschleunigen.«

»Um Gott zu spielen«, präzisierte ich.

»Das Universum ist vergänglich, Hippolyt. Viele Spezies, die sich selbst überlassen bleiben, erhalten nicht einmal die Chance, ihre Welt zu begreifen. Sie besitzen die Veranlagung und das Potential, Großes zu leisten, werden jedoch viel zu früh von einer kosmischen Katastrophe dahingerafft. Ihr wart keinesfalls die erste intelligente Lebensform auf eurem Planeten. Viele Spezies leben Millionen Jahre vor sich hin, ohne dass in ihnen der letzte Entwicklungsfunke zündet. Sie sterben aus oder werden, ohne je etwas Bedeutendes geleistet oder hinterlassen zu haben, am Ende ihrer Zeit von dem sich aufblähenden Zentralgestirn ihres Sonnensystems wieder verschluckt. Das Universum verfährt mit seinen Welten wie es ihm beliebt. Es ist wie ein riesiges Encephalon, dessen Zellen Gott im Dauersuff abtötet. Eine unglaubliche Verschwendung von Talent.«

»Diesen Satz habe ich schon einmal gehört«, erinnerte ich mich. »Von einem Chroner namens Schlangenschwanz.«

»Das *Paseth* hat unsere Vorsätze übernommen«, erklärte Thot. »Oder besser gesagt: Es imitiert sie. Ein weiterer Faktor des Chaos. Als wir eure Welt das erste Mal besuchten, war sie in einen Mantel aus Staub und Asche gehüllt und ihre Atmosphäre so heiß, dass nahezu alles Leben auf der Oberfläche ausgelöscht wurde. Wir waren zu spät gekommen.

Als wir sie ein zweites Mal besuchten, hatte sich im Laufe der Jahrmillionen mit den Menschen wieder eine dominante Spezies entwickelt. Ihr habt euch als komplexe, aber empfindliche Kulturmuster entpuppt. Lernfähig, aber mit minimaler Gehirnauslastung. Gebrechlich, anfällig für Krankheiten, nahezu inkompatibel untereinander. Gegen Infektionsträger und Zellmutationen wart ihr kaum resistent, eure Lebenserwartung daher verschwindend gering. Im Verhältnis zu anderen Spezies wart ihr kosmische Eintagsfliegen. Defekte Organe konnten nicht beliebig durch Fremdorgane ersetzt werden, sondern mussten langwierig aus körpereigenen Stammzellen nachgezüchtet werden. Langfristig betrachtet wart ihr ein hoffnungsloser Fall. Eine Bodenkultur.«

»Und das habt ihr versucht zu ändern«, schlussfolgerte ich. »In einer Zellfabrik.«

»Ursprünglich mit dem Ziel, tödliche Infektionen zu

bekämpfen«, bestätigte Thot. »Nach vielversprechenden Erfolgen wurde das Projekt ausgeweitet. Unsere Absicht war es nun auch, größere Verletzungen rascher heilen zu lassen und Abwehrreaktionen gegenüber körperfremdem organischem Gewebe vorzubeugen. Künstliche Zellen sollten sich unter geeigneten Bedingungen aneinander heften und ein neutrales, aber funktionstüchtiges Brückengewebe bilden.«

»Bio-Engineering«, erkannte ich. »Künstliche Morphogenese.«

»Zuvor mussten wir das Immunsystem der betroffenen Kulturmuster, bei denen ausgefallene Organe ausgetauscht wurden, im Ernstfall so schwächen, dass die Abstoßungsreaktion unterbrochen wurde.«

»Und um den Prozess zu vereinfachen, ohne zu viel Verantwortung zu übernehmen, wurden autonom arbeitende Nanozellen entwickelt.«

»Nicht nur autonom, sondern auch lernfähig. Intelligente anorganische Zellverbände. *Paseth.* Da es, wie wir glaubten, eine neutrale Masse war, spannten wir den Bogen ihrer Fähigkeiten weiter. Bald waren wir in der Lage, Tierkörper zu kopieren. Sogar Kleidung. Gegenstände. Pflanzen. Gestein ... Wir entwickelten die Zellen zu einer Perfektion, die es uns nach und nach erlaubte, vollständige Kulturmuster zu züchten. Menschen.

Was uns jedoch entging: Das *Paseth* replizierte bei ihnen nicht nur Gewebe bis hin zu vollständigen Körpern, sondern auch den Geist. Erinnerungen. Gefühle. Eines Tages geriet ein neuartiger, zu Testzwecken isolierter *Paseth*-Verband außer Kontrolle. Er mutierte zu einer sich rapide vermehrenden Materie; zu einem Schwarm, der unaufhaltsam begann, alles zu kontaminieren. Was immer versuchte, ihn aufzuhalten, wurde zersetzt und re-modelliert – Ebene für Ebene, bis das *Paseth* den Weg hinaus in die Kultur fand ...«

»Die Büchse der Pandora«, erkannte ich.

»Das ist nur eine Metapher«, winkte Thot ab. »Die Realität war weitaus vielschichtiger. Dem Zwang und womöglich sogar freien Wunsch folgend, Formen zu modellieren, begann das *Paseth* allem nachzueifern, mit dem es physisch und psychisch in Berührung kam: uns, unseren Maschinen, der Fauna und Flora – und der Kultur und ihren religiösen Ausgeburten.«

»Die Invasion der Kemahor«, folgerte ich.

»Die Kemahor waren nur eine Kreation von vielen«, sagte Thot. »Denke an die Bene Elohim, die Annunaki, die Zentauren oder die Sphingen. Oder an die Agarepth wie unsere Freundin Meret ... Das *Paseth* übernahm das Denken der Menschen, doch es wusste nicht zu unterscheiden, was real war und was nicht. Es hielt Glaube für Wissen. Furcht für Sehnsucht. Schmerz für Lust. Den Tod für das Leben. Das vereinte Grauen aus Hoffnungen und Ängsten der Kulturvölker begann in der Sphäre zu wuchern wie Unkraut in einem Garten, der nicht mehr gepflegt wurde. Nach ein paar hundert Jahren wimmelte es in der Kultur vor unbesiegbaren mythologischen Kreaturen, die Angst und Schrecken verbreiteten. Das mutierte *Paseth* ließ die Todesängste der Menschen Gestalt und Form annehmen – bis heute. Vor dem Unfall gab es keine Hölle. Nun existieren alle Höllen der Kultur in den Grenzen einer einzigen.«

»Mit dir als Fürst.«

»Fürst?« Thot lachte schallend und bitter. »Gefangener, Hippolyt. Ich war der Einzige von uns, der übrig geblieben war, und schaffte es, mich vor dem Schwarm hierher in Sicherheit zu bringen, in dieses einsame Schiff, unfähig zu handeln und das Protektorat zu verwalten. Jene *Paseth*-Kolosse, denen du vor dem Eingangstor begegnet bist, wachen seit über dreitausend Jahren darüber, dass ich es niemals wieder leibhaftig verlasse.«

»Dann bist du für dein Schicksal selbst verantwortlich.«

»Nein!« Das Schlangenwesen glitt unversehens auf mich zu.

»Zweitausend Jahre lang versuchten andere von uns, das *Paseth* innerhalb des Protektorats in Schach zu halten und zu verhindern, dass es die Grenzen der Sphäre überwand. Dann taten sie das Einzige, was ihnen noch übrig blieb: Sie sonderten die Sphäre aus, in eine künstlich geschaffene Raumzeit-Blase, kaum größer als eure Sonne. Ein winziges Paralleluniversum, aus dem es niemals ein physisches Entkommen geben sollte.«

»Es existiert kein weiterer Himmelkörper in ihr?«

»Einzig *Sarara«*, bestätigte Thot. »Die abrupte Trennung der Sphäre von eurer Welt führte jedoch zu einer geringfügigen Verschiebung der Erdachse. Es waren kaum mehr als zwei Grad, doch sie reichten aus, um alles zu verändern. Während Gletscher und Polkappen schmolzen und die Meere ansteigen ließen, erlebten andere Gebiete Dürrekatastrophen. Jene Wüste, die du Sahara nennst, wuchs innerhalb weniger Jahrzehnte um ein Drittel ihrer ursprünglichen Größe an. Gleichzeitig suchten Vulkanausbrüche, Erdbeben und nie erlebte Flutkatastrophen das einstige Protektorat heim. Es begannen Kriege und Völkerwanderungen. Erst zweihundert Jahre später hatte der Planet sich wieder unter vereinten Kräften beruhigt.«

»Also gibt es die Architekten noch …«

»Solange es den Plan gibt, wird es auch uns geben«, bestätigte Thot. »Aber verrate mir nun, weshalb bist du zu mir gekommen? Warum stehst du hier in meinen Palast mit einem goldenen Namen?«

Ich warf einen flüchtigen Blick über die Schulter. Das Tor stand noch offen.

»Du besitzt etwas, das mir gehört.«

»So? Ist das wieder eine dogmatische Anwandlung?«

»Es ist *mein* Leben!«

»Glaubst du denn wirklich, du hättest das Privileg, frei zu sein?« Thot zauberte das Hexonnox aus seinem Gewand und hielt es in die Höhe, als prüfe er die Reinheit eines Kristalls im Licht. »Ich bin nur ein Sammler, Hippolyt, kein Jäger. Der Schöpfungsplan gebietet vor dem Tod, ich danach.«

»Wenn Hass feige wird, begibt er sich maskiert in Gesellschaft und nennt sich Gerechtigkeit«, brauste ich auf.

»Gut gebrüllt, Löwe. Aber bildest du dir wirklich ein, du lebtest dein eigenes Leben? Ihr Menschen besitzt kein eigenes Leben.« Fast andächtig ließ er seine Schlangenfinger über den Steinwürfel gleiten. »In diesem Hexonnox befindet sich die Quintessenz deiner Seele, Hippolyt. Vor wie nach deinem Tod bist du sowohl Gefangener als auch Opfer.«

Ich starrte wie hypnotisiert auf den schwarzen Würfel. In mir schrie Giza, das Hexonnox aus Thots Schlangenhänden zu reißen und zu rennen, zu rennen und ...

Und? Wohin?

Ich tat einen Schritt nach vorn und streckte meine Hand nach dem Würfel aus. Thot hob ihn amüsiert ein Stück an, worauf ich lediglich das Gewand der Kreatur streifte. Meine Finger fuhren durch es hindurch, als gehöre es einem Geist. Die beiden geflügelten Serafen zischten drohend, verharrten jedoch an Thots Seite. Thot selbst gab sich angesichts meiner Dreistigkeit, ihn zu berühren, gelassen, ja fast schon belustigt.

»Das ist nicht deine wahre Gestalt«, erkannte ich. »Nur eine weitere Scharade, eine Projektion, um meiner Erwartung zu genügen!«

»Der Glaube der Menschen begehrt viele Gestalten, Hippolyt. Doch zugegeben, die Masken bereiten mir hin und wieder Vergnügen.«

»Wer bist du wirklich? *Was* bist du?«

»Das weißt du doch. Ich bin die Ewigkeit. Die Millionen und Abermillionen, die auf die Welt kommen, sie landen schließlich bei mir.«

»Hältst du dich wahrhaftig für Gott?«

Für Sekunden schien der Boden unter mir zu beben. »Nein, Hippolyt«, raunte das Wesen. »Ich bin die *Abwesenheit* Gottes! Jene, die noch im Mutterleib wachsen, deren Gesichter sind schon auf mich gerichtet. Alle auf Erden Lebenden, die sich mir opfern, empfange ich in meinem Garten. Jeden, der für einen, der nicht mehr handeln kann, handelt, belohne ich. Wer mir dient, dem werde ich Gnade erweisen, denn ich herrsche über euch, ihr Kronen der Schöpfung!« Das Geschöpf verbeugte sich in spöttischer Ehrerbietung, ohne mich aus den Augen zu lassen.

»Warum hast du dich in der Stadt hinter einer Maske versteckt?« Ich lief ein paar Schritte von Thot fort. »Warum versteckst du dich jetzt in der Finsternis?«, rief ich empor in die Schwärze. »Weshalb schickst du mir ein Trugbild? Wovor hast du Angst?«

Thots Erscheinung sah mich eine Weile mit reptilienhafter Ausdruckslosigkeit an, dann zuckte ihr Arm vor, und das Hexonnox kam auf mich zugeflogen. Es war so kalt, dass meine Finger sekundenlang an ihm kleben blieben, als ich es auffing. Gefrorene Hautfetzen blieben auf seiner Oberfläche zurück. »Vielleicht hast du Recht, Hippolyt«, tönte es aus dem Schlangenmaul. »Vielleicht ist es nötig, es dich erfahren zu lassen, damit du es begreifst.«

Seine Konturen glitten in die Finsternis, verschmolzen mit ihr und hinterließen nur die beiden schwebenden Serafen, die mich aufmerksam beobachteten.

Dunkelheit umgab mich, Unendlichkeit ohne Konturen und Sterne. Ein dumpfes, entferntes Stampfen, das keinen Ursprung zu besitzen schien, begann langsam die Schwärze zu erfüllen. Zu dem Stampfen gesellte sich alsbald das Hämmern meines Herzens, denn ich hatte gebannt die Luft angehalten. Ein Geräusch wie das Knallen einer Peitsche ertönte, dann flammte Licht auf.

Mit einem überraschten Aufschrei riss ich die Hände empor und hielt sie mir vor die geblendeten Augen. Schmerz explodierte für Sekunden in meinem Kopf, ebbte nur widerwillig ab, bis ich tränenverschleiert meine Umgebung wieder wahrnahm.

Vor mir erhob sich eine alles überragende Konstruktion aus massivem Metall und Schaltkreisen, ein babylonischer Maschinenturm inmitten eines Kokons aus Kabeln und Schläuchen, dessen Spitze mehr als einhundert Meter über mir in Dunst und Finsternis verschwand. In einigen Dutzend Metern Höhe befand sich eine längliche, senkrechte Einbuchtung, die von einer monströsen Kreatur ausgefüllt wurde. Auf den ersten Blick schien sie nur mittels Schläuchen an die Maschine fixiert zu sein. Dann erkannte ich, dass sie in einer anatomisch angepassten Aussparung saß wie auf einem Thron.

Ich hatte das Wesen, das auf mich nieder blickte, schon einmal gesehen – in meiner Peyote-Vision, hinter einer großen Scheibe, eingehüllt in ockerfarbenen Nebel …

»Bist du nun zufrieden, Hippolyt?« Die Kreatur beugte sich ein Stück vor. »Was du siehst, hat kein Geschöpf *Sararas* je zuvor erschaut. Aber du wirst mit diesem Wissen weder in die Geschichte eingehen, noch wirst du Geschichte schreiben.« Thot betätigte einen Mechanismus, der die Verbindungen zu der riesigen Maschine kappte. Die Kabel und Schläuche zogen sich in den Turm zurück wie fette, fliehende Tentakel.

»Du irrst dich«, rief ich zögernd, ohne meinen Blick von der monströsen Kreatur abzuwenden. »Und es ist bekanntlich nicht das erste Mal.«

Das Geschöpf – halb Maschine, halb Lebewesen – löste sich aus seinem Sitz, neigte sich vornüber wie eine dreißig Meter lange Raupe und kletterte langsam zu Boden.

»*Glaubst* du schon wieder?« Thot lachte, ein Geräusch, das meine Würde vor ihm in den Staub warf. »Die Stärke deines

Irrtums liegt darin, dass er ebenso klar ist wie die Wahrheit. Das Falsche ist ebenso einleuchtend wie das Richtige. Das einzige Mittel, den Irrtum zu vermeiden, ist die Unkenntnis. Nur ist der Irrtum das Leben und das Wissen der Tod. Die Chance zu leben hättest du also ergreifen sollen, als sie sich dir bot, Hippolyt.«

Ich schüttelte entsetzt den Kopf. »Was, um alles in der Welt, bist du?«

Thot hatte den Hallenboden erreicht und hielt inne. »Für den Augenblick bin ich Gott, Hippolyt. Und dieser Augenblick währt seit über fünftausend Jahren.«

Ich schüttelte trotzig den Kopf. »Du bist ein Monster.«

»Wo liegt der Unterschied? Bist du dem Gott, an den du glaubst, jemals begegnet, um dir ein Urteil bilden zu können?« Thot kroch heran. Sein von langen, insektenartigen Metallbeinen getragener Körper besaß stumpfe, rudimentäre Auswüchse, die ihm halfen, den unförmigen Leib vorwärts zu bewegen. Er schob sich über den Boden wie eine gigantische Termitenkönigin und richtete sich schließlich vor mir auf. »Du entstammst meiner Kultur, Hippolyt. Der einzig obligate Gott für Menschen deiner Abstammung bin ich. Mir allein gebühren deine Gebete.«

Ich hielt seinem Blick für Sekunden stand, dann sah ich zu Boden. Thot besaß Augen, vor deren Blick es womöglich sogar dem Allmächtigen gegraut hätte.

»Du wünschst dir, mich auszulöschen, nicht wahr?« Die Kreatur bewegte eines ihrer Beine, legte seine Spitze unter mein Kinn und hob es an, sodass ich gezwungen war, sie wieder anzusehen. Ich bemühte mich, ihr nicht in die Augen zu schauen, sondern konzentrierte mich auf Thots ›Mund‹. »Habe ich Recht, Hippolyt?«

Ich schwieg.

»Sicher habe ich Recht. Allerdings bevorzuge ich die Realität, die *mir* am besten gefällt. Du verlangst Erkenntnis all dessen? Ich werde dir die Gabe schenken, Erkenntnis zu erlangen!« Thot kroch näher und bäumte sich über mir auf. »Ich gebe dir etwas, wonach sich Milliarden sehnen, Hippolyt. Und wenn wir uns einst wieder sehen werden, in zehn, einhundert oder eintausend Jahren, dann wirst du deine Realität hassen und mir helfen, sie ins rechte Licht zu rücken.«

Zwei atemlose Herzschläge lang starrte ich in Thots Augen, um die Bedingungslosigkeit in ihnen zu erkennen. Dann wirbelte ich auf der Stelle herum und stürzte dem geöffneten Tor entgegen. Ein Schlag wie von einer Peitsche traf mich in den Rücken. Ich strauchelte, fiel hin, rappelte mich wieder hoch und versuchte, auf Händen und Füßen zu entkommen, doch so sehr ich mich auch bemühte, der rettende Ausgang schien sich weiter und weiter von mir zu entfernen. Mit einem Mal tauchten vor mir die beiden Serafen auf, schwebten mit geöffneten Mäulern eine Armlänge vor meinem Gesicht und fauchten bedrohlich. An ihren Giftzähnen glitzerten kristallene Tropfen, in denen ich das fluoreszierende Abbild Thots zu erkennen glaubte. Ich war erstarrt, wagte nicht mehr, mich zu bewegen. Mein Herz hämmerte gegen die Rippen, die Sekunden, während derer die beiden Schlangenhäupter vor mir schwebten, dehnten sich zu Minuten. Dann schossen aus ihren Mäulern plötzlich drei, vier dünne Stahlen einer glasklaren Flüssigkeit und trafen mein Gesicht, ehe ich in der Lage war, meine Augen zu schließen.

Ich ließ das Hexonnox fallen, riss die Hände empor und hielt sie schützend vor mein Gesicht, doch es war zu spät. In meinen Augen explodierte ein unbeschreiblicher Schmerz. Es war, als fräße sich brennendes Napalm durch meine Augäpfel bis ins Gehirn und von dort aus über das Nervensystem durch meinen gesamten Körper. Ich kroch blind über den Boden, suchte das Hexonnox mit den Händen im nachtkalten Gras, doch vergeblich.

Aus meinem Stöhnen wurden erbärmliche Schmerzensschreie. Ich hatte das Gefühl, bei lebendigem Leib zu verbrennen, krümmte und wand mich, bis jeder Muskel meines Körpers durch das Gift der Serafen in Krämpfen erzitterte. Das Pumpen meines Herzens begann unendlich zu schmerzen, jeder Atemzug fiel mir schwerer. Ich konnte meine Zunge nicht mehr bewegen, das Blut kochte unter meiner Haut, dann überfiel meinen gesamten Körper eine lähmende Taubheit.

Über mir tauchte das verzerrte Abbild Thots auf, sah eine Weile auf mich nieder und beugte sich dann zu mir herab. »Bald, kleiner Kematef«, drang seine tiefe, weinerliche Stimme an meine Ohren, »bald wirst du gelernt haben, dass Barmherzigkeit keine Tugend ist.« Dann fühlte ich ein riesiges, kaltes Maul, das sich hart auf meine Lippen presste. Zusammen mit einem meine Lungen aufblähenden, unbeschreiblich kalten Atemstoß schlüpfte etwas in meinen Mund, glitt durch meinen Schlund hinab und fraß sich tief in meine Eingeweide.

Ich wusste, was es war, bevor alles um mich herum in Finsternis versank.

Ich kannte den Namen der Schlange . . .

Lazarium 17 • Endraum

Stundenlang hing *Ka* zwischen blank gefressenen Skeletten, der Gewalt des Orkans ausgeliefert. Sein Zustand wechselte zwischen Ohnmacht und schmerzvollem Erwachen. Irgendwann nahm er die unbarmherzig in sein Fleisch drückenden Kettenglieder kaum noch wahr. Seine Hände und Arme waren taub geworden, das Blut aus seiner Brustwunde hatte aufgehört, über seinen Körper zu strömen, und schließlich legte sich auch der Sturm.

Ein purpurroter Schmetterling schwebte vor *Ka*, flatterte näher, landete auf seiner Schulter und begann augenblicklich, mit winzigen, messerscharfen Zangen ein Stückchen Fleisch herauszuschneiden. Ein zweiter und dritter Falter gesellten sich hinzu, und schon bald wurde aus dem unangenehmen Stechen ein brennender Schmerz.

Ka legte den Kopf in den Nacken und erblickte eine kreisende, funkelnde, rote Wolke aus hauchzarten Flügeln, die sich – angelockt vom Geruch des Blutes – langsam auf den Sendemast niedersenkte. Es dauerte nicht lange, bis die Schmetterlinge ihn umhüllt hatten. *Ka* fühlte Hunderte von Bissen, bald Tausende. Er schrie in unvorstellbarer Pein, ohne seinen Mund zu öffnen, blind vor lauter Purpur-Flügeln auf seinem Gesicht, spürte, wie sich die Insekten langsam durch seine zusammengepressten Lider fraßen und die Augen erreichten. *Ka* zuckte und wand sich, begann zu strampeln, versuchte, die Ketten zu sprengen, trat mit den Beinen aus – vergebens. Myriaden von Schmetterlingen umschwärmten den Mast, pickten an *Kas* Fleisch, fraßen sich tiefer und tiefer, zehrten ihn auf, ließen *Ka* eins werden mit dem Plan der Maschine.

Sein Schmerz düngte die Felder, überzog den gesamten Planeten, metallroter Blut-Rosensaft auf blauem Taumetall, der in zartes, hauchdünnes Rotgespinst einzufließen begann. Er tastete, verharrte, suchte in all den Unwirklichkeiten nach Licht, fand es, hielt es fest in seinem Bann.

Gott, der Schmerz …

»Seht her, ihr Erzenen!«, schrie *Ka* schließlich gegen den erdrückenden Schwarm der Schmetterlinge an. »Seht her, ich bin gewaltiger als der Schmerz, allumfassend, allwissend, allmächtig! Es wird enden, hier und heute! Ihr seelenlosen Söhne des Schöpfers, kommt herbei, ihr Kinder der Lüge. Ihr habt die Wahrheit geschlachtet. Ich habe mich von ihr freigemacht und bin hinabgestiegen. Hier wird es enden! Hier …«

Der Schmerz wich dumpfer Taubheit, alle Geräusche um ihn herum verblassten. *Ka* hatte das Gefühl, zu schweben, schneller und schneller, dem Licht entgegen, das durch die Finsternis auf ihn zuraste …

Ihr Tiere der Felder, kommt alle herbei und fresst, schrie er in Gedanken, als das Geräusch der über den Asphalt radierenden Reifen erklang. *Die Wächter des Gartens sind blind, stumme Hunde ohne Maul. Hört ihr, gottverfluchte Engel, Gott ist gefallen …*

Hört ihr, Engel aus Eisen?

Hört ihr, Erzene?

Hört ihr …?

Dann traf ihn ein ungeheurer Schlag und schleuderte ihn davon, ins Nichts.

»Ja, ich höre dich«, drang aus der lange lastenden Stille eine Frauenstimme an sein Gehör. »Und ich fühle deinen Schmerz. Öffne die Augen, jetzt.«

Ich habe keine Augen mehr …

»Öffne sie!«

Mekropalladium 27

Es war kalt ...

Ich fror erbärmlich, meine Zähne klapperten. Im ersten Moment war ich überzeugt davon, noch immer am Sendemast zu hängen, gehäutet und mit bloß liegenden Nervensträngen dem eisigen Wind ausgeliefert, der über die Felder pfiff. Dann merkte ich, dass ich auf dem Rücken lag.

Lichtblitze zuckten vor meinen geschlossenen Lidern, der Boden unter mir erbebte in gleichmäßigen Intervallen. Meine Zunge war völlig taub, sämtliche Gesichtsmuskeln erschlafft. Das Aufeinenderklappern meiner Zähne war eine Folge der Bodenerschütterungen.

Ich schloss langsam den Mund, worauf die Lippen sofort verklebten. Nur mit Mühe schaffte ich es, sie wieder voneinander zu lösen. Ich wurde fortbewegt, so viel war sicher. Irgendjemand karrte mich auf irgendetwas, das Räder besaß, irgendwohin. Das war alles, was ich in der ersten Konfusion wahrnahm. Ob es eine fahrbare Krankenliege, die Ladefläche eines Autos oder nur ein Tapeziertisch mit Rollen war, wusste ich nicht. Ich wollte die Augen öffnen und stellte fest, dass sie bereits die ganze Zeit offen gewesen waren. Ich musste nur die Pupillen nach unten drehen ...

Ich sah orangegelbe Kometen durch ein schmutzig graues All ziehen. Lichtschweif folgte auf Lichtschweif. Mein gesamter Körper vibrierte bei der Fahrt über den holperigen Untergrund – *kratang, kratang, kratang!* Bei jeder Unebenheit, über die der fahrbare Untersatz ratterte, wurde ich durchgeschüttelt. Über mich zogen verwaschene Lichter hinweg, die ich als trüb und grell zugleich empfand. Die Konturen verschwammen, überlappten sich, verblassten. Ich blinzelte (es war wohl mehr ein spasmisches Zucken der Augenlider) und versuchte mit meinen Blicken den vorüberschwebenden Lichtern zu folgen. Es waren Deckenlampen.

Stimmen drangen an meine Ohren, undeutlich zuerst, dann immer klarer; die Stimmen eines Mannes und einer Frau. Die Frau (hinter mir) lachte ab und zu verhalten, während der Mann (zu meiner Linken) mit theatralischer Stimme redete. Ich hörte die Schritte der beiden und das Rattern der Gummiräder über den Boden. Die Frau gab sich keine sonderliche Mühe, mich behutsam über den Flur zu schieben. Was ich von ihm sah, wirkte befremdlich. Rohrleitungen führten unter der Decke entlang, die Wände waren grau und kahl, der ganze Gang düster bis schmutzig, wie der Keller eines großen Gebäudes.

Ein Krankenhaus? Eine Universität? Bei dem bebenden Etwas, auf dem ich ruhte, konnte es sich um eine Krankenliege handeln. Aber die Korridordecke wirkte nicht wie die eines Krankenhauses. Zumindest nicht wie eine der Decken in den oberen Etagen, wo die Patienten untergebracht waren ...

Ich schaltete von Sehen auf Hören um. Der Mann, der ein Stück weiter vorausging und die Lichter anknipste, erzählte auf arabisch eine unheimliche Geschichte aus der Pathologie. Es war eine der üblichen Scheintoten-Storys, die Pathologie-Assistenten zum Besten geben, um Praktikantinnen Angst einzujagen. Die Frau schien das Garn ihres Kollegen allerdings nicht sonderlich ernst zu nehmen. Ihr sporadisches Lachen ließ ihre Brüste unter der weißen Bluse auf und ab wippen. Sie sah zufällig auf mich herab, ein leises, amüsiertes Lächeln auf den Lippen, das in diesem Moment gefror. Ich erwiderte ihren Blick, lächelte ebenfalls (zumindest bildete ich mir ein, zu lächeln). Die Frau blinzelte ungläubig, schrie auf, zuckte zurück und war aus meinem Sichtfeld verschwunden. Die Liege mit mir rollte von allein weiter, schrammte an der Korridorwand entlang und stieß unsanft mit einem Geschirrwagen zusammen, dessen Ladung laut scheppernd zu Boden ging. Der Pfleger tauchte über mir auf, sah mich erschrocken an und schob mich sinnloserweise wieder ein Stück zurück. Er glotzte dabei, als seien mir soeben ein Rüssel und ein bunter Propeller aus dem Kopf gewachsen. Als er endlich begriff, dass ich ihn bewusst anstarrte, wechselte er mit der für mich unsichtbaren Schwester im Hintergrund ein paar hektische Worte, dann hörte ich die Frau davonrennen.

Der Pfleger blieb bei mir zurück. Er fummelte eine bleistiftdünne Leuchte aus seiner Jacke, beugte sich über mich und strahlte mir damit abwechselnd ins linke und ins rechte Auge. Das Licht schmerzte, und ich gab einen ersten unwilligen Laut von mir. Es hatte »Hören Sie damit auf!« heißen sollen, doch es klang wie das müde Blöken eines Schafes.

Etwas später und einige Etagen höher. Ich befand mich tatsächlich in einem Krankenhaus, wenn nun auch in ansprechenderer Umgebung. Ärzte und Schwestern besaßen arabische Gesichtszüge und unterhielten sich in vertraut ägyptischem Dialekt. Überall brannte Licht. Es musste mitten in der Nacht sein. Der Pfleger aus dem Keller legte mir Infusionen, die offensichtlich erst vor kurzem entfernt worden waren. Dabei murmelte er in seiner Heimatsprache vor sich hin, welches Glück ich gehabt habe und wie gering die Chancen seien, nach einem so schweren Unfall wie dem meinen wieder aufzuwachen – in Anbetracht eines zweimonatigen Folgekomas und dem Eintreten des Gehirntods vierzig Minuten vor meinem Wiedererwachen –, um dann aller Logik zum Trotz tatsächlich noch einen Funken von Vernunft in den Augen erkennen zu lassen.

Ein neuer Tropf stand am Kopfende des Bettes, in dem ich lag. Mein Körper war so kraftlos, dass ich kaum eine Hand heben konnte. Selbst die Augenlider fühlten sich an wie zwei

Bleiklappen. Ich zweifelte daran, tatsächlich in der realen Welt erwacht zu sein. Einen der beiden anwesenden Ärzte fragte ich nach Schwester 26. Er zog nur die Stirn kraus, schüttelte den Kopf und legte mir eine Hand auf die Brust, fast so, als wolle er sich vergewissern, dass ich tatsächlich eigenständig atmete. Wahrscheinlich hatte er die unartikuliert gekrächzten Laute, die ich von mir gegeben hatte, gar nicht verstanden. Meine Stimmbänder hatten in den zwei Monaten, während derer ein Tubus in meinem Hals gesteckt hatte, hörbar gelitten. Erst später wurde mir bewusst, dass ich Kobe gesprochen hatte.

Niemand redete daraufhin mit mir; zumindest nicht wie mit einem vernunftbegabten Menschen. Sowohl Ärzte als auch Pflegepersonal gaben nur sinnleere Phrasen von sich, als müssten sie ein verschrecktes Kleinkind beruhigen. Offenbar glaubten sie, ich stände unter Schock. Oder sie waren der Meinung, mein Gehirn sei durch den Unfall, das lange Koma und mein zwischenzeitliches Abtreten ›weich‹ geworden. Ich würde wohl einen Intelligenztest über mich ergehen lassen müssen, ehe man mir eine direkte Frage stellte. Vielleicht überließen sie das Fragenstellen auch den Leuten vom britischen Konsulat.

Eine wohlbeleibte Schwester begann mich mit lauwarmem Wasser zu waschen, als wolle sie rasch alle Gerüche beseitigen, die mich fälschlicherweise als Leichnam brandmarkten. Ich verspürte quälenden Durst. Am liebsten hätte ich die Waschschüssel ausgetrunken. Irgendwann begannen mich die Sinneseindrücke zu überfordern, und ich schlief ein. Hoffentlich hielten sie mich nicht erneut für tot und karrten mich zurück in den Keller …

Sie mussten mir ein Schlafmittel gespritzt haben. Als ich die Augen öffnete, drang schummriges Sonnenlicht durch die schweren, vor die Fenster gezogenen Vorhänge. Ich fror zwar nicht mehr so sehr wie in der vergangenen Nacht, und auch der Durst war erträglicher geworden, aber man hatte mich mit nacktem Oberkörper liegen lassen. Offenbar sollte mir eine Lungenentzündung doch noch den Garaus machen. Zudem quälte mich ein wachsendes Hungergefühl.

Ich starrte auf die Wanduhr, die über der Zimmertür tickte. Sie zeigte kurz nach vier Uhr nachmittags. Über eine Stunde lang lag ich wach im Zimmer und beobachtete das schleichende Kreisen der Zeiger. Es war beruhigend, wieder in der Obhut einer Uhr zu sein. Erinnerungen aus der Duat-Stadt mischten sich mit Impressionen aus dem Sanatorium. Niemand sah nach mir. Entweder war mein Zustand stabil genug, oder die Schwestern hatten Angst vor mir. Ich kannte die Einheimischen. Kehrte jemand ins Leben zurück, der eigentlich hätte tot sein müssen, konnte es nicht mit rechten Dingen zugehen. Womöglich befürchteten sie, mein Zimmer beherberge einen Unheil stiftenden *Ach*-Geist ...

Ein zweites Erwachen. Mein Kopf war nach links gesunken, ich hatte das Kopfkissen nassgesabbert. Die Zeiger der Wanduhr waren um knapp drei Stunden vorgerückt. Draußen war es noch immer hell. Im Zimmer schien sich auf den ersten Blick nichts verändert zu haben. Der Tropf fütterte mich mit Infusionslösung. Erst durch ein sanftes Streicheln auf meinem Handrücken bemerkte ich, dass jemand neben mir saß. Ich drehte meinen Kopf – und sah dabei gewiss drein wie ein Idiot.

Die junge Frau auf dem Stuhl neben meinem Bett wischte sich eine lange schwarze Haarsträhne aus dem Gesicht. Sie trug westliche Kleidung; ein modisch geschnittenes, grünes Kleid und eine über die Stirn in die Haare geschobene Sonnenbrille, die an ihr ebenso fremd wie elegant wirkte. Als unsere Blicke sich trafen, senkte sie das Kinn auf die Brust und legte erwartungsvoll die Stirn in Falten.

»Sahia?« Meine Stimme war nur ein Flüstern.

Die Frau hob spöttisch einen Mundwinkel. »*Men keb hatar*«, sagte sie sanft. »Du hast dein wirkliches Leben wieder.«

Ich starrte sie an. »Da bin ich mir nicht so sicher«, krächzte ich.

»Wärst du lieber tot?«

Mein Herz pochte hart gegen die Rippen. Ich merkte, dass mein geschwächter Körper keine Aufregung vertrug. »Wie kannst du hier sein?«, flüsterte ich. Meret machte ein Dreimal-darfst-du-raten-Gesicht. Ich schluckte schwer. »Sag jetzt bitte nicht, dass ich in Wirklichkeit neunundvierzig Jahre im Koma lag ...«

Sie wiegte den Kopf. »Fühlst du dich so alt?«

Ich betrachtete meine Hände. »Nein.«

»Bald wirst du dich alt fühlen.« Ihr Blick war ernst geworden. »Dann wirst du merken, dass ewiges Leben ein Fluch ist. Ich hatte dich gewarnt, Thot herauszufordern. Das Gnadengeschenk, das er dir gab, ist ein zweischneidiges Schwert.«

»Du hast meine Frage noch nicht beantwortet«, unterbrach ich sie. »Wie kannst du hier sein?«

Meret nahm meine Hand mit der Infusionskanüle und führte sie an ihren Bauch. »Deine Saat wächst heran ...«

Ich riss die Hand zurück, mir wurde schlecht. »Warum bist du hergekommen? Willst du deinen Triumph über die Hölle auskosten?«

»Nicht gegenüber dir, Hippolyt.« Sie zog einen zusammengefalteten Zettel aus ihrem Kleid, wedelte mit ihm vor meiner Nase herum und warf mir dabei einen vieldeutigen Blick zu. »Ich fordere nur zurück, was mir gehört«, lächelte sie, während sie den Scheck unter mein Kopfkissen schob. »Mach das Beste daraus.« Dann öffnete sie mein Krankenhemd und legte ihre rechte Hand auf meine Brust. Augenblicke später fühlte ich, wie sich etwas in mir zu regen begann. Es wand sich durch meine Eingeweide, schlängelte sich meine Kehle hinauf und kroch schließlich aus meinem Mund hervor. Dabei fühlte es sich an, als sei es aus massivem Metall. Ich verdrehte die Augen, erkannte ein schlankes goldenes Etwas, das flink über meine Brust glitt. Es rollte sich um Merets Handgelenk, biss sich in den eigenen Schwanz und erstarrte.

Meret erhob sich, strich mir mit der Hand, an deren Gelenk der Uroboros schimmerte, über das Gesicht und hauchte mir einen Kuss auf die Lippen. »Leb wohl, Kematef«, lächelte sie, bevor sie das Zimmer verließ. »Bald wirst auch du die Langeweile der Unsterblichen kennen lernen. Und vielleicht wirst du mein Streben am Ende sogar verstehen. Und die Wut und Ohnmacht eines Thot. Aber bis zu dieser Einsicht vergehen womöglich noch Jahrtausende. Vielleicht wirst du eines Tages der letzte Mensch auf Erden sein, Hippolyt. Dann wirst du, der Unsterbliche, dich nach *Sarara* zurücksehnen, dem einzigen Ort, an dem noch Menschen existieren – und den du nur als Toter betreten kannst ...«

ENDE

Glossar

Abdju (Abodu): altägyptischer Name der Königsnekropole Abydos, nordwestlich von Theben gelegen.

Abu Hol (Abu al-Haul): Vater des Schreckens. Arabischer Name des Sphinx von Giseh.

Ach: im ägyptischen Totenkult eines der drei Seelenwesen des Menschen. Im Alten Reich eine unsichtbare Geistgestalt und ein Lichtwesen, im Neuen Reich ein unheilbringender Totengeist.

Achtheit: die personifizierten Urkräfte des Chaos, eine Göttergruppe zu vier Paaren, von den Ägyptern Schmun, »die Acht«, genannt. Sie symbolisieren die Urwasser, die Finsternis, die Ewigkeit des Raumes und die Unsichtbarkeit.

Anankasmus: [gr.-nlat.] Zwangsneurose, in hiesigem Fall der Waschzwang.

Ankh wedia seneb: Leben, Wohlstand Gesundheit. Altägyptische Begrüßung.

Aphoes: [Kunstw.] siehe Uroboros.

Aqua ardens: [lat.] brennendes Wasser. Weinbrand im Altertum, später *aqua vitae* genannt.

Ask[e]nasim: im Jiddischen u. a. die Bezeichnung für Deutsche.

Avionik: Fluggeräteelektronik. Zusammengesetzt aus Aviatik (Luftfahrt) und Elektronik. Als Avionik bezeichnet man die Gesamtheit der elektronischen Fluginstrumente und -regelungssysteme.

Axis mundi: [lat.] Weltachse. Zentrale Säule, um die sich das Firmament dreht. Oftmals mit der *stele boreios* (Nordsäule) gleichgesetzt.

Ba: im ägyptischen Totenkult eines der drei Seelenwesen des Menschen. Die *Ba*-Seele ist der geistige Teil eines Individuums, der auch nach dem Tod frei umherschweifen und nach eigenem Willen handeln kann.

Bene Elohim: [hebr.] die gefallenen Engel, auch »Söhne der Götter« genannt, zu denen u. a. die Nephilim und die Rephaim gehörten. Sie waren von riesenhafter Statur, ihre Stärke war fürchterlich und ihr Appetit immens. Sie verschlangen nicht nur sämtliche Nahrungsmittelressourcen, sondern begannen auch Menschen zu verzehren.

Berceau: [franz.] natürlich bewachsener, von Bäumen und Sträuchern gebildeter Laubengang.

Bīt ekletu (bīt eklati): Haus der Dunkelheit. Akkadischer Name für die Unterwelt.

Caput: [lat.] Haupt, Kopf (Med.).

Chepresch-Krone: eine der fünf ägyptischen Königs-Kronen, auch blaue Krone genannt. Eine Art Kriegshelm, der vorwiegend vom Pharao zu besonderen Anlässen und in der Schlacht getragen wurde. Ihr Ursprung liegt in der Zweiten Zwischenzeit, in voll ausgebildeter Form taucht sie im Neuen Reich auf.

Chet: [äg.] der Leib. Im ägyptischen Totenkult einer der drei Wesensbestandteile des Menschen. Er muss für das Überleben und Weiterleben in der Unterwelt so gut wie möglich konserviert (mumifiziert) werden, damit er weiterhin als Wohnsitz für *Ka* und *Ba* dienen kann.

Chons: ägyptischer Mondgott. Sein Name bedeutet »Durchwandler«. Als Herr der Zeit übernimmt er die Gestalt des Thot, von dem er den Ibiskopf übernimmt.

Cutis: [lat.] die Haut der Wirbeltiere (Med.).

Dishdascha: bodenlanges, traditionell schneeweißes Hemdkleid arabischer Männer.

Duat (Dat): Unterwelt der alten Ägypter, im Totenbuch *Amduat* auch als »die größte Stadt« bezeichnet.

Em Hotep!: Willkommen! Altägyptische Begrüßung.

Encephalon: [gr.-nlat.] das Gehirn (Med.).

Galabiya: Langhemd, traditionelles Gewand der Ägypter, im Altertum bei Frauen oft kostbar bestickt.

Golem: in der jüdischen Mystik ein stummes, künstliches Wesen. Ein aus Lehm geformter Humanoid, der durch Magie zum Leben erweckt wurde.

Hieratisch: eine vereinfachte Form der Hieroglyphenschrift, sozusagen ägyptische Schreibschrift.

Imachu: [äg.] Geehrter, Ehrwürdiger, privilegierter Toter. Im Alten Reich Ägyptens ein wohlversorgter Verstorbener.

Idu: altägyptischer Name für den Nil.

Iretmeth: [Kunstw.] Auserwählter, der im (physischen) Wiederspruch zu seiner Umgebung steht.

Jaru (auch Jalu oder Earu)**:** Gefilde der Seeligen, eine der zwölf Regionen der Duat. Der Name bedeutet »Felder der Binsen«.

Ka: im ägyptischen Totenkult eines der drei Seelenwesen des Menschen. Es gilt als spiritueller Doppelgänger und Lebenskraft. Das *Ka* des Verstorbenen musste beschützt und mit Nahrung versorgt werden.

Kematef: Todgeweihter. Ein Mensch (zumeist königlichen Geschlechts), dessen Bewusstsein bereits zwischen Diesseits und Jenseits wandelt. In ägyptischer Spätzeit auch als schlangengestaltiger Aspekt des Gottes Amun verehrt. Der Name bedeutet »der seine Zeit vollendet hat«.

Kobe: [Kunstw.] die Sprache der Toten.

Lapis niger: [lat.] schwarzer Stein. Dunkle Basaltart, die von den Ägyptern für wertvolle Steinmetz-Arbeiten und Schmuckartefakte verwendet wurde.

Larynx: [gr.] Kehlkopf (Med.).

Lobus temporalis: [gr.-lat.] der Temporallappen (Schläfenlappen). Gehirnregion, die das primäre Hörzentrum und Felder für akustische Reize beherbergt.

Malebolge: [it.] die Übelbuchten. Der achte Kreis der Hölle ist in Dantes *Inferno* den Betrügern der unterschiedlichsten Art gewidmet und heißt gemäß seiner eigenartigen Gliederung *Malebolge* (wörtl.: Elendsgruben). Als zehn konzentrische Gräben umkreisen sie das innerste Höllenloch.

Materia prima: [lat. *materia*, »Stoff«, *primus*, »erst«, »zuerst«] Urmaterie, die Unsterblichkeit verspricht und im Zuge der Zusammenballung (Conglutination) in den Stein der Weisen überführt wird. Andere Namen sind *materia cruda, materia lapidis, materia proxima,* himmlische *Hyle,* Jungfernerde, Jungfernmilch oder *massa confusa*. Historischen Quellen zufolge ist sie in ihrer Urform unrein, unansehnlich und schließt noch alle Gegensätze in sich ein. Erst durch die Kunst des Alchemisten wird sie geordnet. Was dieser Ausgangstoff genau ist, bleibt jedoch unklar.

Mēchos: [gr.] Stammwort, aus dem sich zuerst *mēchanēs* (Hilfsmittel, Werkzeug, Kriegsmaschine) bzw. die dorische Dialektform *māchanā,* später dann der lat. Begriff *machina* (Maschine) entwickelte.

Megaron: [gr.] mit einer Vorhalle verbundener Hauptraum eines antiken Tempels.

Meretseger (Mert-Sekret): schlangengestaltige Herrin der Nekropolen. Dank magischer Kräfte war sie fähig, Verbrecher mit Schlangengift zu strafen oder sie zu blenden. Reumütigen stand sie mit ihrer Heilkraft zur Seite. Ihr Name bedeutet »die das Schweigen liebt«.

Merkabah: [hebr.] der (Gottes)Wagen. Symbol aus der jüdischen Mystik (Kabbalah).

Morphogenese: [gr.] Gestaltbildung. Die Entstehung von Form, abgeleitet von den Wörtern *morphé* = Form, und *génesis* = Erzeugung, Entstehung. Die Morphogenese beschreibt die Lehre von Ursprung und Entwicklung von Organen und Gewebe und ist eines der großen ungelösten Probleme der Biologie. Im Zusammenhang mit künstlichem Leben steht sie u. a. für: 1) Interaktion von genetischen Faktoren und der Umwelt, 2) die Verknüpfung zwischen Morphologie und den neuronalen Kontrollstrukturen bei der Evolution von künstlichen Kreaturen, und 3) die Anpassung der künstlichen Kreaturen an die Bedürfnisse der simulierten Umgebung.

Musculus: [lat.] die Muskulatur (Med.).

Naja haje: [lat.] die zu den Kobras zählende Uräusschlange.

Nasu: altiranische Leichendämonen in Fliegengestalt, manchmal auch Drug genannt.

Psychogon: Magisch erschaffene Astralform, die sich bis zur Sichtbarkeit verdichten kann. Künstliche und organische Körper können als »Käfige« des Psychogons dienen (→ Golem).

Pyloren: [gr.-lat.] Torwächter.

Qablat kibri: [akkadisch] die Mitte der Welt.

Reg: [arab.] Geröllwüste. Ebene bis hügelige Erosionswüste, auch *Serir* (Kieswüste) genannt.

Ren: [äg.] der Name. Im ägyptischen Totenkult einer der drei Wesensbestandteile des Menschen. Der geheime Name muss bei der Geburt vergeben werden und ist für das Überleben in der Unterwelt unentbehrlich, da der Verstorbene in ihm weiterlebt.

Rosetau (Rasetjau): Eingang in die ägyptische Unterwelt, das Tor zur Duat.

Sata-Schlange: ägyptische Schlangengöttin der Unterwelt, die »an den äußeren Enden der Welt« lebte. Sie erneuerte täglich ihre Jugend, indem sie sich abends sterbend niederlegte und morgens wiedergeboren wurde. Ihr Name bedeutet »deren Jahre unendlich sind« und stand Pate für das hebr. *Satan* (Widersacher).

Schemhamphorasch (Schem ha-Meforasch): in der Kabbalah der mystische Name Gottes, den dieser auf dem Berg Sinai preisgab und der im

Stab Moses eingeritzt war. *Schemhamphorasch* ist zudem ein Sammelbegriff für 72 geheime Gottesnamen bzw. die 72 Engel der Genesis.

Schut: [äg.] der Schatten. Im ägyptischen Totenkult einer der drei Wesensbestandteile des Menschen. Er ist ebenfalls für das Überleben wichtig, um vor Übel zu schützen.

Seladon: [franz.] Liebhaber.

Serafen: [hebr.] mystische, geflügelte Speikobras, auch als »Schlangen aus Feuer« beschrieben. Aus ihnen entstanden in der christlichen Mystik Engelsgeschöpfe, die Seraphim.

Seti-hehu: ägyptischer Dämon, Herr der Flammengruben, dargestellt als steil auf dem Schwanz aufgerichtete Schlange. Sein Name bedeutet »der Millionen verbrennt«. Gemeint ist hierbei die Heerschar der Toten, speziell die Verdammten in der Duat.

Spinae: [lat.] die Wirbelsäule (Med.).

Stele boreios: [gr.] Nordsäule. Eine riesige, monolithische Steinsäule, von der angenommen wurde, dass sie als Himmelssäule unter dem Polarstern als einzig festem Punkt steht.

Tep Zepi: in der ägyptischen Mythologie das »Goldene Zeitalter«. Es existierte, bevor »Wut, Lärm, Streit oder Unordnung in Erscheinung traten« und ist insofern vergleichbar mit dem Garten Eden (→ Jaru). Das Tep Zepi war die vom Gott Ptah begründete Regierungszeit der Götter vom Tag der Schöpfung an.

Thorax: [gr.-lat.] der Brustkorb (Med.).

Uräi: Uräusschlangen, eine Kobraart. Uräus ist die lateinische Form des altägyptischen Wortes *uraet* (»die sich Aufbäumende«).

Uroboros: [gr.] Schwanzbeißer. Eine gekrümmte Schlange, die sich selbst in den Schwanz beißt, als Zeichen der Unendlichkeit. Der Uroboros symbolisiert die äußerste Weltgrenze.

Nachwort und Danksagung

Gegen Ende des Jahres 2004 besuchte ich eine Lesung meines Schriftstellerkollegen Kai Meyer, der in Leipzig seinen Roman *Das Buch von Eden* vorstellte. Auf die Frage aus dem Publikum, ob es einem Autor eigentlich schwer falle, sich im Laufe der Handlung von einer Romanfigur zu trennen, sprich: sie sterben zu lassen, antwortete Kai: Nein, aber man dürfe es mit den Toten natürlich nicht übertreiben.

Diese Aussage brachte mich dereinst zum schmunzeln, denn ich musste an die annähernd fünfzig Milliarden Toten aus *Morphogenesis* denken – und vor allem daran, wie oft allein mein Protagonist im Verlauf der Geschichte »den Löffel abgab«. Allerdings tat Hippolyt Krispin dies schon 1997 – in meinem in verschwindend geringer Auflage erschienenen Romanerstling *Die Stadt der Klage,* der für *Morphogenesis* Pate stand.

Ursprünglich sollte *Die Stadt der Klage* 1997 und 1998 als Zweiteiler erscheinen, mit den Subtiteln *Lament* und *Legion.* Dies scheiterte am schmalen Budget des damaligen Verlages, sodass ich für die Veröffentlichung die eigentlich weitaus längere Geschichte zu einem Einzelband zusammenstreichen musste. Hinzu kam, dass die Herausgeber vorzugsweise einen Roman im Stil von William S. Burroughs' *Naked Lunch* gesehen hätten, gefüllt mit wuchtigen Bildorgien, wodurch das Endprodukt schließlich wie ein Episodenroman daherkam, sehr befremdliche Liebesszenen enthielt, diverse Kapitel an der falschen Stelle zu stehen schienen und das Ende mehr als abstrus wurde. Nicht einmal das Cover konnte aus Kostengründen vierfarbig gedruckt werden. Um einige der gestrichenen Kapitel des geplanten zweiten Teils nicht gänzlich verloren zu geben, erarbeitete ich aus ihnen die Erzählung *Bruder Oz* (erschienen in meiner Novellensammlung *Die Stille nach dem Ton)* und vermengte sie mit ideologischen Ansätzen aus George Orwells *1984*.

Mit der vorliegenden, stark überarbeiteten Neuversion von *Die Stadt der Klage* schließt sich nun ein langjähriger Schaffenskreis; der Roman wurde wieder zu dem, was er einst werden sollte. *Morphogenesis* beinhaltet erstmals die vollständige Geschichte um Hippolyt Krispin.

An dieser Stelle möchte ich mich für zwei ganz spezielle »Tote« bedanken. Genauer gesagt: Für zwei Tote und die Zustimmung ihrer literarischen Schöpfer, sie in die Romanhandlung von *Morphogenesis* mit einbinden zu dürfen.

Da wäre zum einen der misslaunige Taxifahrer Spindario, im Original eine tragische Figur aus Malte S. Sembtens Kurzgeschichte *Die Bakschisch-Zone*. Im Falle von Spindario beförderte der Autor seinen Protagonisten bereits eigenhändig in die Stadt der Toten. Da die Story jedoch genau in dem Augenblick endet, als sie nach meinem Geschmack richtig interessant wurde, startete ich im Rahmen eines Besuchs Ende 1996 das Experiment, gemeinsam mit Malte eine Fortsetzung zu *Die Bakschisch-Zone* zu schreiben. Das Vorhaben scheiterte an dem Umstand, dass Malte und ich völlig konträre Vorstellungen davon hatten, wie eine Geschichte verfasst wird. Bauchmensch traf sozusagen Kopfmensch, Spontanität Konzeptdenken. Dennoch brachten wir drei oder vier Manuskriptseiten zu Papier, an denen ich in den folgenden Monaten sporadisch weiterschrieb. Die wenigen Tage, die mein Besuch bei Malte dauerte, waren somit die Geburtsstunden meines 1997 erschienenen Romans *Die Stadt der Klage*, in der Spindario (unter dem kritischen Blick seines Schöpfers) seine erste Auferstehung erfuhr. Zwar erhielt er in der Story nicht, wie anfänglich geplant, die Hauptrolle, doch zumindest eine würdige Nebenrolle. Wen allerdings interessiert, wie Spindario in die ursprünglich nur sehr diffus beschriebene Höllenstadt gelangt ist und was es mit seinem ominösen, eigenmächtigen Taxi auf sich hat, dem empfehle ich Malte S. Sembtens Kurzgeschichtenband *Die ein böses Ende finden.*

Der zweite entliehene »Tote«, Albert Beck, ist eine Figur aus Thomas Thiemeyers Roman *Medusa.* Beck, vom Autor auf unschöne, aber charaktervolle Art und Weise ins Jenseits befördert, leitet in *Morphogenesis* einen wechselseitigen Reigen kleiner literarischer Querverweise ein, von denen an hiesiger Stelle nur dieser Auftakt verraten werden soll. In den kommenden Jahren werden aufmerksame Leser in den Romanen von Thomas und mir immer wieder dezente Anspielungen und literarische Überschneidungen finden, sowie gegenseitige Protagonisten in hoffentlich skurrilen »Cameo-Auftritten« wiedertreffen – so schon bald in Thiemeyers kommendem Roman *Reptilia* …

Besonderer Dank (und unverhohlenes Staunen) gilt meinem »Exorzisten«, dem evangelischen Theologen Dr. Marco Frenschkowski, für die Übersetzungen diverser Textstellen und Dialoge ins Bibelhebräische, Lateinische und Akkadische (bzw. Assyrische, einem Dialekt des Akkadischen). Vor allem Marcos Kenntnisse der akkadischen Sprache, für die ich sonst zweifellos eine Zeitmaschine benötigt hätte, erwiesen sich als Glücksgriff. Des Weiteren freue ich mich über seine Beratung und seine Korrekturvorschläge bezüglich des jiddischen Dialektes meines Protagonisten Meliosch.

Ebenfalls zu großem Dank verpflichtet für sein Wissen über das alte Ägypten und die Duat bin ich Werner »Anubis« Placho und seinen Haus- und Hof-Ägyptologen für das Wälzen von Fachbüchern und die unermüdlichen Informationen über die Dämonen der fünf Feuergruben, die Literaturempfehlungen über altägyptische Höllenvorstellungen und dem ganzen Rest zwischen Horuskindern und Schlangenkult. Teilweise trudelten Werners E-Mails nachts um drei Uhr bei mir ein …

Selbstverständlich tauchen auch in dieser Danksagung wieder die üblichen Verdächtigen auf. Allen voran – natürlich, müsste ich fast schon schreiben – Malte S. Sembten, der sich erneut monatelang mit meinen literarischen Ergüssen auseinandergesetzt und wie üblich sehr viel dazu beigetragen hat, dass der vorliegende Text an Qualität und Ästhetik gewann.

Mittlerweile darf ich Malte (zumindest für *diesen* Roman) auch als offiziellen Lübbe-Lektor beglückwünschen. Nachdem er bereits seit neun Jahren auf freundschaftlich-kollegialer Basis ein kritisches Auge auf meine Texte wirft und meine Schreibe womöglich besser zu analysieren vermag als jeder andere, gibt es jetzt endlich auch mal Geld für die Fronarbeit. Ich würde mich freuen, wenn unsere erfolgreiche Zusammenarbeit noch viele weitere Jahre und Romane überdauern würde.

Dank auch an Howdy Kettlitz für die Bereitschaft, den gesamten Roman kurz vor Drucklegung noch einmal komplett Korrektur zu lesen und mein »Denglisch« auszumerzen.

Ein ganz spezielles Dankeschön geht selbstverständlich auch an meine Freundin Meike, die wie immer für den (vor)letzten Schliff am Text gesorgt hat. Konkret bedeutet »Schliff«, dass ich ihr nach erfolgtem Lektorat auch diesen Roman wieder in zahllosen abendfüllenden Sessions vorgelesen habe und sie bei jeder krummen Logiknuss den Finger in die Luft streckte. Es ist erstaunlich, welche literarischen Schnitzer das Mysterium »Vorlesen« am Ende noch ans Licht bringt.

An dieser Stelle möchte ich auch endlich einmal meinem Verlagslektor Stefan Bauer danken, für sein Engagement seit *Lord Gamma* und das mir entgegengebrachte Vertrauen bezüglich dieses Romans. Und *last but not least* meinem Agenten

»Eins der besten Werke der fantastischen Literatur – endlich einmal sind Vergleiche mit Mervyn Peake gerechtfertigt.« ***The Guardian***

Dies ist die Geschichte einer Gefangenen und ihrer Reise an Bord eines Schiffes über die Weiten eines unglaublichen Ozeans. Es ist die Suche nach der Insel eines vergessenen Volkes, nach einem gigantischen Meereswesen und letztendlich nach einem mythischen Ort, einer massiven Wunde in der Welt, einer Quelle unvorstellbarer Macht und Gefahr: der Narbe ... Miéville ist zweifellos ein Nachfahre von Größen wie Melville, Peake und Dickens.

»Ein phantasmagorisches Meisterwerk.« Brian Stableford

3-404-24320-X

BASTEI LÜBBE